奋斗铸就人生

赵业清 著

经济日报出版社

图书在版编目（CIP）数据

奋斗铸就人生 / 赵业清著. -- 北京：经济日报出版社，2020.7

ISBN 978-7-5196-0683-1

Ⅰ. ①奋… Ⅱ. ①赵… Ⅲ. ①回忆录-中国-当代
Ⅳ. ①I251

中国版本图书馆 CIP 数据核字（2020）第 099814 号

奋斗铸就人生

作　　者	赵业清
责任编辑	郭明骏
助理编辑	黄新茹
责任校对	薛银涛
出版发行	经济日报出版社
地　　址	北京市西城区白纸坊东街 2 号 A 座综合楼 710（邮政编码：100054）
电　　话	010-63567684（总编室）
	010-63584556（财经编辑部）
	010-63567687（企业与企业家史编辑部）
	010-63567683（经济与管理学术编辑部）
	010-63538621　63567692（发行部）
网　　址	www.edpbook.com.cn
E - mail	edpbook@126.com
经　　销	全国新华书店
印　　刷	北京华邦印刷有限公司
开　　本	710×1000 mm　1/16
印　　张	35.25
字　　数	536 千字
版　　次	2020 年 7 月第 1 版
印　　次	2020 年 7 月第 1 次印刷
书　　号	ISBN 978-7-5196-0683-1
定　　价	78.00 元

人生掠影

个人与家庭留影

父辈宗亲

▲ 父亲赵洪馀

▲ 母亲何家英

▲ 兄弟四人合影，从左至右依次为三弟赵业才、大弟赵业俭、本人赵业清（作者）、二弟赵业光

作者个人与家庭照

▲ 1971 年参加工作

▲1986 年毕业于中南财经大学

▲1987 年任襄樊市计委科长

▲2015年8月，带队知青下乡40周年庆，在襄阳市区工作的知青请我聚餐。前排正中间为（作者）赵业清。

▲2016年，组织谷城县第二中学六七届初中三（3）班，在襄阳市区工作的同学为班主任王洪仪老师80寿辰祝寿聚餐时合影。前排右一王洪仪老师，右二方清华老师（王老师夫人）。后排右起依次为：阮先华、郑远安、赵业清（作者）、叶立勤、付保国、安道德、朱启珍、任雪丽。

序

春节回家探亲，亲友们聚在一起。三杯酒之后，一向让我敬重的表姐夫业清哥专门郑重地要单独敬我一杯酒。业清哥说，这杯酒不仅是我们多年的亲情、友情的体现，我还有另一层意思：“请你这个全国、全军闻名的笔杆子帮我作个序吧。”

作序？我一下子蒙了。

听完业清哥的解释，我才明白。原来业清哥为了认真地总结自己的人生，为了给他人留下一些可资参考的资料，为了给后人留下可以借鉴的经验，竟然利用两年多时间完成了一部50多万字的回忆录！惊讶之余让我好奇，感动之余也使我对他更多了一份敬重！

“业清哥”名叫赵业清，是我姨表姐阮先珍的爱人。他出生于1949年，与共和国同龄。业清哥有能力、有魄力、有胆识、有谋略。多年的交往中，我对他的评价是：严峻的外表下，有一颗炽热的心。他把自己由一个回乡青年“逆袭”成一名正县级领导干部。长期当领导的身份和地位、丰富的阅历和能力、亲友圈中无人匹敌的酒量和连续作战的精力，使业清哥成为我们这帮兄弟中当之无愧的“座上宾”——除非有长辈，只要他在，上席非他莫属。因此，几十年来，业清哥一直是我心目中的大哥大！

虽然我从事新闻工作40年，出过一些书，也拿过一些奖，但算不上是多大的什么“家”。不过，给这样的兄长作序，我还是一口应承了下来。

因为上班，因为还要参加一些活动，更因为要通过回忆录向业清哥学习，所以50多万字的初稿我反复看了两遍。从字里行间我看到了业清哥成长、发展的历程；感受到了业清哥一路的拼搏和艰辛；感叹于他的业绩和成就，更感慨于他的为人和品格！

业清哥出生在湖北省谷城县离石花镇七里多路的上七里冲一个四合

院里。这个四合院原是当地一家大地主的老宅，解放时分给了赵家。虽然住在“豪宅”，但那时的生活却很清苦。他经过了松枝照明—桐油灯—煤油灯—罩子灯—电灯的变迁，他吃过难以下咽的糠饼，还有过因为吃山果中毒后的死里逃生。因此，小小年纪的他就懂得了艰难辛苦玉汝于成的道理，知道了唯有勤奋才能成才的真谛。在他就读的黄家营小学6年级，两个班113名学生参加小升初考试，考上谷城县第二中学的只有6个人，除了两个留级复读生以外，只有他和另外3个应届生。19 : 1，升学率为5.3%，这比现在考大学还要难，真不简单！业清哥是个好学生。

5岁开始做家务活，6岁掰苞谷、棰稻谷，7岁打猪草，8岁跟大人种菜，9岁干农活，10岁砍柴禾，11岁打草鞋……打青蒿、摘金银花、卖菊花、捡桐子、卖木梓、挑大粪、种菜园、砍柴禾、拉风箱、磨豆腐、绞风车、开荒、碾米、磨面、氽米、挖棉矿、砸石头、卖山货……一个个年龄数字，印刻了穷人的孩子早当家的艰辛；一个个农活名称，透视出为家庭分忧排难的担当，业清哥是个有孝心的人。

回忆录用了大量的篇幅，记录了业清哥的父亲、母亲、兄弟、爱人、儿子儿媳、孙子；记录了亲友、同学之间的亲情、友情、校园生活；记录了战友、同事、领导以及工作相关的上上下下、方方面面的详细经历。尤其是对父亲的酿酒工艺、油坊技术，还有母亲勤劳善良的品质、对子孙后代慈爱关怀的贤达以及父子、母子之间深情的描述，让人如临其境，感同身受；一个个温馨的场景描述，如电影画面，让人回味绵长；一段段生动的回忆记录，如生活画卷，让人历历在目。业清哥是个有感恩之心的人。

二十世纪六七十年代，是一段让国人刻骨铭心的峥嵘岁月。亿万劳动者在恶劣的条件下，创造了共和国建设史上一个又一个丰碑，业清哥就是亿万建设大军中的一员。在襄渝铁路的建设中，他是尖刀班成员。由于读过初中，脑子灵活，善于钻研，不怕苦，不怕累，被提拔为尖刀班班长、技术员；转战万里山修建盛万公路后，不仅成为先锋突击队尖刀排排长，还在火线加入了中国共产党；他带领由38名战士组成的加强排到谷城县城，新建人武部办公大楼，又因卓越的组织领导能力被提拔为战备十连的副指导员，并且被县委、县人武部推荐到襄阳地区工作，成为国家公职人员。这是多大的跨越啊！业清哥是个勇于拼搏的人。

为了适应工作和岗位需要，为了提升学历和能力素质，业清哥在只有初中学历的基础上，拿起书本。从 1983 年 6 月至 1984 年 6 月，在整整一年的时间里，他没有休过星期天、节假日，每天中午不休息，晚上学习到深夜两三点，白天还照常在计委上班。他不吃请，不喝酒，全力保证业余自学。困了洗凉水脸，累了用烟熏，甚至采用了掐脸、用指甲抓头顶、用针鼻扎额头、用清凉油擦眉毛、塞鼻孔，用手指揪眼皮等强烈刺激的方法，避免或减少困倦，系统地抓好了备考复习，演绎了现代版的“头悬梁、锥刺股”。功夫不负有心人，经过奋力拼搏，业清哥如愿考上中南财经政法大学。又经过两年的奋斗，取得了大学文凭。谁说基础差不行？业清哥就是个励志达人！

机关工作不同于战备连，不同于大学生，尤其是在别人称为“小政府、二政府”的计委来说，更是如此。在计委工作，不仅要有良好的思想素质，还要有过硬的业务能力；不仅要懂政策法规，还要建立良好的人际关系。凭着坚定的自信心、一贯的努力和谦虚好学的精神，他工作任劳任怨，不分白天黑夜，不管分内分外，交办的工作全部认真完成，在很多方面还有不少创新。无论从事或分管哪方面的工作，他都能开拓、出新、创优、上高度，刷新这项工作的新纪录。如：分管国土规划工作时，他编写的《国土资源综合评价报告》荣获省一等奖，他编制的《襄樊市国土总体规划》获省科技进步三等奖；他分管的招投标工作，得到省委副书记兼纪委书记黄远志的大会表彰，并要求全省各地市学习“襄樊经验”；他分管投资工作，连续三年获省政府嘉奖……正是业清哥扎扎实实的工作态度和追求卓越的奋斗精神，他才能从一个普通职员一步步被提拔为副科长、科长、党委委员、计委战线工会主任、计委副主任（正县级）。可以说，业清哥是计委（发改委）履历最简单（参加工作后没调动过单位）、工龄最长、分管工作最多、分管科室最多、口碑最好的领导。业清哥是一个能力素质过硬的党员领导干部。

文革后期有一种官方办的面向政府机关和事业单位的教育培训学校，那就是根据毛泽东主席“五七指示”精神，在全国各地由各级党委开办的大大小小的“五七干校”。在五七干校，只有 25 岁、当时在计委并没有任何职务的业清哥被任命为他们那一期干校第一连的连长，而成员是来自襄阳地区计划、宣传文化教育、公检法司3个系统、42个单位，分属3个排、9个班的126名学员。学员的职务有部长、局长、科长、普通干部；职业有干部、教师、医生、护士、演员、图书管理员、法官、警察、物资供销（营业员）、编辑、印刷工人、艺术家等。年龄最大的是一位56岁的南下老干部，时任市物资局副局长；年龄最小的是襄阳四中的英语教师，只有19岁。业清哥没有退缩，也没有辜负地委组织部领导的厚望，团结连队一班人，热情关心每一位学员，充分调动大家的积极性，认真落实干校的各项要求，抓好各项工作。为期半年多的学习结业时，他所领导的连队被评为“红旗连”，他个人也被评为“先进连长”。业清哥是一个具有超强领导力的将才之人。

无论做什么事，业清哥都能认真地做好。1975年8月到1977年元月，计委领导安排他作为带队领导驻宜城知青点。他以知青安全、协调组织和工作帮扶为重点，让知识青年在农村广阔天地接受锻炼，接受贫下中农的再教育，为他们的成长进行细心地帮扶指导，为当地经济发展引进项目和资金，受到住地各级领导的高度好评。他带过的知青，经过努力先后取得了大专和本科文凭和中级以上的技术职称。他们当中，有美术学院的副院长，有商业、物流公司的经理、有设计专家、有副县级党政领导干部、有资产达2000多万的企业家。在下乡知青40周年纪念活动庆祝会上，知青们除了感谢他们的赵主任当年的培养关心之外，一致认为，他就是一个合格的好老师，他就是一个不在编的教育家。业清哥是一个干啥成啥的多面手。

业清哥“上得了厅堂，下得了厨房”，在职时是领导干部，退休后华丽转身，先后担任过几家公司的总经理，每家公司他都经营的风生水起！他积极响应中央关于领导干部不再从事公司经营的号召，从公司离开时董事长们都感到分外惋惜。在做人方面更是堪称楷模，从政几十年，无论在什么岗位，都能努力地为襄阳地区的建设发展，竭心尽力，向省里、向国家计委（发改委）多争取项目，多争取资金，为各城区和各县市的发展出谋划策。为他人着想、为群众的利益着想，设身处地多为他人考虑，当一个好干部，当一个好公仆。业清哥是人民的好勤务员。

整本回忆录结构合理、铺陈自然、语言平实，字里行间流淌着对党的忠诚，对祖国的热爱，对事业的执着，对家乡的眷念，对亲人的情愫，对先人的感恩，对后人的期待，以及他刻在骨子里的爱憎分明，铁骨柔情。回忆录以记人记事为主，穿插有评论、诗句，引用了一些充满地方特色、甚至土得掉渣的故乡语言。既有文学描写，也有风土人情、专业介绍、宗氏家族、家风家训、历史事件的有关背景和个人见解，参考了大量的史料和资料。可以说它不仅是回忆录，也是一本大事记，一本科普读物，一本地理、民俗、风土人情、旅游方面的参考书。整个回忆录时间长、跨度大，内容丰富，记录详细，让人不得不佩服业清哥的记忆，感慨于他的细腻，还有他流畅的文笔和扎实的综合功底！一句话：这是一本有家国情怀，有人生趣味、有石花特色、有“计委”印记的“赵氏百科全书”。

读完回忆录，掩卷长思，浮想联翩。在业清哥这洋洋洒洒的50多万字的回忆录中，看似在叙事，实则在说理；看似陈年往事，实则历久弥新。《华严经》说，“不忘初心，方得始终”，就是在告诫世人，一个人不论职位高低、财富多少，最终都不要忘记：你是从哪里来，要到哪里去。只有守住一颗安静平常之心，你才能够从容地面对这个世界，才能够“宠辱不惊，看庭前花开花落，去留无意，观天上云卷云舒”。人生是一段看似漫长实则短暂的旅程，每个人都会有各种各样的人生际遇，但无论世道怎么变，他人怎么变，你都应该有一颗“定盘星”：守住正念，心怀感恩，脚踏实地，善良正直，昂扬向上，无悔人生。这些虽然谈不上是标准的普世价值，但是如果能从业清哥这部回忆录中受到这些启迪，不仅是题中应有之义，还应该是我们每个读者的偏得。

以上文字，是我对这篇回忆录的读后感，有感而发，是为序。

黄齐国

2019年仲秋于北京

黄齐国，襄阳市谷城县石花镇人。1976 年初入伍，历任团政治处主任、师组织科长、航空兵某师副政委。经历过师、军、军区、总政等各级机关，出版过《人生大裂变》《为生命充氧》《中国电视军事宣传史》等 6 部专著，中国作家协会会员。获得过首届中国新闻奖、全国广播电视新闻特等奖、中宣部“五个一工程奖”等大奖近百次。荣获过一次二等军功，7 次三等军功。退休前系解放军电视宣传中心副总编，行政正师，专业技术 4 级（正军），享受国务院政府特殊津贴。文学博士，博士生导师。现任中国收藏家协会将军名人名作收藏委员会主任、北京大学国家竞争力研究院理事、教授。

前　言

农历2019年12月23日，2020年1月17日，是我的七十周岁的生日。

人生迟暮，蓦然回首，弹指一挥间，年近70了，我才开始意识到自己的人生离终点越来越近。不是害怕人的生命进入倒计时，因为那是谁也抗拒不了的人生规律，无论任何人都会衰老，“神龟虽寿，犹有竟时。腾蛇乘雾，终为土灰。”我之所以对死亡不惧怕，是因为它是人类生命的过程和人生的必然。

这本回忆录，是我人生和家族的回忆，是对所在单位及工作过程的回忆，是我与新中国同时诞生、同时成长的成就回忆。回忆录以时间顺序为经，以发生的事件为纬，编织出了赵氏家庭百年沧桑的脉络，也为世人呈现了一位古稀老人的人生轨迹。

书中写了时代变迁，体制改革，单位沿革，所经历的大事件；也写出了我从事了什么工作，怎样开展工作，取得了哪些成果，有哪些收获和体会。它记述了我一生中一些刻骨铭心的往事和人生的风雨历程。主要内容分为三篇，共三十三章：第一篇，刻苦学习，历练成长。内含十章，记述了出生后从小学、初中到大学勤学苦读，和回乡务农岁月历练的历程；第二篇，勤奋工作，成就事业。内含二十章，记述了从参加工作到我退休为止，所进行的工作和艰辛过程以及取得的成就；第三篇，退休新岗，再续辉煌，内含三章，记述了我退休之后继续发挥余热，在新的工作岗位上又续创造了辉煌成就，增加了阅历，延伸了工作使命，进一步体现了人生的价值。

写作文体以传记为主，具有独特的风格和写作创意。如：描写生活和考察景点，以文学写作的方式记录；回忆工作以公文方式为主；写单位沿革、体制改革、取得的成就用年鉴式记录。有些地方还附了一些诗句。

书中素材大都是我的亲身经历和所见所闻，少部分是长辈或他人所讲述。需要说明的是，我并没有掩饰自己，常常心有所思，口有所言，此文面世，我将成为“玻璃人”，把自己赤裸裸地呈现在世人面前。虽然笔秃文拙，但我还是坚持写完了。几十年的人生过去，好与不好都是一辈子，读者怎么想、怎么看，请多批评或提出宝贵意见，在此致谢了。

本书涉及或提到的有关人和事，虽是基于事实，却难免带有个人的观点和评价，虽然我不是有意伤害他人，即便是误解过我的人，我也会宽容谅解。毋庸置疑，人与人之间是有感情的，我当然也是世俗的，虽然我宽容善良，但也有嫉恶如仇的一面，总的来讲我是追求真、善、美的。如果某些同志自己对号入座，认为文中的有些文字与自己有关，并因此感到不舒服，我也只能真诚地说一声：对不起，请勿对号入座，我是在记录当年的历史，并无其他恶意。

我已走过了70年的人生，有幸历经了毛泽东成立新中国的“站起来”、邓小平改革开放的“富起来”、习近平新时代思想的“强起来”，伟大的三个时代。因此，和大家一样，我的生活随着时代的脉搏跳动，也被时代潮流裹挟前行。

此时，我想起了孔子的一段名言：“吾十有五而志于学，三十而立，四十而不惑，五十而知天命，六十而耳顺，七十而从心所欲，不逾矩”。

这段话是孔子对自己一生的总结。他说：“我十五岁立志学习，三十岁立足于社会，四十岁掌握了知识而不致迷惑，五十岁懂得什么是自己的天命，六十岁听到别人说话就能明辨是非，七十岁时，自己想做什么就做什么，想怎么做就怎么做，不论怎么做都不会犯规了，——由必然王国进入到了自由王国。”

这段话经常被后人当作仿效的范本，千古流传。我今年也刚好70周岁了，回首一生，圣人的人生态度、自省精神值得我们学习、借鉴。故此，我不耻附庸风雅，仿效一回。

书写这篇回忆录，也让我真真切切地体会到“人生一世，草木一秋”“人生无常，世事维艰”。也很自然地想到郑板桥“难得糊涂”一说：“聪明难，糊涂难，由聪明而转入糊涂更难，放一放，退一步，当下心安，非图后来福报也”，事情已经成为过去，那就让它也去了。

我期待成书后，能得到读者的指教，这将是我非常荣幸的事。

黄昏未必逊晨曦，夕阳西下，晚霞更红。江河入海处，虽少见激流，但辽阔浩荡；红日落珠峰，虽少见炽热，但不乏壮丽。在步入暮年之时，我感谢我的父老乡亲、提拔培养我的恩人、一起工作的同事、亲朋好友们，还有写这本回忆录时，帮助我的人，我祝福大家更加美好幸福。

赵业清

2020 年 6 月 20 日

目　　录

第三篇　退休新岗　再续辉煌

第一篇

刻苦学习　历练成长

记述我出生后从小学、初中到大学勤学苦读，以及回乡务农岁月、襄渝铁路大会战、修建盛万公路一路历练的历程。

第一章　出生地

我出生的那年，也是中华人民共和国成立之年。

1949年的新年伊始，国民政府总统蒋介石发表了向共产党求和的《元旦公告》以苟延残喘（20天后，在内外压力下，他宣告“下野”，李宗仁出任代总统）；共产党人的领袖毛泽东则在西柏坡发表了新年献词，发布了“将革命进行到底”“解放全中国”的战斗号令，“宜将剩勇追穷寇，不可沽名学霸王”！

3月25日，中共七届二中全会在西柏坡召开。这是中华人民共和国成立前的最后一次中央全会。毛泽东告诫全党，夺取全国胜利，这只是万里长征走完了第一步。他充满信心地宣告，我们不但善于破坏一个旧世界，我们还将善于建设一个新世界。20天后，毛泽东率部大踏步，开进了千年古城——北平。他还幽默地说了一句意味深长的话：“这次进京，我们是去赶考，千万不能当李自成。”

1949年10月1日，首都30万群众齐集天安门广场，隆重举行开国大典。九州方圆，华夏风云，都聚到这个地方。千载岁月，百年奋斗，才迎来了这个胜利。在群众的欢呼声中，毛主席在天安门城楼上向全世界庄严宣告：“中华人民共和国中央人民政府今天成立了。”他按动电钮，升起了第一面鲜艳的五星红旗。接着举行阅兵式，朱德总司令检阅人民解放军陆、海、空三军受阅部队。中华人民共和国的成立，是中国现代史上具有开天辟地意义的一件大事，它标志着一百多年来，人民第一次当家作主站起来。新中国的诞生，使中国人民从此站立起来成为新社会的主人。历史巨变的序幕，也就从这一天徐徐拉开。

中华人民共和国的成立，是全球发生的一个历史性的伟大的事件，它改变了整个世界的格局。就是在这个伟大的年代，1949年农历12月23日，在一个四合院正屋卧室里，有一男婴呱呱坠地了，乳名叫得成，大名叫赵业清。

取名“得成”的含义，是父母期望我能够得以顺利长大，健康成人。因为在我之前有两个姐姐夭折了，其中一个姐姐，她9岁时一个夏天的晚上，在门前外边场子里（农村室内没厕所）解小手，据说当时打了一个冷战（寒抖），农村常说这叫中邪气了。从第二天开始连续一个星期高烧不退，在床上全身颤抖，经常说梦里有魔鬼拿着火把追她、烧她等等，不到十天就离开了人世，没能生存下来。过去在农村是很迷信的，他们认为是鬼神要她走了。为了让我能长大成人，算命先生让我不称父亲“爹”或“爸”，而是叫“叔”，意思就是，我是我父母亲引来别人的小孩。取小名和将父亲称谓“叔”的做法，目的都是为我避祸，希望我能很好的存活下来并能健康成长。

我家里的这个四合院，坐北朝南，北面为正屋3间，两边各加偏房1间，共5间。砖木结构，挂斗灰砖上顶，灰色小瓦。正屋比其他三个方向房屋地基，高出1.5米以上，像正殿（堂）一样，雄伟、高大、气派。紧靠正殿下方两侧各5间，由北向南对称的排在两边。正殿的前面，在两侧住房中间建有一个大门，从这第一道门进来是个通道，在向里走进第二道门，它是在正殿的正对面、与两边住房相连的横向房廊，房廊它与正殿相对称，中间是个大天井，整个结构形成了正四方形的四合院。房廊里面放着大磨盘和风车，是各住家户碾米磨面的公用场所。在通往大四合院走道的两边，各有一个小四合院，即各住一户人家。其北边大四合院是个大口字，南边并列两个小四院是两个小口字，整个布局像一个“品”字形的房屋建筑。在建筑群前面是一个宽大的场子叫稻场，是打麦子、打稻谷使用场地的统称。平时作为住家户活动的场所，道场前面是一口约有26亩地的横行长方形大堰塘，是为养鱼和稻田供水修建的。四合院周围，除前方是道场外，三个方向离房屋约60米距离范围全是大竹园。四合院坐落在山脚下，正前方远看是两边山相夹的辽阔大冲，当地称为上七里冲。四合院背靠后山，山上的树木与山下周围大竹园衬映相连，绿荫葱葱像一个大圈椅。

这个四合院原来是地主李世友的，解放后分配给了5户人家居住，其中姓张的有三家，所以当地人给它起名叫“张家湾”。张家湾属于巩湾村第一生产队。解放初，打土豪分房分田地时，按贫穷程度划分成分。我爷爷名叫赵庭员，在父亲出生3岁时逝世。父亲3岁至6岁跟着奶奶以要饭为生，7岁至10岁给地主放牛，11岁给地主当长工，14岁当学徒，后来给地主做木工、做篾匠、做酒匠等工作。解放后划为雇农成分。划成分时，分为地主、富农、中农、下中农、贫农、雇农几种类型。雇农是一无所有，净身给地主、富农做工来维持生存的人。在分房时，没收地主房产田地后就把最好的分给了贫农、雇农。因此，李世友的正屋分给了我父亲。我小时候的家庭，全家有奶奶、父母和我们兄弟4人，共7人。

四合院像坐在太岁爷的圈椅里，这个圈椅就是房屋后面的那座山，而最有名的是山顶上那棵巨大的“神树”。从山上远处看像万山环抱，层峦叠翠，方圆几十里的人都称它为神树娘（梁）子。神树长在海拔900多米的山峰顶正中间，山比我家住的周围的山要高出100多米，从石花镇进冲，到我家的地方为最高的山。神树周围有约100多平方米的平场子，树直径1.5米，需4至5个人环抱，树主干高有18米、至树顶总高达32米以上，树枝杆展鹏范围有60多平方米。神树主杆为花梨木树，主杆上中间又长出一种常青树，即一棵树上面长了两种树，是很少有的奇观。这棵大神树目前已列为国家级文物保护树木。山上时有野兽出没，树木茂盛，鸟语花香。我的家乡是非常美丽的。

出生地，在当地具有神秘的色彩。奶奶常年住在我们家，去世那年，在大伯家住时发高烧不退烧死了。奶奶死后，父亲奔赴20里远的路程，由16个人轮换着抬杠把奶奶抬回了家，在住家院前大场子里设的灵堂，安葬在住宅背后神树娘子正下面。墓地或墓穴是请当地很有名气的风水大师看的。风水师说，这个地方是他从事看风水以来最好的墓地，可以助后代升官发财、健康长寿。奶奶去世时我只有8岁、大弟业俭才6岁。在12岁时，父亲春节带我和弟弟业俭给奶奶上坟，在打扫放鞭烧纸的场地时，突然间同时跑出两条略带粉红色约有20厘米的小蛇（农村也叫小龙），一条在约1米远的地方回头跑到坟墓砖缝里，另一条径直跑远了，后来，不知蛇是跑走了还是又回到了墓地周围。现在回想起来，再看看现实，好像也能基本应验：我和大弟都在外地参加了工作，我在襄阳，离老家有一百多公里之地，大弟赵业俭如今在深圳，距家乡有1300公里。我百年后落叶归根，大弟说他远在深圳安居乐业，还没有回归故里计划。

出生地的四合院，在巩湾大队第一生产小队的张家湾。1967年改名为安乐生产大队，改革开放后，将安乐生产大队和勤俭生产大队合并为一个村，起名为团结村。拆区建镇后又恢复到原来的巩湾村。

巩湾村，是襄阳市谷城县石花镇的一个自然村，这个村依山傍水，风景宜人。1980年焦枝铁路全线通车，焦枝铁路黄营火车站，就在黄营村与巩湾村交界处，离我老家只有1.5公里；2000年以后，汉十高速公路也从村里经过，并设有进出路口。村内企业有制绳厂、地毯厂、塑料包装制品厂、日化有限公司等。主要农产品有水稻、小麦、小芋头、西兰花、角瓜、玉米、葡萄干、大白菜、葡萄柚、球芽甘蓝、四季豆、柳编等。村内资源主要为石膏、硅石、锆石等矿产。

巩湾村有个方圆百里出名的庙宇叫曹家庙，曹家庙就在我老家张家湾住地西北边翻过小山岗，约1.2公里之处。曹家庙占地约1.7万平方米，建筑呈长方形，布局严谨。从南向北依次为戏楼、旷地、前殿、庭院、主殿。戏楼面北而建，飞檐斗拱，雕梁画栋，前面是块空地，千余平方米，为民众观戏之用。空地北面是曹家庙前殿，坐北朝南，面阔三间，古朴典雅。在庙前殿的南面约10米处，有四棵古老的柏树，虬枝盘旋，婆娑苍翠，与前殿组成庄重肃穆的意境。中间殿内供奉孔圣人塑像，东间吊悬铁钟，西间挂悬鼓，殿前两座并排独立的小庙，分别供奉土地爷、火神爷。孔圣人雕塑像背后有扇小门，是前殿的后门。迈出小门，就进入到了一个幽静的庭院。庭院北面一溜九间殿宇，为曹家庙的主体建筑，中间三间气势恢宏，肃穆凝重，殿内供奉着刘备、关羽、张飞塑像，东边三间一间是转运殿，一间是财神殿，还有一间记不清了，西边三间是娘娘殿。庭院东西两侧各有两间厢房，东厢房供奉佛像，西厢房储放杂物。

平时是日常烧香朝拜，朝拜者多数来自于河南南阳、襄阳地区的襄阳县、光化县、谷城县，郧阳地区的房县、丹江口市。朝拜者大部是当地人，也有从外地到武当山许愿、还愿，路过或途径此庙朝拜的。武当山是全国道教圣地，信徒尤以河南为多，上武当山金顶时，全是跪拜爬行而到，他们在上武当山的沿途，有庙必拜。在每年农历四月初四举办庙会时，十里八乡的男女老少纷至沓来到曹家庙，摩肩接踵，熙熙攘攘，如朝的人流，折射出信道者的虔诚信仰。戏楼上，从光化、丹江、河南、石花来的戏班，轮番上演曲剧、豫剧、帮子；旷地上拉洋片的（通过镜头看幕后的移动照片，类似现在的幻灯片）、玩提线木偶、玩杂耍的、吹糖人的、卖拨浪鼓的、套圈的……丰富多彩，热闹非凡。善男信女烧香朝拜，凡夫俗子随喜添趣。

曹家庙于1964年破四旧时，庙内的神像被掀翻，拆毁了全部庙宇建筑，使它变成了一片耕地。据后来人说拆除神像时，神座下栖息不少蛇，约有两箩筐，令人难以置信，十二生肖中属相蛇又称小龙，人们视这些蛇为神的化身，不敢惊扰它们，让其自谋生处而全部放生。

我父亲在我小时候也到曹家庙烧香朝拜，因我上面已有两个姐姐夭折了，他去烧香是为我祈祷，保佑我能平安健康的成长。

石花镇，是一座历史悠久的古镇。据《石花镇志》记载，石花镇最初形成于2500年前的战国时期，原称石花街，因地处石溪河汇入北河处，又称“石溪”。谷城县志解释曰：“溪，即石花巷潭河也，在城西五十里。《左传》有：鲁文公十六年，楚王越自石溪伐庸，盖即为此处”。石花镇得名有多种传说，相传有如花陨石坠地，故名石花；又传“溪河桥石花观”，即溪河石桥观宝，宝石开花；另传古时这里的人们用石溪河里的彩石、卵石铺嵌在街上，犹如石花满街，石花由此得名。

石花镇是一个充满故事的小镇。

古有楚霸王项羽在此痛饮石花酒，石花大曲也因此而盛名远扬。这里历来是兵家必争之地。石花的东西南北城门上分别题有“东屏巩固”“荆南重地”“与薤永峙”“北门锁钥”，都显示出它的军事地位。明末，闯王李自成在此与张献忠商议攻打明朝，义军张献忠在石花屯兵四年，与李自成演绎令人传颂的“双雄会”；抗战时期国民党第五战区司令刘峙防守石花；抗日时期，李宗仁将军在此休闲，建有薤山李宗仁别墅；解放初，贺龙曾领兵在此屯集，攻打土匪，解放石花。

民国初，石花为谷城县第四区，1948年解放，石花为谷城县第二区，并建立区辖石花镇，1950年改为县辖镇。

谷城县石花镇位于湖北省西北部，处于历史文化名城襄阳市和车城十堰市之间。这里是商家必争之地，是川、陕、鄂、豫、渝四省一市的交通连接点，交通便利，商贸发达，镇区内因北河、溪河两条河流在此交汇，地形酷似武汉三镇，素有“小汉口”之美誉。现为鄂西北物资贸易集散地。这里是“朝圣”的起点。西距道教圣地武当山风景区45公里，古人“朝圣”以石花为始点，“神路”因此得名。这里又是兴业投资的宝地。汉十高速公路直穿东西，襄渝铁路贯穿南北，离襄阳机场110公里。全镇版图面积275平方千米，总人口15.6万人（2013年），其中镇区面积8平方千米，人口9万人。

工业现代化。截至2010年底，形成了一批产业特点明显，上下游紧密联系的产业集群，造就了一批国内领先的创新企业和知名品牌。初步形成骆蓄汽车配件工业园、杨溪湾化工工业园、平川冶金工业园、农副产品加工园等。园区内形成了纺织、机械、化工、冶金、电子、建筑建材、彩印装璜、食品加工等门类较为齐全的现代化工业体系。其中，骆驼蓄电池股份有限公司产销量处于全国同行业第二，效益全国第一，“骆驼”蓄电池成为中国驰名商标和免检产品两个国字品牌，并成功在A股主板上市。石纺公司生产的高档服装面料在中国纺织面料行业排名前十。金洋公司是全国最大的合金铅生产和出口企业，被确定为武汉城市圈废旧电池收集网络试点企业和国家第二批循环经济试点企业。恒立公司是中南地区最大的精密铸造企业，个别尖端产品服务中国航天事业。石花相继成为国家级星火技术密集区、全国发展乡镇企业东西部合作示范镇、全国文明建设示范镇、全国小城镇建设示范镇。

石花街的闻名还因为中华老字号的石花酒。石花酒，是百年来几代人奋斗历史的老牌产品，也是谷城县把文化竞争引入到经济竞争战略后，取得骄人成果的个案之一。作为湖北省八大名酒之一，并获得过中国大众名牌白酒称号的石花酒，市场步步萎缩，一度陷入低谷。面对竞争激烈的白酒市场，他们打出了文化牌，将李自成、张献忠双雄聚会、饮酒石花的历史故事引进到商战中，把直接灌装的上好原酒取名“石花霸王醉”，并定位为“襄樊极品酒”“中国白酒度数王”。浓香型白酒从高到低依次定位为一品、二品直到九品，酒盒外包装和明朝宫服文化相结合，突出“品”味。具备文化力的东西总是更易为消费者所选择。当“襄樊极品酒，石花霸王醉”“浓香石花，品行天下”等广告铺天盖地而来，《风雨石花酒》报告文学、电视剧持续刊播，一度沉寂的石花酒，也在市场上迅速重振雄风，石花酒厂的“霸王醉”荣获“中国第一高度”“湖北极品酒”“襄樊三宝”等美誉。

石花老街实际上是条新街。说它是条新街，既是针对东河、西河、苍苔这几条比老街更老的街道而言，也是针对解放后这些年石花街的建设成果基本都体现在老街这里而言。“老街变新街，旧貌换新颜”。老街街道不长，从西边的狗腿湾到东边的东门大桥，不过一二里地，农村人说，一泡尿的工夫就能走到顶，但，石花的精髓却都集中在这里了：银行、书店、镇小、杨明珍幼儿园、王大方药房、百货大楼、副食店、老政府大院、供销社、电影院、染房、铁铺、翻砂车间，等等。这些大大小小的单位挤在一堆儿，共同筑起了这个鄂西北小镇早期的热闹与繁荣。

繁华的老街，街道是老祖宗铺就的一块块不规则的大青石，青石表面光滑如镜，夏日在太阳底下闪着刺眼的白光，而在中秋时节，一轮明月挂在树梢，挂在生满苔藓的屋檐，月光如水，老街变成洱海那般的一汪窄湖，街面便是波光闪闪的湖面了。秋夜的此时，定有一人，或是从大城市下放来的颓废的知青，或是本镇失恋的儿郎，吹着口琴，独自徜徉街头，直到天色微明，那悠扬而又伤感的琴声才像昨夜清亮的月色一样渐渐褪去。老街东头窄，西头宽，像一座躺倒的用青石焊接而成的坚固的宝塔，早晨圆圆的太阳从地平线上升起，那便是塔尖上的宝石了，而塔座则是狗腿湾相对开阔的菜市场。老街的南侧有一条巷子，不叫巷，也叫街，叫东河街，我童年上学四年的时光曾留在了那里。街下面是河，名东河，东河在此跟比它大的南河交汇，形成一个较为开阔的浅滩，年年河水潺潺，芳草萋萋，蜻蜓飞、彩蝶舞，早晚皆是一片清明景象。娃娃们光着屁股在河里划澡，小伙们光着膀子在滩上刷白鱼条，妇女们则嘻嘻哈哈抡着棒槌在岸边洗衣晾被……现在，东河早已干枯，南河水也只有小小一股股。

河上有三座桥。第一座是木桥，无名，也无从考证是哪一年修的，两道铁索吊上几块木板，便是这座你得小心翼翼通过的桥了。从大南门下十数级砖砌的台阶，过了这桥，是牛行；从牛行绕一圈，上个陡坡，才能到西南边的苍苔街。木桥宽约五尺，桥面并排铺开的木板时常会掉下去一两块，倘若一脚踩空，虽不至于掉到河里去，却会把人的脚牢牢卡住，惊出一身虚汗来。某年山洪暴涨，靠牛行那头地势低，桥身被冲跑一大截，洪水褪却，那桥便成了一座瘫桥，两道铁索，一头还高悬在木桩，另一头则像村姑的两条辫子弯曲在沙滩。第二座是六零桥，很短很短，大约只有二十几米长，远远算不上一座真正意义上的现代桥，但它却是在三年自然灾害最困难时期修建的，是石花有史以来第一座钢筋混凝土结构的桥，它把苍苔街和小南门、狗腿湾连接起来，结束了石花街的人摇摇晃晃过木桥的历史，功不可没。这两座桥应该是石花街的内桥，第三座在省道上修建的东门大桥，那是外桥，因为桥这边是镇，桥那边就是乡了，石花街的人情感里面对这座桥似乎略显淡漠。

老街西河里有一口井，值得一记，叫“龙王井”，石花街的龙须面，石花街的“弹花锤”酒，据说都是拿这口井的井水做的。这口“龙王井”，井口、井身是用上好的花岗岩大青石砌的，井口有一张八仙桌那么大，方方正正，除了站人挽水这边，其他三面终年青苔斑斑，湿气腾腾。盛夏，行人打这过，会感到一股股凉气蹦上街来。上学的娃娃们则常常带一小瓶，瓶脖系一细绳，咕咚咕咚，从井里打起一瓶甜甜的井水带到班上喝。到了冬天，井沿结了冰凌，一团团乳白的雾气从井口蹿上来，顺着井周的屋墙向上涌，把半条街弄得跟下了罩子似的。这口井到底有多深没哪个晓得，但“龙王就藏在下面”，这是谁都不愿否认的。井壁石缝里终年细流涟涟，间或会生出一二株细嫩的小花小草来，哪儿都没刮风，她们却兀自在井的深处婀娜摇曳，跟活的样的，在歌，在舞，在笑。莫非她们真是传说中的龙王的女儿，抑或龙王的嫔妃？

这口好井现在怎样了，我无从知晓。也许，井甚至“井”这个概念，最终都会消逝在历史的长河里，但它在我们这代人的记忆中将永不磨灭。

石花这么一条值得纪念的老街那也是很久很久以前的事情了。石花街，我的故乡，是我小时候读书增长知识的地方，我童年的记忆，永远保持在心灵深处。

在我参加工作前，石花镇、巩家湾村都没有一个人走出谷城到襄阳政府工作的。一九七一年七月，我是从农民一步登天到襄阳地区行署计划委员会当了国家干部，并且以后连续提升当了正县级领导。大弟弟赵业俭，一九六八年参军，一九七一年在部队里提拔为正连级干部。二弟赵业光，在石花镇棉纺织厂工作。三弟赵业才又担任小学书记、校长。我们几个兄弟一时间在巩湾村周围几个村乃至石花镇都出了名。再者，我儿子赵伟学习成绩一路高分考上大学，并是博士后毕业，又以优秀生在世界名牌大学中国科技大学留校参加了工作。我们兄弟四个目前都已近70岁了，个个身体健康都没有大的疾病。村里支部书记童玉凡，去世后他的家人按照他的遗愿多次托人找我父亲，从几里之外翻一座大山安葬在我奶奶墓地下面。社会上广泛的认为，我老家那里风水好、有神树保佑、祖坟（奶奶即祖母坟）埋得好。我的出生地，这个顺风顺水的环境也许暗助了我们的成长，我们人生的命运从这里出发，人生的道路也就从这里起航。

第二章　童年

每个人都有自己的童年回忆，有的童年是幸福快乐的，有的童年是艰辛苦涩的，我的童年是二者兼而有之，是在艰苦环境中幸福快乐地走过来的。童年是一个五彩斑斓的梦，使人留恋，使人向往。我回忆发生在童年生活中的每一件趣事，都是美好的。

我的童年是20世纪50年代至20世纪60年代初期。虽然饭没吃饱过，玩的方面还是非常快乐的，虽然不如现今的孩子玩乐的丰富多彩或高雅，如今三四岁开始学国学或吟诗，或绘画，或跳舞，还有上电脑、玩手机、打游戏、看电视、进游乐园……这些都是我们童年未见过的玩意儿。

幼小时，喜玩耍。

父亲常带我出去跟他参加各种活动。他干农活我在田边地头玩石头、泥巴、码山堆，有时在田地里用小手学着撒芝麻、黄豆、粟米种子。过喜事时，父亲给别人家里当厨师做菜，新郎将新娘接回来后开饭时，我站在父亲身边说：不拿封子（即红包）不开笼。过年节时父亲在堰塘撒网捞鱼，我帮着拉鱼网，鱼捞起来后用小手抓鱼，常把衣服、鞋子打个透湿也不怕冷或冻。

我小时候玩过很多是乡土游戏。

在很小很小的时候，跑不远，就在家门口大场子里玩泥巴。用水把泥巴打湿揉成团，捏成小鸡、小鸭、小狗、小羊、小象的形状，捏好后再用草籽籽安上两只眼睛就算成了。我们院的几个小孩，在有的地方玩没有水和泥巴，我们就屙尿和泥，各人屙的尿和各自的泥巴，湾子里李明孔比我们大几岁，他教我们捏牛、老虎等。

玩“逮羊”，有的也叫“老鹰捉小鸡”。就是我们一群小孩子其中一个当“狼娃子”，选一个子高、力气大的孩子站在最前面当“老羊子”，后面的小孩子按高矮顺序站好，一个扯着一个后面的衣服形成一长溜，最后一个当“小羊子”，“狼娃子”只能叼最后面的“小羊子”。游戏开始，“狼娃子”要吃最后面的一只“小羊子”，“老羊子”立即跟着“狼娃子”跑，并用两只胳膊拦着“狼娃子”，后面的“小羊子”互相扯着衣服跟随前面队伍一起摆动，有时，“狼娃子”一把抓住最后一个“羊娃子”就算赢了，这时被抓住“小羊子”就得站在一旁不能再玩了；有时，后面的“小羊子”因跑不快摔倒了几个，这时被“狼娃子”抓住也算赢了。最后，直到“老羊子”没有“小羊子”了，不得不投降受罚，这一轮游戏才算结束。

下“对角棋”。是两个孩子玩，先在地上画个“田”字，再在“田”字两角画两根对角线。双方各用三颗不同的石子或木棍当棋子，放在自己这一方，每颗棋子必须是一步一步地走，一直走到成一条斜线，把对方三颗棋子逼在一个角落不能动弹时为赢。就是这么看似简单的棋，要想下赢，不动脑子还是有点难的。后来，我稍大点，就跟生产队的大人们学着下象棋、下军棋、打扑克。

再大点儿就开始玩玩具了，玩具大都是我自己做的。

自制弹弓和手枪。做弹弓，是把粗铁丝弯成带手柄的U型，或砍个U型树杈，缠上一根橡皮筋，用石子和猎枪用的钢球状小颗粒子弹。自制小手枪，用锯子、刨子、凿子、砂纸联合使用。先做木制小型手枪托，把打枪后的大机枪子弹壳尾部钻个小孔，装在手枪前面凹槽里，用细铁丝拧紧牢牢固定。然后在安装子弹壳后部的枪托下面，安上打火炮的班机。打枪时，将子弹壳装上火药，再在火药里面装上细小颗粒的枪子，然后在后坐上装上小火炮，瞄准目标后扣动班机。我常用来打鸟雀，如麻雀、斑鸠、鸽子以及家禽。打着的很少，只是好奇好玩。

铁环是把粗铁丝弯成圆圈，或用水桶箍，铁钩是将粗铁丝取一截弯个弯，将一头插到细竹棍里，用钩推着环滚动前行，速度自己掌握，可快可慢。比赛时看谁推得快、谁走得最慢，或者在地上划上两条平行窄线，铁环从中间通过时不能触线。

陀螺是锯一小截杂木，一头削成锥形，锥形尖的顶部嵌进一个小钢珠，以便在地面快速转动。然后在竹棍头上拴一根长绳或布条，就这么打起来。

毽子是选择十来根鸡毛（用公鸡宰后颈的脖子上的毛）扎成一束，再把二个或三个铜钱摞在一起，孔中穿两个布条，把鸡毛束插入孔中，用布条裹住扎紧。

打乒乓球，我用家里废的小薄木板儿，锯成一个像乒乓球拍一样的拍子，扎得手上满都是刺儿。打球的时候，就在门前道场找一块平一点儿的地，用粉笔画上一个长方形，当作乒乓球的球台，中间隔上几块砖头，球就这么打起来。在学校里，就用课桌拼成球台，中间画一条线，从书包里把自制的拍子拿出来打就是了。这种玩法，虽然简单而朴素，却为我们这些农村孩子带来了无穷的乐趣。

以上是常年玩的项目，有些是季节性的。比如，夏天洗澡时，在堰塘里打水仗、“扎迷子”（头沉入水中，屏气游动，类似潜水），或捡一块薄石片在水面上打撇撇油（打水漂）；冬天堰塘结冰，就能在塘上溜冰，或在冰上凿个洞，看谁能把石片顺着冰面溜进洞里去……现在气候变暖，再看不到过去那厚厚的冰层了。

自己动手做二胡。看到别人拉二胡，我一直很羡慕，但是家里没钱，买不起。说来也巧，想什么就遇到什么。那是大约 13 岁时，暑假期间帮家里打青蒿，农村里缺肥，打很多青蒿以后把它堆成堆，压实，在上面浇上水或大粪，让它发酵以后变成有机肥。有一次我们到远在 10 里以外的本村第 6 生产队的大山里去打青蒿，在山上遇到了一条大蟒蛇，正想要蛇皮，它送上门来了，哪能放过它？我和大弟赵业俭一起把蛇打死了。剥皮时，我们用绳子把蛇头吊在树枝上，从颈部下面向腹部开口，正中分开向后背慢慢剥开一点边后，再用力扯住蛇皮，自头部往下，均匀用力，缓缓地往蛇尾方面撕扯，即可将整张蛇皮剥下。剥皮后把皮带回家立即进行摊平晒干定形。操作时，先将蛇皮洗净血污并抖干水分。然后，把蛇皮的腹面朝上，笔直地平摊在固定木板上。先将蛇颈部用 8 分钉钉住，皮两侧靠边每隔 1.5 厘米各布一钉。在绷紧下钉的同时，要掌握蛇皮在木板上的笔直度，切记平整不能钉得弯弯曲曲。

泡皮，铲皮。泡皮，干蟒蛇皮吃水是琴皮处理工艺中最重要的一环，一般将蛇皮的反面泡白，泡得朦朦胧胧了开铲，就时间来说，夏季，蛇皮一般泡 9 到 10 个小时开铲，晚上起来换一次水，以免皮夏天气温高有臭味；冬季则要泡 15 个或 16 个小时铲皮。铲皮，要干干净净的将纤维丝上的肉脂铲除，去除肉脂后用铲刀横竖两个方向再轻轻铲一次，将鳞片、垃圾物全部清理掉，然后换清水再泡半小时，使蛇皮慢慢变软，变熟，变白；再用铲刀外锌内刮进行细微整理，对着亮光能看到清晰的网状纤维，再放到清水中漂 10 分钟。将蟒蛇皮刮干水，放在干净的木板子上晾干，就可用来套蒙皮了。

成熟的蛇皮准备好了，再把二胡部件：桶（竹桶或木质桶）、杆、弦、槌柄、弦弓等；辅助材料或安装工具：胶水、加力箍、细绳（直径约 1 毫米）、抹布、钳子、打孔锥（1 毫米）、涂胶刷子、单面刀片等准备好。

在第一次做二胡时，借了别人二胡做样子，比着胡琴桶的粗细和长度、二胡杆的高度、手柄两槌间的距离等，各部件做好后组装成二胡。蒙皮也是个重要环节，又是技术活，这里从略不作详述。

在上谷二中时家里都很穷，每个学生只带一床被子，学生宿舍是长通铺，两个学生自愿结合，上下被子每个学期互相轮换铺盖。与我睡同一个被筒的郑远安同学，跟我关系很好，视如亲兄弟。在初一的暑假中，我带他到我家教他做二胡。我们俩在石花街供销社买了一张蟒蛇皮，做二胡时分割成六张（即可做六个二胡）。在我家做了三个二胡，郑远安走时我送给了他一把二胡（做标样）和三张蛇皮，让他回家学着做。郑远安在我家做二胡时说："你做的二胡跟街上卖得差不多了，将来你就可以专门做二胡赚钱喽！"

就这样，我不仅学会了做二胡，也学会了拉二胡。

那时候，我也很调皮，也干了一些冒险的事。

比如炸鱼，我们把挖石棉矿放炮剩余的炸药和导火线、雷管偷偷带回家，炸鱼时把它装在酒瓶里，点燃后马上扔到堰塘或水库里，一声巨响爆炸后，水面上就会漂浮一层被炸晕的鱼，再用网子打捞起来，收获颇丰。炸鱼后要掌握好时间，如果不及时把漂在水面上的鱼捞起来，时间长了等到鱼清醒后，它们就会跑掉了。曾经在夏季的一天，我和小弟赵业才到舅舅家去玩，路过一个大堰塘，我用啤酒瓶装好炸药和引线后，让小弟弟（当时 9 岁）点燃扔投到水里，由于爆炸声太大，还没来得及拣鱼，堰塘的主人就赶来了，我跑了，弟弟却被人家抓住，并要求罚款5元。小弟特别害怕，一直哭着，后来才对人家说，他是到舅舅家去玩，走到这里有一个他不认识的人，让他把一个瓶子扔到水里。堰塘的主人问，你舅舅是谁呀？他说我舅舅就住在前面一点，叫何家友，堰塘的主人说："你舅舅跟我很熟，看在你舅舅的面子上，就不罚你款了，但是你以后可不要再做这样的危险事了啊！小孩子不要跟着别人做坏事，你走吧。"

当时我就躲藏在山坳里。当然也非常害怕，也很后悔。从此以后我再不炸鱼了，这不仅是做坏事，而且的确还有很大的危险，这件事对我教育很深刻。

这些游戏对当时的我来说，既给我贫瘠的生活带来了一定的快乐，也或多或少地对我们的智力开发起到重要的作用，正是这些充满泥土味的游戏，才让我们有了难以忘怀的那个童年。

我的童年，顽皮、爱动、要小聪明、使小性子，这些小孩有的天性在我身上也都有。小时候也是我们最轻松、最自由的一段时光——少年不知苦，整天乐呵呵，与小伙伴们一起耍，一起打闹，像鱼儿在水中自由畅游，像小鸟一样在空中任意飞翔。我的童年，无忧无虑，是一个幸福、快乐、完整的童年。

随着年龄的增长，我离开了家乡，有些往事已逐渐淡忘，但对童年时期所玩的乡土游戏还是记得真切。虽然那时条件所限，玩的内容非常简单，但细细地回想起来，仿佛又回到了从前那个天真顽皮的时代……

再后来，到学龄了就入学读书。

"子不学，非所宜。幼不学，老何为。玉不琢，不成器。人不学，不知义。"这是中国自南宋以来儿童读物《三字经》中的名句，也是前人对后人"劝学"的箴言。

一个人要学习，必须要上学读书。

初小就读于巩湾小学。我从小身体较差，经常闹肚子。每次肚子疼痛来势很猛，痛起来就在床上和地下打滚，大汗淋漓。这时我母亲用农村土方，把瓷碗打破用瓷尖，将我的两胳膊弯、背后脊椎两侧扎出血。然后母亲用簪子沾香油，在扎过的皮肤上使劲地扦刮，一会就会见到有许多紫色的血流出来，再扦刮几下后就变成鲜红血了。这种方法确实有效，这叫扎瓷针，也叫见血疗法。我小时候的第二个病是头顶部长癣。那个癣啊，真是让人难受死了！痒的时候只能拼命地挠抓，以至于经常被抓出血，然后结痂，严重的时候还有脓水脓疮，那是局部感染导致的。表面上看头发都掉了像秃子，由于没钱治疗，直到 8 岁后才痊愈，并且满头长出了黑发，这才开始上小学一年级。父亲领我到巩湾小学去报名，走在路上对我说："从我到你爷爷以上，祖祖辈辈，我们这一支赵家里没有一个人上过学、读过书，都是大字不识一个，我们家现在再穷，卖点粮食，哪怕挨饿，从牙缝当中挤点出来也要供你上学读书。你上学后可要好好学习哟，读书以后才有出息"。走到学校报名，见到童玉苍老师，按老亲父亲与他是老表，我叫他表叔。童老师问：你叫什么名字？父亲说还没给他起大名，别人说起名字很重要，我们没文化起不好名，还是请童老师帮忙起个大名吧。就这样，我的大名赵业清就是童老师给起的。

1957 年秋，8 岁多的我手提书包，走进巩湾小学，开始了求学之路。那时，识字的人不多，市面上没有书包卖，全是各家自己做。家境好的用洋布（向外国学习，工厂织布机织的细布）做书包。我的书包是我妈自己纺线织的粗土白棉布，用洋靛染成蓝色，缝成袋，袋口穿根棉线绳，一拉绳袋口就缩在一起了。第一天上午，我斜背着母亲给我的土布新"书包"，里面装着一支新铅笔，空瘪瘪的新书包搭在我的小屁股上，一走一扇地跑着，到巩湾小学去上学。

1949 年前后，我国轻工业不发达，日用品大多靠进口，质量好点的，人们统称洋货。细布叫洋布，火柴叫洋火，染料吃洋靛，自行车叫洋马，煤油叫洋油，肥皂叫"胰子"……胰子价钱贵，洗衣服就用土办法。洗白色衣服，是把皂角（皂角树结的果子我家房后有一棵）捣碎后，用其乳白色的浆液；洗带颜色的衣服用草木灰水，把灶膛里的草木灰浸泡后，用筲箕把水滤下来。

说起洋火也可看到我家的变化。在我记事开始的 20 世纪 50 年代初，家里很穷，当时洋火 1 分钱一盒就买不起。在我们家，做饭、点灯、父亲抽烟，都是用火镰敲击山上捡的"火石"，以火星引燃火纸做成的纸捻来生火。到了六十年代，家里条件好些了，开始用起了"洋火"，大人小孩却不说"火柴"，开口就说"洋火"，"把洋火拿来""洋火放在哪了"，等等。后来直到我参加工作了才知道，“洋火”是在清朝兴盛时期，一些国家曾作为“贡品”传入到中国的。19世纪40年代，《中英南京条约》签订之后，外商乘机在中国出售火柴，“洋火”才开始在我国流行。20世纪70年代，家里用打火机了。起初打火机里装的是打火石，用砂轮转动磨擦火石发出火星，点燃汽油生火，后来发展进步了就用电子打火机打火了。火源发展的三个阶度，说明了家庭生活方式的变迁和社会的进步。现在国家强大实现了现代化，产品全部国产化，而且使用的是电子气体打火了。

刚上学时老师主要教我们认字。我清楚地记得，第一课童玉苍老师教的是“人，一个人的人字”。第一次唱的歌是“解放区的天是明朗的天”和“嗨啦啦啦啦嗨啦啦啦，天空出彩霞呀，地上开红花呀，苏联老大哥呀，帮助咱们新国家呀……”

巩湾小学的教室很简陋。它是1953年大队用土丕砖新建的，南北朝向。南面是个大操场，北面靠山坡，从南边的操场上6级台阶，从中间有个大门进去，里面是个小院子。南北平行各6间，东西对称各3间。每3间为一个教室。操场的东头建有3间教室，西头也是3间，有2间为老师的办公室，1间作厨房和开水间。

建巩湾小学，土坯砖是大队从各小队抽调建房人员，作为小队支持大队搞公共建设的义务工，各小队给其记工分。砖丕是用木板做模子，将和好的泥巴放进模子里，将模子一头松开，轻轻的把模子提起，经太阳晒干后就是一块土坯砖或叫砖丕，土坯砖就是这样一块一块的做起来的。椽子、檩条、屋梁都是从集体山林砍伐后木匠加工的，瓦是生产大队窑厂烧的，合起来就建成了新的巩湾小学。

那时农村没有玻璃，夏天，窗户空空洞洞的，遇到雨天，窗户飘雨，靠窗户边上的同学只得把课桌向里挪；冬天，有人在教室窗户上糊一层报纸，有的挂个草帘，这有的用旧砖头封起来，冷风挡住了，光线却很阴暗。遇到雪天，学生大都提个烘笼缸上学。烘笼缸是农村常用的一种取暖的工具，一般是烧制而成，上面一个提把，下面一个圆盆，里面有一定量的热灰，灰上装木炭，对农村人来说，这个烘笼缸是冬天不能缺少的取暖工具。

初小的课桌、板凳，是在垒起的土丕墩上放块长木板，课桌垒的高一点，板凳低一点。学校少量课桌、板凳，只供家庭困难的和离校远的学生使用，学校要求离校近的和家庭条件好的学生自带条桌或凳子。我用的那张条桌和木凳是父亲亲手做的，一直用到我升到高年级需要转学时才带回家里。

上学后，解完大便用读过的书本和写过的作业本的纸做便纸。而以前我们一直用小石头、瓦片、土拉法子（泥巴疙瘩）、树叶等，还是没有纸舒服，当时还没有手纸或卫生纸。那个年代，不只是我家这样，而是家家都这样，毛厕边放一堆破砖块、瓦片、破布等。

人们普遍用纸是几十年后的事，城市单位工作人员大概是六十、七十年代用书本，八十、九十年代用草纸，到二十一世纪才用卫生纸，乡村还要迟几年。2010 年，央视著名主持人李咏，在《非常 6 加 1》节目时曾经调侃：乡里人说城里人，现在是我们吃肉你们吃菜，我们用纸擦屁股你们擦嘴。

我漱口刷牙，是从上小学开始的。班主任童玉苍老师说，饭后牙缝里留存有食物，容易滋生细菌，危害健康，要求同学们每天刷牙。刷牙成了当时的时尚，因为祖辈、父辈没有刷过牙，那时无钱买牙膏，童老师要同学们用盐水代替，这样盐水一路伴我进初中。几年来，牙齿清洁了，牙釉质却给磨损了，引起牙疼，早在 1976 年我就开始补牙。这当然不能怪童老师，主要是家里贫穷，没钱买牙膏。

我们上小学时，学校管理不严，学生负担不重，没有课外作业，课中间和放学后可以随便玩。我们有很多种玩法：一是将纸剪成一边宽对边窄的梯形方块，窝成半圆形，向下放在地上，参赛者翘着屁股趴在地上向半圆内吹气，吹得远、吹不翻面者胜利。二是打纸板，把纸折叠几层成一个三角形的纸板，参赛者一人拿一个，一人将纸板放在地上，其他人把手中纸板用力甩在地上纸板附近，利用冲击力将地上纸板翻个面，能翻过者胜。三是打弹子（跳棋的玻璃珠子）在地上隔几步挖个窝，参赛者各执一子，食指弯曲托住弹子，大拇指发力将弹子弹向小窝，途中可互相拦截，弹子先进窝者胜。再就是斗鸡，两人或多人参加。参加者右腿立地，左腿弯曲抬起，右手托左脚，左手抓裤腿，成金鸡独立之势，用膝盖相互抵撞，左脚不落地者胜。在学校里读书时还爱好摔跤、跳绳、跳方、踢毽子、打弹弓、扯响鞭，有时也搞个掏鸟蛋、偷瓜摸果之事。那个年代，不知什么叫好坏、不懂冒险，只知玩乐，高兴就行。

喜欢听妈打谜语。"'一个楼房高又高，层层都有云雾飘。里面住的不是人，下面还要用火烧。'你们猜，是个啥？"吃罢了晚饭，我们兄弟四个，围在一边乘凉一边洗衣服的妈妈身旁，听着她给我们打谜猜。我们争先恐后地猜着，想着，尤其是我，生怕别人抢了头猜着了，嘴里还不停地一遍一遍地重复念着妈妈说的谜，可就是猜不出来。直到最后我们都说猜不到，妈才说"蒸笼蒸馍馍"，谜底揭开，我一听，感觉自己真笨。

五六十年代，我们兄弟四个在家里跟妈妈猜谜语，是童年中的一种乐趣。在我们家乡说猜谜不叫猜谜，而是说"打谜儿猜"。在农村没有电灯，我们早早上床待在被窝里，我经常说"妈，给我们打谜儿猜。"记得有天晚上，妈又给我们打谜儿猜："圆窟窿扁缝，插在里面搅弄，越弄越响，越响越弄。"妈说罢，我们摸着脑袋想，还是猜不着，妈只好说"吹喇叭"，说得我们哈哈大笑，我们猜呀，猜呀，猜，总是猜不出来。

妈说，你们是笨蛋，猜不到我懒得打了。可我们不行，缠着她打，一是想猜着高兴，二是也想听个新鲜，妈就只好接着打："弟兄七八个，围着柱子坐，大家一分手，衣服都撕破。"这一次我可猜着了，我说"大蒜"，妈说业清猜住了。

母亲是个"谜语篓子"，脑海里装的谜语真多，张口就来。比如："腰里别把刀，行走吹着号；猪娃都怕他，吓得都直跑"——山里劁猪的；"行走背个包，又有剪子又有刀；只要坐在他面前，皇帝老儿头低到"——农村理发的；"一个姑娘笑呵呵，躺在里面没睡着，外面有个情哥哥，亲她咬她更不着"——蚊帐外面的夜蚊子；"一个屋子窄又窄，里面住着五个客"——鞋子；"麻房子，黑屋子，红帐子破了，出来个白娃子"——花生……

母亲给我们打的谜语，大都是民间的乡土物件和山里的人和事。她没有读过书，打的谜语似乎没有"文化"的韵味，但她却给了我们去畅想，激发我们的求知欲望，启迪了我们幼稚的思维，使我们对世事有了幻想。

母亲打给我们的谜语，就像山野间的一粒粒种子，落在了我们的心田，在我幼小的心灵里扎下了深深的根，一直延续到今天。

巩湾村面积大、人口少、生源少，当时只能读到小学3年级，基本上属于初小阶段。而我却在读3年级下学期的4月份害了眼疾，这是读小学时我生的第三个疾病。早上起床时两眼睁不开，像胶水糊着一样，我就用手从嘴里沾上唾沫抹到眼睫毛上，浸润后慢慢将蒙上双眼的“胶状物”眼屎取下来。学习时双眼红肿闭合睁不开，双眼通红、疼痛难忍、视物模糊，同时大脑昏沉、喉咙发热、双鼻流血。就这样前后持续了将近四个月。学习时基本上看不到书上或黑板的上字。当时农村缺医少药又无钱看病，为了学习，用自己带的一快布沾玻璃瓶装的清水，不停的擦着双眼，双眼只好近距离的看书、写字，就是这样坚持学下去。害眼后长时间近距离看字，使得眼睛的视力很快下降，我现在的高度近视就是从那时开始的。这次的眼疾后来是用一个单方治愈的。村里一个叫邓乾清的人，他介绍了一个秘方：每天清早用野外的露水洗脸眼，坚持三个月，尤其是五月端午节这天清晨三时用野外草上露水洗眼。我坚持做到了，眼疾才慢慢好了。

初小从1年级读到3年级，到小学4至6年级的高小阶段我们就得转学了，离开父母到黄家营小学就读，它是卧伏公社办的重点小学。黄家营小学，有之家、大道、平川、勤俭、勤劳、安乐6个生产大队的学生就读。黄家营小学距我家有12公里，所以要在校住读。

一九六四年，考上初中时我14岁。黄家营小学6年级两个班113个人参加小升初的考试，考上谷城县第二中学的只有赵业清（安乐大队）、朱启珍（之家大队）、方明全（平川大队）、郑明菊（之家大队）、郑成远（大道大队）、沈福成（大道大队）共6人，其中两个是复读生，我与朱启珍、方明全、郑成远四个为应届毕业升学的。勤俭、勤劳两个大队没考上一个。小学升初中，升学率我们黄家营小学为5.3%，为19人考取1人，比现在考大学还要难。

谷二中设在石花区的石花镇仓台街。从初一至初三每个年级三个班，我在一（三班）。除在石花镇街上住的学生走读以外，其他全部为住读生。当时校长为宋佑文，是石花区委委员。我家距二中约11华里路程。

谷二中是谷城县第二中学的简称。谷一中设在谷城县政府所在地的城关镇，他兼有初中、高中两部分。谷二中在石花区的石花镇，只招初中生，面向石花区、郧阳地区的丹江口市、保康县与石花交界地区学生，还有少量的郧阳地区房县、均县的学生。

住读生除交学杂费外，另交搭伙费及粮油票。我们农村学生就按照规定交粮食和柴禾（粮油票是街上居民才有的），每个星期六下午挑上粮、菜、柴禾，约有100多斤重的担子到学校。粮食交后兑换成学校内部餐券，柴禾称秤后作价冲抵搭伙费或其他费用。

学校食堂是教职员工、学生共用的，学生吃饭集中在露天的操场上（雨雪天在教室里）。开饭时，炊事员把饭桶抬到操场上，每班一桶，横向摆成一排，全校八九百学生在各班饭桶前，纵向站成两列。“开饭”，校值日生一声口令，大家开始盛饭。吃干饭时，8人一盆菜，菜不够吃就吃自己从家里带来的菜。吃稀饭不炒菜，是菜稀饭，一般中午吃干的，晚上喝稀的。盛干饭用勺，盛稀饭用搪瓷缸，搪瓷缸把上绑一根50厘米长的竹竿（当手柄）。我盛稀饭分三步：第一步，手握竹竿缸在盆内划圈，稀饭跟着旋转，由于向心力的作用，菜向木盆中间集聚；第二步，将瓷缸沉入桶底，移至中心缓缓提起，竹条杆连同瓷缸桂上一串菜叶和干稀饭，第三步，把饭钵置于瓷缸下，翻转瓷缸，轻抖竹竿，菜和米饭落入钵内。这种技巧能多盛一些菜和干的稀饭，大家心照不宣，相互效仿。盛饭后，回到原先的位置，蹲在地上。吃饭不说话，更不细嚼慢咽，以免影响进度。比照起来，女生的“道行”高一些，第一碗让着男生，第二碗就冲在前面了。吃干饭可以堆砌，不让自己动手，由班值日生站在饭桶前统一打饭。后来稀饭也由值日生分配了，可能是班长看出了我们的“窍门”。

我的童年时期，幼小时以玩为主，到学龄时以学为主，因家庭困难，小时候就开始兼干家务活或农活了。也就是古人讲的，穷人的孩子早当家。

儿童时期，5岁开始做家务活，9岁就干农活。

我家兄弟4人，家里人口多，吃饭人多，干活人少。全家六个人只有父母二人干活。读初小1至3年级，没有课外作业，放学后玩的也很少，我是老大长子，农村的孩子长成小大人，要帮家里干活，为父母分忧。读高小五、六年级时，我在离家十几公里地黄家营小学住校读书，只是星期天上午有空干农活。

5岁择菜。在农村，那时的收入唯一办法就是靠挣工分获得，用挣得的工分来分钱、分粮。若干集体活按照个人身体强壮程度和年龄给工分，是按统一时间劳作。要是按照完成工作量即以亩或数量计分，自己可早可晚下地干活。我父母为了早吃饭早干活多挣工分，5岁时母亲让我开始择菜，先把菜的泥土、根、草、死菜叶和黄菜叶挑选出来，然后把地扫干净。天黑前把苞谷等饲食撒在地上喂鸡、鸭。

约6岁开始，奶奶教我掰苞谷、槌稻谷、扳粟米粮食等。掰苞谷，堂屋里地上放一个大箥箩，它是父亲用竹篾编成的凉晒粮食的一种容器。口径约1.3米，深度有30多厘米。把挑稻谷用的钎担一头放在箥箩的口上，钎担后头的下面放个小板凳上支撑起来，基本与箥箩口平行，人坐在钎担上，把苞谷托先用钎担尖顶或戮开一条小道，然后在钎担尖上用力擂搓，或用左手拿苞谷穗右手掰，将苞谷米分离到箥箩里。由于长时间下连阴雨，使熟透了的庄稼在田地里发霉或出芽，收割回来稻谷、粟米、高粱又怕放在那里沤坏或发芽，因此要及时地处理，把粮食脱粒、凉晒，以便于收藏。扳粟谷、高粱，就是在房屋大厅里，放一个长条板凳或方椅子，双手拿着粟谷或高粱，从前向后逆时方向转一圈举到头顶，下落时将穗子重重打在凳子上，反复几次直到打干净为止，再换一把重复进行。

7岁时，洗碗、剜猪草。提着篮子带着小铁铲打猪草，到菜地掰萵苣叶、老白菜叶，到山坡剜刺谷芽、黄花苗、灰灰菜、追火藤，到地里扯红薯藤、掐红薯叶。剜猪草拿回来了把它切碎，放到猪槽里喂猪。

8、9岁时，开始种菜、浇水。种菜，有播种、栽菜两种。播种，是将菜籽撒下去，如分别把萝卜、苋菜、白菜、芥菜等菜籽撒在熟地上。撒菜籽种子时，从地的一侧走正直线即猫步，右手捏紧种子，用大拇指控制，种子从虎口均匀地撒出去落在地上。

帮父亲干农活，如站趟耙等一类轻活。站趟耙，去掉耙齿的耙叫趟耙，平整土地用。趟地时，大人是站在趟耙上，小孩站不稳就坐在耙的上面，趟完地浑身尘土，鼻孔嘴里都是。在田埂上放牛，怕牛吃庄稼，一直牵着它，我把牛牵到山坡上，把牛绳往牛背上一甩，让牛自找草吃，我就自己去玩，有时把衣服脱得光光的，跳到堰塘里泡澡、摸鱼，有时摘片荷叶顶在头上也很好玩。

栽菜，将父亲下种长成的菜秧苗，如辣椒、茄子、黄瓜、莴苣、白菜等各种菜秧苗，先浇水湿透，一株一株地挖起来，加上湿土捏成坨，再在菜地里一排一排对齐用铁铲挖成窝，把挖的菜秧苗栽进去，盖上土用手压实、浇水。如种蒜、葱，地面撒上饼肥或大粪，用铁锨深翻整成熟地，用锄头挖成沟，将蒜瓣按间距 3 厘米至 5 厘米一个挨一个排到地沟里，上面用土覆盖浇水。

浇水，小时候用水壶提水，用水嘴对着秧苗窝浇。稍大点 10 岁左右，跟大弟用棍子抬一桶，用葫芦瓢舀水浇。再大点时，我就用挑大粪桶、大粪勺子，从露天厕所里挑大粪浇肥。

10 岁时砍柴禾。砍柴一年有三个不同的时间段。第一个时间段是春夏季节，它主要是以捡柴禾为主。将过去一年夏秋季节落下的树叶、松毛（即松树针叶）、毛草枯叶、死笆茅叶杆等，用扒子从山顶上按顺序抓搂下来，装进大背篓里，一层一层用脚踩，扎紧装满，背回家快烧完了再去扒。柴扒子是父亲亲手做的，把几根三尺长的粗铁丝（或竹篾片）弯成 U 型，从两根两尺多的方木条中穿过，把木条距离调为三寸，铁丝顶端弯成半圆形，最后用一根五尺长的竹竿固定在两根木条中间。扒柴时手握竹竿拉动扒子，从上拉下，半圆形弯钩把落地的枯草树叶扒搂起来。这种柴禾烘的大，烧的快，不耐久。第一时间段捡柴禾不够烧，就用麦秸秆、芝麻杆等作补充。第二时间段，砍柴禾。到了八九月份立秋后，山上的植物不再生长了，这时也急需新柴禾接茬。头一天晚上我把砍刀、镰刀在磨石上把刀口磨锋利，用稻草捋成葽子（相当草绳），带上钎担（扁担两头安上跟犁铧的铁尖）。上山砍柴到中午或晚上吃饭之前，把砍的柴禾打成捆，一担一担地都挑回家码成柴垛子。砍柴禾时，不砍松树、柏树等成才的树苗，花梨木较粗直的留下，只砍杂木和花梨木棚子。我家人口多柴禾不够烧，邻居张高明是个单身汉，又是大队干部，解放初叫贫雇农代表，他常年代班出工或当工作组在外，柴禾烧不完，跟他打个招呼，砍扒他们山上的柴。第三时间段，是进入冬天，储备烤火的柴、春节及春耕时期用的柴禾。主要锯树木、砍树枝、挖树疙瘩（树蔸）。锯树木，是大弟和我各拿锯子的一头，从树的根部拉锯把树放倒。小的树一个肩膀上扛一棵（一次扛二棵），中等树一次一个人扛一棵，大的树就得两个人抬一棵，累了把树抛在地上就地歇息，然后再接着扛。扛回家了，我和二弟赵业俭，一个把树锯成50厘米的短段，另一个用斧头劈柴，把它们劈成两页或三页，便于进灶燃烧。砍树枝，把镰刀柄捆绑在长竹竿细的一头，手持竹竿在松树和柏树枝的根部，靠近树主杆的地方，用劲砍一刀，再将竹竿移到枝梢，用镰刀钩紧用力猛下拉，树枝就掉下落地。挖树疙瘩，大弟赵业俭跟我一起，到山上挖树蔸子回来，用大砍斧劈碎晾干当柴烧。因为牛粪主要是草料，我们还捡过牛粪晒干后当柴烧。

11岁学会打草鞋。因为家里贫穷，基本上没有鞋子穿，大多数时间穿的是草鞋。我小时候穿的草鞋都是父亲打的。后来父亲手把手地教我打草鞋，照理说是“门第师”。我12岁就开始给全家打草鞋了。草鞋本来是编成的，可我老家大人们都把“编”说成“打”。

我那时打的草鞋，其料有用龙须草的，有用山上棉葛藤麻的，还有用破布条的。在打草鞋前，先搓两根比小指头略细一点的棕绳子，作草鞋的经绳用，其长度有自己的一庹长即可。若用龙须草打，就得先把龙须草喷上水湿润一会，这样打起来龙须草好搓些。若用棉葛藤麻打，就要提前到山上把棉葛藤麻割回来，捶碎放在水里泡几天经太阳晒干，用时也喷上水湿润后使用。用破布条打，平时把要扔掉的衣服攒起来，到时剪成布条直接用。

打草鞋，必须用草鞋扒子。草鞋扒子是用一块厚本板做的，在厚木板子中打一个眼，找一个带钩的树钩子安上，又在厚木板上面安上像耙齿一样的七个木齿，这就做成了草鞋扒子。正式打草鞋时，先把草鞋扒子有钩的那一头死死地钩住板凳头，以防脱离板凳头后自己摔个仰八叉。这时，把草鞋经绳两头系在腰里，用指头从中间一钩并且与胸面前的经绳捆住，这样就形成了四根经绳，然后挂在草鞋扒子的木齿上就可以打了。打草鞋时，首先打草鞋鼻子，需打横着有三个手指宽。草鞋鼻子打好后，就像织布一样用草穿过四根经绳打起带。接着，在草鞋鼻子附近的左面并列安五个耳子，耳子要有立着的四个手指高，这是防止穿草鞋后大脚趾钻了出来。脚掌处要打的宽一些，然后在草鞋的右面并列安五个耳子，这是保护小脚趾的。两只草鞋的两处耳子，是正反两只脚，一定要一正一反地安。快要打到脚后蔸时，在草鞋的左右处再安上五个耳子，这就是为了在穿草鞋时脚蔸不会两边滑和歪。随后要打草鞋后跟了。草鞋后跟一定要打粗些，因为上坡下岭草鞋后跟起着阻挡脚向后滑的重要作用。一旦后跟坏了，草鞋就穿不成了。为了使草鞋耐穿，整双草鞋必须要打紧打结实。

那时，我穿着自己打的草鞋，不仅干尽了所有农村活和家里的活，还穿着自己打的草鞋去上学、去出工修建襄渝铁路、盛万公路，草鞋为我做出了贡献，立下了汗马功劳。

回忆起自己穿草鞋的漫长岁月和诸多往事，真是历历在目，五味杂陈，恍如昨天。后来，我在读到古人庄子的故事时，发现庄子为了自食其力，也曾以打草鞋为生。对照庄子，我当年打草鞋穿又算得了什么呢？

12 岁至 16 岁，家务活样样都能干了。除了以上孩提时代干的活外，还干了挑大粪、种菜园，砍柴买紫，拉风厢、磨豆腐，晒豆瓣酱，做米酒，绞风车，开荒翻地等。同时我还学会了碾米、磨面、籴米这三项技术活。

碾米，是把稻谷用碾子扎破，注意不能把米碾碎了，又不能碾的太粗糙，碾后再用风车把米糠分开，吹糠留米，风大谷少碎米吹跑，风小谷多米里糠多，因此摇风扇的右手与控制漏斗的左手要密切配合。

推磨（磨面粉），是先把麦粒洗净晒干，用石磨磨碎，放入面箱里的箩筛内，脚踏箩筛架撞击木柱，利用箩筛的震动，把面粉从磨碎的麦粒里分离出来。脚踏力度要适中，否则筛内麦麸会溅出来落在面粉里。

籴米。过去我家稻谷变成吃的米有两道程序。

一是用籴子磨出糙米来。籴子是父亲用黏性泥土加糯米汁和竹片、木条等，做成直径上小下大长圆形的两扇磨，两扇大头之间用竹子做成磨齿。上面一扇顶端挖出一个漏斗，中间对称两边各装一个转（推）磨的木柄。下面一扇底部均称装上四支短腿，籴子就这样做成了。将稻谷倒入籴子上面一扇漏斗里，做一个像“上”字形的推手，即将上字上的一小横放在籴子手柄孔里，后面一字形横柄用双手握住，用力向前推向左逆时针方向转圈籴出米来。然后用筛子把糙米和糠分离出来，分出来米是糙子米或叫粗米。用机器打米，一粒稻谷有时会打成二截或三截米，而籴出来的米，80%是整米（只是稻谷壳去掉了），10%是碎米即半截米，另 10%是含有部分稻壳的米。

二是将氽出的粗米或半截带壳的糙米变成吃的细米。冲糙米，把氽出来或碾出来的糙米，再放到对窝里冲。对窝，是把一个高约60多厘米、直径30多厘米粗的硬木头，中间挖一个凹下的窝，里面配一个石头嘴，石头嘴是将圆形石头条一端加工的像舌头。冲米是把糙米倒进对窝里，再用石头嘴冲。经过氽或碾、筛子分离、对嘴冲三个环节才成为做饭吃的米。

干农活挣工分。八十年代前的农村，基层政府是人民公社（下管生产大队），所有农民都称社员，以生产小队为基础的集体所有的经济体制。实行多劳多得、按劳分配，即每天劳作按时间、工作量、个人体力等因素由生产小队长确定每个人每天的工分值。平时按照每个家庭的上个月底前的累计分（值）数分配各种粮、油、菜等各类食品和物资，年底就按全年累计工分（值）数分配资金（收入）。

在农村偶尔也有私分粮食的时候。国家规定产粮区按亩数或人口数，每个生产队上交给国家多少公粮任务。歉收年交了公粮任务后，社员生活就较困苦，丰收年保证村民基本口粮后，大队派人来查也要多交公粮，不准全部分给农民。这样，胆子大的生产队长和副队长及会计，三个人私下商定这次偷偷地分，也叫私分多少粮食给农民，比如分一万斤稻谷，会计用工分计算出来后，通知各家各户去称粮拿粮。“私分”粮是违反国家规定的，一旦发现，不仅分的粮食要退回生产队，还要撤职生产队长或给党内严重警告的处分。有的入党、入团积极分子或与生产队长有矛盾的人，就会借此检举某队长私分粮食。所以生产队长也会采取隐蔽的手腕，有时在正常分粮食的月份或时间，将私分的部分加进去一起分下去；有时候把称砣底部加快大磁铁就可多分；有时夜晚“私分”只通知可靠的人即不会是“叛徒”的人去拿粮回家。

每个阶段或每天做什么活，由生产队长或副队长头一天就安排好。我是星期天和放寒暑假尽可能参加劳动多挣工分。为了家庭生存我也要多干活、多挣分、多分钱物。我在未成年前，农村所有能干的活或劳作都基本干过，而且都会干。如给各种作物锄草、施肥、撒种、割麦（稻）、插秧、挑土（修水库、挖堰塘）、扬掀（扬麦子、稻谷）、铡草喂牛、打猪草、打稻场（打麦子、打稻谷）、挑捆子（挑麦捆子、稻谷捆子、柴禾捆子）、蹬水车、做砖瓦、打青蒿、堆垛子（麦垛、稻谷垛子）等。

打青蒿和猪草。打的猪草带回家喂猪，打的青蒿交给生产队做肥料挣工分。在春夏时节，打猪草和沤肥正当时。春天万物复苏，夏季温度高，植物生长较快。经常在星期天的上午，大弟随我到15里地的倒座二社刘家湾山里打猪草或打青蒿。青蒿主要是指艾蒿和其他青叶植物能沤臭后当作农家肥的原料。猪草是指葛藤叶、追禾腾、刺骨牙、黄花蓼、马齿菜、桑树叶、构树叶等，它们都是猪喜欢吃的。头一天晚上做好干粮，鸡叫了就起床，带上粪筐挑子、镰刀，踏着月色，沿崎岖小路向山里进发，朦胧亮时到达小溪河桥，这是进刘家山的必经之地，一条蜿蜒逶迤的山间小溪，四季朝阳，泉水清流，植物生长茂盛，是我们打猪草的最佳地方。

进入场地后，我们兄弟俩各选有利地形，投入“战斗”。午后打猪草或青蒿满挑子了，结束战斗，开始吃饭。吃的是马齿菜饼子、红薯叶馍，喝的是泉水（山脚下有一个泉水口流向小溪河）。这一刻，真是感觉到“涓涓清泉享不尽，口口清凉添精神”。

吃完干粮，我们又爬到山坡上摘山楂果，有时张开双腿躺在山坡上晒太阳，或者脱下鞋抠抠脚丫，倒倒鞋内的脚泥。我们穿的鞋袜是母亲一针一线缝的，白棉布做袜子，白棉布染成黑色做鞋子。我们穿的是敞口鞋，路上尘土钻进鞋内，与脚汗混成脚泥，黏糊糊的，走路打滑，脚底痒痒的，隔几天就要用手抠抠。有时把手指放到鼻子闻闻，味道臭死人了，很刺激，有时打个喷嚏，还把精神给提起来了。

下午约2点多钟，我们兄弟俩挑起满担子猪草或青蒿，下山回家。一路至少休息三次，走在半路时，又累又渴又饿，眼发花，心发慌、腰发酸、肩发疼、腿发软。人们常说，“上山容易下山难”，空手尚且如此，何况我们肩负一百多斤的重担！

1966年春暖花开时，我们生产队首次用拖拉机耕地，试犁现场会在大冲里一快60亩地块进行，大队组织各生产队干部、党员、群众代表前来参观。一大早，人们从四面八方赶来，一些老爷爷、老奶奶平时很少出门，这天也参加到参观的人群当中，田边地角、路上、山坡上，涌动着黑压压的人流。叔（父亲）对我说：“将来耕地不用牛、点灯不用油、楼上楼下、电灯电话、要啥有啥就是共产主义。”在现场的人群中，欢欣鼓舞，异常兴奋。

拖拉机的后轮有人把高，带三片犁铧，在人们的围观中来回穿梭，一袋烟的工夫，这块沉睡的土地便苏醒了。人们一拥而上，把拖拉机围的水泄不通，有个老人摸着机身，自言自语地说：“好大的劲啊，它什么地方吃草。”拖拉机手开个玩笑，按了下喇叭，老人吓了一跳，急回手，心想：“好大的脾气啊，摸一下就不干”。大家对这个庞然大物充满新奇，惊叹之余企盼着农业机械化的早日到来。

现场会后，被践踏的绿油油麦苗东倒西歪、匍匐在地。叔说没事，麦苗没起身拔节前，踩一踩麦蔸发（麦根分蘖）的更旺些。

回忆童年就是一首歌，有感而发，作诗一首：

老父五十多，生在旧中国。
住的是平房，邻居常唠嗑。
社会治安好，外出门不锁。
生活很艰苦，日子难得过。
孩子生的多，种地来养活。
兄弟四五个，弟弟跟着哥。
年少无忧虑，玩的挺乐呵。
春天滚铁环，不买自己做。
女生跳皮筋，男孩扇烟盒。
踢毽跳房子，玩的伙伴多。
夏天很炎热，堰塘把鱼摸。
到处捉蛐蛐，纸篓叠一摞。
铅笔二分钱，小刀锯条磨。
伙伴捉迷藏，随处草堆躲。
秋天树叶落，蝴蝶蜻蜓多。
咸菜腌一坛，酸菜缸里搁。
到了六零年，生活起折波。
全国闹灾荒，天天肚子饿。
平时没肉吃，汤里菜不多。
冬天风雪大，脸像刀子割。

全家挖疙瘩，冷了好生火。
下课打雪仗，冰上抽陀螺。
回首忆往昔，童年多坎坷。
蹉跎的岁月，就是一首歌。

第三章　艰苦生活

我们这一代生在红旗下长在红旗下，总的来讲是托毛主席、共产党的福，生活很幸福。由于新中国刚刚成立，在战争废墟的基础上，国家处于百废待兴时期，又加上国内遭遇三年严重自然灾害、国际上苏联背信弃义、美帝的封锁，所以，我们这一代人童年时代的生活是非常艰苦的。

我的老家先辈吃的是粗杂粮，穿的是破衣裳，住的茅草房，多数人家一年没有半年粮。五六十年代时，我家里床的下面垫的是稻草，上面铺的是母亲自己纺线自己织的粗布单子，被套是用生产队分的籽棉，我父亲用弹花锤和弹花弓打成的。父亲把被套打大些，用母亲织的粗布做成包单，我们兄弟 4 人挤在一个床上睡。身上穿的土棉布且时常都是上了补丁的衣服。

上初小脚上时常没有鞋子可穿，打赤脚上学是习以为常的事。有时穿草鞋，是父亲用旧衣服剪成布条打成的。五十年代初，我的家乡极少有人穿胶鞋或半胶鞋，下雨时也很少有人撑雨伞。那时胶鞋叫“套鞋”，雨伞称为“洋伞”。家境宽裕的家庭，雨雪天外出穿钉鞋或叫“木屐”，这种鞋的鞋帮是牛皮制作，鞋底用木板，下面钉了鞋钉防滑。我在上初小期间，雨雪天都是戴着斗笠，披棕制棱衣、打着赤脚或是穿草鞋踩着冰渣子去读书，冬天冷水刺骨，一双脚被冻得红肿麻木，像红萝卜似的，脚后跟都冻烂了，化着脓流出血水。艰苦磨炼意志，我暗暗下定决心，一定要努力学习，长大成才，用自己的付出换来美好生活。

读高小时期，12 岁、13 岁时，离开父母到十多里远的地方住读上小学。环境非常艰苦，自带粮、油、菜、柴等，自己做饭。每个星期六晚上回家，星期天下午太阳落山时返校。我们一个村一起去的有 8 个同学，在校每天两人为一班轮流做饭。星期天下午去时，各人自带粮油和柴禾，称秤记账入伙。带的菜不够吃时在当地购买，柴、油、粮每周结算平均分摊。我星期天上午在队里干活，吃完中午饭赶紧上山砍树，锯成段打成捆，然后把粮油菜等需要的物品准备好，下午约 6 点左右出发。当时 11 岁至 13 岁，挑有 80 斤至 100 斤左右的柴禾、粮食、蔬菜上学。用劲挑的木柴棒经过朱家饭店时卖一半，挣点钱到学校后备用。有一次在饭店门口休息时，突然发现那个穿的好、长的漂亮女孩是我们班里朱启珍同学，她是一个成绩好的女生。后来，我每次挑着柴禾路过饭店时不由自主地停了下来：有时卖点柴禾，有时买点吃的，有时是想休息会儿，还有时……

挑担子时自己做个“打杵”（是专门为挑重物配用的工具，在一根刨光的木杆上安装一个上面做成凹槽的小木头，也可以砍个有丫丫的树杆，将丫丫底部修理成卡槽，使其与扁担同宽，“打杵”一般与自己肩同高），挑重物累了时，就可以把担子放在上面，而不用放在地上，休息时用打杵作为支撑，换个肩再接着走。

晚上在教室里自己点盏煤油灯，当时农村没有电灯，晚上老师布置作业少，我为了考上初中自觉地加班复习功课或做作业，学习非常刻苦。我在巩湾小学读 3 年级时任班长，在黄家营小学 4 年级任学习委员，5、6 年级时任班长。我和朱启珍轮流担任班长或学习委员，学习成绩在全班一直是前三名。

1964 年，我 14 岁上了初中，每个星期天下午到学校时，将挑的柴禾、粮油、蔬菜先在石花街上卖一部分，卖的钱去学校交搭伙费。卖的粮、油，都是我在学校每天每餐一口一口节省下来的，那时正值青春发育长身体的时候，每天吃不到一斤粮。吃的菜是父亲自己晒制的豆瓣酱，加上罗卜丁、苦瓜、咸菜等，菜里是没放一点油的，能长时间放的菜做好后装一坛子，每餐吃饭时夹一点放到饭里拌着吃，有点咸味就可以了。这是到校前几天吃的，若带的熟菜吃完了，就将带的炒干蚕豆或炒黄豆，用开水泡开后放点盐接着吃，若带的菜都吃完了就用卖粮食、油、柴禾的钱，在校厨房里买点青菜吃。我家是农村的，兄弟 4 人加起来全家共有 6 口人，属家大口阔经济困难之家，那时我在学校的生活过的真是艰苦。

吃饭，是每个人的第一件大事，也是每个人能够生存的唯一需求。然而，我在少年时代却时常没有饭吃，过着朝不保夕的日子。

我记忆最深的挨饿是从 1959 年开始到 1961 年这三年的时间，正值我 9 岁至 11 岁，也正是一个孩子长身体的关键时间段。当时，我不知道为什么没有饭吃，虽然生产队的粮食要靠挣工分才分来，但父母天天都在队里干活，总么会分不到粮食呢？父亲属于男强壮劳力每天挣满分 10 分，而且经常还有加班分。母亲因是女劳力最高分每天挣 8 分。只要有了工分，就能在生产队里分回粮食。生产队是在月初的某个晚上收工后，把社员集中到稻场粮库里分粮食。父亲把粮食扛回来，全家高兴得不得了，分粮后我就能吃个大饱饭。但，吃饱饭的顿数很少或时间总是短暂的。虽然家里一直很过细，从不敢浪费，也从不敢多吃，可是将就能吃饱饭的时间不长，多数时间还是不够吃。我小时候因为没有饭吃，舔锅铲子、舔碗是常有的事。

后来长大知道了，当时没饭吃的主要原因，一是国家要还苏联的债；二是美帝国主义不承认新中国红色政权，实行经济封锁；三是国家遇到三年严重的自然灾害。

三年自然灾害史称三年困难时期。三年自然灾害是 1959 年至 1961 年。1959 年遇到全国性的大旱灾，夏季播不下去种子，春季栽种的农作物大面积干死了。绝大部分地区粮油减产达 60% 到 70% 以上，很多地区颗粒无收，发生了全国性无粮吃的饥荒。接着苏联撕毁与中国签订的援助协议，逼中国还债。中国在特别困难中，还要勒紧裤带还款。美国封锁得不到物资援助。1960 年全国又有很多地方持续干旱，缺粮时间持续三年多。在这期间全国不断出现饿死人的现象，尤其是 1959 年、1960 年，有时一天全国就饿死几万人，最近据网上数据，三年灾害时期有 300 万至 500 万人被饿死。我当时饿得如火柴棍、两小腿及双脚，有时全身浮肿。我小弟弟老五就是在 1960 年春，一岁多一点饿死的。

吃糠饼。在 1959 年，我除吃过野菜、茅草根，还吃过莴苣皮、稻米糠、麦麸、榆树皮、山坡上的野果子等。最难吃的是稻米糠。米和杂粮吃不到半个月，有时一个月也没有粮食和其他食物吃，为了保命就吃米糠。糠食的做法，把稻米糠用磨（或碾）磨成粉，添加少量熟红薯或面粉，在加上葱、盐，和在一起做成薄饼吃。吃糠饼第一关难进，吞不进去就用白开水灌进去。第二关难出，解大手拉不出来，有时使劲用力后解出来，肛门出血，有时解不下来坠得难受，就用手抠出来，有很多人后来得了痔疮。

吃山果。由于没饭吃长期饥饿，我身体虚弱，腿部经常浮肿。在1960年夏季的一天，比我大1岁的董国均当时11岁，他领我和我大弟、二弟等一共6人，在山坡上吃一种像小樱挑似的小果子，吃的时候甜甜的口感很好。上午吃的下午3时左右开始呕吐，逐渐加重到上吐下泄、胃胀肚子痛、头脑发晕、两眼发黑。我和三弟更为严重四肢发凉、出现休克状态，母亲急得直哭。本湾里住的大队贫雇农委员张高明，迅速把5里开外的邓乾清医生找来，经过抢救才脱离危险，保住了生命。医生说："这种叫'胖胖腿'的果子，是一种很好吃但毒性很大的山果，目前因饥饿吃这种野山果子已经死很多人了。幸亏你们抢救及时，再晚一点人的命就没有了"。

时光过去60年了，面对今天的青少年们，如果说起"挨饿、没有饭吃"的活，他们无疑会感到莫名其妙和闻所未闻，而我们却是那一天一天挨饿过来的。没有受过冻的人不知寸纱可暖身，没有挨过饿的人不知粒米可充饥。今天，我已70岁的人了，对粮食的爱惜依然如故，从不浪费一粒。

点灯看家贫富。从以下记录的我家在不同时期点的不同的灯的历史中，既能看到我家经济条件的变化，也能反映出农村经济的发展。

夜读松枝照明。我在上初小阶段，那是五十年代末，家乡没有电灯，那个时候中国没有开采油田，石油依赖进口，故把煤油称作"洋油"。生活条件较好的人家，晚上点煤油灯照明；生活条件较差的人家，用灯盏盛桐油或菜籽油，放一根棉纱做灯芯点燃照明。我家无钱购买煤油或桐油，连炒菜的油都没有。过年时把肥肉切成手指头大小块状，放在盛盐的罐中，炒菜时用筷子夹出一小块放在锅里擦几圈，又放回盐罐中下次再用。在这种情况下，我家只好在山上采集大棵松树上冒出的松油结，还把采伐的松树蔸子中含油的树芯劈开砍成条状，晚上点燃用来照明。母亲在厨房剁猪草，父亲借光干杂活，我坐在饭桌边在松枝燃烧的暗淡光线下看书或做作业。在这么艰苦的条件下，我发奋地学习，父母亲都很高兴。后来父亲怕我的眼睛受到伤害，给我换成了桐油灯。

点燃桐油灯。1960年初大队开始办油坊，打有芝麻油、桐油、棉籽油、木梓油。芝麻油，棉籽油分给社员们吃，桐油分给社员家使用，主要用于油桌椅、木桶、木盆等家具，木梓油卖给供销社。我家没钱买煤油就用桐油来点灯。父亲用小碟子倒上桐油，用线绳捻成捻子放在碟子里桐油里面，把吸过桐油的捻子，抽出一段放在碟子边口上，然后点亮。捻子快烧完了，灯光暗时再用针把捻子向前拨一节出来，就这样反复操作直到睡觉时，把灯吹灭。

自制煤油灯。在六十年代中期我家想办法做了一盏小煤油灯，那是我父亲用上海产的歪嘴小墨水瓶做成的。小队会计一瓶墨水用完后，父亲把它拿回家在盖上剪一个小孔，再用铁皮卷个细管，中间穿上一根用自己纺的粗棉线拧成的灯芯（也叫灯捻子），插进小墨水瓶里，小瓶里装进煤油。小小的灯点燃，也能把整个屋子照亮。

每当吃完了晚饭，一家人就聚在堂屋里这盏煤油灯下，母亲给我们几个孩子缝缝补补做着针线活，父亲做篾活、木活或剁猪草及其他杂活，我则在煤灯下复习功课。直到湾子里没有了响动，我们一家才去睡觉。就这样我们每天都在这煤油灯下度过那 365 个夜晚。

煤油罩子灯。到六十年代末，我长大能挣工分了，家里条件有所好转，父亲到供销社买回了一盏罩子灯。这是我第一次看见罩子灯，感到很稀奇。那小小的罩子灯，结构却很复杂。第一部分是用玻璃做成的，底脚大而空，放着稳当不会倒。中间细，手拿方便不易掉。上面是个小肚子，能装不少煤油。第二部分是用铁皮做成的灯罩座，座子上有四个翘着的小弯手，是专门卡灯罩用的，灯罩插上后一般不会倒。灯座里面还有一个小转轴，是专门用来朝上提升灯捻子用的。第三部分是灯罩。灯罩用极薄的玻璃制成，两头小，中间大，上面灯罩口较细长。灯罩每天晚上要里外擦一遍，擦后的灯罩格外明亮。在擦灯罩前一般要用嘴对着灯罩口向里哈气，再用干净的布条子细细地擦。后来，我在擦灯罩时就不用嘴哈气了，而是把开水瓶塞子拿掉，把灯罩放在开水瓶口上，上面用手一捂，热气就把灯罩薰湿了，这样就可以直接擦，既省事擦得又干净。这种油灯的确比墨水瓶、桐油灯、松枝照明要亮很多，而且还环保、卫生和显得洋气。

用上电灯。1971 年家里通了电，家家用上了耀眼的“夜明灯”，户户屋里屋外亮堂堂，那种“放在哪儿哪儿亮”的点煤油灯的夜晚，从此一去不复返了。我也是 1971 年参加的工作，家庭条件得到彻底改变，我们家从此走上了光明幸福之路。

第四章　苦力挣钱

钱，三岁小孩都会喜欢。可我在二十世纪五十年代至六十年代初，正值青春年少时，一年四季都很少见到钱，更不用说自己腰兜里还能揣上钱了。小时候，我还不知道钱的重要性。当我上学读书后就知道没有钱的苦恼了，经常想着有点钱，好买作业本；长大了一点又想自己要是有钱，能买双解放鞋出门穿穿，那该有多好呀！

在上高小和刚上初中时，春夏时节，我到我家周围山上到处摘金银花、野菊花卖。金银花开在细藤藤上，细藤藤一般又爬在刺架上和树上。为了能摘到金银花，我就用一双胳膊和衣袖子捂住脸，像狗子一样缩着脑袋钻进刺架里去摘。如果金银花藤爬到树上，我又会像果子狸一样出出溜溜地爬到树上去揪金银花。反正只要有金银花，不管它长在哪里，没有我摘不到的。就是长在悬崖峭壁上，我也能手脚并用像猴子那样攀爬着去摘下来。只要能挣到钱，没有我害怕的困难。

摘金银花，一定要赶在金银花没有开蕾之前采摘，也就是蓓蕾时期。供销社收购金银花是按等级论价钱的，如果采晚了，金花银花全开了就不值钱了，你花同样的工夫摘的，到供销社卖时就没有一等级的价格高。摘金银花，还一定要在露水干了之后摘，这样就不会因为有水分沤着变污黑。金银花摘回来后要立即放在太阳底下晾晒，要把它晒成金黄色才值钱。

除了摘金银花卖钱以外，我们还捡桐子、捡木梓卖钱，这样虽然到了冬季，我们还可以上山挣钱。

那时是大集体时代，社员们在山坡上打桐子、木梓时，只图快而不过细，有的是树高了不愿意打，他们打过收捡之后，允许我们去复捡二茬。有的桐树上还是东一个西一个留了不少桐子，地上草坡里和刺架里也还滚有很多没有捡完的桐子，木梓树上也留有一枝一片的木梓，这就为我们“留”下了挣钱的财路。

打桐子，到了打桐子季节，一到星期天和寒假，我就和大弟弟赵业俭背着背篼扛着长竹竿上山，在每一棵桐树下转悠，脖子仰得高高的，看桐子树上还剩有桐子没有。若有桐子，我们用竹竿使劲地把它打下来。有时看到树上没有桐子，我们就钻进桐树下的刺棚里，也能捡不少桐子，每当这时我们就高兴得不得了。虽说手背、脸上、衣服不时会被尖锐的刺扎捅和划破，但是只要是能捡到几个桐子也是值得的。

捡木梓，也是我的拿手好戏。我们把镰刀死死地捆在竹竿尖上，用刀口钩着长有木梓的树枝，然后用力猛地朝下一拽，木梓枝子就被拉下来了。有的木梓树长得又高又粗，再长的竹竿也不易够到。为了能摘到木梓，再高的树我们也要爬上去，总是想办法非把木梓摘下来。在那孤山野洼里，我们捡着桐子摘着木梓，时常是父亲站在山顶上，扯起嗓子喊，“业清～、业俭～，饭好了，快回来吃饭哟。”我们这时才背着背篼下山回家。到了冬雨和冬雪天气，我就和父母在夜里掰桐子、捋木梓，然后晒干卖给大队油坊……就这样，我们一冬里光捡桐子和木梓也能卖个几十块钱。我在心里也觉得自己长大了，也可以挣点钱了，得意洋洋的。

挖棉矿。1965 年，初中二年级暑假，我十五岁，带着大弟弟，到柏果树人民公社、红马庙村开采石棉卖矿。石棉矿做成石棉瓦，过去石花镇郊区、村民建房屋，厂矿企业建厂房、车间都用石棉瓦盖房顶。红马庙村有一个较大的山冲，地下埋藏着许多石棉。石棉矿离地面约有 1.5 米至 3 米以上深，开矿用的工具租用、放炮炸药自己出钱购买。开采石棉时，先把上面的土刨开掀走，再向下挖，遇到有石头的地方，就用钎子、锤头打眼放炮。见到石棉矿再一层层刨出来，装到装石棉矿的专用筐子里运到收购点，过秤收款。石棉矿像棉花被套一样，软的带长纤维丝。该地区分布属鸡窝矿，不知哪里有矿哪里没有。开采时先用钢钎向地下面试探，感觉有矿再按程序开采。开采石棉矿是我最早接触炸药、雷管、导火线。在开矿中打眼、放炸药、盖土（适度扎实）、点火几个环节都有很大危险，稍微不注意就可能因为爆炸丢掉生命。身体接触石棉矿后又非常痒，越抓越痒，抓的全身起疙瘩和红疹点。挖一窝矿，3 至 4 小时就要及时洗澡换衣服。挖起来的石棉矿分一、二、三级，一级1元/公斤、二级0.8元/公斤、三级0.5元/公斤。从8月3日至8月15日计12天，共挣了16元钱。这是我和大弟弟人生第一次到远处挣钱，虽然风险大、辛苦，但很高兴。

砸石头。在红马庙开采石棉矿回家，走到石（花）白（浪）公路上，在柏果树公社向石花镇方向3公里处，看到路上砸石头的人问清情况后，我又和大弟在路边砸石子。到就近公路段租铁锤、钎子、铁锨、筐子、筛子等工具，又在山坡里砍树枝条编制成圆圈。将公路段运来的大石块，用大锤配合钎子先砸成中石块，再用锤子砸成小石块，然后放到用树枝条编的圆圈里砸成小颗粒。最后用筛子筛，把细灰和较大的石子选掉，取1厘米最大不超过2厘米，大小基本一致的铺路石子。砸好的石子堆到路边上，每天下午6点公路段派人来，用米尺丈量计算石方，当天付钱结清。我们兄弟俩一直到开学前几天回家。在砸石子期间，渴了喝河沟里的水；吃的经常在夜间跑到农民菜地里摘黄瓜、茄子、豇豆等瓜果，偶尔到公路段食堂买几个馒头。晚上睡在就近山坡上或公路边树荫下。砸石头时，砸飞的石块经常导致我被砸伤出血，我弟弟手指也被砸破过。砸石头按方计算，一方2元。从16日至28日，13天时间我们挣到21元钱。

卖山货。1967年，我17岁。按常规我们是应届毕业时间，因文化大革命停课闹革命而延期。学校老师和学生分为两派，一派是造反派在校内外闹革命，一派为保皇派（也包括中立派或逍遥派）离校干自己的事。在7月的酷夏，我和玩得几个好的同学，涂明山、朱富生（倒座公社）、刘代银（紫金公社），一行四人一起进山到刘代银家去玩。到刘代银的家，要翻过200米高的潭口水库坝顶端，在水库码头坐船，划船13公里到他家。

潭口水库，是一座在北河中上游拦坝而建的水库。北河为汉江中西岸一条支流，发源于房县南进沟，自西向东横贯谷城县北中部地区，经谷城县北河镇唐家洲汇入汉江。北河流域面积1194000平方米，河道全长103千米，北河谷城境内河道总长68千米，潭口水库以上至谷城与房县交界处共21千米河长，坝址以上流域面积403.3平方千米。下游谷城县境内在分界线以下25千米处石花镇郊区建了潭口水库。坝顶高程201米，总库容1.1亿立方米，死库容460万立方米。水库面积678平方千米，正常蓄水位170米。潭口水库向上游回水6千米。潭口水库建于1958年，是谷城县最大的人工淡水湖，水域横跨郧阳地区的房县、襄阳地区的保康、谷城共三个县。水库具有防洪、发电、灌溉、养殖、旅游等综合效益。

潭口水库是谷城县最大的水库。那潭口水库的水是什么颜色呢？它是蓝色的。我们开始乘车沿着公路朝着水库缓缓驶去。库水似乎远在天边，慢慢地，眼中出现了一片蓝，蓝得如绸缎，像被过滤了一切杂色，瑰丽地熠熠发光。我想，那也许只是一段山的颜色。慢慢地，那蓝色越来越多，越来越湛蓝，仿佛用清水洗刷过一样，深邃而透明。那就是潭口水库，我们站在库坝顶上，风儿柔和，看到如此醉人的蓝色，这种蓝，与天空相互辉映，蓝得那么纯净。它在阳光照耀下，色彩呈现出深蓝、浅蓝、淡蓝的色调来，似乎是一个极具魅力的少女。

潭口水库的水也是白色的，最美的是天空中飘动的云。我们站在潭口岸边山顶上看云，仿佛伸手可摘到那云朵。我爱看白云的变化。有时，它像可口的棉花糖，一团一团的缠绵着；有时，它像白白的雪花，一片一片地排列着；还有时，它变成婀娜多姿的美女，像是小姑娘的脸，在不经意间就变红了。

潭口水库的水也是金黄色的，每到四五月间，潭口水库边的油菜花盛开。乍一看，它们一株株并不显眼，要是在花海如潮时，仔细看它们铺到天际。再配上库中碧水，美得不可言喻。我们坐上小船，从坝堤划向库中，那库中碧，天上蓝，空中云、山上青，混然一体，美不胜收，真是美哉！美哉！

8 月的潭口库区热浪袭人，远远望去，大坝横锁滔滔北河，开启的一排泄洪闸孔中，奔涌而出的库水腾起的巨龙显得非常壮观，飞溅的水花在阳光照射下显得格外灿烂。库水烟波浩渺，船游急荡，水浪高波。我们划船而上，船是 5 米长中间宽约 1.5 米的一只小船。我们上船脚一踏上船尾时，船就两边摇，摆得厉害，若用力过大，一不小心甚至可能掉进水里，我开始有点担心害怕了。船划有 1 公里时，突然刮起大风，裹挟着库水，掀起山峰般的大浪，小船在这样的风浪中犹如一叶扁舟，被反复掀上浪尖，又打下浪底。船吃水很浅，坐在船上手可触水拨弄浪花。小船游弋在绿波之上，随着山势，人绕水转，山随人移，左一转，右一转；跟着波涛，上一颠，下一簸，每一曲，每一折，又都向我们展开一幅绝好的风景画。我的同学刘代银每次都要坐这船，因这是他回家的必经之路。刘同学很轻松还得意地发笑，他手握起双桨在船头使劲地划着船。我为防不测，在船上进行救生练习，虽然戴上救生圈，但心中还是忐忑不安。去时非常担心，但的确安然无恙，在我们返回时，同学们比较适应了，解除了顾虑，而且互相轮换着划桨，感觉到这也是一种从没体验过的乐趣。

刘代银家住紫金人民公社（后改为紫金镇）中股岭村，在潭口水库一个偏支最上游的顶端，离水库约1华里处。背后是近200亩的楠竹大竹园，周围到处都是大山峡谷。在那里我们天天爬山，寻找挣钱的项目。砍荆条，专砍1.5米以上、小手指或无名指粗的荆条。把荆条枝叶削掉打成捆，在山上砍根长棍子挑回住地存放。荆条主要是用来做箩筐、粪箕、篓子等农用工具。打板栗。山上的板栗很多，我们带着竹竿钩子，矮的竹竿打，高的用竹竿勾树枝，把树枝勾的低下来时另一个人打上面的板栗。打下来的是带刺扎手的毛板栗，我们再用锤子或石头或砍刀把它的外壳砸开，把干净的板栗装袋子带走。锤核桃。山上的核桃树也很多，人烟稀少、山大物博。先上山把树上核桃摘回来，在同学家院子里先堆放捂上一个多星期，再用小锤头轻锤，让核桃和它外边的壳脱离掉就是新鲜的核桃。另外我们还摘柿子、捡橡子碗、砍毛竹子、锯扁担坯等。把这些“山货”，能吃的柿子、板栗、核桃、枣子卖给倒爷（即二道贩），能做农具的竹子、扁担坯、荆条等卖给当地供销社。我们从7月21日至8月13日，共22天时间人平挣钱31元，皆大欢喜。

我们在山上钻进钻出，经常遇到伤害身体的风险，有时从徒山高处滚到20多米远的低处，经常刷破衣服、崴伤脚，还有时从悬崖上掉下来摔伤人。更大的冒险是怕被大队处罚，在那个年代，城镇以上为国营或国有经济，在农村叫集体所有制经济，不允许个人尤其是在校学生，进行买卖商品交易，一旦被发现或被他人揭发，会给我们扣上搞资本主义、破坏文化大革命的帽子，受到开除学籍、罚款、拘留的可能。从现在角度看，我们几个同学那个时候，就有超前的商品经济意识。

8月16日，是刘代银结婚大喜的日子。14日、15日为刘代银结婚做准备，16日刘代银结婚这一天，我们几个同学作了分工：涂明山、朱富生当陪郎，陪郎就是在新郎的两则陪同行走，一直把新娘子接回家。我在家写礼簿子收钱，布置婚房，帮忙铺床。床两头各放一个大白萝卜，意为生的小孩又白又大又胖；枕头两边各放一双筷子，意思是快生早生孩子；床四角放核桃，意思是夜晚睡觉就很容易怀小孩；床的中间放花生，意为将会交叉生男孩女孩。由我主持婚庆典礼仪式。婚庆很热闹，上路接亲的有一套锣鼓班子（锣、鼓、镲）和一套响手班子（捧笙、吹喇叭），在家里还有一套响手班子，专门迎接客人。接亲的回来后，两套响手班子在场子两边各坐一角，你一首我一首换着吹，有时同一曲对着吹，看谁吹得响，吹的花样多。

我们三个同学，祝贺刘同学的新婚，共同买了5元钱的鞭炮、烟花，每人还上了一份5元钱的大礼，在刘代银其他的亲朋好友中，一般的上的是2元，最少的还有上1元的，我们上5元，算得上是大礼了。

刘同学婚后的第二天，17日我们三个同学临走时新娘子谢厚芝给了我们每人一袋板栗和核桃，我们吃着、说着、笑着、走着，高兴地告别了刘代银，告别了我们在那里辛劳、挣钱的美丽的农村。

后来，我们卖山货的四个同学都参加了工作，涂明山在大峪桥镇镇中先后任班主任、校长，朱富生在谷城县机械工业局任局长，刘代银曾任紫金镇中学任校长、教管委主住。

现在回忆那段经历，我由衷地感到那情那景的珍贵，赋诗一首：

同学汇集紫金山，共卖山货挣金钱。
徒峭手茧腿血溅，艰辛困苦不怕难。
各赴岗位图发展，友谊之情永没变。
虽然过去五十年，回望场景在眼前。

在股岭村，在同学家，25个黄昏，25个早晨，当时感觉很长，但现在回想起来，真是弹指一挥间！岁月可以改变我们的容颜，却无法改变我们的同学深情。青山还在，人却变老，同学旧情越发深浓；岁月再增，水仍长流，过去情怀依旧深厚。

第五章　难忘过年

大人望种田，小孩盼过年。这是我们小时候印象最深的一句话。过了腊月初八，春节就进入倒计时了。过去，腊八是一年挽髻的一天，债主开始催债，欠债的准备还钱，给人打工的歇工了，结算工钱，回家过年。也是从腊八开始有年味了，家家户户总动员，备战春节，杀年猪，赶年集，置新衣，办年货。家里再穷，也要挤点钱，或是借点钱也要把年过好，像“白毛女”里的喜儿那样，“人家的闺女有花戴，我爹钱少不能买，扯上二尺红头绳，给我扎呀扎起来。卖豆腐赚下几个钱，爹爹称回来两斤面，带回家来包饺子，欢欢喜喜过个年。”

也就是说，无论如何过年时都得有点好吃的、好穿的、好玩的。

年货准备。从腊月二十三过小年，到正月十五闹元宵，整个年节，小孩吃得很解馋，玩得很痛快！腊月二十三吃烧馍（祭灶神），二十七吃蒸馍、蒸菜，二十八吃炸馍（炸油馍、炸油条、炸面叶、炸菜等），二十九包饺子，大年三十吃团圆（年）饭，是一年来最丰盛的一餐，一家人围坐在热气腾腾的桌边，享受着美味佳肴，享受着快乐。

在我幼小的时候物资短缺，平时基本上吃不到肉，只有到过年才能吃到肉。杀年猪后，先捡部分肥肉炼油用作以后炒菜，剩下的肉在春节期间来客、平时节日、抢收抢种时吃，即四五月，是最忙最累的时间，把肉都吃光了。不过我们长大点后，每年过年时我家的物资还是相对很丰富的。进入腊月初，就要杀条大猪。头年底或当年初，我父亲买条 10 来斤的猪仔喂到年底宰杀。父母勤劳，开的荒多、种的菜多、特别是种的红薯多，这些都可作猪饲料。平时，我和大弟弟放学回家，不论中午、晚上只要有空就提着菜篮子去打猪草。星期天生产队没有小孩干的活，就到远处打猪草。父亲还在家门口堰塘里，放养专门喂猪的食料水葫芦、水浮莲、菱角秧。每年我们家杀的猪在120斤左右，都比别人家的大些。腊月上旬，开始杀猪。杀猪时，把亲朋好友请来，砍一大炔肉焖一锅，再炒上几个菜园自己种的菜，每个人斟上几杯酒，高高兴兴欢庆一番。腊月中旬的时候，我父亲拿着渔网到河沟、小溪里打渔，我就拿着虾扒，到河沟、堰塘边扒米虾、小泥鳅，晒干或腌制起来，放到过年吃。腊月下旬，我父亲带上猎枪进深山，每年都能打很多兔子、野鸡、狗獾子、刺猬、斑鸠、麻雀、鸽子，有时打的还有野猪。腊月二十九晚上，父亲炸油条，还做金果条、梅豆角、金刚酥、麻花、酥脆饼等糕点。腊月三十，各类菜准备的样样俱全。清晨父母就开始按碗子蒸菜做席及蒸、炸、烧、煎、炒各个菜。

正午团年。上午母亲添柴烧灶当帮手，父亲掌勺做菜。我们兄弟四个分工负责挑水、扫地、打扬尘（房顶部灰尘）、擦门窗、劈柴禾、摆桌椅。中午团年前，先把正屋中间贡桌（或叫案桌或叫神柜）上方墙上中间的正堂（或叫中堂）及各个门上的对子升起来（就是贴起来，因为贴不吉利，所以不说“贴”，而要说“升”），然后将各种菜肴摆上，酒全部酙好，大门半关半开，放挂大鞭。各人到席就位，父亲讲话后开始吃团年饭，这就叫团年。小时候团年，父母亲还没说开始，兄弟们为争一个鸡腿就打闹哭起来，父母安抚了这个又去哄那个，兄弟们吵吵嚷嚷地过着年。

1971年，是过去几十年来，父母亲最高兴、最扬眉吐气的团年。我是这年七月参加工作的，回家时带了很多年货，有成条的好烟、整件的石花酒、装袋的木耳、香菇、茶叶、红糖、白糖、糕点、水果，以及木炭，又给父母带回150元钱。就在这一年年初，大弟弟赵业俭也在部队提为军官。他给父亲寄回来冬天戴的军帽和一件军大衣、粮票、钱等。这年团年，与往年相比，“升”的对子宽了、高了，放的鞭炮也大了，桌子上摆菜一层层堆上来，碗盘的肉块大了并装得满满的。团年都落座后，父亲讲话：“今年是我们做父母的，从过去几十年以来最高兴的一年。业清参加工作当了国家干部，业俭参军提了军官，真是双喜临门。我们赵家的确是大翻身，是托共产党、毛主席的福，业清、业俭要继续努力工作，不要辜负党和毛主席的期望，两个弟弟也要好好学习一起赶上。好，我们一起干杯！”稍会儿，妈妈端起满满一杯酒，满脸笑容地说：“叔（指我们父亲）在外跑得多会说，说的是实话。我要说的是，儿子们出息了，我们过去再苦再累也值得，今日真高兴，我过去没有喝过酒，来跟大家一起干杯。”接着儿子们分别给父母敬酒，说了很多感恩祝福的话，兄弟之间也相互敬酒。这餐团年饭真是全家幸福，其乐融融。父亲会做酒，但酒量不大，最多一两。母亲从来不喝酒，不知能喝多少，这次父亲喝了二两多，母亲喝了将近四两酒，大家都醉意浓浓。这年的团年，标志着我父母大半辈子的艰辛痛苦的日子过去了，幸福的大门已经打开。

吃完团年饭，我让老三业光弟捡盘洗碗，老四业财弟沏茶、火垅加炭。接着我们全家围着火垅烤火，酒喝多了，父母的话也多起来，谈了过去的艰辛和把我们培养大多么不容易，又谈到对四个儿子未来的希望和要求。

下午 5 点钟左右，父亲带领我们兄弟几个，给奶奶上坟祭祖。首先放鞭，然后从父亲开始，再是老大至老四依次跪拜。程序是：下跪、烧纸、着香、双手抱拳、祈祷（默默地请奶奶保护我们身体健康、平平安安、事业有成等）、作揖、磕头、起立。

除夕之夜。记得小时候，在除夕之夜必须挂灯笼、烧火垅。灯笼，每年过年灯笼都是我父亲做的。从后山竹园砍回竹子，划成竹条和篾片，做成灯笼骨架，糊上红纸或红绸，底部下面装个碟子，里面安放好红色的蜡烛。挂灯笼也是在我十多岁以后开始的，因为我们长大后帮助家里和生产队干活了，家庭经济收入有所好转，可以买红纸、绸子、蜡烛。挂灯笼是从腊月三十晚上吃晚饭开始，一直挂到正月十六晚上，即元宵节过后。灯笼挂在大厅门口一边一个，大门前厅走廊上挂 4 个成一排。烧火垅，是农村旧时的传统习俗。火垅是在一个房间里找个地方，四周用砖围起来，中间形成凹下去的坑窝。烧火垅也有时代变迁。五十年代时，家里非常贫寒，冬天里床下面铺垫的是稻草，没有穿过棉鞋，没有烤过火。烤火只是除夕之夜的腊月三十做晚饭烧花梨木，用其明火及未烧尽的硬柴禾一起铲出放到火垅里，人们围着火垅四周坐下来取暖。到六十年代时，烤火垅烧树疙瘩。进入腊月中下旬，社员们（当时是人民公社、生产大队、生产小队建制，统称社员。1979 年开始改革开放，基层政权改为乡或镇、村、组体制，统称为村民）到山上挖树疙瘩，即树干锯了作为木材用，树桩或树蔸子从土里面刨出来用于烤火。树蔸子越大火越大、越旺、越暖和，语意下年红红火火、兴旺发达。到七十年代，1971年后家里烤火，不再烧树木和树疙瘩，也不烧火垅了，换成木炭和火盆。家里烤火，在时间上、质量上都有了较大变化。五十、六十年代烤火，烧的柴禾、树疙瘩虽然不花钱买，但资源匮乏，所以烤火约两三个小时就结束了，而且烤火后从头到脚全身是灰尘，脸上、手上、鼻孔里都有黑烟子。烤炭火，室温高，卫生且环保。1971年，是我参加工作、弟弟业俭参军提干的一年，那年我买了很多瓜子、水果、一麻袋木炭和一台收音机回去。除夕之夜我们全家烤火、听收音机至深夜3点才睡觉，父母说这是他们人生中最高兴的过年。

正月拜年。一到新年春节期间，人们便开始相互拜年了。拜年是农村传统的民间习俗。春节拜年，一般是从正月初一一直拜到正月十五，可我家里还是选在初一至初五，因为晚辈给长辈、年幼的给年长的表示尊敬不能晚了，初五内没拜完的可移到正月十五,十五也是大节日。

拜年的礼节很多，拜年的对象与拜年的时间是有区别的。我们老家规矩是初一拜自己。初二拜丈母，初三拜姑父，初四拜舅舅，时间和秩序不能乱。

大年初一，是新年的第一天，这一天首先给自己的父母拜年，因为父母为最大，素有“衣食父母”之说。正月初一清晨，鞭炮大作，我从梦中震醒，换上母亲做的新粗布衣服，洗罢脸，恭恭敬敬地给父母亲拜年。给父母拜年最好要下跪，感情要真诚，不能有勉强之色。跪下后，要对父母说三句话：一是要说“祝父母身体健康”（对年老的父母要说“健康长寿”），说罢后要磕一个头；二是要说“不忘您的生我养育之恩”，说罢后要再磕一个头。父母生你不易，养你更不易，你长大了，或成人了，或者你也成了父母了，但都不能忘记父亲种田挣钱为你穿衣吃饭供你上学之恩，母亲怀你生你养你，一把屎一把尿把你照护养大之恩；三是要说“感谢父母过去对我的关怀”，在过去的一年里，三百六十五天风里来雨里去，勤扒苦做，舍不得吃，舍不得穿，辛辛苦苦劳累一年。在过去一年结束之际，新的一年开始之时，我再给父母磕一个头。在给父母磕头时，父亲说：“免了，免了，只要你心中不忘记我们就行了。”可我坚持说完三句话，磕完三个头。在我磕罢第三个头时，父亲把我拉起来。那时家里穷，我给父母拜年，是没有红包可得的，只要能得到父母一个笑脸就高兴得很。不像现在，孩子给大人拜年，大都给百元两百元的，最少的也是十元五十元的红包。吃完饭，开始出门拜年。父亲带领我们兄弟几个，先走自己同姓的长辈再走平辈。

初二拜岳父母。小时候我没有岳父母可拜，而我父亲他要拜岳父母，去的时候把我带上。

初三以后拜亲戚，依次为姑父、舅舅、表叔等长辈，然后走老表和其他家。不管到哪家拜年，若是大人走进门时，双手拱礼，大声祝贺到："恭喜恭喜，在新的一年里发大财——拜年了！"主人家就说"免礼，免礼"的话，然后把拜年的人迎进屋，拿烟倒茶，煮一碗"福子"，农村的叫甜酒，或者煮一碗"元宝"即饺子。我家亲戚有近20家之多，亲戚家都还必须走到，所以一天要走2至3家，每到一家待会儿接着到下家。春节拜年不是一日早、中、晚三餐按时开饭，而是像开流水席那样来一拨开一拨，我们到哪家碰到吃饭时就吃，时间还早就走。送礼，基本件都是四样，根据自己家庭经济状况和农村亲戚家现实生活水平，在四样礼品中内容进行调整。在我幼小时，家大口阔，经济困难，就带上父亲自己亲手做的4样糕点各1斤。父亲用火纸包装好，叠成四方形，在平面上还要一头高一头低的造型。我们长大能自食其力了，就带糕点、白糖、红酒、白酒（石花大曲）。七十年代，我参加工作后，就升级为红酒2瓶、白酒2瓶且都是名酒。条件好的家庭另加1条好烟，若有长辈老人再加100元或200元现金。说来也很有意思：有一年从我家送出去的郎酒，我在酒包装盒底部画个点做了个记号，礼物拜年转来转去，结果这盒郎酒又转回到我们家里了。在拜年中，条件好的亲戚家，不让走非要留下吃顿饭。还请好友或村支部书记或企业领导作陪。通过农村拜年送礼，说明农村生活水平逐渐好起来了，送礼的价值增加了，我家的地位和我本人的地位也一年比一年提高了。

从初一到初五，春节期间每天上午都有"玩艺"，那就是生产大队组织的文艺演出队的演出节目。有耍狮子、玩旱船、踩高跷、打连箅、划龙船、扭秧歌、抬狗老爷（两个化妆衙役的抬根杉木杆，上面坐个手拿旱烟袋的是县太爷，也叫"司老爷巡街"），谁家放挂鞭，就在谁家门口玩耍，鞭放的多的玩的时间就长些。正月十五闹元宵，小伙们看罢玩龙灯，跑到野地里玩火把。做火把很简单，将厨房用后废弃的刷子晒干，在刷子把上系根绳。玩时点燃刷子毛，抡起绳子，火把随之飘动，成O型、&型，放眼望去，像一团火球在明媚的阳光下翩翩起舞。

我还记得，春节拜年不管在哪家做客，都不能乱说话，尤其是不能说“死了”“完了”“破了”“病了”“离了”等一类不吉利的话。这些不吉利的话，大人要提前交待小孩不能说。在新的一年开始，人们都爱图个喜运，预示着一年的吉利。这虽是人们心里活动使然，但已成了一种春节习俗，违反不得。

拜年，把老少长幼之间、户与户之间、人与人之间都拜得和和气气，热热闹闹，欢欢喜喜，用现在的话说，就是拜出一个和谐的新春佳节。

年，每年就这样很快地过完了。心，却依旧，像平静的湖面，无波无澜。自从我父母过世以后，过年，不再有一种大团圆的憧憬，而是成为一种形式。以往过年，虽然缺的是年货，但不缺年味；而现在过年，不缺年货，缺的是年味！过去的年味再也找不回来了！难忘今宵，一年又一年的唱着，再也没有以前的那种激情和氛围了，不变的是日出日落的一年四季，变了的是我们逐渐苍老的容颜！难以找到原来的模样。岁月，更是无情地雕刻在我们每个人的脸上，岁月如梭，各位亲们，且行且珍惜啊！

第六章　赵氏家族

赵姓，宋代《百家姓》排名第一，由于《百家姓》是在宋朝所编，而宋朝的皇帝姓赵，是国姓，顺理成章的就把“赵姓”用来作为百家姓之首了。赵姓发祥地在今山西省，曾是晋国六卿之一。周穆王时的造父是汉族赵姓之始祖。2006 年新百家姓赵姓排名第八位（按人口数量排列），现总人口大约有 2800 万，占全国汉族人口的百分之二点二九。赵姓人口第一大省是河南。

得姓始祖：造父

主要郡望：有天水郡、涿郡、下邳郡、南阳郡、新安郡、颍川郡、平原郡等 11 个。

主要堂号：除了与郡望名相同外，主要有半部堂、琴鹤堂、孝思堂、敬彝堂、创基堂等。

著名人物：在历史上，姓赵的人真是名人辈出。早期最负盛名的，是战国时代的平原君赵胜。在汉朝建立了屯田制度的营平侯赵充国；唐代被大文豪韩愈聘为士子师的“天水先生”赵德。到了宋，黄袍加身的赵匡胤。还有以半部论语治天下的宋朝名相赵普；以及元代鼎鼎大名的大书画家赵孟，等等，都是赵氏子孙引以自傲的伟大历史人物。还有赵雍、赵政、赵云、赵构等。

一、赵氏姓起源

（一）赵姓源流

源流一

汉族赵姓出自嬴姓，嬴姓的出现是因为舜姓的出现，是因为舜帝（舜姓，后代以姚为姓）赐姓给他的女婿伯益（颛顼帝孙）为“嬴”，并把自己的姓姚的女儿嫁给他。虽然使用嬴姓的祖先是伯益，但赵姓的具体始祖是造父。

周孝王传至周幽王时，因幽王无道，造父的7世孙赵叔带离周仕晋，从此赵氏子孙世代为晋大夫，掌握晋国大权。到战国初年，赵氏联合韩、魏二卿击败智氏，瓜分智氏封地，继而赵敬侯赵襄子联合魏武侯、韩哀侯三家分晋，建立赵国。至他的孙子赵籍时，正式获得了周威烈王的承认，与韩、魏两家并列为诸侯。公元前222年，赵国为秦国所灭，赵国王室纷纷散落民间。因为造父是秦人和赵人的共同祖先，而且造父开始姓赵，所以秦国公族也姓赵，比如秦始皇嬴政又称赵政。秦国公族也以赵为氏，有“诸赵”的说法。赵姓家族，从一开始便十分显赫，在春秋时代，自从赵衰辅佐晋文公定霸，赵氏子孙就世代为晋国的大夫，权倾当朝。到了春秋末期，也就是周威烈王的时候，赵家的权势更大，进一步与同为大夫的韩家和魏家瓜分了晋国，而分别自立为一个诸侯，这就是历史上所谓的“三家分晋”。

源流二

源于帝王赐姓或外族改姓。先后匈奴人、女真人、党项人、鲜卑人的李姓、穆姓、隆姓、宇文姓、拓跋姓的历史人物，被赐姓赵，如汉代有赵稽（匈奴人），赵曳夫（“南蛮”人），五代有赵国珍（牂牁酋长的后裔）。再有蒙古族成吉思汗三弟合赤温后裔避乱于甘肃、陕西等地，随母姓改汉姓赵。

源流三

源于冒姓。历史上因避祸、姻亲、过迷、入赘等原因而改姓，这在姓氏学上称之为“冒姓”。赵氏中也有不少这样情景，其中多数为：清王朝覆灭后，清官职人者及家中子女岌岌可危，因害怕压迫多年的其他民族复仇，伊尔根觉罗、爱新觉罗等满姓氏者迫于压力改名换姓，不少人便改的是“赵”姓。

（二）得姓始祖

造父，嬴姓，伯益的后代，蜚廉四世孙，中国历史上著名善御者。传说他在桃林一带得到8匹骏马，调训好后献给周穆王。周穆王配备好了上好的马车，让造父为他驾驶，经常外出打猎、游玩，有一天西行至昆仑山，见到西王母，乐而忘归，而正在这时得到徐国徐偃王造反的消息，周穆王非常着急，在此关键时刻，造父驾车日驰千里，使周穆王迅速返回了镐京，及时发兵打败了徐偃王，平定了叛乱。由于造父立了大功，周穆王便把赵城（今山西洪洞）赐给他，自此以后，造父及其子孙便以封地命氏，称为赵氏。造父就是普天下赵姓的始祖。

二、赵氏迁徙传播

（一）两汉以前的迁徙

造父封于赵城而得赵姓，西周时，造父的第七代子孙叔带率部分宗族由周投晋，并且昌盛壮大，在三国分晋时建立赵国，史称“去周如晋，赵姓始昌”。在赵国灭亡时，赵姓已分布赵城、邯郸、武城、真定、山西、河北、河南、山东等地区。赵国疆域包括今陕西一部分，赵武灵王时开疆扩土，疆域扩充至河套地区，赵国亡前赵姓活动范围还包括今陕西、内蒙古。

秦始皇灭赵国后，把代王赵嘉派往西域，赵姓随之迁往甘肃，赵嘉之子赵公辅裔孙世代居住在天水（今属甘肃），形成一个望族；赵王迁被秦始皇流放到今湖北房县，子孙在今湖北繁衍。

秦朝末年，秦国宗室真定（今河北正定）人赵佗建立南赵国，又把赵姓活动范围推广至今两广和越南北部。

（二）汉至宋以前的迁徙

西汉赵王迁的后裔迁居涿郡蠡吾（今河北省博野县西南），此地原属河间，因此涿郡赵氏又称河间赵氏。东汉末年为避董卓之乱，洛阳人赵达避难迁居江东，真定人赵云赵子龙入蜀为将。

南朝时，天水赵氏一支迁居江南。

北魏时，一支迁居内蒙古武川，南安人赵达任北魏库部尚书，封临晋子，举家从南安迁居北魏都城洛阳。为防止柔然（北方的二支少数民族）的袭扰，赵达之子赵仁因镇守武川镇，举家自洛阳迁至武川。赵仁的孙子赵贵成为武川军事集团重要成员，跟随宇文泰进兵关陇、建立兆周屡立大功，被赐姓乙弗氏，封楚国公，曾任北周太傅、大冢宰，举家又从武川回迁洛阳。北魏时，天水赵氏的一支徙居南郑（陕西汉中），后又自南郑徙居洛阳；今甘肃赵氏的一支徙居洛阳。

唐初，有赵姓将士在平“蛮獠啸乱”中开赴福建并定居。

五代时，有赵姓随刘龚南汉政权在广州定居。

（三）两宋以来的迁徙

公元960年至公元1127年北宋亡国，赵姓皇室一直大封宗室为郡国王公。郡国，是食其采邑，受封王公并不居住在郡国之地，事“靖康之乱”时，金兵攻入北宋京都汴京（今开封市），俘虏了赵姓宗室二千余人北上，将宋徽宗和宋钦宗及其宗室囚于五国城（今黑龙江松花江下游）。赵姓宗室中未被金兵俘虏的也都于“靖康之乱”后，纷纷从汴京逃出，分布在全国各地，其中一支赴临安（今杭州）建立南宋，成为赵姓家族在中国江南地区繁衍的主要支脉之一。

宋以来宗室支派。据《宋史宗室世系表》载：宋朝宗室分三个支派，即太祖赵匡胤支派、太宗赵光义支派、魏王赵廷美支派。

宋太祖赵匡胤一脉宗室。

公元927年，在河南禁军营内出生了一个“香孩儿”，这香孩儿就是赵弘殷的夫人杜氏所生，此儿出生时，满屋异香扑鼻，取名赵匡胤。

公元927年，后唐明宗天成二年，赵匡胤出生。

公元951年，周太祖广顺元年郭威灭汉，自立为皇帝，史为周太祖。

公元954年正月，周世宗显德元年，因周太祖死，义子柴荣继位，史为周世宗。同年三月，周世宗大败辽，汉军于高平乘胜围攻太原。

公元957年正月，显德四年，周世宗攻寿州，大破南唐军、寿州降周。

公元959年四月，周世宗攻辽连连取胜，因病班师。同年六月，周世宗任赵匡胤为殿前都检点，周世宗死，其子宗训立为恭帝。

公元960年正月，符太后20多岁和幼帝7岁宗训禅位于赵匡胤。宋太祖建隆元年，陈桥兵变，赵匡胤称帝，建立宋朝。封宗训为郑王、符太后为周太后。

赵匡胤有四子，德秀与德林无后，燕王赵德昭有五子，秦王赵德芳有三子。燕王赵德昭一脉的迁徙：令字派迁居的地址主要在安徽颍州、四川蜀州（今崇庆）、江苏泰州、福建福州、江西信州、江西吉安、浙江台州、浙江绍兴、福建泉州、河南洛阳、湖北江陵；子字派新迁地址主要有江苏镇江、浙江衢县、广东南雄、河南汝州、河北燕山；师字派新迁地址主要有江西吉州、浙江临安、浙江云和、江苏太平州，等等。秦王赵德芳一脉迁徙基本情况。子字派迁居的新址王要有浙江嘉兴、江苏真州、福建福州和泉州；伯字派迁居新址主要有浙江台州和明州；师字派迁居主要有江苏太平州、浙江婺州。

宋太宗赵光义一脉宗室。

靖康之耻后，北宋被金国灭亡。康王赵构南逃临安建立南宋，自号为宋高宗，他以为北宋惨遭靖康之难和自己儿子的早夭，是因为其祖宋太宗赵光义没有遵守“金匮之盟”而招致的灾难，于是将南宋王朝的帝位传给了宋太祖赵匡胤一脉的后裔，宋太宗赵光义一脉宗室南迁的后裔，此后多由南宋京城临安迁出，散居于南方民间。赵光义五世孙土字派迁居新址，主要有河北大名、江西赣州、福建建瓯、浙江绍兴；六世孙不字派迁居新址，主要有浙江临安、浙江金华、浙江浦江、安徽宣城、湖北荆南、湖南柳州、湖南零陵、广西横县、四川成都、四川开县；七世孙善字派迁居新址主要有浙江宁波、江苏常熟、湖北鄂州、湖南潭州、江西南昌和临川；八世孙汝字派迁居新址主要有安徽阜阳、湖南平江、江西余干和袁州、福建福州等。

魏王赵廷美一脉宗室。

开宝九年（公元976年），宋太祖赵匡胤逝世。遵照皇太后杜氏的“金匮之盟”，赵匡胤临死之前，将皇位传给弟弟赵光义。按照“金匮之盟”的约定办事，宋太宗赵光义应该将皇位传给其弟魏王赵廷美。赵光义登基之后，隐匿“金匮之盟”的内容。魏王赵廷美一向专横骄恣，曾多次遭到其兄宋太宗赵光义的斥责，些刻得知有“金匮之盟”一事，于是对赵光义甚为不满，暗中谋划，阴谋早日篡夺皇位。宋太宗太平兴国七年（公元982年），魏王赵廷美谋划篡夺皇位阴谋泄露。宋太宗赵光义遂罢免了他的开封府尹。赵光义念其手足之情，并多次立有战功，于是仍令其为西京（今洛阳）留守。魏王赵廷美一脉宗室，由此暂时全部迁居到西京。赵廷美被贬谪任西京留守后，暗中仍与兵部尚书户多逊频繁勾结。二人勾结之事败露，魏王赵廷美被罢去西京留守，削去一切官职，仅保留魏王空名、闲居在家；后降魏王赵廷美为涪陵县公，迁往房州（今湖北房县）。宋太宗雍熙元年（公元984年），降魏王赵廷美举家迁至房州，赵廷美迁居房州后不久，就忧愤成疾，吐血而终，年仅38岁。自从贬于房州之后，其后代外放为官散居之地，主要有：河南开封、河南洛阳、福建汀州、山东沂州、山东济州、江苏昆山、浙江秀水、江苏溧城、江西波阳、湖南衡州、四川成都、四川青城等地。

自宋代以后，赵姓遍布全国各地。值得指出的是海外赵姓的播迁。明末，有赵姓不惜冒险远渡重洋到海外，其民族构成多种多样，聚居地为东南亚和美国。如瑶族中的赵姓在缅甸、老挝、越南和美国、法国、加拿大等国都有分布；壮族中的赵姓散布于越南、老挝、泰国等地。

从清康熙年间开始，闽粤等地的赵氏家族人陆续迁至台湾、南洋，更有人漂洋过海，移居到欧美各国。

三、赵氏祖训、家规

（一）赵氏祖训

赵氏原始家规：镇行、敬祖、合家。

赵氏“家训”十条：敦孝弟，睦宗族，立本业，慎交游，和兄弟，训子弟，尚勤俭、戒争讼，遵法律，禁非为。体现出“孝、睦、填、读、和、勤、俭、约”等八大方面。宋朝时，宋太祖亲写御书为太祖、太宗、魏王三派“玉牒”各位十四字，作为排辈次序，以分昭穆。

（二）赵氏家规（宋朝后）

百家姓，首赵门，古为贵，今亦尊。
续家谱，训亦人，家有规，应常温。
参天树，有根本，孝父母，感深恩。
尊长辈，爱后生，讲礼貌，懂人情。
新生儿，起名字，按排行，分辈份。
养子女，育成人，匆惯养，不娇生。
玉洁美，冰清纯，择佳偶，务谨慎。
不图财，守本分，清白家，有缘分。
婆媳情，夫妻恩，处理好，甜日恒
少烟酒，重养生，不义财，令人昏。
人非圣，孰无过，善劝诫，教诲诚。
勤工作，不懒惰，有作为，创优胜。
求信义，讲真诚，贫不卑，富勿骄。
和高邻，睦旅人，赵分支，宗脉承。
江汉系，赵氏人，共勉之，我义门。

（三）赵氏风范歌

炎宋源远万国传，天水发祥子孙繁。
太宗纂谱谓宗序，祖德宗功启后观。
亲管三代族万年，远近亲疏载谱篇。
尊卑不乱凭家史，长幼有序叙根源。
惟忠惟孝光前烈，克勤克俭育后人。
清白家风永不变，庆衍螽斯福绵延。

四、谷城石花赵氏家族

（一）赵氏家族协会

2015年9月19日，赵氏家族代表，在湖北谷城县石花镇巩湾村赵家湾赵家古树下集会。集会目的、宗旨寻根问祖。参加集会的人员，是在谷城县域境内赵氏家族的各房代表。上百年来，赵氏家族第一次聚在一起，大家都非常兴奋，现场气氛十分热烈，会议的主题是家族兴旺发达史回顾。参加集会人员：赵洪福、赵洪义、赵业大、赵业长、赵业清（作者）、赵业江、赵业俭、赵业国、赵业韬、赵业明、赵成改、赵成祥、赵成运、赵成安、赵立群、赵敬昌（世字辈）等，是几百年来，五房各方代表齐备的五代同堂大聚会。大家认为，要想赵氏家族更加兴旺发达、发扬光大、永续传承，必须成立一个家族协会，负责统一管理家族中大事，并为家族中的将来发展、敬祖、族规、祠堂建设及管理等制定出长远规划。经过充分协商，一致通过决定：（1）成立赵氏家族协会，组建协会班子；赵业清为会长，赵业国、赵业俭、赵业韬、赵成改、赵成安、赵立群为副会长，赵业江为秘书长。我说我不能当会长，应选一个较年轻的洪字派的长辈担任为好，因为长辈在上我不够资格啊！赵洪义叔、赵业韬弟说："业清，你应担当这个重任，你在襄阳府里工作，名声大地位高，来谷城这一支赵氏家族，从祖辈到现在已有十几辈人了，你的官最大，是我们赵家的骄傲，我们信任你，你最合适，不要推了。"到会的各房赵家代表，都鼓掌并异口同声地表示赞同，我就这样当了会长。（2）新建赵家祠堂，地址：与赵家湾赵家古树下老坟为基础建设。祠堂建设规划设计由赵业江、赵业韬负责；赵成运为会计，统一管理赵家祠堂建设财务；赵业清、赵业国、赵立群负责筹集资金及各项材料审核定稿；赵业俭负责祖先赵匡胤像复制和远祖资料收集；赵业江负责谷城县域内赵氏家族资料整理及宣传工作；（3）尊赵匡胤为先祖，雕像立碑；（4）续赵氏家谱、祖训。

（二）赵氏新家训：忠孝为本，耕读传家，诚信清廉，红义广播，淡泊明志，宁静致远，孝忠报国，公私分明，志向远大，心胸宽广，琴棋书画，知足常乐，勤俭持家，节约传世，严以律己，宽以待人，言行一致，表里如一，广结善缘，忍字为高，贫穷不盗，富贵勿淫，尊老爱幼，男女平等，团结乡邻，自强不息，与时俱进，家庭和谐，代代接力，传承永远。

（三）赵家（字辈）续谱

祖先字辈：开派万光，大正宣廷，洪业成立，世代永传，后继有年。

现后续字辈：祖德广远，万千亿银，天宗地义，中兴宇环，乾坤恩泽，高贵尊严，文韬武略，人定胜天……

（四）赵氏宗亲（资料不全，仅从所了解到的先祖赵万民起，其儿子是光子派兄弟两人、其孙子是大字派兄弟四人）。传系如下：赵万民→赵光武→赵大能、赵大银

据父亲生前的介绍和堂弟赵业江走访调查的情况，我们这一支赵氏老祖宗发源于山西大槐树。在几百年前，山西闹饥荒和瘟疫，赵氏家族有部分族群逃荒和躲避瘟疫，出走分赴全国多个地方，分手走的时候，祖先把锅打破几块，一个儿子拿一块，作为将来认亲的物证，简称为锅铁片赵家。到湖北谷城境内先祖是赵万民。

大房：赵廷举→赵洪烈，赵洪义、赵洪星、赵洪信、赵洪游、赵洪章；赵廷良→赵洪庆、赵洪能、赵洪德，赵洪琪、赵洪全、赵洪茂；赵廷怀→赵洪廷，赵洪兵、赵洪恩、赵洪军、赵洪深、赵洪元、赵洪达、赵洪毕、赵洪刚、赵洪万；赵廷梅→赵洪保、赵洪祥、赵洪太、赵洪福，赵洪四、赵洪修、赵洪运、赵洪卫、赵洪余、赵洪斗、赵洪右、赵洪左。

赵廷举→赵洪烈→赵业立→赵成华、赵成国→赵立林、赵立强；赵业大→赵成定→赵立会、赵立洲，赵成运→赵重阳，赵成安→赵文韬；赵业本→赵峰→赵雪娇，赵玉→赵文彬

赵洪义→赵业元、赵业近、赵业荣、赵业善→赵成荣→赵立清、赵立香、赵立芝、赵立友→赵世艮→赵代良，赵立军→赵世兵，赵立全→赵雪玲

赵洪星→赵业修、赵业金、赵业新、赵业修→赵成奎→赵立清；赵颇→赵文

赵洪信→赵业芬、赵业强

赵洪游→赵业英、赵业华

赵洪如→赵业震、赵业高、赵业府、赵业勤→赵成美；赵业学→赵成举、赵成仁

赵洪章→赵业祝→赵成东→赵立国→赵世勇、赵世敏，赵立平→赵世强；赵成余→赵立清；赵业里→赵成川→赵立文→赵世昌

赵廷良→（1）赵洪庆→赵业安、赵业正、赵业英→赵成改→赵蕾→赵蓓，赵成林→赵巍；（2）赵洪德→赵业高、赵业明→赵成军→赵立祥、赵立勤

赵洪琪→赵业来、赵业改

赵洪全→赵业象、赵建敏、赵业林→赵勇

赵廷怀→赵洪廷→赵业刚→赵成祥→赵立云、赵立海→赵世奇，赵成超→赵妮、赵小月、赵山姗，赵成群→赵立霞、赵立辉，赵成社→赵立良、赵立丹，赵成海→赵立国→赵世发；赵业汉→赵成德→赵立华→赵世县；赵业振→赵成友、赵成连，赵友福→赵立浩，赵小区→赵立威、赵东勳，赵成香

赵洪茂→赵业荣、赵业近、赵业元、赵业善→赵成荣→赵立全→赵雪玲；赵立友→赵世良→赵代良；赵立军→赵世兵；赵立清、赵立香、赵立芝

赵洪兵→赵业千、赵业恒→赵成宽、赵成国；赵业学→赵成举、赵成仁

赵洪恩→赵业宗→赵成安→赵立章→赵世锴；赵立发→赵世德

赵洪军→赵业州、赵业兵、赵业升→赵成乐→赵立功；赵业培→赵成全→赵立群→赵敬昌→赵铭钰；赵业宪→赵成祥

赵洪深→赵业勋、赵业普、赵业贤→赵成文

赵洪元→赵业乡→赵成章、赵成立→赵立仁；赵业林→赵勇

赵洪达→赵业良→赵欢；赵业虎→赵鹏

赵洪毕→赵业全、赵业友

赵洪刚→赵业青、赵业文、赵业至→赵处连、赵淑连

赵洪万→赵业友→赵成林、赵成华，赵成高→赵立银、赵立强，赵成起→赵海兵、赵海涛；赵业成→赵成保、赵成发→赵立军、立建、立军；赵业霓→赵立清、赵立芝、赵立运→赵世琪

赵廷梅→（1）赵洪保→赵清连、赵汉诗、赵汉学→赵国建→赵子晗，赵国清→赵芷轩，赵汉文→赵成臣→赵小玲；（2）赵洪祥→赵业贤→赵敏、赵远生、赵成运，赵业合→赵江洋、赵安荣；（3）赵洪太→赵震华、赵业

毕；（4）赵洪福→赵业芬、赵业莲、赵业国→赵春波、赵勇，赵业海→赵春乾、赵运成，赵业良→赵成凡、赵洋，赵业发→赵平安

赵洪四→赵业如→赵成乐→赵立芝、赵立发、赵立龙、赵立福、赵立良；赵立根→赵成树→赵立军、赵立红；赵成定→赵立运、赵立建、赵成友、赵成新、赵成梅

赵洪修→赵业明、赵业金

赵洪运→赵业昌→赵成学、赵成席、赵成国、赵成龙→赵立志，赵成青→赵立芝、赵立强

赵洪卫→赵业俭；赵洪余→赵业凡；赵洪斗→赵业辉；赵洪右→赵业珍；赵洪左→赵业才

二房：赵廷成→赵洪福，赵廷香→赵洪径、赵洪显、赵洪森

赵廷成→赵洪福→赵业枝、赵业兵、赵业钱→赵建敏、赵建波

赵廷香→赵洪径→赵业朋、赵业顺→赵成祥→赵华，赵成起→赵平，赵成清→赵福成、赵宝成

赵洪显→赵业清、赵业乐→赵成群、赵成健、赵成庆

赵洪森→赵业超→赵友成

三房：赵廷员→赵洪炳、赵洪馀，赵延乐→赵洪烈、赵洪友、赵洪席

赵廷员→（1）赵洪炳→赵业贵、赵业菊，赵业富→赵成锋、赵飞、赵刚；（2）赵洪馀→赵业清（作者）→赵伟→赵子轩，赵业俭→赵嫒嫒，赵业光→赵迎春、赵拥华，赵业才→赵莹莹、赵娇娇

赵延乐→（1）赵洪有→赵业勤、赵业香，赵业柱→赵成国；赵业付→赵成林；赵业明→赵波（2）赵洪烈→赵业常→赵成军、赵成福、赵成先（3）赵洪席→赵业华、赵业功、赵业全、赵业菊

四房：赵廷明→赵洪发，赵廷安→赵洪根，赵廷府→赵洪银，赵廷汉→赵洪盛，赵廷祥→赵洪正，赵廷华→赵洪贵，赵廷贤→赵洪山，赵廷山→赵洪春，赵廷忠→赵洪瑞

赵廷明→赵洪发→赵业先、赵业清、赵业江→赵冠男、赵胜男；赵业传→赵天运→赵崇焱

赵廷安→赵洪根→赵业连、赵雲华、赵业宏→赵彬→赵圆子，赵勇→赵立君；赵业韬→赵燕妮、赵洋→赵寅松

赵廷府→赵洪云→赵业芝、赵业梅、赵业全→赵成军；赵业国→赵晨→赵启瑞；赵业清→赵杰、赵凡；赵业明→赵毅

赵廷汉→赵洪盛→赵业朝→赵成义→赵立；赵业海→赵腊梅、赵成路；赵业亮→赵成刚

赵廷祥→赵洪正→赵业聘、赵业东、赵业菊、赵小东

赵廷华→赵洪贵→赵业奎→赵成伞、赵成雷→赵立俊、赵成伞→赵立

赵廷贤→赵洪山→赵业长→赵玉清→赵东军；赵业发→赵剑波

赵廷山→赵洪春→赵业德→赵成林

赵廷忠→赵洪瑞→赵业珍、赵梅荣、赵小区、赵业勇

五房：赵廷宴→（1）赵洪海，（2）赵洪江；赵廷福→赵洪孙；赵廷寿→赵洪义；赵廷茂→赵洪军；赵洪寿、赵洪运、赵洪禄

赵廷宴→（1）赵洪海→赵玉辉→赵浩然，赵玉伟→赵卓尔；（2）赵洪江→赵业忠→赵成炬、赵成林；赵业强→赵彦军、赵瑜；赵业明→赵玉立、赵丹阳；赵业顺→赵家俊、赵莹莹；赵业刚→赵威、赵哪

赵廷福→赵洪孙→赵业勤、赵业珍、赵业林、赵业清→赵敏

赵廷寿→赵洪义→赵春风、赵业亮→赵云云、赵柏辉

赵廷茂→赵洪军→赵新国→赵群、赵静；赵保国→赵曼、赵芳仪；赵卫国→赵贤敏

赵洪寿→赵业义→赵成刚．赵立华．赵欣冉；赵成林→赵立朋；赵成玉→赵杰

赵洪运→赵园园、赵菲菲

赵洪禄→赵业普→赵成国

五、父辈赵洪馀家族

爷辈时家庭。爷爷叫赵庭员，其上祖辈都是务农，在我记忆中，对爷爷没有印象。听父亲说爷爷家境贫寒骨瘦如柴又加上疾病，在我出生前早已离世。我爷爷、奶奶有三个儿子一个女儿，宗亲共6口人。我父亲排行老三，过去风俗，仅将男的排序，女儿要嫁出去是别家的人，不参加排行。父亲前面有大哥二哥和一个姐姐，我称谓他们大伯、二伯和（姑）孃。

奶奶叫刘玉英，娘家在倒座二社三队刘家湾。奶奶是一双小脚，走路颤颤巍巍。在古代或清朝之前的封建社会里，女人们都兴缠裹脚，即女孩从小开始，用长条形布带将脚缠得紧紧的、严严实实的，限制脚长长、长宽、长大。长时间裹脚疼痛钻心，古时人们的审美认为女的脚越小越尖越漂亮，时称女脚“三寸金莲”。我幼小时是奶奶照护，她很疼爱我，也常教我做家务。我在 8 岁时她离世，但我记忆深刻，对她的感情很深。奶奶坟地松林环抱，四季葱茏。我上坟时常祈祷老太在天之灵与青山同在，与松柏长青，保护我们健康平安、学业成才、工作顺利、升官发财……

大伯叫赵洪炳，16 岁时被国民党抓壮丁，当了三年兵，说要与共产党打仗跑了回来，到处躲藏，跑到白果树乡深山里的青山大队老表家，在那里当帮工，学木匠。过了几年后，没人过问没再追究他，并且学木工也出师了，他又回到倒座三社老家，娶了亲成了家。

和二伯从没见过面。听父亲说，他小时候得病去世。（姑）孃嫁到倒座二社王家。

父辈大家庭。父亲赵洪馀，我称谓他叫叔。生于 1917 年农历四月初一，卒于 2005 年农历正月二十三日，享年 88 岁。

叔为人公正老实，也没上过学。

“哀哀父母，生我劬劳。无父何怙（音护），无母何恃”（《诗经》）

从小到大，我们能无忧无虑地一点点长大，是父母千辛万苦地养育、百般呵护的结果，他们在我们兄弟身上倾注了全部的心血和爱。

父亲是个闲不住的人，无论农忙农闲，无论春夏秋冬，像时钟一样天天转动不息。夏季三伏天，午后不歇晌，下地干活，说风吹着凉爽；冬天三九天，背着篼箕捡粪，说动一动暖和些。过去没有化肥，农闲时大人小孩都捡牛屎、拾鸡粪，有时将捡的粪交生产队挣工分，有时也将它施向自己家菜地。

父亲是个不紧不慢的人，干活时不紧不慢不歇脚，说话不紧不慢不多说。口渴了，用山上长的花红树叶泡壶水当茶喝，有时就在堰塘里用双手捧水喝几口解渴；上火了，从院墙上刮点陈墙土，用开水冲一冲，喝了败火。

父亲一生勤俭持家，白天下地干活，晚上回来做家务。竹编篾活有：

编粪箕、箩筐、簸箕、筲箕、竹篮、竹篇担、竹凉席、筛子等。木工活有：条桌、饭桌、凳子、椅子、小板凳、柜子。此外还有打草鞋、帮村民家做小曲白酒等。有时我半夜起床上厕所，见他还在忙活。过个十天半月，鸡不叫就起床，步行十多里到石花街上，将做的物品卖掉。他说，有一次半夜出去，路过张家湾大堰塘时，看见一个鬼没长下巴，在塘里洗衣裳，一会儿没有人影，只听到用棒槌拍打衣服的声音，有时还突然冒出一团火出来，我听后毛骨悚然，害怕得直发抖，起鸡皮疙瘩。

父亲还有一项专长技术活——做酒

父亲的酒匠名字响彻百里。在新中国成立后，到了秋冬季节，很多村民家里有余粮做白酒，就请我父亲去。他做酒的名声很大、也很远，除了在石花区周围的几个乡镇（或人民公社）做酒以外，还做到了光化县（现为老河口市）、丹江口市，上到河南的内乡、下到襄阳县的太平镇，南北长达百余里。

在本生产队附近做酒时，我小时候经常跟他一起去当帮手，我边做活边观察父亲做酒。

酒曲制作方法如下：

原料：大米、大麦、辣蓼草、桂树叶、桔树叶、扁豆叶、竹叶、田边草及药材山柰、柴胡、香菇等 20 多种。

粉碎：将上述各种原料粉碎成粉末状。

制丸：将混合粉加入 37 摄氏度温水搅拌，加水量以手捏成团而不滴水为宜，做成鸭蛋大小的球丸。

装筐：把球丸放在筐里转动，边转边撒上药头（备用的老酒曲研成的粉）。药头用量控制在使球丸表面均匀沾上一层即可。把裹上酒曲粉的球丸装进筐（或谷筛）里，每装一层铺上一层稻草，注意球丸之间的间隔不宜过密。

发酵：将装好球丸的筐逐只放进谷仓，或选一墙角，底下铺上稻草，将筐放上，上面盖一层稻草，用薄膜包裹（气温高时不用薄膜）。发酵 24 小时 –36 小时，见薄膜或稻草上有水珠时，将覆盖物掀开，降温通风，以免温度过高，烧坏酒曲。待其自然冷却后取出摊晒，干燥即为成品。

发酵是决定酒曲好坏的关键环节，必须严格控制温度。发酵良好的酒曲球丸上面生一层白色细绒毛；如果温度过高，没有及时通风降温，酒曲上的白色细绒毛就会变黑，有霉样斑块，严重影响质量。

做酒程序或工艺：

浸泡，将高粱或玉米等（下面以高粱为例）洗净，浸泡 1 天 –2 天（视天气和环境温度，以下同）。

蒸粮，将做酒的粮食如高粱上木甑子蒸到九成熟，不能太烂也不能太生，放到地池里。

拌曲，锅蒸的高粱出锅后，要把高粱摊晾，冷却到一定的温度后再装缸发酵，一般温度降到 30 摄氏度，将做酒的酒曲碾碎成粉把高粱拌透、拌均匀。

做箱，就是将拌好酒曲的高粱，堆成箱子形状，在上面及周围铺上一层上一锅酒糟（约是上一锅酒糟的一半），主要是起保温作用，时间约为 24 小时，在此期间要经常测量温度，保持在 30 摄氏度左右，超过 40 摄氏度以上就烧糟了，就是这锅高粱废了，不出酒了。

发酵是将拌好酒曲、做箱的高粱与做箱时覆盖的酒糟混在一起拌均匀，然后放进发酵池里进行自然发酵，发酵一般是一个月左右，视季节环境温度而定。

蒸酒，发酵好后，木甑子放在大锅里面，水烧开上气时放发酵好的高粱，用铲子一层一层地放，把汽盖住，有气冒上来再盖下一层，木甑子里高粱上到 7 至 8 成时，盖上天锅。

出酒，木甑上部装有一个出酒管，天锅里装的是冷水，下面不停地烧柴禾，上蒸汽，木甑子里温度保持在 70 摄氏度，温度一高天锅速加换冷水，用天锅（木甑子上面放的锅是密封很好的锅，叫天锅）加换冷水来调节木甑子里面的温度。出的头酒在 80 度略上，尾酒在 40 度左右，再低了就停锅不要了。要注意观察检测，一般情况出酒在 1 小时到 2 个小时。出酒率 50 度至 60 度的酒一般在 45% 至 50%。出好酒，要注意的事项很多，如曲子好坏、拌曲多少、蒸粮时间、冷却度数、发酵程度、木甑温度等完全靠口尝、鼻嗅、眼看、手摸等，主要靠平时个人的经验积累。

我父亲做酒香甜可口，出酒率高。古话说："酒好不怕巷子深"，做好酒的人，不管你有多远，也有人上门请你去。

父亲也爱做善事或公益事，可能他认为自己是生产队队长，大小也算个干部，应该给大家办点好事，搞点服务吧。我们原老屋门前有口大堰塘，是我父亲种的藕，也放养了很多水生植物，如水浮莲、红米草、菱角秧子等，都是用来喂猪的。把它们打捞起来后，剩下的部分又分裂，继续生长。湖藕到了年底，湾里的住户谁挖谁得，喂猪的水生植物也是本湾的住户都可以打捞喂猪。父亲生性善良，宽厚仁义。无论大事小事，从不发火，和邻里、生产队其他任何人没有发生过口角、纠纷，人们都非常敬重他、佩服他，无论年长的或是年轻的，见面都叫他“三爷”（他们兄弟中他排行老三），是村里的人们对他的尊称。

在堰塘右侧靠我们菜园处，父亲利用休息时间，从山坡上挑土在堰塘里有泉水眼的地方围堰起来，在中间挖个约 3 米深的深坑，用石块和半头砖块堆砌一口吃水井。在井壁与围堰之间用小石子和沙填冲起来，主要起过滤和净水处理作用。砖头是父亲在中午和晚上回家时在窑厂里捡挑回来的，石块也是从山坡搬回来的，沙石是请熟人用拖拉机从石花河里捎带回来的。父亲前后用了近三个月的时间砌好了这口水井。每年夏天父亲淘一次井，用水桶一桶地提水起来再倒掉，把井水淘掠干，并用刷子把井壁清洗干净。没砌井之前，在堰塘里挑水吃，水里含泥土是混浊的，水中有牛卧澡拉的屎尿，甚至有浇菜园施肥后洗大粪桶的大便，人喝了经常拉肚子。井砌好后，全湾子住户都喝上了干净卫生的水。有时长期下雨或暴雨涨大水，堰塘水淹没了水井，在清洗水井时，还有几条两斤来重的大鱼及若干小鱼虾，还有一次有两个 1 斤多重的老鳖。父亲说，这是辛苦换来的口福啊！时间长了，水井也成了老井。春夏时间，父亲经常钓鳝鱼。把细铁丝的一头插进 20 多厘米的竹条里固定牢，将蚯蚓串进细铁丝上，再把铁丝弯成 U 字形，在水井里钓鳝鱼，边钓边用另一只手的食指在水面弹水响，一会儿就能钓到三四条，够吃一餐。有时在堰塘边，有时在水田埂边，只要有圆形小滑洞，父亲准能钓到鳝鱼。

我家堰塘边有一棵樱桃树，在我六七岁时的一个春节过后的一天，父亲进行了全面嫁接。不知他从哪里取回来的良种樱桃枝条，把原樱桃树枝全部剪掉，用磨快的砍刀，选择能嫁接的枝头，逢中劈开约两寸深的口垭，再把良种樱桃枝剪约 6–8 厘米一节，将粗的一头削成扁状，插进口垭里，用棉花或厚点的棉布条包扎紧。在嫁接过程中，要把砍刀、剪子口、棉布条洗净消毒杀菌，否则不发新芽或新枝，就是失败。原樱桃树上嫁接了 20 多个枝头，长出了满树的新枝。同时将原樱桃树的所有枝或芽全部清除掉，一根不留。过两年后新嫁接的树枝开始开花结果，随着时间的推移，树干长粗，枝叶茂盛，满树红彤彤鲜艳的果实，不仅好看，更是特别好吃。父亲说他嫁接的是糯樱桃，樱桃颗粒大，亮晶透红，水分大甘甜蜜口。樱桃成熟后，我父亲会还摘很多樱桃分给我们湾子里各家小孩吃，吃到樱桃后我们体会到了古人说的“樱桃好吃树难栽”的真正含义。

父亲一生面朝黄土背朝天，干农活操持家务了一辈子。

他干农活是一把好手，犁田、耙地、撒种、打场、扬锨、担砖、做木工、编篾活（堆稻、麦的卷席等）、建房设计、烧窑、堆垛子、砌墙挂肚、打铁（1958 年大办钢铁时，领锤当铁匠）、打油、剪枝嫁接等，这些活里面都含有高深的技术活，他还教会了许多年轻人。

曾当过油匠。那是二十世纪六十年代初，我老家谷城几乎每个生产大队都开有油坊。一年四季，油坊不是打芝麻油（老家也叫香油）就是打桐籽油、木梓油或棉籽油。桐油、木梓油卖给国家（供销社），香油、棉籽油分给社员们吃。那时还没有加工这些油的机械，全靠人工打油。

油坊设在大队部，离我们很近，只有二里地。父亲年轻时身体强壮，力气大，大队书记看中他，因他为人正派，忠实可靠，一心为公，爱护集体，就调他去当油匠专管油坊打油，连续干了五年。那时，我们小娃子没有啥零食吃，到油坊能混到一小块芝麻饼（打尽油后的芝麻渣子）吃，那时候喜欢得很，简直是一种享受。芝麻饼香，里面还有少量的芝麻粒，很好吃。可它太硬，我就用嘴啃，啃不动就用石头砸成小块吃。有时，遇到油坊正在炒芝麻，我就抓一把炒熟的芝麻。刚从锅里抓出的芝麻把我的手烫得受不了，只好撩起衣襟兜着跑到外面去慢慢地吃。

打油既是力气活也是个技术活。我常到油坊去玩，对打油这一套程序和工艺也了如指掌。

打油之前，先将芝麻炒熟。油坊里有好几个大灶锅是斜着放的，里高外低，便于炒动。用棒子木柴把锅烧得冒青烟时，把芝麻倒进锅内不断地翻炒。炒铲是用一块大木板做的，一根绳子从房顶上吊下来系着木铲把子，人只要捉住铲把子上下炒动芝麻就行，不一会儿芝麻就炸着响了，炒到芝麻粒发黄时就扒出来再炒下一锅。炒芝麻是个技术活，扒离锅早了芝麻没炒熟打不出油来；扒晚了芝麻就炒糊了，打出来的油少还有苦味。因此炒芝麻万万不得马马虎虎，否则功亏一篑。

芝麻炒好后，要立即倒石碾盘上用石碾子碾磨碎。石碾是个大石头圆盘，中间安有一根碾柱，碾石就套在碾盘中央的柱子上，牛拽着碾石围着碾盘转圈，一直把芝麻碾成细末为止。牛拽着碾石不紧不慢无休止地沿着碾道走着，石碾的木头轴心一圈一圈的转动中发出均匀的吱吱呀呀的声音。那声音就像来自时间深处的天籁，仿佛是在这寂静的山坳里唱着一首绵延不绝的老调。牛有时要走慢了，油匠就吼一嗓子，吆喝着它快走。

碾过的芝麻放进笼里蒸汽加热，目的是为了芝麻好出油。把碾碎的芝麻放在大锅里铺的一层油布上。蒸笼一层一层地朝上码，然后把芝麻蒸透。

芝麻蒸好后就包箍，父亲把已用得锃光发亮的铁环似的铁箍叠着放好，里面铺上用龙须草搓成的密巴巴的草绳用于包芝麻，把蒸好的芝麻倒在里面，我父亲就爬上去手扯着头顶上吊着的一根粗麻绳用双脚不停地踩，一直把全部芝麻踩得又紧又平又实才行。有时是十层，也有七八层的，数量不等。把这些油饼踩好，双脚都烫的通红了，父亲累得满头、全身都冒着热气腾腾的烟和汗。就这样，父亲他们五个人将油饼踩一层箍一层，一直打箍完为止。这些工序完后，油匠们把打好箍的芝麻饼滚皮枪膛似的榨油木槽内，就开始捶楔打油了。

捶楔，是油房中最重的体力活。捶楔是用一种小鼓似的铁锤，用力拼了老命般的硬捶下去。铁锤分四种，分别为 50 斤重、100 斤重、150 斤和 200 斤重的。我到油坊去，常常看到父亲打着赤膊，当他将要用力把重重的大铁锤举起时，一双有力的大手一前一后死死地攥着油锤把子，一双胳膊爆出的青筋鼓胀，伴随着他那声打油的号子，那个百斤以上的铁锤已被他举过了头顶。我看到父亲那古铜色的胸脯上，一根根胸肋骨都被五脏六腑中鼓足的劲或迸发出来的力鼓凸着。那重重的铁锤被我父亲举在头顶上却迟迟地不放下来，他的号子声由轻到重、由近及远……那要命般的、粗犷的腔调拐着弯儿，给人以悠长、哀婉之感，仿佛是油匠们在向无语的苍天哭喊着自己的辛酸与无助！那哀婉的号子直逼得我心酸得情不自禁地要流出眼泪。我常常想："天底下为什么有这样囚徒般的农活？这又是谁发明的？"当那声号子久久地回荡在上七里冲上空，几乎没有了声音的时候，我父亲却突然把那重重的铁锤捶在了戴有铁箍的铁楔上，这时"咚"的一声震得油坊周围的山都响，也把大地震得一颤。

父亲就是这样一锤一锤，炖盆口粗的锤楔一块一块地不断地添加，他们吼出的号子声也是此起彼伏，直到把这一槽油饼上的油榨干捶尽为止。我看到芝麻油顺着油槽，济济地流进油池里，金黄、清澈、喷香，仿佛是熔化了的黄金一般！那个香啊，随着风在空中飘荡着。

一榨油打完，我父亲像大病了一场似的，瘫坐在油腻腻黑黝黝的破椅子上，也不说话，只顾自个喘息着，抽着烟……可是，一夜之后的第二天，他又像一头雄狮一样出现在大队油坊里，午后又从那油坊里传出他那绵延不绝的一声一声的打油号子。

现在，不仅在我老家，即使在我们整个襄阳市也无处可觅乡土油坊的"芳踪"了，唯有我记忆中的炒芝麻的袅袅炊烟仍维系着我满腔的乡愁。但父亲的拼搏和奉献的精神，我却永远的继承着。

父亲带我看电影。我是父亲在 31 岁时才生的第一个儿子，爱之有加，心上的宝，手上的珠。晚上我在他怀抱里，他在哪里我一定在哪里，从一岁多时父亲就抱我出去看电影。五十年代至六十年代的农村，既没有收音机更没有电视机，在农村看电影就成了村民们唯一的精神享受。看电影，那可是父辈们在农村最大的文化娱乐活动，也是他们披星戴月、衣食不周的农村生活中最好的精神奖励，期待一场电影，就像是旱了三个月的秧苗盼望甘霖似的，在久久地期盼着。

放电影的设备及电影队只有石花区一级才有，公社一级是没有的。区电影队是每个公社每个大队轮着转圈放映。放电影那天下午 5 点钟，我父亲就笑着对大家说，今晚在大队看电影，提前放工。夏天放电影在晚上 8 点开始，年轻人一个个早早地赶到大队部门前场子里选个好位置。我父亲去后，有时前面人站的多了，就抱着我站在自己带的木凳子上看，时间长两胳膊抱累了，就把我"打丫丫"看。打丫丫，就是把孩子的两条腿分开，放在大人的颈部两侧，让孩子坐在大人的肩膀上。

到了散场时间，那可是很热闹，有女人喊自己丈夫的，有大人吆喝自己小娃子的，有互相邀请到自己家做客的……随后便是人们向四面八方各自家走去，来时天还亮着，回去却是上半夜了，于是打手电的，提马灯的，燃火把的，闪闪烁烁的亮光像一条长龙蜿蜒在山道上，明明灭灭，逶逶迤迤，很是好看。

我长到七八岁以后，在农村看过的电影中，还记住了不少有趣的台词，如《英雄儿女》中的“为了胜利，向我开炮！”；《地道战》中的“高！实在是高！”；《地雷站》中“不见鬼子不拉弦”；《董存瑞》中的“为了新中国，前进！”；《闪闪红星》中的“我胡汉三又回来啦！拿了我的给我送回来，吃了我的给我吐出来！”《平原游击队》中的“在中国的土地上，绝不允许你们横行霸道！”等等。虽已过去五十多年，但是这些经典台词在我脑海里，至今记忆犹新。

父母对儿子爱的点滴。我们小时候家里很穷，有时饭都吃不饱，开饭时父母喊吃饭，我们几个兄弟拿着碗盛满饭菜，围着桌子大口大口地吃，有时我叫父母都一起吃，可他们说：“你们先吃，要吃饱好长身体，我们还有事晚点吃。”实际是让小孩先吃饱，剩下的部分父母再分了吃。

父亲出工到南河修电站，在一年暑假的一天，我和大弟赵业俭一起到父亲工地看望他。他们每天早上7点至晚上7点，用扁担挑土清理坝基，中午送饭到工地。这天中午是每个民工一碗汤两个馍馍，父亲将两个馍馍分别给了我和弟弟，而他只喝了一碗少油的青菜汤，下午又继续挑土。父母为了给孩子爱，他们可以不吃不喝，宁愿承受一切痛苦。后来我们成人了听到父亲说给馍这件事，我感动得流下了眼泪。父亲对孩子们无私的爱，无私地奉献，这就是伟大的父爱。

父亲虽没有文化，却用另一种方法就是古言古事教育我们。

我小时候，父亲经常对我们说：“古人说：小孩‘从小看大，三岁至老’，意思是从零岁开始教育，怎样讲礼貌，怎样做人，怎样做事，懂得人情世故，有教养，到了三岁就能看出这个孩子未来怎样。”父亲是要求我们从小就要虚心学习，接受教育，将来才会有出息。

他讲了一个故事：古代有一个人抢劫杀人犯了法，送到刑场去砍头，时辰还没到，在行刑之前，他提出最后要见母亲一面，只说几句活，在砍头时送自己上路，以求死而无憾。监斩官随即将其母亲叫到犯人儿子身边。儿子见到母亲下跪说："妈，儿子不孝，犯了死罪，将要离开人世，走之前只求妈一件事，就是最后再吸一次奶。"他妈闭着眼睛，流着泪，掀起上衣让儿子吃奶。儿子猛然地将妈的奶穗咬掉，声泪俱下地说："妈妈呀！是我从吃奶开始，你娇惯我，放纵我，是你们把我送上了断头台，才使我今天走上了绝路，我临死时才知道是父母你们害了我。"父亲讲这个故事时我才十岁左右，在我渐渐长大后，明白了父亲的良苦用心。他暗示我们，从幼小时就要对我们严加管教，不要有意见，为的是我们今后一路成长不会犯错误。这是父亲给我们真正的爱。

父亲一辈子爱一口烟，一有空就把烟袋放进嘴里。在外边抽烟是他自己做的大烟袋，长约一米，烟杆是用房后竹园的竹子，把中间内结打通，用快镰刀把外面竹结削平，再用砂纸打光，烟斗和烟嘴从街上买回来连接而成。抽烟时，用火纸卷成约 30 厘米的瓷实的圆筒，或叫火门，将它点燃，用它作火源来抽烟。烟杆越长越能过滤烟屎（油）或尼古丁。父亲每隔一段时间用毛草等从烟嘴插入，从烟斗抽出，整根毛草毡满了浆糊似的黑黑的烟屎，这样可以减少对身体的伤害。父亲烟瘾比较大，经常在家里半夜三更还坐在床上吸，黑暗中的烟火一闪一闪的，忽明忽暗。烟叶是父亲自种自晒的旱烟，夜间用的烟袋是黄铜制作的水烟袋（清朝时制造的，现在除做文物保存外，市面上已经见不到这种烟袋了）。烟袋下部是个椭圆扁状盛水的容器，上部一端从容器伸出弯管吸嘴，另一端连接着烟袋锅，容器顶部的烟斗与烟嘴之间，并排留有两个小圆孔，将点烟香火插在其中。吸烟时，把烟叶掐成小球摁进烟袋锅，燃烧后烟雾经水过滤，部分烟油溶在水里，把水染成淡黄色。父亲吸烟时，左手拿水烟袋，右手拿纸门或香火，头稍低，眼微眯，吸一口，咋一下嘴，再吸一口，又咋一下嘴，那种陶醉、那种满足的神态至今我仍历历在目。这时我们都不忍打搅他老人家，让他享受这点清静和休闲。

从我记事起，父亲身板到 85 岁一直很硬朗，几十年来，没见他吃过一片药，打过一次针，这不能不算个奇迹。在那药品匮乏、医术落后的年代，这也许是父亲的福分。父亲在 86 岁时，即 2000 年，还上山砍柴挑柴禾回家，在 2002 年 8 月，突然得了一场重感冒，他不看医生、不吃药，认为过几天跟年轻时一样抗过去，自然就好了，结果引起严重肺、心衰竭而住院。在石花住院时，我劝说他转到襄阳市中心医院可以得到更好的治疗，他坚决不同意，并说："我这大把年岁了，过去人活七十古来稀，我都快九十岁的人了，值了，到市医院里花了药费，还有可能回不到家，不如我在家里死呀！"父亲从石花医院回到家里后也是卧床多起来活动的少，这是我没有想到的，也是使我难受的。他从此后身体没有完全恢复过，至2005年农历正月二十三，按照上帝安排到马克思那里报到去了。在他离开前的一周，老家下了一场大雪，天气突然寒冷起来，这使得他的肺心病复发而卧床不起，呼吸非常困难，人很痛苦。而在他走的当天精神特别好，早上吃了早餐，上午还和二弟赵业光谈了很多话，下午三点起来在我二弟的协助下，将衣服换好，洗手洗脸，解完大小便，在床前走走步，还吃了点饭，干干净净、整整齐齐睡在床上，什么也没说，像是睡熟了，约下午6时，我二弟上厕所回到父亲房间，摸摸他的手很暖和，用手伸向父亲的鼻子发现他已溘然长逝了，父亲已经自然地、静静地、安详地、永远地走了。6时30分，二弟电话报丧父亲走了不在了，这是我无法接受的事实呀！当时我出差在武汉，正在陪省计委王玉祥主任吃饭，陪客也是工作，我把司机叫到外边，告诉他速到宾馆把行李带上车，结账后到吃饭地，我冷静的强压着内心的悲伤，陪完了省里的客人。

武汉离老家500多公里，我们8点26分从武昌出发，连夜往老家赶。汽车穿过昏暗的街灯，驶离繁华的市区，进入茫茫月色之中。夜间1点30分到达，感觉路特别远，天特别冷，夜特别长。守灵两夜两天没合眼，夜间每过20分钟都要烧一次香纸，一直到出殡，披麻戴孝，守丧三日。按照父亲生前选的地点和遗愿，长眠于山之中央，就像坐在一把豪华的太岁椅上。

"亲戚或余悲，他人亦已歌，死去何所道，托体同山阿。"（东晋陶渊明）。

安葬前，二弟带着一干人，在父亲指定的位置打井（挖墓穴）。大伯儿子赵业富是我的哥哥、姑父的大儿子王帮正是我的老表，他们跟父亲学了很多风水学，也懂一些选墓地知识，我和三个弟弟与他们一起商讨，确定了父亲墓穴的具体方位。

出殡时，从灵堂将棺材抬到门外，我是长子，就由我亲自在前面背棺头放在两个长条橙子上。安葬上路过程中由我双手捧着父亲遗像，在前面缓慢地引路。

父亲的葬礼办得热闹隆重。父亲去世的第二天晚上，也是出殡的头一天晚上，在门前大场子里搭上戏台，请的戏班子专门唱大戏至深夜 3 点多。送花圈 60 多个，灵堂前面及整个场子摆满了，还有重叠的，送礼的也不少，领导或单位有：谷城县委县政府主要领导、襄阳市计委、各县市计委、石花镇委镇政府、巩湾村支委等。巩湾村的村民看到那两天小汽车穿梭似的来来往往，上七里冲肯定有个大人物家里过红或白喜事。出殡路上，随灵柩走的人和花圈就有半里路长。

父亲驾鹤西去，留给后人的财富就是他在世时身体力行地教会了我们怎样做人、如何做事。父亲对我们的爱，体现在方方面面，更多的是严格要求。他的慈祥、正直、豁达、勤奋、节俭、聪明，让身为晚辈的我们敬重而倾服。他为家操心劳神几十年，勤扒苦做，夜以继日、披星戴月地做了一辈子，晚年儿孙孝顺，尽享天伦之乐，没牵没挂，四个儿子成才，尤其是对大儿子的我以及我爱人都当了县级领导干部，名扬襄阳地区，我的儿子他的大孙子博士后毕业并在全国乃至全世界的知名大学——中国科技大学工作，而感到骄傲和自豪。所以他安心瞑目地走了。

在他牙齿掉一半时，我说给他安装假牙，他说那要很多钱，等几年再掉几个牙后，你们工资高点时再安也不晚。待他满口只剩三颗牙时，我又提出给他安牙，他说已习惯了不用安了，后来我忙工作疏忽也忘记了。真是“子欲养而亲不待”，对此至今我后悔莫及，也因此为对父亲失去的这件孝心而愧疚终身。

父亲生前对易经风水有所了解，对墓地、阴阳宅第有一定研究，不知是自学成才或是师从高人。在七十年代初，农业学大寨时拆旧屋场变地改田，新建住宅都赶到山坡上。新宅基地就是父亲选定的。在他的住宅北边张代启、南边朱世荣、西边李明孔、李明政弟兄俩，他们原来都在我们老宅基地的同一个四合院内相住，新建房 15 年左右先后得病而去，基本上是家败人亡。而我们一家兴旺发达，父亲活到 88 岁去世，母亲高寿 92 岁离世。我在工作中顺利，职务晋升到正县级，儿子赵伟博士后毕业、工作业绩辉煌；大弟赵业俭在深圳自办公司家产近千万，女儿在深圳传媒公司担任总经理；三弟赵业才任县办重点小学校长，两个女儿成家都是富有家庭；二弟赵业光在家专职照顾两个老人，其儿子赵迎春在襄阳市发改委工作。我们弟兄四个，人人身体健康、个个家庭幸福。

父亲是个大孝子。孔子有句话“身体发肤，受之父母，不敢毁伤，孝至始也。”孝至始也，就是做个孝子，最起码要做到把你的身体保护好，因为这是你父母留给你的。他第二句话立身行道，扬名后世，以显父母。显是显耀的显，孝之终也，这是孝的最高点，终就是最高点。“百善孝为先”，在这方面，我父母是做得非常好的楷模。他们十分孝敬我奶奶。我们家过去很穷，有时上顿接不了下顿，没有饭吃，而我的父亲到了清明节，和腊月三十中午团年饭前，也要买 1 小挂鞭和半斤或 1 斤草黄纸虔诚地到奶奶坟上去，掉着眼泪为奶奶烧纸、磕头，说几句心愿的话，回来后我们家才开始吃团年饭。

现在，每当听到刘和刚或降央卓玛演唱的《父亲》，我都会泪流满面。他们唱出了我们老百姓的心声，唱出了中华民族的美德，唱出了老辈人对后生们的真情，也唱出了父辈对儿女们的殷切希望！

父亲走了，为表达对父亲的思念，特赋诗作挽。

八五又加三，仙逝突然间。
音容笑貌在，魂魄上九天。
慈父性宽厚，不愧称本善。
幼年跑天涯，到处去要饭。
壮年打油房，伤胆又伤肝。
白天干农活，夜间竹篾编。
当过铁木匠，技术样样全。
做事很认真，农活都精干。
到外工作队，百姓似当官。
思想品德高，名誉都冒尖。
老少敬重他，人人都称赞。
爱心献村民，佳话成美谈。

潭口南河修，为国做贡献。
勤恳老黄牛，任劳又任怨。
一生不树敌，勤劳几十年。
为了儿子们，受尽苦磨难。
尊敬自父母，后代作典范。
忠孝皆两全，屹立天地间。
身后无财留，精神后代传。

人和人本是一种缘分。疼爱你的人，你的冷暖他样样皆知；牵挂你的人，你的苦乐他感同身受；懂得你的人，你的举手投足他深深领会；有缘分的人，纵使天涯也如咫尺思念，无缘分的人，近在咫尺却远如天涯！

父亲，我珍惜这辈子与您的缘分，下辈子我仍然愿意做你的儿子。

母亲出生于1918年4月19日，卒于2009年农历12月18日，享年92岁。母亲是个苦命人，地道的农家妇女，大字不识一个，但勤劳善良，贤惠达礼。母亲生活简单，家是她的全部。她一生生下7个孩子，生存下来健康成长起来的有：老大（本人）赵业清、老二赵业俭、老三赵业光、老四赵业才四兄弟。年轻时拼命干活挣工分，养家糊口，老了儿孙是她的寄托，她一切的付出包括爱，都是为这个家，为了儿孙。几十年来像牛一样，吃的是草，挤出的是奶，无怨无悔，无私奉献了一生。

母亲的娘家在倒座公社（后合并到石花镇）一社。其上有母亲我称谓婆婆（社会上俗称姥姥），姥爷过世很早我没见过。姥姥患乳腺癌，在我十多岁时病逝。

母亲是姐弟俩，其弟弟即我的舅舅叫何家有，在家务农，有一套建房挂肚的技术活。挂肚就是所建的房子，从下脚基开始，内外墙用灰砖或红砖抡起来（贴面）砌成一个一个方框，一层一层砌起来。中间填冲渣土或石灰泥浆，挂10肚就是砌十层高，然后再在上面砌土坏。过去家庭经济条件较好的人家才会用这种挂肚的方式，普通人家都是全土坏从地脚砌到屋顶，或是全干打垒的墙。在农村方圆几十里私人建房都要请他去挂肚。他聪明能干，能说会道，处事客观公正，村民们发生矛盾纠纷都请他评理协调解决，村民都敬称为“何乡长”。

母亲，在世界的眼中，你是一个国家的统帅。但是，在母亲的心中，我们永远是孩子。高尔基说过：“世界上的一切光荣和骄傲，都来自母亲。”母爱，就如同暖阳照耀着我们，如同甘露滋润着我们，呵护着我们。

晚年，父亲去世后，母亲就搬到石花镇跟二弟赵业光住在一起，在89岁的一个夏天，从二楼下楼梯时，不慎摔跤，当时因胯骨摔裂、腿骨摔断，住进了石花镇医院，医生给她装上石膏夹板固定起来，便于治疗和尽快恢复，但她不听医生和我们的话，用脚蹬用手扯，叫喊着拆下石膏板，由手不停地乱动，不配合医生的医治，后来落下了骨头错位没有愈合好的后遗症。从此，她的腰弯了，背也驼了，腿脚只能伸不能弯，走路不便，只能靠墙或拿着椅子慢慢移动到外边晒晒太阳，但身体其他方面没有问题，没有三高，也没有其他疾病，而且饭量还很好，中午、晚上还能吃一小碗熟烂的肉。由于四个儿子的孝敬、二弟的精心照料，她晚年还是比较幸福的。

母亲是一位从旧社会走过来的老人。爱心、善良、纯朴、节俭、宽以待人，是她一生的美德。

母亲是位小脚女人，“三寸金莲”的称谓名副其实。有着三寸金莲的母亲，在生产队干活，在家挑水、做饭、针线活却样样都干得很好。

在生产队里为了多挣工分，母亲比别人要付出的更多，更加辛苦。摘棉花、割麦子、拔豆子、打青肥、喷农药、开荒、挖地、起沟、锄草等，除水田和男人们干的活外，其他活她基本都能干好。锄草时，她的眼睛视力不太好，在除一段时间后，或利用大家休息时，她总要趴在地上复查一遍，把未锄尽的草用手拔掉，以免队长发现后扣工分。

母亲有眼疾，是上下眼睫毛往眼睛里面倒，扎的双眼直流眼泪，使双眼经常红肿发炎，痛苦难忍，模糊不清。眼病使她常年不能见较强的阳光，出门必须戴帽子，走路和干活时经常摔跤，医生多次提出要到医院做手术，因家里没钱迟迟未做。1964年，父亲找到大队妇联主任冯玉清，请她的爱人邓乾清到我们家，下了一扇堂屋门板，用两个板凳支起来当手术台做了眼科手术，治好了眼病还节省了费用。此前母亲流干了泪水、忍受了很多痛苦。

做家务活无私奉献，甘当老黄牛。

她每天凌晨很早就起床推磨、做饭。晚上，等一家人吃完了饭，还要刷筷子洗碗。等收拾停当，就已经很晚了，又得忙着准备第二天的饭菜。一家人吃的饭，几乎都由母亲来操持。那时候，家里没有钟表，有时母亲怕起床晚了耽误了推磨，晚上都是和衣而睡，一晚上不知要起来几次，到院子里去看星星（她从老人那里学到以星星的走向来推算时间的早晚）。推磨的时候，有时候困的实在坚持不住，站在石磨旁边不知不觉就睡着了。毛驴拉着空的石磨，火星子从两片石头中间往外乱窜，母亲一个激灵醒过来，吓得心里怦怦直跳，恐怕把磙子扎坏甚至引起火灾。

母亲喂年猪。在我的记忆中，她常说的一句话："再穷不丢猪，再富不丢书。"那意思是说，再穷，猪还是要喂的。我们家每年都要喂一头猪到过年时杀。喂猪都是妈的活，我的叔（父亲）是个当"官"的——生产小队副队长，他一心扑在生产队的事业上。除了星期天我们大一点的孩子帮她打点猪草，基本上喂猪食，尤其是打猪草都是母亲干的。

喂猪异常辛苦，不管是晴天，还是刮风下雨，她都要出工去挣那一天的 8 分工分。她把早饭做好后才喊我们起来吃，吃完饭上工时就肩扛干活的农具，手臂却挎着一个大篮子，在干活中间歇气（休息）时，她又去打猪草，休息结束后又接着干农活。中午收工回家就赶紧做饭，父亲则挑起粪桶给菜地里上肥。全家吃罢午饭后，母亲又忙着剁猪草，接着用洗锅碗的潲水拌后喂猪。下午又去上工，晚上回来还是一篮子猪草，接着又是做饭……家务活干完了，已是夜晚十点多钟了。这时，还要给我们几个洗脚洗澡，或拉或抱地弄到床上睡觉，母亲就是这样日复一日、年复一年地忙碌着。

每年一到农历腊月，农村就有农户开始杀年猪了。每年杀年猪都是我父亲亲自操刀，把一个木头做的大腰盆稳稳当当地放在院子里，卸掉一扇门板放在腰盆上，父亲腰里系着大围裙，嘴上咬着亮闪闪的杀猪刀，摆着一副随时准备杀猪的架势。叔和邻居共三人，一人揪住猪尾巴，两人各扯一只猪耳朵，把猪连拉带拖地架到腰盆的门板上，我父亲一手捏紧猪嘴并用胳膊箍牢猪下巴，扯长猪脖子，顿时白刀子进红刀子出，刀子进到深的部位再用力搅一下，任凭肥猪拼命地挣扎也无济于事。我父亲还经常帮别人家里杀猪。

杀猪后，还要卖一部分肉，可以换点钱用。留够春节吃的肉，剩下的腌好放在缸里密封起来，放到第二年吃。我们家一年到头只有过年和端午节、中秋节才能吃点肉，平时基本上是吃不到肉的。炒菜时，母亲用一小坨肥肉擦下锅，就算是纱菜放油了。在春上大忙季节的割麦插秧时，母亲拿一块腊骨头炖萝卜，砂锅盖子一揭，那腊肉的香味顿时飘满屋子，要有多香就有多香。看到父亲拈一块喂进嘴里，说是先尝尝咸淡味，但我们却馋巴巴“垂涎三尺”了。

在我的脑海中，一辈子也忘不了老家的腊肉香。我们每年吃的腊肉，都多亏了母亲的辛劳，要不然哪里会杀年猪有腊肉吃呢？如今回想起来，心中对付出双倍劳累的妈妈感到无限地崇敬。老家的腊肉香，老家的腊味长，其中不也有母亲的辛勤汗水吗？

母亲对我们兄弟四个都是百般呵护。我小时候有一次头痛发烧生病了，父母把我看得很娇贵，有病了请医生几次没看好，母亲连续三个晚上在夜深人静时，等全湾子的人们都睡了后，抱着昏迷中的我轻声地呼唤着：“得成（我的小名）娃子，莫怕啊，快回来睡觉啊，回来了没有，‘回来了’。得成娃子，莫怕啊，回来睡觉啊，回来了没有，‘回来了’”……母亲就是这样一声声地呼唤着我的“魂儿”快点回来，那声音在这深夜里就像是从远古的时空里飘荡而来。

父亲当贫宣队工作队员有时在外地驻队，他还有多次是常年外出做工，如县里统一抽调劳动力到南河修电站 3 年、潭口修水库 3 年等。那时我们都还幼小，妈年轻时身体单薄，加上脚又小，在夏天季节天干时，她还挑水浇菜地和种菜，一对盛满了水的木桶，压在她的肩上真够辛苦了，我们眼看着母亲满身湿透，她擦干满脸的汗水又继续挑呀挑……

上学后，我们回家里要复习功课或做作业，夜深了，天气变得更冷了，我的手直打颤，不能写字了，怕把作业做坏。这时，母亲走到了我身旁，关心地对我说：“冷吗？”她轻轻地把我的手夹在她的两手之中。顿时，我觉得无比暖和。在她的鼓励下，我终于认真地完成了作业。母亲把我当作手心里的宝，不管多深的夜，母亲总是陪伴着我。

母亲是位勤俭持家很节俭的人。我小的时候粮食不富裕，遇到灾年，粮食更显得金贵。每当新粮食下来，母亲总是把粮食计划好，菜粮搭配、粗细搭配，一年当中，把口粮匀开吃。母亲从不浪费一粒粮食，她经常告诫我们，“粒米凑成饭，滴水集成河”。如果我们不小心把菜掉在了饭桌上、把饭掉在了地上，她都要用手捡起来吃掉。就是每天用的洗脸水，也从来都节省着用。因为她知道挑水的艰难。

母亲一生严于律己，宽以待人。她的言传身教，在潜移默化的感染、教育着我们。我们要是同邻居家的孩子争吵了，母亲先来管教我们，从不护犊子。我们要是受邻家的孩子欺负了，她总是先问明情况，等事情平息了一阵子，再悄悄跟对方家长说明实情。她不管做什么事情，能方便别人的，尽量地去方便别人，能迁就别人的，尽量地去迁就别人。“吃亏是福”是母亲常挂在嘴边的一句话。小时候，我不懂这句话的道理，现在回味起来，那真是一句朴素的格言。只要不是原则问题，谦让一些，迁就一点，吃点亏，就避免了一些是非和争端，换来的却是友好与和睦，这与母亲经常说的“望人和福自和福”同是一个道理。中国人讲求一个“和”字，和气、和善、和睦，“万事和为贵”“家和万事兴”。大家友好、和睦相处，共同享受平静美好的生活与快乐，其乐融融，这难道不是一种幸福吗，那可是用任何东西都难以置换的无价之宝啊！

我们全家的穿戴全靠母亲一人，纺线（棉纱）织布是她在家干的一项技术活。那时家里有一台脚踏式织布机，每到冬天，母亲晚上都要点着煤油灯，挑灯纺线，天天如此。有时我们一觉醒来，朦朦胧胧的睁开眼，看见母亲还在摇着纺车。织出的虽然是土布，却能供一家人做衣服、鞋袜、床上的铺盖、装东西的布袋。织布用的棉纱自己纺，纺纱用的捻子自己搓。织布时眼、手、脚同步并用，母亲纺的线又细又匀，所以织出来的布就显得格外细密。我手脚较笨拙，线纺的不太好，搓捻子、织布有时我给妈当个帮手还可以。她在纺花车前脚蹬着烤热的砖头，右手摇纺车，左手握着雪白的棉絮，随着摇动的节奏，上下不停拉出的纺线，身旁卧着猫和我，她悠闲自得哼哼着：“嗨嗨咪，嗨嗨掩，老人爱吃菜包馍，小儿勤呐，爱死人。小儿懒，惹人烦。”母亲那忙碌喜悦的身影和音容笑貌将伴随我的一生。

母亲的手很巧，在眼疾手术后做得一手好针线活。缝衣、做鞋、绣花、剪纸样样都会。那时针线活都要靠手工来做，母亲做的衣服，针脚精细，样子时尚，做好的衣服穿出去，引得好多人都要比着去做。母亲做的鞋，耐看又结实，母亲绣的花，针针紧扣，鲜活靓丽。给我缝的“老虎帽子”，那老虎的鼻子、眉眼、耳朵，活灵活现。我戴上帽子到生产队去玩儿，周围便围过来一群姑娘媳妇，她们指指点点、惊讶赞叹。谁家的姑娘出嫁，谁家的儿子娶媳妇，都让母亲来剪“喜”字和窗花。说母亲心灵手巧。

她绣的花鞋垫，在我们村里也小有名气。农村老家的鞋垫，做起来比较复杂。首先，找来一些布，在每层布的中间淡淡地刷一层面糨子，用手擀压实后再晒干，这叫先褙壳子。不管是几层布，鞋垫面上的一层布，一定要用结实的好布或是新布，一般都是白布，因为白色的布纳出来的花花朵朵醒目，好看。我老家过去一般用的是粗白棉布做鞋垫，纯棉布吸汗干脚。然后，用一张废纸比着人的脚剪下样子，这叫取样。

母亲把鞋垫样子做好后，请会画画的姑娘在鞋垫上用圆珠笔画上花的图案，有画牡丹的、有画芍药、菊花、荷花的……这些花要从鞋垫蔸一直画到鞋垫的脚掌处。但有两种花不能画，就是桃花和梅花。人们说，男人垫上有桃花的鞋垫，易走“桃花运”，垫上梅花鞋垫，人就易“倒霉”；还有画“寿”“福”和“万”等吉祥的字，也还有什么画都不画就纳纯线的。在这些花和字画好后，母亲就用五颜六色的线开始纳鞋垫了。那花那字纳完线后，再在花朵或字的空白处纳上白线扎实，这样垫鞋才结实耐磨。一双鞋垫，真可为“千针万线”的做功。

那一花一朵、那一针一线做的鞋垫，她都献给了她的丈夫、儿子和其他亲人们。这些绣花鞋垫，充满了浓郁的乡土气息，更体现了绵长的亲情、感情和爱情。她像老家山野间的一朵秀美的山花，静静地展现着它那带着泥土的芳香……

在我的记忆中，母亲一生都没穿过几件好衣服。记得我小的时候，夏天，母亲一件粗布中式短袖上衣，那是用一件穿坏了的长袖衣服改的。已经穿过好多年了，上面早就打了好多补丁，可她还不舍得丢掉，被汗水浸湿了，洗洗晾干了，再穿在身上。母亲说，夏天穿衣服没好歹。可就看那衣服上面的补丁，就知道穿上有多热了。我们家里洗脸、洗澡、洗脚，男的是共用一块粗白布。

1978 年 10 月 7 日，我喜得贵子，赵伟出生了。听到这个喜讯，我母亲特别高兴，马上就从百余公里外的巩湾村，坐长途汽车赶到襄阳地委（后改为市政府）大院来照看她的小孙孙——伟伟。她来时带上亲手做的小孩衣服、鞋帽、尿布片子等，满满的一大包。这是用我们平时给他们二老的生活费一点点积攒下来的钱，买来的新布一针一线做成的。

那时，我和妻子工作都很忙，而且我们都有一颗积极向上的心，想干出一番事业来，经过我们的努力都在各自单位走上了县级领导岗位。但却苦了她这个当奶奶的老人。

当年，她这个年逾六十的奶奶，在夏天推着小孙子在街上到处转着玩，只要一回到家里孙子就用食指指着市政府大门口方向，说："那呀！那呀！"哭着喊着，闹着要再上街去玩。奶奶还没来得及落座、喝口水、歇个脚，就接着推着童车不停地转，三寸金莲小脚起了血泡，小腿肿胀难忍仍然坚持走，晚上睡觉两腿上床就很困难。冬天洗孙子衣服、尿布片子和全家要吃的菜，冰冷的水使她双手大拇指指头炸裂、手背全是一道道红色的伤痕，常是刺心地疼。

吃饭时，奶奶把鱼弄碎，仔细地挑出刺，再把鱼肉喂给孙子吃，还嘱咐伟伟："慢慢吃，小心刺，别扎着！"她自己一点鱼都舍不得吃，都留给孙子吃。娇惯得孩子都不好好吃饭，奶奶就跑前跑后的一勺一勺地喂饭。特别是一岁多点，刚开始学走路的时间，是最累最难带的时期，那种辛苦简直无以言表。

烤尿布到深夜。奶奶在地委大院装炭低矮的房栅里，从废弃不用的炭渣里翻找大一点的炭块拿回家里。扒的全身是炭渣灰，身上发痒、手指扒破流着血，满脸炭黑，完全是煤窑井下开采的工人。在连阴雨和冬季洗的衣服和尿布不能及时晾干时，她就把炭渣装进搪瓷脸盆（当火盆）里燃着，外面盖上父亲用竹篾片编制的烘笼罩，上面铺上孙子的衣服、尿布或鞋袜等，晚上每过一会翻动一次，防止烤烧了，直到烤干了她才睡觉。

奶奶一把屎一把尿，一头汗一背水，把孙子伟伟照顾到上小学。

七岁那年，奶奶要回老家了，走的那天，伟伟声嘶力竭地哭着，拽着奶奶的衣襟："奶奶呀！你不要走，我不想离开你！"他是那么舍不得奶奶。伟伟看着我把奶奶送走了，他也看到奶奶略显浑浊的双眼流出的两行泪水。那滴滴泪水之中饱含着的是连绵不断、血浓于水的祖孙情！

现在独生子女的小孩，双方爷奶公婆，再加上父母，六人在照看呵护一个孩子，大家都说累，有的爷爷奶奶一起带孙子，说："我们像牛马一样累，照看孙子就不是人干的活，实在干不了，让对方父母照看，换换班吧！"

我们那时一心扑在工作上，体会不深刻。现在我们带了孙子才知道过去我母亲照看孙子的艰辛和苦楚。

以诗书写奶孙情：

幼年是小孩无忧季节，沐浴温暖享受着幸福；
爸妈给儿子无私的爱，奶奶给孙子精心呵护；
那时调皮淘气又贪玩，外面玩回家怎不进屋；
吃饭不坐满屋到处跑，奶奶口口喂饭闲不住；
要奶奶领他到处玩耍，天天弄脏身上的衣裤；
奶奶端来暖暖的热水，洗去孙孙身上的污垢；
孙子没辜负奶奶希望，学业有成读完博士后；
留校科大搞科学研究，事业的辉煌成为教授。

时光知味，岁月沉香。有限的生命在无涯的历史长河中游走，洒下一路艰辛的汗水，收获一点一滴成功的喜悦。告慰奶奶：孙子赵伟，在您的呵护下成长，他博士后毕业、现已经成为中国科技大学副教授了，他是我们赵家的骄傲和自豪，也是奶奶用汗水与艰辛换来的成果。

母亲一共生了七个孩子，由于当时医疗条件和生活条件极差，有三个夭折了。在夭折的三个孩子中，其中前两个是女孩，分别在 4 岁和 8 岁突发疾病去世了，还有一个是最小的，在 1959 年饥荒时饿死了。每当提起他们，母亲的心情就显得格外沉重。孩子是娘身上掉下来的肉啊，怎能不叫她揪心呢。我 10 岁那年，母亲曾对我说过："对你们兄弟四人，我要一碗水端平，不会偏向谁，要一样地去心疼、去对待。我一把泪水一把汗水，哪怕我不吃不喝，再苦再累也要把你们抚养成人，学习、成才要靠你们自己刻苦努力。”

她还经常教育我们：“老老实实做人，实实在在做事。”母亲虽然不识字，但怎样做人，做什么样的人，在她心里是根深蒂固的，这对我们来说受益匪浅。我们是听着母亲“做诚实孩子”的话长大的，她的话在我们幼小的心灵中，就打下了深深的烙印，长大后，成了我们的座右铭。无论是过去、现在还是将来，都是激励我们前进的动力。我们也是用母亲的这些最古朴的话去教育、鼓励自己的孩子的：让他们脚踏实地地去工作，光明磊落的做人做事、为社会做出贡献，成为对社会有用的人才。

母亲的人生从未离开“付出”二字，她对生活中的一切都从未持有“索取”的态度。说她像奉献丝线的春蚕吗？不！母亲没有春蚕化蛹后的停滞；说她像奉献光和热的蜡烛吗？不！母亲没有蜡炬成灰后的终止；说她像酿得百花成蜜的蜜蜂吗？不！母亲为的是自己辛苦换来他人的甜；说她像默默无闻而劳的孺子牛吗？不！母亲所付出的一切绝对多于那必须青草的成果。

2009年农历腊月18日晚7时，母亲在二弟家熟睡中，不知不觉地走了。二弟报丧时，我又在武汉出差，连夜快速赶到石花镇二弟家。二弟告诉我，石花镇是火化区，不能有大的动静，让别人知道了母亲就不能回村里与父亲安葬在一起。报丧范围很小，只是赵家及母亲的娘屋何家己亲。大弟赵业俭当夜也从深圳赶回奔丧。他回来后哭着对我说：“哥哥，我们这样做对不起妈呀！叔（我们将父亲叫叔）去世时搞的热热闹闹，风光无限，临到妈这时冷冷清清，偷偷摸摸生怕别人知道了，对妈太不公平哦！”大弟说完，我的感情也受到冲动，马上安排二弟三弟找来戏班子，通知相关亲朋好友及本队有经常往来的村民。第二天下午给母亲设了灵堂、香案，戏班子到位，搭好戏台，开始热闹起来。晚上，谷城县委书记李传东、县政府王义金县长委托县计委送来礼金和花圈，市计委、各县市计委、谷城计委及有关部门、企业、公司送来慰问品及花圈，在大半天时间里二弟房前及场地摆满了花圈，夜间10时，原谷城县计委主任、后升任县人大常委会副主任的郭主任，他送来了烟花、鞭炮、冲天炮，深夜1点还在燃放，震耳欲聋，同时唱戏到凌晨2点。这种红、白喜事的热闹场面，是几十年来石花镇仅有的。

斯人已逝，魂归故里，我们将母亲从石花镇送回老家与父亲同葬。

母亲的一生，是含辛茹苦的一生，是无私奉献的一生，她把自己的一切奉献给了当年的那个家和我们还没长大的四个儿子。《诗经·邶风·凯风》中有两句："棘心夭夭，母氏劬劳"，其意是小枣树长得粗壮，母亲辛劳鬓发白，这写的不就是我的母亲吗？母亲虽不能与孟母、岳母、漂母媲美，也不能像他们那样伟大，更不能像他们那样名扬青史，但却是我的至爱亲娘。写道这里，我不禁想到《云南映象》中的民谣曰："太阳歇得么？歇得呢。月亮歇得么？歇得呢。女人歇得么？歇不得……女人在，就把老老小小拢到一块了。女人不去吃苦，日子哪会过得甜？"我的母亲何尝不是如此？

为感恩母亲，我此文写下《祭母亲》：

母亲，多么让天下儿女敬仰的字眼。

母爱，是纯洁、无私、伟大的，她只知道给予而不企求回报。

母爱，像春天的暖风，吹拂着你的心；像绵绵细雨，轻轻拍打着你的脸面，滋润着你的心田；像冬天的火炉，给你在严冬中营造暖人心意的阳光。

母爱，是一种不加雕饰的朴实无华的爱。它遍布你学习与生活的各个角落。想一想，意味深长；品一品，回味无穷……

母爱，是明澈的山泉，洁净而碧澈。她纯而不染、真而无邪、诚而无瑕，她能洗涤一切污浊。

母爱，是永恒的，不管风雨如何剥蚀，她总是完美无损、永不褪色；她是质朴的，她总是心清如水、原汁原味；她又是执著的，不管命运如何苦涩，她总是掏心吐哺、从不打折。

人的一生没有留下对母亲的深刻印象，是难以想象的。一个人的成长没有受到母亲的深深影响，也是难以想象的。母亲讲的一则故事，母亲的一个肢体语言，可以让人终身难忘。母亲的一句话，会一生铭记而受用终身。

在这里我发自肺腑之言：父亲！母亲！你们的爱如溪水，流淌在我们的身边；是你们在这个忙乱的世界中，给了我无微不至的关怀；是你们给了我灿灿如金的生活真谛，经过岁月的磨洗，弥久而愈明，才使我慢慢成长、成才，并有了你们共同感到骄傲的我——走上了正县级领导职务，并取得了辉煌的成绩。

在父母去世三年满孝的第一个清明节前夕，由我牵头组织将两位老人的坟培好，用砖、水泥围砌起来，坟前石碑分别设立龙、凤门庭，且各有两只雄师站岗护卫，在父母各自墓地两侧栽有3米高的3棵翠柏，墓地周围栽种约300棵香樟树，现已长成绿荫成林的风景树，当时在上下两个七里冲成为最豪华的郁郁葱葱的陵林墓园。

每年清明，我都带领兄弟及其子女儿家给父母扫墓。在外地工作有时清明不能回来，如大弟赵业俭在深圳离襄阳1000多公里、我儿子赵伟在合肥距襄阳700多公里，他们在平时或寒暑假回到襄阳后，就带领他们去老家墓园叩拜。

清明节是中华民族纪念祖先扫墓的传统节日。几千年来，人们在这个“气清景明”的节气中，进行“祭之以礼”的追念活动，为已逝的亲人、祖先，庄重地送上自己的思念与敬意。这神圣的生命交流仪式，年年轮回、代代传承，构成了人们顽强生存和追求幸福的重要动力，是中华文明生生不息、续展开新的有机构成。一方面是缅怀祖先，另一方面也是希望先祖能保佑子子孙孙平平安安。

清明扫墓，冬去春来，草木萌生，人们到先人的坟墓，亲自察看坟墓是否因雨季来临而塌陷，或被狐兔穿穴打洞。在祭扫时，给坟墓铲除杂草，添加新土，供上祭品，燃香奠酒，焚烧纸钱及举行简单的祭祀仪式以表示对祖先的怀念。

致祭于父母墓前，我默默地告慰曰：

清明良辰，子孙凭吊。列果陈香，共祭父母在天之灵，后辈子孙将继承父母先祖美德。愿老人含笑九泉，让后代显贵昌荣。

树有根则旺，水有源则流。赵氏家族后裔，血脉相通，将同心同德，患难与共，增强团结，永图振旺。为祖辈争光，为族谱争辉。

念血脉相通之情，思同宗共祖之谊。吾辈当以全族利益为重，不分南北，不分支系，爱国守法，明礼诚信，团结友善，勤俭自强，为家族共兴，赵门昌隆，共创美好未来。

清明祭祖，思绪悠悠。藤蔓千里，皆出一源。家族盛衰，匹夫有责。

现政通人和，吾辈当育人伟才，孕吾族之栋梁。一个诗礼之族、仁义之邦的赵氏家族定会彰显。后辈将告慰于始祖及列祖列宗在天之灵。

父亲去世，年近九旬；吾母离世九十有二，两老高寿而终。奔波劳碌，终生耕耘。风雨无阻，不避艰辛。勤俭持家，生活平稳。教育吾辈，克己恭人。对待敌友，爱憎分明。维护集体，不讲私情。父母之德，足启后人。

每年清明祭祖，我都会专程回一趟老家，这时正是麦苗青青的时候，看着漫山遍野的油菜花，蜜蜂“嗡嗡”地到处采着蜜，瞬间我的心儿就醉了！

四月阴雨绵绵的天空，映照出的是当年伙伴们的回眸浅笑，初绿的藤蔓，渐渐蜿蜒成了我的儿时旧梦。花火弥漫，月影憧憧，那里是我们岁月涟漪的天堂，那也是年华依旧的乐园。一年光阴一秋歌，年年笙歌映荷塘。铁打的海枯石烂，流水的地老天荒，我永远怀念那终生难忘的父母及家乡。

大弟赵业俭，生于 1951 年农历 10 月 25 日，1968 年元月参军到中央军委情报部门，当年“五一”劳动节军委训特队，接受了毛主席的大检阅。同年 12 月接军委命令，参加中苏珍宝岛战役，进行收集情报和传递工作。1970 年春，回军委情报部二局从事无线电和卫星监控工作。1971 年在部队提干为连级干部。1972 年，美国总统尼克松访华，因情报收集工作出色被部队二局（正军级）授予“先进工作者”称号，即记为“二等功”。1972 年在军委军事学院学习，至 1975 年 12 月毕业回军委情报二局工作。1979 年，参加全军业务大比武，获得了“全军业务比武第一”的称号，受到军委和部队通报嘉奖。1983 年，因两地分居申请转业，先后任襄樊电视机厂办公室主任、市电容器厂厂长、市国家级高新技术开发区科工贸集团公司总经理。1997 年，辞职下海到深圳自办好运电器有限公司，现净资产 1000 多万元。女儿赵媛媛，2001 年泰国爱博大学毕业后，在泰国工作两年。2007 年回国，在深圳创办多媒体传媒公司，发展前景很好。

二弟赵业光，出生于 1953 年，生有一男一女，女儿赵拥华自谋职业，儿子赵迎春在襄阳市发改委工作。二弟曾在石花三棉织厂就职，因我们几个兄弟在外地工作，父母双方年老，需要就近的二弟在家照料，他义不容辞、毫无怨言地承担了重任，专职照顾父母。二弟为父母和这个大家庭做出了较大的付出，同时也为我们在外工作的三个兄弟分了忧，在这里我代表我的小家庭及业俭、业财，对业光弟为大家庭的付出、艰辛、和对我们的支持，表示诚心的感谢！

三弟赵业财，生于1955年农历四月初十，小学、初中成绩一直优秀，在初中曾任班长、学校连长（“文革”时期按连排班编制，年级为排，校级为连）。初中二年级随老师到生产队学习采访，写了一篇《争挑革命担，永远不歇肩》五千多字的文章，发表在《谷城县报》上，受到卧伏全公社教育战线师生的高度赞扬，曾红极一时。初中毕业升学时，上不了高中。那时还没有恢复考试升学制度，也没有普及义务教育，高中学校少，农村很多孩子读不上高中，而实行的是推荐和大队确定谁上高中的办法，大队书记说：“你们家庭里兄弟四人，已有两人在工作，就不能上高中了”。没上高中在生产队务农两年中，担任过安乐大队团支部副书记、书记。此期间刻苦自学了全部的高中课程，正值安乐大队与勤俭大队合并为团结大队的时候，1976年新任大队书记请他到大队小学任教。1978年参加全县民办教师转为公办教师统考，取得了全县第二名的优秀成绩，1979年元月开始拿国家工资，正式成为公职教师和国家公务员。1985年提升为学校教导处主任，并加入中国共产党成为党员。1992年调石花镇教管会教育总支，担任全镇小学教研和组织全镇小学的各学期的统考工作。1995年后，任石花镇学区副书记、兼任石花中心小学校长，直到2015年退休。任教期间多次被县教委评为“优秀教研员、优秀教师、劳动模范、先进个人、优秀党员”称号。所领导的学校被授予“文明学校”“示范学校”“先进学校”等称号。他担任校长时期的石花中心小学，还先后被评为全国“启发式教学”“引导主动学习”湖北省先进单位称号。大女儿赵莹莹，大专高护毕业，在襄阳市中心医院从事护理工作；小女儿赵娇娇，中专护校毕业，在南京市医院从事护理工作。

我父母的大家庭，含子孙共计16人。其中：子辈即儿子、儿媳8人；孙辈的孙子2人、孙女4人。在巩湾村和石花镇，乃至谷城县远扬几十公里都很有名气，在二十世纪七十至九十年代，一提到上七里冲的“赵三爷”（我父亲排行老三，村民们习惯称呼）就有人说：“他的几个儿子‘赵氏兄弟’都很行，一个比一个强，有在地方学校当校长的，有在部队当军官的，有在政府里当大官的，很多人都称赞和敬佩他们。”

六、我的家庭

“众里寻他千百度，蓦然回首，那人却在灯火阑珊处”（北宋，辛弃疾）。我 26 岁时还没谈朋友，在孤独地寻找，无奈地等待时，同在五七干校的黎修生老师给我做了媒人介绍。我和阮先珍相见相念。后来了解到她是我初中同学，又共同修建襄渝铁路，我参加工作到了襄阳地区行署（后地市合并为襄阳市），她接着上了襄阳师范又留校工作，该是缘分。

佛曰：百年修得同船渡，千年修得共枕眠。事情发生的那么巧、那么自然、那么正常、那么的顺理成章。这是缘分的垂怜，岁月长河中厮守，这是上天命运的安排。我俩珍惜这迟到的缘分，珍惜眼前的生活和珍爱身边的亲人。新婚燕尔，我俩没有花前月下，卿卿我我，婚后生活也平静无漪，波澜不惊。几十年来，我俩鲜有甜言蜜语，也免不了磕磕绊绊，和许多家庭一样，爱情少一点，亲情多一点，浪漫少一点，责任多一点。

妻子阮先珍，出生与我同庚，我们 1977 年结婚。她娘家父母，原在谷城老家开商店，养老随儿子、姑娘在襄阳生活。

阮先珍只有姐弟俩人，其弟阮先会，襄阳职业技术学院教授，曾任襄阳职业技术学院基础部主任、公共课部主任、学报副主编兼编辑部主任；全国医学影像职业教育教学研究会副主任委员，专家委员会副主任委员；中国职业技术教育学会第七次、第八次全国优秀职教文章评选委员会委员；湖北省放射技术学会委员；历任襄樊（阳）市第十、十一、十二、十三届政协委员；中国农工民主党襄樊市委委员、襄城区主委；襄城区人大代表；襄城区政协常委；襄阳市职业教育与成人教育学会副理事长兼秘书长等职。现任襄阳职业技术学院督学；襄阳职业技术学院侨联副主席；襄阳诸葛文化交流中心名誉院长。自 1978 年以来一直担任襄樊（阳）市职业病诊断专家组成员。先后荣获全国、省、市、学院等各级组织近 50 项荣誉奖励。

在七十年代末，我们结婚后吃不好也饿不着，穿不好也冻不着。基本消费品依人定量，吃穿凭票供应。我们的口粮标准一个月 27 斤，孩子 12 斤；每人每月半斤油、半斤肉，一年 1 丈 5 尺布票。我们两人工资加起来不到七十元，微薄的收入，上面还要管老人，维系一家人简陋的生活。当时，拾斤全国通用粮票含四两油，我用出差的机会，在机关蔡事务长那里说出差需要多长时间、要到什么地方去，用湖北粮票多换全国粮票，然后用全国粮票在粮店买粮，买拾斤粮可另补四两油，以此贴补家用。

阮先珍，毕业于湖北大学。从襄师调入襄樊市招生办公室（后改为教育招生考试院）工作。她举止娴雅，善解人意，乐于助人。在招生工作中，不论是上层领导还是基层老百姓，先后有近万人的关系户找她，她都能认真给予办理，得到了社会上广泛的赞誉。她被市委任命为襄樊市招生办公室主任，成为副县级单位一把手。在工作上她不仅兢兢业业、还有一种拼搏向上的精神，创造了自己的人生荣光，誉满襄阳。1990 年、1991 年和 1992 年，连续三年被湖北省招生委员会评为“先进个人”；2002 年度，荣获教育部颁发的“全国高等学校招生工作先进个人”光荣称号。在家庭里她勤俭持家，贤妻良母，吃苦耐劳，甘于奉献。我人生取得的成果和辉煌，儿子学业与事业的成功，全家的幸福健康，都有她的功劳。

我的全家现有我、妻子、儿子、儿媳、孙子五人。

儿子赵伟，生于 1978 年 10 月 7 日，出生地在襄阳市政府大院内，东南角两层楼的西侧一楼第二间。我们 28 岁大龄喜得贵子，真是天地之欢获大喜。我们俩对待儿子赵伟，都疼爱有加，但从不溺爱。这是我们俩的共识，因为溺爱对孩子成长、人格的培养有百害而无一利，溺爱将导致孩子对自我行为的放任和不负责任，造成孩子缺乏社会责任意识。儿子小时候犯了错，从不护短，轻者批评，讲明道理，重则罚站或挨打。但这样的情况仅只有一次，因儿子的确很懂事、很听话。

自从儿子出生，我们就倾注了全部的爱。赵伟 12 岁时做第一次小手术即切除臀部的一个大囊肿，伤口缝针较多。他妈负责送饭。我在医院陪护他七天六夜，没离开过病房，夜间他睡着后，我趴在病床一角休息，他一有动静我立马醒来照护。腊月三十下午出院，他妈在家做饭，我请他舅舅借了部板车，我们俩将赵伟拉回家中。儿子顺利回来了，晚上我很高兴陪他舅舅喝酒，因一个星期没睡好和吃不下饭，身体还是有些虚弱，我平时能喝6两酒，那次只喝3两就醉倒了，晚上中央台春晚节目也没看成，呼呼睡了一整夜。

使我最难受的是他第二次手术。那是赵伟读博士第一年的暑假回家，做两腿主筋脉拉直，即“O形腿”盘腿手术。他从小易患感冒发烧，链霉素和青霉素打点滴太多，使两腿并不拢，儿子个子高长得帅，就是走路不好看。在手术室做完手术后，第三天、第四天还没止住血，卫生纸一沓沓的垫在臀部两侧，被鲜红的血液浸透。我找莫主任要求急速处理，这样下去对人的身体伤害太大，无法承受。他把缝线打开，将烙铁烧红后贴近流血部位，突然一般扑鼻的血腥味而来，我心疼的泪水从两眼倾下……血止住了，但给我内心留下了终身的伤痛。我想到了是我的无知，为什么孩子小时候打针那么多，不去问问医生针打多了会留下什么不良后果或后遗症呢？现在感到后悔莫及，真痛恨自己给儿子带来了这么大的痛苦。那样的疼痛赵伟还能够承受，我是很佩服他的忍耐和毅力。赵伟是我的独生子，是我们家的根，是我们这支赵家的未来和希望，我应该付出我全部的爱。赵伟读懂了父母的心，用拼搏和努力，在学业、事业上都获得了很大的成功，感恩了父母，回报了父母对他的爱。这是儿子最大、最好的对父母的孝敬。

赵伟现就职于中国科学技术大学生命科学院生物实验室，任副教授，主要是从事科研和带研究生。他学习刻苦，成绩一路优秀。初中、高中以高分成绩考取襄阳最好学府——第四中学。高考考入中国国防科技大学物理系，在大一暑假期间，学校组织参观考察核试验基地和导弹发射基地，他回校后联系在四中考上中国科学技术大学（以下简称中科大）的同学，帮忙购买该系生物学课本（教材），他在读国防科大物理专业的同时，便自学中科大生物专业的课本。2000年，赵伟圆满学完国防科大物理系全部课程，成为一个合格的毕业生，同时他又考上了中科大生物系的研究生。他在校同时学习两个专业的课程，跨学校、跨专业考上了研究生，我们都感到惊讶！我们为他学习付出的艰辛感到心痛，但又为他考上研究生获得的成功而高兴。随后又考上博士，读完博士后，并因成绩优秀而留校参加了科研工作，每每想起儿子都发自内心的骄傲，我们为有这么个优秀的儿子倍感自豪。

儿媳章雾，与赵伟于2009年农历二月初二，在襄阳市南湖宾馆举行结婚仪式。儿媳是个独生女，被父母视如掌上明珠，出嫁前是娇娇女，什么也不会做，甚至不会炒剩干饭。跟儿子结婚后，她努力做个好主妇，克己循礼，相夫育子，聪明能干、尊老爱幼、勤俭持家。在合肥市举办烹饪大赛中，章雾做的“蒜香肥肠”荣获二等奖。儿媳成了家里的顶梁柱。工作单位：中国科大国家级同步辐射实验室。

孙子赵子轩，出生于2010年5月7日，天真可爱，争强好胜，学习优良。2016年秋季，刚上小学时间不长，他领我到书店买铅笔，拿了几种颜色共5支，收银台营业员说要29元。我说：“赵子轩，你交钱呀！”他很严肃地说：“你简直是在开‘国际’玩笑！”我听后感到很惊奇，一个6岁多点的孩子，能说出大人可能没想到要说的，那么庄重、那么老成的一句话。我笑着说：“平时爸妈把硬币给你装在熊猫储钱罐里，你不是有钱吗？”他说：“爸妈和你们大人没说让我用那里面的钱，我没拿也不敢用呀！”我说：“我就知道你没带钱，才让你付钱的。”他笑着说：“那就是你在有意逗着我玩的。”7岁多点时，我们全家五口人，从香港旅游回合肥坐在动车上，有一个三十多岁的女乘客，带着一个跟赵子轩差不多大的小女孩，她跟两个小孩一起玩游戏、算数字、聊天、讲故事。在讲故事时赵子轩说：“……我吹了很多很多牛，我是最会吹牛的耶！”女乘客说：“你会吹牛，还有比你更能吹牛的呀。”赵子轩说：“是呀！我妈就比我还会吹牛，她是‘吹牛大王’。”他的爸爸、我们爷奶，包括他的妈妈，还有车厢其他旅客都一起捧腹哈哈大笑！他本人也很得意地大笑。后来他说这是他编的故事。他跟妈是最亲近的，他感到好玩就顺口说妈妈是“吹牛大王”。8岁时他跟我说：“爷爷你是善用脑子的聪明，我爸爸是书读的多聪明，而我呢，这么小就聪明，当然就是天生的聪明喽！”我为孙子聪明可爱感到特别高兴，爷孙在一起其乐融融。

合肥的环境优美，近年来城市发展很快，到处生机盎然。我们在合肥购买了住房，老两口住在中科大西校区近邻的白玉兰小区。刚去住时，高层楼房只有几栋，短短几年高楼林立，安高、白玉兰、桐城、百盛苑等小区30多层楼房拔地而起，五彩城的游乐、购物为一体的生态城的建成，12里长而又宽畅的黄山景观路，流光溢彩，车水马龙，特别是沃尔玛商圈、万达广场商圈的形成，天鹅湖的建设，成为城市的标志性景观轴、发展轴。

我们住的小区，环境幽静怡人，为闹市区的一方“静”土，楼前玉白兰、樱花各自一排行道伫立，楼后丛丛桂花绿篱树并列，还有30多米长廊的健身器材。早春二月，万物复苏，作为春天的使者，白色玉兰、粉红色樱花盛开，满树烂漫，妩媚娇艳。“小园新种红樱树，闲绕花枝便当游”（白居易）。八月仲秋，秋高气爽，串串桂花绽放枝头，色白如银，色黄似金，“玉颗珊珊下月轮，殿前拾得露华新”（皮日休）。儿子为其孩子上学住中科大南区小区，距我们住地只有四公里。我和老伴在襄阳、合肥两地交替住玩，既有新鲜感，又有兴奋感。分开住时是一种自由、自乐、浪漫的生活，我们与子孙欢聚在一起时又会带来幸福美满的感觉，真正的享受着祖孙三辈的快乐人生。我们安度着幸福的晚年。

往事如烟，岁月留痕。我是“七十年辛苦化甘甜，曾经沧海喜见子孙绕膝下”。在我的人生路上，上天赐予我知书达礼、知冷知热的妻子，爱心孝顺的儿子、聪颖能干像女儿一样的儿媳妇，还有一个聪明可爱的小孙子，无论遇到多大的风雨，家，是我一个永远温暖幸福的港湾。

我们这个家，我是当时的安乐大队第一个走出农村到大城市，从农民当正县级领导干部的人。在一个家庭里，夫妻俩都是县级干部，儿子博士后毕业且是中国或世界级名牌大学副教授，这样的家庭，在我们襄阳那里是非常少或罕见的。不论是在我们老家，还是在机关单位，或是在同学之间，都是被别人非常羡慕的家庭。我们的家庭既是讲责任、付出、奉献、团结的家庭，又是一个安康、美满、幸福的家庭。我爱我家，我也爱我家的每一个人。

第七章　回乡务农岁月

1968年12月28日，谷城县第二中学对当时在校的66届、67届和68届三届的初中毕业生举行毕业典礼，颁发毕业证书，正式离开在读4年多的学校。我们前后三届的毕业生统称为“老三届”。我们这一届本应67年毕业的，因文化大革命延长了学期，并且全国停止了招生，我就直接回乡务农了。

1968年底回乡务农，到1971年7月参加工作，我共在农村时间2年零6个月。其中：10个月是真正意义上的在农村干活，20个月属于农村出工支援国家修建铁路和公路。

在生产队，每到太阳快落山了，也就是社员们将要收工之时，小队会计或是记分员，就会在众人面前问每一个上工的社员：“上午和下午有来晚的没有？”你要来晚了就说晚了多长时间，大家根据你来晚的时间确定要扣多少分。这时大家伙会说：“他来时我们刚开工，扣个半分。”要是大家都不吱声，这就需要队长秉公而断，决定扣多少分了。当你说“没有误工”后，小队会计就会给你记上满分。那时，我们生产小队工分标准为：男将（我们老家农村对男人的称呼）强劳力一天满分是10分，身体弱小的或有病不能干重活的是6分至9分不等，女将（对已婚妇女的称呼）满分8分，其他等级相应降点分，小青年有5分、6分的。我那时回乡已有十八九岁了，加上平时我在队里干活，社员们对我评价很好，给我的是9分，因为还有些技术活不如老农们。

老家人经常说：“人少好吃馍，人多好干活。”此话一点不假。那时是大集体，全队的人都在一起干活，要不就在一个山坡上，要不就在一块田地里，每天少则十几人，多则二三十人或五六十人，一面坡的苞谷一上午就搬没了，一块地里麦子一会就割光了，一片田里秧苗一会儿插完了。

农闲时，全队社员一般是太阳照到山尖子时开始上工。我们队里农户住得比较集中，主要有张家湾、邓家湾、朱家湾、童家湾四个湾子。剩下的分散居住的只有 8 户。说上工，湾子里只要有一人动身出门，其他人都会自然地跟着走。大家在一起干活，上工晚了既丢人，还要扣工分，那就是“屙屎打喷嚏——两头湿塌”。其实，主要还是不好看，老年人常说“人有脸，树有皮。”

一到农忙时就不一样了，早晨天蒙蒙亮就开始干活了，这叫“上早工”，比如起大早扯秧苗。我们队水田多，整个上七里冲我们队水田占四分之一，种田比种地累得多，每年光是干田里活就把人累得要死。

在我老家有这种说法：“芒种打火夜插秧。”意思是季节到了芒种，赶上又割麦子又栽秧，季节不等人。麦子割晚了田腾不出来，秧栽晚了错过季节时限稻子就不出穗了，为了赶季节，必须夜晚打着火把下田栽秧。

我家乡扯秧，插的都是麦茬秧，扯秧，每人都拿一个秧马子和一把上年的稻草。秧马子是木头做的，上面一块方方正正的厚木板，宽、长与成人的屁股大小差不多，底部也就是放在水下的部分，是一块宽约 30 厘米，长约 60 厘米，两头翘、像船形的木板，用四根直木衬子把上下两部分连接起来。把秧马放在秧田里，人坐在上面弯腰扯秧，稻草是用于扎秧苗的。

这个时节穿的都是衬衣和单裤，袖子和裤子都卷得高高的，一人坐一个秧马在田里扯秧。男将、小伙、姑娘、媳妇都坐在一个田里扯，一边扯秧一边说着话儿，倒也十分快活。此时的清晨，晨风无声无语地阵阵吹拂着，各种野花的清香弥漫在空气中，山野间清静得除了鸟儿雀儿唱着婉转的曲儿、堰塘边和田沟里的青蛙吟唱着夏歌外，那就是正在田里扯秧的我们的说笑声和洗秧泥的“啪啪”荡水声。这种劳作的“画面”，令人惬意。

秧苗身上长有少量的绒绒毛，我们男将扯罢秧后没有什么感觉，而女就不行了，她们扯罢秧后一双胳膊痒得不停地抓，为了防止皮肤发痒，在扯秧之前先用秧苗上的露水把胳膊抹一道，据说经过如此这般“处理”胳膊就不再发痒了。我在家扯秧那么多年从来没有发过痒，也许我是男将皮肤相对粗糙缘故吧。扯秧要用双手同时扯，先要使劲把秧苗从田里扯起来，扯到两只手握不住时就合到一起，这时一只手握紧秧苗放在水里一提一刷洗净秧苗根部的泥巴（泥巴一定要洗干净，不然插秧时撕不开秧苗耽误插秧进度），另一只手在身旁抽一根稻草来扎秧，秧把子一定要扎紧，否则挑秧、抛秧时就散了，扎好的秧把子就放在自己的身边摆成一行，随着自己扯秧不断往前移动，秧把子像一条长龙一样逶迤在身后，很是好看。

我们山区田里长有蚂蟥，听到水响它就游到扯秧人双腿跟前叮上后就吸血，直到吸疼了你才能感觉到。有时大家正在低头扯秧，有人突然一声“哎哟，蚂蟥在吸我的血！”这一声“哎哟”把大家吓了一跳。蚂蟥爬在腿上吸血吸的特别紧，硬扯是扯不掉的，只能用手掌突然猛拍它几下，才能把它打掉。蚂蟥最喜欢吸女人的血，这一点我始终都没搞明白是为什么。有人开玩笑说“蚂蟥也喜欢美女。”

在秧田里扯秧时，一般都是各自双手两边够得到这么一个宽度，一人一条直线从田这头扯到田那头。手脚快的人不一会就扯到前头了，手脚慢的人就落在后头。人家都扯走了，你还在后边也不好看。于是，大家虽然有说有笑，暗中却铆着劲，看谁扯得又快又多。那真是一幅争先恐后的场景。队长估计全队社员一个早工扯的秧够插一上午了，就说：“上午的秧够了，都回去吃饭，快点下田栽秧。”社员们就陆陆续续地起身洗脚穿上鞋子回家。吃完饭后，社员又都来到秧田里，男将用筐子挑秧，女将用两只手各提一爪子秧，把秧苗转到要栽的田里。男人们挑起一筐筐滴着水的秧苗，嘴里还打着“呜吼”，快步走在窄窄的田埂上。他们挑的仿佛不是碧绿的嫩秧，而是绿色的春天和满心的希望。

秧苗挑到要插秧的田里后就开始抛秧了。抛秧时又有一比：看谁甩得远，甩得均匀。不一会，整得如镜般的水田就抛满一把把嫩油油的秧把子，好看极了。栽秧是围着田的形状转着栽，栽得快的社员先下田，手脚慢的后下田。男将、小伙子、年轻姑娘一般都栽五六行，女将和小娃子栽三四行，大家一个劲地往前撵。栽得慢的，往往就被转过来栽第二圈的围住了，这叫“关猪娃”（意思是把你围在中间了，就像关住了的猪，也说明这人笨的像猪一样慢）。被“关了猪娃”，就不好看了。我因在童年时，星期天或节假日就跟大人学插秧，我插秧很快，还很少有关得住我的时候。

我们队里水田多，80%是麦茬秧，在那黄了麦子老了秧的季节，社员们个个都忙得像车轱辘一样，清早扯秧，上午栽秧，下午割麦子，晚上打道场，这就是抢收抢种（插），俗称“双抢”。每当“双抢”季节，人们累得吃不下去饭，牛也累得不吃青草。我是个小青年，累得我时常倒在麦垛子下或是田埂子上就睡着了。

田里麦子割完了，大家又要集中力量到山坡地割麦子。在山地里割麦子，比在田里割麦子稍微轻省点，因为山坡上有石坎和石包，人就少割一些，还能直起腰来割，偶尔还有石头包坐一下，也就不太累，而挑麦捆子却是个累人的活。一根扦担一头扎一捆麦子挑在肩上，那崎岖而又坎坷的山路不是上就是下，上坡时要防后面的麦捆子滑掉，下坡时又要防前面的一捆麦子滑掉，真是前后为难，这就得用手死死地抓着麦捆子，可想而知人该有多么的累。抢着割麦子的时间，也是要抢着打麦子的时间，人们没有一天闲的。老人家说：“夏至不打飞上天。”意思是收割到场的麦子，若要是到夏至再打不完，那就要长蛾子了。长了蛾子的麦粒就成为空壳，因此必须要赶快把麦子打场完。

干农活最有风险的是打道场；最苦累的活是挑麦稻捆子；最讲技术的是撒种子。

打麦子，那时还没有收割机，全靠牛拽石磙先碾压。上午就把麦子在稻场里铺好，是将麦穗头部都朝同一个方向铺开，约20厘米至30厘米厚，一层压一层地把道场铺满，时间要选在晴天的中午之前并是大太阳晒。一直晒到下午大约一点钟左右，开始用牛拉着石碾一遍一遍地碾着，然后再由社员不论多少人面对面地站成两排，一起扬起梿械（即梿枷，竹头上连着能翻跟斗的竹排，是打麦子的工具）同时上同时下，从道场的一头向另一头依次打麦穗，来回地拍打整齐。过半小时或一个小时翻一次场，连打三遍后起麦秆。

起场时，麦秆堆放到道场的靠里角边，将场子清扫干净，把麦子的籽粒用推板推到场子中间，再用木锨铲起一铲籽粒向上扬，试看风向，然后站在上风方向，用木锨铲满籽粒从下向肩上扬出去，籽粒因为比重大，落在较远的外圈，麦灰、麦杆、麦渣（糠）落向较近的里圈或叫圆的中间，这就使得扬出去的籽粒落地呈现一个半圆或孤形，让麦粒和较轻的杂物分离，人们便可以把相对干净的籽粒入堆，经晾晒后收藏，这样一场麦子全部就打结束了。

打麦子虽不像宋朝诗人范成大诗中所说的那样“笑歌声里轻雷动，一夜梿枷到天明”，但也是一遍一遍地打，牛一边碾，人一边打，直到把麦粒全打下来，扬干净笼堆为止。打麦子时天气炎热，每个人汗流如注。家庭条件好的社员，后颈脖里搭一条毛巾，还随时擦擦汗。家庭条件不好的连手巾都没有，只能撩起衣襟擦汗了。

一个麦季下来，社员们累得又黑又瘦，我当然也是一样。人累是累得很，可每当新麦子打出来后，社员们都高兴极了，因为队里马上就要分新麦子了。只要新麦子一出来，我们就不怕再饿肚子了。记得我们小队每年是农历五月端午节就吃上新麦子面馍馍，见了馍馍我就一口咬个大豁口。

到了秋天，收割水稻又是一种难以承受的重体力活。一块田，社员们都站在里面，大人一次要割七八株，小青年割五六株，大家都齐刷刷地向前割，只看谁割得快。割稻谷，一是稻谷叶子糊糙人，搞不好就把脸划了，有时甚至还划伤眼睛；二是割谷的刀叫伐镰，上面全是锋利的小锯齿，稍微不过细，不是割了手就是割了腿杆子，我就割过手指头。有时正割着割着，突然蹿出一条长虫（蛇），把人吓得要死。除此之外，割谷也累得直咬牙。因为一个劲地弯腰割，要是直起来的次数多了会耽误时间，别人就会割到你前面去，就把你甩在屁股后面，如果老是这样丢人了。

割谷累人，挑谷子更要命。一捆湿稻谷百把斤，一担挑两捆就是二百斤，刚从学校出来的我，是无论如何挑不动的。没办法，不挑不行呀，只好找小捆子挑。10 分的大男将是不能跨越找小捆子的，他们是按秩序，逾大挑大，逾小挑小，否则说你偷尖，脸面无光，还要扣分。棒小伙子们挑起来还小跑，田埂子一步就跨上去。看着他们膀大腰圆浑身是劲，我非常羡慕。

入夜，月光晒满了打谷场，知了在稻场附近的树上嘶叫着，我和社员们还在月色下打稻谷。

夜晚打稻谷很是磨人，白天劳累一天，夜晚还要加班。新谷割上场，不及时打又不行，遇上多下几天雨，新谷马上就会沤霉烂。稻谷一沤，打出来的米就不好吃，一股子沤烂的臭味，吃了翻胃。

打稻谷，是将稻田里挑回来的稻谷捆子，码成垛子堆起来捂几天后，把它抖散铺到稻场里，约有30厘米到40厘米厚。稻场铺好后，把牛套上索头与石磙碾子联结处，左手牵着牛鼻绳，右手拿着打牛鞭子，站在牛的左侧（根据个人习惯也可站在牛的右边），从稻场的一头或从稻场的中间开始，从里圈赶到外圈用石磙碾压，一磙压一磙逐步向外扩展，全场碾压完后抖扠，后面程序与前面打麦子一样。不同的是，打麦子是成排的多人用梿枷一排一排的打麦穗。打稻谷，是人赶牛拉着石磙从里向外逐步扩展进行全面碾压。打麦子和打稻谷，既热、累、脏又有风险，麦穗、稻草让人身上发痒，籽粒或稻谷灰呛人。打稻谷风险大：一是牛走圈时赶牛人疏忽容易被石磙碾压伤人；二是稍不注意，将石磙走出稻场掉到坑里或田地里而伤人、伤牛；三是在打牛快磙时，单扇石磙脱轴（有的石磙碾子是一个整石头、有的是二扇或三扇石磙装在一起）撞伤人。以上三种情况在农村分别都曾发生过，我就被石磙压伤过脚。

每在打谷时节，我和社员们在打完场时，大都是半夜了才回家洗澡睡觉，有时累得、热得连洗澡都懒得洗就睡着了。像这样的日子，要一直持续割完稻谷并打完为止。一个收谷的季节，整个人像反复投进炉子炼焦了一般。

割谷、打谷的农活忙完后，这一年剩下小秋收除了掰苞谷、收高粱外，还有两种重活，一种是挑农家渣滓粪，如牛粪、猪粪等撒在田地里种麦子，还有一种是从山坡上挖红薯挑红薯。那时种田地用的都是农家肥，既肥地又改善土质。挑粪种麦子是在秋季，气温还较高，老人们常说的“秋老虎”即是如此。挑那湿坨坨的渣滓粪，是又臭又重的活。

挑粪，先用钉钯把粪装到两只安有竹子做系的粪筐里，然后过秤称，它是按照挑的重量记工分的。有劲的小伙子能挑两百斤，我只能挑一百四五十斤，当然，劲大的女的也有挑一百五六十斤的。

挑粪走的路基本上都是山坡路，穿着草鞋，不是上就是下，真是步步艰难。我的肩膀上没有厚肉，硬邦邦的扁担磨得我的肩头都是血，可还得挑。这边的肩头磨得不能挨担子了，就换到那边的肩头，有一天两边肩头都不能挨担子了，我只好把担子放在背上挑，挑少点，也要咬牙切齿把粪挑上山倒到麦地里。

我们生产队有三之一的地是山坡地，这些山地都很适合插红薯，红薯既高产又能当菜当粮食，我们能从冬天吃到第二年夏初。

挖红薯一般都是在打霜之后，这时候的农活轻松一些。挖红薯的活不算重，上工也不太紧，全队的人又在一起挖，你说我笑的，打情骂俏的，开点女性的玩笑，大家在一起十分热闹。上午挖的红薯，中午收工也不捡，放在地里让太阳晒，或是让风吹干一些，下午上工又接着挖。冬天的天黑得快一些，太阳也落得早。大约三点多钟，社员们就把红薯，一筐或是一篓地集中堆在一起过称记工分。然后生产队把当天挖的红薯全部分给社员们。每当分罢红薯天已擦黑了，有时夜色已是很浓了，有时月亮已经出来了，这时各家把分给自己的红薯搬运回家。

除以上所列举的外，我还干了很多其他农活。如给各种作物锄草、施肥、撒种、犁田、耙地、打夯、挑土（修水库、挑堰塘）、烧窑、打青蒿（做肥料）、碾切砖、堆垛子（麦垛、稻谷垛）等等。

童年时代我干的农活，对我以后的成长、思想教育、身心健康、坚韧精神等都有很大帮助，而且是终身受益。

1971 年 7 月，我被调干到襄阳地区计委工作，从此离开了安乐大队（后来改为巩湾村）。每当我想起我在老家务农的岁月，要不饿得要命，饥肠辘辘，后背贴着前胸，肚子还在咕咕直叫；要不就是累得要命，没日没夜地干，身子骨像散了架，脊背佝偻得像骆驼；要不就是活重得要命，挑秧、挑青蒿、挑麦捆、挑稻谷、挑粪、挑红薯、挑土（挖堰塘）、挑柴、劈山、打钻……那时的农民真累，真苦。吃没有好吃的，穿没有好穿的，睡没有好睡的，一年四季的农活却是干不完。而对于我来说，这样的生活虽说只有二年多，但却极大地磨炼了我的筋骨，砥砺了我的意志，丰富了我的生活，使我深深地知道了父老乡亲们（农民）的苦难与坚韧。时至今日，那一朝一夕、一人一物、一情一景，无不深深地永远镌刻在我的脑海里。

第八章　建设襄渝铁路

建设背景。1968 年 3 月，珍宝岛发生激烈枪战，使中苏交恶、论战多年的紧张关系陡然升级，4600 公里边境线剑拔弩张。面对外来战争威胁和西方封锁的严峻挑战，毛主席提出加快三线建设的战略部署。根据当时国际国内形势，全国大体划分为三条战线，有可能爆发冲突的边境为一线，大中城市、交通枢纽、大工业、国防工业、科研基地为二线，位于祖国腹地的大西南、大西北为三线。本着“备战、备荒、为人民”和“深挖洞、广积粮、不称霸”的指导思想，国家决定把国防工业、重工业、科研基地向三线迁移，并提出“三线建设，铁路要先行”。毛主席说：“三线建设要抓紧”，“投资不足，可以把我的工资和稿费拿去用，交通不便，可以骑毛驴去。”

1968 年 4 月，第一批铁道兵进入安康开工建设。襄渝铁路东起湖北襄阳，西至重庆，全长 895.3 公里。1970 年 8 月铺通到重庆达县（今达州市），1979 年 12 月全线建成，并正式交付运营。线路自焦柳线上的湖北襄阳站出岔向西引出，从襄阳北站至老河口东站段与汉丹铁路共轨，然后进入陕西省白河县过旬阳县抵达重庆市。

襄渝铁路当时是中国三线建设重点战备工程，它横贯鄂、陕、川 3 省市，东与汉丹、焦枝两线衔接，中与阳安、宝成铁路接通，西与成渝、川黔两线相连，是联络中国中原和西南地区的交通大动脉。

襄渝铁路沿线多是重叠连绵的山峰，群山之间，一座座铁路桥横架在碧绿清幽的江水及险滩之上。桥下江水湍急，桥影如月映在水中。在襄渝铁路沿线，襄阳建的是第一座气势宏伟的汉江大桥，桥高 70.5 米，长 437 米，大桥两边还设有宽宽的人行通道，就像一道彩虹连起了汉江两岸。

参加铁路建设。1969 年 9 月，铁道兵第 1 师，进入湖北境内，襄渝铁路东段（湖北段）全面展开施工。铁道兵主要是开山洞、架桥梁，除此之外，较平路段派有技术指导员、施工管理员，地方将路基建成后，铁道兵又进行铺轨等后续工作。这时，我参加了襄渝铁路谷城县黄家营站的施工。1968 年 12 月，我从谷二中毕业回乡，本应 1967 年夏季毕业，因文化大革命延长了一年多才离校。回乡干了 10 个多月农活就出工建设铁路。修建襄渝铁路主力是当时的解放军铁道兵部队，所以地方民工修铁路也像解放军一样以师、团、营、连进行建制。谷城县修建铁路的民工组建为民兵师，石花区为民兵团，卧伏公社为民兵营，我们巩湾村编为第 13 连。

吃饭，以连为单位建有集体食堂。当初几乎是义务劳动，没有报酬，生活用品自理，自带粮食交食堂换餐票，开饭时自带碗筷排队，给餐票打饭后每人舀一勺菜蔬，很少吃肉。一个星期加一次餐，或白菜、萝卜、藕、土豆、豆芽烧肉。生活条件非常艰苦。有的民工戏称，吃饭三件宝：玉米、白菜和红苕。

住宿，女同志借用当地民房，男同志住宿搭帐篷，每间房进门或左或右留人行通道后，另一边打成一个通铺。在男女各自宿舍里，男与男、女与女之间互相配对，将自带的被褥一个作垫铺、另一床做盖被。男同志住的帐篷四面透风，夏天时常是天当被，地当床，低头驱蚊虫，抬头看月亮。不论夏天炎热还是冬天寒冷，大家都高兴地睡在一起，干活不论多苦再累都愉快地战斗在一起，没有怨言。不论生活条件怎么艰苦，为支援三线或社会主义建设、为忠于毛主席、感谢共产党无怨无悔、自愿奉献。

医疗。国家对襄渝铁路建设医疗还是重视的。团里有医疗队，营里有卫生员，都设在施工现场。当时有句话，红汞碘酒，搽了就走。大病到团部，要走几里路，若有重伤团医疗队派车送到当地就近大医院治疗。

宣传。政治攻势强烈，每隔一段距离都架有高音喇叭，大力讲三线建设、修建战备铁路的重大意义；要反苏修、反美帝；修好铁路让毛主席睡好觉、无限地忠于毛主席；思想宣传工作及时，一个营有一个直属宣传队。工地上各连抢着投稿、比看谁的连投稿多、宣传工作做得好。宣传好人好事、先进事迹、表决心、立誓言等，都在广播上播放。我在一次投稿中表决心的结尾写道：

三线建设襄渝路，参战青年我带头。
献出青春无怨悔，甘洒热血写春秋。

演出主要是自编的快板、唱歌、跳忠字舞等娱乐节目，有时在施工现场、有时在连队驻地演出。一个月在营部放一场电影。

施工，尽管铁道兵在襄渝铁路布下了重兵，但人力还是严重不足，会战中没有机器设备，全靠人工作业，主要是靠当地民工集中力量打歼灭战，打的是人海战术。铁道兵部队给地方民兵配发的是独轮推土车、锤子、钎子、雷管、炸药，地方配套有箩筐、扁担、板车等。当时卧伏公社为一个营、以生产大队为一个连，以连为作战单位，我们安乐大队（后合并为巩湾村）编为第13连，下分班排。任务从师到连逐层下达。卧伏营的任务是建设黄家营火车站一段铁路，要劈开黄家营大队与巩湾大队交界处的一座大山。铁路穿山而过，并且把火车站建在开山的底部，开山的土作为填方推运到延伸路基。这座山高约有150米、长约400多米、开山宽度150米。施工现场，满山彩旗飘扬、大红色条幅插遍大地，像似荡漾的旗海、隆重节日的盛装。施工中，初期开始时没有道路，工程和生活物资主要靠肩挑背扛，民工们不怕苦，不怕累，当时施工条件简陋，环境十分恶劣，生活非常艰苦，受伤、致残、死亡情况时有发生。

我们每一位参战人员都不辞辛劳，不计报酬，将一腔热血洒在了襄渝铁路西段建设大会战中。开山是从东西两头同时进行。从山脚取土填路基，遇石头就用锤子、钎子打眼放炮。下面取土够不到时，就从山腰放炮炸土下去。山上的土全部人工肩挑、手推独轮车运送。放炮，当时没有风枪，一人扶钢钎，两人拿锤子，一锤换一锤地打向钢钎。我用的锤子柄比别人长些，长锤拎起来高一些，落下去打的重一些。时常我左右开攻抡锤，或将锤子在空间转圈打下去，这叫打花锤，周围人看到敬佩不已。打炮眼时扶钎子的不时地向石洞灌水，打的洞里石浆多了，就用勺子舀出来。根据石头大小或需要炸的范围来确定炮眼打的深度。打炮的是专班负责，每个连里都有分工，如炊事班、上土运土班、放炮班、维修班、统计宣传班、物资管理班（炸药、雷管、推车、扁担筐子、钎子锤子等）。推土，用独轮翻斗车。力气大的一人推，力气小的配一个弱的拉帮绳，像拉船的纤夫。那时是毛泽东时代，人们思想觉悟、自觉性、积极性都非常高，再苦再累都抢着于，很多民工手、脚、肩都起了血泡或受了轻伤，仍坚持干不下火线。小车不倒只管推，这种精神就是从这时喊出来的、炼出来的。

担起重任。劈山修路施工已过 2 个多月了，按原定完成工程量计划还相差甚远，原因主要是场面狭小，山上的土放不下来，人多使不上劲，大量人员闲散、窝工。师部不满意、团部在批评，团长亲临现场指挥。营部决定成立尖刀班，从山顶上放一个大型天井炮。天井炮就是从山顶中央打一个 20 米深、1.5 米直径的天井，在天井底部向外围扩展，挖成南北各 3.5 米深、东西各 4.5 米深的巷道。任务交给第 13 连，组建成 12 人的尖刀班，分 3 组，每组 4 人，我们这个组由我和吴昌树、董国均、邓富昌 4 人组成。每个班上 6 个小时，采取 3 班 4 倒 24 小时连续作战。这项任务不仅十分艰巨，而且危险性很大，随时都有可能献出生命。我当时 19 岁，自愿报名参加了尖刀班。打天井开始用十字镐、铁铲向下挖，挖到超过 2 米比人高后，用绳子拴在篓子上，一篓一篓地提土上来。遇到石头打眼，放炮，都是技术活，在爆破专业技术人员指导下进行。炸药装多了或炮放稍大点，就会把打很深的天井炸毁了。我的学历比他们高，加上脑子灵活善于钻研，慢慢地无形中我成了尖刀班长、天井内打炮的技术员。每次放炮把土清理完后，用尖嘴钎子、凿子口配合铁锤，把天井洞周围凿平。放炮按照洞底周围岩石情况而定，有时 2 炮、有时 3 炮至 5 炮，都是小炮。炸药都是塑料装半斤一桶，小炮装半桶、中炮装 1 桶至 2 桶、大炮装 3 至 4 桶。打炮眼的深度、炮眼装药深度与装黄土深度比要适配，否则把洞底炸坏、或是爆破效果不好。装药、放引线与扎黄土都是关键，黄土扎得太紧或用力太大，铁器之间或铁器与硬石相撞，发生火星易引起爆炸，那就是牺牲。再者，点燃炮引线也很危险，特别是天井打到 10 米以下，上下天井是简易绳梯子，即两边是粗绳索间隔 45 厘米穿一根横棍子。炮引点燃后立即爬绳梯出来，若遇到过分紧张、有病、绳梯断开或其他不可预料的情况，人爬登不上地面和跑不到安全处，人的生命就没有了。

这个天井炮洞打成后，由专业爆破人员放炸药、装雷管。炸药、雷管是为大型爆破特制的，整箱（包）紧密地码放在炮洞里，把电雷管线装好引出地面，在爆破前连接到指挥部的电源上。在炸药、电雷管安装好后，尖刀班开始一层一层填黄土，每填一层都压实，开始1米轻压，随着填的土层越深压力越重、越实。20天完成了打洞、装药、封土的天井炮任务。放大炮那天，民工撤离、场地设备工具清走、电雷管接上电闸。8时整，团长余光清发指令：5、4、3、2、1，放炮，营长郑辉远推上电闸。瞬时，一声巨响，像地震一般，方圆几公里地动山摇；像原子弹爆炸一样，整坐山倒翻过来、乱石穿箭、浓烟飞舞、“蘑菇云”升天。1小时后工地恢复施工，随后根据营部统一部署，各连调整分工展开施工场地。施工现场彩旗飘扬、人山人海、推车如梭、挑担奔跑、乱石飞渡（炸炮）、锤声擂耳、拉车的号子声、挑土的吆喊声、喇叭里广播声混成一片，晚上灯火辉煌，工地热闹非凡，展现出一片繁忙的景象。黄营火车站历时1年零2个月，至1970年4月，卧伏营提前1个月完成了上级交给的修路任务。紧接着，卧伏营转战谷城过山口，修建谷城火车站。

谷城过山火车站距谷城县城3公里，过山这个地方属于山岗地，地势比周围或铁路线高出2米至20米左右。我们转移去的时候是接手续建，铁路线的雏形已经出来。施工只上白班，向电瓶平板轨道车上上土。轨道车有三节，有的就近掀土上车、有的用人排成队手端土筐传到车上、远的地方肩挑到车边再上到轨道车上，然后由电瓶轨道车向外运土填路基。火车站路基约3公里，铺好后，我们营又向前延伸转到大峪桥路段。这里施工条件也很艰苦，没有任何机械，全从稻田取土。路高约7米，取土建路都是人工手挖、肩挑、背扛，用一筐一筐土堆起来的铁路线。绝大部分人的手、肩、脚都磨破皮、出过血。1970年7月，襄渝铁路谷城段建设完工。此时，我们又接受了新的战斗任务，转战万里山修建盛万公路。

回忆二十世纪六七十年代，那是一段让国人刻骨铭心的峥嵘岁月。亿万劳动者在极端恶劣的条件下，创造建设史上一个又一个璀璨的亮点。襄渝铁路就是两弹一星之后的又一辉煌标志。

斗转星移，沧桑巨变，历史的车轮又把我们带入二十一世纪。气势恢宏的三线建设有着重大的政治、军事、经济和国防意义，在今天的铁路交通网络科学布局，对当时贫困、封闭、落后状态的大西南、大西北的开发和带动，以及国家四个现代化建设，都具有十分重要的现实意义和深远的历史意义。

现在回忆那繁忙、惊心动魄的场景，依旧幕幕在心。襄渝铁路建设，是我从学校毕业走向社会时，有组织、有领导、有计划地完成的第一个重要任务，它是我人生征途中的第一站，是新起点，也是我人生奋斗的地平线。

在襄渝铁路的战斗中，我得到了很大的锻炼。我知道了什么叫爱国、艰辛、奉献、探索和拼搏，人生的阅历得到了丰富，人生的价值有了初步体现。

第九章　盛万路战备连成长

襄渝铁路会战结束，1970年8月，修建襄渝铁路的民兵师整体转战到谷城万里山修建盛万公路。师团营连建制基本与修襄渝铁路时相同。不同的是，谷城县委和县武装部领导决定，成立盛万公路指挥部，县革委副主任、谷城县武装部副部长李昭普兼任指挥长；从卧伏营挑选身强力壮的年轻人，年龄在18岁至35岁之间，组建独立战备10连。指辉部、民兵师的分工，指挥部是组织协调全县党政军各部门支持修建盛万公路；同时是修建盛万公路全线的总指挥，为最高领导机构。民兵师为公路前线全路段具体施工的最高组织者或领导机构。指挥部设在县革委会院内，民兵师设在修建公路前线的漆树垭。战备十连归民兵师直接领导，团部代管，军事设施（枪支弹药等）配制与管理、以及军事培训由县武装部负责。

战备十连，共计180多人（统称战士，下同），全副武装，每人配一支五四式步枪。全连在修建谷城过山火车站的住地军训7天，向赵湾万里山出发时每人背着背包、扛上枪，徒步80多里拉练到万里山金钱洞。沿途爬高山、跨深谷、穿峭壁、越险滩，地势险峻，人烟稀少，交通极为困难。全连主要任务为在盛万公路中段、金钱洞山中间凿出一条路，其次是全线有洪水冲毁路段、塌方，及放炮后峭壁上悬石清障等临时性抢险任务。

战备十连，归师部直接领导，就是便于机动指挥，哪里有艰险哪里就有战备十连的人出现，哪里工程任务艰巨哪里就有战备十连的战士在哪里战斗。

盛万公路，从盛康区至赵湾区的万里山，全程130多公里。后延伸至粟谷区，也可称盛粟路。金钱洞是一段长约400米，高达300多米光秃秃的悬崖峭壁，形容它的险，可以说连身手敏捷的猴子都无法穿越。

七十年代初，为了开发万里山的煤矿资源，县委、县革命委员会（简称革委会）动员全县人民兴修这条盛万公路，使车辆能够顺利抵达万里山姊妹松附近的煤矿。

煤炭是不可再生的能源，当时在谷城乃至襄阳地区都很稀有。地方领导发现煤炭像发现黄金一样欣喜若狂。煤炭是生产化肥、发电等工农业主要原料和燃料、是发展地方经济的引擎或动力。盛万公路有一段就是从金钱洞悬崖峭壁中间掏出来的一段“挂壁公路”。

挂壁公路是一种最有特色的公路，是在峭壁悬崖上开凿而出的奇险公路。交通专家称，此类工程奇险、艰难，在湖北筑路史上都很少见。

金钱洞北高南低，山势东缓西陡，许多地段形成断层岩壁，气势雄伟。山底有众多河溪和泉水流经，使连绵的山脉中断形成“水口”，由于断层岩壁，有的地方甚至成为瀑布，金钱洞挂壁公路就修建在盛万公路的中段断层峭壁上。

金钱洞山，像刀削般的悬崖拔地而起，上顶云天，危峰兀立，令人望而生畏。远远地望去，悬崖是那么高，那么陡，好像是被人用巨斧劈过似的。走近些，只见云雾缭绕，犹如一把利剑，耸立在云海之间，令人感慨万千。

金钱洞不仅地势险要，而且还有一段美丽的传说。相传许多年前，在金钱洞东南约 5 公里的左家庙有座香火鼎盛的财神庙。据考证，财神庙位于长坪沟口两河交汇处的平台上，财神爷因此积蓄了很多财宝。财神爷为了寻找一个安全的藏宝之地，他经常在附近探寻，直到身心疲惫也没找到合适的地方。为此，他决定到更远的地方去。一个风和日丽的秋日，他沿着一个褚姓人家的老屋一路向西北，穿过阎王鼻子（位于漆树崖盘山），忽然发现前方有个神奇之地：两面峭壁相对而立，中间一条深深的峡谷，简直是天险之地。如果将自己的财宝藏在这里，岂不妙哉。当天夜里，他便把财宝悄悄搬运到悬崖左边的一个小山洞中藏了起来。那家褚氏后生，早年丧父，母亲又瞎了双眼，只能靠打猎和采挖中草药为生，经常穿行于崇山峻岭和人迹罕至的地方。一天，他在悬崖上采挖草药时，无意中发现了那个山洞，便决定在此稍事休息。步入洞中，无意中发现了财神爷的秘密。为了养活母亲，他隔段时间便去拿点儿金银补贴家用。

一段时间后，财神爷不放心自己的财宝，前来查看，发现藏在洞中的金银少了一些。经过调查，知道是褚氏后生所为。他非常生气，想借机整治他一下。可当他得知褚氏后生的家境后，良心发现，决定帮他一把。财神爷不仅帮他盖起了三间青砖大瓦房，治好了褚氏母亲的眼疾，还帮他娶了媳妇，让褚氏后生过上了富足的生活。褚氏后生感恩不尽，发誓从此靠自己的双手养家，再也不拿财神的财宝了。财神爷藏宝的山洞，被当地人称作“金钱洞”。

战备十连是开路先锋，根据师部要求提前一个星期到达金钱洞，因地势险恶，首先要做好施工前的工具、物资、思想及人行通道和清障等方面的准备。我们到达目的地之后，在农民家搭通铺先住好安定下来，第二天请驻地生产队刘队长引我们考察金钱洞周围施工环境。我们上山后才发现这里根本没有路，只有一大块一大块的乱石和树木荆棘，随时都可能掉到山谷里，粉身碎骨！如果要上山，那简直和登天一样难！

登上山巅，周围都是云海翻滚，似乎进入了仙境。远处的山峰若隐若现。仰视天空，成群的鸟儿展翅高飞。一块块怪石屹立在山巅之上，摇摇欲坠。张开双臂，一阵阵微风吹过，你能感受到大自然的神奇和壮丽。山顶上空经常云雾缭绕，置身其中使人顿觉腾云驾雾一般，白云在脚下飘逸。给人一种神秘莫测、飘飘欲仙的美感。引我们上山的老乡说，有时你会见到山上大雨，山下却晴朗，山上山下不一样的奇异景观。沿着陡峭的石壁，往下看是万丈深渊。这时你才真正感觉到“万壑树参天”的“壑”是什么意思了。

在山顶上，我们发现悬崖上有一个立着的大石头，像人的造型，其“胸部”凸起发达，“心口窝”下部凹陷，“腰部”较粗，其胸部和上腹部长满了金钗，头上戴顶“鸭舌帽”，身高约 2 米多，没有双腿，像一个挺着胸盘坐着的巨大石人。

当地老百姓介绍：古时侯，有个财神爷在深山沟的脚下金钱洞里藏了很多财宝，它担心财宝再次被盗，便聘请神鹰大仙帮忙看守。神鹰大仙忠于职守，明白受人之托、忠人之事的道理。他把神鹰安排在金钱洞对面的悬崖上站岗，自己则在阎王鼻子旁边的峭壁上设了观察哨，以确保财宝安全。神鹰不负财神爷的重托，长久平安无事。若干年过去了，财神收藏在山洞中的财宝逐渐成为化石，而神鹰大仙也变成了石人屹立在悬崖之上，并守护着过往行人的安全。

回来还是原路返回，过那一段险路时，还要时刻注意山上的滚石，要及时躲避，时刻都有安全风险。

山顶上的巨石，随着放炮的振动，会对下面施工人群带来极大的安全风险和隐患。施工前，连长郑明义批准我的主动请缨，我和兰学义、周碧清等人组成先锋突击队，炸掉了挂在悬岩上的拦路虎——“巨石人”，清除了金钱洞路段的危险障碍物。

在没发布全线开工令前夕，战备连召开动员大会或叫“誓师大会”，团长王玉芳亲临会场。我代表一排发言，表决心：国际上我们的敌人是美帝国主义，我们要把金钱洞当战场，把岩石当敌人、当美帝，不彻底消灭干净、不完成任务决不下战场；我的誓言是：

悬崖我打头，献身去战斗。
血战金钱洞，修通盛万路。

在全线开工的头一天，我和周碧清、兰学义三人各自腰系粗尼龙蝇，手持铁锤和钢钎，单脚（没有双脚立地的地方）登在悬崖峭壁上，一锤一锤地敲打，就这样我们并排打了6个炮眼。第二天一大早（即开工那天），我们仨人把6炮装好炸药、雷管、黄土，又将每个炮的引线等长的串联在一起，汇集到一根约30多米长的引线拉到半山坡较平的地方（点燃后容易快速跑到安全之处）。

1970年8月18日8时，指挥部在赵湾举行盛大开工仪式，9时18分，指挥长李昭普下达开工令，他宣布：“盛万公路现在全线开工！”这个声音通过有线广播传遍盛万公路。在开工令发布后，我点燃了引爆导火线，轰隆一声巨响，炮声回荡着整个山间峡谷。放响了盛万公路全线开工的第一炮。给指挥部、民兵师、全线民工送上了一份开工仪式的“大礼”。

在施工中，我们采取先放小型鸡窝炮，使双脚能站立时再放大炮。从中间向两头炸出1米多宽的便道后，再上大批人员向石崖里面掏出公路来。有100多人腰系尼龙绳手拿锤钎，成一字形排列战斗在峭壁上，这是谷城修路史上从没见过的一道亮丽风景线。打炮时用的钢钎、锤子、炸药、黄土都是从山顶上，一篓一篓用绳子系下去的。在施工的现场，放炮的震动声、岩石碰撞声、锤钎打击声、民工吆喝声，声声回荡、响彻大山峡谷之间。

在修路的战斗中，我奋不顾身地勇往直前。失去生命的风险对于我来说是个严峻的考验，是血与火的洗礼，在悬崖峭壁中间打通一条公路，随时就有可能献出自己宝贵的生命。我把安全绳上端拴在靠近山顶的树兜上，长达 90 多米，绳子长时间在峭壁的石头上滚磨，有的地方被放炮的乱石扎损，随时都有断掉的危险，而我们却把生命置之度外。

我们一排被命名为尖刀排，我被任命为尖刀排排长。尖刀排 36 名战士写下了血书：“誓死打通金钱洞。”尖刀排 20 岁的黄有富，在运放炮使用的黄土时绳子被磨断了，从悬崖上摔下谷底，人下落时在两山之间相互撞击。捡尸时就没有人形了，只是一坨模糊的血肉，场面悲壮、惨不忍睹。冷集营普通连第 16 连冷桂珍也壮烈牺牲，县革委会追任黄、冷二位为烈士。黄有富牺牲后，其父母又将小女儿黄有芬送到战备十连，继承黄有富遗志继续战斗在金钱洞。

金钱洞修路的民工，个个打炮的双手都磨出血泡或血水；打风枪的枪手们，鼻孔里、眉毛上、喉咙管及全身都是灰尘，有不少民工鼻子、嗓子出血。年龄较大、肺功能差点的兰学义后来就得了矽肺病。工地上生活条件极差，吃饭就是杂粮和红苕，炒菜少盐无油。在黄有富牺牲后，指挥部为了安抚全连人心，送来一头猪肉，大家激动无比、感恩不尽，全连向师团表决心：“要一不怕苦、二不怕牺牲，用热血铺就盛万公路”。

前线施工三班倒二十四小时施工，没上班的在后方休息时，每天还要抽出 2 小时进行军训或学习。军训练刺杀、持枪、上肩、步伐、射击、投弹、摔打、队列等。在军训时，连长郑明义（他是部队转业军人）着一身绿色军装，像个铁血豪胆的军人。他在战备十连军训时讲：“我们虽是民兵，但要跟真军人一样：踏步走，要踏出万里河山的军人气概；正步走，要走出军人体内无限的凛然正气。立正稍息，要立出军人顶天立地的形象！要做到：军礼最有样，军姿站得棒，军歌唱嘹亮，军号震天响。”

为了培养“战士”们的战斗意志和严肃的优良作风，连长要求战士们

“兵贵神速”。连队每月都有一到二次的夜间紧急集合。正在大家酣睡的时候，一阵急促的哨声，把大家从梦中惊醒，不准开灯，来不及想什么，像机器人似的穿衣、叠被、打背包。有的从床上、有的在上铺跳下来，穿鞋，拿枪，边跑边扣衣服，朝集合场地奔去。各斑班长报告：“一班到齐！”“二班到齐！”——连长发布命令：“向左转，跑步走！”开始几次，出了很多笑活。没穿袜子的、扣错扣子的、跑着跑着背包散了的……有一次，有一个“战士”从上铺慌乱中跳到地上，鞋子被别人踢得不知在哪里，好不容易摸到，穿上就跑，结果把鞋子左右给穿反了。经过几次训练后，“战士”们对夜里紧急集合不再担心害怕，一切都是紧张而有条不紊。一般能在 2 分多钟全副武装集合完毕。有时在冰天雪地里，爬冰卧雪，一身泥浆的训练，专门让战士们尝尝艰苦与拼搏的滋味，目的是让大家练出好身体，练出意志和毅力，好到前线施工的战场上，有一股子死拼硬打和不怕牺牲的精神。

盛万公路，是修建进大山区的道路，在地质情况复杂，存在着塌方、滑坡、泥石流、山体崩塌等多种潜在危险的情况下，战士们在艰苦恶劣的环境中，奋战盛万路，无怨无悔，是一种大公无私、无私奉献的革命英雄主义精神。

火线入党。在盛万公路开工令发布前夕，连长郑明义找我谈话：“你对入党有什么认识、你愿意加入中国共产党，成为党组织的一员吗？”我讲：“中国共产党是伟大光荣正确的党、是人们拥护的党，我很向往，但我没敢想，因为我不够条件。”郑连长说：“你现在认为不具备条件，可以先写申请，向组织靠拢，再努力创造条件嘛。”紧接着我向党组织提交了《入党申请书》。

在金钱洞修路最紧张的时候，连指导员邵功成（卧伏公社团委书记兼任）、连长郑明义（部队转业军人），他们看到我有一种敢打硬拼和不怕牺牲的精神，在火线上发展我为共产党员。1971 年 1 月初，我当时 21 岁，指导员宣布我加入中国共产党，成为一名正式党员，接着又任命我为战备十连副指导员。

1971 年 1 月中旬，金钱洞路段通车。我写下了《路通感言》，诗曰：

拴腰吊绳峭壁中，钢钎打炮志气雄，
炸石舍身金钱洞，修路艰辛斗岩峰。
战备连里打头阵，悬岩通路立伟功，
不怕牺牲作奉献，创造奇迹傲苍穹。

如今，再看金钱洞路段，远处仰望真是像一条天路，路上云雾缭绕，山径蜿蜒曲折，像一条彩带从云间飘落下来，游人似一个个小白点，零零星星散布在彩带上，缓缓地左右移动着。车向蚂蚁样熙熙攘攘，你往我来。宽敞的公路可以通行大巴客车、载重货车、各种轿车。金钱洞挂壁公路的名牌已经打响，村里的旅游开发做得很好，不少村民在那里开起了家庭旅馆，时常有学生来画画写生，是条秀美的挂壁公路，是盛万公路、盛坑镇、赵湾乡的一颗明珠。

现在金钱洞作为谷城一大景点，在路边树立了修路纪念碑和“为有牺牲多壮志，敢教日月换新天”的红色标语牌，它唤醒了游人对那个年代的记忆。

战备十连在金钱洞路段修通完成任务后，又转战漆树椏段继续修路。这时，我被派送到襄阳军分区集训学习二个月。学习军事知识、演练射击、步伐姿势、投弹方法、拆装枪械、指挥艺术，使我提高了身体、思想素质和指挥能力、军事技术水平。

同年 3 月中旬，我接受了一项新的任务：带一个 38 名战士的加强排到谷城县人民武装部，新建武装部办公大楼。

我们的任务是：挖墙基、搬运红砖、沙石、水泥，搅拌石灰、水泥沙浆，提灰桶、搭脚手架、抛砖等。我完全按照部队的军事化进行管理。在武装部施工期间，以班为作战单位进行比赛，开展 5 比活动：比学习：看谁读的书多、写的体会多、日记多、办黑板报投稿多；比纪律：没批准不能逛街、到商店，按时上下班以及各项制度的执行；比干劲：看积极性、主动性、抢干重累活；比整洁：在住宿地被子、鞋子、毛巾、牙具、脸盆及衣服排列整齐、干净卫生，施工地灰桶、筐子、红砖、扁担、推车一字形摆放，场地干净无半头砖、渣子；比团结：影响团结的话不说、不利团结的事不做、相互尊重和帮助、做到各班和谐团结。我们实行的是军事化管理，出工、收工，必须整队呼口号，唱语录歌；要“早请示、晚汇报”，例行性地一日数次集体齐声“敬祝毛主席万寿无疆”。有时甚至搞野营拉练。

白天干活，晚上学习、军训、锻炼身体，如打乒乓球、篮球、跑步等；军训内容基本和金钱洞时期相同。在武装部夜间有时进行短时紧急集合、近距离拉练。训练的目的：锻炼思想、速度、意志、统一性；提高警惕性、纪律性、战斗力、执行力。上下班时统一列队从大街穿行回到住地，排长周碧清吹着哨子、喊着一、二、一的步调与一、二、三、四和一二三四的口号。街上的居民或工人、机关工作人员，他们看到整齐划一的脚步，摆动整齐的手姿，整齐同声的口号，昂头、挺胸的气质都伸出大拇指赞叹：他们是战备十连的，训练得跟解放军一样。

进行野营大拉练。1969 年珍宝岛事件后，毛主席发出了“要准备打仗”的号召，全军、全国处于战备状态。人民解放军加强了军事训练，夏练三伏、冬练三九，经常进行紧急集合，开展冬季千里野营拉练。对于部队开展的野营大拉练和大练兵，毛主席曾做过两次重要批示。根据毛主席对部队进行野营大拉练的这两次批示，全军掀起了野营大拉练的热潮，同时揭开了全国亿万人民野营大拉练的序幕。从 1970 年冬到 1971 年夏秋，各行各业普遍组成野营拉练队伍，手举红旗，肩背背包，浩浩荡荡，顶风冒雪，跋山涉水，奔赴祖国的每一个角落。一时间，工人进农村，农民入城市，军人进山区，学生到军营，神州大地旗如潮、人如海，埋锅做饭，浓烟滚滚，拉练队伍，川流不息，到处呈现出战备景象。

1971 年 6 月下旬，我利用月休假四天回去的时间，进行了一次野营大拉练。记得那天天气很热，早上六点，我吹响了集合哨，我们共 36 人，大家打好了背包，背着军用水壶，在县武装部门口出发。路线是县城关镇——盛坑区——南河公社——翻越大薤山——石花区——卧伏公社。队伍里有背着铁锅的炊事员，也有背着药箱的卫生员。我们打着红旗，顶着烈日走在通往目的地的道路上，徒步行程 90 多公里的路。刚开始还兴致勃勃，雄赳赳气昂昂的，还不时地唱着歌走着整齐划一的步伐，过了 5 个小时，等到了 10 点多钟时，队伍就鸦雀无声、无精打采的了。中间休息的时候，只能赶紧找个地方依着背包躺一会，喝点水，吃点干粮。队伍继续前进，有的同志那时真想就地躺着不再走了。过了 6 个小时，到了中午吃饭的时候，很多人脚上都打出了血泡。我也不例外，脚上起了两个大血泡。卫生员帮把血泡挑破，然后为大家敷点药。中午吃饭在靠路边的一个山坡树林里，队伍中有挖野菜的，有砍枯树枝的，有帮着择菜的，有做饭的，有走不动躺下休息的，有吹笛子口琴的，有唱歌吆喝的，有看书学习的等，饭吃完了上路又出发了。就这样一步一步地向西北方向挪，下午 6 时到达卧伏人民公社大门口。到了目的地后，大家集合整队唱着《东方红》《大海航行靠舵手》的歌后各自回家。假后第四天又都按时返回武装部。

武装部的办公楼共有 5 层，建到第 4 层时，1971 年 7 月 16 日上午，武装部管人事的张参谋找我谈话："赵副指导员，你带的是民兵呀，完全训的跟正规部队一样了，工地上工具摆得整整齐齐，场地清理得干干净净，住房里牙具、被子、鞋子整齐划一，走路步调一致，雄壮威武。你很有组织协调能力，地委（地市没合并前为襄阳地区行政公署，简称地区）选拔年轻干部，根据条件我们推荐你到地区工作，可能快要走了，要向你表示祝贺！"下午，县委组织部丁学伟部长找我谈话。他说："谢书记推荐、县委同意你调到地区行署，你去后要努力工作，不要辜负县委、县人民的期望，将来进步了要多支持谷城。"他继续说，县委组织部已电话通知卧伏公社童玉召书记，你 2 天内把粮油、户口、组织转移关系办好，到地委组织部报到。就这样我从此离开农村，走上了工作岗位。

几十年过去了，退休后还常常想起在战备连的训练、在金钱洞的战斗、在武装部的熏陶情景，那里的确很锤炼人，我在那里得到成长。那是我人生一段很有意义的经历，常常令我魂牵梦萦。

第十章 “逼”上中南财大

1983年，原襄阳地区与原县级襄樊市合并为地级襄樊市，简称为地市合并。原襄樊市计委内设机构有科室，每个科室任命有正副科长或正副主任，原襄阳地区计委没有内设科室，只简单划分几个组，也没正副科长或组长，都是平级的一般干部。地市合并后，各部门都重新设立内设机构，以及重新任命领导职务。我被市计委党委研究拟任计委文劳卫科（简称文劳科）副科长，上报市委组织部未批，同年5月的一天，计委分管人事工作的都重康副主任找我谈话：“你的文劳科副科长组织部没有批，原因是市委决定从现在起，凡提拔干部一律都要大专以上文凭，你是初中毕业不具备条件。你可从现在开始，在不影响工作的休息时间抓紧复习，早点考上大学去读书吧！”

从1983年起至九十年代初，约10年时间，提拔正副科长必须是大专以上学历，提拔为县处级领导干部一律要具有大学本科及以上文凭，不具备条件也就是没有大专以上文凭的，一律不能提拔担任领导职务；一律不得进机关当公务员；一律不准晋升职称等。这是当时典型的“唯文凭论”。

在“唯文凭论”热的推动下，文凭成了人们追逐的对象，也就有了后来的文凭买假、做假了。时下一些干部、职员，特别是一些领导干部没参加任何考试，只要交钱直接进党校、电大等“培训班”“研讨班”学习并拿到视为大专或本科的“文凭”，难怪民间有人把这些“培训班”一针见血地讥讽为“饲料学历班”（像用激素饲料催肥鸡鸭一般快速成熟），又把参加这些培训班获得的“文凭”的讽刺为“水分学历”。

文凭，顾名思义，乃文化水平之凭证。按理说，文化水平是人的一种内在素质和能量，装假是要露馅的。那么，为什么还有那么多的人去买假文凭呢?

俗话说："上有所好，下必甚焉。"从1988年起，卖假文凭之风很快就像一种病毒一样在社会上流行起来了。用人单位一开口就是讲文凭讲学历，你没有文凭，是进不了党政机关，更不能得到提拔的。有了文凭，你才有条件参加考试，不论这文凭是真的还是假的，反正没人去查究。于是乎，有人想方设法弄张文凭，把自己包装得"知识丰满"以后，去参加官考（领导职位考试），不少人因此得到了升官提拔。

当考察提拔干部陷入"唯文凭论"怪圈后，我们还会看到一个不该出现的怪现象：有很多有本事，有干劲、有成绩的好同志，好干部就因为没有那张"文凭"而被拦在了"提干"门外。尽管我们都懂得一个硬道理，学历并不等同于能力。在现实生活和工作中，高文凭低水平的也大有人在。然而，当社会形成了"唯文凭论"的思潮后，谁又能从这个怪圈中健康地走出来呢?

曾几何时，领导、组织人事部门对考察提拔干部，普遍存在"重文凭，轻能力"的情况。要杜绝假文凭、假学历，必须从根子上打破干部任用上的唯文凭论，要学历但不能唯学历，要鼓励更多的干部埋头实干，将更多的时间与精力投入到本职工作中来。

当公务员走向"唯文凭论"的怪圈后，公选就出现了"考试专业户"。"考试专业户"是指那些平时以考试为重心，频繁参加某种或多种考试且成绩优异的人，又被戏称为"考霸"。他们平时一般以工作为副业，把大量的时间和精力用在考试上，却很少花费心思去想点子、出主意搞工作。他们有的是考学历，有的是考官职，还有的既考学历又考官职，即先一个层次一个层考学历，接着再对应考试高层次的官职。他们是一门心思地关注考试信息和考试热点，坚持到底，直至考上高学历、高职位为止。"考试专业户"应试经验丰富，每次考试录取或叫入围概率特别大，他们是通过考试来拿到学历或达到晋升目的。"考试专业户"或"官考专业户"整天忙于考试，精力就主要用在考试上。

全国"官考专业户"数不胜数，现仅举一个例子。青海新闻网刊登了省委组织部"青海省公开选拔副厅级领导干部拟任人选任前公示"，其中拟提任青海省金融工作办公室副主任的庞某某，九考八入围，就是全国最牛"官考专业户"之一。

用百度新闻搜索结果显示庞某某的考试经历如下：

2012年7月报考青海省公选副厅级干部考试，报考金融办副主任一职，笔试第一名进入考察。

2012年5月，报考广东清远经济开发区（高新技术产业开发区）管委会副主任职位，准考证号：44181308，第一名进入面试。

2011年5月，报考广东佛山市发展和改革委总经济师职位，第二名列入考察对象。

2010年广州南沙开发区公开选拔副总经济师进入组织考察人员综合成绩公告，名列第三，进入考察。

2009年8月，报考武汉经济发展投资（集团）有限公司总经济师职位，第二名进入面试、考察。

2009年6月，参加“广西面向海内外公开招聘高校和企业领导人才”，报考广西投资集团有限公司总会计师，列第六名。

2008年，报考海南省公开选聘省属企业领导人员，进入面试。

2008年，报名参加贵州省国资委2008年公开招聘国有企业总会计师，未查到考试结果。

2004年11月，报考安徽省面向全国公选副厅级职位，财政厅副厅长，第五名进入面试。

这就是史上最牛公选“官考专业户”的成绩单，令人叹为观止。

实践证明有很多“官考专业户”，缺乏实际工作能力，被选拔到领导岗位后，工作难以打开局面，很容易“呛水”，甚至栽跟头。

在襄阳，我熟悉的一宋姓的某同志，长期参加考学历拿到博士学位，公选考到湖北省某厅任副厅长，年底单位述职没有能力、成绩平平，干群测评不称职票达到三分之一以上，自己感到不光彩压力大，只好辞职不干领导职务，被组织部门调整调离到其他岗位。没有能力仅靠考试得到高文凭、高职位来担任领导，使党和国家的利益受到损失，同时也影响了党和政府在人民群众心目中的公信力。

文凭只是一种证明，只证明一个人完成了某一阶段的学业，但并不能完全证明他具备了相关的知识水平和相应的领导技能。

我觉得，在平凡的人生中，就像那一棵棵成才的树，决定一棵树能长多高的从来不是起点。人生的成长都有自己独特的曲线。从量变到质变，来自于长期有效的积累和坚持不懈的努力。学历固然重要，在工作中也必不可少。起点低的人获得巨大成功的人也很多，他的进步或成功以及所实现的人生价值，还是要靠他的刻苦学习、知识积累、能力发挥，而不是仅仅看他的一纸文凭。

1990年以后，中央发现了"唯文凭论"的弊端和危害，强调用德、能、勤、绩，后来又加了"廉"来考核提拔干部，文凭仅作为重要参考因素，纠正了"唯文凭论"的错误。

我就赶上了八十年代初的"唯文凭论"。

在我的人生征途中，因一个特殊历史时期的"停止招生"而没有上成大学，在提干关键的大事上，又因为仅仅没有文凭不能提拔感到非常苦恼。因此，我也是被"逼"上了梁山的人，都知道上了梁山的人都是有本事有才能的人，都是英雄好汉。因为没文凭我提干起步时没有被提拔，虽然对心灵造成了创伤，但也由坏事变成了好事，它逼我发奋自学，经过考试上了中南财经政法大学（简称中南财大），学到了很多有用的知识。

一、考前自学

1966年7月以后，全国都停课了，我只读了两年初中，本应1967年毕业，等到1968年12月28日才拿到毕业证离校。

当年考中南财大，要考高中数学、语文、政治、地理与生物、物理与化学五门，除政治考当时的政策、形势是活题以外，其他四门从高一到高三的课本，按顺序要一本一本地自学。按照例题、习题反演练习，对公式、精句、地名反复熟记。特别是数学、语文课本都翻成了碎纸片，一本翻烂了再买一本，同时还买了很多考大学的复习资料。从1983年6月至1984年6月，整整一年的时间，基本上没有休息过星期天、节假日，中午不休息，晚上学习到深夜2点至3点，白天照常上班，因为每个人主管一个方面的工作，你不上班没人了解情况也就无法代替你的工作。在这一年的时间内，我没有请别人吃过饭，也很少接受别人的吃请，去吃饭也不沾酒，以保持头脑的清醒，且不耽误时间吃了饭快速回家。自学困了，开始就用烟薰，由原来的不抽烟到一天一包，再到两包、三包地往上加，烟灰先是烟灰缸装，后来就用大盘子装。烟薰还困又加凉水或冷水洗脸，再困了就用手掐脸面、用指甲抓头顶、针鼻子扎额头、清凉油擦眉毛、塞鼻孔，两手指揪眼皮，强烈刺激避免或减少困倦，坚持学习。

1984 年 6 月 20 日，在市委党校参加了报考襄樊学院的考试，被录取襄樊学院中文系。1984 年 7 月 12 日，到武汉参加全国干部专修统一考试，住湖北省计委培训中心，在武昌水果湖中学考场。考场气氛很严肃，正值夏季最炎热的时间，为了防止考生夹带，不准考生带水杯或矿泉水瓶、不许带纸扇进去，监考老师认真严格。8 月 22 日，接到通知被录取到中南财经政法大学国民经济计划统计系。湖北考区参加全国统考的 52 人，考取 8 人，平均 6.5 人考取 1 人，录取率为 15.38%。在所考取的两个学校中，我选择了中南财大，考虑到中南财经大学计划干部专修是国家计委主办的，专业对口，对我以后的业务工作发展会有很大的帮助作用。拼命学习毕业，终于换来了令人兴奋地收获——知识和文凭。

计委都主任让我去考大学是一种暗示，这种积极的暗示，会对人的情绪和生理状态产生良好的影响，激发人的内在潜能，发挥人的超常水平，使人进取，催人奋进。我刻苦自学考上了大学，及以后在工作中取得的成果和走上领导岗位，都证明了这一点——领导“暗示”的积极作用。

二、中南财大概况

中南财经政法大学是中华人民共和国财政部直属的一所以经济学、法学、管理学为主干，兼有哲学、文学、史学、理学、工学、艺术学等九大学科门类的普通高等学校，是国家“211 工程”和“985 工程”优势学科创新平台项目重点建设高校之一。学校现有两个校区，南湖校区位于风景秀丽的南湖水畔，首义校区位于历史悠久的黄鹤楼下。

中南财大的前身，是 1948 年 8 月，由中共中央中原局第二书记陈毅担任筹备委员会主任，创办于河南宝丰的中原大学。1949 年 5 月，在武汉被解放后迁至武昌，著名历史学家范文澜为第一任校长。1953 年，在全国高等院校调整中，以中原大学财经学院、政法学院为基础，荟萃中南地区六省多所高等学校的财经、政法系科，分别成立了中南财经学院和中南政法学院。1958 年，中南财经学院和中南政法学院及中南政法干校、武汉大学法律系合并成为湖北大学。1979 年 1 月，经国务院批准，湖北财经学院由财政部及湖北省双重领导，以财政部为主。1984 年 12 月，以湖北财经学院法律系为基础，恢复重建中南政法学院，归司法部领导。1985 年9月，学院更名为中南财经大学，邓小平亲笔题写了校名。

学校下设马克思主义学院、哲学院、经济学院、财政税务学院、金融学院、法学院、刑事司法学院、外国语学院、新闻与文化传播学院、工商管理学院、会计学院（会硕中心）、公共管理学院（米 PA 中心）、统计与数学学院、信息与安全工程学院、国际教育学院、中韩新媒体共 21 个学院。学校现有全日制本科生 20000 余人，硕士生 7000 余人，博士生 1000 余人，成人教育学生 10000 余人，每年接受来华留学生 400 余人次。有 70 余个国家和地区的留学生。

对外学术交流方面，学校与美洲、欧洲、亚洲、大洋洲的二十几个国家和地区的 100 余所高校和科研机构建立了广泛的国际合作研究和国际学术交流关系。是全国最早开通校园网络的百所高校之一。

三、在校学习

1984 年 9 月 12 日，我带着行李乘坐长途客车到达武昌客运站，然后乘坐的士进入中南财经大学首义校区国民经济计划统计系报到，住宿在 38 号楼，终于圆了我年轻时上大学的梦。

中南财经大学首届计划干部专修班共有学员 43 人，来自湖北、湖南、广东、广西、云南、四川、重庆、贵州、河南和平顶山矿务局等九个省、市（区）。班上年龄最小的韩奎同学（女）23 岁，最大的刘路贤同学 40 岁。为了对在职干部进行学历教育，国家计委投资在中南财经大学建了干部专修大楼，在校统一编号为 38 号楼，一层是教室，二至六层为宿舍。该楼学员除计委系统的计划班外，还有财政金融系统的财税班、基建班、金融班；工交系统办的工业经济班、会计班等。

选修英语课。我读小学、初中时，那时中国和苏联关系好，我们在校学的是俄语，参加工作后，尤其是改革开放后，中国经济走向世界，人们感觉到了学英语的重要性。

中南财大有几种外语，我选修了英语。为了记熟英语单词，我专门装订了几个小本子，把新单词抄写在小本本上，为了好记还对应的填上中文，在食堂排队买饭菜时默记，走路、散步或上体育课休息时，一有空就默背，晚自习也花大量时间默写单词。由于是选修课，班上有很多同学放弃了，而我却坚持到最后考试及格。由于在校选修了英语，1992 年我顺利的晋升高级经济师职称。

在校成绩优秀。我十分珍惜这次学习机会，努力克服原来基础差、人到中年记忆力减退的困难，以勤补拙，刻苦用功，上课专心听讲，每天晚上都去教室自习到十二点多钟，离开教室时基本上只有一两个人，回到宿舍大家都已经关灯睡觉了，为了不影响其他同学休息，常常不洗漱就轻轻地上床睡觉。班上很多同学在学习中间节假日回家，而我却坚持留在学校学习，只有放寒假、暑假时才回家。为了确保学习时精力充沛，我坚持体育锻炼，每天早上 6 点多钟起床到体育场跑步、做广播体操、打太极拳，返回宿舍后用电热杯烧开水冲个鸡蛋，鸡蛋是用粮票从市场上换来的。接着到食堂吃早餐，然后赶到教室上课或自习。中南财大食堂是武汉地区高校中办得较好的一个，早餐的包子 2 角钱一个，里面有一大团肉馅；中晚餐有肉丸子、土豆烧牛肉、红萝卜炖排骨、西红柿炒蛋、烧炸鱼块、小炒瘦肉等，菜肴、主食品种多、质量好。功夫不负有心人，我的成绩进校时在班上排倒数第三名，毕业时升居第 9 名，进入优等生之列。

在校期间系统学习了社会统计学、数理统计、经济计量学、经济预测与决策、国民经济计划、生产力布局学、工业经济学、外国经济管理、劳力资源学、线性代数、微积分等二十多门课程。我在语文课的毕业论文《文凭与水平》中写道：“我今年已 36 岁了，来到中南财大学习，究竟是为了取得文凭，还是为了提高水平？”我想是兼而有之。取得文凭，解决了提拔领导干部没文凭的问题，但不是唯一，若仅为了取得文凭，我可以不使多大劲，混个文凭回单位就可以了，但我没有这样做，而是扎实地、认真地、刻苦地学习，其目的是为了增长理论知识、提升文化水平、提高工作能力，为以后更好的工作打下坚实的基础，为将来更好地、出色地工作，为党、为社会多做贡献。

1986年5月，在我毕业前夕提拔为副科长，7月初我从中南财大毕业回市计委，1987年5月任科长，1990年6月任工会主任（副县级），1997年7月任副主任（正县级）；1988年编制《襄樊市国土规划》获省科技一等奖；1992年晋升高级经济师，这些进步和成绩的取得，在很大程度上都得益于考上中南财大和在校的刻苦学习，造就了较为深厚的现代国民经济管理的理论功底和写作能力。

第二篇

勤奋工作　成就事业

本篇记述我从参加工作开始，至我退休的人生中，所进行的工作、走上领导岗位、取得的成果及其艰辛过程。

第十一章　参加工作

一

1971年7月19日上午8时，我带上县委组织部开的调干介绍信，新买的衣被、床单、用具等行李及粮油、户口、组织关系手续，拿着县委组织部买的汽车票和我同时上调工作的胡应有同志一起，坐上从谷城开往襄樊的长途汽车到达襄城汽车客运站（原在东街），约走1公里多路到达襄阳地区行署招待所（后改为襄阳宾馆）报到，休息、等待了两天，等各县调干人员到齐后，乘坐两辆大客车到达地委党校集中学习了1个多月。这批从全地区即：襄阳、枣阳、随县、宜城、南漳、光化、谷城、保康8个县，调到地区行署工作的计65人。负责组织培训考察我们的，是地委组织部陈德元科长。在党校由教师或教授给我们讲哲学、马列主义、毛主席著作和当时的政治形势等，进行素质提高和革命事业接班人的思想教育。每天学习后进行心得体会交流，看写作能力和语言表达能力；进行文化、体育活动，看特长和艺术水平。8月底转到“五七干校”继续学习，以劳动锻炼为主。劳动是刨花生、挖红薯、摘棉花、用锄头翻土地、种蔬菜、堆肥等。堆肥是用红薯藤、花生叶、树叶、青蒿等码成堆，用大粪浇灌，然后培土扎实，再用泥巴圆周封闭。大约一个月使其发酵成熟肥后，再把它运送撒到菜地或农作物地里。主要是考察我们吃苦耐劳和奉献精神以及组织协调能力。共培训考察4个多月，于1971年11月底，大家分别被分配到地区行署各有关部门。我和廖志敏（女）同志安排到地区计划委员会。

当时地区行署计划委员会领导班子的组成：主任由襄阳军分区副司令、襄阳地区行署革命委员会副主任耿伟庭兼任；第一副主任：襄阳军分区后勤部长陶敬魁兼任；副主任：杨广济、刘富臣、何峰（三位都是南下干部）。

1968 年 9 月，毛泽东决定，在各机构中也要成立革命委员会。在成立革命委员会时，要实行精简的方针。林彪得知毛泽东这一指示后，向毛泽东建议：现在中苏关系紧张，可能马上打仗，应该对一些重要的部委实行军管。毛泽东当时也估计到有发生大规模战争的可能，便同意了林彪的意见。于是，林彪派出军队干部，对中央 18 个部委实行了军管，由军管人员组织领导班子，建立革命委员会。随后，全国各地党政机关及其所属重要部门都实行了军管。

我和廖志敏两人报到的第二天，军代表（对军管领导的简称）给我们谈话。

内容大体上有三层意思。第一，你们从基层调到机关工作，是根据中央组织部统一安排，来接革命事业班的。因文化大革命打倒了很多走资派、革命队伍中还清理了一批意志衰退和不纯的人、还有部分老弱病的同志退下来，这样机关减少了很多人，就需要补充年轻人来接班；第二，机关也很复杂，你们要经得起考验，努力工作，刻苦钻研，接好无产阶级革命事业的班，不辜负党和毛主席对你们的培养和希望；第三，单位的职能。计委是地区行署，也就是相当于政府，它是经济管理的综合部门，主要是进行经济与社会协调发展，人、财、物的综合平衡。

计委的机构和职能，随着地市合并及改革开放的深入也在不断地转变。

以下为襄阳市计委历史沿革。

解放初期（1956 年 4 月至 1966 年 5 月）

襄阳于 1948 年解放，1949 年 10 月 1 日新中国成立后，1956 年 4 月 2 日，成立襄阳地区专员公署。经中共襄阳地方委员会批准，成立“襄阳专员公署计划委员会”，隶属于襄阳专署和省计划委员会双重领导。1957 年 7 月，襄阳专署根据党的八届二中全会，关于精简行政机构，减少国家经费开支的精神，专署对所属行政机构进行整编，于 1957 年 8 月 15 日，将专署计划委员会与统计科合并，成立襄阳专署计划统计局。根据湖北省人民委员会关于加强计划、统计力量的通知精神，1957 年 10 月 12 日，襄阳专署决定：计委和统计科分别单独设立。撤销襄阳专署计划统计局，恢复专署计划委员会和统计科机构，直到“文革”前机构未再调整。

1956年4月，襄阳专署计划委员会，第一任主任夏克（襄阳专署专员、专署书记兼计委主任）、副主任何烽、王耀。襄阳专署计划委员会，从开始建立起，到1983年地、市合并止，内部没有设立科室办事机构，1970年设立各业务小组，但未任命正、副组长，中层领导干部任命有副县级秘书职务，分管业务组的具体工作。

计委的主要任务：编制襄阳地区国民经济和社会发展的长期、中期、年度计划及有关经济发展的专题规划；负责本地区国民经济和社会发展的综合平衡，并对计划执行情况进行监督、检查，以及指导专属直属各部门、各县的计划工作；负责人、财、物资源的分配。

“文革”时期（1966年5月至1976年10月）

从1966年5月至1976年10月，计委机构未动。

委领导班子：襄阳专署计划委员会（1964年6月至1968年2月），主任：何烽，副主任：崔彦清、刘富臣。

内设机构，1968年1月，成立襄阳地区革命委员会，随后相应建立各部门办事机构。1968年2月，襄阳专署计划委员会撤销改为襄阳地区革命委员会生产指挥组综合组。1970年5月，新建襄阳地区革命委员会计划委员会后未动。1976年9月，襄阳地委同意，成立中共襄阳地区革命委员会计委战线委员会（1972年6月至1975年6月）。主任：张化普（革委会副主任兼），副主任：陶敬魁、刘富臣、杨广济、何烽；中共襄阳地区革命委员会计委战线委员会（1976年9月至1979年7月），党委书记：张晓初（革委会副主任兼），副书记：刘富臣、杨广济，党委委员：何烽、芦定华、武继修、马中云。

计委战线归口单位：物价局、统计局、劳动局、物资局。

文革后建设新时期（1976年10月至1983年8月）

1978年10月，革命委员会字样撤销，改为襄阳地区计划委员会。此机构一直延续到实行市管县体制（地、市合并）前。1978年10月至1983年11月期间，主任：未任命，副主任：刘富臣、杨广济、何烽、芦定华、李敬、都重康。

1983 年 8 月 19 日，经国务院批准，同意撤销襄阳地区，与襄樊市合并，实行市管县体制。同年 12 月，地、市正式合并。将原襄阳地区所辖襄阳、枣阳、宜城、南漳、谷城、保康 6 县划归新组建的襄樊市管辖，撤销随县改为随州市、撤销光化县改为老河口市，以上两市仍为省辖县级市，由襄阳市代管。地、市合并后，襄阳地区计划委员会、襄樊市计划委员会合署办公，统称为“襄樊市计划委员会”（2008 年，经国务院批准由襄樊市更名为襄阳市）。隶属于市人民政府领导，办公地点设在襄城荆州街，一直到 1987 年以后。

主要职责

（1）编制上报、下达全市经济和社会发展长期、中期、年度计划。主要内容：工农业产品产量、交通运输量，社会商品零售总额、农产品收购、调拨、进出口额的确定。固定资产投资总规模、使用方向，基建项目审批。编制综合财政、信贷和各项外汇收支计划，审批市财政资金投资基建项目计划和审核上报省、国家预算内投资项目。下达省分配的物资和地方调拨主要物资分配计划。编制人口增长、职工人数（含自然减员指标）工资总额计划和资金发放限额指标。编制大专院校和中专学校、技工学校招生及毕业生分配计划。编制教育、文化、出版、广播电视、卫生、体育、城市公用事业等社会事业发展计划。会同有关部门审查新建技工、中专、大专学校方案报市、省政府。编制重点科研及技术开发、攻关项目计划、新技术推广项目计划。（2）指导市直各部门、各县市区计划工作，审核和调整市直各部门、各县市区计划。（3）负责大中型基本建设项目的技术论证、可行性研究报告的上报或审批以及基本建设项目的竣工验收。（4）受市委、市政府委托，负责归口各局的党的工作和思想政治工作；负责归口各局正副科级干部任免和配合组织部对副处级以上干部的考核和管理工作。

1983 年 11 月 18 日，地委下达市计委党组、行政领导班子。党委书记、主任：施兰清；副书记、副主任：马顺清；党委成员、副主任：李敬、都重康、祝研玲、李东林、扬广济、王业华、刘铁达。

内设机构：

地、市合并后，1984 年 1 月，新成立市计委内部机构：政工、综合、基建、工交、农财、物资、文劳卫7个科。同时任命了上述科长。1986年1月3日，经市编制委员会办公室批复同意设立：办公室、基建、工交、农财、物资、文劳卫、农业、财贸等8个科室。1987年2月，根据国务院国发［1985］44号文件要求，增设国土规划科。

计委战线归口单位。1983年8月，地、市合并新组建襄樊市人民政府后，同年12月，原襄阳地区与原襄樊市各部门对口合并，组建了新的襄樊市物价局、襄樊市统计局、襄樊市劳动局、襄樊市物资局。以上部门的党政关系均隶属于襄樊市委、襄樊市政府，归口市计划委员会领导。1985年，襄樊市政府成立襄樊市经济技术协作办公室，归口市计委领导。

改革开放时期（1984年至2004年）

这一时期是机构改革和职能转变时期。

一是把计划委员会更名为发展计划委员会，仍简称为计委。

更名为发展计划委员会后，实行的是“计划经济为主，市场调节为辅”的经济管理体制。

1984年，中共十二届三中全会做出《关于经济体制改革的决定》，第一次明确提出社会主义有计划商品经济理论。

1985年后，计划工作由编制、执行短期计划为主，逐步转到编制和研究中长期计划和发展战略为主，计划管理工作也逐步转移到加强宏观调控和经济调节方面。

1987年10月，中共十三大提出“国家调节市场，市场引导企业”。1993年，党的十四届三中全会做出了《关于建立社会主义市场经济的决定》，中国经济正式进入建立社会主义市场经济的新时期。

2000年3月，市政府在襄阳市计划委员会的基础上，成立襄阳市发展计划委员会（以下简称市计委），为市政府组成部门。

内设机构：办公室、综合科、固定资产投资科、对外经济科、工业交通科、农村经济科、高新技术科、财经贸易科、社会事业科、国土规划科、矿产资源管理科、人事科。

委领导班子：党委书记、主任：方常安；副书记、纪委书记：李万友；副主任、党委委员：赵业清、廖广生、钱克强、冯哲学；工会主任：王国庆；总经济师：刘建新。

二是将发展计划委员会改名为发展和改革委员会，简称为发改委。这次是机构和职能进行了根本性的改革。

1949 年新中国成立后，以苏联的经济管理为模式，实行计划经济管理体制。计划经济解决了市场经济难以解决的许多问题，使经济快速恢复并进入正常发展轨道。随着时间的推移，计划经济严重制约了经济和社会的发展，生产落后，物资短缺、缺乏竞争的弊端，决定了机构和职能的改革。

1993 年，党的十四届三中全会做出了《关于建立社会主义市场经济的决定》，中国经济正式进入建立社会主义市场经济的新时期。

2003 年初，国家及各省都成立了“发展改革委员会”，标志着全国计划经济体制的淡出，社会主义市场经济开始建立。

2003 年 11 月，新一轮国家机构改革中，在原襄阳市发展计划委员会的基础上成立襄阳市发展和改革委员会（以下简称发改委）。

从 2004 年开始，计划管理工作以全市经济和社会的协调发展为主，轻计划指标，重宏观调控，注重发挥市场在资源配置上的作用。由过去用很大精力管钱、管物、管计划本本，转变为调整经济结构，转变增长方式等管大事、谋发展，运用产业政策为经济和社会发展导向新的宏观经济管理。

职责调整：

划出的职责。原发展计划委员会的农产品进出口计划组织实施职责，划归市商务局。

划入职责。原经济体制改革办公室职责；原市经济贸易委员会的工业行业规划与管理、产业政策制定实施、技术改造投资管理、重要工业品和原材料的进出口计划编制、促进资源节约与综合利用、推进技术进步与重大装备研制的职责。

转变的职能。加快投资体制改革；强化经济和社会发展中总体指导和综合协调，减少微观管理事物；减少行政审批和对外经济活动的直接干预，强化研究拟订发展战略、规划和宏观政策的职责。

主要职责：

（1）拟订并实施全市经济和社会发展战略、中长期规划和年度计划；

向市人大作国民经济和社会发展计划报告。

（2）研究分析国内外经济社会发展形式，加强经济的监测、预测、预警；提出宏观经济政策措施建议。

（3）负责企业上市推荐审核工作。

（4）提出全市固定资产投资总规模，规划重大项目和生产力布局；安排市财政性建设资金项目、申报国家、省预算内专项资金；编制全市固定资产投资计划、技术创新项目计划；审批基本建设项目；负责各类借用国外贷款项目的计划管理；安排重大外资项目、境外资源开发和大额用外汇投资项目。

（5）提出重要产业发展战略和规划；研究农业和农村经济发展有关重大问题、规划、政策；制定工业行业规划；组织重大技术装备研制及消化创新工作；编制实施扶贫开发、服务业发展规划。

（6）研究区域经济和城镇化发展战略规划。

（7）推进可持续发展战略，拟订资源节约综合利用规划，编制生态建设规划；组织协商环保产业工作。

（8）编制国民经济动员、国防交通保障规划。

委领导班子：党组书记：彭祥胜；主任、党组副书记：郑忠华；副主任、党组成员：廖广生、赵业清、钱克强、冯泽学、王国庆、梅晓英、汪爱国、罗艳芳；纪委书记：陈加文；

内设机构：办公室、国民经济综合科、固定资产投资科、经济体制改革科、发展规划科、对外经济科、地区经济科、农村经济科、交通运输科（或叫交通战备办公室，合署办公）、工业科（或叫国民经济动员办公室，合署办公）、能源规划管理科、高新技术科、社会发展科、环境与资源综合利用科、财金贸易科、重点项目管理办公室、重大（国家投资）项目稽查办公宣、招投标综合管理办公室、开发区管理科、行政审批科、发展研究中心、人事科，计22个科室。

成立发改委后，不再设立战线，撤销了归口管理单位，原归口计委管理的单位，直接归市政府领导和管理。

二

招干培训班结束我到计委报到，在计委军代表、副主任陶敬魁跟我谈话后，被分配到计委最大的计划组，开始了我人生新的“工作”之路。

1971年，我到襄阳地区计委工作时只有25个人，内设机构没有科室，只设计划、农业、统计、政工、物资、劳资、物价、科技8个组。人少事多，特别是人员的年龄结构很不合理，基本上是40岁以上及50多岁的老同志，只有6个年轻人，其中30多岁的3人，20来岁的只有余桂华及和我一起分配来的廖志敏3个人，我当时21岁是全委最小的一个。计划组的主要工作兼有委综合业务性质，具体内容：经济与社会发展战略分析；年度计划与执行情况报告；上报、下达全地区年度国民经济和社会发展计划；负责全地区基本建设项目审批；主管工业品生产计划等。物资、劳资、物价、科技四个组，1976年后分别成立局独立出来，不作为计委内设机构，但仍归口计委战线，由计委领导。

我跟马顺清学业务，他当时是唯一与计委对口的计划统计专业毕业的大学生。我从农村直接走上工作岗位，一是业务不懂，二是没有资历，三是文凭很低。绝大部分同志是中专以上文化程度，还有约四分之一的大学专科或本科毕业生。我虽然算初中毕业，实际是只读了两年的初中生。我有这么多“先天不足”，但很自信，因我是组织部按照党中央和毛主席关于培养接班人的要求，选拔招干到地区来工作的。在计委我最年轻又是单身，计划组是全委最忙的一个组，为了更快的熟悉业务，暗自下定决心：要扎实地工作、虚心地学习、接好革命事业的班，决不辜负党组织的培养。

扎实地工作。主动多干事，到计委开始上班时，因为我什么都不熟悉，不熟悉业务、不熟悉政策、不熟悉人际关系，但我就认准一条：什么都不说，只是多干活，四面观眼色，八方认真学。我就主动的夜间值班，早起赶在别人上班前打开水、扫地、擦桌椅等，自觉地抢着干。

业务多吃苦。抄写材料、刻写钢板、校对文件，中午很少休息，刻印蜡纸常常加班到夜间1点，有时还加班通宵。七十年代办公条件较差，打字室统一设在行署办公室，行署重要职能部门都集中在荆州街行署大院内办公。各部门发公文正文在打字室打字，那时用的是铅字排版手动打字机，打字员用手按打字手柄，弹起来的铅字打在蜡纸上，然后用油墨一张一张推印。副件或表格由各单位自行刻制，就是将蜡纸贴在钢板上用钢尖笔，跟写字一样一个字一字的用力刻，刻好后拿到打字室印出来，和正文装订成文件。我的右手食指就刻出了茧子，有时加班为赶急件，刻印时间长了食指还经常刻出血泡来。那个时期，晚上加班最多的是计委和行署办公室，在计委加班最多的当属于我了。在七十年代初，办公室没暖气，也没火炉或炭盆，由于天天晚上加班，而且经常加班到凌晨 2、3 点钟，我的双脚跟长了冻疮并流出血水。由于第一个冬天没有注意把它治愈，第二个冬天冻伤又再次疼痛难忍。在第三年的 3 月份，我回老家用糯樱桃汁，一天擦洗三次，同时用艾蒿水泡脚，连续 1 个星期，土方治好了烂脚跟，第三年以后再没有复发了。这个糯樱桃树还是我父亲在他自己栽种的普通樱桃树上嫁接成的糯樱桃，具有粒大、肉厚、汁多、甘甜、鲜红的特征。

干活能耐劳。机关内除日常工作外，我还自加分外劳动。行署行政管理局将大院内蔬菜地，给院内各单位分划一小块自种。划给计委的约有 8 分地，我是从农村出来的，我自告奋勇地承担了这个任务。下种、育苗，按季节种菜，同时还挑大粪（院内有地坑式的厕所）或猪粪（行署内食堂办有养猪场）施肥、锄草等。我有三分之一星期天的时间都用在了菜地里。每个星期六（当时每周只休息星期天）下午为计委机关集体劳动日，是为了让大家锻炼身体和有一个集体主义观念以及减轻我的劳动量。集体劳动日由我安排，主要是翻地、锄草、收获菜并分配到各家。每当大家高兴地拿着菜回家，我也感到有一份成就感和分外的喜悦。

学业务。刚刚参加工作，在业务上完全是门外汉什么都不懂。面对现实，我采取了以下措施来提高自己。

一是虚心地跟着老师、老同志学。在计委有两位老同志是我人生进步的“老师”、帮助者、培养人。一位是马顺清，另一位是章治文。有人说，人生有三大幸运：上学时遇到好老师；工作时遇到一位好师傅或领导；成家遇到一个好伴侣。对我来说，这三大幸事我都遇到了。计委的这两位“师傅”对我都很关心，有时他们一个微微的笑容，一句温馨的问候，就能使你的信心大增，干劲十足。正因为我在人生道路的起步上，遇到了这两位好师傅、好领导，才有了我后来的成果和进步。

他们俩先后毕业于中南财经大学计划统计系，是正牌本科毕业生，属于科班出身，业务精通，人品优秀，也是全地区计委系统两个业务权威人士。马顺清是分管和直接带我的第一个师傅或老师，他后来担任计委主任，也是培养我的领导。我工作起步时，他的待人接物方式，材料报告写作、业务知识、工作经验和方法、思想作风多方面都给我或直接教诲或潜移默化的影响。

比如学基本建设项目看图这一项，基本建设项目有建筑楼房、建设车间等，怎么看图纸，这是审批基本建设项目中首要的也是重要的审查内容。要看它的结构、布局、用材是否合理；还要审查确定钢材、水泥、木材（简称三材）用材数量，在下达该项目计划时，同时下达三材各项用材数量指标。看图纸从哪里进门、走向、结构、层次、平面、剖面，再到“三材”用量计算等方法，一点一点教我。我就仔细地听，认真做好笔记，待休息时间就反复揣摩、研究、分析、牢记。我带着图纸到已建成项目的实体现场对照研究，从形象上加深印象，增长知识。

二是跟着书本学。跟着老师学主要是侧重于实践知识，而照着书本学是侧重于学理论知识，是对实践内容的升华，是为了更加牢固地掌握知识。我先后买了与业务有关的《国民经济概论》《国民经济计划编制方法》《基本建设管理》《钢材核算定额》《投资建设项目决策》以及制图、绘图、识图方面的书籍和绘图工具等。一方面是先对书籍进行系统地学习、认真钻研；另一方面结合业务带着问题、案例、具体内容找书本与对应章节学习领会。机关里称老师，不是学校里称的狭义的老师，学校老师是按章节授课、布置批改作业、问答考试，老师有责任、有义务、有任务。机关里老师只是尊称，他没有责任、义务来教你，就机关来说，一般情况下都是同事之间，即是平等的又是竞争对手，都想当先进得表扬，都想先入党提拔当领导，都怕别人进步超过了自己，有的甚至不择手段，抬高自己打压别人。但我对马顺清就是诚心的以徒尊师。因我和马顺清差距太大，他是本科毕业我是初中；他是全委业务权威，我是没入门的门外汉；他是40余岁的老同志，我是20来岁的小年轻，我们之间相互没有隔阂和威胁。

为了尽快熟悉业务、独挡一面地工作，我主动拜师、刻苦钻研、虚心学习和请教，力争做到脑勤、眼勤、嘴勤、手勤、腿勤。我刚到计委工作时，马顺清是计划组的牵头人，不是领导职务，1978年他提拔为计委秘书（副县级），1984年升为计划委员会副主任，1989年担任发展计划委员会（改名后仍简称计委）主任。由于我长期尊重“老师”，有“老师”马顺清的严格要求和帮助指导，加上我的刻苦努力下，由副科长逐步晋升到计委领导班子，也走上了领导岗位。

学写作。农业、工业、商业、交通、教育、卫生等各行各业调研，中心工作、各项计划方案、工作总结、各种报告、各类公文等都离不开写作。未参加工作前，在工地上写过宣传报道，在培训班写过发言稿，写过学习心得体会，这些都是自由式、豆腐块式小短文。参加工作后，最多的写的是公文，它具有法律性、政策性、政治性、引导性、规范性，要求很严，并且是很高的一种格式化的公文体。

1977年夏天，随县（1984年改为随州市）遇到30年来的特大旱情，地区革委会领导要求计委组织调查组去调查了解旱情。由章治文带队，有我和张大合三人组成调查组，直赴随县三里岗公社，我们连续走了6个生产大队，实地进行踏看，旱地农作物基本干枯死了，水稻田里70%以上干炸裂，脚都可以伸进去，30%的水稻干枯致死。这次抗旱及灾情调查，去来共5天，其中现场调查4天。在回单位的路上，章治文对我说：“小赵，回去后你把这次调查的灾情写个调查报告，两天后上班时交给我”。我到处找参阅资料，反复思考，就是不知怎么下笔，不懂怎么写，材料纸写了撕，撕了再写，急得头皮抓破了，衣服汗湿了一遍一遍地换，两天两夜没有连续睡过超过4个小时的觉。最后将写了2张纸的“材料”交给了章治文。第三天的上午8点半，在地区革委会会议室召开会议，参加会议的有革委会副主任兼计委党委书记张晓初、计委副主任杨广济及我们调查组的成员。会议内容：听取赴随县旱灾调查组的汇报。章治文将写好的调查报告打印出来，每个领导分发一份，然后全面汇报了旱灾情况。会后按照张主任批示，迅速给随县下发了抗旱救灾补助资金、下拨了抗旱机械、设备以及急需的其他配套物资。其实我写的所谓“调查报告”材料一点也没用上。

这件事对我刺激或者说触动很大，我当时有两种想法：一是章治文是有意整我看笑话，他知道我才来时间不长写不出来、我学历低写不到大材料，从中有意刁难我。二是压担子，有意识的培养我。这是两种不同的目的，它可能带来两个完全不同的效果或后果。我经过了认真地分析和研究。对第一种刁难说，我采取不对抗、不理睬、不消极，且更要加倍努力地工作。有的竞争对手就想搞垮你，使你自暴自弃，不求进步，闹情绪不努力工作，这样他就有增大进步和提拔的机会，刚好达到刁难人的目的，自己就要中计和吃亏了。

为此事，我睡到深夜还在想，有时自己工作没干好上级批评你，就怨天尤人，怨恨他人。没有苦中苦，哪来甜中甜？不要像玻璃那样脆弱，而应像水晶一样透明，像太阳一样辉煌，像腊梅一样坚强。我只有经过磨炼、经过失败、经历风雨，才能获得成功。要不怕工作失误，不怕做事失败，不怕别人批评，如果遇事就一蹶不振，跌倒了爬不起来，那样你能取得成绩吗？能成就事业吗？能够得到进步吗？

想来想去，我认为章治文用的是第二种情况，压担子给压力的办法，这种情况实际是一种培养。章治文第二天晚上就把调查报告写好打出来了，根本不需要我写调查报告，只是了解我的写作能力，让我下乡调查要养成记笔记写调查报告的好习惯。

这时，我想起了老革命家王稼祥“逼”干部成才的典故。王稼祥在任中联部部长期间，对科以下业务干部，提出每天最少要写 500 字的材料给他，逼着大家去钻研业务，开始有许多人叫苦连天，后来不少干部就在这个每天 500 字的要求下苦练成长，业务提高快，成果出得快，这些人也很快被提拔到领导岗位或调到重要工作部门工作，在他手下工作的同志都感到有前途有奔头。

汇报会后，在办公室章治文对我说：“赵业清，我看了你写的调查材料，可以说还没入门，要下大功夫练哟！我叫你写调查报告，是想看看你的材料写的怎么样，同时也是想给你点压力，在机关不会写材料，将来就不会有大作为”。章治文是 1975 年从市物资局调到计委物资组，主管物资计划工作，来后开始我与他是同事关系，一起工作了 8 年，但他是我的“老师”。1978 年，他提升为计委副县级秘书，1980 年调市物资局任局长，1983 年任襄樊市市长。

此后，我牢牢地把章治文的话记在心上，下定决心练习写材料。我的方法是多学、多记、多写。多学，在图书馆查阅资料，到新华书店买关于写作方面的书籍，在计委档案室借有关材料，如调查报告、汇报、领导讲话、简报、通报等。这些书籍材料一有空就抓紧看，每晚入睡前坚持看。从中分析、研究公文的写作方法，如结构、布局、段落、归纳、论点、格式等。多记，就是把书籍、材料、报刊、杂志中好的文字、精句和语言，用写作专用笔记本摘抄下来。再者，勤记笔记，将领导讲话、参加会议的内容、检查工作情况都认真的记录在笔记本上。多写，把笔记本记录、摘抄的资料、了解的情况每天进行一次回顾总结，归纳提炼成文章。当科长时，我第一次写成功的5000多字大型报告，是计委代表市政府在人大会议上作的《襄樊市对矿产资源法执法情况的报告》，报告写好后交到市人大常委会秘书科预审，只修改了4个字，在正式开会时参会人员人手一份，并经人大会议审议通过。

1987年，我在全国国土规划杂志上发表两篇文章；1988年，我与王国庆、尹荣保、习富理合作编写了《襄樊市国土资源资料汇编》《襄樊市国土资源评价》两本书；2007年7月，我写了《襄阳经济社会发展现状与前景分析》，在市委党校青年班作演讲；2008年5月，写了《襄樊市未来发展战略》，在市委党校县级班做报告；2009年7月，写了《抢抓机遇谋发展—做好项目前期工作》，在市委党校科级班作报告；2009年3月，我写了《项目储备与项目审批程序》，在全市计划会上以会代训，向各县、市、区常务县市区长、发改委主任、投资科长做培训报告；2010年至2015年，退休后到中油环保集团，当过顾问、部门总监、子公司总经理，在退休再就业的新岗位6年里，先后编写了十堰、岳阳、抚顺三个市的危险处置项目申请报告、能源节约报告、环境影响评价报告，及其市直有关部门的公文报告达百万多字；在中油集团中高层管理人员会议上进行培训讲话，写了《企业项目申报程序与方法》《企业如何跟政府部门打交道》《企业投资项目策划与管理》3个培训稿，约9万多字。这些都是我勤学苦练写作得到的收获。

我从参加工作的1971年7月，至2010年2月退休，跨世纪性的，在发改委（原名计委）一个单位，连续工作40年，其中在委进班子担任领导20年。先后曾经从事和分管过委内13个科室：基本建设科、文劳（社会事业）科、工交科、国土规划科、矿产资源管理科、工会、对外经济科、财经贸易科、物资科、固定资产投资科、重点项目管理办公室、综合招投标管理办公室、重点项目稽查办公室。5个委直属二级单位：信息研究中心、襄樊市投资公司、市工程咨询公司、市经济技术协作办公室、市农业区域规划办公室。计委战线2个局：襄樊市物价局、襄樊市物资局。

1986年5月至1987年5月，任工交科副科长；1987年5月至1990年7月，任国土规划科科长；1989年12月至1990年7月任矿产资源管理办公室副主任、矿管科长（曾有一段时间任职有交叉，即同时任国土规划科、矿管科科长）；1990年8月至1997年3月任市计委党委委员、工会主任（副县级）；1997年4月至2010年2月任市发改委党委委员、副主任（正县级）。

在全国计划系统，从上到下开展了五项新工作。在襄阳市发改委，我是这五项新工作的第一任：第一项新工作，国家计委在全国开展国土规划工作，计委成立国土规划科，我是第一任“国土规划科科长”；第二项新工作，全国矿产资源法颁布实施，计委成立矿产资源管理科，我是第一任“矿产资源管理科科长”；第三项新工作，在计委设立战线工会，我是第一任“工会主任”；第四项新工作，全国党政机关经商热，市政府成立首家市国有投资公司，我是第一任“襄樊市投资公司总经理”；第五项新工作，国家招投标法颁布实施后，襄樊市政府成立招投标综合管理机构，我又是第一任“襄樊市招投标综合管理办公室主任”。

我这五个第一任，在全襄阳市乃至全省发改委系统都是仅有的。

第十二章　五七干校锻炼

一

1966年5月7日，毛泽东给林彪写了一封信。在这封后来被称为《五七指示》的信中，毛泽东要求全国各行业都要办成“一个大学校”，这个大学校“学政治、学军事、学文化，又能办一些中小工厂，生产自己需要的若干产品和国家等价交换的产品”“这个大学校，又能从事群众工作，参加工厂、农村的社会主义教育运动……”

五七干校培训对象分三个时期：

第一个时期，对被打倒的干部进行安置，主要是以劳动改造为主。“文革”中，有大批干部被停职。各地纷纷向上反映请示如何处理这些干部。正当毛泽东在内，都为安置上述干部发愁时，远在边陲的黑龙江省，突然出现了一个柳河“五七”干校。

黑龙江省革命委员会(简称革委会)成立时，按照毛泽东关于精减机构的指示精神，精减了一大批党政机关干部，还有打倒的一批老同志或走资派急需进行安置。黑龙江省革委会把这些人员集中安排到农村，办一个农场，保留工资待遇，让他们在劳动中“改造”自己。黑龙江省革委会选定了庆安县的柳河，作为办这种农场的试点。1968年5月7日，毛泽东的“五七指示”发表两周年之际，黑龙江省革委会组织第一批干部到达柳河，并把这个农场命名为——柳河“五七”干校。

柳河“五七”干校开始办的很好。黑龙江省革委会把办柳河“五七”干校的经验材料进行了上报。材料中说：办柳河“五七”干校，“为机关革命化，改革上层建筑走出了一条新路。不少干部到干校后，亲临三大革命第一线，接近了贫下中农，增强了对劳动人民的思想感情。实践证明，‘五七’干校是改造和培养干部的好地方，是实现机关革命化的一种好办法”。

毛泽东看到这个材料后，写了一则批语：“广大干部下放劳动，这对干部是一种重新学习的极好机会，除老弱病残者外都应这样做。在职干部也应分批下放劳动。”

1968 年 7 月，省级革命委员会全部建立，在全国范围内进入了斗、批、改和清理阶级队伍阶段。这时有一大批干部下放到五七干校接受劳动改造。

1968 年底，湖北襄阳黄集的襄北农场腾出来给国家部委、部队办五七干校。先后有：国家计委襄阳黄集五七干校、铁道兵襄阳黄集五七干校、军委装甲兵襄阳黄集五七干校、国家统计局襄阳黄集五七干校、全国物价委员会襄阳黄集五七干校、国家经贸委襄阳黄集五七干校、解放军总后勤部襄阳黄集五七干校等。

国家计委襄阳“五七干校”位于湖北北部，和河南接壤，地处鄂北襄阳黄集岗地，冬天的寒风扑面而来，白杨林立，鸡犬相闻，炊烟缭绕，麦地里溢出植物的清香味道。这里原是襄北劳改农场(共有五个分场)，是全国最大的劳改农场之一，被关押在此的劳改犯以 50 年代末、60 年代初，国民党反攻大陆派遣的各方人员为主。至 1969 年底，这些劳改犯服刑到期，回家了，国家计委在襄北劳改农场的一个分场建起了五七干校。

第二个时期，解决精简人员的安置，主要是进行轮流锻炼。

办五七干校，后来是为了安置大量精简干部的迫切需要。1968 年 9 月 5 日，全国（除台湾省外）的29个省、市、自治区全部成立了革命委员会。1968 年 10 月 5 日，《人民日报》在《柳河“五七”干校为机关革命化提供了新的经验》一文编者按语中，引述了毛泽东的有关指示：“广大干部下放劳动，这对干部是一种重新学习的极好机会。”值此毛泽东指示：“建立革命委员会，要做好清理阶级队伍的工作，走‘精兵简政’的道路。”

中央国家机关干部的精简，直接带动了各省、市、自治区机关及其下属的地、县一级干部的精简。接着，各企业、学校、群众团体的干部也大量精简。精简之后，多出来的干部数量，在全国是一个庞大的数字。中国出现了一大批被精简的干部等待安排，安排被精简的干部就成了一个大问题。

此后，国家党政一级机关在河南、湖北、江西等 18 个省区创办了 106 所五七干校，先后遣送、安置了 10 多万名下放干部、3 万多家属和 5 千名知识青年。到湖北的中央部委机关、部队、北京高等院校有 38 个单位。接着，全国各地的党政机关都纷纷响应，在农村办起 1600 多所五七干校。党政机关、高等院校、文教科技战线的大批干部、教师、专家、文艺工作者等知识分子，被下放到五七干校参加体力劳动，接受贫下中农再教育。

第三个时期，对在岗人员培训学习。

1969 年后，五七干校的人陆续分配工作，干校根据需要适当调整合并，各地五七干校相继转入培训在职干部，干校开始由安置精简人员阶段，进入轮训学习培养干部阶段。

1969 年 8 月，中央要求各级革委会都要制定出在职干部下放劳动、重新学习的规划，有计划地组织广大干部到五七干校参加劳动和学习；各级五七干校可采取长期和短期两种培训形式，分期分批轮训干部。学校培训学员对象，由原来精简干部和犯过错误的同志改为在职干部。在办学方针上，由劳动改造为主，改为学习锻炼为主。在学习上强调系统地学习马克思、恩格斯、列宁和毛泽东的原著。从此，“五七干校”职能发生了根本变化，由劳动改造的场所，变为干部轮流劳动、学习培训的场所。

五七干校逐渐远去了，但它却在中国特定的人群——干部和知识分子中留下了一段复杂、刻骨铭心的经历，一段一言难尽、挥之不去的记忆。在这里，他(她)们曾经日出而作，日落而息，栉风沐雨，风餐露宿，在炎天烈日的盛夏和朔风凛烈的数九寒冬艰苦劳作，备尝艰辛；他们或牧牛，或放羊，或饲鸡，或养鹅，或当厨，或筑路，或盖屋，或伐木，或栽秧，或收割；他们集体住在简陋的房舍中，集体吃饭，集体劳动；他们以“五七战士”自称或相称，在一个特殊的环境中实现了平等；他们早请示，晚汇报，天天读，读马列，看毛著，求新知，在与农民、农村的直接接触中，进一步加深了对社会底层的了解。

二

“五七干校”职能转变后，中央强调“五七干校”要“积极为基层培训理论骨干”，“注重培养一支能文能武、又红又专的理论队伍”。“五七干校”是指按毛主席五·七指示，开办的学习、劳动锻炼的干部学校，通俗地讲就是在职干部劳动学习培训的场所。

1975 年 2 月初，我就是在“注重培养一支能文能武、又红又专的理论队伍”，干部轮流到五七干校劳动、学习的背景下，计委党委决定我到襄阳地区五七干校学习的。

襄阳地区五七干校，位于襄阳县古驿镇乔洼村，是一片丘陵、贫穷的地方。该地四季分明，春天多雨，夏天闷热，秋天风大，冬天冰冷。校园面积 2000 亩，其中：果园 300 亩、菜地 150 亩、堰塘 80 亩、水田 400 亩、旱地 800 亩、建筑物（办公、宿舍、食堂、道路等）200 亩、养殖（含牛、羊、猪、鸡鸭等）及其他 70 亩（含道场、水渠、田埂及田间道路）。

襄阳地区五七干校的第一任校长是王英。我们上干挍时的校长是张振华任书记兼校长（后任襄阳市委副书记）。干挍按照部队的连、排、班建制，入住干校学员共编 4 个连，计 500 余人。商贸、供销战线为第四连，农林水战线为第三连，工业、交通战线为第二连，我们为第一连。我们连是计划、宣传文化教育、公检法司 3 个系统组成，来自 42 个单位，连辖 3 个排、9 个班 126 人。连里学员构成：职务有部长、局长、科长、普通干部；职业有干部、教师、医生护士、演员、图书管理员、法官、警察、物资供销（营业员）、编辑、印刷工人、艺术家等。年龄最大的王登顺，是南下老干部，时任市物资局副局长，当年 56 岁；年龄最小的李秀珍，是襄阳第四中学英语教师，年龄只有 19 岁。进校时，市委组织部副部长张忠旺任连党支部书记兼指导员，市法院院长王勇任连长。进干校还不到一个月的时间，襄阳地委根据省里统一布置，组织农业学大寨工作队分赴各县市搞中心工作。2 月底的一天，一连全体学员在干校会议室参加会议，干校张振华书记主持会议、组织部副部长张忠旺宣布任命：地委宣传部科长张权儒任连党支部书记，襄阳师范学校系主任黎修身任连党支部副书记、指导员，我任一连连长、党支部副书记，地区公安局科长户光汉任党支部委员、副连长，李秀珍任连党支部委员兼团支部书记。

我当年只有25岁，是计委一般干部，突然宣布我任连长，第一反应是很紧张，因我这么年轻怎么会被任命担任连长呢？但我很快镇静下来接受现实。第二个反映干不好怎么办？紧接着我还在思索的紧张之中，校长要我在会上表态发言。我讲了三点：第一，虚心地学习。向老同志、老领导及学员们学习；向书本学习，学理论、学马列毛泽东思想；向实践学习，学知识、学技术。第二，拼命地干。就是要有一不怕苦二怕不死的献身精神，用实际行动不辜负干校领导、组织部及全连学员们的殷切期望。第三，搞好工作。用一首诗表达："马列主义装头脑、团结学员定做好，搞好组织和协调，干出成绩作回报。"在干校四个连的领导班子里，我的年龄最小、级别最低（在单位没有职务，为办事员）。

领导分工：书记张权儒分管宣传、学习；指导员黎修身分管政治思想、组织纪律、会议召集组织；连长负责全面工作（校实行连长负责制），主管劳动组织安排；副连长卢光汉，协助连长搞好劳动管理，分管后勤保障、生活服务；支部委员兼团支部书记，分管文体活动。

干校实行军事化管理，每个排长每周轮流值日，每天出工、收工都是列队集合，排长整队完毕报告连长训示后出发，大家挺胸摆臂，喊着一、二、一，迈着整齐的步伐，一路上高唱"毛主席语录歌"。在工地休息时和收工回连部后，工具都分类摆放整齐。每月利用学习时间抽出1小时搞军训。

我们在干校时的生活条件和农村差不多，有些方面甚至还不如农村。男宿舍里没有像样的家具，大房间里住着十多个人。单人床分两旁靠窗排列，中间空地就是活动空间。去干校锻炼的人统称为"学员"。无论资历深浅、官职大小，所有人也都叫"五七战士"。

在干校学习劳动，破除了等级观念，不搞特殊化，不论职位高低、资历长短，住集体宿舍，吃集体食堂，干集体农活，洗集体澡堂，过着类似革命战争年代的生活，官兵待遇平等。大家互相之间的关系要比在单位时随和平易得多。在这里，就是科长、处长、局长、主任、部长也没人拿架子。进了五七干校，如果说有千个变化、万个变化，感受最深的就是由干部到普通劳动者、由"官"到民这个最重要的变化。这个变化才真正触及了人们的灵魂，不论你“官”多大，职位多高，锄头镰刀一拿，官架子就没有了。这种火热的战斗生活，同志间的团结互助、亲密无间的气氛，使许多领导干部不仅唤起了战争年代过军事共产主义生活的回忆，激发了朝气蓬勃的革命劲头，而且进一步破除了资产阶级的等级观念。

纪律，学校每个人发一个笔记本，每天坚持写日记或体会，以排为基本单位，每月进行一次检查。连党支部每月召开一次党、团生活会，内容是开展批评与自我批评、互相帮助。每周六晚上小结，班长以上参加，每月 30 日晚上总结，各连全体学员参加，内容是各班、排长汇报本月学习、劳动情况，互相交流思想、心得、体会。星期天就地休息，特殊情况需要回单位或回家的按程序请假。一天以内由分管副连长批准，三天以内由连长批准，超过三天由连长在请假条上签字后报校长签批。学习结束时，每个学员的表现先有班排进行评议鉴定，再由连长签批评语，然后干校党委盖章发送本单位和组织部进入个人档案，作为入党、选用、提拔的依据。

学习。干校生活除了繁重的体力劳动外，最大的任务就是搞学习、搞运动、搞思想改造。一般是晴天劳动，雨天学习，白天劳动，晚上学习，还要“早请示，晚汇报”，“革命生产两不误”。每周四、周六和下雨天或天气太热时为学习时间。学习以班为主，内容是攻读马列理论、毛主席著作、指示，国家方针政策、人民日报的社论文章，农业种植知识、经济管理、劳动思想改造课，还组织大批判、忆苦思甜、表决心等活动。是把理论和实践紧密结合，促进世界观改造，是拒腐防变的重要途径，反修防修的制胜法宝。连队利用田间地头喇叭、制作战地专栏、办墙报、板报、黑板报等，宣传报道好人好事，书写感想、决心书、豪言壮语、体会，歌颂党、毛主席、五七干校、方针政策等。

文体。在劳动之余，也搞一些文体活动。体育方面开展游泳、乒乓球、下象棋、打扑克、篮球比赛等体育活动。打扑克那时只打“百分”、打“跑得快”、打“升级”，是绝对不带钱的。文艺方面，我们连队在连部搭起了简易戏台，自编自演《沙家浜》《红灯记》等革命现代样板戏片段，还有自编自导《延边人民热爱毛主席》《阿佤人民唱新歌》《在北京的金山上》小合唱、唱红歌、跳忠字舞等节目歌颂毛主席，引得十里八乡的群众纷纷前来观看。我们专门排练了一台文艺汇演节目，为本期锻炼学员期满结束时文娱演出做准备。

我跟团支部书记学跳舞。老家在陕西、西藏、新疆的同志个个都能歌善舞，具有优秀的文化传统，而我老家方圆百里就没有人爱唱歌，在人们心目中认为唱歌的是戏子、是要饭的，所以我们以前从没把唱歌当回事，我从小学到初中集体唱歌时跟着张张嘴，是真真切切的滥竽充数，老师让单独个人唱歌时我唱的不沾调，大家哈哈笑。在干校排练文娱节目，团支书非要我参加，我感到非常为难，一是不会唱歌舞步就跳不到，听不到鼓点，也不懂音拍；二是把脸拉不开、感觉很丑，不好意思。细想我是连长，文娱是我工作的重要组成部分，我不参加跳舞，就是对团支部书记工作的不支持，同时也拖了整个连的工作后腿，我们连就评不到先进。我是组织上确定的后备干部、培养的接班人，上级领导给了这个平台让我表现，如果这个连的工作搞不好，那就是我这个当连长的无能。认真想后我认为一定要下定决心，来一个自我革命，把文娱节目抓好、把舞跳好。所以，在排练时，认真按团支书教的，在哪个音节上、在哪一个鼓点上、在哪一句歌词上走出舞步做出动作，要一招一式、举手投足都要注意，尤其是要做出亮相、造型的舞姿动作。我勤学苦练、钻树林练、夜间马路练，在我和团支书的带领和宣传队员们的共同努力下，我们连在全校学习期满结业汇演中取得全校第一名的好成绩。

劳动。体力劳动有耙地、犁田、锄草、收割庄稼、挖堰塘、种菜、挑粪、浇水、植树、管理果园、修路、养猪等。最初大部分干部不懂农业生产，闹出了一些至今难以忘怀的笑话：开始用牛耕田时，不知道如何让牛转弯，耕到田头时就对着牛吆喝：“喂，右转弯！”“喂，左转弯！”，耕到中途，累了，想停下来休息一会，就对着牛喊：“牛，你站住！”可牛就是不听指挥；有的人还将小麦认成韭菜。为了使“五七战士”们尽快了解种田知识，干校就请附近生产队懂技术的社员来指导。同时，干校还组织“接受贫下中农再教育小组”，分别住在社员家中，和社员们同吃、同住、同劳动，向社员们学习种田技术，帮社员们干农活，做家务，为社员们做了不少好事，与社员们建立了深厚的感情。

有的学员年龄较大，在挖花生时干不动和弯不下腰，就坐在小板凳上，边摘花生边向前挪动。为了实现粮、油、肉、菜的自给自足，“五七战士”们一年到头都十分忙碌和劳累，农忙时节，常常是清晨披星下田，晚上戴月回家，有时连饭都是由炊事员送到田边地头上吃，虽然苦累，但大家没有什么牢骚和怨言，学员们还创作了一首《“五七战士”之歌》：“迎着东方初升的太阳，五七战士整装到田间；唱着丰收幸福的赞歌，欢乐歌声在空中飞旋……”每到收获的季节，看到自己亲手劳作换来的一袋袋黄灿灿的稻谷、一片片绿油油的蔬菜，“五七战士”们所有的劳累和烦恼便都烟消云散了。在休息时间我们约几个人，去离“五七干校”约六华里的古驿街上解解馋，喝点小酒，说些趣事，哈哈一笑，“偷得浮生半日闲”。

干校驻地左边是一片果园，有苹果、葡萄、水蜜桃、莱阳梨等。我们连抽一个班管理果园，主要任务是除草、挖地、松土、打农药、剪枝、嫁接、支果架、上树抓虫子等。到水果成熟时，摘果子可辛苦啦，爬在树上摘，小咬（一种小虫）很多，叮得你不敢动，又怕水果掉在地上，大家都咬着牙忍着，看着水灵灵的果子，真想咬一口，学校有规定，不让随便吃，谁也不敢吃，因为吃了是要受处罚的。除草、挖地、松土使学员们的双手很快磨出了厚厚的老茧，炽热的阳光把我们晒成了乌黑的脸庞。

种棉花，从播种、间苗、打药、打杈、摘棉花、到拔棉秆。在棉田里摘花，我们学到了许多技术，也流了不少汗水。襄阳的夏天，骄阳似火，当棉花秆子长到与人同高的时候，我们在密集闭塞的棉秆中间摘花，浑身上下都被热汗浸透了，在出了棉田回到干校的路上，衣服又被太阳晒干了。这时我们都体会到古诗中的“锄禾日当午，汗滴禾下土”句中的甘苦，我们身上穿的一丝一缕，也都是辛苦劳动的果实呵！细嫩的手上打起了大泡、小泡。通过自己的辛勤劳动，秋天获得红艳艳、沉甸甸丰硕的果实，“五七战士”们感到无限的兴奋和喜悦。

抗旱。1975 年的夏天是大旱之年，前后连续 1 个多月没有下雨，七月天骄阳似火，旱作物芝麻、苞谷、棉花等都快要干死，水稻田里干炸了裂，双脚可伸进去，怎么办？五七战士们高喊：抗旱夺丰收！在岗地上打了两口井，到 60 多米深的地下取水，用人力板车上放油股子（装柴油的大桶）从 20 多里外的水库拉水来抗旱，从堰塘里一桶桶地担水来浇灌，学员都暂停洗澡以节约用水，衣服汗湿了、脚打泡了、肩挑肿了、腰扛闪了、身上脱皮了、皮肤晒痛了都毫无怨言。看看当时的抗旱抒怀：

学习大寨硬骨头，改天换地显身手；
天大旱来人大干，五七战士与天斗。
不怕困难九十九，天不下雨岂言愁；
血肩炮脚大抗旱，龙王见了也发抖！
打井挑水灌良田，战天斗地汗直流；
学习锻炼促大干，誓将农田变粮洲；
与天斗来与地斗、虎口夺粮获丰收。

在抗旱时，我们把毛主席的最高指示“一不怕苦、二不怕死”，写成红色大横幅和牌子立放和横拉在田间地头，时刻鞭策着自己。由于五七战士舍得力气、舍得汗水、舍得智慧，有一颗“为有牺牲多壮志，敢叫日月换新天”的精神。抗旱后的农作物还取得了较大的丰收。

在干校劳动锻炼虽然苦累，但是总体生活还是快乐的。在休息时间大家聚在一起说说笑话，聊聊天，同志间的相处是非常融洽的。时常脑子的镜头都总是大家欢声笑语的场景，而这些场景在机关的办公室里是从来不曾有过的。许多学员离开干校回到单位后，一见面就说“五七干校”，总有说不完的话，干校生活的确给大家留下了很多美好深刻的回忆。

感言。住干校，在特殊环境、特别氛围的感召下，“五七战士”们发出了很多肺腑之言：

用劳动的汗水冲掉了官、暮、骄、娇“四气”，用毛泽东思想武装了我们的头脑！

“不脱离劳动，不脱离实际，不脱离群众”，我们党的优良传统决不允许丢掉！

心不离革命事业，身不离扁担铁锹。全心全意为人民服务，专拣重担肩上挑！

听，嘹亮赞歌，响彻云霄，我们英勇的五七战士，吹响了继续革命的冲锋号！

看，红日东升，霞光万道，我们光荣的五七战士，朝气蓬勃，龙腾虎跃！

把巩固无产阶级专政的任务落实到基层，把安定团结工作做细做好！

保持“两个普通”的政治本色，永远谦虚、谨慎，不骄不躁！

铲除资产阶级滋生的土壤，把“三大差别”进一步缩小！

破除资产阶级法权观念，挖掉修正主义万恶根苗。

《情思》

披星戴月把操练，迎着朝霞下田间，
休息时间谈体会，灯光底下理论钻；
五七战士心向党，学习劳动炼思想，
汗水换来五谷香，锤炼意志我成长。

《熔炉炼思想》

干校是炉我是钢，我为革命进炉膛。
炉火越旺钢越纯，千锤百炼出好钢。
日战田间干劲拼，全体战士炼红心。
夜读马列装思想，银锄挥舞除修根。
一次劳动一次课，次次劳动考验我。
再苦再累都不怕，劳动锻炼大收获。

《炼一颗红心》

练一手老茧高举革命旗，炼一付钢肩勇挑革命担，
炼一双铁脚永走五七路，练一双火眼金睛识妖魔，
炼一对锤拳砸烂修正主义路，练一颗红心紧跟党走不回头。

《干校育新人》

五七干校好课程，广阔天地育新人，时时刻刻受教育，处处事事触

灵魂。

认真学习方向明，继续革命永不停，一切听从党召唤，终生奋斗干革命。

《春风送我上干校》

金色太阳普天照，江山万里红旗飘；文化革命奏凯歌，批林批孔传捷报。

革命形势无限好，祖国一片新面貌；新生事物如春笋，茁壮生长分外娇。

主席开劈五七道，党的光辉照干校；革命熔炉火正红，五七干校育英豪。

马列主义指航向，反修防修斗志高；春风送我上干校，继续革命不歇脚。

《赞劳动课》

亦工亦农，亦军亦民；一手握笔，一手拿锹。批判资产阶级我们一马当先，大干社会主义我们斗志更高；为彻底消灭剥削制度，我们赴汤蹈火决不动摇！磨一手老茧，滚一身泥土，锻一颗红心，练一双铁脚。

回顾1975年2月至8月，在襄阳地区五七干校学习锻炼期间，老中青干部济济一堂，共读马列书，同走“五七”路。认真看书学习，刻苦劳动锻炼，使老干部焕发了革命青春，老当益壮赛当年；青年干部更加朝气蓬勃，心红胆壮意志坚。广大学员发扬了战争年代的那么一股劲，那么一股革命热情，那么一种拼命精神，以坚实的脚步实践伟大领袖毛主席的光辉“五七”指示，为“五七”干校这一社会主义的新生事物谱写了一曲嘹亮的颂歌，并为之绘出了一幅壮丽的蓝图。我们在干校学习锻炼6个月结束后都又回到各自的岗位上，开始了新征程。

我们一连在学期结束时被干校评为红旗连，我被评为先进连长。回顾我个人的收获，除和其他学员一样在“五七干校”学到了书本中难以学到的东西外，我还学到了虚心学习、团结同志，尤其是尊重老领导；有能吃苦、吃亏、不怕受委屈的胸怀，处处以身作则、率先垂范的精神；工作前要细致考虑、超前安排，事后认真总结吸取教训、避免失误。这些对我以后的进步产生了巨大的影响。当年青春年少，风华正茂，而今已是两鬓斑白，步履蹒跚。追忆当年的这些激情岁月，昂扬风貌，犹如昨天，是幸福！是骄傲！是自豪！那段战天斗地的生活经历，是我成长路上的阶梯，也是我人生走上领导岗位征途中的前站热身。

第十三章　带队知青下乡

知青上山下乡，是从1955年8月开始，至1980年底，各地知青都返回到城市安排工作，知青上山下乡结束。

党和国家决策动员组织大规模城镇知青到农村去，接受贫下中农的再教育，很有必要。他对于缓解就业压力、培养锻炼青年、加快农村建设等起到了重要作用。

这里要说说我带知青下乡的一段经历。

根据襄阳地委统一部署，从1974年起，以战线为单位安排知青下乡。襄阳地区计委系统知青集中下乡在当时的宜城县环城公社七里岗大队。地委要求各战线知青下乡派副县级领导干部带队。第一批知青下乡时带队的是地区计划委员会（简称计委）副县级秘书左全清同志。1975年的高中应届毕业生，是计委第二批知青下乡，地委要求各战线带知青领导人若抽不开，可派后备干部（即培养的领导干部接班人）去带队。我当时是计委机关党支部组织委员，计委党委决定由我去带队知青下乡。1975年8月30日，那是一个晴朗的日子，也是一个值得纪念的日子。当天早晨8点知青们身背简陋的行装，相聚在襄樊市（原归襄阳地区管的县级小襄樊市）人民广场。在热烈的锣鼓声中，在鲜花的簇拥中，在他们父母的声声叮咛和泪水中，告别了襄樊，告别了父母、告别了老师，满怀少年壮志，踏上了人生的征程。

行进的汽车带着他们对家乡的思念，滚滚的车轮追逐着少年理想的情怀。在长途跋涉之后，临近中午，汽车到了原宜城县（现为宜城市）环城公社七里岗大队。迎接知青的有大队书记姚春贵、副书记李道红，有老一届知青，有护送知青下乡的计委分管领导张云华和带队的我。在盛情而简单的午餐后，知青们被安置到了各个房间。下午送行的汽车走了，计委的领导走了，大队干部也各干其事去了。当一切都冷静下来后，知青们面对陌生的一切，说不清是喜是哀，是乐是悲，是激动还是孤独，此时此刻，开始了品尝人生旅程的艰辛。

知青们刚到七里岗大队时集中住宿，吃集体食堂，在熟悉周围环境的半个月后，将知青分散到各生产小队，与农民同吃、同住、同劳动。在农民家轮流吃派饭，生产小队几十户农民几乎吃遍了，这倒使知青们直观地了解到一些村情、民情，看到了农民住的都是低矮的茅草房，看到了各家屋子里除了几件破旧家具外再没有什么，看到了有的农民为了节省一点煤油钱，天一黑没什么事就上床休息。还看到了农村缺医少药、教育文化十分落后的现状，如此等等。让大家刚到农村就受到某种冲击和教育。接下来，在长年累月的艰苦生活磨砺中，在与农民群众的朝夕相处中，他们实实在在体验到了稼穑之苦和衣食之难，读懂了“谁知盘中餐，粒粒皆辛苦”的内涵，切身感受到了农民的喜怒哀乐和生活的不易，也感受到了他们为生存、为过上好日子不屈不挠的奋斗精神。这些，对他们阅读社会这部无字大书、增加对国情的了解，对后来的成长和发展，都奠定了坚实基础，产生了重要影响。

七里岗人民勤劳善良，厚道质朴，他们没有多少文化，不会说高深的道理，但他们从心底里感到这些远离父母的城市知青不容易，像对待自己的孩子一样真情关照、呵护他们，手把手地教他们种地、拾柴、做饭，帮助他们度过插队初期的生活、劳动等关口，知青们从中感受到了七里岗农民的温暖。这么多年过去了，计委知青说起七里岗，普遍认为七里岗人民可亲可爱，他们与七里岗人民结下的不解之情永远值得怀念。

九月下旬，正是芝麻、棉花、杂豆和玉米成熟的季节，知青们投入到紧张的秋收。早晨天刚蒙蒙亮，他们还睡眼惺忪，听到队长吹哨子一声吆喝，就赶紧爬起来，跟社员们一起上坡地里去背芝麻。收割好的芝麻杆，正一堆堆地摆放在山坡上，必须趁着早晨有露水，芝麻捆带湿度的时候把它们背回来，否则太阳出来露水干了，芝麻粒就全洒落到地上。在老乡的指导下，把带杆的芝麻捆成捆子，然后蹲下身去，紧抓捆绳，一挺腰扛到肩膀上，硕大的芝麻捆扛在了肩头，盖住了头和脸，只能略弯着腰，看着脚下的小路和前面人的足迹，不能歇气，一直扛到场院里。五六个回合扛下来，腰酸腿软，脸上的汗水直往下淌，湿透了衣衫，脖子里也被芝麻杆和芝麻角扎得通红，像得了麻疹似的，又痛又痒。从早晨6点半干到9点钟歇工，赶紧回家吃早饭。

上午9点半，又要背上背篓，上岗坡去收玉米，大片成熟的苞谷（即玉米）。挂在已经风干的苞谷杆上，知青们穿行其间，掰下一穗穗的苞谷，随手扔进背后的背篓，太阳火辣辣地照在脸上和身上，汗水浸湿了衣裳，其他社员很快就装满了背篓，知青们却手忙脚乱，装不到一多半……

好不容易挨到了上午歇气，地头上，男社员抽着旱烟，妇女们三三两两拉着闲话，知青们却瘫坐在地上，谁也懒得说话。队长说：你们初到这里落户，要学会适应这里的环境，首先要过三关。一个是劳动关，二十来岁的年轻人，又有文化，别人能干的事，要相信自己也一定能干，而且会干得更好，无非是自己多吃点苦；第二是生活关，适应岗上的生活方式。学会做饭，粗粮淡饭，缺油少盐，别人能吃的饭菜，大家都要能吃，才能把身体搞好；第三是要过思想关，到了这里，条件限制，要学会放下自己以前熟悉的东西，面对现实，不要瞧不起农民，把自己当成小学生，虚心向他们学习，争取和农民交朋友，就会学到许多有用的本事。

转眼到了第二年夏季收割水稻的时间，放眼望去，到处都是金灿灿的稻谷，令人心醉。这个季节的阳光特别刺眼，温度非常高，越是温度高，越是适宜割稻的好天气！收割水稻，用的是镰刀，没有一把好的镰刀，那收割将非常劳累。如果镰刀的手柄太长，加重了整体重量就容易累。如果手柄太短，就使不上劲。镰刀的木柄一般在50厘米左右。磨刀是项技术活，磨刀石也要分粗磨石、中磨石、细磨石。一般磨刀石要提前放水里泡，这样磨出来的刀就更加锋利。

割稻时赤脚走到稻田里，目测自己的收割区域，一般是成“矩形”整列收割，左手握住稻子，右手拿着镰刀，抓住一把水稻后镰刀对准水稻根部15厘米左右的部位，用力向怀里方向拉，把割倒的水稻顺着方向放，不能错乱，要平整地放置在收割之后的空地上。割的时候弯腰弓背，手上脸上经常会被锋利的禾叶割伤，有时眼睛还会被刺伤。收割的时候天气通常骄阳似火，而收割的速度又要快，不然谷子很快会从稻杆上脱落下来。因为中午实在太晒、太热了，所以人们往往是在太阳还没升起来的时候就要下田收割，尽量利用一大早的时间干活人要好受一些。

割完之后就把稻谷放在稻田里曝晒一天，曝晒是为了好打捆和挑起来比较轻一点，第二天中午下工之前把稻谷扎成捆子，下午把稻谷捆子挑回道场。挑稻谷捆子时，水田埂很多地方都不平整，田埂狭窄而上面很多还留有种过作物的土垄，有的要挑很远才能到达打谷场。稻谷捆子挑到道场后，要码成垛子堆起来，以便在合适时候脱粒。七里岗打稻子，因没通电用不成脱粒机，只好把稻谷铺到道场里，用牛拖拽石磙碾压即打稻子。记得1976年收稻子时连续下雨，为避免稻子沤霉变坏或出芽，知青们就用手工打稻谷。男知青两个人一组，打一只桶，臂膀的肌肉充满活力，用力抓住大把的稻把，潇洒地慢慢地甩过头顶，轮流着用力加速重击在稻桶厚实的壁上，稻桶发出沉闷的“嘣，嘣”的响声，饱满的谷粒在稻桶里渐渐地一桶一桶的满起来。在割、挑、打稻子时，很多知青肩挑肿了、手负伤了、脚磨破了仍坚持干。队长发现后让知青们休息，他们却说：轻伤不下火线，这就是最好的考验。75届知青组长陈跃东在日记中写道：农村劳动抢着干，灵魂深处得锻炼，刻苦改造世界观，忠心为党接好班。

知青带队，我主要做好三项工作：一是知青安全；二是协调组织；三是帮扶知青点。

知青安全，是带队的首要工作。知青们常住在城里，没有离开过父母，娇生惯养从不劳动，十指不沾春江水，过着衣来伸手、饭来张嘴的生活，父母们都将孩儿看成是心肝宝贝，如果稍有疏忽出现了安全问题，不仅我个人前途完了还要负法律责任。知青安全比天大，他们的安全是与带队人前途和生命相连的。除节日与知青同时回城或上级通知开会离队外，其他所有时间我都要居守在知青点上。外出实行严格的请假制度，星期天休息时间外出必须有两人以上方可。平时劳动一段时间累了，就及时组织学习或排练文娱节目，不给他们留多的闲散时间，要让他们过着团结、紧张、严肃、活泼而有序的生活。

协调组织，主要是协调知青与七里岗的社员群众、党支部、环城公社党委之间的关系。知青劳动时间长了、累了，协商以学习代替劳动。若知青与生产队社员发生了矛盾纠纷或有违纪行为，如个别知青偷生产队鸭子，在寝室里用脸盆炖煮了吃，有的知青到社员地里摘瓜果吃，还有的知青晚上偷着外出游玩时跟别人打架等。这些都要与社员沟通和党支部共同研究处理。对严重违纪的不仅是一般的批评教育，还要个人写检讨、通报批评、告诉其家长。政治上要关心知青，在新知青中发展积极分子入团，对下乡一年以上的老知青，进行严格要求、锻炼和培养，经大队党支部上报，与环城公社党委协调发展了周晓敏、刘建华、唐卡玲、王子燕四人入党。我进知青点带队半年多的时间，发展这么多党员，在整个宜城县知青点中是没有的，对襄阳地区知青都有很大的震动。他们为知青树立了一个标杆、一面旗帜。工作理顺了，此后知青中就没有再出现过不良行为，整个知青点形成了你追我赶、积极向上的良性循环氛围。

组织是指在劳动以外的时间组织知青学习、开展文体活动。学习主要是学农业种植技术、毛主席语录、各地知青下乡锻炼提高的经验、贫下中农艰辛劳动精神及交流知青学习、锻炼的心得体会等。我还组织本队知青到宜城县其他知青点上相互取经学习。体育健身，经常进行乒乓球、篮球训练，有时也到外地参加比赛。

文娱演出，是我们知青点的一大闪光点。一般是白天劳动，晚上排练文娱节目。我在知青中组建了一支文娱宣传队，由王虹任七里岗知青毛泽东思想文娱宣传队队长。节目有歌舞、曲艺、语言三大类。歌舞节目主要是歌颂共产党、歌颂毛主席、歌颂社会主义的革命红色歌曲。曲艺节目是豫剧、曲剧、京剧片段；语言类节目有相声、快板、湖北大鼓、诗朗诵、活报剧、三句半、小品等。舞蹈和语言类节目主要是自编自演，内容是结合知青下乡、社员劳动中出现的好人好事和当时政治形势。较大的节目请地区文工团指导。七里岗知青文娱宣传队到铁湖、白庙、蓝营、流水、太平等知青点巡回演出，或是与其他知青点联合汇演。在县委县政府大礼堂演了四个专场：县委县政府召开全县劳模颁奖大会专场，宜城县知青办召开全县第一次知青代表大会专场，环城公社召开知青表彰总结大会专场，为城关镇、环城公社居民演出专场。另外还参加了襄阳地区知青办组织的全地区知青文娱节目汇报演出，到宜城太平店解放军驻地慰问演出。在演出的节目中三句半——“四人帮”，最受欢迎和引入注目，当时轰动了宜城全县。在“四人帮”节目中，周建国饰张春桥，张建军饰挑文元，刘勇饰王洪文，白介平饰江青。白介平是男扮女妆，妆化的形象自如，娇气十足，一投手、一动眼、一扭腰、一出声全场鼓掌捧腹大笑。七里岗知青宣传队在宜城全县乃至全襄阳地区都出了名。

七里岗山岗上空气纯净，透明度极高，晚间月光星光之明洁，身在其中的清新愉悦就是一种享受。每当到外地文艺演出回来走在山间田野时，在皓月之下放声高歌，大家的欢乐之情溢于言表，纷纷赞道是同饮甘露、濯清泉、沐天恩，其乐无穷。

绘画、漫画也是我们知青点的一个亮点。叶连池从小爱好画画，初中时找过美术学校老师指导，受益匪浅，因此有了一些浅薄的基础。后因插队，贫下中农的“再教育”代替了传统意义上的受教育。繁重的体力劳动，使得他没有时间、没有精力，没有再进行系统训练，更没有高人指点，美术练习全凭个人兴趣爱好任之悟知。因此，绘画上停滞不前，偶尔绘画也是自我欣赏，没有较高的水准。在1976年粉碎“四人帮”后，他开始利用一切休息时间，包括深夜1时还在伏案作画。持之以恒、久炼成才，最终画出了26幅一整套的漫画。内容是林彪、江青两个集团篡党夺权、相互斗争、暗杀毛主席、迫害老干部和革命群众的罪行。我们将漫画挂在村支部墙上供社员和外地来人参观和学习，并制作成展板随文娱演出队到外地巡展，这也是全县知青点的一大特色。文娱演出和漫画巡展红遍、轰动宜城大地和襄江两岸。

帮扶工作，是指知青主管单位对知青点所在的地方进行帮助和扶持。为使知青能在下乡的生产队得到很好锻炼、成长和不过于艰苦，带队领导必须与当地领导和群众搞好关系，并求得他们的大力支持。根据大队要求，我多次向计委党委汇报支持解决了三个大的建设项目。一是投资12万元，架一条12公里的电线，使七里岗大队及家家户户通上了电，结束了该大队无电的历史。二是投资15万元，修建了从襄宜公路接口至七里岗大队部7公里的水泥路，解决了交通不便的问题，也结束了泥巴路的历史。三是投资3万元帮助大队建队部办公室及公共食堂。除此之外，在当时计划经济时代，物资特别匮乏情况下，我还帮助大队从鄂西化工厂解决15吨化肥。急群众所急、帮群众所想，我和知青王虹多次帮助大队干部和贫下中农，从襄樊五监狱窑厂、宜城邓林农场砖瓦厂解决建房的砖瓦。

1975年8月30日，我带领计委战线第二批知青下乡到宜城七里岗大队，至 1977 年 3 月中旬回到计委，历时 1 年 7 个多月。当回忆起我带知青的情景，真像一幕幕电影，历历在目。当年，我陪同知青们饱尝了耕耘的苦难，领略了丰收的喜悦。知青们在那里告别了青年时代，在那里扬起了理想的风帆，在那里我们实现着人生的价值。

丰收的季节，一朵朵绽开的棉花犹如田间白云，一片片摇曳的麦浪就像金海扬波。望着这一切，我和知青们充满幸福，无比自豪。

当夜幕降临时，知青们相依相伴，高高的草堆旁，遥望星空，谈理想，述人生。淡淡的月光下，他们低头凝思，谈友谊，叙情思。悠扬的短笛倾诉着思乡的恋情；欢快的口琴寄托着青春的幻想。

泥泞的乡间小路上留下了我与知青们探索的足迹，平坦的打谷场上记录了我们晨练的风采。在那里尝到了人间的酸甜苦辣，在那里体验了世间的喜怒哀乐。用自己的青春，用自己的热血，谱写了知青这一代人青春的赞歌。啊！七里岗我们永远爱你！！

知青聚会。2015年8月29日，我受特邀参加了计委战线75届知青“上山下乡 40 周年纪念”活动。在纪念会上大家感慨万分。

忆往昔峥嵘岁月稠，看今朝英雄展风华。

曾记得：知青姑娘泪洒衣襟，知青小伙叹息忧伤。面对日出而作、日落而息的枯燥生活，他们没有犹豫彷徨，而是大踏步地走了过来，没有退却，没有逃兵。在刺骨的水田里，知青们躬背育秧苗；在炎炎的烈日下，挥镰割稻谷。锋利的犁镰曾划破过手脚，嗜血的蚂蟥曾爬满双腿。在那里他们学会了插秧，学会了锄草，学会了施肥，学会了收割，学会了一个真正的农民所应该掌握的一切。他们有的喂过鸡、养过猪、放过鸭，种菜、施肥、浇水，犁地、撒种、育苗、插秧、摘棉、挑粪、收割，建房、学木工、干砌工，当饲养员、记工员，担任代课老师，做仓库管理员、播音员。

当年的知青今天相聚，人到中年，已是为人父、为人母。经过当年在农村两年多的洗礼，大家变得成熟，变得坚强起来。我带知青一年多的时间，亲眼看到他们在进步、在前进、在成长、在成熟。他们在农村高兴过、失意过、苦闷过、彷徨过、痛苦过、徘徊过、挣扎过、奋斗过；哭过、笑过、吵过、闹过、叫过、喊过。他们也曾在前进的路上碰到了坎坷，在学习的过程中遇到了挫折，在生活中经受过痛苦，在成长的过程中留下过不少的苦涩和无奈。但是，他们都坚强地挺过来了。他们没有辜负党和毛主席对他们的培养、没有辜负贫下中农的再教育，也没有虚度他们的年华。知青中不少人为了人生奋斗，丰富自己，经过奋发努力，先后取得了大专和本科文凭，并取得了中级以上技术职称。当年的知青看今朝，今天有的已成为从事商业、物资流通的经商人才，有的是金融业的高级管理人员，有的是行政干部，有的是企业家，有的在执法护法、安全保卫战线上施展才华。陈跃东走上了副县级领导岗位，任市商务局副局长。周晓敏曾任市物资局总经济师，后调省建行任部门经理（正县级）。李勇任中南机电襄樊分公司副总经理。刘建华担任了市化建公司副总经理。王虹任市机电设备公司副总经理。刘勇任市煤炭公司副总经理。王子燕任市广电中心办公室主任。叶连池任市建材技校教务处主任，同时还是市知名的漫画画家。张建军成为民营企业家、现有资产达2000多万元等。

在知青聚会时，大家争先恐后畅谈体会。

陈跃东讲，知青下乡是一首“难忘的青春之歌”。40年前的我们，正值青春年少、风华正茂，在“知识青年到农村去，接受贫下中农的再教育，很有必要”，“农村是一个广阔的天地，在那里是可以大有作为的”号令召唤下，我们和全国2000多万热血儿女一起，满怀激情，怀揣梦想，告别城市，奔赴农村。

“七里岗”——一个曾经从未听说过的名字，从此和我们联系在了一起，成为我们人生征途的新坐标，成为我们永恒的记忆。

一支书写人生理想、忘我追求的歌。我们以自己的青春，铸造了共和国的灵魂。

一支向往着憧憬和美好未来的歌。我们用热血，滋润和播种着黄土岗地的希望。

时光荏苒，我们这一代人为之奋斗、为之奉献的青春岁月在历史的荡涤中逐渐淡化。时代的风、岁月的雨，沉淀在我们的心底，沉淀在史册里。今天，当我们再次相聚虽然已是两鬓染霜，但却人生无怨。回首曾经的艰苦岁月，不禁心潮澎湃，感慨万千，依然激情燃烧。

青春的岁月像条河，岁月的河汇成歌，这是一支难以忘怀的歌。它彰显一个时代的痕迹，彰显共和国热血儿女的足迹，也彰显个人命运与祖国、与民族沉没的联系……

让我们铭记“知识青年”这个特殊的称谓，记住那无愧、无悔的时代，记住那无愧、无悔的人生！

刘建华说：我招工回城了，又有了新工作。由于下乡的经历，使我不仅了解了农村、农民、土地，更重要的是让我懂得了农业、农民和粮食。直到今天，我才明白我为什么没有丝毫轻视和看不起农民的缘故，更没有不亲近和远离他们的意识，就是因为事实让我越来越懂得了毛主席教育路线、方针、政策的英明伟大。“中国革命战争的胜利，是农民用小推车推出来的。”更何况我们日常的点点滴滴，吃、穿、住、行哪一样能离开面朝黄土背朝天的农民和农业呢！对党旗上那黄色的镰刀、锤头认识升华了，把对工人农民的感情拉近了。

我感慨知青之路。中国知青的历史已被深深地刻入历史的年轮。岁月如歌。在海北的粤北山区，在海南的五指山下的胶林蔗海，知青的青春化作了天边绚丽的彩霞，夜空熠烂的星月；知青们的年华溶进了乳白的胶水和甜蜜的蔗汁中流淌，一步一步地艰难地走了过来。他们走进工厂车间，走进院校军营，走进党政机关，走进科研场地，迎来了滚滚春潮，走进了新的时代。他们对过去上山下乡这条道路一点也不后悔。今天，知青们刻满岁月沧桑的脸上依然流露着昔日青春的笑靥，成熟睿智替代了年少轻狂，苦难经历化作了精神财富，用事业成就证明了他们人生的价值。实践验证知青上山下乡政策是正确的、是符合中国国情的。

第十四章　第一次独立工作：文劳计划

1978年1月，我开始一个人独立地主管社会事业计划工作，直到1984年8月。它包含有文化、科技、教育、新闻出版、广播电视、卫生、计划生育、体育、劳动等系统的计划，也是我们平常所讲的经济建设、社会事业发展中除去经济部分的另外一部分，即社会事业发展计划。在此之前，我一直在马顺清、章治文等老同志手下，由他们安排我的工作，按照古人说法叫没有“出师’。“出师”就是离开传、帮、带我的老同志，从计划组调到文劳卫组由我自主的工作。计划组是计委的业务综合部门，除主管基本建设业务外还兼有其他业务综合及办公室日常工作，属于计委最大的一个组，有5人组成，由马顺清牵头，工作向分管主任扬广济汇报。文劳卫组2人，由我负责，可直接向分管领导卢定华主任汇报工作，这是我独立工作的开始。

我主管文劳计划工作时，还是计划经济时期。其主要职能是：

研究全市社会发展战略，提出社会事业与经济协调发展的关系、政策；组织编制高校和中专招生年度计划并监督计划实施，下达大中专、技工学校毕业生分配计划；编制全市人口计划、劳动力平衡及就业、工资、收入分配、“农转非”、招收职工等计划；编制教育、人口、文化、卫生、广播电视、新闻出版、体育、旅游以及社会保障等领域的中长期规划、年度计划及专项规划，并监督实施；会同有关部门进行高等学校的布局和结构调整，审核上报新建或扩建高等学校、各类中等专业学校及职业技术学校计划；编制社会发展领域基本建设投资计划，安排社会事业地方财政资金的专项投资。

由于社会事业计划（简称文劳计划，下同）涉及领域宽广而复杂，本章只谈教育、劳动两个方面的主要计划工作。

一

教育计划工作，本处只讲招生计划和毕业生分配计划两个方面。

招生计划。是按照国家和地方招生计划指标及相应的录取标准实行招生，在招生计划指标内被录取的学生按国家和地方规定的相应条件入学，在学校期间和毕业后享受国家和地方规定的相应待遇等方面的制度。

我国在1952年建立全国统一高等学校招生制度，但在1965年被废除，我国现行的高考招生制度，是在1977年全国高校恢复招生之后逐步完善和发展起来的招生制度。

这种招生制度，是在严格的计划经济条件下产生和形成的。与计划经济的基本特征相适应，这种招生制度充分体现了以下特点：一是实行全国统一考试。即由国家统一组织一年一度在规定时间和规定区域内对招生对象进行文化考试，各高等院校根据考试、考核和身体检查结果择优录取。二是具有严格的计划性。即由国家根据社会对各类人才的需求和预测，严格编制各高等院校招生数量及其规模控制，并下达相应的招生指标任务，各院校对学生的录取必须严格按照计划指标完成招生任务。

1985年国家对高等学校招生制度进行了改革。

从1977年至1985年，经过八年的招生实践，在制度不断得到恢复和完善的同时，原来招生制度也渐渐显示出一些问题，与国家经济发展特别是经济体制改革的要求不大适应，改革势在必行。计划经济体制改革，也促进了高校招生体制改革的发展。

改革国家招生计划工作，克服招生计划同国家远期和近期需要相脱节的状况；推行扩大用人单位委托学校培养学生，使之成为国家招生计划的重要补充；高等学校可以在国家计划外招收少数自费生。作为扩大高等学校办学自主权的一项重要内容。

我国高等学校招生体制改革，最为突出的是：从单一的指令性计划发展为指令性计划和调节性计划两类计划，进而发展为定向、非定向、联合办学、委托培养、自费五种计划形式；同时对高等教育中的国家包办学、包毕业生就业、包当国家干部的“三包现象”也进行了重大改革。招生计划体制改革，对于推动我国高等教育事业的发展，促进高等教育主动适应社会主义现代化建设的需要，都具有积极意义。

1986年，湖北开始实施自费招生，从参加统一高考的考生中招收少数自费生。由此打破了以往单一的计划招生体制，从而使不收费的国家计划招生和收费的调节计划招生双轨并存。“双轨制”不仅挖掘了高校的办学潜力，更主要的是为高校办学经费来源开辟了又一渠道，第一次打通了城乡集体所有制单位甚至个体企业委托高校培养人才的途径。1997年，进行了招生并轨改革，高校招生实现全面并轨。至此，湖北省高校由“统招统分”改革为“双轨制”，最终实现统一标准、统一政策的并轨招生，并逐步建立起“学生上学自己缴纳部分培养费用、毕业生多数人自主择业”的机制。

招生计划制定程序。招生计划由各级计委制定，本级计委将本级政府办的普通高等学校和中等专业学校，年度需要招生的计划汇总后逐级上报上一级计委，如国家或省计委，经过综合平衡后，分别下达到各省和各地市，然后由计委下达到同级教育部门和各院校。教育部门收到招生计划，分解和制定专业招生计划和招生生源计划。院校按照招生计划指标和专业、生源计划进行招生。1977年后，全国实行的是统一招生制度，普通高校招生由省教育招生部门建立平台，统一组织，按照划定分数线和生源计划分专业办理录取手续，院校发录取通知书。中等专业学校考试及招生均由本地市教育招生部门组织。

我在搞教育计划工作时期，1984年前，襄樊市只有一所高等学校，即襄阳师范专科学校，属襄樊市政府办校，人事由市委或市委组织部任命、归口市教委管理，业务受省教育厅指导，教育事业纳入省计划，学校在全省范围内统一招生统一分配。属于襄阳市地方办校。另一类不进行统一招生，只是培训性的高校有职业技术学院、教师进修学院两所，二十世纪九十年代，这两高校与襄樊师专合并组建为襄樊大学。中等专业学校有襄阳卫校、襄阳农校、襄阳财校、襄阳师范四所学校，九十年代后合并组建为襄阳市高级职业技术学院。

襄阳市高校和中专招生计划，是各学校根据过去的生源和招生情况结合现状实际，将本校下年度招生需要计划分别上报同级属地管理的计委和教委。计委汇总综合平衡后与教委征求意见，然后由计委上报省计委。省计委根据全省实际情况与省教育部门沟通协商进行综合平衡后，向各地市计委下达全省招生计划。市计委按照省下达的年度招生计划，又在下达本市年度国民经济计划和社会事业发展计划时，一并下达到同级教委、各高等学校及下一级计委。教委根据全市招生计划，制定下达各高等学校和中专学校的招生生源计划和分专业招生计划。

湖北省的高考由省教育考试院（原称省招生办）统一组织出题、考试、招生。中考，在八十年代中期至九十年代末，我爱人在市招生办（后改名为市教育考试院）负责中考工作。每年都由她组织统一出题、考试、招生。后来担任主任后，主持全面工作，在招生时节，中考从出题、印试卷、录取，高考时她要进驻省招生录取现场，当时是人工操作投档进行录取，前后封闭式工作约 3 个多月。我是计委摆在前面二、三位置上的副主任，工作也很繁忙，每年的这一时期爱人几个月不在家，我既是单位工作中的领导，又在家里事务中担当起孩子爸爸和妈妈的角色。

从 1977 年恢复高考至八十年代，考上中专和大学，毕业后由国家统一包分配工作。在农村只有当兵参军，在部队上军事院校或提为干部的，离开部队到地方叫转业，转业军人可到城里企事业单位、机关学校工作，这种比例非常低，可能占农村参军的 5% 以下，没有提干是士兵的，当几年兵回农村叫复员，继续干农活。农村的家长们，就望自己的孩子考上大学。在农村基本上没有参加工作进城的机会，农民们抱怨：“龙生龙，凤生凤，生的老鼠会打洞，孩子出生农村只能种田耕地。”恢复高考给他们带来一线希望和出路，考上了大学哪怕是上个中专，从此跳出了农门，转了户口，吃了商品粮，参加工作端上铁饭碗，并且可能升官发财、光宗耀祖，心情都是望子成才。

那些年的考大学，真是万千考生共挤一座独木桥，难上又难。大学一开始招生，家长们就想尽办法找人托人。这样我家里就“门庭若市”“鸡犬不宁”了。在招生封闭式录取阶级，录取现场有武警站岗，一个地市只有招生办主任带一个科长凭证出入，非招生人员是禁止进场的。各地招生人员住宿，也是省招办统一安排在录取地就近宾馆，也有门卫站岗。按省里规定录取期间不准开手机，每个房间都设有招生专线专用电话。要到招生地找他们必须提前联系预约后，在休息时间出来会客交谈，但是和招生人员见面很难。这样，各路家长或亲朋都集中到我家里找她，或是想通过我与她联系。我和阮先珍是单线定时联系，每天中午 12 点半到 1 点，夜间 10 点半至 11 时，由她电话找我，把找她要办事的人，如领导、亲朋好友等交办的孩子上学要求向她通报。每年到招生时，我家里就成了热闹的办公室或买卖的市场了，人越来越多，从早上 5 点就有人敲门，中午不断，夜间 1 点还有按门铃叫门的，我家有岳父母 80 多岁的两位老人，儿子赵伟正是上初中和高中的阶段，使得我全家无法吃饭和休息。为了不影响儿子的休息和学习，我采取的措施：一是只要儿子在家坚决不开门；二是门上贴上条子："为了孩子学习，将来也能考上大学，请不要敲门，有事请到办公室找。望理解，谢谢！"但敲门仍是不断，来往之人川流不息，为此事我得罪了不少人，但绝大多数的访客都是能够理解的。小孩上大学后，我与爱人阮先珍的同学聚会时，襄阳市一中校长陈宗豪、市外事办主任李开浩、市物资局局长付中义，他们提到过去孩子招生到家找我时，关门闭户，一律不接待，虽然当时不高兴，很有意见，换位思考也很理解。他们说："你如果不那样做，影响孩子的学习，别人小孩上了大学，却毁了自己孩子的学业，那是一生弥补不了的损失和悔恨"。现在回想，我做得是对的。我拒绝了别人入门，使他们不高兴，对我不理解可能有一定的负面影响，而我儿子后来考上了国防科技大学，又读了研究生，并博士后毕业，现在中国科技大学任副教授，学业、事业均有成就，让我为当年的做法感到欣慰。

毕业生分配计划。新中国成立前夕，高校毕业生的就业方式主要是自谋职业。新中国成立以后，我国在相当长的时期实行的是高度集中的计划经济体制，与此相适应，我国高校毕业生就业实行的是"统包统分""包当干部"的制度。所谓"包"，就是学生的培养费用全部由国家承担，毕业后全部由国家负责分配到全民所有制单位当国家干部。学生一上大学，就享受"双包"的待遇，这是毕业生的分配制度及基本原则。其后虽几经变革，但始终没有离开以"统"和"包"为特征的由国家负责的分配制度。

自 1952 年起，建立了全国高校统一招生考试制度，并形成高等学校毕业生统一分配工作制度。

1960年，中共中央批转国家计委党组《关于1960年至1962年高等学校理工科毕业生分配问题的报告》，从这个时候起，国家对高等学校毕业生的就业，初步形成了由国家负责、按计划分配的制度。

1967年至1970年的毕业生就业，由国家统一分配改为“统一由学校所在地的省和自治区革命委员会负责进行，必要时，地区之间可以互相调剂的办法”。1972年~1979年的毕业生，是各单位推荐入学的学生，称为“工农兵学员”。对他们采取“一般返回原单位、原地区工作的原则，特殊需要由国家统一分配”。

1980年，高等教育无论招生还是就业均带有明显的计划特性，学校招生计划属于指令性计划，学生分配属于指令性分配。与我国“统包统配”的就业制度相适应，高校毕业生就业的“统包统分”模式，就是高校毕业生的就业实行由国家负责实施计划统一分配制度，由国家包下来分配工作，负责到底。

毕业生分配制度基本原则。纵观新中国成立后一直到二十世纪八十年代初期，我国高等学校毕业生的分配制度，主要包括以下几个基本的原则：

概括起来有五项原则：“统一招生，统一分配”“统筹兼顾，加强重点”“面向生产，面向基层”“专业对口，学用一致”“择优分配，优才优用”原则。

毕业生分配工作程序。在毕业生分配制度下，高校毕业生工作实行高度集中统一管理，毕业生分配是通过自上而下的办法落实工作岗位。

毕业生分配，是指根据国家规定的方针、政策和方法，按国家的需要和毕业生本人的情况，由计委将毕业生分配计划下达到各地区、部门和用人单位。毕业生分配的对象主要是指按照国家计划统一招生的普通高等学校、科研机构、普通中等专业学校，培养出来的合格的高等学校毕业之研究生、大专生、本科生和中专毕业生。

制定分配计划，主要是确定分配给中央各部门、地方的各类专业的毕业生人数。首先由教育部汇总其直属高等学校，国务院有关部委所属高等学校及各省、自治区、直辖市所属高等学校的毕业生情况，并向全国用人单位提供全国当年年度高等学校毕业生的生源情况。国务院有关部委和各省、自治区、直辖市根据本系统、本地区的需求计划，向国家计委提出当年年度需求计划。然后，国家计委负责了解、审查全国各方面的需求情况后，同教育部及有关部门进行综合平衡后，制定出全国高等学校毕业生分配计划草案，上报国务院，经国务院批准后成为国家分配计划。

编制调配计划。根据国务院批准国家计委下达的毕业生分配计划，教育部负责编制全国直接分配的毕业生调配计划；国务院有关部委主管毕业生分配业务部门负责编制其所属的高等学校的毕业生调配计划；各省、自治区、直辖市主管毕业生分配部门（简称毕办）负责编制本地所属的高等学校毕业生调配计划。

派遣。派遣是指学校按主管部门批准的调配方案为毕业生办理到用人单位工作的手续，便于毕业生顺利地到用人单位报到。毕业生凭国家统一印制的地方就业主管部门签发的报到证在规定期限内到接收单位报到。

接收。用人单位按照计划部门下达的毕业生分配计划接收毕业生。毕业生报到后，由用人单位根据工作需要和所学专业，给予安排工作。各地公安部门按照属地管理同级计委的毕业生分配计划办理户口手续。

1984 年 8 月，我考上中南财经大学。这一年是我主管文劳计划中，最后一年分配毕业生。1985 年以后，国家计委分管的毕业生分配计划工作移交国家教委。

毕业生分配计划工作，是在文劳计划中时间集中、涉及面广、任务繁重、又烦又难的工作。襄樊市（原为襄阳地区）是湖北省第二大城市，农业是全国重要商品粮基地、农业大市；工业门类齐全，轻纺是全国基地之一，中西部汽车工业走廊重要城市，交通物流是全国重要枢纽，三线军工企业除西安市外全国襄阳第二，重工及信息产业在全省前列。经济的快速发展带来的是需要大量人才，当时每年申报需要高等学校毕业生 3 万多人，实际省计委只给襄阳分配 3000 人左右，仅占需要量的 10%。1977 年恢复招生，由于高校长期投资较少，师资人才缺乏，招生规模不大，所以毕业生供需缺口很大。

每年的毕业生分配计划，我都较早的下达到市直各用人部门和各县市（区）。毕业生分配办公室按照计委的毕业生分配计划，也很快很顺利地派遣到市直用人单位和各县市（区）。但，1984 年例外。这一年，我报考了中南财经大学。1966年后，全国高校停止招生，在全国计划系统有一批年轻人没有上过大学，为了适应社会发展要求，国家计委在全国南北各办一个班，专为计委系统培养国民经济计划专业干部。这批招生进行全国统一考试、统一录取、毕业回原单位工作。我平时照常上班，利用休息时间复习，在考前单位领导给了10天脱离工作集中学习时间，考场设在武汉市水果湖小学，加上复习、考试及去来时间为期半个月。我考试完后的第二天上班，在市政府办公楼二楼的楼梯上，章治文市长遇到我就说："小赵你考完了，现在抓紧时间，赶快把全市毕业生分配计划下达下去，目前已有2000多人住在市各宾馆里。"章治文原来在地区（后改为襄樊市）计委工作，我与他共事8年，他先是我到计委参加工作后传、帮、带的老师，1978年在计委提任副县级秘书，又成为我的领导，1980年任市物资局局长，1983年地市合并任襄樊市政府市长，所以叫我"小赵"感到很亲切。

我在复习考试前一个月，就把各单位需要大学毕业生申请计划的报告、省计委下达给襄樊市的毕业生分配计划、有关领导打招呼需要关照写的条子等资料交给了我的同事涂某。他是原襄樊市计委政工科长，因我要报考大学，又将他调到文劳科任科长。地市合并前襄阳地区计委没设立科室，分别为各个计划组，我就在文劳计划组，地市合并后文劳工作重新组建了新的文劳科。原襄阳地区计委没设科，因此也没科长职位，地市合并后计委党委研究上报市委组织部，拟任我为文劳科副科长，当时形势要求凡需提拔的干部，学历一律在大专以上文化程度，我的文凭达不到要求而没任职，所以我复习报考了中南财经政法大学。

文劳科姓涂的同志刚接手情况及业务都不熟悉，我在复习备考时把资料交给了他，还教他怎么编制毕业生分配计划的方法和起草文件，以及和有关部门找谁个如何衔接等。结果各大学毕业生都陆续到襄樊来了，计委毕业生分配计划还没下发，所以章治文市长见到我，叫我加班把毕业生分配计划尽快下达下去。我连续加班3天3夜，中午不休息每晚只睡3个多小时的觉，把全市的毕业生分配计划下达下去，市毕办也很快制定了调配计划，在一个星期左右迅速地把近3000名毕业生派遣到各单位。我把毕业生分配情况向章市长作了简要汇报，他说："这件事你办得又快又好，我们有5年没有在一起工作了，我发现你成长进步得很快呀！干得不错！"

1983 年地市合并，1984 年是地市合并后的第一年毕业生分配。在 1983 年前襄阳地区毕业生分配计划就是我一个人负责。毕业生分配工作有计划、有步骤、按程序进行。第一步，编制毕业生需要计划。在每年的 3 月份，市计委下发《关于申请需要大中专毕业生计划的通知》，请各县市计委、市直各部门、各企事业单位，将当年需要分配的毕业生计划，按照文件的附表要求填写清楚，上报到市计委。我将各地报来的毕业生需要计划，按照需要单位：县市（区）、市直各部门（分列到企事业单位）；分配计划（人数）；毕业生来源：细分为毕业学校、专业、学制学位三部分，进行列表汇总。第二步，4 月份把汇总的本地域毕业生需要计划，附上文字申请报告到省计委汇报。第三步，5 月份接到省下达的年度毕业生分配计划，根据各单位申报的毕业生需要计划，制定襄樊市毕业生分配计划，并下达市直有关部门和各县市（区）计委。6 月中下旬，市毕业生分配办公室依据市计委下达的毕业生分配计划，开始办理派遣和粮、油、户口等有关手续。

1977 年，全国恢复高考，1979 年开始进行毕业生分配工作。计委负责毕业生分配计划，教委成立教育毕业生分配办公室，负责全市毕业生的调配计划和派遣工作。1982 年，市政府成立襄樊市毕业生分配办公室，归口市人事局管理。调配计划和派遣工作进行了分工，属师范类毕业生由教委内设毕业生分配办公室负责，其他各类普通高校及中专学校毕业生由市（人事局）毕业生分配办公室统一调配和派遣。

毕业生分配计划分三部分下达。

第一部分，为师范类的毕业生。有华中师范大学，襄阳师专，襄阳地区师范学校，谷城师范学校，他们分配的单位主要是在襄樊市教育系统内师范学校任教师或管理人员。师范类毕业生分配计划，我主要尊重教委意见，他们先拟出分配方案报市计委，我除领导交办需要关照的个别毕业生，与市教育毕业生分配办公室主任张开太协商沟通调整的外，基本上将教委报的分配方案以计委文件照转下达。

第二部分，地方中等专业学校毕业生分配计划。

地方中等专业学校毕业生由市计委统一下达分配计划，原则上在办学主管部门系统内进行分配。襄阳地区卫校分配到市直各医院和县市（区），各县市（区）计委与卫生局商定进行二次分配，主要是县直和各乡镇医院。襄阳地区师范学校，分配面向地直、县（市、区）、乡（镇）三级学校任教和学校管理。襄阳地区农校，分配面向农业战线，包括市农业局、林业局、水利局、畜牧局、气象局及其下属单位，和各县市农业系统，主要是第一线基层单位。襄阳地区财校，除财务会计专业，少数分到地直急需的单位外，其他全部分配到商业、供销、粮食、工矿企业等基层经销单位。各办校主管部门按照计委分配计划和分配原则，与当地毕业生分配部门进行衔接，办理派遣和粮、油、户口等有关手续。

第三部分，非师范类的其他普通高等学校毕业生分配计划。

这部分是最难分配的，毕业生人数多，涉及面宽，人际关系复杂。毕业生希望分一个好单位，以利将来工作的顺利发展和前途，就设法托人找关系帮忙。有亲戚、同学、家乡、朋友、各部门领导，还有市政府、市委领导写条子、打招呼、列清单给我的。地区行署专员（1983 年地市合并前为襄阳地区行署，1983 年地市合并至 2000 年为襄樊市，2000 年后改为襄阳市）胡久明老家是枣阳县（后改为枣阳市），亲戚朋友很多，在工作中平易近人，同志们都喜欢接近他，又热心快肠善于帮助别人，德高望重，再加上其爱人是地区统计局的一把手，结交面也很广，又善于给下属帮忙，每年毕业生需安排照顾的就有十几人，有一年拉的清单达到 33 人。有一次中午下班后，胡专员打电话让我到他家，当面交待有几个毕业生是省领导的关系，需要特别关照，要安排到地区行署机关或较好的部门。我接受任务后回家时，胡专员及其爱人刘局长，坚决地、热情地把我留在他们家里吃中饭。我心里非常激动，只有一个感觉，一定要把领导交办的事完成好。

七十年代到八十年代中期，请别人办事从不请客送礼，在毛泽东时代养成的作风，就没有送礼的风俗和习惯，大家思想觉悟和境界都特别的高。即使有个别收礼的现象，处理得也很严格。市毕业生分配办公室主任王某，光华江山机械厂有个李姓家长，想把自己孩子分到地直单位或留在襄樊市工作，给他送了一段 1 米零 5 的蓝色布料，过了一个多月后他把布料交到办公室里，就这样也不行，说他当时不拒绝又没及时向组织报告，有严重的资产阶级思想，是修正主义行为，是给毛泽东思想抹黑。结果将他下调到城区工作。1980 年 7 月，市第四中学办公室杨主任，因我爱人他们的招生办公室设在四中校园里面，他们之间相互都很熟悉，小孩想分回四中工作，找到我家送了一瓶襄江红大曲酒、一瓶红葡萄酒，当时价值约 3 元钱，我的月工资 39.5 元，第二天晚上我和爱人找到他家退回去，把事办好后他们全家都很高兴和感激，一定要请我们到他家吃饭也被谢绝了。

毕业生分配，是文劳计划中最有权的一项工作。权力就是一双无形的手或像幽灵一样，手伸到哪里事就办到哪里，它既能办好事也能办坏事、它想办的事就能办成，不办或不愿办的事就不给你办，在办事的过程中，这种看不到的力就是权力。我在毕业生分配中做了许许多多好事，没有收过礼，也没吃请过。我都把它当成正常工作，不管是谁，只要是合理要求，不违反毕业生分配原则，我都尽力办好。领导认为你会办事，有工作能力，这样领导、同志们、我自己既高兴又满意，何乐而不为呢?

我在制定毕业生分配计划时，把各位领导打招呼分配中要关照的条子汇总起来，约毕业生分配办公室主任在一起，先将各自手中领导交办的毕业生进行交流沟通，在编制分配计划时统一安排。需要关照安排的毕业生，如果接收单位申报有计划，就将接收单位列给一个或多个计划分配指标，同时毕办也将某人列入派遣计划。如果某人想去的单位没有写需要毕业生的报告，由我找某单位衔接做工作，让其写个需要毕业生计划报告报计委，这样，使关照的毕业生符合程序也合法化了。

市直机关各部门需要的毕业生，也由我和市毕办主任到有关学校考察选拔，在制定分配计划时统一考虑进去，让分配计划、派遣计划、接收单位一致起来，避免毕业生分配工作中分配计划与调配计划之间、需要毕业生的主管部门与其下属单位之间产生矛盾，同时也让毕业生专业对口、学有所用、发挥才能。如 1979 年、1980 年，先后进地委、地区行署及地直各部门 30 多人。有如：胡孟元、曾捷、贵汉良、何自平、程小明、腾广全、程小明、赵立群、李月敏、李勇、龚小飞等。后来分别担任职务的有县（市）委书记、县（市）长，襄阳市直有关部门部长、主任、局长、法院院长、报社社长、管委会主任、省厅副厅长；级别有副处、正处、副厅、教授，等等。这些都是我亲手分配的人才，从职务可以看出，他们分布在各个岗位或领域，都为经济建设和社会发展做出了很大贡献。我因他们而骄傲，也为自己客观公正地搞好毕业生分配工作和做了很多好事而自豪。

二

劳动计划工作。是用计划的方式对人力资源进行分配，劳动力是重要的生产资源，不可避免地要实行计划配置。我国在新中国成立初期形成了统一劳动力招收计划和调配调剂劳动力就业制度、统一工资分配制度及固定工用工制度、统一的社会保险和社会福利制度。

1979 年至 1984 年，湖北省对劳动计划体制改革进行试点，目的是破除劳动用工制度中的“铁饭碗”和分配制度中的“大锅饭”。即改变过去在就业上国家统包统配的办法，采取劳动部门介绍就业、自愿组织起来就业和自谋职业相结合的方针，拓宽就业渠道，改善就业结构，逐步建立健全劳务市场体系，改变过去企业职工干多干少一个样，按资排辈的工资制度，克服平均主义。

1995 年，国家计委关于印发《改进劳动工资计划管理试行办法（草案）》的通知中指出；改进劳动工资计划管理，是为了适应发展社会主义商品经济的需要，逐步建立国家与省市两级调控、分级分类管理、企业自主用工、自主分配的新的劳动计划管理体制。实现工资总额的增长低于国民生产总值的增长，职工平均工资的增长低于劳动生产率的增长，国民生产总值的增长主要依靠提高劳动生产率来实现宏观调控目标。职工人数、工资总额同主要经济发展指标比例挂钩。

劳动制度改革扩大了企业用人自主权和劳动者择业自主权，工资制度改革建立了新的企业工资增长机制，赋予了企业内部分配自主权。劳动工资的宏观调控。一是继续完善弹性工资计划，提高科学性、可行性，通过弹挂一体实现宏观与微观的衔接，发挥其宏观调控作用。二是运用多种措施调整行业、企业之间的工资水平，限制过高的收入。三是研究制定最低工资法。各地根据最低工资法确定最低工资标准，保障劳动者的基本收入。

劳动计划的宏观调控：（1）劳动力总量的调控。要把人力资源开发利用作为一个战略问题，纳入国民经济和社会发展规划。通过调整就业政策、投资政策、产业政策、外贸政策、税收政策等，促进充分就业。（2）劳动力结构的调控。一是适应产业政策的调整，使劳动力在产业间的分布趋于合理。二是通过制定农村劳动力转移政策，调整城乡劳动力结构。三是通过调整职业技能培训方向，促进就业结构的调整。（3）工资总量调控。政府通过参与集体谈判，制定工资指导线，把工资总量的增长控制在与国民生产总值的增长、职工实际平均工资增长与劳动生产率的增长相适应的幅度之内。（4）社会分配关系的调控。通过个人所得税抑制过高收入，通过调整最低工资标准、社会保险和社会福利待遇，保护低收入者，促进社会公平。（5）劳动关系的调控。强化政府在劳动关系调整中的作用，包括协调劳动关系、对劳动争议进行调解和仲裁，以在劳资集体谈判中发挥作用等。

劳动计划工作主要内容：

（1）社会劳动力分配和平衡计划。主要是劳动力资源和去向安排两个部分。（2）职工人数计划。包括计划期职工招工增加数、计划期末职工到达数和计划期职工平均人数等项指标。（3）职工工资计划。包括工资总额计划和平均工资计划两个部分。（4）劳动生产率计划。包括计划期劳动生产率增长指标和实现指标的经济、技术、组织措施。（5）技术工人培训计划。包括技校计划期招生计划、在职培训计划、毕业生分配或出境劳务计划等项指标。

劳动力计划。是国民经济和社会发展计划的一个重要组成部分。其主要任务是：对劳动力资源充分有效的开发、利用、保护，根据国民经济发展的需要和可能，做好社会劳动力的分配和平衡，正确安排职工人数、工资福利、劳动生产率的增长以及劳动后备队伍的培养训练，以保证生产建设事业对劳动力的需要，不断扩大就业和合理利用劳动力资源，并在发展生产的基础上逐步提高职工的工资福利水平，以更好地促进生产力的发展和人民生活水平的提高。主要工作是编制上报和下达全民所有制企业用人招工计划、管辖地域职工总人数计划。

劳动力资源平衡计划，通过统筹安排实现社会劳动力资源与需要的平衡，使社会劳动力在各地区、各部门之间保持适当的比例。劳动力平衡即劳动力资源量与需要量的平衡是通过编制社会劳动力平衡表来进行的，国民经济各部门对劳动力的需要量可根据相关的定员定额和人员编制等资料核算。

劳动工资计划。劳动工资是各种形式的劳动报酬的总称，指在计划期内一个行政区域为单位，如县、市、省的劳动工资总额、劳动生产效率和平均工资水平的安排。它是编制劳动工资计划的一个重要依据，也是国民经济计划的重要组成部分。编制劳动工资计划对于企业合理组织生产经营活动，充分发挥劳动力的作用，提高劳动生产率，降低成本，提高经营管理水平具有重要作用。劳动工资计划是由国家、地区、企业主管部门和企业分别由下而上编制的。在当时的管理体制下，一般由各级计划部门和劳动部门共同负责编制和管理。

工资计划指标有三个，一是工资总额，二是平均工资，三是劳动生产率。劳动工资总额，是指企业、事业、机关单位等在一定时期内支付给职工的劳动报酬总额。凡是根据职工劳动的数量和质量支付给职工个人的劳动报酬以及其他根据国家法令、政策规定支付的工资和津贴，不论是由工资科目开支的，还是工资科目以外的其他各项经费开支的，也不论是以货币形式或实现形式支付的，均计算为工资总额。工资总额除以职工总数等于平均工资，反映一个时期区域内的个人收入水平。劳动生产率，是指一个地区或企业的劳动效率，它可看出平均一个人为国家创造了多少财富或贡献多少。

全员劳动生产率计划。全员劳动生产率是反映一个地区劳动效率的一项重要指标或劳动成果主要体现。是一个地区经的生产技术水平、经营管理水平、职工技术熟练程度和劳动积极性的综合表现，客观反映区域经济的运行质量。生产中的效果或效率，可用劳动者在单位时间内生产的产品数量来表示，也可用生产单位产品所耗费的劳动时间来表示。按每个直接生产者的劳动效率算，是个人劳动生产率；按个别企业的劳动效率算，是企业劳动生产率；以全社会的平均劳动效率算，是社会劳动生产率，指该地区平均每一职工在单位时间内所生产的产品数量或产值。它反映一定时间内全部职工平均人数同产品产量之间的对比关系，即平均职工的劳动生产效率。前两种都是个别劳动生产率。社会劳动生产率是衡量生产先进与落后的根本尺度。个别劳动生产率高于社会劳动生产率，生产产品或商品的个别劳动量就低于社会必要劳动量，反之，则高于社会必要劳动量。全员劳动生产率计划，是劳动计划的一部分，计委下达年度计划时在劳动计划中的单列计划指标之一。

襄阳地区劳动力计划的编制。编制程序，先是由下向上层层申报，然后由上层层分解下达基层单位或企业。就襄阳地区来说，各县市（区）、地直单位各部门报到地区计委，地区计委综合各种因素后，汇总报到省计委。省根据国家政策和安排，经过综合平衡后，下达到各地市。编制劳动力计划的内容。一是扩大再生产或新建企业和事业单位年度需要新增用人计划，先报其主管部门，由行业主管部门汇总上报本级计委。对于需要增加用人多的单位，要写专题报告，写明需用人理由，扩大再生产规模、产值、效益、劳动生产率水平等，报告送计委的同时，还要送主管部门。二是大中专、技工学校毕业生分配。三是部队转业或复员军人安置。四是国家政策因素需增加用人，像 1979 年民办教师转正。五是其他方面的工作。把以上五项相加，即得下年度新增劳动力计划或招工计划。再把新编制的下年度需要新增劳动力计划，加上上年度期末总职工人数，就是下年度的全地区的职工总计划数。

编制襄阳地区劳动工资总额计划。程序同编制劳动力计划。编制内容主要有：（1）按照新编制的年度新增劳动力计划人数，计算出新增劳动力的工资额。计划经济时期，新增劳力有严格的工资制度，学徒工、毕业生分配等都按规定的级别工资计算。（2）调整工资，一是企事业单位正常转正定级和调资或增加福利，二是国家出台政策统一增加的工资。（3）上年度期末全部工资总额。（4）其他不可预计因素。几页合计即为下年度全地区劳动工资总额计划。

下达工资总额计划的目的，简单明了地说，一是控制职工之间收入差距过大，既体现按劳分配，多劳多得，又避免两级分化，走共同富裕的社会主义道路；二是国家防止企业分光利润，为了多增加收入，集聚资金来更快地发展经济、加强国防建设、保证社会长治久安。

在 1979 年至 1984 年期间，企事业等各单位的招工指标即劳动力计划，都是经过我的手下达的。如 1979 年至 1982 年的民办教师转正指标，就是统一纳入劳动力计划和劳动工资计划安排的。

民办教师转正1978年春开始摸底，当年7月，我按照省下达的民办教师转正计划指标，与上年度末全地区民办教师总人数的比例，将指标分解下达到各县市（区）。教育部门组织推荐、考试、考核确定录用人员。1979年1月开始兑现工资，享受国家正式职工与其他教师相同的公务员待遇。1982年，我经手进行三批民办教师转正。共转正民办教师2400多人。

市技工学校招生与分配。我搞技校招生与分配计划工作时期，即二十世纪七十年代末至八十年代初，还是统一招生、包分配时期。当时为襄阳地区，所辖第一、第二、第三，三个技工学校，开设有汽车驾驶与修理、烹饪技术、机械维修、纺织印染、化工、车钳工、刨铣床、锻压、铸造、缝纫等专业。在计划经济时期国民经济发展较快，尤其工业生产需要大量的专业技术人才，基本上是供不应求。如，襄阳地区师范中等专业学校，需要3名技校驾驶人员，第一年写报告送到计委没纳入分配计划，第二年又写报告，该校党委副书记苏兵民听说我在搞技校毕业生分配，1981年7月的一个星期天，我到爱人阮先珍工作的学校那里，襄阳地区师范学校距我办公地或家住地30多公里，我们结婚后还是两地分居，她在该校政工科工作。苏书记听说后马上到阮先珍处找到我，说学校急需要3名技校驾驶专业毕业生，请我帮忙给予分配解决。在计划经济时期，各单位进人都要有计划指标，否则职工人数、工资额度增加得不到认可，或各种手续都办不了。通过技校分配，劳动指标、职工人数、工资增加、户口办理都可一起解决，同时汽车驾驶及修理专业技术，人到了单位马上就能发挥作用。当年我从三技校汽车驾驶专业中，挑选两名品德和技术兼优的毕业生分配给师范学校，解决他们之急需。后来襄阳师范学校合并组建为襄阳高级职业技术学院，这两位当年技校的毕业生，一个被任命后勤处主任，另一位成为学院副教授。退休后我与苏书记相聚吃饭时，他还要再敬我酒，感谢我过去分配技校毕业生对他的支持，并说分去的两个人很努力，为学院做出了很多贡献。

随州市劳动计划分家。随州，位于湖北省北部，东承中部中心城市武汉，西接省域副中心城市襄阳，北临信阳，南达荆门。随州荣誉：炎帝神农故里，编钟古乐之乡，中国历史文化名城，国家园林城市，中国专用汽车之都，世界四大古银杏群落之乡，世界三大兰花产地之一。

劳动计划分家。地市合并前随州市是襄阳地区管辖的县级市，其计划工作和计划指标由襄樊市（原为襄阳地区）管理和下达，项目投资由襄樊市审批。1983 年，襄阳地市合并后，省计委确定其为省计划单列市。计划单列有两重意思：一是计划管理上，随州市的项目审批、申报，不经过襄樊市计委审批、审查、上报，可直接报省计委审批；二是计划指标上，省在下达襄樊市各类计划指标时，把随州市的计划从襄樊市计划中单独列出来，“带帽”下达，襄樊市总计划中扣除随州市计划后其他的计划，由襄樊市再分解下达。襄樊市下达计划时，同时将省单列随州市的计划照转下去。在随州市计划单列后，1984 年 2 月底，随州市计委主任余智能、劳动局长李文烈（后任襄樊市委副书记）两人找到我，要求将随州市劳动计划各项指标，从襄樊市各项劳动指标中分别划出给随州市，即为劳动计划分家。我电话请示省计委文劳处焦俊贤处长，答复：“可以把 1983 年底劳动计划基数划给随州市，下一步随州可能升为省直管市。”我把随州市的职工人数、当年招工计划、劳动工资总额、劳动生率、全市总人口、计划生育指标、大中专毕业生分配人数等各项计划基数，经双方确认并以文件形式划转，同时抄报省计委一份。1994 年，湖北省政府将县级随州市，由襄樊市管辖改为省管市。随州市从计划单列、劳动计划分家到省管县级市，最后成为地级市，与襄樊市同级别平起平坐的兄弟市。

第十五章　编制军转民计划第一人

一、三线军工建设背景

1960 年中苏两国关系急剧恶化，苏联在我国北部边境陈兵百万，后来，中苏在珍宝岛发生大规模武装冲突。

1962 年后，台湾的蒋介石政权制造台湾海峡的紧张局势叫嚣反攻大陆。

1964 年，美国制定了绝密计划，试图出动空军袭击中国即将进行第一颗原子弹实验的核基地。根据时局需要，中国政府采取了备战战略。

1964 年到 1978 年，在中国中西部的十三个省、自治区进行了一场以战备为指导思想的大规模国防、科技、工业和交通基本设施建设，史称为三线建设。

“三线”的范围，一般的概念是，由沿海、边疆地区向内地收缩划分三道线：一线指位于中国沿海和边疆的前线地区；三线指包括四川、贵州、云南、陕西、甘肃、宁夏、青海等西部省区及山西、河南、湖南、湖北、广东、广西等省区的中国大后方战略地区，共 13 个省区；二线指介于一、三线之间的中间地带，其中川、贵、云和陕、甘、宁、青俗称为大三线，一、二线的腹地俗称小三线。

1964 年 8 月，国家提出要大分散、小集中，少数国防尖端项目要“靠山、分散、隐蔽”（简称山、散、洞）。1965 年三线建设拉开帷幕。

国防军事工业“军转民”的启动是在二十世纪七十年代末八十年代中期。1978 年党的十一届三中全会提出把工作重点转移到社会主义现代化建设上来，接着提出了“调整、改革、整顿、提高”的方针，随着全国工作重点的转移，中国军事工业也进行了重大的调整，从过去主要为军用服务，改为军民结合，保军转民，重点为国民经济和人民生活服务。

“军转民”界定为军事工业的民用生产，是指和平时期军事工业在确保完成军工生产任务的前提下，充分利用自身剩余生产能力，挖掘自身的生产潜力并充分发挥自身优势生产民品，以发挥军事工业对民用工业的补充和促进作用，为国民经济的建设和发展服务。

二、摸清襄阳三线军工单位基本情况

1985 年夏，时任襄樊市委副书记分管工业的鄂万友，成立了以鄂书记负总责，市委常委、秘书长张子强具体抓的三线军工企业“军转民”调研组。具体工作人员有：鄂书记秘书张有益，负责将调研组工作情况向鄂书记汇报、传达鄂书记指示；机械工业局王正梁科长，做好调研记录整理；经委三线办李科长，负责与三线军工单位联系、安排调研时间与路线；计委由我参加，负责调查表内容设计、数据资料收集与整理。

张子强常委主持每周召开一次碰头汇报会、安排部署下段工作、掌握全局抓大事。我当时是带薪离岗的中南财大在读生，在暑假回单位后，计委马顺清主任派我临时参加调研组的。

调研组从 6 月底到 8 月底两个月时间。为了调研数据资料完整、准确、全面，真实反映军工企业基本情况，我设计了五套调查表。表一为三线军工单位开建、投产时间，投资总额，固定资产原值、净值，占地、生产、生活面积，主管部门。表二主要是反映资金和效益。内容是国拨流动资金，贷款总额：其中流动、基建、专项和其他资金，1985 年、1986 年完成产值、利税，其中上交利润、税收、企业留成等。表三是人员情况调查表，主要内容：人员构成。1985 年末职工预计总数，平均技术等级，中专、大专以上文化程度；工程技术人员分技术员，助工，工程师，高工；专业技术员分类有机械、化工、电子电气、物探等 9 类。表四是设备分类调查表。主要内容：设备总数，金属切削设备，锻造、锻压设备，电器，测试，专用，高精稀等 15 类设备。表五为开发民品计划调查表，主要内容：民品名称，设计产量，横向是 1985 年预际、1986 年计划产量，产值，销售收入，利润，税金等，。纵向为单位名称，从中分出中央部属企事业、省属企事业单位，其中又分为军工企事业、非军工企事业单位。

一个月调研工作完成后，在汇报会上张子强秘书长说，前段时间我们的三线军工单位基本情况调查结束了，底子已摸清，军工单位开发民品现状及意愿也已了解，下一步是调研组根据调查数据资料和掌握的实际情况，向市委写出《关于军地联合开发民品的调研报告》。现在张有益跟鄂书记经常一起长期出差（张有益后来就任襄樊海关关长），机械局王正梁、经委的李科长他们手头上工作都很忙，小赵现在是大学就读，在单位没有具体任务，离上学还有近一个月时间，写报告的任务就由你来完成。我说，好哇，这是市委领导对我的信任，我尽一切努力完成任务。

7月中旬我将写好的调研报告分别报给了鄂书记和张秘书长。《报告》内容：一、三线军工单位基本情况；二、军工资源与评价；三、军工企业生产经营现状；四、军地联合开发民品的必要性和可行性；五、军地融合发展的前景与效益分析；六、促进军工开发民品的两点建议：1. 制定军工开发生产民品的优惠政策；2. 编制军工企业搬迁规划和军工生产民品年度计划，并纳入地方经济与社会发展计划之中。

建议制定的优惠政策：

在计划上，要把军工发展民品项目纳入地方国民经济发展计划。由于中心城市经济调控权力在逐步加大，军工单位发展民品主要走地方渠道，通过地方申报立项，由地方和军工单任分别向上级主管部门报批；对军工能上的项目，地方不重复布点，对军民联合的项目，由地方综合管理调度。在工作程序上，凡军工企业发展民品的基建、技改、引进、出口、科技计划，一律都要纳入市计委、经委、外经委、科委、国土局、规划局的计划。

在资金上，对军工企业发展民品所需资金，视同地方企业一样列入信贷计划并从地方信贷笼子里划出指标予以支持。

在税收上，凡纳入国家、省、市计划的，分别给予免征产品税、增值税三年、二年和一年，凡军民联合企业可以在税前提取一定比例的利润，作为联合体发展基金。企业利用自有资金或银行以外渠道筹集资金开发新产品，所得利润三年全部留给企业，计入企业新产品开发基金。

在迁建选址上，鼓励军工单位成建制或部分迁入市区发展民品，在符合市政规划的前提下优先选址。土地开发费和城市建设配套费，区别情况给予缓减免照顾。

在职工家属入户口，子女上学，劳动就业，副食供应等问题上，市直各有关部门都要积极妥善的从优安排，如搬迁进城职工家属户口一次性转到市区、分期进市。公安、劳动、教育、商业等部门都要采取一些变通办法为军工企业排忧解难。

鄂书记在我写的《调研报告》上批示："《调研报告》写得很好，为市委、市政府领导决策提供了一份很有价值的报告。报告中提出的优惠政策建议，由市政研室会商有关部门修订后，请市政府下发文件；建议编制军工单位搬迁规划和军工企业生产民品年度计划，并纳入襄樊市国民经济计划之中，由市计委办理。"

在以后政府出台的军转民开发民品优惠政策中，采纳了我以上的建议，并增加了"在军转民工作中做出重大贡献的奖励政策"等。同时又以军企命名了很多的道路如：中航大道、航天路、航宇路、航空路、汉丹路、汉光路、汉江路、江华路、江山路、军纺路、卫东路、华光路、红星路、东方路等，市内公共汽车 18 条线路将军工单位设为起点站或中间站或终点站，把主要军工单位在城市道路中贯通。举全市之力支持"军转民"，使军民融合发展。

襄阳三线军工建设情况。全国三线建设，投入了 20521 亿元巨资，占全国同期基本建设总投资的 40%。400 万工人、干部、知识分子、解放军官兵和成千上万的民工，在中央"备战备荒为人民""好人好马上三线"的号召下，打起背包，跋山涉水，来到祖国大西南、大西北的深山峡谷、大漠荒野，风餐露宿，肩扛人挑，用艰辛，血汗和生命，建起了 1100 多个大中型工矿企业、科研单位和大专院校。

当时的襄阳地区是国家在鄂西北重点建设的三线军工科研基地。在襄的三线建设，总体上来说是规模大、速度快、行业全。国家和省先后在襄樊市区及宜城、南漳、谷城、老河口等地，兴建的有宏伟机械厂、青山机械厂、卫东机械厂、汉丹电器厂、汉光电工厂、汉江机械厂、建昌机械厂、漳河机械厂、江山机械厂、长坪工具厂（江华）、红旗机制厂、旭东机器厂、红山化工厂（华中制药）、红星化工（航天42所）、5713工厂、华光器材厂、东方化工厂、鄂西化工厂、609、610研究所、3542工厂、襄樊内燃机厂等一大批三线军工企业。同时为三线军工配套修建了战备物资储备仓库，还兴建了六〇三文字印刷厂、湖北制药厂、襄阳棉纺织印染厂以及供水、供电等一批为三线军工建设服务的民用企业。

从六十年代初至七十年代初十年间，国家先后在原襄阳地区（现在的襄阳市）建成三线军工单位共45个。中央部属三线军工单位28个，其中：军（事）工单位19个、非军工单位9个；省属三线单位17个，其中：军（事）工单位5个、非军工单位12个。截止1985年7月底，在襄樊市域内建成三线单位总投资12.96亿元，其中：军工投资8.3亿元、非军工投资4.66亿元。总占地面积37759亩，其中：军工31440亩、非军工6319亩。职工总数88506人，其中：军工43172人、非军工45334人。平均技术等级，军工5.32，非军工4.7。各种较大型设备总数30007/台（套），其中：军工16353/台（套）、非军工13654/台（套）。

襄阳地区军工单位有四个特点或优势：

一是资产雄厚。拥有固定资产原值5.97亿元，净值4.75亿元。固定资产新度为79.3%。军工占地面积2.9万多亩。

二是设备先进、精良。有各类大型设备1.6万多/台（套），其中高精尖设备85/台（套），现代检测仪器420/台（套），金属切削设备3382/台（套）等。军工单位不仅拥有国产先进设备，还拥有很多国外进口设备。如数控铣床、数控车床、精密座标镗床、万能螺蚊磨、无心磨、微机控制线切割机床等高精机加工设备；有万能工具显微镜、三座标测量仪、扫描电镜、微机控制拉伸机、固态粘弹仪、动平衡仪、GPC图型测量仪、空中环境摸拟试验室等物理性能测试设备；有红外、紫外分析仪，固态、液态质谱仪，气相仪、色谱仪等化学分析仪器；还有价值上千万元的光材料分析、检测设备。很多高精设备和检测仪器在全省都是少有或没有的。

三是技术人才济济。在军工职工43172人中，平均技术等级5.32；有各类专业技术人员5218人，其中技术人员占49.6%，助理工程师占22.5%，工程师占29.4%，高级工程师占0.9%。军工单位工程技术人员占襄樊全市的65.6%，其技术人员占职工总数的比例比襄樊市高出12.46%。

四是研制能力强。这些军工企业和科研单位，既能研制质量过硬的地面军用设备和武器，又能研制用于航空、航天的军事产品。如在航空模拟、无线电遥测、自动化控制、飞机操纵和高分子解剖、合成等方面都具有国内一流水平，多次获得国家奖励。

军企发展存在的问题。随着国家战略中心的转移，美苏对抗也得到缓和，军品生产大量压缩，给军企生产和发展也带来了诸多问题。

军品严重不足，效益低下。1979 年 1 月邓小平访问美国后，认为中美关系得到缓和或改善，不再进行对抗或有战争危险，同时中央调整了以经济建设为中心的发展战略，开始军转民工作。1980 年，三线军工企业开始全面调整，军品任务锐减，到了 1983 年襄阳军工企业绝大多数没有军品生产，很多军工企业在停产或半停产状态。在计划搬迁的军工企事业单位中，有 4 家军品任务较饱满，9 家有少量军品任务，4 家完全没有军品任务。1985 年春有的军工企业长期停产，设备腐蚀成为废铁，车间成为职工和老百姓的养猪喂牛的场所。当时，企业收益很低，生产生活及其困难，已经达到举步维艰的地步。

设备利用率低。襄樊三线军工企业拥有大批国内外先进仪器和设备，由于军品任务不断减少，民品开发不快或没形成批量生产，因此设备利用率很低，特别是高精设备和检测仪器利用率更低。有些单位军品专用生产线从 1983 年开始就封存了。这些单位每年靠国家补贴 326 万元过日子。军工任务较重的江山机械厂、红星（42）化工研究所，设备利用率也分别只有 42% 和 30%。国内外专家学者考察华光器材厂后认为，该厂专业技术力量雄厚，特别是仪器设备先进齐全，可建成研究生培养基地。而该厂的先进实验检测设备利用率不到 10%。很多先进工艺还没被人们所了解和认识，长期处于封闭和“饥饿”状态。如真空镀膜、探伤、喷涂、刷镀、滚焊、动平衡、无线电遥测、微机技术、环境控制等，在八十年代初以前非常先进，但当时都没有得到很好的应用。

所处地理位置偏僻。大部分军工单位钻山太深，造成交通不便，信息不灵，运输费用大，生产成本高。企业办社会，职工生活有诸多困难。如子女入学、就业难，职工思想不稳定，技术人员外流，也影响着企业的生产经营和发展。

生产民品意识淡薄。军工企业习惯于军品生产，由国防包收，不愁销路，投资费用有国家拨款，生产稳定，收入较高，福利很好。企业转型不适应，没有生产民品的准备，竞争意识不强，缺乏市场商品经济的经营管理人才，应变能力差。有的企业视等、靠、要为理所当然，在军品不断减少的情况下，依赖军品的思想仍十分严重。资金缺乏则只知伸手要钱，而不积极开发民品，搞活企业。

三、制定军工搬迁与民品开发计划

制定军工单位搬迁规划。在中央部属三线军工单位 28 个中，除原铁道兵 6618 厂和 824 厂两个单位划归铁道部管，旭东厂并入江山机械厂外，还有 25 个。因总参三部八局办事处、八一电影制片厂襄樊分厂和 5 个国家军品战略物资储备库仍需留在县里或山沟里，不需要搬迁，另外还有一个 4404 厂正在迁往孝感。1985 年 8 月上旬，我们对这 17 个军工单位制定出了向市区搬迁规划。

在这 17 个军工单位中，地理位置分布上，在南漳、谷城、宜城、老河口偏僻山区的有 10 个，在市远郊的单位 7 个。按隶属关系分，兵器部 5713、525、295、5108、9626、9616、9604、846 厂 8 个；航空部 609、610 研究所、510、520、3015 厂 5 个；航天部 42 所 1 个；电子部 4504 厂 1 个；机械部漳河机械厂、红旗机制厂 2 个。按工业性质分，除 3 个研究单位外，14 个企业全部属重工业。按工业门类分，14 个军工企业中，机械工业 10 个，化工工业 2 个，光学材料和电子各 1 个。3 个研究所中，有 2 个搞航空机载设备和救生设备研制，一个是化工研究。

当时与军工单位及其主管部门共商，在 17 个搬迁军工中，规划成建制整体搬迁到襄阳市区内的企业有 12 个，占总数的 71%，在一个企业里部分搬迁的有 5 个，占 29%。在制定军工单位搬迁规划以后，拉开了军转民、军工企业搬迁的序幕。

编制民品开发年度计划。原来军工单位主要为国防建设服务，从事军品研制和生产。随着国民经济的战略调整，军队减员，国防开支压缩，军品任务大幅度减少，本来任务就不饱满的企业，资源更是大量闲置。军工企业设备中，有 77% 的可用于民品生产。在有军品科研和生产任务的，其生产设备利用率平均也只有 50%，高精度设备利用率仅占 20%。专业技术人员闲置的占 57% 可用于开发和生产民品。

在中央关于“军民结合”和“军工要由过去单纯为国防建设服务转到为整个国民经济建设服务上来”等一系列方针指引下，不少军工单位逐步打开了长期封闭的大门，走向市场，寻找出路，转向民品开发和生产，使闲置的技术、人才、设备资源优势得到利用。出现了“军民结合”共同开发民品的新局面。

所谓编制计划，就是根据军工企业的设备、技术、意愿，和襄樊市人民及市场需要，确定该企业生产民品的总规模以及年度生产量的过程。然后再将各个军工企业年产民品量汇总并纳入襄樊市国民经济整体计划。

1985 年 8 月中旬，我编制完成了《襄樊市军工转民品生产计划》，1986 年 3 月市人大会议审议通过了市计委《关于 1985 年国民经济计划执行情况和 1986 年度襄樊市国民经济计划安排意见的报告》。至此，我成为编制襄樊市军工搬迁与“军转民”计划的第一人。

制定“军民结合”开发民品专题规划。驻市军工单位有许多独到的技术和生产优势，它是襄樊市工业发展得天独厚的有利条件，科学合理利用军工优势，采取以军带民，以民促军，军民结合，不仅对于带动地方技术进步，促进襄樊经济建设，而且搞活军工也具有十分重要的作用和意义。为此，我在 1987 年 6 月组织专班制定了襄樊市《军工转民用基地开发规划》，就是将其列为襄樊市域国土总体规划的一个专题。主要内容为：一、规划的指导思想。二、军工单位资源评价；三、发展目标：（一）发展总目标；（二）规划的基本经济框架；（三）民品开发项目和效益。项目建设后：1. 组建 8 个民品企业集团，2. 建成 5 个开发中心，3. 形成 6 大类民品生产基地，4. 实施规划的步骤和措施。

1987 年 12 月 28 日，国家计委国土司到襄樊检查指导工作时，在汇报会上我将《襄樊市军民结合开发民品规划》做了专题汇报，当场得到方磊司长的充分肯定。他说：“襄樊市十分重视军工开发民品工作，制定的国土专题规划，在全国是走在前列的，我们回京后要对军工单位较集中的省份进行推介。同时，国家计委将给襄樊军转民项目、资金以更多支持。”

从1985年8月制定军工单位搬迁规划起，市委、市政府在发展襄樊经济过程中，努力打破条块之间、军民之间的界限，把军工企业的调整、改造、迁建与民品开发结会起来，并纳入全市经济建设的大盘子中，统筹规划，使军工企业的搬迁和民品开发工作都取得了可喜的成果。截至1987年底，全市军工三线单位开发民品250多种，其中26种分别获国家和部、省优质产品称号；烟草机械、车辆空调、变色眼镜、油田气回收装置等10多种支柱产品，很有市场声誉。这些产品有的填补了国内、省内空白，有的取代了进口，有的已形成批量出口。609所开发的油田伴生气回收装置，在全国很多油田使用，每年社会效益高达2亿元，得到赵紫阳的高度赞扬；航天42所开发的导电橡胶制品占全国销量的80%；建昌机械厂生产的卷烟机组，取代了进口产品，成为国内市场的热门货；5108厂、红旗机制厂、295厂等单位生产的变色镜片、硫酸钡、微型电机等产品已批量出口。1987年，全市军工企业开发民品创产值1.26亿元，利税2550万元，分别占军工企业总产值、总利税的46%和16%，比1986年分别增长56%和2.6倍。

在襄樊市制定《军民结合开发民品国土专题规划》后，1988年国家计委对襄樊实施了两个计划：1. 对襄樊军地联合开发民品计划的20个重点项目投资2.2亿元；2. 对12个军工单位向市区搬迁投资2.8亿元。1990年这两个计划同时全部完成。此后军民联后开发的卷烟机械、医药工业设备、建材机械、汽车配件和化工医药等民用产品形成了新的生产能力，1991年军工企业产值达到9.3亿元，获得了重大经济效益。

在毛泽东主席关于“三线建设要抓紧，就是同帝国主义争时间，同修正主义争时间”的指示下，襄阳地区三线军工建设有了较大发展。特别是1970年1月20日至29日，国家计委在襄樊市召开全国基本建设现场会，推广三线建设重点项目第二汽车制造厂和焦枝铁路等单位的建设经验，使襄樊的三线建设进一步加速。至八十年代初为56家，到九十年代中期在襄樊境内已建成和正在兴建、筹建以及从外地搬迁来的三线军工单位已达到78家，主要包括：轻重武器、航空装备救生、航空附件、航天、电子、仪表、通信、汽车配件、光学玻璃、军工轴承、有色金属、火药、战备物资储备、纺织、印刷、供水、供电及军工医院等门类比较齐全的行业，是全国三线建设的三大密集区之一。

四、军转民和搬迁后军工企业现在的发展概况

中国人民解放军第5713厂。始建于1969年，位于谷城茨河镇石井冲村，隶属空军装备部。八十年代，5713厂成建制整体从谷城搬迁至襄阳市人民西路22号。该厂是空军现役航空发动机的主要修理基地之一。工厂以航空发动机修理和零部件制造为主业，具备涡喷、涡桨、涡扇和发动机辅助动力装置4大系列16种机型修理保障能力。工厂计量中心是国防科技工业实验室认可的国家（国防）实验室，是空军航空修理中心计量站和总装备部认可的军用试验室。

5713厂先后荣获“全国企业管理文化创新奖”“军队装备修理企业质量管理奖”“军队科技进步一等奖”“空军装备部质量先进单位”“湖北省国防系统计量先进单位”等多项荣誉称号。

5713厂，全是军工产品，目前还不了解民品开发和生产情况。

中国人民解放军6618工厂，于1969年建成，隶属解放军铁道兵。地址：襄阳地区襄阳县张湾镇。它是在“准备打仗”的时代背景下，由铁道兵报经国家计委和中国人民解放军总后勤部批准后建设的。最初规划建设一个桥梁厂，一个机械厂，后来两厂合并为一个厂，即为解放军6618工厂。

军工生产主要是：建设大三线战备路上的桥梁、战争时抢修军事运输线上的桥梁；以及制造为修建桥梁所需的机械等。

在国家大三线建设战略调整，实行“军转民”后的1984年1月1日，是一举改变工厂历史的不平常的一日，就在这一天，诞生在军队摇篮里的令人羡慕的国家宠儿——中国人民解放军6618工厂，国家对其进行了断奶，推向自负盈亏、自谋生计、优胜劣汰的市场经济之路。断奶后不足三年，在工厂过去辉煌的财务账上，记载的却是300多万元的亏损。6618工厂的领导感觉到：“被国家抱大的企业，就像突然没人管的婴儿，求食无着，嗷嗷待哺。这个拥有上亿元资产的大型企业，只好端着金饭碗东一碗西一碗地讨饭吃。”

他们探索在改革浪潮中，实行军转民杀出一条新路来。

厂党委认为：“只有抱死的孩子，没有抱大的巨人。只要把当前的困难当机遇，就能带领职工闯出低谷，走向新生。”这些昔日的军人，就像当年指挥打仗一样，认真分析实力和坐标，找准自己冲向市场的突破口。厂党委一班人瞄准“七五”期间铁路系统蒸汽机车下马，内燃机车和电力机车大上的机会，迅速转产民用的东风 4 内燃机车修理及配件生产，带领职工完成产业战略大转移。1984 年从解放军铁道兵整建制划入铁道部，脱下了军装由部队转为地方。

1986 年在襄樊市政府大力支持下，襄樊市计委与 6618 厂，分别按程序上报到国家，经国家计委批准 6618 厂列为国家“七五”重点改扩建计划项目，进行转产。同时将 6618 厂改制为襄樊内燃机车工厂。总投资为 1.4 亿多元，建成年大修东风 4 内燃机车 150 台，并作为全部东风 4 内燃机车缸套的专业化定点生产厂。

襄樊内燃机车工厂，2000 年划归中国南方机车车辆工业集团公司，名为中国南车集团洛阳襄樊机车分公司（即洛阳、襄樊两个机车分公司合并成集团下属的一个公司）。现是大型一档企业，中国 500 家最大交通运输设备制造企业之一，是中南地区内燃机车修理、专用汽车改装的重要基地。目前已形成年修东风 4 型内燃机车 200 台的能力，并具备年制造各型专用汽车 2000 多辆、年制造各类液压油缸 3000 套和年生产内燃机车缸套近万组的能力，成为我国中南地区具有铁路大型内燃机车修理和公路专用车辆制造的综合型企业。

东方化工厂。始建于 1966 年，位于宜城市雷河镇，是国家在中南地区进行三线建设弹药配套的唯一梯恩梯火攻产品生产厂家。是中国兵器集团直属的大型军工企业、国家保军生产企业之一。

1986 年，大部分厂搬迁至襄阳市檀溪路，更名为“湖北东方化工有限公司”。下设襄阳东方宇星高铵盐有限责任公司、湖北可赛化工有限公司、襄阳劲牛化学有限公司等 3 家控股子公司，参股单位襄阳五二五泵业有限公司。成为中南地区化工容器和非标设备制造的主要企业。

公司已逐步发展成为集生产、科研于一体，拥有硝化、加氢等特种化工核心技术的军民融合型企业。除军品品种外，开发的民品主要有一硝基甲苯、甲基苯胺、对硝基、浓硝酸冷凝器、硝镁吸收塔、喷淋式饱和器、硝铵生产设备、压力容器等，将在民品发展上，依托硝化、催化加氢还原反应技术，重点研究硝基化工产品及其下游深加工衍生系列产品的生产和开发，研究芳烃硝化、催化加氢、系列酚产品等核心技术，开发集成相关精细化工产品生产技术，形成竞争优势明显、产业链完善、绿色循环式硝基化工产业基地。

红山化工厂。1968 年 11 月，为加强国防战备，国家在谷城南河镇九里坪村依山兴建国营红山化工厂，它是一家隶属于兵器部的师级三线兵工厂。

1979 年起，因列入了缓建名单，红山化工厂陷入了生产经营困境。到 1981 年，军品生产线安装到十分之一时停工瘫痪在车间无人问津。后经努力，红山化工厂挤进三线厂“七五”国家调整规划的末班车。军民生产为“两基”：单基生产发射药，双基生产军用炸药。

1987 年 12 月 6 日，在位于樊城区王寨办事处的工地上，竖起一块挂有“华中制药厂”5 个大字的奠基石，红山化工厂从此获得新生。新组建的华中制药厂，实行的是滚动搬迁方式，原则上是新厂上一个项目才调出一批人。

1990 年在最困难的时候实行了“军转民”。当时职工工资经常出现缺口。厂里为部分特困户建立了“买粮暂借基金”。在维生素 B1 生产线因建设资金未到位而险些停工时，职工们主动拿出了多年的积蓄 50 万元。为了节省投资，保证工期，厂里领导组织本厂职工安装生产线，仅用了 8 个月就完成了任务。“军转民”后，民品主要生产经营沉淀硫酸钡、硫化钠。

现在留下谷城山沟里只有那 8000 亩的荒山荒地，残破欲倒的楼群。70 里的满山围墙的红砖也被当地人连根拆除，拿去盖了自家的房子，还有报废的几十公里的专用铁路线。

1993 年，华中制药厂全面改制，停止军品生产，全部生产化学原料和制剂或化学制药。

华光器材厂。1969 年 9 月在宜城雷河开始建设，1976 年和 1979 年分别被缓建和压缩生产规划，仅靠国家每年 100 多万元的基建维持费维持职工生活。面对这种严峻局面，职工忧心如焚，纷纷要求创造条件生产自救。1981年，工厂开发出压花玻璃，但因运输成本高、工艺落后，第一年亏损10多万元。在分析失败原因后，他们把目光投向了变色玻璃眼镜片。开发出了新品种，牢牢占据了国内市场，并开始大量出口。企业被誉为“山沟里飞出的金凤凰”。

1995年1月，在华光器材厂基础上，注册成立了湖北华光新材料有限公司。地处襄樊市国家高新技术产业开发区内。它是中国兵器工业集团公司下属的高技术光电企业集团，是国家一级企业和国家重点高新技术企业。军工产品，研制的特种光学玻璃、红外材料及光导纤维材料广泛应用于兵器、航空、航天、激光核聚变及光纤通讯等军工高科技领域，填补了国家6项空白，达到了国内先进水平，有的还达到国际先进水平，并获得联合国颁发的发明创新科技之星奖，为国防现代化建设做出了积极的贡献。

2003年，新华光公司成功上市。目前拥有湖北新华光信息材料股份有限公司、浙江华东光电仪器有限公司、襄樊华明光学元件有限责任公司、嘉兴华光器材厂、湖北华光国际贸易有限公司、浦江华光贸易有限公司等十多家全资、控股、参股企业。

华光研发生产的主导民品，有光学玻璃、磁盘微晶玻璃基板、瞄准镜、望远镜、红外材料、工艺玻璃、玻璃眼镜片、玻璃微粉、医疗仪器、机械设备等。产品出口欧洲、美洲及亚洲的20多个国家和地区。光学加工磁盘微晶玻璃基板项目被列入国家级高新技术产业化示范工程项目；“伙伴”牌眼镜片毛坯获国家银质奖，光学玻璃系列、特种玻璃系列被法国推荐为高质量科技产品，获准自由进入欧共体市场；此外，公司拥有自行研制的瓷铂连熔和金铂连熔工艺技术。

江山机械厂。始建于1969年，现有新老两个厂区：老厂区在襄阳的老河口市，建有集铸造、锻造、冲压、铆焊、大中小件机加工和热处理、表面处理等强大综合能力的零部件加工基地，初步形成了以专用汽车、数控机床等整机产品和液压组件、汽车变速箱等核心总成为主的产品框架。

新厂区，2000年搬迁至襄阳高新区长虹路，更名为湖北江山重工有限责任公司。该公司为中国兵器工业集团直属大型企业，是我国重要的军工和民用机电产品的研制和生产基地。军工产品火箭炮是我国重要的研制和生产基地。1979 年中越自卫反击战中，襄樊江山厂生产的火箭炮武器发挥了巨大作用，为取得战争胜利做出了重大贡献。

公司成立 40 多年来潜心科技研究，军工产品已形成八大系列，曾获得部级以上科技成果奖 40 多项，其中获得国家科技进步一等奖 3 项，国家金质奖 1 项，国家级新产品奖 3 个。先后参加了国庆 35 周年、50 周年、60 周年阅兵大典，成为我国陆军远程打击、高效毁伤的王牌主战装备。

在履行军工国企职责的同时，公司长期坚持“保军转民，寓军于民”，利用雄厚的军工技术开发民用产品，积极融入地方经济和优势企业产业链。2003 年建成中国兵器江山重工集团襄樊军民结合产业园。在园内先后组建了专用车公司、汽车变速箱公司、液压科技公司和华科数字设备公司等多个专业化子公司。根据市场需求民品研制开发的有汽车变速箱、特种改装车、液压工程油缸、耐磨合金管、停车机、联轴器、高锰钢弯管、多层共挤流延膜、工程机械、冶金机械、车辆系列液压缸产品等。民用车辆主要生产有粉粒物料自卸车、粉粒物料运输车、普通自卸汽车、森林灭火车、油罐车、洒水车等特种运输车辆，广泛应用于火电厂、钢厂、水利工程、矿山、公路、市政工程等行业。

“十三五”期间，公司将继续加强民品的产业化推进，积极融入兵器集团公司优势产业链和区域经济中快速发展，实现军民品的协调可持续发展。

江华机械厂。始建于 1965 年，位于南漳山区。从事轻武器装备科研生产，是国家军品轻武器科研生产基地，原属全军工企业。

湖北江华机械有限公司成立于 1990 年 07 月，位于襄樊市襄城区胜利街江华路 01 号，是从南漳山区老厂部分搬迁而至兴建的新厂区。目前是一厂两地。南漳厂区主要是军品精加工、总装、试验场、表面处理、精铸、军品试验靶场等；襄樊厂区主要是公司总部，目前的产品结构为军用产品和汽车零部件产品两大类。军品是总参谋部指定军援产品生产厂家。被总装备部纳入装备承制单位名录。

公司搬迁后，始终坚持“军品为本，民品兴业”的战略方针。军品实现了生产一代、研制一代、开发一代的梯形结构，每一代都有具体产品项目作支撑，保持军品开发的连续性和前瞻性，先后荣获国家科技进步二等奖、三等奖、国防科技进步一等奖等国家级、省部级奖项 13 项；取得发明专利或实用新型专利 17 项，部分产品填补了国内空白。

公司定位为军民融合型高新技术企业，专为汽车发动机和变速箱关键总成的研制和生产。开发民品主要有：摇臂轴总成、变速箱轴、换档臂轴总成、推杆系列产品、电力设备、有色金属压力设备、普通机械设备制造；汽车零部件产品主要为本田发动机有限公司、东风康明斯柴油发动机有限公司、上海日野柴油机有限公司等定点配套生产。公司研制的多项民品出色完成了上海世博会和北京奥运会等国际国内反恐防暴任务。

汉丹电器厂。1966 年 3 月破土兴建，位于襄樊市襄城区环山路。原系省属军工企业，是三线兵工厂。军工主要是研制爆破器材，扫雷机器人等。在汉丹电器厂时期，共研制生产了八大系列三十多种军品。

2004 年 12 月，改制更名湖北汉丹机电有限公司，改制后公司成为一家集军工产品、汽车零部件及其他电子信息产品研究开发、生产销售为一体的综合性企业。

在军品上，公司致力于“工程兵爆破器材引信”“反恐防暴武器”等技术研发，其生产一直处于国内领先地位。2005 年公司承担的国家 863 项目“防暴弹发射机器人”顺利通过国家鉴定。2006 年“HDR—T1 型探雷机器人”随中国维和部队参加了联合国国际维和任务——黎巴嫩国际维和保障扫雷行动。公司开发的高端机电产品“防暴弹发射机器人”“探雷机器人”“扫雷机器人”“高精度数字化云台”“稀土防爆无刷电机”等均填补了国家相关领域的空白。公司是国防科工委认定的兵器工业二级理化检测机构和三级国防计量机构，先后获发明专利 22 项，国家科技进步、国家发明奖 4 次，兵总、部、省级科技进步奖 10 次，尤其以机器人和防爆无刷电机为代表的 863 成果，实现了行业技术突破。

在民品上，主要有高精度数字化云台、特种防暴机器人、无刷直流电机、普通机械产品、光电子器件及其他电子器件、计算机软件的设计、开发、制造、销售等。是神龙公司一级供应商和法国雪铁龙公司全球采购供应商。曾获得发明专利 16 项，先后荣获国家科技进步二等奖、国家发明四等奖各一次。

卫东机械厂。始建于 1964 年，地址在襄樊市襄城区环城路 1 号，属军工单位，为国防科工委爆破器材专用设备定点生产企业。军品“青峰牌”爆破系列产品多次荣获“省优、部优”荣誉称号，连续六年获“国防科技工业系统质量管理、安全管理先进单位”称号。

1998年4月，重新注册成立湖北卫东机械股份有限公司，是由原国营卫东机械厂整体改制而成。改制后全部生产民品，现在是湖北省规模最大、品种最全的民爆器材和民爆器材专用设备定点生产的龙头企业。主要生产、经营工业导火索、雷管、平炉穿孔弹以及溶解乙炔气，汽车杆状，汽车专用刀具，手动毛衣编织机、木工制品、冲压产品、塑料制品等。

该公司现已发展成为一家走多元化、集团化发展的民营企业。公司下设湖北东神卫东化工科技有限公司、湖北卫东府河化工有限公司、襄阳卫东民爆器材有限公司、襄阳顺安达物流有限公司、襄阳卫东机械制造有限公司、襄阳卫东设备制造有限公司六个子公司。

宏伟机械厂。1965年9月正式破土动工。厂址选定在襄阳县永利大队。军转民后的2001年8月，成立襄樊宏伟航空器有限责任公司。它是中航工业航宇救生装备有限公司的独资子公司，是中国唯一专业从事航空运动伞类产品和特种轻型飞行器的，集产品、材料研发生产、试验于一体的高新技术企业，拥有产品研发基地、材料研发基地、大型生产线、大型伞类产品试验中心、材料试验中心。为国内最大最先进的特种轻型航空器研发、生产、销售基地及行业龙头企业。

公司除独立承担热气球、轻型飞机、动力伞、牵引升空伞等通用航空产品的设计、生产和服务外，还可以承担降落伞、个体防护救生装备、空投系统等国防军工配套产品的设计、生产和服务。

近年来，公司民品主要从事柔翼无人机技术研究及航空航天、国家电网、人工影响天气、农业播撒、应急救灾等科技惠民领域高性能产品的开发、生产、成果转化等工作，掌握与突破了一批关键性瓶颈技术，其中拥有一项创新关键技术国际领先，两项关键技术达到国际先进水平。

柔翼无人机是采用手动遥控操作方式或者自主导航控制进行飞行的动力翼伞，它的飞行高度从十几米到几千米。

作为军用，它巡航时间长，飞行距离达到200千米。具有作战范围广、体积小、重量轻。可应用于领土监控和远程空投救援等领域，目前钓鱼岛等区域已经大量使用该无人机。

与国内外同类技术比较：

（1）国外，以加拿大“雪雁”为代表的伞翼无人机具备自主导航功能，国内原来一直未突破自主导航技术，而本项目却突破了自主导航关键技术，使得伞翼无人机达到了国内领先水平，并接近了国际先进水平。

（2）填补了国内无人机领域伞翼类飞行器的空白。

作为民用，应用柔翼无人机开发出无人化自动消雾平台。

“无人化自动消雾平台”是一种在可超低空飞行的柔翼无人机上加装消雾装置，实施飞行消雾作业的产品，采用地面发射方式，用汽车做牵引，在速度达到起飞要求时，启动发射装置，持续爬升，直至预定高度，控制无人机，执行消雾任务，飞行高度根据机场及高速公路、大型集会活动等场所需求高度，飞行航线设置包括5条—10条平行线，8公里—9.6公里长，0.8公里—2.4公里的间隔。在消雾场所上风方向约45分钟—60分钟的飞行距离上，以4.3千克/公里的播撒速率进行飞行消雾作业。其主要创新点如下：（1）国内首次采用柔翼无人机作为消雾的飞行作业平台；（2）采用自主导航飞控技术，实现项目产品的飞行控制、精确空投和定点着陆；（3）国内首次采用地面车辆拖曳起飞的方法用于项目产品的发射。

消雾不仅是关乎国计民生的大事，也是国家重点扶持的产业。该消雾平台在人工影响天伞气作业体系当中发挥出巨大的作用，它重点在民航机场、海港码头、高速公路、举办大型活动场所、电力部门等单位应用。该项目的研制成功弥补了我国消雾能力的不足，特别是填补了利用超低空飞行器携带消雾装备进行大规模、大面积飞行消雾作业等诸多方面的空白。

建厂30多年来，宏伟航空器有限责任公司，军品共设计定型104项，生产定型55项，其中4项产品获国家发明奖，3项产品获国家质量金质奖和银质奖，5项产品获部优称号，36项产品获全国科学大会奖和部省级重大科技进步奖；共为空海军部队提供各型降落伞60多万具，为国防现代化建设，为部队战备和训练提供了强有力的物质保障。曾被国家授予“两弹一星”有功单位，被原航空工业部授予有重大贡献单位。

军转民以来，共开发民品32项，其中，热气球获航空部科技进步二等奖和湖北省金鹤奖，EQ153汽车座椅、高速和准高速火车座椅获国家级新产品称号。共生产各型汽车座椅30多万辆（份），为增加地方财政税收，推动襄阳经济发展做出了贡献。被湖北省政府授予“经济效益先进单位”和“为地方经济建设做出重大贡献单位”称号。

汉江机械厂。1960年3月，国家正式确定在襄樊市郊区王寨公社施营大队建设航空工业学校，当年10月1日正式开学。1962年5月，国家航空工业局下发文件，将襄樊航空工业学校改为国营汉江机械厂。隶属于航空部，是国内唯一研制、生产飞行员个体防护救生装备的专业工厂。建设的当年就开始了军品的生产，完成国家计划的116%。从此，襄樊境内第一家军工企业诞生。同时，汉江机械厂也是我国航空工业的“独生子”。

该厂军品研制的个体防护系统，对飞行员从头到脚进行严密地保护。高空密闭头盔和代偿服是飞行高度超过12000米时，飞行员必须使用的个体防护设备。当飞机座舱失去气密性时，这种个体防护设备可使飞行员在高空有5分钟的生存时间，以便驾机降至低空。

汉江机械厂的军品，先后为我国自行成功研制了第一顶高空密闭头盔、第一顶核闪光盔等9项中国防护救生装备中的“第一”，12项产品获得国家专利，奠定了我国研制生产飞行员个体防护救生装备的基础，在一张白纸上描绘出中国航空个体防护救生装备事业的蓝图。

“军转民”后在民品开发上，工厂坚持一手抓军品的科研与生产，一手抓民品的开发与研制。1975年5月1日，汉江机械厂与襄樊市联合试生产成功第一台缝纫机，当年生产出500台。现已形成汽车门锁、汽车起动机单向器、民用航空救生产品、民用防护救生装备及铝塑复合建材等5大类民品的生产和销售。

青山机械厂。1965年8月，三机部下达万里中级技术学校设计任务书，将学校定于襄阳地区的襄樊市（当时是县级市）贾家冲。1969年6月，三机部通知万里航空工业中级技术学校改为国营襄樊航空电源设备制造厂，第二厂名为国营青山机械厂。主要担负国家歼9、直8、轰7、歼5、歼6新型号飞机电源的设计研制任务及生产任务。青山机械厂自航校改厂以来，经过自身的努力，得到了长足的发展。1973年为歼5、歼6飞机配套了调压器、启动发电机等6个航空电源产品，实现工业定型并首批生产。

1983年改制为东风电气有限公司。主要从事军工产品生产与研发。开发的民品有航空电机、电器、微车变速器以及某些薄壁零件等。

609 研究所。亦称中国航空附件研究所。1968 年 3 月，国防科委颁布第 609 研究所正式番号为中国人民解放军第 609 研究所。建在湖北省襄阳地区襄阳县仙家山下的隆中山冲里。建所初期通过开展摸透六二式（米格 21 飞机）设计思想和对美制飞机机电产品残骸的分析研究，从而形成多专业发展的雏形。后来发展成为飞机液压操控、飞机机轮刹车、飞机燃油供输、飞机环境控制和机电综合电子等 5 大专业共存、协调发展的飞机机载机电系统的综合性研究所。

609 所建所以来，为新中国前后三代飞机 60 多个机种型号配套了 37 大机电系统、770 项附件产品，保证了国防建设的需要。特别是进入九十年代后，空中加油工程在 10 年预研的基础上，仅用 4 年时间就完成设计、生产、试验、试飞、设计定型，使我国成为第 5 个拥有空中加油技术的国家。在举世瞩目的国庆 50 周年阅兵式上，空中加油工程接受了党和人民的检验，真是扬军威、振国威，被国务院、中央军委授予奖牌。40 多年来，取得各级科技成果 550 项，其中取得省、部级以上科技成果奖 147 项，包括国家级 21 项（有 3 项获得国家科技进步特等奖）。集体立功 20 多次，先后有 600 多人次受到立功表彰，荣获省、部级先进单位称号 40 多次，其中国家级荣誉 4 项、部级荣誉 34 项、省级荣誉 9 项。有 30 多项荣获省、部级和市级政研成果奖。

609 所是襄樊特别牛的一个军工企业 . 不过这家研究所已在 2005 年大部分搬迁到南京了，留在襄樊的子公司生产民用的航空用品，主要经营的是电机，散热器，铸造及制冷设备。

610 研究所。1965 年三机部选定在襄樊建设新型歼击机生产基地，并初建了汉江机械厂和万里中级技术学校两个立足点，这是 610 研究所选址的前提或客观条件。1968 年 3 月，中央军委、国防科工委批准中国人民解放军第六研究院，在湖北省襄阳地区襄阳县泥嘴公社兴建航空救生研究设计所，授予番号为中国人民解放军第 610 研究所。

1962 年，国家在襄樊创建了我国唯一的研制和生产飞行员个体防护救生设备的专业厂家，紧接着创建了生产飞机用各类降落伞（包括救生伞）的专业化工厂；然后又建立了 610 所。这两厂一所，形成了我国完整的航空救生科研生产体系。

建设世界高水平的火箭橇试验滑轨，一直是我国航空工业建设者的理想。1971 年 1 月 19 日，毛泽东主席亲自签发了中央军委给各大军区的电报，其中对 610 研究所的建设问题明确指出："在湖北襄阳地区建设弹射救生研究所，所需施工力量，请有关军区进行研究安排。"事后，武汉军区和湖北省采取了一系列支援 610 研究所施工力量的措施。

研究所的火箭橇滑轨轨道建成后，世界权威专家鉴定，其轨道直线性精度属世界一流，基准线相对精度处于国际先进水平。火箭撬试验滑轨被誉为"亚洲第一轨"。

610 研究所（亦即中国航空救生研究所）是国家乃至亚洲唯一专门从事航空生命救生装置研究、设计、制造、试验的国防科技研究机构。研究所有国家重点建设的亚洲第一火箭撬滑轨试验基地和高速气流吹袭试验台，可承担各种飞机配套的地面高速动态模拟试验、航空生理试验以及高空高速防护救生试验。可进行机械环境、能量传输、新型材料、高空人体医学和人体受限参数试验测试等高科技项目的实验研究。

610 所建所以来，共获得国家科技进步特等奖、一等奖、二等奖及部省级科技成果奖 46 项。为国防科技发展做出了贡献。

2003 年 12 月，610 所、520 厂（宏伟厂）、510 厂（汉江厂）等，合并成为中航工业航宇救生装备有限责任公司。隶属于中航工业总公司。

中航工业航宇救生装备有限公司是我国唯一从事航空防护救生 / 空降空投装备研制的现代高科技企业，世界航空生命安全领域主要研发机构之一，总部位于襄阳古隆中。公司为各型歼击机、轰炸机、教练机及机组空勤人员研制的装备，实现了海上、寒区、沙漠、丛林、高原等复杂环境下的安全救生，其总体性能已达到国外先进的现役装机产品的技术水平。公司研制的航空防护救生装备除装备我国空、海军部队外，已出口到 10 余个国家和地区，成功挽救了多名飞行员的宝贵生命，在救生包线内实现了 100% 的救生成功率，被飞行员形象地称之为"蓝天上的诺亚方舟"。公司依托救生专业优势，积极推动技术链的横向拓展，先后成功组织研制了重装空投和战车空投系统、神舟系列飞船救生船以及特种兵翼伞、空投型冲锋舟、装甲车水上漂浮系统、直升机浮囊、遥控浮空器、潜艇座椅等系列产品，实现了服务领域从单一服务航空向服务“陆、海、空、天”的跨越，为我军现代化建设、为创新我军作战模式提供了坚实、有力的保障。

公司具有雄厚研发和一流的生产实力，已形成弹射救生装置、个体防护装备、降落伞及汽车座椅调角器、汽车全车锁系列、飞机客舱内饰、航空运动休闲装备、音视频消防头盔等各专业综合配套、系统集成的研发体系。

2004 年，航宇救生装备有限公司成立以来，先后有 53 项科技成果获得国家、省、部级科技进步奖，其中国家科技进步奖 4 项；主持和参与编制了 48 项国家及行业标准，获得有效专利 65 项，在同行业中处于领先地位。

公司具备强大的试验能力。针对航空防护救生系统 / 空投空降系统以及其他领域国防武器装备的研制需求，建立了完整的试验验证体系，拥有亚洲精度最高的火箭撬试验滑轨、亚洲唯一的高速气流吹袭台、不利姿态救生性能试验系统、中国唯一的水上综合救生水池等重要的大型基础科研试验设施，建成了火箭橇滑轨试验场、大型动态模拟冲击试验室、结构性能试验室、综合环境试验室、全系统功能试验室、大型开口低速风洞试验室等重点试验单元，能够解决国防武器装备研制所面临的高速度 / 高加速度动态性能地面综合模拟试验、结构性能试验、环境适应性及可靠性试验、基本物理性能试验、生理适应性试验、气动特性试验、空投空降装备地面等效试验等关键技术问题，为航空、航天、兵器及其他高科技领域装备研发提供了重要的试验手段。

2005 年 8 月 25 日，公司战车空投系统参加“和平使命—2005”中俄联合军事演习。在军演短短一个月里，该系统总共空投了 5 轮 33 个具次，无一次失效。2005 年 10 月 12 日，“ 神舟”六号飞船成功飞天，由公司承担研制生产的座椅束缚装置、抗浸防寒漂浮装置和双人救生船也随飞船遨游太空圆满地完成了使命。

公司坚持军民结合、寓军于民的发展之路，民品产业得到蓬勃发展。截至目前，公司拥有包括一家上市公司在内的 8 家主要民品子公司，涉及商用飞机客舱内饰、汽车零部件、航空运动休闲、石化环保、矿产资源等多个领域，其中商用飞机座椅、热气球、汽车座椅调角器三个专业已经发展成为国内同行业的领军者，公司研制的商用飞机座椅已配装 ARJ21、新舟 60、A320 等机型，开创了“航宇—深航销售模式”；公司在汽车零部件领域与美国通用、美国福特、德国 CRH、德国 KEIPER、英国 VSS、法国标致、瑞士 FEINTOOL、日本三菱、澳大利亚霍顿、加拿大麦格纳、瑞典宜家等国外知名公司进行广泛深入的合作，生产的调角器、门锁、铰链等产品成为中国主流汽车制造厂家一汽大众、二汽神龙、上海大众、上海通用和自主品牌的代表——比亚迪、奇瑞等主要供应商，产品还批量配装克莱斯勒、尼桑、名爵、路虎等品牌高档轿车，“HAP 米中航精机”品牌，已在美国、德国、印度等 6 个国家和地区申请注册，成为航宇品牌走向世界的排头兵；公司自主研制的航空运动休闲装备——滑翔伞助我国运动员在第五届国际航联滑翔伞定点世界锦标赛上荣获亚军，不仅进一步提升了航宇品牌知名度和美誉度，而且为国家争得了荣誉。中国最大的商用飞机座椅研制生产基地、中国最大的热气球研发生产基地、中国最大的轿车座椅调角器生产基地、国家级企业技术中心、亚洲唯一的开口射流跨音速吹袭试验台、亚洲唯一的不利姿态救生性能试验系统、中国唯一的水上综合救生性能试验室。

红星化工厂。1965 年底，42 所和航天部四院总部机关及所属单位一起由泸州迁往内蒙古呼和浩特市南地。为了相对集中建设三线军工，中央军委决定将 42 所内迁。1966 年 9 月，基建工程在襄阳地区谷城县庙滩镇郭峪村开始建设，取厂名为红星化工厂，1968 年基建工程完工，单位名称为：航天化工四院 42 研究所。该所远离城市，距襄阳市 69 公里，离谷城县城 38 公里。所址山沟群山环抱，十分封闭，工业、民用建筑沿狭长山沟傍山搭桥，首尾相距 7 公里。职工常常需要克服洪水断路、大雪封山、缺粮断菜带来的种种困难，付出了巨大的牺牲。在建设过程中两位烈士献出了自己的生命，有许多同志因公致残、负伤，有的积劳成疾、抱病终生，有的英年早逝、撒手人寰。一次，航天部领导冒雪进山，实地考察 42 所。后来，他在一次基建工作会议上讲：“ 42 所是航天部进山最深、山沟最窄、见阳光最少、困难最多的三线军工单位。”就是在这样非常艰苦的条件下，他们却创造了辉煌业绩，为国防建设做出了重大贡献。1987 年 7 月，42 所整体搬迁到襄樊市高新区七里河（工作区）与春园路（生活区）。

42 所，是我国固体火箭发动机研究的专业研究所，也是国内最大的固体推进剂研制基地。

1966 年 9 月，用于某型号的试验发动机首次地面试车获成功；1966 年 11 月，直径 1400 毫米发动机装药、试车成功；1968 年 11 月，上述型号发动机通过立式旋转地面热试车，首次全程获成功；1969 年 9 月，上述型号发动机参加长征一号全箭试车获得成功，周恩来总理为此发来贺电；1970 年 4 月 24 日，载有我国第一颗人造卫星“东方红一号”的长征一号运载火箭发射成功。该发动机装药采用 42 所研制的配方，为我国第一颗人造地球卫星发射成功做出了贡献。

1970 年 5 月 1 日，毛泽东主席、周恩来总理在天安门城楼上接见了四院参加卫星发射的人员代表，给全体固体事业研制人员以极大鼓励，是他们的莫大荣誉！

1978 年 3 月 18 日，航天 42 所领导应邀参加了在北京召开的全国科学技术大会，该所有 6 项研究成果荣获全国科学大会奖。

航天 42 所军品共有 190 多项科研成果获省、部级以上科技进步奖。从我国载人航天工程立项到神舟十一号飞天已有二十余年，42 所提供的技术和产品伴随我国载人航天工程一路前行。除了参与长征二号 F 遥十一火箭逃逸系统和神舟系列舱体密封系统研制之外，该所还先后承担了神七“飞天号”舱外航天服橡胶件、“天宫”舱体密封件、“玉兔”月球车防尘密封圈及“神九”航天员医监生化检测组件等技术和产品的研制生产任务，涉及火箭、飞船、空间实验室和航天员四大系统，全程护航神舟二十余载。今后，航天 42 所将有更多技术和产品应用于我国空间站建设。

航天 42 所民品开发也取得辉煌成就。该所属高新技术企业，具备较强的创新、开发能力。多年来坚持 " 军民结合 " 方针，大力开发军民两用技术和高新产品，先后开发 180 余项民用产品，形成以特种橡胶制品、压敏胶制品、精细化工产品、化学气源产品和机电一体化系列产品为主导的高科技产品，性能达到国内领先水平，还有覆铝玻纤布；阻燃防护布；再生（塑料）粒料；硅橡胶玻璃纤维布；H52–83 环氧管道防锈漆等。部分产品进入国际市场，取得了较好的经济效益和社会效益。

以上这些军工企业，不但当年为我国军队和国防现代化建设屡立奇功，而且有些企业现在仍在砥砺前行、不断创造新辉煌。

现在的襄阳军工，基本上都划归地方管理。原来的军工企业，有的成建制划转、有的破产、有的重组、有的改制、有的外迁，也有不少从外地搬进来的，其中很多已经不算是军工企业了。

仍然是军工企业的，与襄阳共建共荣，军民融合发展前景很好。近年来，襄阳市先后与中航工业、中国兵器、中国兵装、际华集团、航天科工等军工集团签订战略合作协议，打造航空航天、华中医药、五二五泵阀、襄阳光电、江山重工、际华纺织、高德红外、信息产业等八大特色项目及军工产业园区，协议总投资超 500 亿元，目前已完成 100 多亿元。

如：际华纺织产业园总投资 55 亿元，主要建设国际一流的纺织、印染、后整理和高端纺织生产基地，达产后年产值可达 150 亿元；

与中国兵装集团合办的华中医药产业园计划投资 20.9 亿元，形成维生素、精神、抗生素及解热镇痛等类药品生产基地，建成后年增产值 30 亿元；

江山重工军民结合项目总投资 20 亿元，未来将形成年产特种车辆 5000 辆、液压油缸 12 万支、数控设备 1200 台的产能。

驻襄阳军工企业中有 18 家成为省、市百强企业；有 2 家国家级、12 家省级技术中心，年均完成军、民品研发项目 200 多个。2010 年，襄阳市军民融合产业完成产值 603 亿元。

通过军地融合，双方对“军转民”有了更高的认识。襄阳市委、市政府认为：三线军工企业不仅是国防现代化建设的一支重要力量，也是发展地方经济的宝贵财富。特别是国家提出三线调整改造的方针后，是对襄樊经济发展的一次重大机遇。抓住了这次机遇把三线军工企业的人才、设备、技术优势，同地方的资源、生产和流通等优势结合起来，襄樊经济就能产生新的飞跃。军工单位在实践中也逐步认识到，军转民、军民联合是振兴军工的必由之路，军工只有亲近和依靠地方，积极发展民品生产，才能有大作为，获得最大效益。由于军工与地方互有需求，和衷共济，从而加深了感情，增进了友谊，促进了军民联合的不断深入发展。

第十六章　国土规划获成果

一

国土规划，是对国土资源的开发、利用、治理和保护进行的全面规划，它以协调国家和地区经济发展与人口、资源、环境为宗旨，以国土资源的综合开发、生产力的合理布局、生态环境的综合整治与保护为主要内容，做好产业结构调整和布局、城镇体系的规划和重大基础设施网的配置，把国土建设和资源的开发利用和环境的整治保护密切结合起来，按一定程序编制的国土开发整治方案。不同层次国土规划按其特点属于空间布局规划范畴。国土规划具有系统性、整体性、战略性、综合性和地域性等特点，它以达到人和自然的和谐共生，保障社会经济的可持续发展。

国土规划编制，是根据国家社会经济发展总的战略方向和目标以及规划区的自然、社会、经济、科学技术条件，从土地、水、矿产、气候、海洋、旅游、劳动力等资源的合理开发利用角度，确定经济布局，协调经济发展与人口、资源、环境之间的关系，明确资源综合开发的方向、目标、重点和步骤，提出国土开发、利用、整治的战略重大措施和基本构想。是为了开发、利用、管理和保护中国领土以内地上、地下、海洋或大陆架的自然、人力和经济资源而编制的最高一级的规划。是国民经济和社会发展计划体系的重要组成部分，是资源综合开发、建设总体布局、环境综合整治的指导性计划，是编制中、长期计划的重要依据。

国土规划原则。编制国土规划的主要原则有：①遵循自然规律和经济规律，取得良好的经济效益、社会效益和环境效益；②统筹兼顾，全面安排。兼顾长远利益和近期利益；③因地制宜，发挥优势。；④开发和治理、保护相结合。

国土规划内容。国土规划的期限不少于15年。规划内容一般包括：自然条件和国土资源的综合评价；社会经济现状分析和远景预测；国土开发整治的目标和任务；自然资源开发的规模、布局和步骤；人口、城市化和城市布局；交通、通信、动力和水源等基础设施的安排；国土整治和环境保护；综合开发的重点地域；宏观效益估计；实施措施。

国土规划分类。国土规划一般分为综合规划和专项规划。前者是规划地区全面进行国土开发整治的总体规划，后者是以完成某项国土开发利用或治理保护任务为中心内容的规划。国土规划按地域层次一般分为四级：全国，跨省、自治区、直辖市，全省、自治区、直辖市，以及省、自治区、直辖市范围内的一定地域。

国土规划地位。国务院国发（1985）44号文件指出："搞好国土开发整治是我国进行社会主义四化建设的重要基础工作。对于合理开发利用资源，提高宏观经济效益，保持生态平衡等具有重要的指导作用，也是加强长期计划的一项重要内容。"国家计委计国土（1989）198号文明确指出："国土规划是一个国家或地区高层次的综合性规划，是国民经济和社会发展计划体系的重要组成部分。"

国土规划作用。就是为编制地区中长期经济和社会发展计划提供科学依据、决策意见和基础数据。国土规划对摸清地区的国土资源家底、促进资源的合理开发，制定地区经济和社会发展战略，推动经济结构和生产力布局的调整，加快城镇化与基础设施建设步伐，协调经济发展与生态环境保护，实施可持续发展战略。

1985年国务院发出在全国进行国土规划的通知，国家计委着手编制全国国土总体规划纲要。自1986年起，国土规划先在全国各省展开，而后很快扩展到地市和县级行政单位。

二

1987年4月，市编委下文，批复同意在市计委内设立国土规划科。襄阳市国土规划工作开始启动。

编委明确国土规划科职能：编制国土规划及研究国土综合开发整治方向、目标、重点等；组织编制扶持“老、少、边、穷”地区经济开发及以工代赈、土地利用、地质勘察、地质灾害防治和环境整治计划；编制并下达年度农用土地转移计划，和土地利用计划，并进行实施、监督和检查；编制与下达环境保护计划，负责审批环境整治建设项目，并组织实施和监测；编制水资源平衡规划。

1987 年 5 月，市委组织部下文任命我为市计委国土规划科科长。为了方便指导襄樊全市国土规划工作，同年 6 月市政府下文成立“襄樊市国土整治领导小组”，市政府常务副市长李正洪任组长、市计委副主任马顺清任副组长，市经委、土地、农业、水利、环保、规划、财政、城建局等各有关部门为成员。领导小组下设国土规划办公室，办公室设在市计委与国土规划科合署办公，计委马顺清主任兼任国土规划办公室主任、我任办公室副主任。各县市成立了相应的机构，市直单位共成立了 66 个行业规划领导小组，有 139 人组成若干专班，全市共有 1500 多人参加编写规划。国土规划工作，在全国计划系统是新工作，没有任何可借鉴的资料和经验，从上到下成立的新机构，我是襄樊市第一任国土规划科科长。

新机构成立后，按照省计委及市政府要求，一年半内编制出本地域的国土规划，时间紧迫，任务艰巨。市政府先期拔出二万元开办费，此后省计委国土处拨款 10 万元编制费。市计委腾出 6 间办公室，从市直有关部门抽借 5 人、市计委内部调配 3 人、又从北大、中南财大、华中师大毕业生中各分配 1 人、加上我，组成了 12 人的庞大班子。国土科或国土规划办公室当时成为计委第一大科室，也是最没有权、最有钱的科室。办公桌、电脑、档案柜、收录机（到外地考察、领导讲话录音专用）全是新购买的，真可谓新机构、新人员、新设备、新思想、新工作，全新（心）开始。

人员分工，马顺清是计委副主任二把手，要协助旋兰清主任抓全面工作，同时他在计委主抓业务，时间很忙、担子很重。实际国土规划工作我在全面负责。王国庆当时任职为财金贸易科科长不到任，而专门协助我搞国土规划。国土规划办公室分设指导协调、资料收集、规划编制、制图等 4 个组。

组织指导县域国土规划工作。在我的领导组织工作中，除抓好编制市域国土规划，还要指导各县市国土规划工作。县（市）是我国的基层行政地域单元，也是省级和襄樊市域国土开发建设和整治项目的落脚点，市域国土规划中的建设项目及有关水、土地、环境等配套问题也需要在县（市）予以落实和统筹安排，因此，我们在编制襄樊市域国土规划同时，还要指导各县（市）级国土规划的编制工作。

国土规划工作开始起步时，我带领尹荣保、刁富理、王家勋三同志，用了半个多月时间跑了 7 个县市，进行国土规划工作的宣传和指导，同时编印“国土规划工作简报”宣传各地、各县市的工作经验。当时，襄樊市国土规划工作，不论是支摊子、搭架子、建班子；还是收集资料、摸家底、评资源，襄樊市都走在全省的前列。

1988 年 2 月，省国土办召开全省国土规划工作会上，襄樊市做了典型发言。我在会上首先提出了，国土规划办公室要做好一、二、三、四、五的工作构想：一个提高，提高各级主要领导和国土规划人员的认识，明确目的、任务、指导思想。二个关键，国土规划办主任和执笔人是搞好国土规划的关键。三个阶段，抓紧做好收集资料、资源评价；编制专题、行业、总体规划；审批立法三个阶段。四项工作；宣传工作、协调工作、资料收集和经验交流工作、资源评价和总体规划编制工作。五大步骤，第一步制定规划工作大纲；第二步收集整理资料，搞好单项和综合资源评价；第三步拟定总体规划纲要；第四步编制专题、行业、总体规划；第五步论证、评审、立法实施。在会上同时还大胆地提出了，襄樊市国土规划要提交四大成果。即“两书”“两库”：一是《襄樊市国土资源综合评价》；二是《襄樊市国土总体规划》；三是《襄樊市国土资源资料汇编数据库》；四是建立《襄樊市投资项目库》。

省国土规划整治领导小组副组长兼省国土规划办公室主任宋显停在会议总结时说：“襄樊市国土规划工作抓得很扎实、富有成效，他们的做法和经验，提交的四项成果值得肯定和赞赏，各地要向他们学习、也可以到他们那里去相互交流和取经。”

随后，按照上述五个步骤或层次全面开展工作。收集资料是自下而上的，工作指导和编制总体规划是自上而下的，五个层次是交叉的，但又是递进的。

宣传培训工作。培训老师分别请华中师范大学徐樵利教授、中国科学院武汉分院蔡述明研究员、省计委国土处胡昌明处长讲课，根据工作进度按层次培训。首先培训各县市国土规划领导小组组长即常务县市长、县市国土规划办公室主任即计委主任、市直各有关部门分管领导。培训内容：国务院关于编制国土规划工作的政策、指示；编制国土规划的必要性、重要性或重大意义、对地方经济和社会发展所起的重大作用，目的是使领导高度重视和支持国土规划编制工作。第二个层次培训国土办主任和国土资料收集提供人员，除上述内容外又增加了对国土资料收集、调查、整理方法。国土资料收集提供人员，是由各单位将资料员提前上报市国土办。在培训会上，我们将编制国土规划所需资料列出表格、再把任务分配到各县市及市直各单位，以市国土规划领导小组名誉下达文件通知，提出上报时间和要求。第三个层次培训编写国土资源综合评价报告的人员。在国土资源资料收集整理齐备后，编写出本地域的《国土资源综合评价报告》。培训编写人员对报告的结构、内容编写和对资源评价方法。国土资源资料是襄樊市与本县市编制国土规划所共享，培训是指导各县市及市直有关部门编制国土规划。第四个层次培训国土总体规划编制人员，即编制国土总体规划的主笔或总编人员。培训本地域的《国土总体规划》、专项规划的编制方法。

工作考察。国土规划在湖北是一项崭新的工作，没有一丁点经验，而且要求高、时间紧、任务重。为了按时、高质量地编写出具有成果性的国土规划，我带领国土规划专班，先后到国家计委提前试点单位深圳、青岛取经学习。使我们从中得到很多启发，少走了弯路。在考察学习回来后，我结合襄樊本地情况写出了《国土资源综合评价方法》论文，发表在四川省《国土经济》(1988 年第 2 期)杂志上。这篇论文发表后，其作为襄樊市国土资源评价培训教材之一，为资源评价和国土规划工作起到了重要的指导作用。

附：论文一

国土资源综合评价方法
——载四川《国土经济》1988 年第 2 期

国土规划涉及多部门、多层次、多学科，是一项战略性、综合性、地域性很强的新工作。国土资源综合分析与评价，是国土规划的基础和前提。从某种意义上讲，国土规划就是对国土资源的开发利用和保护的统筹规划和合理布局。因此，要抓住资源这个重点进行深入的工作。至于如何搞好国土资源的评价，还有待于大家共同在国土规划工作中进一步探索。本文仅从评价资源的工作过程、工作方法几个方面，浅谈国土资源的综合评价。

一、评价资源的工作过程

国土资源评价工作是循序渐进、有计划、有步骤地进行的，它有准备工作及收集资料、评价资源三个阶段。

（一）准备工作阶段

1. 拟定工作计划和调查提纲。国土资源分为自然资源、经济资源、社会资源三大系统。涉及面广、时间短、任务重。因此，在人员分工、时间安排、工作布置、质量要求等各个方面，要有一个完整的工作计划、调查提纲，首先根据国土规划的需要，提出各类资源调查的具体内容和要求。其次按照资源分布的地域特点和国土规划区域的范围的大小，确定资源调查的基本单元（地市级以乡、县级以村为基本单元）。

2. 准备好工作底图。工作底图是搞好国土规划工作的重要手段之一，无论是调查、评价资源，还是规划布局都有很大作用。因此，无论是哪一级国土规划部门都要有一名制图员绘制工作底图。尤其是撤区建“乡”机构变动后，绘制新的地图更是当务之急。有了图能使资源综合评价、总体规划、文图表并茂，三者结合起来。在国土规划中，一般需要准备大、小两种比例尺的工作底图。大比例尺底图用于资源调查、布局规划；小比例尺底图用于研究成果报告（或规划书）中。各地可根据本身工作的需要绘制出各种类型的底图。

（二）收集整理资料阶段

收集整理资料，是一项查清资源、摸清家底的工作，这一阶段可分为两步：

第一步，收集最新资料。它是由各个部门根据国土规划部门发的调查提纲和统一制定的表格，进行调查和收集资料。主要是为本地域资源综合评价和总体规划服务（各部门的单项评价和行业规划需要更详细的资料，可结合自己的情况补充一些调查内容）。在收集资料时要注意两点，一是利用最新资料和成果。如农业区划、土地普查、工业普查、人口普查、森林资源清查资料及成果等，这些都可为国土总体规划所用。二是收集利用现有资料。主要有各种资源的考察、调查、勘察报告、文字图件、统计数据等。此外，还需要收集本地域的水文、气象、地质资料和地形图、航空照片、卫星照片等。

第二步，汇总分析资料。对资料的汇总分析，是此阶段工作的重点。它直接影响下一步国土资源综合评价和国土规划。要着重分析收集到的资料，能否满足国土资源综合评价和总体规划编制的要求，看资料是否完整、类型是否齐全。看哪些方面属于空缺，需要作全面系统的重新收集和补充调查；哪些方面不够准确，需要作验证调查；还有哪些资料不很清楚，需要组织重新考察。当收集整理的资料达到“准、新、全”的要求以后，再应用微机处理，形成一个完整的资源“数据库”或称为《国土资源资料汇编》。这是国土规划工作成果之一。

（三）资源综合评价阶段

在广泛收集、核实汇总资料、总结历史、分析现状，摸清家底的基础上，再进行资源评价。

第一步，拟定资源评价提纲。国土规划是一个庞大的系统工程，在我国还是第一次。而资源评价涉及各个行业、各个领域，情况繁杂。要想使国土规划具有科学性，就要使收集的资料具有准确性，评价的资源具有客观性。要做到这一点，必须拟定一个全面的，较细致的提纲，用于指导分项的、综合的、各个层次的资源评价。

第二步，培训执笔人。有了提纲还要确定执笔人、召开执笔人会议。以会代训，使执笔人明确自己的任务，掌握评价资源的理论和方法。

第三步，进行资源评价。它分为单项评价与综合评价，前者是后者基础。单项评价，是由各部门执笔人先根据资源评价提纲写出第一稿，再由本单位的领导、行家或专家提出修改意见修改成第二稿。然后由国土规划办召开互审互评会议，请全面熟悉情况的“地方通”、各部门精通业务的“专家”、有写作水平的“笔杆子”参加，进行讨论修改为第三稿（基本定稿）。

综合评价，由国土规划办组织“笔杆子”专班，对本地域的国土资源进行系统的、全面的评价。成果载体为《国土资源及其评价》一本书和向省提交一份《国土资源综合评价报告》。这是国土规划工作成果之二。整个国土规划工作提交较大成果四项：即“两书”“两库”。两书：一本是《国土资源及其评价》，另一本是《国土总体规划》；两库：一是“数据库”，二是“项目库”。

二、评价资源的工作方法

评价资源的工作方法很多，要结合各地情况而定。我以为主要采用以下几种方法：

（一）抓机构的“四套班子”。一是领导班子。即“国土规划领导小组”是全市国土规划工作的领导机构；二是技术咨询班子，由离退休的老同志、教授、经济师、工程师、农艺师等专家组成，负责技术培训和疑难解答；三是国土规划办公室（或计委国土规划科），是常设机构，负责组织协调、汇总资料、资源评价及总体规划的编制等一系列具体工作；四是各部门的工作班子，负责本系统的资料收集、资源评价、行业规划等工作。这四套班子是搞好资源评价、国土规划的组织保证。

（二）抓人员的“三个落实”。有了机构后要抓领导、执笔人、资料员“三落实”。定人时，国土办按照国土规划的特点，提出用人的具体条件和标准，由各单位提出名单，经国土部门审查后报政府批准，并下发正式文件把人员固定下来，特别强调“执笔人”不能随意调换和挪做其他工作。

这样就确定了班子，稳定了人员、保证了素质。

（三）明确任务，责任到人。方法采取：任务层层落实、工作层层做好。国土部门不仅把资源评价的任务下达到各单位，而且明确或落实到负责人、执笔人身上，并提出完成任务的时间和质量要求。各单位又把国土部门下达的任务分解成若干个小课题，具体落实到本单位或其下属单位或个人，然后由各部门总执笔人对本系统的资源进行评价后报市国土部门。同时市国土部门人员也有分工，按照资源的三大系统分兵把口，抓好两个层次：一个层次抓战线，发挥各战线的作用。另一个层次是各战线抓其所属单位的同时，国土部门也直接布置、检查各局、各公司的工作。

（四）抓好两个“三结合”。一个是政府领导、科研单位、业务部门相结合。即政府官员亲自参加，在工作上直接领导；大专院校等单位的专家教授在理论上的指导；业务部门领导抓资源评价的具体工作。这三者相结合，使资源评价的科学性有了保证。另一个是上下、条块、点面相结合。国土规划是省、地（市）、县三个层次的工作结合。条块结合，是各行业或系统与地方的结合。点面结合，是资源家底清楚、执笔人有较高写作水平，在各县（市）及市直各系统选4至5个行业，先行一步写出单项资源评价初稿。再召开全市互评会议。这样，所有参加资源评价的执笔人，都能从中学习到资源评价的方式方法，以点代面、全面展开，可起到事半功倍的作用，避免走弯路。

（五）先进经验及时推广。各类资源进行综合评价，目前尚没有现成的经验借鉴，这就需要不断的探索、总结、推广先进的经验。主要有以下几种形式：（1）及时宣传和推广各单位领导对资源评价工作的支持和重视。（2）召开各种会议。如全体人员集中会、执笔人员培训会、战线分头研究会、各部门专业会、现场经验交流会等。（3）将全国高质量的资源评价报告打印出来作为示范发给各县市参考。（4）办《国土规划简报》，把本地和外地的先进经验及时通报交流，以指导工作。（5）利用广播、电视、登报等形式推广先进经验。

三

国土规划工作，从 1987 年 3 月启动开始，至 1992 年 5 月，历时 5 年有余。共编印出版三本书，有两项获得省成果奖。

《襄樊市国土资源资料汇编》，完成于 1988 年 7 月，铅印出版于 1989 年 5 月。国土资源资料的搜集、整理、汇编，是国土资源综合评价的前提，也是国土总体规划基础。同时，供各级党政部门领导同志，掌握情况，安排指导工作，为给经济与社会科研部门的理论和实际工作者，对襄樊市国土开发整治进行研究论证，提供较系统、翔实的国土资源数据资料，进而为编制发展战略规划提供依据。

《襄樊市国土资源资料汇编》，也是搜集、整理、编制一整套反映市情、县（市）域的国土资源数据库。通过编印《襄樊市国土资源资料汇编》，对国情、市情有了全面的了解，它基本摸清了襄樊市域各类资源的家底。利用它可以分析当地各类资源对经济发展的保障程度，充分发挥地区比较优势，避免一些“无米之炊”的建设项目，促进了生产力的合理布局和地域的合理化分工。

《襄樊市国土资源资料汇编》的内容：包括四篇十七个部分。四篇是：自然资源、社会资源、经济资源、城镇建设和主要名胜古迹简介篇；十七个部分是：地理位置、土地资源、气候资源、水资源、生物资源、矿产资源、人口资源、劳动力资源、智力资源、教育文化事业、卫生体育事业、综合经济资源、农业经济资源、工业建筑业经济资源、交通运输邮电业资源、商业经济资源、城镇建设和主要名胜古迹简介等。共 260 多个表种，达 39 万多个数据，大部分按时期分县（市）排列。它从国土的时空含义出发，是一个全方位的资源数据资料。不仅有我市历史概况和人、财、物等诸要素配置现状，还有达到最佳效益的潜在能量；不仅描述我市地表状，且有地底深层资源蕴藏；不仅有对资源的开发利用，还有对资源的整治和环境保护方面的情况；有本文的综观情况，也有与全国及省内中等城市的横向对比；还有世界主要国家的部分资料。《襄樊市国土资源资料汇编》出版后，很快被我市各级党政机关和各有关部门抢购一空，并得到市政府主要领导的高度评价和赞赏。

《襄樊市国土资源资料汇编》的整理编制并铅印成书，是建国近四十年的第一次。审编：马顺清；主编：赵业清、王国庆；编写：尹荣保、刁富理、李帮志。

1987年度，襄樊市国土规划办公室被省国土办评为“先进单位”；国土科被市计委评为“先进科室”，我被市计委党委评为“先进工作者”并颁发荣誉证书和奖金500元。

《襄樊市国土资源综合评价》，1988年7月开始编写，完成于1989年1月。全书达38万字。《襄樊市国土资源综合评价》是首次对襄樊市域国土资源进行了系统的全面的综合评价，既客观科学地展示了国土资源的优势和开发潜力，又揭示了在国土开发整治中可能遇到的矛盾和制约因素，为较好地协调经济发展与人口、资源、环境的关系指出了方向，是制定国土规划和国民经济与社会发展中长期计划的基础，可供阶段性的认识市情、宏观决策参考。本书不同于单纯的市统计数据的表述，而是对各项资源的优势和开发现状及其内在联系进行了深层次的评价分析。将为国土资源的合理开发，为国民经济持续、稳定、协调发展提供依据。这本书的编写出版，从一定意义上说，填补了襄樊市的空白，具有开创性的意义。

我为主笔编写了《襄樊市国土资源综合评价》，与此同时，还指导全市编写行业单项资源评价报告387份达290多万字、各县市编写各自的市县域《国土资源综合评价》共8个达150多万字。随州、河口两市为襄樊市代管的省计划单列市，当时参加省评审，随州市评为一等奖、河口市评为二等奖。其他6个县市的《国土资源综合评价》，由襄樊市国土办组织评审，我们请了省国土办领导、专家、华师大徐樵利教授等人参加，省国土办专家说：襄樊市辖各县市的《国土资源综合评价》编写的水平、质量都很高，特别是枣阳市、南漳县超过了咸宁、孝感地区一级的水平。经评审获得一等《报告》奖的单位有：枣阳市、南漳县、谷城县；经评审获得二等《报告》奖：保康县、宜城县、襄阳县。

国土资源是自然、经济、社会三大资源系统构成的相互联系、相互作用的动态物质系统，是人类赖以生存、社会赖以发展的基础。在编写《襄樊市国土资源综合评价》的过程，我们采用定量与定性相结合的方法，反复征求专家学者和从事经济工作的老领导、老同志的意见，三易其稿，集中了大家的智慧，比较准确地反映了我市国土资源实情，是一部有实践价值的好书。《国土资源综合评价》牢牢把握了为决策者服务的宗旨，注重科学性与适用性，运用“结构、功能”的系统分析理论，重点分析、评价了襄樊市自然、经济、科技智力等资源系统在运行中相互作用、相互制约的关系；同时，对市内不同地域的国土资源作了深刻剖析，为国土资源系统结构与功能的优化，为资源的合理配置提供了科学依据。

“一失脚成千古笑，再回头是百年人”（唐伯虎诗句，见杨文《明良记》）。人类国土开发活动违背自然规律，一时的失误往往造成长久的生态系统失衡，而资源与产业的不合理配制，人口的激剧增长，更会加剧国土资源系统结构的矛盾，影响其功能的发挥，生态环境和资源系统的危机一旦发生，甚至百年也难以解决。同时，国土资源系统具有“一发不可牵，牵之动全身”（龚定庵诗句）的特点，其中任一资源的开发，都会对系统产生不同程度的影响，因此，“谋定而后战，能以少覆众”（《唐书》《李光粥传》），对战争决策如此，国土开发整治的决策也不例外，《国土资源评价》是国土开发、整治“谋定”《国土总体规划》的基础和依据，实现资源的合理配置，生产力的合理布局，有序地开发，就可能收到最佳的效果，这部《评价》书将成为国土开发整治决策的有效工具，对襄樊市国土资源系统良性循环发挥较大的作用。

《襄樊市国土资源综合评价》共分四部分二十三章。第一部分自然资源及其评价：1. 土地资源评价；2. 气候资源评价；3. 水资源评价；4. 生物资源评价；5. 矿产、能源资源评价；6. 农业自然资源评价；7. 工业自然资源评价。第二部分经济资源评价：8. 农业经济资源评价；9. 工业经济资源评价；10. 交通运输和邮电经济资源评价；11. 商业与外贸经济资源评价；12. 财政金融经济资源评价；13. 环境保护评价；14. 城镇建设评价；15. 建筑业经济资源评价。第三部分社会资源评价：16. 人口与劳动力资源评价；17. 智力资源评价；18. 文教卫体等社会资源评价；19. 社会资源的综合评价。第四部分国土资源综合评价结论：20. 国土资源整体优势；21. 国土资源的劣势对经济发展影响的评价；22. 资源的战略地位及其对产业结构的影响评价；23. 国土资源分区及其战略开发评价。

在编写襄樊市国土资源综合评价之前，我想起了毛主席，他老人家在每次革命紧要关头或有重大战略部署时，都是理论在先，发表一篇具有很强的指导性理论文章。在国土规划工作中，国土资源综合评价是最重要阶段，甚至是编制国土总体规划成败的关键阶段。我反复学习国务院、国家计委文件和国家领导人讲话，吃透精神。同时考察国家计委确定的国土规划试点单位，分析研究出我们襄樊国土规划工作的方法。在收集国土资源资料和编制国土资源综合评价报告前，我发表了《国土资源综合评价方法》论文。论文中明确了国土资源资料收集和国土资源综合评价的工作方法。在进行编制国土资源综合评价报告前，我又在辽宁省《经济计划》杂志 1989 年第 3 期发表了《浅谈国土资源综合评价》论文。该论文是指导怎样对国土资源进行综合评价，解决了编写评价报告的理论、技术和方法。

附：论文二

浅谈国土资源综合评价
——载辽宁《经济计划》杂志1989年第3期

进行国土资源综合评价，是为了揭示国土区域资源系统的整体功能，明确国土资源的优势和劣势，在全国、全省的战略地位以及今后开发利用的方向与重点等一系列重大问题。客观地评价资源可为生产力合理布局、经济发展战略目标的确定以及领导决策提供可靠依据，因此，必须掌握正确的评价方法。

一、注意“五个结合”

1.全面评价与优势资源突出评价相合。全面评价是对本地域自然、经济、社会三大资源系统进行全面的分析和综合评价，优势资源的突出评价，则是在全面分析的基础上，进行选择优化的评价。资源的全面评价和突出评价相结合，可正确反映一个地域资源的全貌和优势。确定发展的重点，发掘潜在的自然生产力，提高资源——产品系统的转换率。

2.客观现实性评价与潜在优势评价相结合。客观地评价现实资源，是资源评价科学性与适应性的保证。它是根据当前社会经济技术条件、自然资源的数量与质量进行评价，以确定资源开发利用的现实可能性与商品生产发展的规模。而资源潜在优势的评价，则是从长远的观点出发，根据资源存在的环境，预测它的潜在优势和可开发利用的前景。这两种评价相结合，能恰当地反映资源对生产力布局、经济发展结构、规模和速度的影响。

3.单项资源评价与系统资源评价相结合。在评价中，不能只搞单项资源的逐一分析评价，而忽视各种资源的有机整体性和系统性，导致经济建设和资源开发利用中的盲目性和单一性，破坏资源系统的平衡，造成生产中的失误和资源的浪费。

4. 资源效益与生态功能评价相结合。在评价资源开发利用时，不仅要考虑社会需求和经济效益，也要注重整个生态系统的平衡，使近期利益同长远利益得以兼顾。

5. 定性分析与定量评价相结合。定性分析能揭示各类资源的内在本质关系，它可以采取调查、分类、比较、综合、论述等方法。直接的类推出资源评价的定性结论。但是，定性分析人为的主观因素较多，定量分析能使评价更加科学化。通常采用系统分析方法，根据资源评价的需要，选用适当数学模型。通过定量与定性分析评价，使二者相互印证、相互补充，使评价对资源的开发既可拟定方向，又可确定规模，同时还可以预测资源开发效益。

二、从四个方面分析入手

1. 历史发展分析。包括发展速度、结构演变、空间演变等方面的分析，通过分析划分出不同的发展阶段，找出每个阶段的基本特征和主导因素。

2. 结构分析。结构有产业结构、部门结构、所有制结构等，各部门内部结构，结构分析不是一个单纯的比例关系，而是要揭示自然资源结构与经济、社会资源结构之间的矛盾。通过分析评价，确定资源合理开发的结构方向，促进经济结构的合理化。

3. 对比分析。是以条件相似地区进行对比分析，来说明本地区优势所在和薄弱环节，借鉴外地先进经验，找出如何发挥优势，克服和转化劣势的途径。

4. 相关因素分析。主要是指在资源评价中所涉及的各个要素之间的相互联系、相互制约的关系。既要从纵的方面，又要从横的方面进行分析，找出促进因素和限制因素。应用这种分析法，能够揭示有关因素的相关程度，认识社会经济现象发展中的主导因素和趋势，预见未来。

三、从四个方面进行评价

1. 数量方面。就是评价资源的品种多少，数量多少，可供开发量的多少，加工量的多少，以及在全国、全省的地位。

2. 质量方面。要按国家规定的标准，对资源进行分类分等。弄清资源的品质现状、赋存条件、资源中有效成分、含量等。

3. 分布方面。评价自然、经济、社会资源的空间分布现状是否合理，是否充分利用了有利条件，如何进一步利用有利条件等。

4. 开发条件方面。主要指资源存在环境及开发的交通、市场和地理条件、经济基础、资金条件、技术条件、劳动条件以及开发的经济、社会、生态效益，开发的有利条件和制约因素等。

四、通过评价应得出四点结论

1. 明确国土资源的优势和劣势。优势不能孤立地从一个地区来看，而要从全国、全省看，进行横向比较，才能做出科学的判断，优势不是固定不变的。要通过评价，明确区域内各种不同的资源优势，分析出现实优势、潜在优势；单项优势、整体优势等。要把各种资源组合为全地域的综合优势或整体优势。

2. 明确重点国土资源的战略地位。通过综合评价，把它们与全国或全省同类资源进行综合比较，明确资源开发的几个不同层次。第一，明确具有全国意义的资源及能够形成哪些专门化的主导产业（支柱部门）；第二，明确具有全省意义的资源，使其形成本地域一般性专门化产业部门；第三，明确哪些同专门化产业部门配套发展的辅助性的产业部门或服务性的产业部门；最后，明确具有地方意义的资源及哪些能够形成本地域的地方性的产业部门。

3. 明确优势国土资源开发的时序。通过资源开发条件的综合评价，对资源开发条件分类排队，明确哪些资源分别在近期、中期、远期进行大规模的开发。

4. 确定资源开发的最佳组合关系。即确定各个产业部门和产品开发在地域内的最佳组合，生产部门和产品的最佳组合，各类资源开发与先进技术的最佳组合。总之，通过国土资源的综合评价。要明确本地资源的优势与劣势、现状与潜力、分布与结构、开发成绩与问题、有利条件与制约因素，在此基础上，进一步搞清本地资源对战略目标、产业结构、生产布局、环境整治等方面的影响。

1988年度，襄樊市国土规划办公室，被省计委评为“先进单位”。1999年1月18日，我编写的《襄樊市国土资源综合评价报告》经省评审荣获一等奖，省发给襄樊市国土规划办公室奖金1.5万元。

《襄樊市国土总体规划》一书，是按照湖北省国土整治领导小组办公室和湖北省计委的要求编写的。初稿完成于1989年10月，1990年4月通过了省级专家评审，1992年5月根据专家评审意见进行了修改定稿。1994年8月第一版，新华出版社出版，文字603厂印刷，新华书店经销。1995年9月，湖北省计委组织专家将《襄樊市国土总体规划》，评为湖北省一九九四年度科技进步三等奖（附荣誉证书）。专家评审委员会主要成员名单：主任委员：许厚泽．中科院测地所所长、学部委员；副主任委员：高瑞科．省计委主任、研究员，夏振坤．省社会科学院研究员，徐樵利．华中师范大学地理系教授；委员：省直有部门领导15人（名单略）；秘书长：谭传凤华中师范大学地理系副教授。

1987年11月我被任命为市计委矿产资源管理科科长，国土规划科长、市国土规划办公室副主任没免，即我同时兼管国土规划、矿管管理两个方面的工作。

1990年4月，市委任命我为市计划委员会党委委员、战线工会主任，走上了副县级领导岗位。我提拔到领导班子后，原下级职务自然免职。这时王国庆任国土规划科科长、刘建新任矿管科科长。计委党委分工，我分管战线工会、国土科、矿管科、物资科、投资公司等五个方面工作。至1992年4月以后，计委副主任周祖锐分管国土规划工作，《襄樊市国土总体规划》一书的修改，1994年的第二次评审工作，即后期修改或收尾工作是周主任负责，王国庆、刁富理具体完成的。

《襄樊市国土总体规划》编制简介：

国土是一个国家或地区的人民生存和发展的空间，国土资源是经济建设和社会发展的重要物质基础。从宏观角度出发，正确处理经济发展与人口、资源、环境的关系，实现经济、社会、生态三大效益的统一，造福子孙后代，科学编制国土开发整治规划，是我们这次十分重要和紧迫的任务。

一、襄樊是汉江中上游地区的中等城区（现已成为全国大型城市），是中纬度地区沟通京广、焦柳两条大动脉，伸入大西南的铁路交通枢纽和全国北（西）煤南（东）运，南粮北调的铁水联运中转通道。位置居中，交通便利，腹地广阔，物产丰富，是理想的开发大西南、大西北的战略跳板和开发西北乃至鄂豫川陕边界地区关键部位。随着全国、全省国土开发的进一步展开，这里将是十堰－襄樊－武汉汽车工业走廊中心点和湖北省主要的农业商品基地。襄樊市国土总体规划的出发点，就是要充分发挥襄樊区位、交通、资源优势，不失时机地争取国内外投资，积极参与地域分工和国际贸易联合，从宏观层次上开发、利用、治理、保护国土资源，不断增强经济实力和服务功能，提高襄樊在全国、全省的地位，为湖北经济发展做贡献。

二、本规划力图在全国、全省国土总体规划指导、规划下，围绕各级党委、政府提出的发展经济、社会战略目标，从综合分析内部资源条件和外部经营环境入手，按照自然、经济规律要求，打破地区、部门分割，因地制宜地进行劳动地域分工和生产力布局。提出重点产业、重点地区、重大开发整治方案和实施政策措施，勾画襄樊市二十世纪末、二十一世纪初国土开发整治的基本蓝图，为编制全市经济社会发展规划和中长期计划提供依据。

三、襄樊是一个以市带县的城市，国土规划属于“中心城市与资源开发型”的区域战略性规划。其规划遵循的原则是：

以管辖地为背景，从湖北省乃至汉江中上游地区进行宏观考察，充分利用区位、资源的有利条件，建立国土顺向开发与逆向开发并重的规划模式；

从市情出发，扬长避短，兴利除害，突出重点，加强联合，量力而行，抓住机遇，力求使资源优势转化为本地乃至广域经济的商品优势；

统筹兼顾，全面安排，在加快重点地区开发的同时，正确处理平原、岗地与丘陵地区，长远利益和近期利益的关系，在重点地区和城市的帮助下，逐步缩小城乡、地区之间的差别，最终走向富裕之路；

以协调人口、资源、环境关系为主线，以经济发展为目标，以结构调整、布局为手段，实现开发、利用、治理、保护“四并重”，经济、社会、生态效益“三统一”。

四、本规划从四个方面勾画了襄樊市域国土开发整治的基本轮廓：

在地域开发布局上，指出了鄂北岗地和襄西南山区的发展方向；提出了以一个中心（襄樊市区）、“一带二线”（即老河口－枣阳－随州都市汽车工业带和横贯东西的襄渝铁路、纵穿南北的焦枝铁路及汉水）为基本框架，展开襄樊国土开发和建设布局；同时选择了六个综合开发的重点地区，提出了今后的发展方向和开发整治的主要任务。

在产业布局上，提出了全市交通运输、设备制造、化工、机械等主导产业和农业、原材料、交通通信等基础产业的发展方向、重点和布局。

在国土整治和灾害防治上，提出了岗地干旱、江河洪灾、水土流失、“三废”污染及其他自然灾害的防治任务和措施。

对人口的地域分布，社会劳动力的就业，城市化和城镇格局，严格管理和控制占用耕地，水资源的供需平衡等问题，提出了对策和措施。

五、襄樊国土总体规划期限，以 2000 年为规划近期，以 2020 年为规划远期。“详近略远”，为能与中长期计划相衔接，重点放在“八五”“九五”时期的建设布局，对重大整治目标任务作必要的远期展望，并拟根据全省、全市科技、经济、社会发展的情况进行滚动式的修改和外充。

《襄樊市国土总体规划》分十章 39 节。十章是：市情再认识、国土开发整治目标和任务、重点开发地区、农业开发与布局、工业开发与布局、交通邮电通信发展与布局、人口科技教育发展与布局、城镇建设布局与旅游发展、国土综合整治与保护、规划的实施和对策。39 节是：国土开发区位条件，资源优势与潜力，资源劣势与问题，面临的机遇和挑战，开发整治的总目标，开发整治的重点和基本任务，开发整治的主要目标，产业结构、布局的调整方向，综合开发的重点片区，以汽车工业为主体的油坊岗经济开发区，以港口、能源为主的余家湖经济开发区，以军民结合为主的樊北经济开发区，以磷化工为主的马桥、石花、雷河据点开发区，以“四北”为中心的岗地农业开发区和以汽车、轻化纺为主的都市工业带，以襄枣宜结合部为中心的丘陵农业开发区，农业开发基础和问题，农业开发的任务和目标，农业发展与布局，工业开发与布局，工业开发的任务和目标，工业结构调整与优化，工业拓展与布局，交通通信发展的战略任务，运输结构优化，线网发展布局，港站布局，网络系统布局，邮电通信发展布局，人口、科技、教育战略任务，文卫教科发展重点和布局，城镇建设与布局，旅游发展与布局，环境现状特征，市域开发环境预测分析，环境整治保护目标，环境整治、保护的重点，国土规划实施，资金引导，产业配套政策。

1988 年至 1989 年，我除了参加编写《襄樊市国土总体规划》外，还指导市直各部门编制完成了 18 个行业（部门）规划，以及“毛纺基地开发规划”“能源发展规划”、“军工转民用基地开发规划”“鄂北岗地开发规划”“襄樊汽车工业基地发展规划”“农业与工业综合开发布局规划”等 6 个重点专题规划。这些规划，一方面为襄樊市国土总体规划提供基础材料或依据，另一方面它既是襄樊市国土总体规划的一部分，又是总体规划所附的独立的行业专题规划。

1989 年度，襄樊市国土规划办公室，被省国土规划领导小组办公室评为先进单位，我被评为先进个人，我获得奖金 1500 元；1990 年，我被计委党委评为“优秀共产党员”称号；1994 年底，湖北省计委学术委员会，鄂计学术字［1994］第 03 号《关于公布湖北省计委一九九四年度科学技术进步奖获奖项目的通知》，我主持编制的《襄樊市国土总体规划》荣获湖北省计委科技进步三等奖，我个人得奖金 2000 元。

《襄樊市国土总体规划》专家评审意见：

襄樊市国土规划工作，经过几年的努力，现已完成全市国土规划成果系列。1992 年 10 月，经湖北省计委、国土办和襄樊市共同协商成立了由省直有关部门、大专院校、科研单位的领导、专家学者组成的《襄樊市国土总体规划》评审委员会。评委会认真审阅了该规划，并提出了详尽的书面评审意见。评委们一致认为：襄樊市国土总体规划符合国家关于编制国土规划的要求，是一份颇具特色、重点突出、战略性很强的规划。

一、规划较好地体现了市带县地域的规划特色。襄樊市是一种中心城市与腹地资源开发的结合型，规划中正确处理了中心城市与周围腹地、城镇与乡村、工业与农业、平原岗地与丘陵山区之间的多重关系，做出了具有特色的规划，为市带县地域的规划树立了样板。

二、该规划在市情再认识的基础上，提出了国土整治的总目标和总任务；在生产力理论指导下，建立“一点三片”的布局框架，进而划分并研究了近期的六个重点开发区和将来若干个展望经济小区；逐一对农业、工业、交通、邮电、社会、城镇的发展做出了切实可行的规划，并提出了相应的实施措施与对策。此规划的基础工作扎实，市情分析透彻，评价客观准确，规划全面系统，结构框架严谨，层次清楚，思路正确。

三、此规划把襄樊市放入中部经济带，放入鄂西北乃至鄂、豫、川、陕边界、地域这一特定的社会经济环境中，从而自明其发展地位，也使市情的分析达到了一个新高度，在此基础上提出了国土开发整治的基本任务，故而使规划具有宏观性、战略性和区域性。

四、规划围绕着本市主要产业进行了重点规划布局，并开展了其他行业的配套布局，在设计思路上具有新颖性和创造性；工业结构的转换与主导产业的选择，摆脱了一般的分析俗套，做出了有说服力的科学论证。

五、规划图、文、表兼备，是一份颇有特色的规划。在国内同类规划中居领先地位。

第十七章 开创矿管新工作

1986年3月19日，《中华人民共和国矿产资源法》由第六届全国人民代表大会常务委员会第十五次会议通过。这是我国第一部矿产资源法，是矿业发展史上的重要里程碑，也标志着我国矿产资源的开发管理从此进入法制管理轨道。

从1986年《矿产资源法》、1994年《矿产资源法实施细则》的颁布实施，到1996年《矿产资源法》修订，随后《矿产资源勘查、区域登记管理办法》《矿产资源开采登记管理办法》《探矿权采矿权转让管理办法》等3个配套法规以及相应的地方和部门规章的实施，基本上形成了我国社会主义经济条件下矿产资源管理的法律制度。

矿产资源：存在于地下或地表的，由地质作用形成的，呈固态、液态或气态的，具有现实或潜在经济价值的天然富集物。

矿产资源管理。国家政府机关，以矿产资源所有者和国家行政管理者身份对产权属于国家的矿产资源资产的经营和使用，以及组织、指挥、协调、监督和控制等一系列活动，是对矿产资源的积累、储备、使用、配置的全过程进行决策，所实施的监督和管理。它包括矿业权管理、矿产资源勘查和开发的监督管理、矿产资源形势分析和资源政策研究、矿产资源规划管理等。以保障矿产资源开发利用取得最佳经济效益、社会效益和环境效益，实现矿产资源可持续利用的行为。它只对已被探明、能储备、可以开发利用的矿产资源进行资产管理，其管理范围不包括经济运行过程的生产和消费环节，不包括对参与经济活动的人、财、物等各种要素的管理。

矿产资源规划。国家或地区以保障当前及今后一段时期内社会经济发展对矿产资源的需求，有效地保护和合理开发利用矿产资源、保护生态环境为目标，根据国家或地区矿产资源的特点和开发利用现状，对矿产资源的勘查、开发利用和保护及矿山生态环境保护在时间上和空间上所做的总体安排和布局。

区域矿产资源经济评价。指根据已进行地质工作且已查明或了解的矿产资源基础条件、技术经济条件、开发利用的内外部条件、工业布局和配套、区域或国家经济对矿产资源的需求条件、市场条件等，对研究区域范围内的各种矿产资源进行综合评价，确定资源优劣类型（优劣顺序），为国家经济发展规划、区域经济发展规划、区域矿产资源勘查、开发利用保护的决策提供科学依据的工作过程。

国家对矿产资源管理内容。矿产资源管理的基本内容概括为如下5个方面：

（1）矿产资源的储量管理与价值核算。包括矿产储量审批管理、地质勘探规范的组织制定、矿床工业指标的审批下达与管理、矿产资源的价值核算和矿产储量的登记统计等项工作。

（2）矿产资源综合分析与政策研究制定。包括矿产资源的形势分析和矿产资源政策的研究制定。

（3）矿产资源规划管理。包括全国矿产资源规划的编制和矿产资源经济区划工作。

（4）采矿权出让及采矿权市场管理、采矿权审批登记管理。

（5）矿产资源开发利用监督及补偿费征收管理。

襄樊市矿管工作从我开始。1986年《矿产资源法》颁布实施，1989年12月，市委组织部任命我为市计委矿管科科长，1990年1月，襄樊市政府成立襄樊市矿产资源管理委员会，委员会下设办公室与市计委矿管科合署办公。计委副主任李东林任市矿产资源管理办公室主任，我任副主任（同时也是计委矿管科科长），在这个任职期间我同时任国土规划办公室副主任、计委国土科科长。矿管工作是依据《矿产资源法》严肃的执法工作，在计委系统设立的新机构，在全国开展的新工作。

计委矿管科具体工作职能：

（1）代表市政府在本市域内依法行使矿产资源勘查、开发管理和监督的职责，维护矿业生产秩序，合理利用和保护矿产资源。

（2）宣传贯彻执行国家和省颁布的矿产资源管理法规和政策。

（3）负责本行政区采矿登记和乡镇矿山企业采矿许可证颁发的有关工作及地质勘查项目的监督检查。

（4）掌握本市矿山企业对矿产资源开发利用情况，监督检查矿产资源合理开发利用与保护工作。

（5）配合有关主管部门核定矿区范围，参与划界埋桩和调处采矿权属纠纷，组织交流矿管工作经验。

（6）起草出台《襄樊市矿产资源管理实施细则》；制定本行政区矿产资源开发利用规划。

（7）布置、指导、检查各县市矿管办的工作；向省矿管办汇总、填报本市矿管工作报表、工作总结。

（8）收缴市区内矿产资源开发管理费；督促、检查各县市矿产资源开发管理费的收缴和使用管理。

（9）为矿产企业搞好服务，如：帮助采矿企业制定开采方案，指导企业采矿、选矿、绘制地质草图等。

1990 年 8 月，我被提拔为市计委党委委员进入委领导班子，这时党委分工我分管矿管工作，同时也提任矿委会办公室主任。

襄樊市矿委办公室和计委矿管科建立后，虽然做了一些工作，但都是日常应付性的。当时我还担任国土规划办副主任职务，国土规划是出成果交任务的关键期，任务艰巨而繁忙。矿管机构虽成立但我还没精力抓矿管工作，1988 年 3 月，省矿委李均权副主任、朱处长来襄樊检查，我们的工作在全省处于较落后的位置，不是很满意还给予了批评。当时我汇报承诺，1989 年 6 月国土规划编写初稿出来后，我的工作重心将全部转到矿管工作上来。事实证明，后来我市的矿产资源管理工作经我奋力直追，不仅走到全省前列，而且很多方面工作取得了全省第一。我们的做法是：

1. 广泛深入宣传《矿产资源法》。1989 年 8 月，我们开始大力宣传《矿产资源法》，对全市矿业法规的宣传教育进行了周密的部署。

一是根据不同对象利用各种方式进行宣传。（1）在广场举办大型宣传活动，时任市政府常务副市长的阎增福亲临鼓楼广场现场发表宣传讲话、散发宣传材料。（2）组织矿产资源法规知识答题。市矿管办人员将答题试卷分发市直有关部门、大型矿山企业管理人员、各县市区矿管办工作人员答题。（3）召开矿产管理、资源整合座谈会，将上级有关整合精神对各矿山企业进行宣传，使各矿山业主认识到学习贯彻《矿产资源法》和整顿矿业秩序的必要性和重要性，认识到通过学习带来的正面效果，即防止无序竞争，稳定矿产品市场，增强矿山企业抗风险能力，提高资源利用率，使矿山企业做大做强，提高经济效益。（4）利用周年机遇进行宣传。1991 年是《矿产资源法》颁布、实施五周年，也是全国“二五”普法的第一年，按照省、市政府要求，大张旗鼓地开展了全面整顿和规范矿业秩序宣传工作。（5）在矿业生产较发达的乡镇明显的位置，或矿区出入口处书写树立永久性的宣传标语牌。（6）举办乡镇干部和行业矿管工作人员培训班进行专题学习，利用查处案件、开展警示教育。（7）向采矿权人讲解法律知识，提高他们依法办矿和合理开发利用资源的自觉性，珍惜资源，保护环境实施可持续发展的责任意识。

二是利用各种形式进行宣传。市矿管办利用宣传车、设立咨询台、书写大型垂幅标语、录制宣传片、录音磁带、请闫增福市长在电视讲话、散发宣传单、利用报纸、宣传栏、文件、简报、会议、培训、印刷资料、在农村和矿山放广播等形式，进行全地城、全天候、全覆盖的声势浩大地宣传活动。通过大力宣传，使广大干部、群众学法、知法、懂法，提高他们守法、执法自觉性。

三是抓好矿管工作人员自身学习自我教育，不断提高行政执法水平和依法办事能力。在矿管队伍中重点地学习矿产资源管理的相关法律政策，在学习过程中，注重实效，讲求方法，坚持理论与实践相结合，着重提高执法人员的政策水平和工作能力，做到用法律武器解决工作中遇到的实际问题。襄樊市宣传《矿产资源法》的方法、形式、声势、力度、效果，受到了省矿委发专题通报表扬。1990 年，襄樊市被省矿委评为全省地市一级唯一的矿管工作“新闻宣传报道先进单位”。

2. 到外地考察学习，制定地方法规。为了全面贯彻实施矿产资源法规，搞好我市矿产资源的开发利用和监督管理，充分合理地利用和有效保护矿产资源，由本人带队，组织各县市矿管办主任一行 9 人，赴山东等地考察学习，拓宽思路，增长知识。依据矿产资源法规，结合考察情况和襄樊实际，九月份草拟《襄樊市矿产资源管理（暂行）办法》，送省矿委、计委、地矿局及各县市矿管办征求意见，1990 年 11 月，经市政府报请市人大审查通过下发执行。

3. 举办全市矿业法规知识竞赛。由市矿委牵头，市委宣传部、市司法局、市电视台，于 1990 年 8 月 27 日至 28 日，在南湖宾馆联合举办《襄樊市矿产资源法规知识竞赛》。参赛单位由各县市及市直有关矿产企业或主管部门，共十一个代表队。由预赛到决赛，电视现场转播。在决赛前，我们组织编印了《矿业法规知识竞赛问答》及复习资料，发到各县市矿管办和参赛代表队。在决赛时，我们邀请了省矿办李主任、市人大刘忠汉副主任、市政府陈耀轩副秘书长，现场观看并颁发奖品和荣誉证书。随后省矿委向全省各地市州推广了襄樊市的做法，12 月份，省矿委效仿襄樊，也举办了全省矿产资源法规知识竞赛，我市夺得第一名的好成绩，为襄樊市争了光，市政府常务副市长赵成霖还给市矿管办发奖金 1 万元，以资鼓励。

4. 对乡镇矿业进行专项治理整顿。1991 年春，根据省政府关于对乡镇矿业进行专项治理整顿的精神，我们特地邀请了市政府陈耀轩副秘书长参加，重点进行了全市乡镇矿业全面治理整顿工作，加大了矿业秩序整治力度。围绕重点矿区、热点矿种，严厉打击无证采矿、越界开采、乱采滥挖等违法开采行为，经过治理整顿，有力地打击了无证开采等违法行为，规范了矿业秩序，有效地促进了当地经济发展。经省政府验收组来襄樊检查验收，枣阳、谷城、保康、南漳、老河口五县（市）被评为矿业秩序全面好转单位，襄樊市被省政府评为地市一级的矿业秩序全面好转单位（为最高档级），乡镇矿业进行治理整顿工作得到省政府的充分肯定。

同年 8 月，我又牵头组织了市矿管办、市司法、公安局、土地局、林业局等单位，对矿产资源较集中的谷城县、南漳县、保康县、枣阳市乡镇矿业进行了矿产资源法执行情况大检查。并向市人大常委会 1991 年第六次会议作了《襄樊市矿产资源法执法情况的报告》。会上，市人大常委会副主任刘忠汉讲："市矿管办，在襄樊市矿产资源管理执法工作力度很大，抓得很出色，卓有成效。执法情况报告写得很客观，目前乱采、滥挖、无证开采等违法行为得到了打击和有效制止。对于存在的问题，我们不能忽视，将要更加严厉地长期地打击和处罚。经市人大常委会审议，《襄樊市矿产资源法执法情况的报告》予以通过。"

5. 处理矿业之间纠纷和械斗事件。矿产资源属于国家所有，但作为一个企业或地方政府或政府部门，它又直接涉及各自的利益，企业与企业、企业与地方群众、企业与政府有关部门，往往为争夺矿产资源和采矿权而发生矛盾。为了从源头上减少和化解矛盾，维护和保持社会稳定，建立安全、环保、有序的矿业环境，1991 年至 1992 年，我先后调处了宜城板桥与襄北邓林农场的水泥矿石、襄北邓林农场与宜城园艺场的黏土矿、保康白竹磷矿与其周围乡办磷矿、地质八队与郊区尹集乡岩石矿、市红星磷矿与南漳赵店乡磷矿、市红星磷矿与南漳的龙门镇、闫平乡等较大的矿业矛盾，各纠纷均得到较好解决。

1991 年 2 月，市红星磷矿与龙门镇、闫平乡的农民发生了大型械斗事件。红星磷矿，是襄樊市化学矿山公司下属国营企业，始建于 1978 年。位于南漳县西北方向，距南漳县城 28 公里，矿山横跨两个乡镇的两个村。开采矿种为磷矿，开采方式为地下开采，矿区断裂发育，红星磷矿当时开采四个中段，即 +380 中段、+330 中段、+280 中段、+230 中段。

市红星磷矿因开采 +380 磷矿平巷，将山脉里泉水线打断，周围地下水位下降，导致泉水断流、干枯，周围两个乡村农民的人畜饮水和种植养殖无法用水。致使农民 1991 年 3 中旬月和 4 月初两次写信并上访到省、市政府要求尽快解决。李大强副省长批示："请襄樊市政府立即调查解决，并回复。"市政府杨斌庆市长批示："请市矿管办牵头，由市燃化局、南漳县政府派领导参加，组成联合调查组，立即提出解决方案报市政府，问题妥善解决后速复李省长。"

在调查组未赴现场前，该地农民先后三次拦截红星磷矿进出矿区的车辆，并且炸路堵路、砸车推车、暴力打人、到红星磷矿办公室静坐。红星磷矿一司机双腿被打断瘫痪成残疾人，一农民也被打成脑震荡成重伤。使红星磷矿停产达一个多月，造成较大经济损失和不良影响。

根据杨市长批示，市政府组成以本人为组长、燃化局总经济师杨丰亭、南漳县副县长袁启国、市矿办副主任王敏为副组长，和地质八大队工程师参加的市政府联合调查组。1991 年 5 月初，调查组赴红星磷矿，我们冒着大雨、攀上大山、顶着烈日，深入矿山实地调查，我们翻越了 4 座大山、走遍了 4 个山冲的家家农户，到农民家摸底、查看核实断水、缺水户数，做好农民的思想安定工作。

历时 19 天，向市政府提交了关于《市红星磷矿与南漳邓家崖矿区周围群众发生纠纷的调查处理报告》，在报告中提出了经双方同意的详细解决方案。市政府批准后，我又做工作促使市燃化局与南漳县政府在《市红星磷矿邓家崖矿区农民饮用水协议书》上签字，并请公证处进行公证。我采取用行政的、经济的、法律的联动方法或手段彻底地解决了这场大的械斗和纠纷。行政解决方法，是指南漳县政府在协议上承诺：一次性出资解决的搬迁费由县政府掌握使用，搬迁安置工作由县政府负全权责任，从资金到位之日起，以后若再出现因水而与红星磷矿发生任何纠纷矛盾，全部由南漳县政府负责解决并承担责任。经济解决方法，是由市红星磷矿一次性解决矿区周围农民搬迁费 42 万元，由市燃化局在协议上签字担保并落实资金到位。法律手段，就是请公证处对协议进行公证，若有一方违约，另一方可申请法院强制执行，用法律手段作保证。在当时，因企业纠纷与政府签协议，并公证以法律作保证是一个创举，在襄樊市历史上是从来没有的。经过调查、反复协商、签订协议、法律保证，妥善地、彻底地解决了该范围内 82 户 352 人及百余头牲畜饮水问题，迅速恢复了红星磷矿及两个乡（镇）村的生产。

这一纠纷的解决，得到乡镇、村农民、县政府、市燃化局及红星磷矿、市政府“五满意”。杨市长在我写的《市红星磷矿与农民纠纷处理结果汇报》材料上，签批：“调查组采取的行政、经济、法律的方法很好，很有创意。纠纷处理的彻底，为市政府排忧解难解决了一个大问题。请政府办速将解决结果回复报告李大强省长。”通过查处一些违法采矿的企业和个人，维护了法律的尊严；处理矿业之间纠纷和械斗事件，提高了计委、矿管部门的知名度和威信。

6. 坚持“五抓”，建设高素质矿管队伍。

抓学习，强素质。认真开展“讲正气、树新风”主题学习教育活动。为确保主题学习活动扎实有效开展，一是健全组织，学习活动伊始，我们及时成立了活动领导小组，本人任组长，负总责；二是制定周密的学习活动方案；三是坚持把理论学习贯彻始终，选准每一阶段学习重点，保证人员、时间、内容、效果四落实；四是广泛征求意见和建议，认真查摆问题，通过开展座谈会，设置意见箱，发放意见表，个别访谈等形式广泛征求各方面意见及建议，在此基础上，按照“重点写问题、认真找原因、关键查自身”的原则，认真撰写剖析材料，切实做好自我剖析；五是做到整改工作到位，针对查摆的问题，限时间、定人员、定标准逐一进行整改，最终达到领导满意、企业满意、群众满意。通过主题学习活动的深入开展，矿管办人员政治业务素质有了明显提高，机关精神风貌有了明显好转。同时我们还深入开展了“作风纪律教育整顿月”活动，在矿管办机关开展作风纪律整顿，着力解决单位纪律建设方面存在的问题和薄弱环节，进一步强化大家的组织观念、纪律观念、政策观念、大局观念和法制观念。并结合矿管实际，开展了“强素质、转作风、树形象、创一流”的大讨论，通过一系列学习教育活动的开展，机关干部职工政治业务素质明显提高，工作作风明显好转，机关形象明显提升，贯彻执行党的方针政策自觉性有了明显提高。

抓班子，带队伍。班子是各项事业发展的核心，是单位建设的龙头和重要保证。我们把领导班子建设作为重中之重。一是切实加强班子自身建设。班子成员之间大事讲原则，小事讲风格，顾全大局，换位思考，相互尊重，相互配合，相互协调，相互补台，形成了干事创业绩的战斗集体；对班子研究出台的决定，班子成员率先垂范，坚持从点滴做起，从自身做起，不断增强班子的感召力和凝聚力。二是狠抓干部队伍建设。我们用好的作风选作风好的人，按照“公正、公平、公开、择优”的原则，把一批德才兼备的同志放到中层岗位上，放在重要岗位上，这些同志思路清晰，创新意识强，作风扎实，赢得了同志们一致好评。三是树立正确的用人导向，看政绩用人，看能力用人，看品行用人，为广大干部职工营造公平竞争的个人发展环境。

抓管理，建机制。一是建立科学管理机制。建立健全和完善矿管办各科室的工作职责、工作流程和规章制度，1992 年，矿管办（科）制定了岗位责任制、康政建设制度、财务管理制度、文书档案管理制度、工作人员考勤制度、来人来访制度、为矿山服务制度、对各县市矿办考核制度、采矿许可证年检注册制度、请示汇报制度、报表制度、责任追究制度，并把制定的各项制度制作镜框固定在墙上。这样明确了责任、目标和要求，保证了政令畅通，实现了“凡事有章可依、凡事有据可查、凡事有人负责、凡事有人监督”的工作新秩序。二是公开公示矿管政务。对矿管部门的职能权限、收费许可、服务承诺、处罚依据进行了上墙公布，自觉接受社会监督。三是强化督查督办机制。坚持少开会、开短会、开有针对性的会、开解决问题的会，把有限的时间和精力放到深入基层抓督察、深入一线抓落实上。班子成员分片包干，经常深入基层指导工作和督查督办。

抓协调，创环境。在对外协调上，我们坚持做到腿勤、嘴勤，主动汇报，主动拜访相关部门和重点企业，倾听意见和建议，消除误会和偏见，增强理解和交流，赢得了支持。加强与乡镇政府的协调，加强与安监、环保、农业、经贸、水利等部门的协调，加强与公检法的协调，加强与企业的协调，向乡镇政府和兄弟部门要配合、向公检法要支持、向企业要理解，为事业发展创造了良好环境。

抓行风，树形象。我们坚持从严治党、从严治政的方针，一是认真开展了“三示范”创建活动、充分发挥党员的先锋模范带头作用；二是开展民主评议行风活动；三是严格执行重大执法事项请示报告制、执法情况通报考评制、执法过错责任追究制，并由领导带队，深入部分企业明察暗访，认真检查和纠正涉企“四乱”及执法不严等问题，树立了良好的矿管形象。

1992 年 10 月，省矿委在襄樊市召开全省矿管工作会议，只有襄樊市一家作典型发言、介绍经验。会议期间，省矿委组织各地市与会代表到我市矿管办参观学习，省矿委领导及与会人员看到了上墙的各项制度及矿业法规宣传栏，感到非常满意。省矿委郭主任讲：“将全省会议安排在襄樊市召开，就是要让各地市学习襄樊市用规范化、制度化、以五抓促进工作的一些先进的矿管工作经验。襄樊市去年是省的先进单位，今年比去年工作做得更有特色、更有成绩。”省矿管办给予了高度评价。1990 年、1991 年连续两年，襄樊市矿管办被省评为“先进单位”，1991 年度我被省矿委评为“先进个人”。

7. 全面清理矿业，整治违法行为。1993 年 5 月，我办保持整顿和规范矿产资源开采秩序的高压态势，继续抓好辖区矿业秩序治理整顿工作。属于安全隐患大，政府明令禁采打击的区域，因当地部分群众受利益驱使，经常和执法部门打游击搞周旋，冒险偷挖盗采，直接影响到整个矿区矿业秩序的稳定。为彻底取缔非法采矿，重点打击违法乱采、滥挖事件，及无证非法采矿行为。在充分调研论证的基础上，结合矿区实际，一是制订了《襄樊市矿区非法采矿专项治理整顿实施方案》，按照实施方案对矿山的治理整顿作了具体的部署和要求，明确了整治指导思想、目标任务及方法措施；二是把矿山治理整顿的工作列入重要的议事日程，集中力量投入整治，抽调业务熟、素质高的人员充实到矿管办；三是明确职责，建立健全管理制度，实行定岗、定责、责任追究制度；四是与县、乡政府建立联合巡查制度，做到对非法开采行为早发现、早制止、及时查处；五是实行联合执法。明确部门职责，对国土、工商、安监、环保、公安、监察等部门，一起统一思想，统一认识，统一部署，统一行动，要求在资源整合中相关部门各负其责，密切配合，齐心协力，共同推进资源整合工作，坚决打击各种违法的采矿行为，及时监督检查矿山业主是否依法进行勘查、开采，有无乱采滥挖、破坏浪费资源、采富弃贫等行为，是否按照设计的矿产资源开发利用方案进行施工，有无越界开采、乱设窿口的行为。对非法矿点坚决拆除设备、没收工具，查处炸药来源，切断电源和电缆等手段，使违法开采的现象得到有效遏制，疯狂盗采的现象已不复存在。在整治矿区矿业秩序过程中，矿管办执法的同志，不惧严寒、不畏酷暑，不怕黑恶势力威胁与阻挠，日复一日地战斗在工作一线，用行动捍卫了矿法尊严，用行动维护着全区矿业秩序稳定，实现了全市矿业秩序根本好转。

8. 规范办证程序，坚持从严管理。1994 年元月，我们针对全市矿业生产的具体情况，下发了《开展矿产资源开发利用年度检查及采矿权登记工作的通知》，对年检对象、年检内容、年检步骤、年检资料、采矿权登记的具体办理步骤和办法，年检基本程序及采矿权等做出了具体规定，有效指导全市的采矿许可证的年检及登记工作。

根据我市矿业开发的实际情况，我们不断完善办证程序，做到规范公开，窗口服务，真正体现为民办实事的宗旨。把新立采矿权应提交的材料、年审采矿许可证提交的材料、采矿许可证申请办理程序、各项收费项目和办证时限，接受社会的监督。在颁发采矿许可证的过程当中，我们始终坚持集体会审制度，实行集体负责制。采矿权人备齐应交的材料后，交由矿办接收，矿政、储量、法规、执法大队等科室共同审核，最后组织有关部门会审，做到三个统一，即统一前置条件、统一收费标准、统一会审签字。在审核把关上严而又严，细而又细，审而又审，层层把关，严格审核，前置条件缺一不可。做到“四个不在”，一是不在政策法规上搞变通。不管是在办证审核上，或者是在打击非法采矿活动中，绝对不能讲情面，搞变通。二是不在前置条件上弄虚作假。在办证过程中，法律法规和上级主管部门要求的前置条件和资料，一份不能少，一项不能缺，更不允许搞复印件来弄虚作假。三是不在审核程序上出漏洞。要严格组织会审，层层进行集体审核把关。四是不在岗位职权上谋私利。在工作过程中不能利用职权给企业出难题，而且讲够时限，严格规范。符合规定的方可颁发采矿许可证。不符合的书面通知业主，说明不能办理的原因。

9. 认真做好地质灾害的防治工作。由矿管办起草经市政府出台了《襄樊市地质灾害防治方案》，每年进入汛期，市矿管办就下发《关于认真做好汛期地质灾害防治工作的通知》，加大地质灾害防治力度，明确目标任务和工作责任，进一步落实“谁受益、谁投入、谁破坏、谁治理”的指导方针，切实做好矿山环境保护工作。通过完善制度，加强巡查，确保矿山生产安全，减少地质灾害造成的损失。我们先后 7 批次组织有关人员分别到地质灾害易发的保康、南漳、谷城三个山区县及其乡镇，检查落实群测群防系统的组建工作，不断提高广大群众的防灾意识和避灾能力，特别是我市遭受暴雨袭击，引发崩塌等地质灾害比较严重时期，矿管办同志赴向第一线，将灾害造成的损失降至最低限度。同时，市矿管办二次向省计委争取地质灾害防治资金 360 多万元，其中 1994 年保康泥石流 160 万元、1995 年襄樊真武山滑坡 200 万元。

10. 加强督查，抓好动态监测。一是对矿产资源储量进行动态检测和监督管理，开展资源储量的动态检测和评估，巩固完善了矿产资源储量申报备案制度，为避免国有资源流失、矿产资源补偿费征收、开采活动的监督管理奠定了基础；二是坚持科学开采，敦促矿山企业严格落实《矿山开发利用方案》，按照方案规定的采区、采面从事采矿作业，越层越界、高台阶、陡坡度开采现象得到了杜绝；三是开展矿山督查，按照省市规定的矿山督查办法，加强矿产资源日常监督管理，进一步建立完善了执法监察机制，通过填报矿山年报和储量统计报表及对矿山企业实行年检、“三率”指标制定与考核、埋设界桩、实行交换图制度等措施，初步建立了矿产资源动态监察管理体系，实现了合理地开发利用矿产资源，保护采矿权人的合法权益，使我市矿业经济持续健康发展，从而确保矿山依法开采和有序开发。

11. 强制停止采石，保护岘山生态环境。1996 年 3 月，我带领矿管办人员到岘山采石场现场踏看，岘山中间一座山连山的两端，两个采石单位，各霸占一个山头对着开采，相互竞争采石有一年多时间。一家是襄樊铁路分局采石场，另一家是襄城岘山采石场。都没有办理登记领取采矿许可证，属于违法采矿。现场宣传《矿产资源法》，并分别指出该单位开采矿石是违法行为，并要求立即停采，先进行划界，然后申请办理采矿许可证。随后，出现一方放炮又将对方人员炸伤事故。矿管办马上下达两个单位采矿违法处罚通知书：一是二天内全部停止采石，办理《采矿许可证》后恢复采石；二是每个单位罚款 2 万元。处罚通知书下达后，两个采石单位置若罔闻，根本不理睬，无视法律。

当年 5 月，我们又查看岘山周围环境，认为该采石点，位于襄阳南大门，不能一进大门看见的是一座光秃秃的大山，这样非常影响襄樊观光形象和生态环境。我就委托地质八队工程师，与矿管办同志一起到岘山周围进行环境调查：“该采石对社会的效益与及生态环境影响、可行性与必要性、利与弊进行论证分析”。

专家意见出来后，我带着市计委与矿管办联合向市政府写的《关于取缔岘山采石场保护生态环境的报告》、岘山采石场现状平面图、岘山片区生态环境保护与规划图、地质队专家对采石场勘查意见，找阎增福市长汇报。重点汇报四点：一、两个采石单位在同一座山争相采石，安全隐患大，随时都有可能发生重大的伤亡事故；二、岘山采石破坏了襄樊南大门的风景和森林植被，影响观展；三、岘山片区禁止采石，保护襄樊生态环境，永远封山育林；四、岘山片区将来发展生态旅游的构想。

阎市长听完汇报后，在报告上签字：“同意市计委与矿管办意见，坚决禁止在岘山片区采石，保护好生态环境，违者依法处理。矿管办拟稿以市政府名义下发文件。”

我们带着市政府下达的《关于岘山片区禁止采石保护生态环境的通知》，分别送达到了两个采石单位。通知他们立即停止采石，并给他们讲清楚了政府为什么要禁止岘山片区开采矿石，将建设旅游区的好处，及若继续采石违反《矿产资源法》《森林法》《环保法》等法律，将依法追究责任。

过一个星期后，铁路采石场没停工仍在继续采石，他们认为自己是"铁老大"，谁都惹不起，谁都不买账。我到市公安局协商对该单位采取强制措施。市公安局很支持我们和市政府的工作，派 4 个警察跟我们一起到岘山采石场，找到开采石场的负责人，口头通告他：你们没办理采矿许可证违反《矿产资源法》，采石时砍伐或炸毁山体林木违反《森林法》，破坏植被和爆破满天灰尘严重影响环境违反《环保法》，按照市政府通知今天现在立即停工，若继续采石，公安局马上办理对当事人或采石场负责人的强制措施手续，然后进入立案程序，将移交法院依法判决。该单位当天晚上 5 时前停工，施工设备、工具、人员全部撤离现场。

岘山地处襄樊城市南郊，东临汉水，西至万山，北望襄阳古城，由羊祜山、扁山、虎头山、真武山等 20 多座山组成，属荆山余脉。岘山山不奇而险峻，岭不高而秀雅。

岘山既是一座历史文化名山，也是襄阳市区南部的生态屏障、天然氧吧。1992 年，省林业厅批准建立省级森林公园，岘山诸峰皆在其中，共有林地 2.6 万多亩，森林覆盖率达 93%。

1996 年，岘山升为国家森林公园，规划范围为：北起内环线南段，东至老 207 国道，西、南至新 207 国道，面积 68 平方千米。规划岘山森林公园为六大景区：真武山－虎头山－羊祜山景区、岘首山景区、习家池景区、龙井湖景区、扁山景区、岘西乡村风情区。根据岘山的区位条件、资源属性和市场潜力，岘山的市场定位为游憩并举，既注重服务当地居民，也尽量吸引外地游客，形成两条腿走路的市场格局。

岘山历史文化资源更为丰富。羊祜、庞德公、庞统、杜预、习郁、释道安、孟浩然、杜甫、皮日休等人先后在此隐居、休憩、游览、求学、著书、传教。文人墨客都在游览岘山后留下了众多壮丽的诗篇。大量神秘而庄重的亭、祠、阁楼、寺观、碑刻点缀其中，古朴典雅，令人流连忘返。

三国故事、伍子胥与襄阳传说、虎头山传说等都是岘山宝贵的历史文化资源。

2010 年，襄阳绿道示范段在岘山森林公园建成，并投入使用。随后相继建成了沿羊祜山、钓鱼洼两个环线绿道，呈“8”字形。绿道主要由人行步道、自行车道、绿道驿站、绿化缓冲区等组成，有岘山文化广场、陵园路、翠屏山庄、水库四处入口，可供行人和骑自行车使用，每天到岘山游玩的市民络绎不绝。现在又吸引了周边城市游客组团到此观景，成为襄阳城市建设的一张亮丽名片。

实践证明，当时我们果断采取停止开采矿石，保护襄阳南大门岘山片区生态环境，建设景点发展旅游业是十分正确的。

第十八章　走上领导岗位

一

梦想高级经济师

高级经济师是职称的一种，职称最初源于职务名称，理论上职称是指专业技术人员的专业技术水平、能力，以及成就的等级称号，是反映专业技术人员的技术水平、工作能力。就学术而言，它具有学衔的性质；就专业技术水平而言，它具有岗位的性质。专业技术人员拥有何种专业技术职称，表明他具有何种学术水平或从事何种工作岗位，象征着一定的身份。在机关单位高级经济师若聘用、在事业单位考上或评审晋升为高级经济师，其级别对应享受副县级领导职务的工资和待遇。

晋升高级经济师是我梦寐以求的。当时当领导不仅要能力、业绩，更主要的是人际关系，这一点是我的弱项，不善于拍马屁、抬轿子，也不喜欢送礼、买卖交易；再者，我是穷根红心没靠山。我出身贫雇农，生长在红旗下，20 来岁入党，单枪匹马参加工作，祖祖辈辈没文化，亲戚、朋友、同学中没有当大官的，没有人有能力或愿意给我帮忙，所以当官什么都不要想，根本轮不到我，只有下决心钻业务，考经济师，当经济类或计划类专家，这就是我的目标或理想，能做到就心满意足了。

高级经济师资格实行考试与评审相结合的评价办法。凡申请参加高级经济师资格评审的人员，须通过全省统一组织的高级经济师资格业务考试。

我很早就在为晋升高级经济师作准备。从 1984 年开始，在上中南财大时选修英语课；1987 发表论文、编写出版规划书籍、获科技成果奖，为晋升高级经济师创造条件，做硬件准备。再者，从1991年开始，刻苦学习，做晋升高级职称的考试准备。除以高级经济师考试大纲作为主要学习内容外，还全面掌握经济类相关知识，结合国家及省重要经济政策，有针对性地学习经济理论和业务知识的同时，认真学习复习资料和做好摸拟试题。我先后学习或复习的资料有：《经济师手册》《计算机应用》《经济理论与实务》《经济专业知识实务》《经济理论与实践》《高级经济实务》《评审综合能力》《高中级经济师教材》《经济基础知识》《高级经济师辅导教材》《中级经济师实务复习资料》《初级经济基础复习资料》《中级经济基础复习资料》《经济师解疑精选》《经济师备考经验》《经济师考试论坛 》《经济师历年真题》《高级经济师模拟试题》等。

后来国家相关政策的规定，高级经济师职称考试包含本专业考试、全国专业技术人员计算机应用能力考试和全国职称英语考试。要求申报高级经济师职务任职资格者，一般能熟练地掌握计算机应用技术，能运用计算机完成本专业及相关信息的收集、处理；一般能熟练地掌握一门外语，能阅读本专业的外文资料。

对于我来说计算机运用、英语，是高级经济师考试最难过关的两门，我与其他人相比要多于三倍的精力和时间。

高级经济师计算机应用能力考试，一般需要Windows，PowerPoint和Internet应用这几个比较简单的职称计算机考试模块报考。通过《电脑入门》《计算机运用教材》学习，和在单位专业微机员指导下，我的计算机运用水平可达到中等水平，如：简单编程、打字、撰写专业书籍、编辑文档、网上下载发送文件、上网阅读、炒股、买基金进行理财等。

为考职称学英语，在上大学时我专门选修英语。我原在初中时学的是俄语，因“文化大革命”只读2年时间全国停课闹革命，1967年至1976年，国家没有实行高考招生，所以我们失去了继续升学上大学的机会。1984年，国家对在职工作的公务员给了一次统考上大学的机会，我就考上了中南财经政法大学，带薪脱产学习。在选择英语学习时，我是从认识字母开始，即是零的起步。为了记熟英语单词，我专门装订了几个小本子，把新单词抄写在小本本上，为了好记还对应的注上中文，在食堂排队买饭菜时默记，走路、散步有时或上体育课休息时，有空隙就默背，晚自习也花大量时间默写单词。由于是选修课，班上有很多同学放弃了英语学习，而我却坚持到最后考试及格。在平时工作中，我还积极参加社会组织的各类英语培训班，如：襄樊市科技局组织的“企业经济系列进高级职称外语培训班”，我英语考试成绩 82 分，还颁发了结业证书。

我这一生，学习是最有耐力最能持久的嗜好。有几个时期有目的地刻苦学习。第一次是刚参加工作时，购买了很多书籍钻研业务知识；第二次是学习写作时练笔，学习各类文体写作方法，所以我后来写各种公文、发表论文、编写调研报告、撰写国土规划专业书籍都能得心应手；第三次是提干时要文凭，逼着我自学高中课文（我是初中毕业）及高考有关复习资料，去报考大学；第四次是晋升高级经济师时期，学习与考试有关的各类书籍、资料和电脑、英语专业知识；第五次是退休后被聘请到企业集团当高管，又钻研学习了企业管理知识。

我这一生，养成最好的习惯是学习。在每天 24 小时中，每天学习时间最少在 3 至 4 个小时。每天深夜 1 点后睡觉，就是工作加班和陪客回家再晚，哪怕是夜间 3 点钟睡觉，上床后也还要学习 1 个小时。就是：“学习是我爱好，不论苦累辛劳，上床不看书报，夜间睡不着觉。”之所以我能刻苦学习，主要是对《书山有路勤为径，学海无涯苦作舟》有极深刻的理解和体会。

考高级经济师目标已明确，就要下定决心，准备吃苦。如果年轻的岁月害怕吃苦不用心做事，后半生就很难沉淀出有质地的人生。到那时，你困于匮乏举步维艰，也别无选择只能苦上加苦。

每一次成功背后，都掩藏着许多鲜为人知的艰辛和苦痛。就像你只看到腊梅绽放于寒冬，其实，它早已积蓄力量，在酷寒中隐忍拼杀多日。

想想，如果人到中年，当你在如数家珍地高谈阔论别人的人生，却发现自己身上毫无可圈可点之处时，不免会有几分悲哀。

这辈子没有吃过苦的人，不足以言人生。我所经历的困苦，绝不止于此。

所以，我就从很早开始努力考上高级经济师，给自己制定一个具体而要实现的目标，然后坚持不懈地去努力。

1993 年 1 月，人事部下发了《关于印发 <经济专业资格考试暂行规定>

及其 < 实施办法 > 的通知》(人职发［1993］1 号)，决定在经济专业人员中实行高、中、初级专业技术资格考试制度。

国家开始在机关事业单位开展评审职称。我是大专学历不具备高级经济师考试报名条件。当时在机关还是第一次考试评审职称，又加上“文革”停止上大学，有一大批有业绩、有能力、有成果，但学历达不到的机关工作人员。国家为了激励优秀人才脱颖而出，对确有真才实学，在经济岗位上工作成绩显著、贡献突出的专业骨干人员，可破格评审高级经济师职务任职资格。

破格评审高级经济师的申报条件：

1. 取得大学专科学历后从事本专业工作 15 年(或取得大学专科学历且累计从事本专业工作 20 年)以上。我是 1971 年 7 月至 1992 年，在市计划委员会从事计划经济工作 22 年，这一条我是符合的。

2. 不具备规定学历人员申报条件。学历破格，晋升对象应提供在有刊号正式出版发行刊物上独立发表经济专业学术论文 2 篇。1988 年，我在四川省《国土经济》杂志第 2 期上发表《国土资源综合评价方法》论文；1989 年，我在辽宁省《经济计划》杂志第三期发表了《浅谈国土资源综合评价》论文。满足了发表 2 篇论文要求。

3、从事经济工作，获省(部、厅)级三等奖(及相应奖项)以上获奖项目的主要完成人(以个人奖励证书为准)。我编写 30 多万字的《襄樊市国土资源综合评价报告》获省一等奖，也能满足这一条件。

1993 年 3 月，我填报了中华人民共和国人事部制定《专业技术职务任职资格评审表》。随后参加了全省统一组织的高级经济师资格业务考试。一九九三年四月，经湖北省人事厅组织省经济专业高级评审委员会评审，晋升为高级经济师。资格证书 工作单位：襄樊市计划委员会；从事专业：经济；任职资格：高级经济师；评审日期：一九九三年四月卅日；证书编号：9342942；发证单位：湖北省人事厅。我终于实现了梦寐以求的高级经济师之梦。

二

干群职工推着我当领导

我能担任领导，是计委干部职工把我推到领导岗位上的。这话得从根上说起。那是 1988 年 8 月的一天，计委两位科长，对委内宣布计委主任某某某半年多没交党费，按照党章规定应自动除名或退党。消息一出震惊计委乃至市委、市政府以及整个党政机关。一时间被传得沸沸扬扬，成为机关干部议论中心，一个政府重要部门正县级主要领导达半年之久不交党费，简直不可思议。

市委组织部很快介入了，派出组织科科长进行调查后，与计委分管人事工作的都主任共同主持，召开计委机关党员集体生活会，会上某主任作了深刻检讨和自我批评，并恳求接受组织处分。离退休的老领导、老党员，及委内在职党员都对此提出了严厉的批评和帮助。

半年多不交党费这件事，在八十年代来讲，说它很严重就非常严重，说它事大那就是大事。按照党章规定，给某某作除名、或退党脱党处理，就意味着他的计委主任、党委书记位子不保或不能再担任了；说他事小，他就没有多大问题。因党性观念不强作了沉痛检讨，又因一心扑在工作上，长期跑项目在外，很少在机关里，交党费疏忽忘记了。某主任工作、领导能力都是很强的，在省计委、襄樊市委、市政府领导心目中很有位置，他带领计委为襄樊市经济和社会发展也做出了很大的贡献，这一点，市计委干部职工和市委领导都是肯定的。所以，因工作繁忙一时疏忽没有及时或按时交党费，计委大多数党员，在他深刻检讨后也能谅解。

但事情发生的根源和发展也不是那么简单。委内有几个年龄偏大的中层科长级干部，是想把他搞垮，再换一个新的一把手。不仅不原谅反而联名写人民来信要严肃处理某主任。其原因有二：一是某主任担任一把手（称为 A 主任）时间长，肯定要得罪一部分人，他们想泄私愤；二是 A 主任在近 10 年间不提拔干部，不少中层干部意见大，认为影响了自己的前途和进步，尤其是年龄大的科长过一、二年后超龄，再没有被提拔的机会了。正值 1989 年换届前夕，传说下届还是 A 主任担任主要领导，他们想要换一个新主任；再者，当时二把手副书记、副主任（称为 B 主任），和一把手 A 主任之间有矛盾不和谐，有的可能得到 B 主任的支持或表态，他当一把手后怎么重用或提拔他们。因此，年龄大的科长有三四个“积极分子”是下定了“倒 A 扶 B”的决心。

1989 年春，政府及其各部门都要换届，换届前市委要先将各单位一把手调整任命到位。时任市委书记与 B 主任在中南财大是同学，后来两人又同时在襄阳地区计委共事 8 年。书记内心怎么考虑的不得而知。据我分析如果书记直接任命同学为计委主任，又怕社会影响不好，当时社会风气还比较正，没有买官卖官、拉帮结派、提拔亲朋、请客送礼的腐败行为。尤其是书记，完全靠自己努力干出来的，又作风正派。B 主任是中南财大老牌计统专业本科毕业生，在委里是正宗最早科班出身，业务在计委最熟悉、最权威，属专家型的，又是计委二把手。书记让他当一把手也无可非议，而市委书记采取了竞争的办法。B 主任与 A 主任两人，由计委全体干部进行投票决定。当时在党政机关的一个重要部门，进行直选、现场投票，并宣布决定一把手，在襄樊市历史上前无有者，后无来者，仅此一次，就是在全省甚至在全国也没听说过。

投票之前单位全体人员都不知道，在一天上午刚上班委人事科突然通知，全体干部 9 点半钟到六楼会议室开会，内容是投票选一把手。

西方国家竞选是大会演讲，公开拉票，进行贿选。在中国是绝对不准许的，如有贿选拉票行为，查证后一律严肃处理，都是事前保密，临场投票。虽说都不知道，只是相对整体而言，还是有极少数人知道，当事人不出面，通过心腹作些暗示暗地拉票。计委当时 A 主任是一把手，B 主任是二把手但业务在委里是一霸，又有市委书记的同学靠山，也有想当主任的欲望，两人在暗地涌动。有观是：两霸相斗，鹿死谁手，投票分晓，谁留谁走（落选者离开计委）。

投票当天，组织部派来两个科长主持会议。议程：1. 宣布市委在计委试行主任直选决定及选举办法，同时讲了选举纪律等；2. 确定倡票人、监票人、（黑板）计票人、发票人、收票人；3. 人事科发选票，与会人员在拟任主任后面填写姓名，投上自己神圣的一票；4. 收票；5. 现场倡票；6. 宣布当选市计委新一届主任，按程序下达任命；7. 选举结束。

在倡票计票中，黑板上在 A 主任与 B 主任各人名下面写正字，一票一笔。B主任与A主任的票轮流上升，有时你一票我一票接续6、7票平均地上升，有时各自连续3、4票的交替上升，气氛十分紧张，中间多次出现票平情况。在各29票时是最后一个平票，然后连续两张票是B主任，最终是A主任名下6个正字差一笔，B主任名下6个正字下面另写一横，以29∶31票，B主任险胜A主任，B主任现场当选为计委主任。随后市委下文B主任同时任“襄樊市计划委员会党委书记”。

按常理讲A主任应该胜选，他比较有优势，首先他在一把手位置上有资源；二是他担任主任期间做出了很多见得到的成绩；三是他在省计委、市委领导那里有位置；四是委内大部分同志肯定他的能力、成绩、为人、威信。但是，他半年没交党费的确有一定的影响，被有的人抓到问题而被夸大和利用了。后来组织部门在各单位清理交党费情况，也有不少领导半年以上因工作繁忙而忘记按时交党费的情况，有的领导近一年没有交党费，但最致命的问题是A主任不关心同志们的进步，不注重提拔培养干部。在市委组织部派人了解某主任没按时交纳党费情况时，计委反映了一个强烈的问题，是计委多年来没提拔干群，现在压了一大批“德才兼备”应该提拔而不提拔的同志。有的反映，一个班的同学，在别的单位多年前被提拔县级干部了，而在我们单位连正科级都不是，别人认为我们能力不行或是犯了错误，这种情况带有普遍性。科长层次提不上去，这一层次又压了下面的同志上不来。所以很多人投票时把积怨爆发出来，发泄到A主任身上而不投他的票。这就是A主任败选的根本原因。随后A主任调市政府任副秘书长，未按时交党费之事，市委也没深究了。

市委和组织部了解到市计委确实压了一批人才，组织部派工作组到计委，利用在计委领导班子换届时选拔部分同志进班子。在计委全体干部中采取无记名投票，即给每个干部发一张空白纸，没有岗位职务、没有提拔指数（人数）、没写投票人姓名。条件是：在计委工作担任正科级二年及以上，你认为谁能提拔为县级干部就写谁。投票后组织部将票收完直接带走。

约过一个星期后，组织部与新任计委主任沟通，确定7个作为提拔副县级领导干部的考核对象，我是第五名。

没想到我会进入副县级领导干部的考核对象之列。我压根就没有想到提拔当领导，一是我担任正科长才满二年，二是比较而言我还年轻。在投A主任与B主任二人票时，我认为他们二人各有优劣，人无完人，都可以担任一把手。我最终投了B主任的票，因我参加工作就在他手下，同事18年，他对我传帮带，我称他为老师，主要是感情因素起了作用。并没有考虑投B主任的票，在他当主任后是否提拔我的问题。后来听说投提拔人的票占投票总人数的55%以上，被确定为考核对象。投提拔人的票很散，基本上人人都有，而投工作能力强、业绩突出、作风正派计委精英的票还是多一些，也相对比较集中一些。

实际上我在1988年就着手在学习或复习晋升高级经济师的有关资料或书籍，想从业务方面发展，当个高级经济师和计划方面的专业技术人员就满足了，对走向委班子领导没有考虑过。这次委全体干部职工投我的票，入围为县级干部提拔对象，在对提拔对象全面考核后，在计委考核组成员、组织部科长汪帮国对我说："你是学国民经济计划的，专业对口，不仅业务工作很熟悉，而且获得省计委嘉奖，准备留在计委进班子任职。"后来我被市委任命为"襄樊市计划委员会党委委员、(战线)工会主任(副县级)"。任职后，马主任找我谈话说："进委领导班子很不容易，你要继续努力，贡献你的聪明才智。这次先任工会主任，不当纪委书记，走党务一条线你不适合，你适合业务工作，将来在业务方面好好发展，现任工会主任，便于以后调整搞业务。"我要感谢委的干部职工把我推进了计委领导班子。

马主任把我留在计委任职，并将继续搞业务工作，是对我的信任，因他了解我，知人善任。在我刚提为正科级，任计委国土规划科长、市国土规划整治领导小组办公室副主任，马主任是计委副主任二把手，分管国土规划工作，同时兼任国土办主任，分管我也是我的直接领导。国土规划在全国都是一项新工作，各级领导都很重视，是政府二把手直接领导，国务院分管领导是姚依林副总理、省政府是段永康常务副省长、襄樊市是李正洪常务副市长任国土规划整治领导小组组长。开始开展工作时，马主任事无巨细的安排、指示、部署工作，因我刚当科长，还是不了解、不放心、不放手让我干。经过一段工作后，他不再亲自安排工作了，而只是听我的汇报，总是说，好，就按你讲的去办。由于襄樊市国土规划工作走在全省前列，省政府在襄樊市召开了全省国土规划工作经验交流会。市长汇报经验材料的起草、会议接待、食宿安排、会议指南、会议室布置（含会场桌椅、坐席牌摆放、鲜花放置、录像录音安排、倒茶水、发资料袋）等我都进行了周密细致的安排，马主任看了看现场布置和接待安排后，非常满意地说："好，你们把工作做好了，我就省心了。"以后各项工作，除我及时向他汇报外，马主任就很少过问了，都放手让我去做。我进委领导班子后，马主任在分工时，知道他在分管国土规划工作时没操心，看到国土规划在全省获得大奖，取得了巨大成就，他就把兼任的国土规划办公室主任一职让给我，同时让我以党委名义分管国土规划工作。

在这次换届中，从计委考核对象的 7 人中，提拔到委领导班子 3 人：曹振义、赵业清（作者）、吴长安都是计委党委委员，分别任纪委书记、工会主任、总经济师。新一届领导班子里，我 39 岁是最小的，总经济师吴长安开玩笑说："小赵，班子成员你是垫窝呀"。另 4 人调离计委仍在计委战线内任职：周继清任市统计局副局长、李华林任市物价局副局长、王国庆任市劳动就业局局长（劳动局的二级局）、匡亦林任市物资局物贸中心总经理，都是副县级。在新一届领导班子到位后，以马顺清为书记的新党委，又提拔甄先国、范学成、侯顺才 3 人，分别到物价局、中国机电襄樊公司任副县级领导职务，在委内新提拔正副科长各 10 人（由正科提拔到县级干部后腾出的职位，副科类推）。这次换届，计委共提拔进县级、正科级、副科级达 30 人之多，占计委总人数的 46%。市委和组织部彻底解决了计委过去近 10 年，积压的一批没有提拔的人才。

1993 年秋，马主任调离计委，任市政府副秘书长，他讲的将我改任计委管业务的副主任没来得及兑现。后任计委主任刘某，一是对工作不积极，抱怨自己怀才不遇，跟他一起住中央党校的，最小的都早已提拔到副厅级，他年龄已过 55 岁了，还在部门的正县级位子上，满肚子情绪；二是他也不愿提拔干部，安于现状，不愿再得罪人，免得牵一发而动全身；三是他又不了解我，我又不给他送礼求情，也不是他的亲朋好友，他不可能提拔或调整我的工作。

1996 年 10 月，我随赵成霖常委、常务副市长，到四川（现重庆）万达县参加"中西部经济技术协作会"，晚上我在赵市长房间闲谈，他问我怎么分管业务又任的是工会主任职务，而没任副主任呢？我说，我（正科级）进班子时，计委只有总经济师、纪委书记、工会主任三个职位是副县级，大办委级副主任全是正县级。马主任说先让我任工会主任，以后调整搞业务方便些。后来他调走了，一过就是8年。目前计委只有我一个人是国民经济计划专业毕业的；又加上在计委干了18年的业务；再一点，到目前为止我已发表经济类业务论文5篇：组织编写出版了《襄樊市国土资源资料汇编》；我编写的《襄樊市国土资源综合评价》，获省计委一等奖；编写的《襄樊市国土总体规划》，获省“科技进步三等奖”。赵市长说：“不仅仅是副县级没提到正县级亏了，更主要是要把你调整到真正搞业务的岗位上，能发挥更大的作用呀。好，你写个简介，我回去找孙书记商量，然后和组织部沟通，尽早解决这一问题。”在赵市长过问和关心下，1997年3月，我被市委任命为“襄樊市计划委员副主任、党委委员，正县级”。

1997年10月，谷城县政协编写出版了《谷城人物名录》。谷城县县长周元宵在《谷城人物名录》序言中写道：“数风流人物还看今朝。建国以后，谷城更是人才辈出，群星生辉。他们有的在外工作或创业，成果辉煌；有的在本县的工作岗位上，呕心沥血、开拓进取，为祖国、为人民做出了突出贡献。这些在谷城成长被谷城人民养育的英雄豪杰、革命先烈、各族各界精英，无论是古代的，还是现代的，无论是去世的，还是仍健在的，他们闪光的业绩是谷城不可多得的宝贵财富，他们是谷城的功臣，是谷城人民心目中的名人，是谷城的自豪和骄傲”。

《谷城人物名录》收录了建国以来分布在全国26个省（市）自治区的各类人物500名。这些人物中，有县团级以上各级各部门的领导干部，有专业建树颇丰的专家，有在本职工作中建功立业、做出突出贡献的劳动模范和知名人士。我有幸被收录到《谷城人物名录》之中第173页。

创造业绩、晋升职称、提拔领导都要靠自己努力，也要有机遇。

机遇是给善于思索拼搏的人准备的。

当一只成熟的苹果砸在树下沉思者——牛顿的头上时，一个发现万有引力的机遇也由此降临了。如果换成是我们，心里会咒骂道：“这个该死的苹果！”当我们还在惊叹正在烧水的水壶里喷出股股热气时，大脑里压根没想到蒸汽机，而他，瓦特却发现了其中的玄妙。当人们都在怀才不遇时，牛顿、瓦特捕捉到机遇、创造了机遇。机遇藏在苹果里，藏在水蒸气里，然而它只垂青于有思索的人。他们成了世界级的大发明家、科学家、伟人。如果空有抱负而不善于去思索、去拼搏、去奉献，去创造机遇，何以成大事？

我未参加工作之前，谷城战备十连由修襄渝铁路转战到修盛万公路金钱洞段。金钱洞是一段长约400米，高达300多米光秃秃的悬崖峭壁，要从悬崖峭壁中间掏出一段“挂壁公路”。我当时任尖刀排排长。我和周碧清、兰学义三人放响了全线施工的第一炮。放炮前，我们仨人各自腰系粗尼龙蝇，手持铁锤和钢钎，单脚（没有双脚立地的地方）蹬在悬崖峭壁上，一锤一锤地敲打，就这样我们炸响了盛万公路的第一炮。在战斗中，我奋不顾身地勇往直前。生命的风险，对于我来说是个严峻的考验，是血与火的洗礼，在悬崖峭壁中间打通一条公路，随时就有可能献出自己宝贵的生命。我把安全绳上端拴在山顶的树兜上，长达80多米，绳子长时间在峭壁的石头上滚磨，有的地方被放炮的乱石扎损，随时都有断绳的危险，而我把生命早已置之度外。这种不怕牺牲的精神，使我在火线上加入了中国共产党。当时我们排的黄有富因安全绳磨断，掉下悬崖而牺牲。一时间全连同志情绪低落、战斗力下降、担心自己的生命……正是紧急关头，我带领尖刀排的30多名战士，用针刺破手指写下了血书：向连和团部表决心：“不怕牺牲、用热血铺成盛万路。”鼓舞了大家斗志，全连很快形成了坚不可摧的战斗力。我们的精神和行为得到上级领导的肯定，不久我不仅在火线上入了党，还被提拔为战备十连副指导员。

1971年春，地委组织部在谷城选拔上调地委机关干部时，要求的条件是：初中以上文化程度、在基层担任领导，是共产党员，工作责任心强，有培养前途25岁以下的青年。通过县委组织部在全县摸排，最后从战备十连100多人中选上了我。同年7月，我参加了工作，成为襄阳地区行署计委的一名工作人员。从此，我从山区走向了城市；从农民当了国家干部。上级选拔干部是机遇，而我刚好在这个时间点，完全具备条件。所以说机遇给善于去思索、去拼搏的人准备的。

机遇也是给刻苦学习的人准备的。

当一名经济类高级经济师或专家，这个志向我从 1984 年中南财大读书时就开始考虑了。当时英语课是选修课，可以学可以不学，我们班有很多同学，中途退出，半途而废。而我从 ABC 字母开始学起，用坚强的意志刻苦学习并坚持到底，最后以 87 分的成绩，取得了大学英语结业证书。选修英语课的目的就是为以后考高级经济师做准备的。

从 1987 年开始，发表论文、编写规划书籍、获得省级成果奖，为晋升高级经济师创造了条件，做好了硬件准备。

1991 年开始做晋升高级职称的考试准备。购买考高级经济师的书籍和资料，开始进行刻苦地学习。除以高级经济师考试大纲作为主要学习内容外，还全面掌握了经济相关知识，结合国家及省重要经济政策，有针对性地学习经济理论和业务知识的同时，认真学习复习资料、做摸拟试题。

虽然我做好了考高级经济师的充分准备，1992 年，也填报了考高级经济师的申报表，但由于报考资格最低条件是本科以上学历、具有中级以上职称，我当时不具备这些资格。

1993 年春，国家为了激励优秀人才脱颖而出，对确有真才实学，在经济岗位上工作成绩显著、贡献突出的专业骨干人员，可破格评审高级经济师职务任职资格。

我虽然是专科毕业，但达到了 20 年以上工龄、在四川省《国土经济》、辽宁省《经济计划》杂志上发表了两篇论文、编写了 30 多万字的《襄樊市国土资源综合评价报告》，获省一等奖，满足破格晋升的三个条件。同年 3 月，我填报了中华人民共和国人事部制定的《专业技术职务任职资格评审表》。一九九三年四月三十日，经湖北省人事厅组织省经济专业高级评审委员会评审，晋升为“高级经济师。”

我的体会是，机遇在于平时的刻苦努力，日积月累，付出总会有回报。中国有个词汇，叫“舍得”，舍就是付出，得就是机遇到来。舍在前得在后，只有先舍后才会有得。机遇常常偏爱那些提前有准备、有能力、有才干的人。机遇无不是来自艰苦不懈地努力。不付出辛劳和汗水，就不能获得成功。成功者之所以能够成功，是因为他们具备了获取成功的条件，而这些条件的获得，是因为他们付出了比别人更多的劳动。我如果没有前几年的准备，即使遇到破格晋升高级经济师的机遇，也仍然实现不了我的高级经济师的梦。

机遇是给有准备的人而准备的。

生活对每个人来说都是平等的。她给每个人的机遇都是一样的，而有的人抓住了机遇，有的人却放过了，于是人世间便有了高低贵贱之分。

为什么有的人能摘取成功的桂冠，而有的人却只能在一边怨天尤人呢？那是因为他们对待机遇的态度不同。

当我们抱着一个积极的态度对待机遇时，机遇往往会降临我们身边。

在机遇敲门的时候，要是犹豫着该不该去开门，它就会去敲别人的门了。在人的一生中，机遇不可能一次也不降临，人们的生活中间到处存在着机遇，只要你留心，就会发现机遇，抓住机遇。

如何才能准确地把握时机，抓住机遇呢？

我举一个例子，有一个大公司正在招聘销售人员，有上千名同样优秀的年轻人，来到这家知名公司应聘，他们都想向一流推销员挺进。然而，公司里应聘的人“长龙”一般的排到门外面，有位年轻人在人群中耐心地等着、观察着。两个小时似乎很漫长，而这一位年轻人确在观察着他人的行动，他发现面试需要填表，很多人都没有带笔，于是他从附近购来一种廉价实用的笔来到大厅，稍微提高了点价格。人们急于用笔，一会儿便把年轻人的笔抢购一空。不知不觉到了中午，很多人纷纷败给了时间，垂头丧气地走了。不放弃的应聘者坚守着“阵地”，而此时，很多人都饿了，这位卖笔的青年又瞅准商机，弄来了很多便餐，既方便了大家，自己还获得了收益。这一切都被公司王总看在眼里。在另一些青年们还在坐等机遇的时候，那位应聘青年已经被公司破格录取了。他能来参加面试说明他是个能者，而利用排队等候的时间来赚钱，说明他有经商头脑。那位年轻人之所以获得成功，是因为他善于用心为自己创造机遇。

就在我准备参加高级经济师考试之时，中间突然提拔我进计委领导班子，走上了领导岗位。按照干部正常任命程序，科长提拔为副县级时，先由计委党委研究上报提拔对象，组织部同意后派人到单位进行考核，再报市委常委会研究决定。公示若没有异义，组织部或市委才可下文任命。1989 年计委领导班子换届，市委对计委采取无记名投票，没有明确提拔对象，候选人以海选方式进行。我就是被机关干部投票进班子当领导的。

社会上广为流传的一名句：“有心栽花花不开”，而我是“无心插柳柳成荫。”梦想高级经济师成真，没想到当计委领导，却被大家把我推上了领导岗位。感谢上帝天赐良机，给了我提拔的机遇。

机遇虽然是偶然的，但它却是必然的。机会总是留给有准备的人是一个必然规律，这一必然规律体现了“必然”与“偶然”的内在联系，机会是“偶然”，有准备是“必然”，有准备才有机会，没有准备就没有机会，既有准备又遇到了机会，成功也就成了“必然”。

大家为什么投票要我当领导？还是因为我做出了突出的成绩：发表有论文、出版了业务书籍，荣获了省专业规划报告科技成果奖等，有这些成绩的取得，对于我的成功来说是必然的。而它又是偶然的，市委用投票来选领导，在全市是仅有的一次，恰巧大家又选上了我。从我和上面那个破格应聘的青年的事例，证明了机遇是给有准备的人而准备的。

人的一生中都有许多成功的机遇，但是大多数的人却没有成功，因为他们不愿付出代价。只有那些努力奋斗，取得了突出成绩的人，才能获得成功。我人生的成功等于拼搏加成绩加机遇。

三

处理同事关系

我参加工作到了单位几年后，渐渐感受到机关干部之间的微妙关系，以及你争我斗的复杂性。

想当领导非常难，当上领导亦更难。当领导干部后，一边努力工作创业绩，一边与他人斗争防攻击。不斗则退，无能之辈，斗还要斗出水平来。从我参加工作起，到我担任正县级领导干部期间，先后受到过三次严重人身攻击或者诬陷。

第一次，1976 年，我刚参加工作不久，在“五七干校”学习，我担任连长，学校里实行连长负责制。全校共组成四个连，我们为四连，由政法、宣教、计委三个战线 120 多人组成。四连的人员结构，有南下干部、正副县级领导、普通公务员、老同志、年轻人等。我当时 26 岁，在计委为一般干部，到干校领导全连工作，受到很多人的羡慕和嫉妒。干校纪律要求很严，学员有特殊情况才能请假，超过三天由连长同意并签字到校教务处批准后才能离开干校。当时有个女同志，50余岁，其是军区某部长的家属，在市知青办工作，有个“官太太”架子，对大部分人是“瞧不起，卖不着”的态度。她每月都要找各种理由请假一到二次，有的月份还请三次假。有一次我签批到校教务处，董主任找我说：“你们连的××请假太多了，我也批评她了，再这样经常请假，让她回单位另行换人，否则学校发通报批评，以后她的请假要控制，你也不要签到校部来。”董主任批评了她，回到连里，她对我大发脾气，说：“你不关心老同志，你将来不老的。你当个连长，请个假往校部推，请假条你不签到校部，半个月我不来谁知道，谁管，连个责任就不敢担当。看样子你还想当计委领导？我看你这个‘德性’是妄想。”随后，她在连里和学校到处散布我的谣言说坏话，扇动别人对我不满。

我在连支部会上进行了通报，支部成员们说，坚持原则是对的，现在要树正气压歪风，否则都不遵守纪律、超假随意回家，连里管理就乱套，我们连就评不上先进了。这就是一颗老鼠坏一锅粥，是绝对不允许的，要坚决批评和制止。我安排团支部书记，由团支部出面办一期专栏，一是认真宣传学习干校制定的有关制度、纪律；二是发动青年在专栏发表请假违纪评论文章；三是批判她的造谣诬陷错误行为。在全连形成高压批评态势后，她也在班里作了自我批评和检讨。

第二次，陆续从“五七干校”回单位十多个老同志，听说我们是来地区接班的，心里很不舒服。他们原是下放到“五七干校”学习、劳动改造的。其中：有大部分是文化大革被打倒的“走资派”；有的是反对文化大革命，不愿意参加“文革”运动；有的是出生成分较高，如副农、地主、资本家；有的是原打成的右派分子；还有的是对社会主义不满，爱说共产党坏话的等。当时党政机关严重缺人，经中央批准全国地市级以上，党政机关招干来了一批“革命事业接班人”。我就是其中的一个。

在单位工作中，认为自己年轻，要表现积极些，主动多干点事。在计委办公室门口对面约30米处，一排有四棵大树，在1977年夏季，其中一棵树离地高约8米处树枝杈中间，做了一个大黄蜂窝，黄蜂嗡嗡叫，每天有很多大黄蜂到处串，时而飞到办公室门口，蜂窝越做越大，黄蜂越来越多。办公室很多人不敢出门，或蒙着头快走离开蜂窝之地。在一天中午下班后，我从政府木工房那里，借来一个长楠竹竿，找一个厚上衣将头部盖起来，把这个大蜂窝桶掉了。我还被大黄蜂蜇刺到腰部和腿大胯处，很快肿了两个鸡蛋大的包，到机关医疗室给予了消毒止痛处理。后来蜂子没有了，但是问题出来了，真的捅了“大马蜂窝”，古人的意思是指捅出了娄子，带来了大麻烦，捅出了大问题了。有一个从干校回来的老干部，向计委主要领导举报我犯了“严重错误”……

领导安排分管政工的秘书召开委机关全体干部会议（参会的有17人），说，有人反映赵业清同志借捅蜂窝之名，将公家竹竿拿回家，给自己小孩做了摇篮车车，请大家给予批评帮助他认识错误。接着先后发言，有的说：“这是偷盗行为，真是胆大包天，有损机关干部、党员形象，这是思想、品质问题，这样的人怎能接好革命事业的班”；有人说：“把公家东西据为己有，是私心重自私自利的表现”；还有人说：“赵业清不仅犯了这一个错误，还有他在结婚时，他带队的知青给他送花、洗脸盆、开水瓶等物资，他没有拒绝给收下了，这是资产阶级思想和生活方式，发展下去就是修正主义或资产阶级腐化分子”；也有人说：“赵业清平时说话口气大，不尊重老同志，有时不谦虚、喜欢显示突出自己，他以后是个说假话、空话、不务实、狂妄自大、目空一切的人”。在他们这些人看来，你工作积极、主动做点事，在会上发言明确表达观点和看法，是在领导面前显示突出自己，狂妄自大。他们要求的是，你当个小绵羊，温柔顺从，年轻人天天给他们倒水端茶，说恭维活，叫虚心。但从另外一个角度他们又会说，你干事没朝气、只是老好人，说话无主见，工作没能力等。当时我感到年轻人在机关上很难做人。

“批判会”开始也没叫我发言作解释或说明，大家都说完了，主持人说，让我做自我批评和深刻检讨。我首先就借竹竿的事做了解释。蜂窝捅掉后，我因被蜂刺伤走路不方便，竹竿放在树旁两天后，我拿到木工房交还给了李师傅，现在派人可到木工房查看，或找李师傅调查核实我还了竹竿没有。我做小孩车车，是去年带知青时，知青点所在地的宜城环城公社分管知青工作的陈主任，从公社建筑工地要的做脚手支架废弃的断楠竹头送给我的，我又在街上买的螺丝，将其废物利用一点点拼凑起来做成的小孩车。情况说明后我又在会上做了深刻地检讨，“批判会”结束我还写成文字“检讨书”交给委领导。过了几天后，负责人事政工的陈秘书找我，说受杨主任委托与我谈话。他说：“你的检讨杨主任和我都看了，检讨态度诚恳也很深刻，今天跟你谈话的意思，机关上人多各有各的想法，情况也比较复杂，经核查他们讲的不属实，你要接照毛主席讲的‘言者无罪，闻者足戒，有则改之，无则加勉’原则，正确对待别人的同时也要正确对待自己，经得起考验才能进步成长。”

第三次，对我的攻击和诬陷是在1999年。中共中央发出文件从1998年11月开始，在县级以上党政领导班子、领导干部中，分期分批深入开展以“讲学习、讲政治、讲正气”为主要内容的党性党风教育。全党共有70万党政领导干部参加“三讲”教育。

襄阳市“三讲”是1999年4月至10月半年时间。分四个阶级：第一阶段为宣传学习阶段；第二阶段为摆查问题阶段；第三阶段是自我剖析、民主评议阶段；第四阶段为纠正错误、测评结果阶段。市委派驻工作组到各部门指导“三讲”，并在各单位设立意见投票箱，任何干部对本单位领导班子成员有意见，都可以投票到“三讲”意见箱里面。一个星期时间到后，由工作组开箱取出投票的意见材料，将每个领导人的“问题”原汁原味地归类后，分发给本人和本单位党委书记。从反馈的情况看，很多意见或“问题”都超出了“三讲”范围，似乎计委各位领导都犯了“严重”错误，甚至部分领导都有“犯罪”行为。有的人平时对领导有意见或怨气没处发，借此机会发泄出来。也有少数人不怀好心，捕风捉影、无中生有，借机诬陷打击报复，甚至想将领导搞臭、搞垮、定罪。如给我提的有两条：一条是我在当年的8月份，将老婆带到北京玩了一趟，回单位报销飞机票，还领了补助；第二条是我从香港购进60吨钢材到襄樊，卖了后钱归为己有贪污了。“揭发”的这二个问题，工作组在党委会上通报时，党委成员们说这完全是个大笑话，无中生有。我老婆当时是市招生办主任，八月份正值全国高考招生录取之时，她能走或走得了吗？第二点，香港1997年刚回归，一者那时我不认识香港的人，二者内地党政机关及其任何人还不能和香港做生意，再者，公款划到香港购钢材，涉及财务、经办等很多人员知道，我怎么可能自己把钢材买了，钱据为己有呢？同时60吨钢材在襄樊买出了，卖到什么地方，人证物证呢？纯属诬陷、造谣、无稽之谈。

在单位上，人上一百，种种色色，情况复杂，若分类型有很多：固执己见型、清狂高傲型、找事无礼型、无中生有型、相互竞争型、意见报复型、故意刁难型、拨弄是非型、恶毒攻击型等。我仅在上面列举了三次攻击人的例子。

在机关单位当领导干部很不容易，不仅靠干出来，还要靠斗出来。怎么个斗法，要从两个层面讲。

第一层面团结大多数。

在上面第一次、第二次攻击我的人中，分析有三种情况：一种是老同志与年轻人有代沟，思想观念陈旧，这也看不惯，那也看不顺。还有的老同志“文革”被批判下放到“五七干校”劳动改造，回单位后听说我们是来接他们班的，思想接受不了，就找茬子，挑毛病，实际上是对党不满，把报复心理和怨气都撒到我们年轻人身上了。第二种情况，平时我要求下面同志较严，在工作中过于坚持原则，可能灵活性不够。另外，在批评人时语言过重，方法较简单，下面同志接收不了有意见。第三种情况，有不少的人与我是竞争对手，为了自己的进步，想办法打压别人，抬高自己，以达到自己提拔升迁的目的。

大家能一起共事就是一种缘分，工作中有了矛盾并不可怕，只要我们能够面对现实，处理好同事关系，积极采取措施去化解矛盾，同事之间仍会和好如初，甚至比以前的关系更好。

在工作过程中，有时下级不听话、不努力工作，使自己分管的任务完不成让你生气，你的上级领导因对你的误解让你憋气，而自己有时也对自己感到不满意生闷气，也有时家事不顺又怄气。所以，我们要学会原谅同事或部下；学会宽容领导和同事；学会安慰自己，不生自己和家人的气。有时因某些事情对其看法不一致，而发生分歧，甚至争吵、发脾气等，在这种情况下，要学会控制自己的情绪，不要感情用事、用不当言语伤害对方，要多想想对方，冷静思考，做出一些让步。要多协商、沟通、交流，如有时有过极的言辞或行为在事后主动向别人说明，以得到别人的理解，化解矛盾，以达到团结、友好、互助、互学共同把工作做好为目的。

在单位，要处理好干群关系，做到言而有信、以诚待人、遇事同仁、公正用人，把控好90%以上的机关干部职工信任你、支持你、拥护你。在有人攻击你之时：

遇事冲动发脾气，自暴自弃不努力。
思想状态呈消极，工作之中无成绩。
别人进步得升提，刚好中到他人计。

跟这些人的斗，采取宽容性的斗、和谐的斗。因此，对待攻击你的大多数人要以团结为主，给予包容大肚，同时自己要减少失误，更加发奋努力工作，做出更大成绩，使自己站在制高点，立于不败之地。

第二层面打击孤立少数。

在上面第三次对我进行恶毒的攻击和诬陷的人，才是最要引起高度注意的人。这种类型的人，是私心过重，个人需要的进步、提拔、重用、利益等没有得到及时的实现或满足，不从自身找原因，全部归结到某某领导身上，形成了仇恨心态。

我就遇到一个姓翟的人，他原在计委二把手严主任分管的科里工作，看不起严主任，认为老同志学历较低，自己是大学生；他自认为跟单位一把手是老乡，有靠山，趾高气扬，虎假虎威，把别人都不放在眼里。在计委成立投资公司后，严主任提议将他安排到公司，他有意见记仇恨，到处拨弄是非说严主任坏话。我当时兼任投资公司总经理，1995年，按照中央要求，党政领导干部一律不再兼任经营性公司职务回原单位工作。一把手找我商量，想让姓翟的人担任投资公司总经理。我不同意并说出了很多理由。然后一把手说：委里暂不派人到投资公司任总经理，党委分工还是你继续分管，可否让姓翟的先当公司法人代表，让他干一段时间，看干的怎么样观察后再定，我说同意。后来，我将一把手想叫姓翟的当投资公司总经理的意见，分别传给分管人事工作的曹书记、二把手严主任，我先与他们沟通达到阻止姓翟的担任公司总经理之目的。

在党委会上，人事科根据一把手意图，拿的意见还是姓翟的任投资公司总经理，曹书记、严主任都发表“不同意”的意见。这时一把手说：

“赵主任分管投资公司，了解情况最有发言权，你说说意见。”我说：“姓翟的不具备任投资公司总经理条件和能力，可由他暂时当公司法人代表、代理总经理开展工作。观察一段时间，作为过渡期，将根据情况党委再研究谁任总经理。”经党委研究决定：一、同意姓翟的暂时任公司法人代表、临时代理总经理开展工作；二、党委受权赵主任根据情况，随时决定终止姓翟的公司法人代表、总经理权力。

姓翟的担任法人代表，行使总经理之职后，忘乎所以，权欲膨胀，不向我报告，在公司经费困难情况下，首先自己买部上万元的“大哥大”（最早出来的手机）。我严肃地批评了他，并到电信局报停后他还吵闹不休，不仅没接受批评，反而更加狂妄，接着他又花2000多元为自己买了老板桌椅、挂衣架、洗脸架等物品。在一个夏天的下午3点，我让投资公司办公室殷主任通知召开公司全体人员会议，让各部门和分公司汇报工作。在会议结束时，我先讲了下一步总公司及各分公司的工作安排，接着突然严肃宣布：“从现在起停止姓翟的行使代理总经理职权，其职权收回计委，总公司所有工作由我直接负责”。随后他拿一捆条子自己签字，找财务室报销，被殷主任挡下，她说：“你已被赵主任停职，报销没有权力签字了，赵主任已交待办公室，财务管理和报销由他一支笔签字，否则追究我们个人责任还扣发工资，你找赵主任签字才能报销。”从此他跟我结下了“大仇”。就是上面讲的，他是第三次对我攻击的人。1999年他借“三讲”之机，对我进行造谣、诬陷、诽谤。

与攻击和诬陷的人斗，要注意讲究“斗争”方法。

一是斗争要讲策略。当听到别人对自己攻击和诬陷后，一时心里反应激烈，义愤填膺，怒火万丈，要马上进行报复、回击，以解气，解恨。这样做可能欲速则不达，起到反面作用。老人们常说：“眼子报仇当时，光棍报仇长远，十年再报不晚”。应该是冷静思考，认真分析，沉着应对。如果你是一般干部，开始斗，没有经验，没有资本，没有能力，那就要以退为进，退一进三，先强压怒火忍住，卧薪尝胆，历练自己，做出成绩、积累资本，有了实力，足以能抗衡对方再与他斗也不迟，这叫光棍不吃眼前亏。讲点策略，平时见面给个笑脸，吃饭还要给点面子敬个酒，把他哄着。说话不带刺，不要和他顶着干、硬拼硬打。俗话说穿草鞋的，不怕穿皮鞋的，他破罐子破摔，撕破脸皮和你斗，结果是两败俱伤。你要是领导对其下级或同事不讲方法急斗、硬斗，最受伤的当然还是自己，从表面上看斗赢了，实际上当领导的是最大输家。因为在大多数干部和上级眼里，领导手中有权力本不该斗，说明领导素质差、水平低、无能力。

二是斗争要讲原则。有人想整你、害你、诬陷你，他是在背后捅刀子，干见不得人的事，表面上你也可以装着不知道的。在研究关于他的有关事项时，如晋升提拔、评先当模、调整重用等关键时刻，不能当和事佬，不要受别人拉票讲好话影响，但也不能恶意整他，要客观公正、坚持原则，坚决明确地表示“不同意”，并把他的问题、缺点、错误、道德、品质等全部实事求是的在党委会上讲出来，就是该出手时就出手。将他陷害别人的阴谋不能得逞，叫他得不到重用和提拔，就是要让他为攻击、诬陷别人付出代价。这样还能：

斗而不破斗出成绩，斗出自己一遍天地。
斗讲原则斗有策略，斗的认错叫他服气。

歌德先生曾说过“谁游戏人生，谁就一事无成；谁不能主宰自己，谁就永远是一个奴隶。”

写到这里，不仅要感谢支持我的领导和同志们，更要感谢那些攻击我的恶人，因为有他人的攻击和诬陷，才使我谨慎处事，廉洁从政，平安着陆，而没有犯错误；才使我干出辉煌成就，走上领导岗位，笑到了最后。

恶意攻击和诬陷人的人，最终没有被提拔和重用，在原地踏步到退休。听说其退休几年后，曾对他人有感触地说：人一生不能仅依靠一个有权势的人，还要靠自己能力和成绩，既不能得罪领导，也不能责怪领导，只能怪自己。人一生什么都买得到，就是买不到“后悔药”！！！

据此写感言诗一首：

人生来往本无奇，多交朋友少树敌。
恶意诬陷搞攻击，整倒他人置死地。
身败名裂才后悔，既伤别人又害己。

一般整人我不理，对人要有大肚皮。
讲究方法重策略，坚持原则斗到底。
好心待人莫相欺，一起共事是缘遇。
真才实学有能力，努力工作创业绩。
相互支持齐进步，何必争斗玩心机。

退休了，不斗了，见面了，两手一握和好了；谁输了，谁赢了，不管了，哈哈一笑全了了。

第十九章　第一任工会主任

1990年7月至1997年3月，市委任命我为襄樊市计划委员会党委委员、（战线）工会主任。我是计委第一任工会主任。当时市委、市政府把战线或大部委级机关，在级别上高半格，即副职为正县级。而从科长提拔进领导班子一下子又不能提成正县级，所以市委决定将大部委设的工会主任、总经济师，纪委书记，三个职位定为副县级，就这样我被任命为第一任工会主任了，它是一项全新的工作。党委分工，我主要是管两个方面的工作：一个是计委内部的业务工作，主要有物资科、协作办、投资公司、咨询公司；第二个方面是党群工作，主要是青年团、妇联、工会。工会又分为计委机关工会、战线工会。战线是指政府系列，在系统上面归口成立一个委员会，总管这一系统的人事权、党建工作和业务指导。如农业系统成立农业委员会，统管农业局、畜牧局、粮食局、林业局、水利局等。将政府部门中没有系统归口单位的综合部门，如协作办、物资、劳动、物价、统计局，都归口于计委领导。所以计委战线工会工作范围包括协作办、物资、劳动、物价、统计局，五个单位的工会。

计委机关工会开展的几项主要工作：

关心职工搞好福利。急职工所急，想职工所想，帮职工所需，把工会建成温暖的职工之家。工会始终把干部职工的冷暖放在心上，每逢重大节日或干部职工生日，工会总要与党委领导一起对干部职工表示慰问，尤其是春节，工会拟出老领导、老革命、老同志慰问安排表，工会人员配合委班子领导成员，带上礼品挨家挨户走访拜望，重阳节时另给离退休干部发600元的夕阳红包；单位干部职工遇有婚丧产假，工会都组织人员及时慰问，对困难职工及丧偶家属每年春节还另行看望；干部职工住院或去世，工会和单位领导一起带上200元钱及营养品和水果等去看望。除此之外，工会还在农历端午、中秋、春节及国庆四个节日，分别交替发放礼物，主要有香油、洗涤液、餐巾、卫生纸、茶叶、木耳、香菇、毛巾、毛巾被、大米、水果等地方特产。

搞好福利可以让干部职工高兴地工作，为社会多做贡献。1992年8月，我兼任投资公司总经理，1993年2月，我向计委一把手建议，投资公司盈利现在有钱，可给计委干部职工搞点福利，既不能违法也不能违纪，就说投资公司急需用钱从事经营活动，采取内部自愿集资，每人3000元，最高不超过5000元，时间2年，按3分即30%的利息。一把手刘永才在党委会上提出研究，党委成员一致通过，并表示这是为机关干部谋福利。半年兑现一次利息，大家拿利息时高兴得无以言表。1995年1月，省、市委要求各部门行政领导干部兼任经营性公司职务的，不准再兼职一律回机关工作，这时我将二年期的集资本息全部给予兑现，全委干部职工后来经常提到赵主任搞工会时给大家搞了不少福利和好事。

开展合理化建议论文评选活动。围绕我委中心工作开展了“我为目标献良策”合理化建议活动。为了发挥集体智慧和个人聪明才智，调动职工献计献策的积极性。1994年，委机关工会下发了《关于开展合理化建议优秀论文评选活动的通知》。为了使这一有益活动更好地服务于我市经济建设和委的工作需要，有利于计委工作目标任务的完成，有利于两个文明建设的开展，对合理化建议的范围、内容、申报、评审、表彰等均作了明确要求，成立了由委一把手牵头、本人协助，工会、办公室、人事科、妇委会、共青团参加，组成了具有广泛性、代表性很强的评审小组，对合理化建议论文进行评审。本年度共收到合理化建议54条，其中3条获合理化建议一等奖，5条获二等奖，9条获三等奖。并将优秀论文汇编成书长期留存。

活跃机关文体生活。广泛开展生动活泼的文体活动，丰富职工精神文化生活。开展文体活动是工会组织的传统工作和强势项目，也是维护职工利益，调节业余生活，满足精神需求的重要工作内容，还是建设学习型机关、提高职工综合素质、塑造良好精神面貌的有形抓手。因此，在开展职工文体活动中注重群众广泛参与性和形式多样性。

办好机关迎春团拜会。迎春团拜会，就是这一年将要结束，大家在一起做个总结，集体进行一下欢乐拜见会。1990 年前没有搞过团拜活动，直到 1990 年我担任计委工会主任后的第一个春节，开始搞团拜及文娱联欢活动。开始头两年很简单，在委内 6 楼大会议室主席台顶上，安装一个大球形灯，四周安装几个彩灯和射灯，会议室上空拉上几条彩带，略显节日气氛，主席台再放一台卡拉 OK 机，机关工会将编排的几个简单节目和游戏演出完后，大家上台唱歌，下面自愿结合找伴跳舞，实实在在的叫自编自演、自娱自乐式的文娱联欢。

过了两年后，1993 年至 1995 年，大家欣赏水平和要求高了，胆量大了，思想开放了，演技也提升了，编剧编排能力增强了，机关干部提前一个星期开始排练，有三年时间分别与市纪委机关、市三技校、市劳动局进行联欢团拜会，这期间是认真组织，提前编排有一定水平的文娱演出式的联欢。从 1996 年后，提前 20 天，进行编导排练，请文工团老师作指导，同时文工团也参演部分节目，演出节目人员达 30 多人。计委排练、工作两不误，各办公室留有工作人员值班。节目丰富多彩，内容健康向上正能量。团拜时间一般在农历腊月 22 日至 25 日之间，在团拜的当天下午文娱联欢，晚上聚餐。邀请有分管计委的常务副市长、战线各局一把手和人事科长、工会主任，还特邀市委组织部、宣传部、市直机关工委、市总工会、住地居委会等有关部门领导。

机关各科室的工作都很繁忙，在接到我下达的团拜会演出任务后，各参加演出人员，经常在下班后加班排练，有的节目组放弃周六、星期日休息时间继续排练，有的甚至连续排练至深夜，使得每年的团拜会精彩纷呈，给大家带来了迎接新年的快乐。团拜的节目，算得上精心编导、精彩演出的一台较高水平文艺晚会。

开展“暑期”活动，在暑假期间组织委机关家庭的青少年们，高兴地表演自己的拿手才艺：唱歌、舞蹈、魔术、朗诵、小提琴演奏、绘画等。组织小朋友夏令营游乐活动，工会赠送他们铅笔盒、橡皮、书本等礼物，来表达计委对他们的爱心。暑期若有过生日的小朋友，机关工会就送上生日蛋糕以示祝贺。家长们说：“这样的活动也让孩子们感受到了别人的帮助所带来的快乐与满足，有利于培养他们的团结和增强集体感”。

扑克牌“拖拉机”大比赛。二十世纪九十年代，打扑克牌盛行的玩法叫打“拖拉机”。1996年，在改革时，提出大经委小计委方案，即经委与外经委、财贸合并，组建大经贸委构架，加强市场化建设，减少计划经济，弱化计委职能。这时计委职能减少，基本上人浮于事，再加上当时计委主要领导在工作上有消极思想。因此工作不积极主动、不求进取。当时机关作风涣散，工作处于半瘫痪状态，不自觉的人晚上班早下班，就是上班也是在办公室打扑克，就连领导班子成员有时也关起门打“拖拉机”，一把手碰上了牌局，也站在旁边参与指挥出牌。1997年3月初，有一天下午曹振义副书记、杨光礼副主任、吴长安经济师和我四人打“拖拉机”时，鉴于目前情况我提议，干脆以工会名义组织全委进行“拖拉机比赛”，这符合工会关于在机关开展文体活动的精神，请曹书记与“一把手”沟通汇报，争取他的同意。在机关工会的组织下，3月中旬全委干部进行了一场轰轰烈烈地、热热闹闹地、别开生面地“拖拉机”大比赛。

比赛规则，两人自愿结合配成一对即为一组，每组编为一个号码，每桌四个人即为两组之间比赛。先抽签编号，第一桌为1、2号，第二桌为3、4号之间比赛，依次类推。采取淘汰制，第一轮输者淘汰，赢者进入第二轮，第一天也为第一轮，参赛共56人，分14桌28组（对），比赛结束淘汰一半。有7桌14人进入第二（天）轮比赛，比赛结束后淘汰7人，剩7人进入第三轮（天）比赛。第三轮进入决赛，重新抽号，赛出一、二、三名，分别给予奖励。拖拉机打法：先打5、10、K过关，过关后从3逐级上升，打过A（尖）算一局，哪组先打过A（尖）即为赢一轮，打的时候“带电”的打法，即叫牌时必带王，如轮到打3时，有红3就带大王、有黑3就带小王颜色一致就叫牌，否则你就算“停电”，下家原打的是几就接着叫牌，下推。叫的是哪一门哪一门就是主牌，其他三门为副牌。两副牌合打，不分颜色两个以上的连队，如两个3加两个4或两个5加两个6再加两个7一起出，这就叫“拖拉机”。

4月份，市总工会召开市直各部、办、委、局工会主任或主席会议，在会上有关部门汇报机关工会工作后，总工会徐主席总结时讲话，其中有一段：“计委工会在委机关进行了规模较大的，几乎是全体干部、职工都参加了扑克牌。拖拉机比赛活动，他们得到党委的重视和支持，得到干部职工的拥护和好评，同时他们还组织了很多其他活动，活跃了机关文化生活，使机关产生了朝气，同时也提高了工作效率。希望各单位工会，要向计委工会一样，多组织一些喜闻乐见的项目和丰富多彩的文体活动”。

除上面各项活动外，工会还分别组织了拔河、跳绳、乒乓球、踢毽子、青年登山运动等项比赛；还开展了五好家庭、职工之家、文明科室、巾帼建动和发挥妇女“半边天”作用的活动，另外进行了体育活动室（筹资购健身器材）、图书阅览室（购买各类书籍）的建设。

战线工会工作。主要抓了文艺汇演比赛、全市足球汉江杯赛、战线篮球赛、开展树典型评劳模、老年门球赛、劳动法规知识竞赛、黑板报比赛等项活动。

文艺汇演比赛。1994 年 9 月 30 日下午，市计委在全战线举办了一场声势浩大的文艺汇演比赛活动。也称文艺会演，是指各单位的文艺节目集中汇集起来同台演出。具有互相学习，交流经验的作用。这场比赛是为庆祝中华人民共和国成立 45 周年而举办的。

举办这次文艺汇演，成立了计委战线文艺汇演比赛组织委员会（简称组委会），由计委党委书记、主任刘永才任组委会主任，本人任副主任，各局工会主任任组委会委员，下设办公室与计委工会合署办会，我兼任办公室主任，各局工会主席任组委会办公室副主任。办公室下设 9 个组：活动策划组、节目组、音像组、节目审核组、后勤保障组、美（艺）术组、舞台布置（设计）组、评委组、安保组。

文艺汇演的指导思想：以“欢庆国庆”为主题，坚持广泛参与、体现特色原则，以讴歌党的丰功伟绩、体现我市大好生活，赞美襄樊经济社会发展成果和表扬本单位的先进人和事为内容，全面展示战线职工新形象、新风貌和新成就，进一步丰富和活跃广大干部职工的精神文化生活，营造文明和谐、积极向上的氛围，进而激发大家的“热爱祖国、发展经济、建设新襄樊”热情。以良好的精神风貌和优异的工作成绩向祖国献礼。

各组职责分工。按照“分工与协作相统一”的原则，明确各组的职责和分工，认真组织、紧密配合、加强协作。活动策划组：全局安排、组织协调、拟定汇演方案、编写领导讲话稿；节目组：含舞蹈、诗与歌、戏曲、语言类、乐器等节目的编导、排练、合乐合声；音像组：音响线路调试、灯光设计、摄像拍照；节目审核组：从各局筛选节目、编排节目顺序、节目时间把握；后勤保障组：资金筹集、安全保障、车辆线路安排、艳花摆放；美（艺）术组：演艺指导、舞台设计、化妆审美、服饰选配、节目单制作；舞台布置（设计）组：舞台地点选择、场影设置、演员上下舞台走向、照相登子摆放、领导讲话位子安排、颁奖组织；评委组：拟定评分办法与标准、节目打分、获奖证书制作；安保组；安全保卫、到场时车辆停放、人员进出场疏散路线。

节目类型：舞蹈：独舞、双人舞、群舞。歌曲：独唱（伴奏）、对唱、小合唱、大合唱、歌伴舞。戏曲类：表演形式不限。语言类：相声、小品、诗朗诵。艺术类：魔术、杂剧、木偶。

参赛人员。计委战线，含各局党政机关、二级单位、基层组织所有人员。先由基层再到各局为单位进行庆“十一”联欢，层层演出，选拔节目，在此基础上由组委会节目审核组，筛选确定到战线参加汇演比赛的节目。

汇演要求：

1. 节目要求：思想健康、主题鲜明，形式创新，格调高雅，能展现精神风貌，歌颂党、祖国、社会主义及计委战线的先进人事迹，主体突出，艺术性强。

2. 表演状态：表演整齐、恰当、得体。表情自然、动作大方，感染力强，整体效果良好。

3. 艺术水平：说话、演唱或朗诵吐字清晰。歌曲节奏准确，演唱与伴奏配合协调，表演动作到位。

4. 时间控制：超过时间可酌情扣分（每个节目都有具体时间要求）。

5. 演员仪表：服装整齐，化妆到位，文明大方、面带微笑。

评分办法。评分标准，每个节目满分 10 分，其中表演状态 2 分，节目内容取材 2 分，表演艺术水平 2 分，节目背景设计 1 分，节目时间控制 1 分，节目整体感觉 2 分。评分办法，评委 5 个人，去掉一个最高分、去掉一个最低分，取三个人的平均分为最后得分。按照标准和细则进行打分。

奖励办法。奖项设置，分表演一等奖、二等奖、三等奖与优秀奖，节目创作奖，集体组织奖。奖品：奖金（按等级）、锦旗、荣誉证书。

比赛结果。歌舞类：市劳动局获一等奖、市物资局二等奖、市物价局三等奖；戏曲类：市物资局一等奖、市劳动局获二等奖、统计局获三等奖；艺术类：市劳动局获一等奖、市计委获二等奖、市物资局三等奖；语言类：市计委获一等奖、市物价局二等奖、市劳动局获三等奖；集体组织奖：市劳动局获得；节目创作奖：市计委获得。

汇演在劳动局下属的高级技工学校大礼堂进行。下午 2 点开始，分两段主持，汇演前我先主持，由计委主任刘永才作庆祝国庆 45 周年讲话后，我介绍这次汇演工作的准备情况和汇演比赛规则。第二阶段主持交由文娱节目演出主持人，演出比赛拉开序幕。汇演结束后，舞台组织照像，摆放颁奖主席台，评委抓紧复核评分、确定获奖节目名次、填写获奖证书。紧接着我主持颁奖仪式，最后我做了汇演简单总结和对同志们祝贺，并宣布：计委战线庆国庆文娱汇演获得圆满成功、到此结束、大家再见！

这次文娱汇演，由于计委领导重视、事前准备充分、安排细致周密、组织协调有力，做到了领导、工作人员、活动经费、演出节目“四落实”，确保了文艺汇演的顺利开展。同时，各局积极筹划，精心准备，突出特色，挖掘资源，创作排练了一批内容丰富、形式多样，贴近基层、贴近生活的好节目。更有特色的是，演员主要来自各局基层第一线的职工。这些精彩节目给计委战线广大干部职工带来浓浓喜气和欢声笑语，发挥文艺作品凝聚人心、陶冶情操、振奋精神的积极作用，达到家庭和睦、单位合美、同志和善、社会和谐的目的。机关里需要丰富多彩的精神粮食。通过文艺汇演，把党的各项方针政策宣传落实到广大干部职工心中，使干部职工更加热爱党、热爱社会主义、热爱伟大的祖国、热爱自己的岗位。同时，汇演也提供了一个相互交流的平台，拉近了部门之间、同志彼此之间心灵距离，相互结识，增进了友谊。

1995 年农历腊月 23 日，又举办了一场计委战线大型春节联欢展演活动，这次展演请了市委、市政府、市人大、市政协“市四大家”领导，及计委战线一委四局的现任和离退休老领导参加，计 1100 多人。展演组织得非常成功，得到市领导和计委及各局新老领导的高度赞扬。离退休老领导们高兴地说：“计委战线能演出这么高水平的文娱节目，还让我们与市级领导一起联欢并共进晚餐，这在计委战线还是有史以来的第一次。既看了丰富多彩的节目，又欢聚一堂共同团拜，大家还相互叙述了旧情，我们都非常高兴和满意。”

组织参加全市足球赛获冠军。1995 年 8 月，襄樊市文体局组织襄樊市汉江杯足球赛活动。参赛由市直各战线，驻襄的中央、省、市属大中型企业，各县（市、区）为单位组建足球队。计委球队抽签在市建材技校球场，我们队进入 8 强后，与市农业中等专业学校争夺 4 强赛，我们取胜进入决赛，于 1995 年 8 月 27 日下午，我队战胜央企内燃机厂夺得冠军。打出了一平全胜的历史性好成绩。

计委战线，以计委为主力 10 人参赛，在战线外组织外援补充 3 人，共 13 人的主力队员球队。

汉江杯是襄樊市最高级别和最高荣誉的足球赛。成立了计委足球赛领导小组，计委党委书记、主任刘永才任领导小组组长，我为副组长。一把手担任组长，也表示党委的支持和重视，当然，整个组织、协调和具体工作都是我在负责。领导小组下设办公室，与机关工会合署办公，我兼任办公室主任，李勇、田华、靳巍为副主任。办公室下设四个组，队员组（队）李勇任组长，教练组靳巍任组长、后勤服务组田华任组长、场上啦啦组（队）王丕凡任组长，摄影专职人员习富理。在比赛的 20 天前，每天照常上班，只是利用周六星期日休息时间自行训练，没有足球场地就联系中专学校，利用他们的场地或与他们校足球队联赛。到临近比赛的 20 天内，才每天下午队员集中训练。各组认真积极地完成好自己任务，还主动地协助做好其他方面的工作。后勤保障，田华随我到物资局、劳动局求援，各支持 1 万元，我通过关系找财政局要 2 万元，计委以工会名义支持 1 万元，共筹集资金 5 万元。在训练的每场，后勤组都组织送去开水、饮料、西瓜等，队员们每晚在一起聚餐，饭前队员们集中一段时间总结经验、切磋技术，并且相互打气鼓劲、下定决心勇夺冠军。啦啦队，只要有计委队比赛都有啦啦队进场。尤其是决赛场，计委每个科室除留一个人值班外全部到赛场，约占全委在单位（出差的除外）总人数的 80% 的人成为啦啦队。同时还请了一个叫老洼的知名球迷，他常坐飞机到全国重要足球赛场观摩，再由他请在场的球迷组成一个啦啦队，在那个年代是不给报酬的，只是请他个人晚上吃饭喝酒，他很高兴地接受了。两个啦啦队在球场的两端，击鼓、呐喊、助威，震耳欲聋，彩旗挥舞，气氛热烈非凡。计委足球队员们越战士气越高、越战越勇，最终以 2∶1 战胜内燃机厂夺得冠军，取得了辉煌的、最后的胜利。这种辉煌和胜利计委过去从未有过的。

夺冠后，在计委全体干部职工大会上，刘主任说：我们要向这次汉江杯计委足球队学习，他们在较短时间内，经过高强度的集训，能够战胜这么多强队、劲旅夺得全市足球最高奖——汉江杯冠军，这是我们党委一班人没想到的，现在我在全委大会上，要求所有的干部职工学习他们三种精神：第一，不怕艰苦的拼搏精神；第二，不求得失为单位树形象争荣誉一心为公的奉献精神；第三，人心齐泰山移的团队精神。

计委足球队能够夺冠，除他们有这三种精神外，主要还有四个重要因素：后勤服务是保障；自身爱好是前提；刻苦训练是基础；领导支持是根本。

战线篮球比赛。1996 年 9 月，计委组织了一场战线历史上没有举办过的篮球比赛。组织工作由计委战线工会牵头，战线各局的筹备和组织工作都由局工会负责承担。比赛球队由各局及其二级单位组建，有计委、劳动局、物资局、物价局、统计局共组织了 9 个篮球队。成立协调工作办公室，本人任办公室主任，各局工会主席任协调办公室副主任。本次比赛只决出第一名即冠军。宗旨是重在参与，友谊第一比赛第二。目的是健身康体、活跃战线体育生活、增强战线凝聚力。

在篮球比赛中，各单位一把手都很重视，把成绩看得很重，都要求争第一，把冠军当作目标、看成单位荣誉。其主要领导亲自组织，带头参与，统一运动服装。赛前计委制定了比赛规则，印制了比赛手册，组织了比赛顺序抽签，对办公室工作人员进行了详细分工。

比赛过程严格按照比赛规程进行。篮球比赛开始时，举行运动员入场式，运动员入场不只是运动员，还包含本单位的干部职工，展示各单位干部职工精神面貌和风采。比赛场上，队员们个个顽强拼搏、团结一心，各单位都组织了很多人员到场观摩，球场外的观众们更是热情高涨、呐喊助威。整场比赛高潮迭起，气氛热烈。各参赛队充分发扬团结协作精神，赛出了友谊、赛出了水平、赛出了团队精神。经过激烈的角逐，市物资局获第一名为冠军，物价局第二名，劳动局第三名。

颁奖仪式在物资局中专学校举行，也举行了入场式。现场布置豪华，全场彩旗飘飘，20个大气球旋空舞动，院内四周布满了横幅和彩旗，像红色的海洋。有两支乐队夹道欢迎，锣鼓声、鞭炮声响彻云霄。物资局还表演了一台精彩的文娱节目。主席台上摆放三排座位，第一排为主持、讲话席。邀请市政府分管市长、总工会主席、市文体局长、计委战线各局一把手坐第二排。各局工会主席、运动员代表和各篮球队领队坐第三排。会议由本人主持，颁发了冠军、最佳运动员、组织三项奖，奖励是锦旗和荣誉证书。

此次篮球比赛，输赢并不是最重要的，在场的所有干部职工体验的是比赛的激情，珍惜的是团结的乐趣，发扬的是和谐发展的斗志。活动展现了计委战线职工的时代风采和合作的精神风貌，增强了广大干部职工的身心健康，进一步丰富了干部职工的文体生活，普及了全民健身运动，加深了计委战线各单位之间干部职工的友谊，激发了干部职工团结一致、积极向上的拼搏精神，增强了凝聚力和向心力。各局领导纷纷表示，希望计委领导能够每年都组织这样类型的战线大型比赛活动，为广大干部职工丰富业余生活，提供更好、更多、更大的平台。

建立集体合同制。集体合同签订工作，是全国改革开放后新时期的新工作，当时建立集体协商和集体合同制，是工会贯彻《劳动法》的一项重要的、紧迫的任务，是依法维护职工合法权益，协调劳动关系，促进职工队伍和社会稳定的最好形式。签订集体合同有利于推动工会工作全面开展，有利于规范企业、职工双方行为，强化内部管理，有利于促进现代化企业制度的建立。

根据市总工会统一安排，1996年，我重点在市物资局抓了集体合同签订工作。1996年3月28日，由我主持并请市总工会唐主席参加了在市物资局举行的“集体合同”签字仪式。至此，除在市物资局完成市总工会下达计委战线5家任务外，而且计委战线所有的企业全部签订了集体合同。计委战线签订集体合同工作完成了“两个百分之百”，即完成市总工会下达计委当年签订合同的任务达到百分之百；计委全战线所有企业全部签订了“集合合同”达到了百分之百。由于计委工会在“集体合同”签订工作成绩显著，得到了市总工会高度评价，并发文通报表扬了市计委工会。

树典型评劳模。劳模就是指劳动在生产一线上的楷模，工作在第一线从事最苦最脏最累的职工，他们的劳动行为和成果应得到社会的认可和尊重。劳模评选向一线倾斜，使劳模回归本源色彩，将劳模评选人本化。对于一线劳模的物质和精神的激励，正是对劳动创造财富、对劳动者价值的最好尊重和体现，从而让劳模真正成为普通劳动者向往、全社会羡慕的荣誉，

评劳模，是为了激励平凡岗位上的劳动者而设立的旨在精神激励的荣誉称号。它的产生有特定的历史意义和时代作用。

每逢“五一”国际劳动节前后，各地都要循例表彰“劳动模范”“五一劳动奖章”获得者。这对于进一步弘扬劳模精神，激发创造活力，保障劳动者权益，提高劳动者素质，发挥了良好的激励鼓舞作用。劳动模范是劳动群众的杰出代表，评选劳动模范，要以“劳动”为前提，选拔重点是生产一线的职工群体。

1996 年 5 月，计委工会以计委党委名义下发了《关于计委战线开展劳动模范评选的通知》，要求各局工会评选表彰本系统的劳动模范、先进工作者，对基层第一线表现突出，具备“五一劳模”条件的，按程序报计委工会经审核后报市总工会，争取评上市级或省级“五一劳动模范”。随后我带领计委机关工会主席田华，先到物资局系统基层单位调研、摸底。在第一线的金属、机电设备、物资贸易等仓库走访发现，化工建材仓库保管员王诗英表现突出，引人注目。

王诗英节假日很少休息，为确保仓库安全春节也不回家，为了他人节日快乐，自己用一种强烈的责任心坚守在岗位上。化工建材仓库放有 TNT 炸药（工程建设用）、硫酸等危险品，每逢大的节假日安全都是放在第一位的。她不怕累，脏，苦，具有一种吃苦耐劳的奉献精神。化工原料、建筑材料到仓库都要卸货入库，接到批发、调拨提货单后，又要及时上车发货，不论重活脏活还是危险的活她都带头抢着干。如拉水泥车到仓库后，她扛着水泥包下车入库，衣服汗湿了能拧得下水，汗水加水泥脸上“化妆”得像地下矿井从事开采的煤炭工人，比男人干劲大、耐力强。有时看到男人干活消极不主动，她发脾气说：“托生一个大男人不愿出力，真丢人，力气是奴才，去了又回来，不用钱来买，干活要痛快，偷懒不

光彩。”

硫酸是腐蚀性很强的一种物资，在入库出库时稍不注意，就有烧伤的可能。但“常在河边走，哪有不湿鞋？”王诗英的手、腿、脚、腰，甚至她的女同事说其胸部都烧伤过。现在她的身上还留有较大的深深的疤痕。

在一个夏天，有一次仓库里存放的氧气瓶漏气着火后，王诗英为了人身和仓库的财产完全，她奋不顾身、把自己的生命置之度外，冲进仓库里把着火的氧气瓶推到库外空场地，又迅速地脱掉自己的上衣盖到氧气瓶着火的地方，将火扑灭。

王诗英的事迹我安排人整理后，发给化建公司、物资局领导，并建议作为典型树立，要广泛地宣传她的先进事迹，大力营造劳动光荣、敬业崇尚、创新伟大的舆论环境和先进典型氛围。

计委工会要求物资局各单位工会精心组织，周密安排，积极引导广大职工投身到学劳模、做劳模、创劳模的活动中来。“五一”王诗英被市政府评为襄樊市“劳动模范”，紧接着加入了中国共产党。物资局工会组织王诗英劳模事迹报告会，在局属各公司等10分单位巡回宣讲。一时间在物资系统掀起了学习劳模、学习新知识、掌握新技术、争做新贡献的热潮，使广大职工精神振奋，立足本职，多做贡献。在我与物资局主要领导协调、沟通下，经局党委研究又发展了业务科长刘重新、政工科长李希学为中共党员。物资局副局长刘永盛曾说，赵主任在物资局树典型、学劳模、提拔人这一招非常好。物资局过去十多年来，没有发展过党员、没有提拔一个（领导）干部，整个物资系统一潭死水，歪风邪气盛行，原局主要领导看了熟视无睹，副职提了多次不解决问题。当时局里有干部写信到市委了，主要领导是南下干部，资格老，年龄大了，也不求进取了，但害了要求进步的年轻人，也影响物资系统的工作和襄樊经济的发展。计委在物资系统组织王诗英劳模事迹报告会后，掀起树劳模、学劳模、赶先进新高潮，歪风打下去了，正气上来了，呈现出一派积极向上，你追我赶的比学赶帮超的新气象。大家的干劲上来了，个人成绩突出了，单位效益也好了，同志们心情舒畅了，觉得有奔头了。

从这点可以看出，把一个阴暗潮湿的房间打开一扇窗，屋子里吸收到新鲜空气，见到明亮阳光的心情和感觉。当你做出的成绩得到大众认可、领导肯定、组织提拔，这是每个人都会感到幸福和所期望的。后来王诗英担任了化建公司总经理，李希学、刘重新分别提拔为物资局局长和副局长。对于这样的人，你给他们搭建一个平台，他会有更大的发展或做出更大的贡献，这里就证明了一点——模范的作用及平台的重要。

除了抓好以上五项大型的比赛和工作以外，我还组织了几次小型活动。

1990 年 5 月组织计委全战线黑板报比赛。

1991 年 6 月，组织计委老同志，参加了全市老年门球赛，取得第 3 名。

1992 年 10 月，安排物资局代表计委战线，参加了全市劳动法规知识竞赛活动，并获得第三名的好成绩。

1993 年元旦，襄樊市计委与国家计委中南机电公司襄樊分公司开展文娱联欢活动，还在端午、中秋节举办了两场舞会。

1994 年 9 月，为了传承地方文化、歌颂襄樊人民和全市经济建设所取得的伟大成就，市委宣传部决定组织全市“市歌比赛”活动。我组织战线各局工会及其基层工会，进行层层比赛。最后筛选组成计委战线代表队，参加了全市“市歌比赛”，并获得二等奖。

1995 年 8 月，计委战线工会对各局及其二级单位工会，贯彻实施劳动法情况进行检查。重点：一是抓清理，就是对照劳动法规条款，来清理本单位、本部门近几年下发的文件和制定的规章制度，凡不符合劳动法规的一律进行修改和废除。二是抓纠正，就是过去没有认真执行或违背劳动法规的，要迅速坚决地予以纠正。这项工作也得到市人大和市总工会的肯定和表扬。

通过开展各类活动，有利于激发广大干部职工的工作热情，陶冶生活情操，开阔知识视野，有利于增加工会的吸引力和党委的凝聚力、向心力，加深了相互间的交流了解，展示了机关蓬勃向上的良好风貌，真正把机关建设成热情高涨、精神焕发、团结互助的文明单位。

第二十章　农村社会主义教育

新中国成立以来，针对农村出现的新情况、新问题，中国共产党开展了三次大规模的农村社会主义思想教育活动（简称“社教”），以增强农民的社会主义思想意识、巩固农村的社会主义阵地。

第一次 1957 年至 1962 年的农村“社教”。

1957 年至 1962 年，中央有组织、有计划地在全国农村普遍开展了以两条道路的斗争为主线，以反右派、反“三面红旗”、反右倾、整风整社，为主题的社会主义教育运动。这次农村社教不是一次连续开展的活动，而是分三年分别进行的。1957 年，中共中央发出《关于向全体农村人口进行一次大规模的社会主义教育的指示》，这次“社教”，在实施的人民公社化过程中，一些干部贪污盗窃、损公肥私、多吃多占；一些社队干部对搞社会主义信心不足，对发展集体经济态度消极。中共中央认为，有必要采取措施消除干部中这些不利于经济恢复与发展的思想和作风。1961 年，中共中央再次发出《关于在农村进行社会主义教育的指示》，要求“结合秋季分配、秋季征购、冬季生产、整风整社和春耕生产准备工作，针对农民群众和农村干部还存在的思想问题，普遍地进行一次社会主义教育。”

第二次 1963 年至 1966 年的农村“社教”。

1963 年春，中央决定在农村普遍开展以清账目、清仓库、清财物、清工分为内容的“四清”运动。中央和地方各级机关分别派出大批工作队，在部分县、社展开了大规模的“社教”运动。针对农村社教运动中出现的问题，1964 年底到 1965 年 1 月，中央政治局制定了《农村社会主义教育运动中目前提出的一些问题》（即“二十三条”），对打击面过宽的“左”倾错误作了一定的纠正，将“四清”的内容规定为清政治、清经济、清组织、清思想。提出要放手发动群众彻底革命，追查“四不清”干部在上面的根子，到1966年春，全国1/3左右的县、社进行了“社教”运动。这场运动历时近四年。

第三次1991年至1992年的农村“社教”。

1990年12月，中共中央、国务院下发《关于1991年全国农业和农村工作的通知》和1991年2月中央发布《关于在农村普遍开展社会主义思想教育的意见》，农村社会主义教育活动，在全国广大农村普遍展开。仅在1990年冬天到1991年春季，已经对25个省、自治区、直辖市抽调60.7万名干部组成工作队下乡驻村，开展社会主义教育的村有41万个，占统计地区村数的69%，占全国村数的54.9%。之后，农村社教的范围进一步扩大，这次教育活动于1992年基本结束。

1991年农村社教活动突出四个重点，即进行社会主义制度优越性的教育，党的基本路线和现阶段党在农村的方针政策的社会主义性质教育，爱国主义、集体主义思想教育，社会主义民主法制教育。工作重点为“三整顿、一完善”，即：整顿农村基层组织，整顿集体财务，整顿农村社会秩序，完善农村双层经营体制，发展壮大集体经济。

1991年农村社教活动是一次干部、群众的自我教育活动，明确要求坚持正确的教育方针，严格按照党的政策和国家的法律办事。各地工作组贯彻思想教育、正面教育、自我教育为主和不整干部、不整群众的方针，对暴露出来的一般性问题，主要进行说服教育和批评、自我批评，不搞“无限上纲”和人人过关。注重实效的教育活动，真正把思想教育和解决实际问题很好地结合了起来。

我参加的这次农村社教工作。

1991年10月至1992年4月30日，襄樊市委根据中央和省委统一部署，抽调了一批干部参加农村社教工作。我被派往襄阳县进行了为期半年多的社会主义教育活动。1991年10月4日，中共襄樊市委组织部下发文件，襄组发［1991］73号，《关于成立市委驻襄阳县农村社会主义思想教育工作队临时党委的通知》，经研究决定：赵业清同志任市委驻襄阳县农村社会主义思想教育工作队临时党委书记；刘明淦同志任临时党委副书记；蔡义德、白志林、安明书、付忠义同志任临时党委委员。

当年10月6日，市委召开派往各县市农村社教工作队员动员大会。

各单位工作交接时间一天，第三天各工作队长率工作队员分赴所住县市的乡镇农村。我领导的驻襄阳县社教工作队，工作队队员 121 人，分别驻牛首、张湾两镇，共计 21 个村。当时临时党委没有固定办公室，我驻牛首镇牛首村。一个村为一个工作组，各工作组组长均是各单位派出的副县级领导干部。我要抓好三块工作，一块是抓好市委驻襄阳县社教工作队的工作；第二块是抓好牛首镇的社教工作；第三块是抓好我驻牛首镇里牛首村的社教工作。可想我的担子、任务有多重。

县社教工作队的工作。

襄阳县社教工作队分别驻牛首镇、张湾镇，我同时兼任牛首镇社教工作队队长，党委副书记刘明淦兼任张湾镇社教工作队队长。工作队进入镇村后，鉴于绝大部分工作组长和队员，没有搞过农村工作的状况，我将驻襄阳县的社教工作队副队长及各组组长，集中到牛首镇招待所进行了三天的学习培训。学习培训的主要内容：熟悉党对农村社教工作的方针政策、目的、重点；懂得如何搞好农村社教工作及思想教育；与贫下中农相处的方法和应注意的事项；帮助农村解决一些困难和实际问题。我每月召开一次社教工作队临时党委扩大会，扩大到各村工作组长参加，会议将上月工作进行汇报交流或总结，对下个月或阶段性工作进行安排。同时印发了襄阳县《社教工作简报》，将各工作组社教工作好的经验做法、需注意的问题、其他县市工作动态进行通报交流。

牛首镇的社教工作。

我兼任牛首镇社教工作队队长，也是牛首村工作组组长，镇组社教工作都属于我领导，我就采取二合一工作。10 月 11 日，牛首镇的社教工作正式展开，我起草了《市委驻牛首镇社教工作实施方案》《牛首镇第一阶段社教工作安排》。随即召开了牛首镇驻各村工作组长会议，统一布置第一阶段社教工作，又及时与镇委研究，在镇委、总支、村、组各级成立社教工作领导小组或专班。从上到下形成了组织网络。使牛首镇的社教工作有了组织、领导保证，从而牛首镇的社教工作很快打开了局面。

每月 1 日，我将本月工作队社教工作安排、要求、计划表，发到各村组长。牛首镇社教工作队分布在 11 个自然村，每个村社教工作组（简称村组）设一个联络员，每周五下午 5 点之前，各联络员将本村组一周的

《工作情况汇报》，报送到跟我一起住在牛首村的工作队联络员。由他汇编成《社教队工作简报》，星期一分发送到各村组。利用简报相互交流，相互促进的办法，加强队与队之间、队与组之间、组与组之间的相互学习，共同提高。除此之外，我还经常进行巡回检查，指导各村组的工作。同时和镇委组织委员（也是镇社教办公室主任）经常到基层了解情况，帮助解决一些具体问题。襄阳县委分管社教工作的韩书记（女）说："市委驻牛首社教工作，指导思想正确，安排部署周密，社教工作既轰轰烈烈，又扎扎实实。"

我对社教工作队员的要求很高，强调搞好自身建设。采取了四项措施：一是编印社教知识读本，把社教工作党的方针政策、目的意义、指导思想、方法步骤、农业常识、社会交往、联系群众等内容汇集一起，让队员认真学习，武装好自己的思想，在提高自身思想认识的基础上再教育别人；二是制定《市委驻牛首社教工作队员手册》，对每个队员提出行为规范要求；三是制定工作队员廉洁自律规定和党团生活会、学习制度；四是要求队员处处起模范带头作用，广泛联系群众，积极参加劳动。值此，牛首社教工作队结束离队时，未发生一起违纪行为。得到县委、镇委和村干部的一致好评。镇委陶书记说："市委驻牛首镇社教工作队自身建设抓得紧，高标准，严要求，工作扎实，作风过硬，是一支得到群众欢迎和拥护的社教工作队"。

我在牛首村采用办各类骨干学习班或座谈会，主要是老年贫下中农、要求进步的积极分子、有文化有培养前途的同志。让他们先学习一步、武装头脑，典型引路。然后利用我在牛首村先行一步的经验在全镇各村组推而广之，这就是以点带面工作法。

同时我还要求牛首镇驻各村社教工作组长，要结合本村组实际和特点出发，确定教育内容、方法。形式上采取思想教育为主，防止言不及义，以事代教。中央明确规定，这次社教要以思想教育为主线。这就要求我们在整个社教工作中，要把思想教育贯穿始终，通过形式多样、丰富多彩的思想教育，让社会主义思想占领农村阵地，在广大党员、干部和人民群众的头脑里牢牢扎根，要在培养社会主义带路人上下功夫。这是我们搞社教的目的和一项带根本性的工作。

一个加大、四项教育活动：我采取的一个加大、四项教育活动包括：

加大宣传力度，一是层层召开会议，支委会、党员干部会、青年团员会、积极分子会、妇委会、忆苦思甜会、群众大会，宣传农村社教党的方针、政策、目的意义；二是举办多种经营、种果树、庭院经济、农业技术、进城经商、破除封建迷信等讲座；三是建立社教宣传阵地，如利用黑板报、墙报、横幅、书写标语、专栏、学习室、大队有线广播进行宣传；四是印刷各种文字材料宣传社教先进典型；五是开展评先活动，表彰典型模范，形成学习先进、争当先进的浓厚氛围；六是组织宣传组到村民在外打工或工地人员较集中的地方散发材料进行宣传；七是给村民公开信，同时采取“分工、分组、分片包干”和“定人员、定任务、定责任、定期检查”的“三分四定”的方法进行宣传发动。宣传注重导向鲜明、富有内涵、引人向上，体现时代感厚重感，增强传播力感染力及时效性。宣传声势强大、范围深广，覆盖面达95%以上。

在系统教育中，我要求各驻村工作组，采取学、忆、比、展、演、摆、查七种形式进行教育。在教育方法上采取普遍教育、重点教育、个别教育，以及“三分三定”的方法。三分三定即：分阶段定学习任务；分层次定学习方法；分对象定学习内容。在步骤上采用灌输（学习）、讨论（消化）、测评三个步骤。在学习内容上，一是学习社会主义思想理论；二是学习党的农村一系列方针、政策；三是学习法律、法规知识。

进行“送文化，送科技，送卫生，送法律”四下乡社会主义教育活动。在农村看电影难的情况下，我上门找市电影公司开展送电影文化下乡活动，充分发挥电影这一特殊的宣传形式的作用，引导广大农民破除迷信，崇尚科学，爱党、爱国、爱集体，收到了良好的效果，使文化在广大农村唱响了社教活动的主旋律，牢固占领了农村思想政治工作的主阵地。

开展四项教育活动。

开展道德实践教育。以诚信建设为重点，加强社会公德、职业道德、家庭美德、个人品德教育，形成修身律己、崇德向善、礼让宽容的道德风尚。加强村政务诚信、商务诚信、社会诚信，开展道德领域突出问题专项教育和治理，在全社会广泛形成守信光荣、失信可耻的氛围。把开展道德实践活动与培育廉洁价值理念相结合，营造崇尚廉洁、鄙弃贪腐的良好社会风尚。

开展传统文化教育，中华优秀传统文化积淀着中华民族最深沉的精神追求，是中华民族生生不息、发展壮大的丰厚滋养。传承传统文化体系，加强对优秀传统文化思想价值的挖掘，梳理和萃取中华文化中的思想精华，开展优秀传统文化教育普及活动，培育特色鲜明、气氛浓郁的健康文化。开展移风易俗，创新民俗文化，形成与历史文化传统相承接、与时代发展相一致的新民俗。使之与中国特色社会主义相适应，让优秀传统文化在新的时代条件下不断发扬光大。

开展革命传统教育，加强对革命传统文化时代价值的阐发，发扬党领导人民在革命、建设、改革中形成的优良传统，弘扬民族精神和时代精神。挖掘各种重要节庆日、纪念日蕴藏的丰富教育资源，利用五四、七一、八一、十一等政治性节日，三八、五一、六一等国际性节日，党史国史上重大事件、重要人物纪念日等，举办庄严庄重、内涵丰富的群众性庆祝和纪念活动。在开展传统教育中，进行了忆苦思甜和展览教育。在忆苦思甜大会之前组织村民看现在变化的图片、实物展览。展览的有新农村建设成就、村民住房图片及空调器、热水器（照片）展板，彩电、洗衣机、电冰箱、电脑等各28台，电动车、摩托车、各56辆、汽车5辆。请三个苦大仇深的老贫农、老党员、老干部作忆苦思甜报告。主要内容是：“不忘过去苦，想到今日甜，翻身不忘毛主席，幸福不忘共产党。我们生在新社会，长在红旗下，是多么地幸福！”老党员李亮子回忆解放前，老爹给地主当长工还被活活打死，接着自己到处当乞丐讨饭四年。解放后当家作主了，还分得了瓦房和土地，党的培养加入共产党、当了村干部。现在大儿子在外地工作，家里盖了2层楼房，电视机、洗衣机、空调器、摩托车都齐全，过上了幸福的日子。通过这种忆苦思甜，进行新旧社会两重天的对比，唤起村民们热爱共产党、热爱社会主义的热情。

开展精神文明创建活动。推进文明村组、文明个人、文明家庭等创建活动，不断提升村民文明素质和社会文明程度。开展礼节礼仪教育，在重要场所和重要活动中升挂国旗、奏唱国歌，在学校开学、学生毕业时举行庄重简朴的典礼。加强对村民在公共场所文明教育、规范约束在公共场所吐痰、扔物、遛狗、打架、骂人等的不良行为，增强村民的文明意识。

社教工作体会。

通过农村社会主义教育活动，我的体会很多，其中有两点最深刻：

一是对农村社教的体会。深入开展农村社会主义教育，是当前农村工作的一项十分迫切的任务。搞好这项工作，对于培养“四有”农民，坚持社会主义道路，巩固工农联盟，推动农村改革和两个文明建设，密切党群关系，提高农村党组织的战斗力，是十分必要的，而且具有深远的政治和历史意义。

二是我的社教工作体会。在襄阳县社教工作队的临时党委成员和驻村工作组长中，我当时年龄最小，又是1990年刚提拔到副县级领导岗位一年多点时间，领导经验、能力都明显不够。市委让我任临时党委书记，是对我的信任，任务重、责任大，所以压力也非常大。我在农村社教活动虽然时间很短，但通过我们的精细安排和扎实工作，确实达到了对干部和群众教育的目的，究其原因，工作队成员的作风是重要因素，我带头深入实际，与农民“同吃同住同劳动”，拉近了与农民的感情距离，把解决村集体经济问题与解决村民们共同关切的问题相结合，既密切了党群关系，又为基层单位和群众办了不少好事、实事，受到农民的普遍欢迎。办实事：主要有：支持水泥给村修建断头路；解决3万元资金建设村卫生室，冬天帮助解决村困难户取暖的生活用煤。通过我与大家的共同努力，牛首村社教工作组（没有评选工作队）被襄樊市委社教领导小组评为模范工作组并颁发了《荣誉证书》。

在社教工作中，之所以能取得很好的成绩、得到干群的满意、圆满地完成市委的任务，使我体会深刻的是：虚心向老同志学习取经是基础；依靠当地党委、村支部，以典型引路和充分发动人民群众是前提；认真熟悉党对农村社会主义教育的政策，吃透社教精神是保证；个人刻苦努力地工作是根本。这次社教对我的思想是一个很大的锻炼和促进，对我的领导艺术和能力是一个很大的提升。我要感谢市委给了我社教工作这个平台，让我在这个平台上得到了锻炼，同时也展现了才华。赋诗一首，七律鱼水情心连心：

社教半载意深长，鱼水情深永不忘。
干部群众心连心，携手并肩奔小康。
农村社教路线讲，思想教育指方向。
待到明朝聚村时，农村大地更辉煌。

第二十一章　兼管经济技术协作

1982年，襄樊市政府成立经济技术协作办公室（以下简称协作办），主要负责对外地市经济协作、物资协作、与驻市内、外办事处联系等工作。协作办当时是副县级单位，归口市计委管理。

1984年，省政府下发《关于进一步加强省内外经济技术协作意见》，明确经济协作办服务于全省的经济建设，要由一次性、临时性的协作，逐步转变为物资、技术、资金、人才等方面的协作；由生产资料为主协作，逐步转变为生产资料和生活资料为主的协作。开展经济技术协作要国家、集体、个人一起上，形成多层次、多渠道、多种形式的经济技术协作和交流。

1991年以后，经济协作工作职能发生转变，由原来的物资和技术协作转变为横向经济联合。主要职能：

负责贯彻国家横向经济联合的方针、政策、法规，制定全市横向经济联合规划、计划并组织实施；预测全市横向经济联合发展动态和趋势；负责对外地经济协作、物资协作，组织市内、市际之间的技术合作；组织全市资金、技术、人才和科研成果的协作；组织区域间的大型经贸交易和文化交流活动；组织跨区域的中西部经济、技术、商贸协作。负责本市驻外地办事处及外地驻襄阳区域办事处的管理、服务工作。

1992年5月，我从农村社教工作队圆满结束回机关后，除原主管的计委战线工会工作外，还分管物资科、协作办、投资公司的工作。

协作办平时的日常工作，由协作办主任主持，重大事项向我报告。

1992年至2005年，在我兼管协作办期间重点抓了物资协作、技术协作、中国中西部经济协作区三项工作。

物资协作。根据计划上的缺口和多余物资开展物资协作。组建物资协作网络，协进市内急缺物资；将本地生产的多余产品协作出去，或进行协商串换成我市生产需要的物资。我在协作办主持召开了市内大型物资协作调剂会，组织市、县和企业参加全省、全国性的物资协作、商品交易活动。当时全市协进主要物资是原油、煤炭、钢材、生铁、汽车、木材、水泥、化工原料等。其中，我与协作办李主任从河南南阳油田协作引进 220 吨原油、分别从山西大同、河南平顶山各协进 200 吨煤炭、在武钢协进钢材 151 吨等紧缺物资。协出物资主要有大米、棉花、芝麻、纯碱、烧碱、硫酸、磷矿石、金红石、纺织、棉纺、医药等。

技术协作。大力开展与周边地市、企业间、大专院校、科研单位等进行技术交流与合作。召开全市“经济技术协作工作座谈会”“鄂西北经济技术协作洽谈会”与“技术成果交易会”。

区域协作。是指跨出襄樊市域，到襄樊以外的省城之间、地市之间进行的商贸洽谈、物资交流、技术合作、项目推介等一系列的区域协作活动，例如，襄樊市与上海市徐汇区结成为友好城市；襄樊市与鄂豫川陕毗邻地区进行的经济技术协调会；襄樊与南阳联合举办的物资交流会；襄樊市与商洛召开秦巴山区的物资协作会，等等。

1993 年 2 月，在全市经济协作工作会议上，市政府赵成霖副市长明确指示：“协作办区域协作工作中的中西部经济技术协作区的这一块工作，由赵主任亲自抓对市政府负责并直接我向汇报。”

中西部经济技术协作区，其前身为“鄂豫川陕毗邻地区经济技术协调会”。1986 年 4 月，由襄樊等 8 个城市发起成立，1989 年改为中国中西部经济技术协作区，1995 年成员区域已扩大到秦巴山区的 5 省（市）、12 市（区），包括河南省洛阳、南阳，陕西省安康、商洛，重庆市万州，四川省达州，以及湖北省十堰、荆门、襄樊市、神农架林区。该协作区幅员 20 多万平方千米，人口 5000 多万，是我国唯一跨越中西部的经济合作组织，其常设机构“协调委员会”设在襄樊市。襄樊市为协作区常务主席方。我们的责任和工作量都要比其他地、市（区）要大得多，很多具体工作都是我亲自办理或组织。各地、市（区）每年轮流坐庄当执行主席，结合本地情况主持召开区域性的技术协作、经贸洽谈、商品交易、项目推介等适合自身和区域发展的会议。

襄樊市作为常务主席方，不论谁当执行主席，我们都要支持他们开好中西部区域协作会议。我要做的工作；协助执行主席方做好参会准备；收集、整理、通报各方情况和要求，协调各方意见；为赵成霖市长写好到各执行主席方召开会议用的致辞和会议总结讲话；组织好襄樊市到各执行主席方会上参展的商品或展品；筹备襄樊市自身召开的经济协区经济技术协调会、经贸会等各项工作。

每次参加各执行主席方组织的经济技术协作年会，襄阳代表团长为赵市长或罗市长，我和区划办主任为副团长，与会的成员单位有：计委、经贸委、农委、商务局、招商局、旅游局，各县市常务副县市长、经协办、计委等。我先后分别陪市长罗辉、常务副市长赵成霖参加过八个地、市、州的经济协作会议。

1993 年 8 月，陕西商洛举办了中部经济协作区协调工作会议。我在会上代表襄樊市常务主席方发言提出 5 点建议，1. 制定中部协作区发展规划；2. 在襄樊成立协作区经贸协作总公司；3. 以十堰为依托成立协作区汽车联销公司；4. 在荆门市成立协作区化工联合营销公司；5. 委托河南南阳创办《中部协作区开发报》。获得了中部协作区各方赞同和通过。在会议期间还进行了经贸洽谈、商品交易展销会。

1996 年，在河南南阳召开中国中西部经济技术协作会，这次会有三项内容：中部协作区第五届协调会；协作区十年庆祝会；大中型项目洽谈会。这次会上，我拟选了襄樊 272 个项目，印制成项目推介册，一是会上洽谈用，二是给协作区筛选区域性项目，中部协作区各方一起到国家计委汇报，争取国家支持立项。

1997 年，襄樊举办中西部经济协区经济技术协调会、经贸会、诸葛亮文化节，一起唱响三台大戏。

2000 年襄樊市（2010 年改为襄阳市）与上海徐汇区结成了经济协作友好城市，在襄樊市举办东西部协作洽谈暨商品展销会上，签订协作项目 95 个，其中合作过亿元的 6 个，超过 1000 万元的 22 个。

2001 年 9 月 17 日至 20 日，在襄樊召开了中国中西部经济技术协作区第十六届协调会议，中心内容是举办中国湖北 · 襄樊诸葛亮文化节暨中西部经贸洽谈会，简称“一节一会”。我当时从我们计委项目库中挑选 352

个大中型项目，每个项目编制出项目投资计划书，并印成精致的项目册在会上进行分发推介。在经贸洽谈专场会议上，共达成协议来襄樊投资项目162个，总投资29.6亿元。其中：外商投资1.7亿美元，折合人民币13.8亿元。出口商品36个，贸易额4528万美元，折合人民币3.67亿元。

2001年10月28日，襄樊市委、市政府给我颁发《荣誉证书》：赵业清同志在中国湖北·襄樊诸葛亮文化节暨中西部经贸洽谈会工作中成绩显著，被评为先进个人。

襄樊市诸葛亮文化节凭借强大的社会影响力荣获“中国十大品牌节庆”，这也是襄樊诸葛亮文化节在中国第二届文化产业发展大会上获得“十大知名节庆”奖项后再次荣获节庆类大奖。

2002年12月，十堰举办中西部经济协作区经贸洽谈会、开发项目推介会。

2005年4月13日，广受海内外关注的纪念诸葛亮出山1800年庆典在隆中风景名胜区隆重举行。国家文化部、国家文物局、国家旅游局、湖北省人民政府及省直有关部门领导，海内外嘉宾、专家、记者，以及我市社会各界近1800人出席庆典仪式。庆典仪式上，省、市领导为诸葛亮铜像揭幕。

著名影视表演艺术家唐国强诵读了《诸葛孔明颂》；国家文物局、中国魏晋南北朝史学会和中国三国演义学会有关负责同志分别宣读了贺信；国家旅游局、省委宣传部有关负责同志及著名学者、厦门大学教授易中天分别讲话。市委、市政府向诸葛亮第50代孙、浙江省兰溪市诸葛镇八卦村村委会主任诸葛胜军赠送了礼品。诸葛胜军向隆中风景区管委会赠送了诸葛氏宗谱。

襄樊是具有2800多年建城史的中国历史文化名城，是“三国文化之乡”和楚文化的发祥地，三国文化的源头。《三国演义》120回故事中，就有32回发生在襄阳，境内现有古隆中、古襄阳城等名胜古迹700余处。

本次庆典会议协作区成员方以“改革创新，建设高效生态经济”为主题进行了主题演讲，对各自在生态示范建设中的经验和成绩进行了交流。会议提出协作区各成员方应牢固树立生态文明理念，积极推进生态和环境保护合作，发展生态高效产业，建立体制合理、社会和谐的文化，营造生态健康、景观适宜的环境，从而形成开发与保护并重，自然与人类高度统一的可持续发展模式。同时进一步加强区域内经济、技术、人才、劳务、产品、信息交流与合作，全力构建中西部经济技术协作区交通、工业、农业、商贸、旅游、人才等联动发展格局和经贸合作走廊，共同促进区域经济社会更加繁荣发展。

在各市召开的中西部经济协作区协作会议中，我的印象最深的当属陕西的商洛地区。商洛，因境内有商山、洛水而得名。位于陕西省东南部，秦岭南麓，与鄂豫两省交界。商洛地区行政公署驻地商州市。

1993 年在陕西商洛举办的商品交易展销会，大会会场布置在离地区行署 100 多米的十字街，当地实行交通管制，四周禁止车辆通行。我们是常务主席方，不论在哪里召开中西部经济技术协作会议，我和赵市长都坐在主席台上。商洛地区主席台上，摆放的是陈旧的带有破损的两抽屉桌子，桌子上面覆盖着较新的长条蓝色桌布。主席台下面各地市嘉宾坐的是学校学生坐的独墩子，主席台是用木板临时搭起来的。

商品交易展销会放在一个破产企业车间里，展厅由参展地市根据自身产品多少、大小、类型各自布展。经贸洽谈地点放在该厂闲置的办公室里。会期为三天，商品展销的第二天，襄樊市带的纺织、服装、轻工机械、小家电、玩具、饮食等消费品绝大部分都销售完，不少厂家只得打电话连夜送货到商洛展销会上。

我们从商洛的城市建设、商场物品、居民穿着、会场布置等方面，当时的商洛地区在全国范围内，还是很贫穷和落后的。这更加说明了经贸洽谈、商品交易、项目推介、投资合作以及经济技术协作的重要性和必要性。通过多年的区域协作，合作各方共同致力于联合促开放，开放促开发，开发促发展。2010 年 5 月，我自驾车陪深圳朋友到西安游玩路过商洛，完全看不到原来中西部协作区开会的会址、交易展销厅的场地痕迹，旧貌换新颜，到处是宽阔的街道、马路，高耸的楼房鳞次栉比，错落有致，拔地而起。现在中西部经济协作区，各成员方充分认识到加强区域合作的重大意义。

中西部协作区成立以来，各成员方不断加深交流与合作取得了重大成果。商洛与南阳投资 68 亿元的商南高速公路已经竣工，连接中西部的汉

十、渝万等高速已建成通车，宜万铁路、宜万高速公路施工正热火朝天地进行。重庆万州至宜昌旅游精品线路的开通，樊（襄樊）魏（河南南阳魏集）高速公路通车，南阳、襄樊、荆州等三国文化旅游线路的联动开发，开创了协作区旅游整体推进新格局。

在现代经济社会中，经济技术协作在不断深化。一是协作领域不断扩展。由改革开放之初低层次的物资交换、商品贸易往来、劳务输出扩展到生产与建设性投资、科技与咨询服务协作等转向较高层次的经济技术协作；二是协作的主体结构不断优化。已由自发的民间、政府间较单一的、低层次的协作向政府、产业、企业、民间多层次全方位协作方向发展，企业在区域经济协作中的主体地位日益彰；三是协作的形式不断多元化。已由单向的商贸与投资发展到双向的商贸与投资，并出现了联合投资、联合经营等以大企业和企业集团为主导的区域经济协作或合作形式。随着市场经济不断深入发展，世界经济多边化，更加显得跨大区域、跨国界的经济、技术协作的重要性。

第二十二章　物资计划工作成为历史

1990年，我提拔到计委领导班子后，除工会是我的本职工作外，党委对我在委内的科室分工，第一个就是分管物资计划工作。当时正是计划经济体制向市场经济体制转换的过渡期，也是计划经济体制的双轨制时期，至1993年，我国开始实行了市场经济体制，计划经济体制宣告结束，1995年物资计划工作终寝，计委物资计划科撤销，物资计划工作也就成为历史。

一、计划经济时期的物资计划工作

在计划经济时期，物资计划工作是国民经济计划的重要组成部分，也是国民经济和社会发展赖以实现的物质基础，在国民经济计划中人、财、物三大要素分配和平衡之一。

物资计划，是国家确定各部门、各地区、各企业所需的关系国计民生的重要物资的分配数量的计划工作。

物资计划工作内容主要有物资计划平衡、物资计划分配、物资计划管理三个方面。

物资计划平衡。是在一定范围内，物资资源与需求之间相对的、暂时的相互适应，相互协调。主要包括：物资与人力、财力的平衡，并称为三大平衡；各部门、各地区和各环节间的物资平衡；物资资源和需求在数量、品种上的平衡等。物资平衡是我国物资计划管理的基本原则和方法，通过物资平衡可以把产、供、销有计划地结合起来，促进国民经济有计划按比例发展。物资平衡包括物资资源总量与需求总量的平衡。物资供需总量平衡是物资资源的价值量与物资的社会购买力之间的平衡，物资供需构成平衡是各种生产资料产品的资源量与需求量之间的实物形态上的平衡。物资平衡工作，主要通过编制物资平衡表来进行。物资平衡表是求得物资的资源与需求之间平衡的一种计划表格。物资平衡方法，首先要核算和分析物资需要量；其次核算资源量；最后进行物资供需平衡。物资计划平衡，是搞好物资流通的前提，是提高社会经济效益的重要途径。根据物资综合平衡所确定的物资的使用方向编制物资分配计划，并将物资分配指标下达给有关的部门、地区和企业。

物资计划综合平衡，具体地讲，是从总体上把握对企业物资需要的满足程度和资源组织的保证程度。包括筹集物资资源和核实物资需要、物资综合平衡、确定分配指标三个环节。首先，查明计划期可供分配的物资资源总量，汇总核实各部门、各地区、各企业申报的计划期物资需要总量；然后，将物资资源总量与物资需要总量进行综合平衡，对其中不平衡的物资采取扩大生产、增加进口、调整消费等具体措施，使供需保持平衡。

物资计划分配。是指主管物资分配的计划部门，根据国家计划确定的生产建设和科研任务，向物资申请或需要的单位分配物资的计划。物资分配计划是在物资资源与需要平衡的基础上，按照物资的使用方向确定各地区，各部门以及重点企业，重点项目的物资分配数量。物资计划分配通常由实物量分配表和分配说明两部分组成。实物量分配表列出了对物资申请单位的分配总量和主要使用方向的分配量。分配说明是对分配口径的解释以及对物资分配的方针、原则和依据等的说明。物资分配与物资申请相反，是一个自上而下的过程。国家分配的物资，由计划部门编制物资计划，上报上一级计划部门批准。本级计划部门将物资分配计划下达给申请单位，再由其将物资分配到基层单位进入生产或消费领域。物资分配计划经地方政府计划部门批准后，即具有法律约束力，分配指标在下达过程中不得层层克扣，也不得擅自挪作他用，以维护物资分配计划的严肃性。制定物资分配计划，首先申请物资需要计划，需用单位向计划部门申报所需物资的类型、品种、规格、数量、用途的物资计划。它是企业组织生产和建设的前提，也是计划部门制定物资平衡分配计划的依据。对物资资源与物资需要进行平衡后，按照物资的使用方向制定出合理分配的计划。

物资计划分配原则：坚持计划的科学性，做到积极、准确、可靠、留有余地；统筹兼顾，全面安排，保证重点，照顾一般；先简单再生产，后扩大再生产，先生产、维修，后基本建设。在分配中，对于同行业、同类产品所需要的物资，以技术水平、物资消耗水平和产品质量的优劣为依据，择优分配。

物资计划分配作用。主要表现为：

（1）是国家集中物力，确保重点生产建设计划实现的重要保证。

（2）是促进国民经济协调发展的重要手段。通过物资计划分配，可以调整国民经济各部门、各地区在计划期内的发展比例关系，有计划按比例地分配物资，有效地利用物质资源，提高物资使用的经济效益，能促使国民经济更快地发展。

物资计划管理。它是物资计划的编制、执行和检查分析等活动的总称。是我国用计划来组织、领导、调节和监督物资分配、供应和购销活动的一个重要手段。在搞好物资计划管理的同时，还要对物资供应部门的物资计划分配后的管理。

二、物资计划体制改革

随着社会的进步和经济的发展，物资计划分配体制也有很多不相适应的地方，整个计划经济体制进行了改革，物资计划体制也要相应地进行改革。

1986年以前，是用指令性计划来进行人、财、物的分配和综合平衡。计划经济时期，全国重要的生产资料，实行中央统一分配制度。按其重要程度，又划分国家统一分配的物资（即统配物资）和中央各部主管分配的物资（即部管物资）。中央和省（市）管理的国营企业、公司合营企业等，凡属生产、经营中央统一分配的物资，均纳入国家物资分配计划，实行统一调拨、平衡分配。

1988年至1993年，由计划经济向市场经济过渡。在过渡时期，物资计划工作，逐步由计划经济时期的物资计划平衡、物资计划分配、物资计划管理，分别转变为：对国民经济和社会发展战略、规划、总量进行平衡；编制和研究中长期计划和发展战略为主，物资分配计划为辅；物资计划管理方面加强宏观调控和经济调节。

1993年后，即1993年党的十四届三中全会提出了《关于建立社会主义市场经济的决定》，中国经济进入建立社会主义市场经济的新时期。物资供需全部放开由市场调节。物资计划管理工作以经济和社会的协调发展为主，轻计划指标，重宏观调控，注重发挥市场在资源配置上的作用。由过去用很大精力分线、分物、分人，制定计划本本，转变为调整经济结构，转变增长方式等管大事、谋发展，运用产业政策作为经济和社会发展导向。

三、我分管的物资计划工作

1987年至1993年，是物资计划体制改革期。我于1990年至2001年分管物资计划工作。其中：1990年至1993年负责物资计划分配工作，1993年取消物资计划分配、撤销计委物资计划科后，1994年至2001年，党委让我仍分管市物资局的工作。

期间，我主要抓了以下几个方面工作：

（一）完成好省交办的任务

搞好预测调研工作。为了扩大物资指导性计划和市场调节，以适应社会主义商品经济的发展，1985年开始，国家统配物资指令性计划品种由200多种减少到20种，物资计划的重心转移到综合物资平衡。由计划经济转向市场经济。随着职能的转变，1993年物资指令性计划全部取消，物资计划工作没有职能。我们就认真完成省计委物资处交办的调研、预测等工作。如，完成省物资处交办的钢材市场需求预测、汽车需求计划的编制、重油使用管理情况调查、煤炭需要量与运输计划上报等工作。

清理整顿旧车交易市场。根据省政府文件精神以及省计委通知，我和市物资局副局长付中义一起共同抓了全市老旧汽车报废工作。一是召开全市老旧汽车报废工作会议；二是对1997年老旧汽车报废工作进行检查和总结；三是针对全市老旧汽车回收、交易中存在的问题，组织公安、物资、交通、农机、环保、工商等部门对各县、市及市直旧车交易市场进行全面清理整顿和交易资格审查认定。四是制定了《襄樊市老旧汽车报废及旧车交易市场管理办法》，加强到期的老旧汽车强制性报废及旧车交易市场行为规范，以保证交通人身安全、环保达标排放。

（二）为企业搞好计划服务

虽然物资分配计划体制改革后，地市一级职能减弱了，甚至没有了，但企业要求解决的急迫问题，我们还是到省、国家计委不遗余力地汇报、争取，为企业解决了难以解决的一些具体问题和燃眉之急。

解决市热电厂用煤计划单列。主动地开拓物资工作，为企业搞好服务。市热电厂是联片供热、联产型节能企业，担负着市区轻纺化工 20 多家企业的供热、发电任务，年相关产值达 40 多亿元，社会效益、经济效益是全市最好的少数企业之一。该厂煤炭分配计划 1990 年前在省计划单列，计划指标为 10 万吨 / 年。在计划经济转向市场经济之后，指令性计划分配的品种和指令性计划指标逐步减少，据此，1991 年市热电厂煤炭计划指标省里不再单列，划转在襄樊市指标内解决。此后，该厂计划指标年年大幅下降，到 1994 年底只有 5 万吨 / 年，而该厂生产规模却比以前扩大，效益也增加了十几倍，企业大发展了。用煤由原来需要量 10 万吨，增加到当年实际需要 42 万吨，计划指标分配只占需要量的 11.8%。由于煤炭计划指标太少，又加上煤炭矿点上可调性差，难得批量调运，这样就严重影响和制约了热电厂的经济发展。在热电厂向市计委写出《热电厂请求将煤炭分配计划在省里单列的报告》后，我立即着手解决这个问题：一是进行调查研究，召开市物资局、燃料公司、热电厂三方协调会议，解决了市热电厂与燃料公司之间的三个突出矛盾（原货款未清的经济纠纷；指标基数的确定等）。二是解决了计划单列，省计委开始不同意计划指标单列，其理由是现在实行的是市场经济，国家要求指令性计划逐步减少或取消，计划单列不符合市场经济发展形势。经过反复做工作，最终省计委不仅对市热电厂煤炭分配计划进行了单列，而且在计划单列后，计划指标在原基础上另增加 5 万吨。三是解决了省燃料公司对热电厂计划矿点分配问题。至此，不仅圆满地解决了市热电厂煤炭计划的单列和计划煤矿点的确定问题，而且增加了热电厂的经济效益，同时也解决了樊城片居民的供热问题。这项协调工作，得到分管计委的常务副市长赵成霖的肯定和表扬。

解决襄樊钢铁公司统配电计划。1993 年初，为襄樊钢铁公司争取统配电即计划内用电，我多次带领物资科长钟惠然到省计委汇报，从省计委额外争取到省计划内统配电 1600 万度，“带帽”下达给襄樊钢铁公司，既促进了钢铁企业的生产，也缓解了襄樊市的用电矛盾，还给襄樊市场增加了很多建筑所需材料。

解决南漳泡花碱厂急需的重油。1997 年，省计委将该厂的重油计划指标取消，调整给了其他地市，我得到消息后，立即带科长前往该厂实地调查了解情况，随后带着专题报告赴省计委汇报，经反复做工作，省计委下达了 1800 吨的计划指标，不仅没将原计划指标调走，反而给该厂增加计划指标 600 吨。不仅解决了老产品的用油，而且解决了新开发产品的用油。厂领导激动地说：“在市场经济条件下，襄樊市计委领导急我们企业之所急，帮我们企业之所需，这么主动、及时、无偿地为我们企业服务、排忧解难，确实少见。”

大力支持工农业生产的物资服务。1990 年，省计委下达给我市物资分配计划品种只有钢材和煤炭两种。钢材只安排农业生产、轻工市场、生产维修、农机等四项计划。煤炭计划只有 36.45 万吨，主要用于工业和生活用煤。我们对计划内物资做到早订货、早供应。从省计委分配的物资可以看出，计划内物资供应缺口很大，我们就积极组织货源弥补计划内供应的不足，如钢材、水泥、化肥、煤炭、石油、化工原料、小型农业机械等，通过协作、交流、串换各种形式，组织急需的紧缺的物资投放到工农业生产中。我们从河南南阳油田协作引进 126 吨原油、分别从山西大同、河南平顶山各引进 210 吨煤炭、在武钢引进钢材 151 吨等紧缺物资。

批建物贸旧车交易大市场。1998 年，根据省政府关于清理整顿旧车交易市场的精神，利用计委职能，关停了 8 个违建和不达标的旧车交易市场。经过计委组织调研、考察、论证工作，编制《襄樊市汽车大市场建设可行性研究报告》，通过市计委向省计委转报，并得到省批复同意，新建了 3 个新市场，其中批建市物资贸易中心旧汽车交易大市场，等于救活了一个物资企业。

（三）分管物资局工作

1976 年 9 月，襄阳地委成立中共襄阳地区革命委员会计委“战线委员会”。从襄阳地区副专员张化普第一任战线党委书记、主任起至 2000 年代初期，计委党委成员分工对归口计委部门的工作进行协调和指导。业务工作由各局局长负责，战线对各局主要职能是：以战线为单位组织学习、思想教育、文体活动；对战线各单位的评先或劳模等进行审核上报；向市委或市委组织部提名推荐正副县级领导干部，负责对战线各局的正副科级干部的考核、任免、管理、调整等。

帮助物资局解决退休干部工资待遇。物资企业由计划经济转向市场经济后，市物资系统出现经济效益严重滑坡，遇到严峻形势和实际困难，企业经营举步维艰。物资企业只好进行改革转制或破产，实行经济补偿和工龄买断或企业个人买断物资企业，其经营都基本上转为私人办企业进行物流。而原任物资局班子领导成员，改制前为加强企业领导，兼任局下属公司总经理，这部分人员原是国家公务员，都是市委组织部或市委任命的领导职务，过去为襄樊市经济发展都做出了很大贡献。改制后工资没有保障，生活极其困难。他们到市政府、省政府信访办多次反映情况，没有得到妥善地解决。我在分管协调物资局工作时，为解决物资局退休人员和原任职为公务员的待遇，把它作为工作之重点，在市委、市政府开会时一有机会就汇报呼吁，同时先后向市委、市政府报了 6 次专项报告或请示。1998 年 11 月 9 日，市委夏书记、市政府罗辉市长批示：“同意解决”，同年 12 月 22 日，市人事局办理手续，从 1999 年开始，将市物资局机关离退休老同志及原市物资局享受公务员待遇人员的工资、医药费恢复纳入市财政预算，彻底解决了这部分同志的后顾之忧。

“代理”物资局局长。

1999 年 7 月后，市直党政机关领导班子换届期间，市物资局局长一直空缺没有到位。2000 年，春节过后上班的第一天，罗辉市长到计委拜年并看望委领导，委领导班子成员全部集中在六楼小会议室，利用这个机会计委主任方常安汇报工作，重点放在请求罗市长帮助计委解决急需的问题上。其中一点，是市政府各部门换届已结束，市物资局一把手李希学调市政协任秘书长后，现局长缺位，副职也没宣布，再者，市委或组织部也没指定领导牵头人。正值物资体制改革时期，物资局现在是群龙无首，物资系统现在工作、思想都很混乱，请市长跟市委孙书记尽快将物资局领导班子研究明确并到位。罗辉市长说："计委你们在座的正县级领导干部一排，有没有人现在就报名自愿到物资局当局长的，若有我跟孙书记商量，经市委研究通过后到任。若没人报名去，分管物资局的领导或计委另选派一个副主任去代理物资局长主持一段工作。"

进入市场经济后，物资系统经营工作举步维艰，直属八大公司濒临破产。计委副主任与物资局长平级，都是正县级领导。计委是"二政府"当领导有职有权，相比物资局工作担子轻，责任小，再加上物资经营不熟悉，操心大，压力大，风险大，所以委领导都不愿去。

经计委党委研究、报市委组织部同意，由我在搞好计委分管的工作同时兼管或代理物资局长工作。于 2000 年 3 月，我到物资局上班。首先集中一段时间和精力把物资系统工作理顺了，把人们的思想初步稳定下来，然后处理大量的日常事物和做深入细致的思想政治工作，确保物资系统在体制改革时期的团结和稳定。我在主持工作期间办了几件较大的实事。

一是帮助市物资企业职工争取到生活补贴资金。全国物资体制进行改革，由计划经济转向市场经济后，民营物流企业迅速发展，市物资企业职工的铁饭碗被打破。原物资企业八大公司的业务骨干，大部分先后辞职办起了自己的物流公司，致使市物资系统经营处于瘫痪状态。我找市委负责国企改制困难企业补助的夏志斌副书记，带上专题报告到他办公室、家里多次汇报，得到了夏书记支持，三年分三批共帮助市直物资企业困难职工生活补贴资金 65 万元，解决部分特困职工生活的燃眉之急。

二是通过法律程序，对物资贸易和化工建材等六大公司进行了破产。计划经济时期，计委内部有一个顺口溜叫：物资香，计划甜，物价工作讨人烦。物价"讨人嫌"，物价科价格定高了老百姓有意见要骂娘，物价定低了企业和经营者不高兴要骂人，出力两头不讨好；计划甜，主要是指基建计划管投资是分钱的，劳资计划是管招工指标的、社会社业计划是搞招生毕业生分配的都是做好事的，人人有权力；物资香，是指物资科对个人、机关单位、企事业分煤、分（柴、汽）油、钢材、木材、水泥等各种物资，所以个人、单位、领导都受欢迎。

过去物资局各公司按照计委下达的物资计划和计划价格，一头到生产企业提货，另一头供应给消费单位或个人，中间赚取较高的利润。在物资香的时期，职工福利待遇非常好。此时执行的是计划经济体制，吃的是计划指标的饭，属于铁饭碗。现在企业破产铁饭碗砸了，干部职工接受不了，抵触情绪很大。我在召开各公司领导班子成员、企业职代会、妇联、工会、党员参加的物资系统企业破产动员大会上。给他们讲法律、讲政策、讲形势、讲道理、讲实际。尤其是讲物资局现在的公司事例。现在私有或个人物流业飞速发展，我们物资系统的业务员或业务经理大部分另起炉灶，把原维持的客户全拉在自己手上，私下地在进行自己的经营活动。现在的公司经营每况愈下，没有效益，资不低债，如：至1999年，物资贸易中心亏损2373万元，欠银行贷款2994万元，负债率高达560.12%；化建公司亏损1205.7万元，债务1864万元，债务债权相抵负债率196%；机电公司亏损2007万元，债务2853万元，债务债权相抵负债率189%…物资局各公司已6个月没有发工资，大家都愿意在那等死吗？破产是不得已而为之，是计划经济转向市场经济的必然，是经济体制改革和国企改制的阵痛，是社会形势发展在逼人，是自己公司现在的客观实际，不破产怎么办？谁有好的办法现在在会上提出来，或是局里下属八大公司，你们各个公司现在自告奋勇，谁来担任公司总经理，把公司业务开展起来，给100多号或200多人发工资？通过这次破产动员会，实际上也是一次细致的思想工作会，大家统一了认识，一致认为：通过破产自己得到释然，可以自己早日创业，还能杀出一条路来，比等死要强得多。市物资系统企业破产后，给予干部职工适当补偿和将人员合理分流，没有发生集体上访事件，确保了社会稳定。这也是我代理局长时的一个成功之举。这项工作得到了市委国企改革领导小组组长、市委副书记夏志斌的充分肯定，并给物资局破产困难企业20万元的安置补助费。

三是帮助物资企业改革脱困。国家计划经济体制改革，在由计划经济向市场经济的转变过程中，物资企业陷入了困境。这时我成功地解决了三个难题。

第一，对物资管理学校进行改革，改为物资中专学校，由原来的物资系统培训，改为面向社会招收中专学生。将其与教育部门为共管体制，业务归口教育部门管理，学校日常工作及其人员和经费由物资局负责。后来每年招生满员，搞活了这所学校。

第二，对煤炭公司实行改制，公司原副总买到控股经营权，企业职工买断工龄，由新组建的公司对原职工进行适当补偿，实行股份制企业，本企业原职工有优先参股权，重新组建了股份制的新公司，对原职工大部分进行了安置，使公司也得到顺利发展。

第三，帮物资企业走出困境，少走弯路，我向计委主任方常安建议并经党委会研究同意，计委党委成员分别与市物资局八大公司实行帮扶，为市物资企业的改革脱困起到了重要作用。各位领导为物企改革脱困出主意，想办法，充分利用自己分管的工作职能，从省里争取资金给予解困。

四是解决物资局煤炭公司亏损补助资金。我带领计委物资科长陶罗州，到市直物资系统各公司和各县市物资局基层企业进行了近一个月的调研工作。摸清了物资系统企业的经营现状、存在的主要问题、需要解决的实际困难，分析研究物资企业当时面临困境的主要原因，向市政府写出了《市物资系统改革脱困的调查报告》，在报告中提出了改革方案和措施，并得到市政府领导的肯定和支持。2000 年春，从市财政解决了市燃料总公司城市生活用煤多年亏损问题。1996 年前，在计划经济向市场经济过渡期间，市燃料总公司城市生活用煤政策性亏损 267 万元。所谓政策性亏损，市居民用煤价格远低于工农商业等用煤价格，市政府规定供市民用煤的差价由市财政补贴。前几年计划经济时期煤炭公司效益好，不仅工资按时发，而且奖金、福利都很高，近几年因物资企业改革陷入困境，干部职工没工资可发，甚至低于最低生活保障线，就属于特困群体了。因此，干部职工上访，强烈要求市政府偿还因执行市政府政策而亏损应补贴的欠款。我带着报告和公司职工们签字的上访信，找市委夏书记、市政府常务副市长赵成霖、市财局胡颖新局长多次汇报反映情况，经夏书记、赵市长、胡局长签字同意纳入市财政预算，亏损的 267 万元补贴得到解决。

五是配备物资局新的领导班子。经过 6 个多个月的工作和考察，我着手考虑物资局班子的配备问题。在李希学局长调任市政协秘书长工作时，市物资局秘某为副局长、副书记，摆在二把手位置上。计委和组织部没有宣布一把手调走后，由二把手或谁来牵头主持物资局的全面工作。秘某也不便于大胆地开展工作，只有等待观望，一边应付上面和局一般性日常工作，一边搞私下交易的第二职业。他做了两手准备：若任命他为一把手，他就上任把工作搞起来，若他当不到局长就辞职不干了。秘某还是很自信的，认为他原在二把手位子上升一把手是顺理成章理所当然的，自己在班子成员中最年轻又是正牌大学毕业，再者原一把手也是把他当一把手在培养。物资局副局长付中义是党委委员，三把手，48 岁，年龄偏大一点，他采取的是“坐山观虎斗”，不管不问。吴某，物资局副局长、党委委员，四把手，比秘某稍大几岁，大学学历，属年轻有为之类的干部。他们三个人的部下都希望自己的领导担任局长，将会对自己的成长和利益都有好处，分别在下面攻击另外两方，不断地写人民来信投诉到计委党委和市委组织部，暗斗还是很激烈的。我主持工作三个月过去了，秘某还没看到让他当局长的迹象，他索性辞职离局而去，另起炉灶去干自己的事。

我经过认真地考察，通过座谈、暗访、向局原领导和退休老干部征求意见，综合考虑，付中义在局里担任副局长时间长，经验多，作风正派、群众基础好、局系统威信高，对上下物资系统业务、人员及市政府和各部门领导熟悉，便于工作开展，也有利于物资企业的发展和稳定。我把在物资局了解的情况，向计委党委书记、主任方常安作了汇报，并建议付中义担任物资局局长。方主任说他的看法跟我是一致的，由他与组织部沟通同意后，马上召开党委会研究，然后由计委走干部报批程序报市委。2000 年 9 月 4 日，市委下文任命付中义市物资局党委书记、局长，同时任命了副局长、纪委书记、工会主任等领导班子成员。在物资局领导班子任命的第二天，物资局召开党委会，我在会上进行了交接，完成了计委党委、市委组织部以及罗辉市长交办的历史使命。

第二十三章 “下海”投资公司当老总

成立市投资公司的背景。

投融资体制改革的需要。1988 年，国家计委开始组建能源投资公司、原材料投资公司、农业投资公司、通讯投资公司、加工工业投资公司、社会事业投资公司，并建立基本建设基金制，成立董事会，由国家计划委员会任董事长，有关部门任副董事长。1989 年湖北省也紧跟组建建设投资公司和建立基本建设基金制。

市政府的要求。二十世纪九十年代初的中国，是全民经商热的时期，军队、学校、党政机关，大家都纷纷开办公司经营赚钱。在全民大经商的浪潮中，时任市长杨斌庆指示，政府各部门领导班子中都要拿出一名副县级以上领导专门抓第三产业，成立公司并兼任公司总经理，还制定了奖励政策。政府很多单位资金紧张写报告找政府要钱，各部门办公司后市财政可抵扣或减少部分资金开支，减轻了市政府的财政压力。

1991 年 9 月，我带领物资科科长钟惠然及基建科吴学同志，先后到十堰、宜昌、黄石考察成立投资公司事宜，随后又到省投资公司学习经营范围、管理职能及办法。11 月份向市政府及市编委提交了《关于成立襄樊市投资公司的请示》和《襄樊市投资公司章程》。

1992 年 6 月 1 日，市政府下文成立襄樊市投资公司，归口市计委领导。该公司是襄樊市政府批准成立的首家国有投资公司。8 月市编委办公室下文批复：“襄樊市投资公司为副县级事业单位，实行企业化管理、自主经营、独立核算、自负盈亏，编制 27 人，设总经理 1 人，副总经理 2 人，人员从计委内部调剂，公务员待遇不变”。编办明确公司职能：组织市经营性投资活动，具有控股公司职能，使资金保值增值；作为市政府指定并授权的市级综合融资平台，履行利用国家开发银行政策性贷款支持和服务于全市经济建设的政策性投融资职能；拥有全市项目评估、投资、开发、经营和管理职能；可以从事物资经营、外经服务、房地产开发职能；同时可以兼营商品经销活动。同年9月由计委党委研究提名，并经市政府主要领导同意，我被任命为襄樊市投资公司总经理。

一、公司成立，抓自身建设

（一）建全内部机构。总公司下设三个分公司两个部：以计委物资科为基础在委内整体划转投资公司，成立投资公司物资开发分公司，钟惠然任经理，当时是计划经济体制向市场经济过渡时期，物资科职能减少或弱化，因此兼有计委物资科管理和物资分公司经营的两种职能。以外经科为基础，将部分职能划转给投资公司，成立投资公司外经服务分公司，杜兴宽任经理。成立投资公司房地产开发分公司，柯正超任经理。设立投资公司项目投资部，王丕丸任经理。设立投资公司办公室、财务部合署办公，殷丽霞任主任。

（二）制定规章制度。公司实行企业化管理，首要的是建立约束机制，进行制度化管理。公司制定了《经理办公制度》《办公秩序管理规定》《公文处理规定》《文档管理规定》《公司保密规定》《汽车使用与管理规定》《财务资金管理规定》《投资公司章程》等系列制度。

（三）公司人事管理。在人事制度上按照《企业法》和《全民所有制工业企业转换经营机制条例》规定管理干部。投资公司正副经理、各分公司（部、室）的正职由计委党委决定任免后由总经理聘任或解聘。各分公司（部、室）的副职以下干部，由总经理直接任免或聘用、解聘，报计委备案。

（四）建立责任制和奖惩办法。

责任。各分公司（部）是投资公司的二级法人单位，公司总经理委托各分公司（部）的主要负责人为二级法人代表，行使投资公司赋予的各项职能，投资公司对各分公司（部）实行目标责任制。委托法人负责该公司（部）经营管理的全部经济、法律责任。各分公司（部）自主经营、单独核算、白负盈亏。公司根据各分公司（部）经营管理情况实行奖惩。各分公司（部）实行经理负责制。经理与副经理及工作人员签订经营责任书，并制定好本公司（部）的奖惩办法和各项规章制度，做到各负其责，奖惩兑现。

目标。投资公司对各分公司（部）下达年度目标任务，实行“五费合一”，扣除“五费”、税收、利息及其他各项开支后，各分公司（部）第一年上交投资公司纯利任务：物资开发分公司 15 万元；外经服务分公司 15 万元；房地产开发分公司 5 万元；项目投资部 3 万元，另完成省投资公司委托收款计划。1993 年至 1995 年，每年上交计委任务 20 万元。

奖惩。投资公司对各分公司（部）实行经理总承包，公司下达任务目标，与分公司（部）签订经营目标任务责任书，由经理全权负责，按照各自经营任务完成情况，采取奖金与效益挂钩的奖惩办法。具体规定为，第一，各分公司（部）完成公司下达纯利任务 100%给予 5%的完成任务奖；完成任务超额部分按 6∶4 比例分成，即公司 60%、分公司 40%；完成公司下达任务的 80%至 99%，发给分公司（部）全体人员（与计委相同的）基本奖金（下同）；完成公司下达纯利任务的 60%至 79%，发奖金的 80%；完成任务的 60%以下，扣发分公司（部）正副经理的全部奖金，只发给其他人员奖金的 50%；分公司（部）全年亏损，正副经理就地免职，全体人员奖金扣完；若有人为的重大损失视不同情况给予处分。第二，不具体从事经营活动的其他人员，在完成公司领导交给的各项任务后，可发公司的平均奖。为公司促成经营业务的，按该次业务纯利的 20%予以奖励。不能完成任务或任务完成不够好的视情况扣发奖金。第三，公司对其他人员的奖励。除上面明确公司人员外，公司以外其他任何人凡为本公司带来经济效益，都给予一定的奖励，奖励额度在交易前洽谈以协议界定。第四，计委业务科室利用其职能工作关系，为公司创收盈利，按纯利的 40%提成给该科室和个人的奖励，对其个人奖励由科长或科室自行决定。第五，对于不参与经营活动，只提供购或销一方或双方信息，业务成交按纯利 10%至 20%奖励，对于经营情况复杂的，其提成比例面议。

公司进第一笔收入。九十年代初，执行的是指令性计划与指导性计划“双轨制”。这时，计划内钢材即指令性计划与指导性计划之间，每吨差价在 800 元至 1200 元之多。在当时物资十分短缺的情况下，企业生产的指令性计划以外的产品，属于指导性计划产品，企业可自主定价随市场交易，其比计划内物资（或产品）价格要高许多，有的甚至翻倍。我们学习河北省石家庄市发展生产资料市场的经验，对计划内外的钢材、水泥、有色金属，实行“同一销价、差价返还、逐步放开、扩大市场”的办法。

1992 年 11 月，我与襄樊市钢铁公司王总协商，1993 年度在上调钢材指令计划指标中，预留 200 吨计划内指标作为襄阳市物资分配的其他项“待分配计划”，这个计划计委将不再分配，由企业将该指令性计划转为市场调剂，其差价部分按每吨钢材 500 元，返给市投资公司作为市政府投资基金，以支持其他企业的发展。话是这么讲，实际上投资公司用了这个钱。在执行中钢铁公司一次给了 8 万元，差的 2 万元王总说厂里有困难我也没有强要。在以后的工作中钢铁公司跟我们配合还是很好的，又给了不少支持。投资公司成立后，有 3 个多月没是任何资金和效益，一是没有铺底资金，二是行政干部下海“转业”没有经验。计委只是在一楼腾空 9 间办公室交给公司，没有给一分钱全凭自己白手起家。我在任投资公司老总同时，在计委还分管物资科，只好利用物资科仅有的一点职能搞了点“谋私”，为投资公司进了第一笔收入，随后投资公司逐步打开了局面。

二、与内蒙古公司合作考察边贸

1992 年 7 月 28 日至 8 月 15 日，由我带队组织市供销社主任海鹏云、市生产资料公司总经理余辉福、市中心商场总经理张思洪、市纺织工业总公司总经理王汝秋、市床单厂厂长彭华强、市建材公司总经理杨致德、市计委、投资公司等人员，一行九人参加了内蒙古呼和浩特华远实业有限公司创立大会及赴蒙古、俄罗斯进行考察。

呼和浩特华远实业有限公司（下面简称华远公司）创立会暨首次股东大会，于 1992 年 7 月 28 日至 30 目在呼和浩特市召开。发起人是内蒙古自治区计委和呼和浩特市计委。参加会议的来自全国 24 个城市的 60 多位代表。首次股东大会形成如下决议：修改通过了《呼和浩特华远实业有限公司章程》；讨论完善了《呼和浩特华远实业有限公司业务经营实施方案》；股东大会选举产生了第一届董事会，入股金额 25 万元以上者为董事会成员，由内蒙古、呼和浩特市、北京市、徐州市、绍兴市计委五个参股单位组成董事会。第一次董事会选举呼和浩特市副市长高廷清同志担任董事长，副董事长分别由内蒙古计委和徐州市计委出任。董事由呼和浩特市、北京市、徐州市、绍兴市计委股东出任，董事会成员为 7 人。在会上创立公司入股单位 25（个地市）家，集股资金（也为初始股东注册资金）425 万元。会议要求各认股单位的出资必须在 1992 年 9 月 1 日前到位，入股以到位资金为准。

“公司”经营方针：发挥内蒙古的地缘、民族、政策优势，立足国内，加强和中心城市间的横向经济联合，协力开发蒙古、俄罗斯独联体和东欧各国市场，密切与这些国家的经济技术交流，逐步实现跨地区、跨国界经营的格局。

边贸考察。会议结束后，于 8 月 1 日至 15 日，华远公司组织参股单位人员赴俄罗斯联邦布里亚特共和国乌兰乌德市、俄罗斯独联体赤塔市和蒙古国边贸进行考察。经考察“公司”可开展的业务：一是对外贸易。利用各地出口的名优产品，用该国货币或以易货贸易方式进口这些国家的钢材、生铁、木材、化工产品、石油、化肥、汽车、有色金属和重型机械等。二是兴办实业。开发俄罗斯远东自由贸易经济区—赤塔州的铁矿、铜矿、铝矿等资源；开发蒙古国额尔登特市亚洲最大的铜矿以及金矿；分别在俄罗斯远东地区—赤塔、乌兰乌德、伊尔库茨克和蒙古的乌兰巴托布点，建食品加工厂、服装鞋帽企业、废旧金属回收加工厂；在俄罗斯远东地区和蒙古国建商场、饭店、房地产开发等。

开展贸易办实业的可行性。市场因素分析，蒙古和原苏联长期以来产业结构不合理，重生产，轻生活，轻工业过轻，消费品单一而匮乏，市场物资严重不足。苏联解体以后政策不稳，社会动荡，经济严重滑坡，市场物资极缺。我在赤塔亲眼所见：我们出火车站口时，排着一字形 17 个挂满荣誉勋章的老兵，伸出双手找我们要物、要钱、要吃的。他们这样做可能有两个用意，一是苏联垮台后留念社会主义，表示对现实社会不满，带有政治色彩，二是物资短缺补充危机渡过生活难关。每天下午 3 时粮店开门，5 时关门只卖两小时，排队购物秩序很好，关门时还有很长排队人员没购到物资，因为事前准备的粮油卖空了没货了。看到商场 70% 的货架是空的，无货可供，人员稀少。菜市场里看到蔬菜品种、数量不多，且价格很高，葱蒜按根卖，一根 2 个卢布。在市场走廊上一些 7 到 10 岁左右的孩子不停地吆喝要东西。我们带去的泡泡糖、打火机、手帕、毛巾、牙刷、剃须刀、烟、酒等，用这些可换取我们需要的东西。我用带去的 2 两装石花大曲酒两瓶，换取了一部俄罗斯产军用 200 倍的望远镜。

导游交待我们都不要购物带回国去，在出海关时是都要被没收的。我买了个较大的红宝石戒指和一双牛皮靴及金属晾衣架。我将戒指藏在没用完的牙膏袋肚子里，在出海关时手心里提前准备了 20 元卢布，在递旅行箱时手顺势伸开将卢布给开箱检查人员，她顺手将钱捏进手中，并微微一笑打开箱后简单地翻了下就让过关了，而我们同行的杨致德带的衣架、望远镜等都全部被收走了。

从《俄罗斯 1991 年国民经济结果公报》中看，与 1990 年相比，几乎没有生产出任何东西。食品资源遇到特大困难，消费品产量下降 20%至 60%以上。他们原材料资源丰富，生产力缺乏，与我国经济结构有多方面的较强互补性，有广泛的合作、投资、贸易领域。从政策因素来看，我国对蒙古、俄罗斯整个沿边地区实行开方政策，可以大力开展边境贸易。蒙古和俄罗斯在多方面表现出对外贸易与合作的极大热情和积极性，并制定了优惠政策。俄罗斯联邦《外国投资法》中主要优惠条件：外国投资者及外资企业有权购买土地使用权及其他产权；外国投资者可以参加国营及地方企业的私有化，也可以参加俄联邦境内未竣工的基本建设项目的私有化；对属于国民经济重点部门的外资企业以及个别地区的外资企业给予优惠纳税；降低土地及其他自然资源使用费的税率，提供租期长达 70 年并有转租权的长期租赁权；降低货物进出口关税及简化出入境手续。

考察蒙古乌兰巴托。乌兰巴托过去叫库伦，以后更名乌兰巴托，蒙古语“红色英雄”之意。我们在乌兰巴托街道看到各种牛角制成品和蒙古服饰，菜市场里基本上以牛羊肉为主，还有不少的野生动物，蔬菜却很少。蒙古风俗颇有新奇，蒙古人每天能吃二到三斤牛羊肉，把肉当主食而把米面当菜吃。饭后，蒙古人习惯痛饮浓茶消食，甚至连茶叶一起吃掉。蒙古包内设多个炕桌，亦坐亦卧。我们到乌兰巴托考察时，在郊外看见蒙古人相遇，一边谈着话，一边就蹲下大便，无论男女都是如此。他们都穿着长袍，蹲在地上解手，别人看不出来，但的确不雅观。蒙古人说他们这种习惯是长期的野外生活养成的，因为野外是找不到厕所的。在蒙古，最为骇人的当属此地獒犬，大概因藏传佛教缘故，当地习惯“把死尸抛在野地里，让野狗去吃。若野狗不想去吃那死尸，他们就认为是极不吉利的事，即须念经求签，不是说他本人不好，便是说他祖宗有损阴德”，由此导致蒙古獒犬极为凶恶，“若人醉卧在地，必有被野狗吃掉的危险”。据传说，曾有两俄人醉酒回家，为时已晚，行至野外遇野狗，即被扑倒吃掉。这种野狗到处都是，皆是吃人肉的“专家”，因为他们平常吃人肉吃出味儿来了。当时，蒙古曾在苏俄要求下展开了一场打狗运动。

这次赴蒙古、俄罗斯考察路线为内蒙古呼和浩特市、蒙古乌兰巴托、俄罗斯伊尔库茨克、乌兰乌德、赤塔、中国满洲里、海拉尔。考察期间，考察团和乌兰乌德、赤塔市对外进出口部门负责人进行了座谈；在到访的各城市和中国黑龙江苏东经济贸易商品展销中心进行了实地考察。

在接到内蒙古计委关于成立“全国计委系统华远跨国贸易公司”入股邀请函后，按照一把手刘主任意见，通知并带市供销社、纺织工业总公司、建材总公司等单位领导一行同赴内蒙古参会、考察确定入股事宜。参会时襄樊市代表团共同研究，由市供销社、纺织工业总公司、建材总公司、计委各出资5万元，以襄樊市计委名义入股作为股东（华远公司要求各地市作为一个股东，在其内部另订协议按资分红）。

考察后，市供销社、纺织工业总公司、建材总公司认为：一是苏联刚解体，俄罗斯当局政治不稳定、政策多变、国家管理较混乱，当地贫穷落后购买力低，投资（搞合资、合作）建大项目条件尚不具备；二是公司设在计委口与他们没有来往，人员不熟感情不深，不便于操作。因此，投资入股暂不考虑。但可利用华远公司进出口平台，进行单笔物资贸易。

计委主要领导本意想让供销、纺织、建材等单位的资金入股，同时利用他们掌握的地方产品资源及需求，再利用内蒙古跨国贸易公司这个平台，我们计委从中少出钱，就能获得更多的利益。这个时期，是我在计委工作几十年来最差的时期，计委工作没搞上去，在市委、市政府领导、省计委那里没地位。当时计委没有钱、各科室没有钱，工资不能按时发放，有时还找个人垫钱想办法发工资。投资公司刚成立不到一个月，人员还没有全部到岗，公司注册手续还没办完，也没资金入股。计委没钱的主要原因：一是正值计划经济体制改革，职能弱化，没有多少权力，不便于找其他单位筹款；二是主要领导不求进取，没主动积极开展新的工作，同时也没有为单位创收或向市政府市财政申请解决资金困难。因此，内蒙古华远公司入股，利用供销、纺织、建材等单位出资他们不愿意，我们计委又没钱入股。

我个人认为，内蒙古华远公司组建和入股，是千载难逢的机遇。苏联时期重视重工业的发展，轻、重工业比例严重失调。苏联解体后，俄罗斯联邦居民生活物资匮乏遇到极度困难，为社会稳定、维持民众最低生活水平，他们对重工业产品，如钢材、生铁、机械、设备等低价出卖换回基本生活用品，如：粮棉油、土特产、纺织、服装等生活消费品或饮食用品。这时进行边境贸易，用我们的多余物资换来我们急需的生产资料及必需品，发展了襄樊经济、满足了人民需要、单位还赚取大量资金，何乐而不为呢！不是很好的事吗！

虽然计委没钱入股华远公司，但我管的投资公司还是发送了大米、菜籽油、大豆、床单等进行贸易，从中盈利 2.2 万元。事后得知供销、纺织、建材三个单位，分别利用华远平台进行贸易获得了很多利益。据了解，北京的丁建超、深圳的赵明他们个人利用华远平台，到 2003 年各自盈利达 1000 万元以上，成为千万富翁。当时只要有钱，有胆识，与华远公司合作定能致富。

三、开展多项经营活动

1993 年、1994 年，投资公司各分公司开展多项经营活动，共获纯利 52 万元。

房地产分公司，购进鄂西化工厂化工原料，销售到宁波、温州化工厂，从山东购进煤气销往襄樊市煤气公司，经营共盈利 17 万元。

物资开发分公司，从苏州金属材料制作公司来料加工防盗门；经营孝感应山化工厂烧碱、纯碱；经销天津大丘庄钢材；供销陕西应城大米；多地经营钢材、木村、化肥、硝酸铵、床单等；从省计委为市钢铁公司要计划内用电指标，加工钢材从中获得差价资金。经营共盈利19万元。

外经服务分公司，从省计委外经贸处为市棉纺厂争取到进口羊毛计划指标，厂返利等纯收入6万元。

项目投资部，咨询服务收入和完成省投资公司委托收款任务奖励资金共10万元。

1994年底，在全委干部职工年度工作总结表彰大会上，由计委党委书记、主任刘永才亲自给投资公司颁发先进个人荣誉证书和经营奖金。奖励房地产分公司柯正超经理0.8万元（柯正超后来提拔为市信息中心主任，走上了副县级领导岗位）、物资开发分公司钟惠然经理1.1万元，钟惠然随后提升为投资公司总经理（副县级）。

四、建立基本建设基金制

1994年，省政府在省投资公司建立了基本建设基金制，省政府决定从省财政拨款6亿元给省投资公司，主要用于全省科技含量高、经济效益好、对省经济和社会事业发展带动性大的重点项目。

投资基金：一是作为项目前期工作经费，主要是争取纳入国家计划得到更多中央投资；二是帮助企业解决急需的瓶颈式资金，就是效益特好的企业支持很少的钱，就会得到迅速的发展。建立投资基建基金，是市投资公司生存和发展的前提和基础，同时，它才能发挥市政府投融资主体的作用。我及时向市政府写了要求建立市《基金报告》。同年10月，市政府下文同意建立《襄樊市基本建设投资基金》。市政府从市财政拿不出钱，按照中央和省政府关于投融资体制改革的精神，市政府以襄政发［1994］212号文件，同意将原拨给企业的资金，将拨款转为贷款。通知中明确将1991年1月1日起，凡是市政府投资给企业的资金，约5900多万元，全部划转给市投资公司作为“襄樊市政府基本建设项目投资基金”。

在市政府将原拨给企业的资金转给投资公司作为“基本建设投资基金”后，首要工作是回收资金，将其变现转到投资公司账上。因为这些资金原是市政府通过财局贷或拨给企业的周转金，划转给投资公司的是债权，资金回收到投资公司才能变现为“投资基金”。紧接着我带领投资公司物资开发分公司经理钟惠然同志，带上市政府下达的“拨改贷”红头文件，到市财政原拨款的企业，一家一家的签订拨款改为贷款的合同。我集中精力边签合同、边回收资金、边落实基金。我对投资公司各分公司（部）提出了“四定”工作方法，即定任务、定企业、定时间、定奖惩。将回收资金指标任务层层分解到各部及分公司，并且落实到人头，形成“千斤重担大家挑，人人肩上有指标”的同舟共济局面。1995年至1996年，市投资公司经过努力，收回企业拨改贷资金820多万元，取得了较好成效。

我在兼任投资公司总经理和分管投资公司期间，除拨改贷回收资金外，还另外落实了二笔较大的基金。合计为4770万元。

第一笔是1995年，将汽车开发基金划转为投资基金。我紧紧抓住阎市长、赵成霖常务副市长，争取政府领导支持，同时找财局主要领导和分管领导做工作。经过长时间努力，将汽车开发基金2770万元划转为市基建投资基金。这笔资金的到位，彻底改变了投资公司成立5年以来无投资基金的状况。这项基金的落实，使得省投资公司张忠文总经理专程到襄樊来看我，以示高兴和祝贺，同时表示赞许和支持。

第二笔是将襄樊二桥转让（部分）资金划转为投资基金。1998年9月，襄樊二桥转让进入最后谈判期，我写出了“将二桥转让的资金划转部分资金为投资基金”的专题报告，呈报给市委、市政府。并且不论是白天还是晚上，多次找罗辉市长、常务副市长赵成霖等领导汇报。2001年4月10日晚8时，我带着报告向罗市再次汇报，他在报告上签字：“同意给投资公司2000万元，作为市投资基金”。该基金到位后作为拼盘，将能吸引省及中央更多的投资到襄樊市来，以促进我市经济和社会事业更快的发展。

以上几项累计（含拨改贷）为投资公司落实“投资基金”额度达10670万元。

五、合资办企业

合资组建万鑫塑料公司。市五七一〇厂是襄樊市与东风汽车公司配套的老企业之一，其产品深得东汽公司的赞誉，该厂为配合湖北百万辆汽车工程，急需扩大生产能力，但苦于资金短缺，我了解到这一情况后，多次向省计委、省投资公司汇报，争取省的支持。与此同时，我又积极向市政府汇报，请求政府授权市投资公司以市政府投资主体的身份，参与市五七一O厂的扩建项目建设。经省投资公司考察，三家入股单位多轮谈判。1995年5月18日，湖北省投资公司、襄樊市投资公司及襄樊市五七一O厂，在南湖宾馆签订了《合资组建襄樊万鑫塑料有限公司合同书》，襄樊万鑫塑料股份有限公司总投资2700万元，其中省投资公司以现金投资412万元，市投资公司投资100万元，五七一O厂以厂利用原厂房、土地、设备等投资2188万元，计划年底扩建项目竣工投产。1996年度，万鑫股份公司取得销售收入1160万元、实现利税总额569万元、纯利润259.6万元的好效益，纯利润占销售收入31%，总投资的9.6%。这是市投资公司成立近5年来，第一个合作成功、效益好的企业。

合资组建中油环保公司。2003年，国家计委把医疗废物集中处置纳入国家计划，地市级以上城市，每个城市建一个医疗废物处置中心，用国债资金投资建设。国家计委要求，医疗废物处置项目，各地选一家国营企业，代表政府管理国有（国家投资的部分）资产，作为政府出资人合资组建新的医疗废物处置公司。市政府采纳了我的意见，同意指定襄樊市投资公司代表市政府，作为政府投资出资人与中油环保工程有限公司，合资组建新的有限公司。2007年3月16日，双方签订了《合资组建襄樊中油环保服务有限公司合同书》。

合资公司总投资4650万元，其中注册资本1415万元。甲方（中油环保）以土地使用权、设备、厂房等出资3950万元，占投资总额85%；乙方作为国有资本出资代表，以国家、省、市财政安排的资金出资700万元，占投资总额15%。

2007年11月，医疗废物处置项目建成交付使用，2008年总收入达到2479.28万元，净利润1127.14万元，投资公司获得合资公司入股分红资金达150万元，其中上交计委120万元。这也是我对计委和投资公司做出的贡献。2009年，国家计委将医疗废物处置项目，国家投资部分转为国家给企业的投资，不再作为国有资产出资人管理这部分资产，双方合同自然终止。

六、经商的艰辛与风险

经销成品油遇风险。1993 年 6 月的一天，襄城液化气供应站黎功劳经理找到我，说他从河南南阳油田购进 300 吨汽油，并将他与河南油田签的合同、已交货款凭证以及铁路运输计划，都拿给我看了并留了复印件。当时需要贷款 100 万元资金周转，通过我找到市工商银行信贷科张国俊科长，我与张科长一起到襄城余家湖油库查证，汽油车皮确实已到余家湖油库停在专用线上。

经张科长审核确认后，要求我们投资公司借款 10 万元，工商银行贷款 90 万元，分别签订合同。我以市投资公司名义与襄城液化气供应站黎功经理签订《一次性合作经营汽油合同》，同时还有担保的第三方襄城区宗教局签章。合同约定：投资公司借款给襄城液化气供应站现金 10 万元，使用期 2 个月，到期还本付息共计 12 万元一次性付清，逾期除付本息外，另按本息日交 3‰的滞纳金。

同时市工商银行与襄城液化气供应站也签订了“银行贷款协议”。协议约定：货款 90 万元，利息 10.8 万元，贷款期限 7 天，超过 7 天加罚利息的 30%；超过 9 天银行有权自行处理该油。

襄城液化气供应站，拿到借款和贷款后很快卸车将油灌入到余家湖部队油库里，恰巧这时油价下跌。液化气供应站请求贷款延期，等一个月油价上涨时再抛售。银行怕担风险，延长了 3 天后到了第 12 天，银行把油卖了，结果银行亏了 12 万，投资公司本息 12 万元也打水漂了，黎功劳全亏达 30 多万元，使襄城液化气供应站破产了。投资公司诉讼赢了官司拿不到钱。说明市场行情瞬息万变，投资随时都有风险。

加工防盗门设圈套。1993 年 8 月，投资公司物资开发分公司（简称襄樊公司）与江苏居家防盗安全公司（简称江苏公司）签订防盗门来料加工合同。合同约定：江苏公司供应防盗门加工型材，按江苏公司提供图纸加工防盗门 100 个，符合质量要求的防盗门由江苏公司负责包经销。襄樊公司交质量保证金 3 万元。江苏公司先发运 50 个防盗门的加工钢材（型材），质量验收合格后，江苏公司按每个防盗门加工费 400 元，一次付清襄樊公司，襄樊公司负责货运到江苏公司指定地点，其运输过程发生的费用由江苏公司负担。若防盗门达不到质量要求，合同终止，质保金不再退还襄樊公司，作为违约金及江苏公司的损失费用。符合质量要求合同继续履行进行第二批加工，直至合同履行终止。若有争议在合同签署地法院诉讼。

在50个防盗门加工快完时，打电话请江苏公司来验收。他们过了一个多星期派人来，现场看后刻意地找了许多问题，说待回去研究后给答复。过半个多月催问后，他们说襄樊先把做好的防盗门发运给他们做质量鉴定。我们只发20个，后来江苏答复是“防盗门加工不合格，终止合同，有疑义你们到江苏来起诉。”我听后肺都气炸了，第一感觉他们是一个设圈套的骗子。这么远打官司就是赢了有用吗？为2万元打官司长期拖下去加上各种费用可能亏的还多。质保金3万元，做好的防盗门我们也有准备防了他们，没有按他们要求把货全部发给江苏，而是襄樊公司把剩余的防盗门卖了2万多元，全面核算包括考察时差旅费等共亏了1万多元。钱虽亏的不多，但他是一个教训，为刚下海学游泳交了学费。

销售大米收不回款。1994年3月，投资公司物资开发分公司与陕西运城宝盈粮油公司签订大米销售合同，运城宝盈粮油公司收到大米一个多星期没将货款打到我们投资公司账上，电话多次联系无果，物资分公司经理钟惠然带人到运城追款。到运城后人去楼空，根本找不着人。通过公安报案找到签合同的两个人，他们说大米出售后钱还账了，现在实在没钱付款，你们要人要命都在这里。若通过当地法院诉讼，需要的时间很长，外地人去来不便，再者赢了官司其财产转移也执行不了，最终还是可能要不到线。钟经理打电话给我把情况汇报后，想用另一种办法试试看，就是从襄樊找3个专搞要账的人，来运城给欠款人一点下马威看看有没效果。我说：“可以试，但要把握度，不能出问题和违法。”人到运城后他们和钟经理把欠款人邀到野外的一个偏僻地方，重重用了下“刑”连打带吓。说，欠款3.6万还有我们来要账的费用计5万元，要是不马上还钱就……说了一段狠话进行恐吓。他们身上不停地在哆嗦，话不成句，说：我……我……打……打打……电话……送……送钱来。5万元拿到手钟经理一行迅速赶回了襄樊。盈利不到1万元，付出的成本、代价、风险确实是很大的。从这里可以看出经商的难度和苦处，随时可能受伤害，要不到钱血本无归。

包钢购材险受骗。1995年1月，我和王业华主任等三人，在一个风雪交加的晚上，坐上火车奔向内蒙古包头火车站。王业华是原襄樊市计委副主任，地市合并时任市协作办主任，归口市计委领导。王主任从事物资协作交易工作有经验而且外边熟人多、路子广。这次是襄樊从事钢材经营的中介姓李的找到王主任，说包头有个熟人从包钢搞到200吨圆钢，并且还能要到铁路运输计划，要我们3天内赶到包头洽谈，否则指标转给别人。我因患上前列腺炎，医嘱交待不能干重活，要保暖不能受凉，否则发一次重一次，下一次再犯病就要动手术了。在还没完全康复的情况下，我毅然地买了1300多元钱的大厚棉袄、棉鞋，不仅是冒着纷飞的大雪，同时还冒着前列腺炎病再次复发的危险。

包钢集团是中国重要的钢铁工业基地、世界上最大的稀土工业基地。稀土储量居世界第一位，铌储量居世界第二位。钢铁产业，是世界最大的钢轨生产基地、我国品种规格最为齐全的无缝钢管生产基地之一。包钢是世界最大的稀土原材料供应商，在采、选、分离、冶炼和部分功能材料领域处于国际领先地位。

我们到达包钢大门口后，从包钢里面走出来两个约40岁左右的中年男子，矮个子自我介绍姓王，他介绍另一个高个儿姓张，是包钢营销部的经理。张经理说，包钢是大型国企，管理很严不能进去，我们一行到你们住的酒店房间里谈合同吧。

谈完合同后，张经理提出：“先交5万元现金作为保证金或合同履约金。这个钱放在我这里，你们与包钢成交后，该钱转为中介费，若你们违约就不退款了。如果包钢货不能按时发货和到货，我们违约将钱退还给你们，同时还负违约责任，这些合同里都有”。与“包头钢厂”购货合同约定的是：我们要先付总货款的60%即39万元，剩余部分在货到包头火车站装上火车后一次付清。我说，正与家里联系，三天内钱办到送到包头来。第二天矮个姓王的领我们到火车站，见到安排车皮及运输计划的人员，并说合同签完押金到账了三天内就可以发车。我们说“先回宾馆准备钱明天再来付款签合同”。

我们中午回到住的宾馆遇到了河南南阳从包钢购销钢材的人员，他们说今天下午给他们装车发货，我们可与他们一起去看看。我们到现场确实看到了发货的列车皮及其编号、钢材发货单、发货站到达站等信息。我跟南阳公司的冯总说，车皮到站货卸下來验收后才算是你们的哟，预祝你们顺利成功！请你们到家后及时给我们发个信息。他们回去直奔南阳火车站查货运情况，答复是没有你们公司的这个货运计划和列车皮，你们可能受骗了。他们与对方联系，办公室没人接电话，手机全关机，连夜返回包头人也找不着，失去了联系。事后得知办的手续全是假的，发的钢材是别人的，完全是指鹿为马、张冠李戴，被骗资金 47 万元，加上出差等其他开支共损失 50 多万元。我们是早有戒心和防范的，我们公司带 8 万现金，又从银行办理“特快现汇”15 万元，而我不拿出来，推说家里正在办款 3 天内专人送来，实际上是拖延时间坐地卧底侦察。情况清楚了我们迅速回到襄樊，避免了一次上当受骗。

后来听说市政府某部门办的公司在外地购化肥也被骗 30 多万元。襄樊市卫校劳动服务公司黄经理在郑州火车站发运钢材被骗 20 多万元。这是多么恐怖呀！1994 年夏天的一次党委会上，我正式提出辞去投资公司总经理职务，让有经验、有经商能力的人干。我在会上说：“从目前的情况看，社会复杂、经商风险太大，这样干下去早晚有一天我会被撤职，甚至蹲监狱。”在党委会上，党委书记、主任刘永才，根据大家的发言，他最后讲话说：“委班子领导成员中你最年轻，市委让你任投资公司总经理，也是对你的信任或在培养你，才让你下海挑重担的，你说你不搞谁能搞？各单位办公司是市委、市政府决定的，现在出问题的被骗的有很多单位，有的额度还很大。党政机关经商过去都没搞过，市委领导说了‘只要不是为个人谋利益，为了工作造成的失误不予追究，’我们党委支持你要大胆地工作，有什么问题我们党委给你担担子、承担责任。”当时全国党政机关、事业单位都在办公司，形成了全国全面经商热。机关干部从商是一张白纸，什么都不懂且赚钱心切，因此骗子们盯着这部分人，利用刚下海的干部不会做生意，又急着要赚钱的心理，抢抓时机骗人钱财。

1995 年 11 月，中央纪委规定党政机关县处级领导干部不再兼职经商，经计委党委研究我不再兼任投资公司总经理，仍以党委分工分管投资公司工作。

从 1992 年到 1995 年，我兼任投资公司总经理直接从事经商活动不到

4 年时间，经历了销售大米赖账、来料加工设陷阱、经营油市场瞬变、包钢购材遇险等，真是酸、辣、咸、涩、苦五味杂陈。使我深深感到江湖险恶，商场如战场，尔虞我诈，你死我活的斗争。尝到了不少经商的艰辛和风险。

成立投资公司下海经商，我是第一任襄樊市投资公司总经理。对于我来说是一项全新的工作，都要靠我去思索、去探索、去开拓，没有开创性的工作和献身精神，市委、计委党委不会让我去任职的，我也不可能取得这么多的成绩。

诞生于改革中的襄樊市投资公司，作为市政府的投资机构和投资主体，经过几年的不断探索发展，已由小变大，由弱到强．在支持全市重点建设、促进国民经济发展等方面发挥了重要作用。

第二十四章　优秀扶贫工作队长

农村扶贫是新中国成立后，中国政府一直致力于发展生产、消除贫困的重要工作。

二十世纪八十年代中期，中央提出并大规模开展了真正、严格意义上的扶贫，从 1989 年到 2000 年，中国农村没有解决温饱的贫困人口由 2.5 亿减少到 3000 万人，贫困人口占农村总人口的比例由 30.7% 下降到 3% 左右，中国政府确定到二十世纪末解决农村贫困人口温饱问题。2012 年，习近平总书记提出，到 2020 年底全部解决农村的脱贫并基本达到小康水平。所以中央下决心加大力度攻坚精准扶贫工作。

1996 年 1 月，市委、市政府成立“抓党建，奔小康工作队”，分赴全市各乡镇贫困村抓扶贫工作。市委要求市直党政机关，各单位组建一个工作队，由领导班子成员轮流带队驻点，包一个村开展抓党建，奔小康工作。扶贫的村点由市扶贫办统一分配，对贫困点的扶贫工作业绩，由市扶贫办对工作队长和扶贫单位的一把手进行双考核。各单位工作队，由市委统一组织下派到各村扶贫点开展工作。这一年我代表市计委驻点，市委安排我们进驻谷城县南河镇月亮村。

谷城县是国家级贫困县。月亮村是谷城县南河镇的贫困村。

月亮村，四周群山环抱，平均海拔在 900 米以上，属于典型的高寒山区。从村头到村尾 7 公里，横穿一条河沟。全村总面积 9.8 平方千米，耕地面积 840 亩，其中：水田 540 亩，旱地 300 亩。全村 1329 人，341 户，7 个村民小组，劳动力 422 人，党员 24 名，村支两委干部 5 人。

按照市委统一安排，这批工作队主要任务是搞好两项工作：一项是抓好基层党组织建设；二是帮扶搞好脱贫工作。

第一项工作，加强基层党组织建设。

扶贫工作要以党建为龙头。基层党建承载着承上启下的纽带作用，处于联系群众的关键位置。开展好基层党建工作，不仅仅是建立好干群间的亲密关系，还要让干群之间相互促进、相得益彰。

抓党建工作，一是要选配一个好的村书记。按照中央要求：“要把扶贫开发同基层组织建设有机结合起来，抓好以村党组织为核心的村级组织配套建设，真正把基层党组织建设成带领群众脱贫致富的坚强战斗堡垒。”为了强班子、壮队伍、拓富路，努力打造一支坚定理想信念、带领群众致富、真诚服务群众、勇于开拓创新、公道廉洁正派的基层党组织队伍。我们本着“大稳定，小调整”“抓两头、促中间”“多换思想少换人，不换思想再换人”的原则，狠抓了以村党支部为核心的村班子建设。精心选拔村党支部书记。按照致富奔小康的要求，在注重政治素质的同时，大胆选拔政治上强、思路清晰、有本事、有才能、在发展经济带头致富中创出业绩的“冒尖人”，市场经济意识强、信息渠道宽、见多识广的“明白人”担任村党支部书记。工作队与南河镇党委协商后，将30多岁的郑思群提拔为村书记，20多岁的司汝明提任村文书，调整了村支委会班子，使村支委年轻化、结构更加合理。班子强则事业兴，队伍壮则发展快，拓富路则民受益。二是要充分发挥村支“两委”班子的作用。支部强不强，关键看“领头羊”，一个好的村党支部书记，就能带出一支好队伍，干好一番事业，惠及一方群众。

要发展，必须牢固树立“抓党建就是抓发展、抓党建就是抓民生，一切发展都必须为民的理念”。形成党群同心、干群同力抓发展的良好局面。就是要以创新基层党组织建设为核心，以党群、干群共建产业发展为基础实施全村扶贫攻坚，彻底改变月亮村贫困落后现状。在村支书郑思群的带领下，党员干部之间比学赶帮氛围十分浓厚，一些曾经思想落后、不懂技术的党员干部主动进课堂学农技知识，村民也受到很大感染，竞相发展产业，一改过去望天吃饭，等靠要的陋习。郑思群书记说：“基层组织就是要突出抓党建、促发展、惠民生，抓党风、促政风、带民风，只有这样才能带领村民们走上脱贫致富之路”。党支部采取了结成1+1、1+2帮扶对子，签订促进产业发展、惠民增收责任书，建立责任共担、风险共化、荣誉共享“三共”机制。

脱贫工作进入到攻坚的关键阶段，在这一时期，基层党建工作更是显得尤为重要。

抓村级党建，是强化党的组织领导的重要途径。基层党组织是一个积极灵活的组织，加强党的基层组织建设，为党组织时刻注入新鲜血液，长期发挥党组织的先进带头作用，让党永葆青春，更好地为老百姓谋福利。

抓村级党建，是脱贫攻坚的强力推手。脱贫攻坚是一项浩大的工程，需汇聚多方力量、多措并举才能得以稳步推进。抓好基层党组织建设，充分发挥基层党建的“领头羊”作用，带领困难群众搞产业、传技术、识文化、学政策，避免群众“等、靠、要”思想的滋生。扎扎实实地让老百姓脱贫有方法、致富有门路。

抓村级党建，是决胜同步小康的重要保障。基层党建是一线阵地，也是与老百姓交心谈心的阵地。抓好基层党建工作，就是要带领群众苦干实干，让大家增收致富，促进村民脱贫，切实地解决贫困问题，使群众过上幸福美好的生活，让群众高兴满意，才能真正取得脱贫小康的最终胜利。

为抓好党建工作，工作队与村支部建立了基层党建工作责任制度，成立党建工作领导小组，建立村支委、工作队齐抓基层党建工作责任制度，制定了《党员民主生活会制度》《民主评议党员干部制度》《党员干部守则》《党员干部培训制度》。对工作队员和村支委进行明确分工，任务分解到人，责任落实到人。

我们在月亮村抓基础组织建设中，开展了“两学一做”学习教育活动。

“两学一做”学习教育是推进思想入党、组织建党、制度治党的有力抓手，是全面从严治党的基础性工程，要坚持不懈抓下去。“两学”就是学习党的方针、政策、法律；学习农业现代科技知识。“一做”就是村支两委及村民们做好自身该做的事。如何推进“两学一做”学习教育常态化制度化，我们着重解决好以下三个问题：

推进“两学一做”学习教育常态化、制度化，解决好思想认识问题。认识决定定位，定位决定作为。“两学一做”是加强党的思想政治建设的重要部署，是面向全村党员、深化党内教育的重要实践，是打造一支忠诚敢于担当的党员队伍的重要保障。坚持用党章党规规范党员、干部言行，用党的创新理论武装党员，引导全体党员做合格党员。作风连着民心，党员干部要牢记党的宗旨，以好的作风服务群众，展示先锋形象，保持共产党人的本色，保持不畏艰险、不怕困难的精气神，带领群众用辛勤劳动改变贫困面貌。

推进“两学一做”学习教育，解决好理想信念问题。“两学一做”的根本目的是要坚定理想信念，做合格党员。加强党员干部的队伍建设，要解决共产党的信仰是马克思主义、毛泽东思想，走社会主义道路，实现共产主义，宗旨是全心全意为人民服务的大是大非的问题。

推进“两学一做”学习教育，解决好“知行合一”的问题。学与做的关系，也即知与行的关系，“两学一做”基础在学，关键在做，学而不做，不如不学。当时的一项重要政治任务，就是要认真学习、深刻领会、准确把握抓党建奔小康的精神实质，切实把思想和行动统一起来，真正做到知行合一，学用相长。坚定不移地推进全面从严治党，切实加强和规范党内政治生活，全面落实党内监督，共同营造风清气正、干事创业的良好氛围，把力量凝聚到实现全村脱贫致富各项任务上来。

加强党建后，村支部健全了党领导的村级民主自治机制，完善了村组干部管理考核和激励机制，村级基层党组织战斗力得到明显的提升。

在加强基层党组织建设的同时，我对工作队队员也进行了严格管理。我们从建章立制入手，重点建立了四项工作制度：

一是例会制度。规定每周一为工作队例会日，要求工作队员对上周开展的工作进行汇报，讨论工作中存在的不足，并安排部署下周工作。二是学习制度。每周四下午为学习日，学习有关的理论、方针、政策，以提高自身的政策理论水平。三是工作制度。严格按照市委的统一要求，工作队员坚持吃住在村，坚决做到不吃请、不扰民，和群众同吃、同住、同劳动。四是请假制度。切实做到有事请假，不迟到、不早退。

第二项工作，帮扶脱贫奔小康。

工作队进驻月亮村后，立即通过走访群众、座谈、召开村民代表大会和村组干部会等多种方式开展调查研究，了解民情，熟知村民的要求与愿望，仔细分析与研究，掌握好第一手材料，做到心中有数。

通过评议识别，全村特别贫困户 152 户，403 人，其中：残疾人 8 人，孤寡老人 9 人，危房户 12 户，缺乏劳动能力农户 64 户，因长期患病致贫农户 5 户，享受农村低保 11 户 44 人，长期缺粮农户 8 户 27 人。在村里随机走访，遇到很多“哑唬”和智障人。村干部说，村里智障人高达 47 名，还有很多在外地煤矿、石（灰）材厂打工患矽肺病的病人。

通过调查，月亮村存在的主要问题：

基础设施落后。一是村内道路交通条件差，群众出行难。由于村落分布稀散，延绵近 13 里，线路长，当时“村村通”工程还没到村部，村与村之间、组与组、湾与湾之间有很多还没有公路，村级断头路、联村公路不畅。村道路七阻八岔，坑坑洼洼，晴天一身灰、雨天一身泥，出行十分不便。信息闭塞，农副产品运输通道不畅。二是全村还没有通电。极大地影响了村民们的生产发展和生活水平的提高。

水利设施落后，大部分灌溉工程如水泵、渠道因无资金维修，不能正常运转或带病运行，旱灾不保收。抗御自然灾害的能力脆弱，灌溉保障能力差。

思想保守观念落后。月亮村有的村民，不了解山外的行情，也没兴趣参与山外事情，在属于自己的地方过着自己“安逸”的生活。有相当一部分村民满足于自给自足的自然经济状态，对外界的先进理念、先进技术、先进的发展路数不能亲身体会或接受。缺乏自力更生、艰苦创业、勇于致富的劲头。传统的小农思想，没有竞争意识，坚持自己的分散生产、生活格局，不愿走出去、学习外地先进技术，因而加剧了贫困。再者，贫困农户自身脱贫能力低，部分农户扶贫开发主体意识不强，“等、靠、要”依赖思想严重，认为“种粮为糊口、喂猪为过年、养鸡为买盐”，适应市场经济的能力较弱，满足于日出而作、日落而息的自给自足的生产生活方式，自身脱贫致富的能力差。如，1995 年 10 月，计委购买 20 只母羊、2 只公羊，给有养羊能力的特困户每户分 1 只，目的是通过养羊下仔，来创造收入，但在春节期间有 6 户将羊杀了吃肉。在他们身上体现的就是一种“等、靠、要”，今日有酒今日醉，不求进取，不愿创业，安逸现状生活的懒惰思想。

土地等资源开发利用率低。开发没有形成生产规模，竞争力不强。村级集体经济薄弱，发展商品生产、开拓市场的能力不够。缺少发展依托及生产生活条件，加上农副产品开发与市场需求局部脱节，在一定程度上影响了群众开发农副产品生产的积极性，以致难以脱贫。

缺乏劳动技能，文化程度低。全村18岁以上的年轻人高中以上文化程度的只有20多人，大部分是初中及以下文化程度，外出打工只能从事体力劳动。该村劳动力外出大部分在石场、煤矿打工，危险性大。九十年代，月亮村村民在山西煤矿瓦斯爆炸一次就死亡5人。该村因病因残致贫的贫困户，70%是在石场、煤矿打工落下的。或劳动能力弱，无法外出务工。贫困户大部分年龄在50岁以上，身体条件较差，很多人缺乏劳动技能，在外找不到工作，只能在家务农，单纯靠农业种植收入无法脱贫。

以农业为主效益差。产业结构单一，且基础薄弱，群众生产技术落后，种植、养殖科技含量低，产出效益差。农业生产主要以种植水稻为主，种植其他经济作物品种极少，小部分农户养猪、鸡、鸭、鱼等，但形成不了规模。农村经济收入主要靠零星种养和外出务工。

人居环境条件差。虽然贫困村中没有稳固住房的家庭不多，但由于缺乏科学布局，人畜未进行分离，医疗卫生等社会事业发展滞后，很多村民住宅是石片垒的墙、用柴草盖的房。这里的人很淳朴，虽然贫苦，也不舍这片祖辈生活的热土，从山上搬到山下他们都不愿意，“金窝银窝不如自己的穷窝。”

针对上述存在的“三落后、二低、二差”问题，我们重点开展了以下几个方面的工作：

1. 认真调查研究，制定科学规划。工作队进村后我5次带领工作队队员、村干部深入到村民家中，尤其是贫困户，逐户走访，座谈，了解民情，熟知村民的要求与愿望。通过调查研究对村里的班子、党员队伍建设、农业开发、农民的种植、养殖、外出务工经商、生活状况、民风民俗、贫困原因及脱贫愿景等一系列情况，都摸得一清二楚，并建立了档案资料。在调查研究中，我们做到了“四深入、四了解、四明白”。一是深入致富能手和贫困户家中，了解村经济发展现状、农民增收渠道、资源优势和发展潜力等，明白该村今后经济发展和产业结构调整的方向；二是深入党员、村干部家中，了解村支“两委”班子的现状及存在的问题，明白搞好村级组织建设的主要任务；三是深入科技示范户、双文明户家中，了解文明村、文明户的创建情况，农村爱国主义、集体主义等思想宣传教育和科普知识、实用技术、法规法纪情况，明白帮扶村精神文明建设和民主法制建设的工作重点；四是深入有上访、矛盾纠纷的农户家中了解影响农村发展与稳定的主要因素，以及群众反映强烈的热点、难点问题，明白如何搞好农村发展与社会治安综合治理工作。

在情况搞清楚后，按照“生产发展、生活富裕、乡风文明、村容整洁”的总体要求，紧紧围绕实现农业特色优质化、道路房屋整洁化、村风民俗文明化、社会秩序和谐化的目标，制定出科学合理的规划。先后制定了《1996年月亮村村支两委工作安排计划》《1996年月亮全村集体经济收入计划》《1996年月亮村项目建设计划》《1996年驻村工作队帮扶工作计划》《1996年驻村工作队项目建设支持计划》《月亮村抓党建奔小康五年经济发展规划》《计委工作队五年项目支持扶贫工作规划》。同时还完善了《村民代表大会制度》《村务公开制度》及《村干部岗位责任制考核办法》等制度。在此期间，我还撰写了《抓党建，扶贫困，奔小康工作浅谈》一文，被市委抓党建奔小康办公室以简报形式进行了转发。

围绕制定的年度计划和长期发展规划，按照“便民修道路，富民靠技术、收入输劳务，发展引项目，落实抓干部”的工作思路，以“突出项目建设、发展高效农业、培训技术搞输出、加快新农村建设、构建和谐社会”为突破点和切入口，搞好基础设施、结构调整、基层组织等方面工作。

2. 从思想上帮扶，促其观念转变。工作队深入到贫困户家庭，采取勤走访、多亲近、交实心、探现状，查穷根，找路子。然后从思想上抓教育、转观念。再者，针对村民文化水平相对较低，农民生产方式比较单一，交通信息不畅，群众思想相对封闭的现状，结合本村发展实际，谈观念转变，论思想解放，讲创业历程，析发展机遇，给村民“洗脑”“充电”。并选派8名村干部和贫困户代表，到谷城其他乡镇学习取经，让脱贫致富户传送实践经验，使他们了解怎样发展经济，如何走上致富路，感受发展变化。让村干部和群众开启思维，拓宽眼界，转变观念，增强动力，明白差距，找准发展方向，走自己发展致富道路。

我们在走访调查中，发现有的村干部和很多村民思想陈旧，观念落后。

有一户李姓村民，一家五口人。户主李某某，当地人叫犟老头。老两口都是60多岁的人，当了爷爷奶奶，儿子、儿媳也有30多岁，小孙子6岁多了。家住在高山上，在山窝避风地，四周用石片和泥土块垒起来，房顶上是树干搭的支架，盖上茅草，属于半坡式草棚屋，约有40多平方米的面积。“金窝银窝舍不得穷窝，就是死，也要死在老窝”，这是犟老头常说的一句话。

我和村老支书王能才来到犟老头家，一个临时动员会在老李家窝棚里开始了。我坐在小板凳上，耐心地给他讲，树挪死，人挪活；山下避风，交通方便等等很多道理……

在另外的一个山坡上，有一户冯姓人家，住的茅草房是土坯墙，也叫“干打垒”或“板打墙”，就是把土倒入夹板内用铁重锤夯实的墙。桁架是碗口粗的杂木，椽子是稍细些的树干，是从山上伐木扛回来的，上面再缮一层厚厚的茅草。前墙除去门就是1尺半见方的窗棂，屋檐触手可及。屋内房与房之间用笆茅隔开。这种房屋低矮阴暗，房内设施简陋。床下面是石头码成的一个长方形的台子，上面用几块木板铺成。坐的是小板凳，桌子是石板泥土砌成的。我们也登门拜访，促膝谈心。家里人说，他们祖辈人都在这里住，山高没有人去偷，安全，靠山吃山，种粮种菜，虽没钱用，饭能吃饱，日子过得去还好，换个地方住不安全、不安静、不习惯，还是老窝好。

经过我们认真、负责、热忱、耐心地做他们的思想工作，“犟老头”和冯姓二家最终同意了搬迁。

工作队在了解到三组村民黄纯有的情况后，首先对其在思想上帮扶，从解决思想问题入手，开展思想启发教育，和通过致富大户的先进典型事迹，激励他自强、自立，使其看到致富的出路和希望。然后在项目上进行帮扶。工作队积极为其提供项目信息，让他选择一些适合自己创业的投资小、见效快、有发展前途和空间的项目，帮助他自主创业。最后在资金和技术上帮扶，工作队出资为其买了3只羊和果树苗，并为他找了养羊技术和果树栽培的相关技术资料。黄纯有看着羊和果树的树苗，拿着手里的技术读本，很激动地说：“共产党好，社会主义好，政府好，感谢工作队和支部，我一定不辜负大家给我的帮助，我一定会富起来的！”从此，黄纯有开始钻研养羊和果树的栽培技术，家里的生活质量也慢慢地提高了，1996 年他喂养了 30 只山羊、7 头猪，还有 26 亩果树，他还在果树林里套种棉花，每年的收入达到了 5 万多元，真正的摘掉了贫困的帽子。但是，黄纯有过上了好生活并没有安于现状，他看见同村的村民生活也不怎么好，就主动把自己的技术讲给大家听，给大家做示范，他说：“虽然我生活好了，但是这都是党和政府给我的，我不能自私，所以我也要帮助其他的人，让他们像我一样过上好生活！”目前该村有几个农民在黄纯有的帮助下也摆脱了贫困。

3. 进行技能培训，创造脱贫之路。培训实施方式根据农民需求，因户施策开展技能培训，真正做到农民需要什么就培训什么，农民喜欢什么样的培训方式就采取什么培训方式，培训过程采取理论与实践相结合的方式进行。工作队聘请专家和技术人员定期或不定期开展农作物种植、大棚蔬菜管理、中药材种植、养殖技术（如罗非鲫鱼、养羊、鸡鸭）、经营与管理等专题讲座，先后办培训班 6 期，培训 200 多人次，着力使每家有一个有劳动技能，懂农业科技知识的新型农民。同时还选派 20 多个有文化的年轻人，到市、县职业技术学校开展电工、焊接、厨师、电脑、家电维修、美容美发等技术培训，使他们有一技之长，在劳务输出中发挥作用。经过培训每个组都有一批技能型带头人出现。

从整体培训情况来看，根据农民需求，重点突出“实用”二字，培训效果整体较好，受到广大贫困农民的称赞。通过开展培训，进一步转变了贫困村群众的生产观念，提高了生产效率，增强了贫困群众自我发展能力，使贫困户基本掌握一到两门实用生产技术，拓宽了农村家庭的增收门路，提高了贫困家庭就业创业的技能和致富本领，增强了农民自身的“造血”功能，促进了贫困村的发展。

除办班讲座培训外，我们还利用办基地，进行示范培训。目前这个村已建成标准化桑园 30 亩，养殖罗非鲫鱼 12 亩、栽种罗田板栗 150 亩、种植红心猕猴桃 125 亩等示范基地 4 个。利用自己建的这些基地进行现场培训，作为村民脱贫致富的“摇篮”，起到典型引路，示范推广作用。

4. 帮特困户干活，同村民打成一片。1996 年，月亮村遇到历史上特大洪涝灾害的袭击，夏粮损失严重。夏秋以来由于长时间连续阴雨，旱地作物不能及时播种、育苗、除草、施肥，夏秋旱作物损失很大。面对灾情，我以身作则，同群众打成一片，带领工作队员柯剑、习富理等人和全村干部群众与灾害作斗争，工作队员始终坚持在田边地头，与群众同吃、同住、同劳动，帮助特困户种、播、收。在这一年中，我亲自帮村民打麦、插秧、割稻谷。工作队与村支部采取堤内损失堤外补的办法，加大了果业、毛竹、林业等特色资源的开发力度，使资源优势转变为经济优势，使农产品得到升值。由于工作队及村干部的共同努力，在几十年一遇的大灾害之年，除粮食产量与上年基本持平外，其他村级经济都有大幅度增长。全村经济总收入比上年增长 72.5%。其中：农业增长 89.8%，村组户企业增长 203.3%，多种经营同比增长 23%，农民人均纯收入达到 1181 元，比上年人均增长 208 元，增幅 23.7%；村级集体纯收入达 4.6 万元，同比增长 3.7 万元，增幅 21.6%。1996 年度，月亮村被县政府评为“农村经济发展先进村”。

5. 以项目为载体，加快脱贫致富。

修建扶贫路。在市计委工作队进村时，月亮村公路不通，村里的农民还是靠肩挑背驮。有的土特产品运不出去，变不了现钱，只能在山山岭岭、沟沟岔岔白白烂掉，农民买一包盐要往返几十里山路。1992 年计委投资 28 万元，修通了从南河路接口到村里 15 公里的公路。1993 年，投资 8 万元硬化组与组之间 5 公里的路面，解决了该村交通难、运输难的问题。村民们依托交通便利的优势，出外打工、经商，在公路边开酒店、办旅馆、跑运输、建新（楼）房，忙得不亦乐乎。有些能人因此从一贫如洗步入小康，实现了公路通、农民富的愿景。

解决村里用电难。1994 年计委出面请市供电局利用电网改造机会，支持给月亮村架高压电线 11 公里，投资 66 万元，解决了“用电难”的问题。电线架通后，解决了村灌溉、办企业、学校、家庭照明等方面的用电，使群众生活水平得到了极大提高，经济及社会发展速度迅速加快。

扎坝修泵站。月亮村有一条河叫七里沟，它的源头从本村四组方家湾到 1 组，是一条七里长的小沟而得名，沿途缕缕泉水汇集而成了一条小河。它是月亮村世世代代人们一日三餐、一年四季维持生命的源泉。

一是工作队帮扶在河沟上投资27万元，扎坝修建两个水渠，可灌溉农作物面积265亩。然后利用渠水养殖。计委投资22万元，建12亩养鱼池，专门养殖罗非鲫鱼，同时建5亩甲鱼（亦称老鳖）池，每年村集体增加纯收入5万多元。村里不仅带来了经济效益，还提高了村民的生活质量。

二是建造一个“人畜饮水工程”，解决村民常年饮水难的问题。我们多次向省计委汇报，争取资金21万元，给村里建了一个大型自动泵式水塔，将水管铺设到每家每户，使全村80%的村民饮上了干净卫生的自来水。同时附近镇办事处、企事业单位、学校计有千余人彻底解决了饮水问题。村民每户每年只交30元水费。人畜饮水工程建成后，村集体建了服务站，为过路汽车洗车、加水等，每年为村集体创收2.5万元，它既有较好的社会效益，又有可观的经济收入。

1997年2月初，根据市委统一安排扶贫工作队回单位工作，走的时候在水坝里用双手一捧，喝上一口七里沟的水，并向村里老书记王能才承诺“我还会来的”。20多年过去了，我兑现了当年的诺言，又专访了月亮村（月亮村后来与苏区村合并，称为苏区村），在现任书记郑思群的陪同下，我又捧起七里沟的水喝了两口，一股亲切感像血液一样流遍全身，感觉到月亮村人们的亲切，体会到七里沟的水是那么的清甜。

开发地热建温泉。在谷城南河镇月亮村的群山之中，有一处热气腾腾的天然温泉叫小汤池，霭霭雾气升腾在这青山绿水之间。这温泉池水终日突突地流着，热气漫漫，缭绕着，盘旋着，像是一口口大蒸锅。

驻村扶贫后听说，1926年《谷城县志》上记载：“薤山之麓，有温泉焉，其水隆冬倍暖，绕出迂回百折，可作流觞之乐。”经湖北水文地质大队对月亮村温泉进行实地踏勘，对水温、水量、水质进行科学分析和测试，确认“温泉的水温常年保持在44.5摄氏度，其水温和流量不受时季性气候及降水量变化的影响。”面对这天然的温泉资源，工作队与县里及南河镇委书记阮汉泽共同研究决定开发利用，建一个中型的温泉洗浴中心。

工作队请了国家水文地质、食品、卫生、省地矿局等单位近20名专家、教授、工程师鉴定：“温泉为无菌水，水质优良，清澈透明，无色无异味，口感好，属含偏硅酸、锶的低矿化重碳酸钙、镁复合型矿泉水，达到国家规定的饮用‘天然矿泉水水质标准’。同时符合国家规定的‘生活饮用水卫生标准'，它既可开发饮料矿泉水，又可开发洗浴健身。”专家们的鉴定，为在月亮村开发温泉提供了科学依据。

该项目按照审批权限分工，由市发改委系统的谷城县发改局批准立项，由工作队驻点扶贫单位市计委、谷城县政府共同支持，南河镇政府招商引资，共计出资260万元，在月亮村（现为苏区村）建成了温泉洗浴中心。随后远近的客人慕名而来。

2017年12月26日，我回访月亮村时，正是寒风凛冽的隆冬时节，现任郑书记带我去泡了村里的天然温泉，那真是神仙般的享受。我也感到我当年为苏区村（原村月亮）办的这件好事而欣慰。走进浴池，池水清澈，水温适宜，水面上弥漫着淡淡的蒸气，好似天上瑶池，微波荡漾，光影摇曳。在这水气蒸腾氤氲之中人到池内，或泡或洗，或游或躺，妙不可言，尽情享受着天然温泉浴的乐趣。

调整结构种板栗。罗田县是大别山区老革命根据地之一，是中国闻名的“板栗之乡”，板栗产量具中国第一，品种优良。1995年，市计委投资12万元，从湖北罗田县购进板栗树苗，栽种板栗150亩，后来进行补充完善，现已逐步形成了苏区村板栗园。

改善环境建楼房。1996年2月，由市计委筹资25万元，为原月亮村新建了一栋建筑面积580平方米的综合服务楼。共3层，每层7间。服务楼建在村中间村民较集中靠公路边的位置。服务项目有超市商店、维修厂、餐饮酒店、住宿客房、村办公室、卫生室等。维修厂主要修理汽车、摩托车、电动车、自行车，还有汽车加水站及家电维修等。村年增加纯收入2万多元。它不仅给村集体创造了收入，还给村民们带来了很多便利，这在当时其他村是没有的，所以村民们感到非常满意。

因地制宜种猕猴桃。工作队与村支委会到河南西峡县、四川苍溪县种植基地进行考察，又请襄阳永洪猕猴桃有限公司技术专家，考察论证苏区村的气候、土壤，结论是适宜栽种红心猕猴桃。工作队与村支委研究决定，成立苏区村天明合作社。以土地流转的方式，每年每亩500元的价格，从农民那里流转了35亩土地，给冯天明专种红心猕猴桃。同时决定红心猕猴桃只雇用村里的贫困户来种植。

1997年开春，从四川运回4200株红心猕猴桃小树苗，在专家的指导下，将一层黑色的塑料薄膜覆盖在种好的树苗上，然后小心翼翼地用泥土将薄膜四周盖住。

这位专家是50岁出头的陶永诗，他来自襄阳永宏猕猴桃有限公司，已有20多年的红心猕猴桃种植经验，他手把手地教村民们如何种植猕猴桃。

冯天明试种成功后，村集体也栽种了猕猴桃30亩，这些举措，极大地增强了村民们种植红心猕猴桃的信心，看着村里种植红心猕猴桃效益好，几个村民也嗅到了商机，在村集体土地的旁边也种植了红心猕猴桃，搭上了致富的顺风车，增加种植55亩，其中：司汝强32亩、帅启福23亩。全村共计种植红心猕猴桃面积已达120亩。它是襄阳市第一家红心猕猴桃园。第一年种植，第二年10月就可以挂果，到了第三年，每亩可收600斤红心猕猴桃，第四年，每亩可收2000斤，而到第5年，则进入丰产期，每亩可收获3000斤红心猕猴桃。这批红心猕猴桃种植成功后，它将为苏区村和村民创造很大的经济收益。

利用资源建产业。结合村的实际情况，开发利用本地资源，1996年9月，市计委又投资9万元，先会建成了“5小企业”：即造纸厂、石灰厂、茶厂、砖厂、预制厂。

6. 关心特困村民，送温暖献爱心。1996年腊月初，我与村支书到村贫困户查看生活情况，看到5组弱智户王 ××，两口一个娃，住在两间狭窄的土坯房里，种了两亩坡地，春秋两季最多能打300公斤粮食。碰上灾年，几乎颗粒不收。为了度日不让断天，有时一天只吃两顿稀饭。家里的衣被大多是集体救济和亲友送的。大人弱智，家里没有致富项目，从过去至税改之前，已累计欠国家税收、集体提留款5000多元。郑书记说像这样的弱智户，全村共有20户。除智力低下的村民致富无门外，最大困难还是吃饭问题。有的在大山顶上居住，其中还有不少村民不通公路，不通电，人畜饮水困难。他们没有像样的田地，一块块挂坡地，有的仅能回个种，有的则颗粒不收。受自然环境限制，交通不便、信息不灵的偏僻山旮旯的农民，连起码的温饱都解决不了。

我回单位向一把手汇报了这类特困村民的困难情况，建议单位给予扶持，让他们也过个祥和、暖心的年。计委主任刘永才召开党委会，研究决定：计委党委班子成员每人捐款300元、县级干部每人捐款200元、其他干部每人捐款100元，不足部分从单位财务支付。另外号召机关全体干部自觉捐献衣物。在全委机关开展向扶贫点特困户献爱心活动。

1997年春节前夕，即农历腊月二十三日（小年）上午，由计委党委副书记曹振义和我带队，由各有关科室主要负责人，组成春节扶贫点特困户慰问团到达月亮村，将每户1000元现金、一床被子、20斤猪肉、10斤油送到20家特困户手中。还有50多件捐送的衣服、鞋子、被褥等由村支部另行分配。

特困户张××当场流下了激动的热泪，并说："感谢共产党、感谢计委领导、感谢村支部，我们两老残疾没能力，我要好好教育孩子，让他多读书，长大后多做贡献，回报社会、回报党、回报各位关心我们的领导。"

1997年2月中旬，市委召开1996年度"抓党建，奔小康"工作总结会。会上市计委住谷城县月亮村工作队员柯剑同志，谈了个人扶贫工作的体会和收获：经过一年多的驻村扶贫工作，每天都与村民朝夕相处，并肩劳动，村民的纯朴、善良、勤劳，深深地感染了我，使我的思想受到了极大的触动。通过基层锻炼，我对农村有了进一步的认识，对今后的工作有了很大的帮助和指导作用。扶贫工作中，我也深刻认识到做好农村基层工作，必须与村民群众融为一体，放下架子，虚心待人，耐心听取群众意见，加强与村民的交流和沟通，并从他们的利益出发，才能求得理解和支持，更要依靠和争取村干部的支持与帮助。现在我更加体会到了，只有扎根群众，才能了解群众；只有深入群众才能服务群众；只有勤于实践，才能尽快成长。同时，驻村扶贫工作给我在政策水平、业务能力、思想作风上的提高使我终生受益，工作队领导教给我的工作方法、思想方法、解决问题的方法等，永远都是我今后学习、工作的一笔宝贵财富。

柯剑在扶贫工作队时为计委办公室工作人员，他在基层虚心好学、在单位奋发努力，由于工作能力强，业绩突出，步步晋升，于2013年被提拔为襄阳市发改委副主任。

1997年2月19日，市委、市政府在南湖宾馆，召开了1996年度"抓党建，奔小康"扶贫工作总结表彰大会，由于月亮村扶贫工作出色，成绩显著，我被市委、市政府评为“抓党建，奔小康优秀工作队长”。会上，市委副书记果真同志给我颁发了荣誉证书。

20多年过去了，想起当年的扶贫往事和那里的群众，我又回到了月亮村。

立冬过后，便是小雪，2017年12月26日，我站在到月亮村高高的山垭上，只见南河像一条碧绿的丝带，在峡谷间蜿蜒逶迤，两岸尽是秋冬之色。

来到原月亮村办公室，看到新修的水泥路与外界紧密相连，我们当年投资建设的村办公楼，白墙黛瓦掩在绿树丛中，房顶屋前的电视接收塔给村民带去山外的信息，一排排的罗山板栗树，一片片的红心猕猴桃园，一栋栋拔地而起的新楼房，一个个热气腾腾的天然温泉浴池……农村新气息扑面而来。

在村办公室落座后，郑思群书记、司汝明村文书兴高采烈地与我共同回忆起当年我在月亮村扶贫工作的过程。目前这个村已交由市委宣传部进行继续帮扶。

郑书记说：在市发改委（原称计委）、市委宣传部帮扶后，苏区村（含原月亮村）得到了翻天覆地的变化。1993年，全村集体纯收入0.7万元，人均纯收入437元。2015年全村脱贫，村集体纯收入32万元，比1993年增长44.71倍；人均纯收入1.3万元，比1993年增长28.7倍。目前已经有60%以上的村民实现了小康，有三分之一的农户买了汽车，有50多户建了新楼房，以他们为基础含20多家搬迁户建成了一条街，形成一道美丽的风景线。

郑书记说：“我要代表苏区村（月亮村合并到苏区村）全体村民，感谢市发改委、市委宣传部所付出的心血和做出的贡献，使我们全村较早的脱贫，摘掉了贫困的帽子，使绝大部分村民过上了小康生活。”

我将月亮村扶贫工作归纳为：

开垦荒山为梯地，改成稻田修水渠；
支持项目成效倍，修路通电村民喜；
脱贫工作抓党建，月亮村里创佳绩；

干部村民齐努力，奔向小康共富裕。

在农村的扶贫工作经历，更加证明了党中央对农村“抓党建，奔小康”政策的英明正确，体现了中国共产党“全心全意为人民服务”的宗旨。

我深深地体会到：没有共产党，就没有新中国；没有共产党，就没有贫困群众的富裕生活。

苏区村或月亮村的变化，让我感到由衷的高兴，因为它的变化有我的一份汗水，有我的努力和贡献，它是我为党、为苏区人民做的一件有意义的事。我感到非常自豪！

第二十五章　考察美欧

2000 年底、2006 年 5 月，我先后两次参加湖北省考察团分别到美国的 7 个城市、欧洲的意大利、法国等 7 个国家进行了公务考察。

到美国考察

经省政府鄂政外出字［2000］1709 号文批准，由省政府发展研究中心余立国主任任考察团团长，湖北考察团一行 8 人到美国考察市政基本建设项目。此次考察是美国加利福尼亚州（简称加州）邀请的，具体考察内容：基础设施招商；基础设施建设与营运管理；政府在市场经济条件下对基本建设项目的宏观调控。考察团组成人员有：省发展研究中心主任余立国（带团），省计委外经处科长丁剑超、省发展中心研究所所长杨志熙、省咨询公司经理李清毅、省信达评估资信公司副经理周卫东、襄樊市计委副主任赵业清（本书作者）、荆州市计委主任邹崇炎、松滋县计委主任吴夕林。2000年11月21日从上海出境，在美国考察14天，于12月5日回国。

在上海坐国际航班，第一站先到达夏威夷。一上飞机，第一眼看到的是惊奇，从没见过这么大的飞机。我们坐的这班飞机是波音 757 的特大飞机，我粗略数了下，大约乘坐近 500 人。飞机座位排成 4 列，靠窗的两边各是 4 人座，中间 2 排各是 8 人座，商务舱里约有 30 人。飞机长约 80 米，高约 6 米多，翼展约近 70 米。飞机前中后两边都有壁挂式大屏幕彩色电视机，同时前中后都设有自动厕所，中间还安排有服务部，有各种饮料、食品和用品、纪念品等。

我的座位在飞机左侧靠窗 A 位，似乎坐在飞机的翅膀上。飞机在空中有时穿过乌沉沉的云雾，时而突然隐去，冲破乌云就是一片蓝天，偶尔托着几片金色浮云，一柱阳光像闪电样落在飞机翅膀上。远远的前方，无数层峦叠嶂之上，迷蒙云雾之中，忽然出现一团红雾，真是美极了，令人仿佛进入了神话仙境之中。我原坐小飞机有时穿云腾雾，遇到较大气流，飞机颠簸、抖动很大，有时还使两耳听不清声音，甚至有提心吊胆的感觉。而这次坐的大飞机平稳、安静、舒心、放心，真是一种享受。

空姐全都是外国人，而且年龄大，身材又胖，看上去有些老态龙钟的感觉。中国空姐年轻漂亮、婀娜多姿，丰满挺拔，沿途饱眼福，是种享受。与这些外国空姐语言不通，机上举目都是外文，也不认识，我就闹了几个笑话。一是看书，顶灯不亮，不知道从哪里打开关？我采取排除法，最后认定开关是灯旁一个小桩，起身一按，不是。后来才在座位左边上一个耳机插口附近找到开关。好笨啊，我使劲拍拍自己的脑袋。

想上厕所了，可是站在厕所旁，不管是朝上下、左右，不管怎么推、拉，门就是打不开！我只好硬着头皮问空姐，“空姐大妈”笑看用半生不熟的汉语说道：“从－中－间、推。”果然一推门就开了，我才进去方便。解完手后按冲洗马桶，又不知按钮在哪儿，我挨个都按，按对了，突然气体大作后才出水，我吓得猛地后退，头碰到门上，出了一身冷汗。还有，想休息时要把座位放成斜角（向后倾斜），也找了很长时间，找不到按键或开关在什么地方。

飞机在日本某机场停了 5 个多小时，人生地不熟地也不敢出去，我们只好在机场内玩。听说这趟航班是美国航空公司的，美日有协议，在日本机场逗留的目的是让过境游客购物，有的说是在日本中途加一次油，然后直飞到夏威夷。

我是 2000 年 8 月得过前列腺炎，不能长坐，要坐坐走走，活血化瘀。所以我经常在飞机里转悠走路，活动身体。空姐讲话我听不懂，意思是不能在飞机上去去来来的走动，我采取哑语的方式，用手势指看腰椎，拿着手机里时钟，比画坐久了，做个难忍的痛苦状。空姐略带微笑，拿来手册指着英文字一行一行的移动着，意思这是空管规定她也没办法，又用手比画着，将飞机里坐的人画了一个大圆圈，从上向下猛地坠落下去，是在给我讲要注意整个飞机上的人身安全。但她也有所同情，指着钟要我一到两小时活动一下，我点了下头示意同意，她说 OK 好。我原学英语是经济类单词或语句，飞机上用不对路，再者当时为应付考试强记的，学的不牢现在全忘了，这就是没学好外语所带来的语言交流困难和尴尬。

在飞机上连续飞行16个多小时，吃的是西餐，用的是刀叉，很是不习惯。我看刀叉是正宗的美国产品，铮亮，质量很好，再加上我是第一次坐大飞机，第一次用刀叉吃西餐，第一次到美国。我认为坐飞机出了这么多钱，餐具费用肯定已包含进去，应属于我们自己的，将它带回去做纪念。在宾馆住检查行李时，我告诉与我同住一室的丁科长，飞机上的刀叉餐具我带了两套作为纪念品。他说你胆子太大了吧！在美国人看来，你偷拿或盗窃物品，轻者罚款，重者要拘留几天的，你差点闯大祸了，让我们代表团都打乱计划来陪着处理你这件事呀！他说得使我惊了一身冷汗。后来我还是随身带着，心想如在飞机场安检过关了就算了，如果发现了我就说：为了卫生防止疾病传染，我作为个人专用餐具带着，若过不了关收走了也没遗憾。结果我沿途过关，顺利带回国了。这是我到世界最发达国家——美国的唯一纪念品。现在看到了刀叉，就想起了到美国难忘的一行。

这次考察的重点是美国的加州。按照团长安排，以考察为主，兼顾旅游，沿途看看发达国家的发展和城市建设。考察路线是夏威夷、旧金山、洛杉矶、纽约、华盛顿、拉斯维加斯、费城、香港、广州。

漫游夏威夷

夏威夷群岛是火山岛，也是太平洋上有名的火山活动区，因为这些岛屿正位于太平洋底地壳断裂带上，夏威夷群岛由地壳断裂处喷发出的岩浆形成。二十世纪六十年代，地质学家曾提出用夏威夷岛下暗藏的热泉活动来解释夏威夷的奇异地貌。地质学家认为，太平洋板块在夏威夷热泉的上方缓慢移动，就好像是一张纸在一根点燃的蜡烛上移动，移到哪里，哪里就开始喷发火山，形成火山岛。

夏威夷的第一批外来者，是公元750年自马贵斯群岛航行而来的波里尼亚人。“夏威夷”一词源于波利尼西亚语，意为“原始之家”。十三世纪乘着两只巨大独木舟的大溪地人来到夏威夷群岛。

十八世纪末，夏威夷酋长柯玫哈玫哈以加农炮征服了其他岛屿，建立夏威夷王朝，成为卡美哈美王一世。

十九世纪来自英格兰的基督教新教传教士传播了民主立宪的观念，他们要求裸体的土人穿上衣服，并放弃夏威夷传统文化。传教士的下一代成了岛上的商人和政治家，与夏威夷人联姻，并与外国签订劳工契约，发展了种蔗制糖业。这些移民就是当今夏威夷多种族的源头。

1898 年美国兼并夏威夷。1901 年投资者在王室游乐场建设了饭店和其他设施，自此之后，旅游业得到蓬勃发展。1941 年日本偷袭夏威夷珍珠港，使美国在西太平洋海空军主力瘫痪，也因而引发第二次世界大战太平洋区的战事。战后，美国建立了位于珍珠港的“亚利桑那纪念馆”，向每年来访夏威夷的数百万游客讲述当年的惨剧。1959 年 3 月 11 日，夏威夷成为美国第五十个州。

夏威夷是世界上旅游业最发达的地方之一。不过吸引游客的并非是名胜古迹，而是它得天独厚的美丽环境。夏威夷风光明媚，海滩迷人，日月星去变幻出五彩风光：晴空下，美丽的怀基基海滩，阳伞如花；晚霞中，岸边蕉林椰树为情侣们轻吟低唱；月光下，波利尼西亚人在草席上载歌载舞。夏威夷的花之音，海之韵，为游客们奏出一支优美的浪漫曲。

威基基海滩，这里有细致洁白的沙滩、摇曳多姿的椰子树以及林立的高楼大厦，总长度约三四百米。海水宁静开阔，是假日休闲的理想地点。喜来登饭店和威基基饭店之间的沙滩区则是水上运动的最佳地段，可以划船、冲浪，夕阳西下之时，还可以沿着沙滩散步，慢慢欣赏落日的壮观景象。

更广义的“威基基”从海边往内陆延伸，有无数的商店、饭店、购物中心。在卡拉卡瓦大道上有威基基海滩最豪华的酒店和商店，街道两旁是疏密有致的椰子树，景致十分迷人。

珍珠港，位于檀香夏威夷珍珠港山西侧，与威基基海滩遥遥相对。从 1911 年起，这里便是美国太平洋舰队和空军的总部和基地。1941 年 12 月 7 日，日军突袭珍珠港，美军猝不及防，伤亡惨重。珍珠港一部分对游人开放，当年被击沉的 3 万吨级的战舰——亚利桑那号依旧躺在清澈的海底，只露出桅杆。旁边建造了一座白色花岗岩纪念馆——亚利桑纳号纪念馆。“密苏里号”见证了二次大战结束的历史性时刻。1945 年 9 月 2 日 9 时 02

分，停泊在日本东京湾中的“密苏里号”成为日本签署无条件投降书的地点，为第二次世界大战画上了句号。1999 年开始，“密苏里号”号被改为纪念舰，停泊在珍珠港福特岛内，成为太平洋战争开始和终结的见证。

夏威夷火山。夏威夷群岛位于北太平洋中部，由 8 个大岛和 100 个小岛组成，群岛的生成与海底火山活动有关。夏威夷群岛是群岛中最大的岛屿群，岛上的基拉韦厄和夏威夷群岛冒纳罗亚火山都是世界上活动力旺盛的火山。

夏威夷文化是各个不同民族组成的夏威夷群岛混合文化，由最初的波里尼亚文化，到十八世纪库克船长发现夏威夷后带来的西方文化，再加上之后各国移民不同的民族特色影响从而形成。东西方的文化交融后形成独特的夏威夷文化，岛民热情、好客，有独特的音乐舞蹈及美食。

草裙舞又名“呼啦舞”，是一种全身运动的舞蹈，尤其是手部动作含义深刻，通过不同的手势表现出人们对各种美好事物的期冀，如祈求丰收、渴望和平等。在夏威夷，无论男女都跳草裙舞。跳舞时，男性只缠着一条腰带。女性则不着上装。第一批到达夏威夷的传教士们立刻被这种过分暴露的服装吓坏了，颇为性感的舞蹈动作也令他们反感，因此草裙舞被禁止了。1874 年卡拉考阿国王执政后，恢复了这种传统舞蹈，但要求女性不得裸露上身并穿上长裙。

岛上有很多学校教授草裙舞，教草裙舞的老师也受到极大的尊重。每年 4 月，在希洛岛为纪念卡拉考阿国王而举办的梅里女王节吸引着夏威夷最好的草裙舞舞蹈家，舞会的门票往往提前几个月就被一抢而空。

传说中第一个跳草裙舞的是舞神拉卡。她跳起草裙舞招待她的火神姐姐佩莱。佩莱非常喜欢这个舞蹈，就用火焰点亮了整个天空。自此，草裙舞就成为向神表达敬意的宗教舞蹈。后来，变成用尤克里里琴伴奏的娱乐性舞蹈，观赏草裙舞成了游客游览夏威夷的保留节目。

考察洛杉矶

在与美国加州交通署、能源署进行交流学习结束后，我们考察了洛杉矶。加州南部的洛杉矶，早已不只是当年宗教意义上的小城。二十世纪初随着石油被发现，洛杉矶迅速崛起了。二战后更是发展得欣欣向荣，移民激增，城区扩展，现代工业、商业、金融业、娱乐业和旅游业全都神奇地走在了世界前列。洛杉矶如今已是美国仅次于纽约的第二大城市，全球文化、科技、媒体、经济、国际贸易中心城市之一，处处彰显着大都市的气派繁华。

洛杉矶的风景是秀美宜人的海滨城市。夏天是最佳的旅游季节，太阳似乎每一分、每一秒都在变幻着，色彩流转，温度起伏，总是带给人全新的感受。路边的花圃五颜六色开得灿烂，在夏季微风中轻轻摇曳，草木清香轻柔地飘在空气中，给疲惫的人带来舒爽惬意。

从洛杉矶市的布局可以看出洛杉矶人对家的热爱。整座城市最常见的是千万栋一家一户的小住宅，半掩在道路两旁的绿树后，小小的庭院造型精巧，色彩淡雅，情调温馨，各具特色，并不奢侈，像一首低低吟唱的爵士民谣。每一次走过城市的平地山丘，看这些可爱的小院落，家的感觉近在咫尺，似乎每一个院子里都有天使往返的气息。

高楼集中在市中心，鳞次栉比。高速公路与城市街道四通八达，密如蛛网，延伸到城市每一个角落。洛杉矶不仅是全美国交通最发达的城市，同时也拥有全美数量最多的汽车，被称为“轮子上的城市”。虽然这是形容路上熙来攘往的车辆，但听上去就像给洛杉矶安了一对天使的翅膀，低低盘桓着，没有人会知道它在何时何地会驻足栖息。整个城市就以这种匀速的节奏律动着。洛杉矶的性格——蓬勃的时代感却淡然不张扬。

加州海岸得天独厚的地理优势，让身在其中的每个人都宛若天使。海滩是洛杉矶最唯美的景致，天使之城的纯真让这里的阳光细沙尤为风情万种。到处是欢笑着的人，有的吹海风，有的晒太阳，还有人带了宠物来散步。沙滩上的脚印瞬间就被淹没，回头望去了无痕迹，甚至还来不及去回味和怀念，新的喜悦便又围了上来。前方似乎没有路，又处处都是大路，时时都有希望。

好莱坞，距离市区40分钟的车程。正是好莱坞电影王国的存在奠定了洛杉矶在文化艺术界的国际声誉。远远地便能看到写在山头巨大的“HOLLYWOOD”。山下正是著名的贝弗利山庄，作为大牌影星集居地，大腕导演、作家灵感的来源。这个名字俨然已经成为电影王国身份和权力的象征。

大名鼎鼎的好莱坞并非想象中那般神秘，我们花了50美元就在里面游个遍。在好莱坞摄影棚观看了电影中的几个血腥打斗实景表演，非常逼真，惊心动魄。这是我梦寐以求终而得到了。好莱坞影城是最吸引人的去处。在这里可以参观电影的制作，解开特技镜头之谜，回顾经典影片中的精彩片段，一脚踏进影城，谁都会流连往返。夏季游人很多，要小心防范窃盗。每场演出都很精彩，仔细安排行程，核对各场表演的演出时间，不错过任何一场演出。影城出入口旁有一个五十年代风格的购物区－宇宙城，是个不可错过的步行区。参观完整个影城后，别忘了逛一下。影城内分3个区，分别是电影车之旅、影城中心与娱乐中心。

电影车之旅：由4辆电车厢连接而成，全程40分钟的电影之旅。车上有一名解说员，以生动活泼的方式带领游客进入电影世界。有您所熟悉、怀念的《回到未来》影片中的时钟广场；《飞越杜鹃窝》中的房子、汽车旅馆；纽约的百老汇、墨西哥街道。突然间，电车遭受到洪水的袭击，出现《十戒》中海水倒灌、竹桥崩塌，紧张刺激的景象。还有恐怖灾难片《大地震》《金刚》《大白鲨》的场景，那种紧张真实的压力，会令乘客有劫后余生的感受。

影城中心：亲身体验电影中部分场景是如何拍摄的。

·电影魔幻世界：把《回到未来》和希区柯克的电影中的特殊拍摄效果重新展现，并请观众客串演出剧中的情节，一边拍摄一边解说。因为演员都是观众串演，所以会有许多搞笑的场面。

·电影舞台：参观电视影片中常出现的场景现场。

·E。T：在这里拜访影片中并未出现的E.T.故乡。通过电脑输入您的名字，然后和E.T.一起骑单车遨游天际，并带领E.T.回到他们的故乡。最后，E.T.还会向每个人致谢。

·大火灾：重现化学工厂的火灾景象，可以令人亲身体验火灾的可怕。火势均以电脑控制。每小时有15次的逼真大火灾出现。

娱乐中心：1993年夏季才开放的是不可错过的游览点。还有现场演出的5个节目，也值得观看。如果想要个好位子，最好在演出前20分钟入座。

·回到未来：需4分钟，让游客体验2000年的冒险。超越失控，新鲜，刺激。

·远古时代：展示原始人群的故事。结尾时有巨大怪鸟在观众头顶盘旋，令人屏息。

·海洋战争、西部荒野特技表演、动物影星演出、火焰旋风。

洛杉矶的另一个梦工厂就是迪士尼乐园。这个令人眼花缭乱的大游乐场满足了所有人孩提时代的童话梦想。想要玩遍所有的游乐项目，至少也要两到三天的时间。惊喜与刺激层出不穷，让大人和孩子都流连忘返。

我们在迪士尼乐园整整玩了一天，当汉语铃儿响叮当歌曲响起时，远在万里的他乡，听到一首亲切而熟悉的歌曲感到万分高兴。

游乐旧金山

旧金山是一座美国加州太平洋港口城市，更是世界著名旅游胜地。也是世界最重要的高新技术研发基地和美国西部最重要金融中心。1945年，《联合国宪章》在此签字生效，所以旧金山被称为联合国诞生地。

旧金山面朝太平洋，拥有非常好的自然环境，旅游资源丰富。主要有：金门大桥、渔人码头、九曲花街、唐人街、恶魔岛、天使岛、金门公园等。

金门大桥，建于1937年，是世界上最大的单孔吊桥之一。桥长2780米，从海面到桥中心部的高度为67.8米。大桥雄峙于美国加州宽1900多米的金门海峡之上。

卡斯特罗即同性恋区。到美国旧金山市旅游，你一定会听说这个区，就是Castro（卡斯特罗区）。这个区是全世界同性恋人士的圣地。这条街区挂满了同性恋人士权利象征的五彩条纹旗，沿街都是各样的同性恋酒吧，咖啡厅，各类特色十足的商店。

每年6月这里还会举行世界上最大规模的同性恋者大游行，即LGBT骄傲大游行。在这里旅游，你会体验到完全超乎想象的文化感受。如果你到旧金山，一定要来看看。街区很多住宅都涂绘了个性十足的图案，来宣示自己是同性恋者，并显示同性恋的存在。在那里看到他们时，一是要带微笑，是对他（她）们的认可和尊重。千万不能指指点点，不要投以异样的目光，有看不起的表情和语言，否则找你论理，吃官司或走不了人，事就闹大了。我们这个世界如此多彩，要以包容的心态在这里旅游。

游览纽约

纽约是美国人口最多的城市，它在全球商业和金融方面发挥着巨大的影响力。纽约是一座世界级城市，直接影响着全球的经济、金融、媒体、政治、教育、娱乐与时尚界，其中联合国总部位于该市，因此纽约也被公认为世界之都。纽约还是美国第一大商港。纽约位于纽约州东南哈德逊河口，濒临大西洋。它由五个区组成：曼哈顿、布鲁克林、布朗克斯、昆斯和里士满，目前纽约人口达 1200 万。

纽约最早的居民点在曼哈顿岛的南端，原是印第安人的住地。1524 年意大利人弗拉赞诺最早来到河口地区，1609 年英国人哈德逊沿河上溯探险，该河便以他的名字命名。1626 年荷兰人以价值大约 60 个荷兰盾（相当 24 美元）的小物件从印第安人手中买下曼哈顿岛辟为贸易站，称之为“新阿姆斯特丹”。1664 年，英王查理二世的弟弟约克公爵占领了这块地方，改称纽约。1686 年纽约建市。独立战争期间，纽约是乔治·华盛顿的司令部所在地和他就任美国第一任总统的地方，也是当时美国的临时首都。1825 年，连接哈德逊河和五大湖区的伊利运河建成通航，以后又兴建了铁路，沟通了纽约同中西部的联系，促进了城市的大发展。到 19 世纪中叶，纽约逐渐成为美国最大的港口城市和集金融、贸易、旅游与文化艺术于一身的国际大都会。

纽约也是摩天大楼最多的城市。代表性的建筑有帝国大厦、克莱斯勒大厦、洛克菲勒中心以及后来的世界贸易中心（2001 年 9 月 11 日，世贸大楼遭恐怖分子袭击而倒塌）等。帝国大厦和世界贸易中心大楼均有 100 多层，直耸云霄，巍峨壮观。纽约也因此有了“站着的城市”之称。纽约还是美国文化、艺术、音乐和出版中心，有众多的博物馆、美术馆、图书馆、科学研究机构和艺术中心，美国三大广播电视网和一些有影响的报刊、通讯社的总部都设在这里。

纽约是美国少数民族最为集中的地区。黑人有 100 万以上，主要聚居在哈莱姆街区。著名的唐人街有 15 万华人。还有众多的意大利人和犹太人。

1993 年 11 月 9 日，纽约和我国的上海结为友好城市。

曼哈顿是纽约的市中心，纽约最重要的商业、金融、保险机构均分布在这里。世界金融中心——华尔街分布在曼哈顿下城，整个曼哈顿耸立着超过 5500 栋高楼，其中 35 栋超过了 200 米。曼哈顿中城数千栋摩天大楼通夜而亮，体现了纽约在世界上绝对强大的经济实力，因此曼哈顿中城也被喻为“世界上最好的地方”。

曼哈顿岛是纽约的核心，大企业、商业中心分布于曼哈顿中城。美国最大的 500 家公司中，有三分之一以上把总部设在曼哈顿。7 家大银行中的 6 家以及各大垄断组织的总部都在这里设立中心据点。这里还集中了世界金融、证券、期货及保险等行业的精华。

华尔街位于曼哈顿岛南部，是美国财富和经济实力的象征，也是美国垄断资本的大本营和金融寡头的代名词。这条长度仅 540 米的狭窄街道两旁有 2900 多家金融和外贸机构。著名的纽约证券交易所和美国证券交易所均设于此。从外表看来，华尔街显得静谧而低调，没有明显的标牌和入口，仅仅是一条狭窄街道。虽然地理意义上的华尔街非常小，但是真正意义上的“华尔街”已经成为了美国资本主义市场和金融服务业的代名词。

帝国大厦。是纽约市最浪漫的地方。它是电影《西雅图夜未眠》中男女主角的定情之所，也是电影《金刚》里巨大的猩猩向世人宣布它对金发女郎不渝爱情的地方。在这里，白天能鸟瞰蓝天白云下的纽约市，夜晚则可欣赏华灯初上之良辰美景。值得一提的是帝国大厦一年四季变幻的彩色灯光。圣诞节，新年和美国独立日所打灯光皆不相同，每逢中国春节期间的夜晚帝国大厦也会亮起具有中国特色的红和黄的灯光，美轮美奂。

自由女神。是《中华英雄》里所说的“美国人的观音”；她见证了《泰坦尼克号》中女主角罗斯最终抵达美国的那一刻；她曾在《国家宝藏》中目睹了尼古拉斯凯奇与坏人的周旋；她是《后天》里被冰雪覆盖的冰美人；她又是《海上钢琴师》里让人莫名神伤的新大陆地标。她身穿古罗马式的长袍，头戴象征七大洲的冠冕，右手高举一柄火炬。她象征着民主，也象征着更多人梦寐以求的自由。一百多年来，她矗立在哈德逊河口，默默地注视着进入美国的新移民们。无数背包客踏入美国的第一件事，就是瞻仰她的容颜。“她”的名字，叫自由女神。

纽约大都会博物馆。它与巴黎卢浮宫，伦敦大英博物馆并称为“世界三大博物馆”，收藏了来自世界各地的艺术珍品逾二百万件。我们在这里看到了大量来自古希腊罗马，埃及，印度，玛雅文明，古代欧洲和拜占庭，甚至来自远东的古典绘画，雕塑，建筑和乐器，还欣赏到现代，后现代及先锋派的绘画，摄影，音乐甚至是影像资料。另外这里还有号称是“中国以外最好的中国佛教雕塑收藏”，有相当丰富的中国藏品，许多由于早年流亡海外，是在中国都无法见到的艺术珍奇。

美食。纽约市有超过 18000 家餐馆，因此您在这里就可吃遍全世界，品尝每一种美味佳肴。尝遍阿富汗、克里奥尔、埃塞俄比亚、夏威夷、牙买加、黎巴嫩、蒙古、中国等风味食品。体验一下传统、大陆、地中海和新美洲风味的食品。您可以尽情享受素食、犹太食品、熟食和鱼子酱等各种小吃。不管白天还是晚上，均可以到高档饭店或市内最廉价的小店内享受美味。不管盛装赴宴还是着装随便，在滨水地区还是屋顶餐厅。不管是晚上是早餐，还是早上吃晚餐。也不管您的情绪、口味还是预算如何，这座城市都能满足您的需求。

夜生活。纽约夜景夜幕降临时，到纽约市各种酒吧、休闲会所、俱乐部和舒适的小屋去放松放松，喝上一杯饮料，慢慢回味一天的经历。这里有全方位的服务，从深夜的卡普齐诺咖啡屋、卡拉 OK 歌厅、台球室和飞镖室到钢琴吧、雪茄吧、酒吧，应有尽有。可以考虑去看一场爵士乐现场表演，吃一顿夜宵，或干脆跳舞到天亮。甚至单独外出——很惬意地——不管是在喜剧俱乐部尽情欢笑，还是在体育吧内观看一场比赛。不管您想做什么，都可以一直到天亮。另外，五彩斑斓的灯光组成的世界，给人视觉的盛宴，这也是纽约旅游人士的最爱，因此，夜色开始降临，沿着小路大道，一边体验纽约人的夜生活之丰富，一边欣赏纽约的夜景也是最受欢迎的方式之一。

表演艺术。在顶级表演艺术领域，纽约市占据着世界舞台的中心。您可选择现代歌舞团、歌剧、交响乐团、剧院等广受欢迎的表演。时代广场剧院区的屋顶招牌上满是音乐、喜剧和戏剧院名称，许多还写着明星演员的名字。还有精彩刺激的非百老汇表演，它们拓展了创造性表达的范围。这座城市充满引人入胜的娱乐表演。数家大剧院都提供翻译系统，用听众的母语帮助其理解剧情的发展。

纽约是美国的独立战争，由英国移居于此的新移民，建立不同于英国本土的新制度，成立了北美十三州的殖民地，原本以为可以在此安居乐业，却因为英国政府的财政困难而美梦破裂，殖民地的人民被课以重税，更加深殖民地人民独立的决心。1773 年，“波士顿倾茶事件”成为独立战争的导火线，殖民地人民以“不自由，毋宁死”的口号发动战争。1776 年 7 月 4 日，托马斯·杰弗逊在费城召开大陆会议，发表《独立宣言》，纽约也成为英军和美军的决战之地，由于抵挡不住英军强势的攻击，纽约再度沦入英军之手，美军转而向法国求援。1781 年 10 月 17 日，美法联军取得最后的胜利，1783 年英美双方签订《巴黎和约》，英国承认美国独立，划分密西西比河以东的土地给美国，纽约重回美军的怀抱。

参观联合国总部

联合国是 1945 年第二次世界大战后成立的一个由主权国家组成的国际组织。1945 年 10 月 24 日，在美国旧金山签订生效的《联合国宪章》，标志着联合国正式成立。联合国致力于促进各国在国际法、国际安全、经济发展、社会进步、人权及实现世界和平方面的合作，现在共有 193 个成员国，总部设立在美国纽约、瑞士日内瓦、奥地利维也纳、肯尼亚内罗毕等地。联合国的行政首长是联合国秘书长。联合国安全理事会（简称安理会）是联合国的 6 大主要机构之一。由中国、法国、俄罗斯、英国、美国五个常任理事国和 10 个非常任理事国组成。共有 15 个成员。

联合国官方正式使用的语言只有 6 种，按英文字母顺序为阿拉伯语、汉语、英语、法语、俄语、西班牙语。6 种语言同等有效，代表们发言时可以任意选用其中一种。秘书处日常使用的工作语言则是英语和法语，但实际上英语使用最为广泛。

光顾华盛顿

华盛顿，又称华都、华府，美利坚合众国的首都，是1790年作为首都而设置、由美国国会直接管辖的特别行政区划，因此不属于美国的任何一州。华盛顿是美国的政治中心，因此经济色彩不浓，是大多数美国联邦政府机关与各国驻美国大使馆的所在地，也是世界银行、国际货币基金组织、美洲国家组织等国际组织总部的所在地，还拥有为数众多的博物馆与文化史迹。

华盛顿原是一片灌木丛生之地，只有一些村舍散落其间。1789年，美国邦联政府正式成立，乔治·华盛顿当选为首任总统。当国会在纽约召开第一次会议时，建都选址问题引起激烈争吵，南北两方的议员都想把首都设在本方境内。1790年国会最后达成妥协，由总统华盛顿选定南北方的天然分界线——波托马克河畔长宽各为16公里的地区作为首都地址，并请法国工程师皮埃尔·夏尔·朗方主持首都的总体规划和设计。

华盛顿有众多的人文景观，例如美国华盛顿国家广场有美国国会大厦、白宫、华盛顿纪念碑、杰斐逊纪念堂、林肯纪念堂、富兰克林·罗斯福纪念碑、国家第二次世界大战纪念碑、朝鲜战争老兵纪念碑、越南战争老兵纪念碑、哥伦比亚特区第一次世界大战纪念碑和爱因斯坦纪念碑。和特区内的博物馆一样，大多免费开放。其他人文景观还包括唐人街（中国城）、老邮局大楼、美国大屠杀纪念博物馆、华盛顿国家大教堂等。唐人街和世界其他的地方一样，也有一座中国牌坊，号称第一大。那里有一个普通公寓改成的观音庙。还有中国餐馆、华人商店等。

美国国会大厦。美国国会大厦位于华盛顿偏东处，但常被看作华盛顿市区的中心。华盛顿特区建筑物地址的东西南北都是以国会大厦作为基准。由于电视报道华府做出决定时多出现的是国会大厦，加之经常配合有“白宫方面宣布”的言辞，且其风格巍峨挺拔，导致不了解的人在很长一段时间内，将国会大厦认为是白宫——美国总统官邸暨办公室。

白宫，直译是“白色的房子”，白宫是一幢白色的新古典风格砂岩建筑物，所以中文译成“白宫”。白宫是由美国总统的官邸、办公室和总统公园各部分组成。它位于华盛顿哥伦比亚特区西北宾夕法尼亚大道1600

号。供第一家庭成员居住，对人们来说白宫总是充满了神秘感。白宫的一部分在规定时间内向全世界公民开放，因此成了游人观光的热点。

白宫的基址是美国开国元勋、第一任总统乔治·华盛顿选定的，始建于1792年，1800年基本完工。有趣的是，第一位入住白宫的总统并不是第一任总统华盛顿，而是第二任总统约翰·亚当斯。因为白宫是美国总统的居住和办公的地点，“白宫”是1901年西奥多·罗斯福总统正式命名的。白宫一词成了美国政府的代名词。

结构设计，从正门进入楼层共有五个主要房间，由西至东依序是：国宴室、红室、蓝室、绿室和东室。东室是白宫最大的一个房间可容纳三百位宾客，主要用作大型招待会、舞会和各种纪念性仪式的庆典。历史上许多重要事件在此发生：这里曾经停放过七位总统遗体，这里也曾举行过许多位总统女儿们的婚礼。

总统办公的椭圆办公室最让人好奇，可能是因为“美国总统”在那里治理国家大事而使人感到神秘吧！椭圆办公室位于西厢的旁边位置，对面是总统专属的玫瑰花园。东厢前花园是贾桂琳花园，贾桂琳是对白宫最有贡献的第一夫人了。她为了将白宫变成一座极有价值的博物馆，开始有系统的收集白宫历史和文物，四处搜寻古董真迹。在白宫历史学会成立后，她请来史密松宁博物馆的专家将白宫所有收藏重新审视整理编目，赋予了白宫历史的内涵。现在许多房间里陈设的精致古董，大半是门罗总统时期的收藏，尤其是蓝室充满法国皇家气派：室内以蓝色为主饰以金边花纹的墙壁，衬托出蓝室豪华的风格，因此这个房间经常用来招待贵宾。

蓝室的阳台面对南院草坪，是总统与贵宾经常向民众挥手露面的地方。南草坪上许多树木也是总统或夫人亲手种植，这可能是名垂青史的一种方法吧。当年杰克逊为纪念亡妻而种的一棵木兰花，至今已成枝叶茂盛的百年老树，它和这个国家一起成长茁壮。南草坪正位于整栋大楼中央位置，与上下楼层共三个房间同属椭圆形。蓝室之上的椭圆房间，曾经是总统办公室还做过内阁室和签约室，现在则属于家庭楼层不对外开放，林肯曾在这个房间签署了著名的《解放黑人奴隶宣言》。

蓝室左右两旁的红室和绿室都是小型接待室，以不同色调装饰各有不同用途：绿室在杰克逊时期是他的私人餐室，门罗则用来玩牌，内战时林肯爱子在绿室病死，这里成为林肯夫人的伤心之地，从此再不肯踏入一步。

红室是白宫第一夫人们最喜爱的房间，红室布置成1830年早期型式，摆设在大理石壁炉上的一座十八世纪法制音乐钟，是法国总统在1952年所赠送。从桃莉的时代起，每周三晚上在这里举办盛会。红室之旁的国宴室，摆放一张门罗时期的十三尺长桌，其上镂刻精致的纹饰是令人赞叹的杰作，是白宫的精品之一。国宴室可容纳130位宾客用餐。

主楼二层，为总统全家居住的地方。主要有总统卧室、皇后卧室、条约厅和总统夫人起居室、黄色椭圆形厅等。总统卧室是总统办公和召开内阁会议的地方。二层也用来招待重要贵宾，世界各国领袖或王公贵族都以住过白宫为荣，1943年中国蒋介石先生的夫人宋美龄访问白宫时，曾是罗斯福总统的座上嘉宾，并在此住宿过。

白宫的南面，是一个由粗大的乳白色石柱支撑的宽大门廊，正面4根，旁边各2根。门廊的正前方就是有名的南草坪。总统的直升飞机座机可在此起落。由于白宫是坐南朝北，因此南草坪就成了白宫的后院，通称为总统花园。园内，灌木如篱，绿树成荫，如垠草坪中有一水池，池中喷泉喷珠吐玉，高可数丈。池塘四周的花圃里，姹紫嫣红。南门前两侧8棵枝繁叶茂、生机勃勃的木兰树，已有150年树龄。国宾来访时，都要在南草坪举行正式欢迎仪式。每年春天的复活节时，总统和夫人都要在这里举行传统的游园会。

白宫现在供游人参观的部分主要是白宫的东翼，包括底层的外宾接待室、瓷器室、金银器室和图书室，一楼的宴会厅、红厅、蓝厅、绿厅和东大厅。它是世界上唯一定期向公众开放的国家元首的官邸。

窥视赌城拉斯维加斯

拉斯维加斯是美国最大的赌城和娱乐城。位于内华达州南部的一座沙漠城，原本只是到加州路上的一个绿洲，周围则是一望无尽的沙漠。自从1830年，西班牙的探险队发现此地，并将这地方命名为丰美的草场后，这名字一直沿用至今。二十世纪初，随联合太平洋铁路通达而逐渐兴起，

1905年建市。30年代，内华达州决定使赌博成为合法的事业，此令一出，几乎在一夜之间，市区的赌场纷纷成立，查尔斯顿娱乐区和死谷国家博览馆就很具代表性。拉斯维加斯的“赌城”之名也就此传开。250家赌场和6万多个“吃角子老虎”，日夜开业，其气派可与欧洲摩纳哥的世界赌城蒙特卡罗相比。现在的拉斯维加斯已拥有全世界顶尖的度假酒店，和世界一流的大型表演及高科技的娱乐设施。

拉斯维加斯是美国内华达州的最大城市，曾经被人讽刺为“罪恶之城”的赌城，主要经济支柱是博彩业，由于赌场是个淘金碗，美国各地的大亨纷纷向拉斯维加斯投资兴建赌场，甚至日本的富豪、阿拉伯的王子、著名演员均来投资。以赌博业为中心的庞大的旅游、购物、度假产业而著名，世界上十家最大的度假旅馆就有九家是在这里，是世界知名的度假胜地之一，拥有“世界娱乐之都”和“结婚之都”的美称。从一个巨型游乐场到一个真正有血有肉、活色生香的城市，拉斯维加斯在10年间脱胎换骨，从一百年前的小村庄变成一个巨型旅游城市。每年来拉斯维加斯旅游达4000万旅客。

二战以后，大型的度假饭店也继之而起，并且经营赌场和娱乐事业，吸引了各方观光客。除了小赌一番，来到拉斯维加斯的另一个重点便是观看各式的表演。大型的饭店均有夜总会、晚餐秀等的表演，有些赌场也营表演秀，或以知名艺人为号召，杂以小牌艺人的表演、或为百老汇的音乐剧或戏剧。大部分的表演历时九十分钟，而且必须预约。

内华达州的南方一直是一个充满极端的地方，在广大的沙漠里存在着一个人工造成的传奇。大型的度假旅馆和巨大的水坝、巨大壮观的岩石结构和昏暗充满烟味的赌场、充满刺激的云霄飞车和安详庄严的结婚礼堂，有很多人对这个城市流连忘返。拉斯维加斯是一个不折不扣的不夜赌城。一夜致富的梦想也时有所闻，在这个多元化的城市里，除了赌之外，这个城市也提供非常豪华的度假旅馆、世界有名的娱乐节目、廉价但高品质的晚餐、世界级的高尔夫球场、离赌城不远的水上活动场所、和最近新增加的儿童游乐场。

我们在美国考察期间，先后与美国加州交通署、能源署等政府部门、美国LEBO机构、美国KAITI公司、华盛顿市政厅、OBAYASHI公司、

LENDLEASE 水务公司进行了交流学习，考察了洛杉矶、旧金山、纽约、华盛顿等城市的电厂、水厂、基础设施、高速公路等的建设与管理，通过考察、学习和交流活动，受益匪浅。

一、考察情况及主要收获

1. 考察华盛顿的城市与小城镇化建设。我们在考察华盛顿的城市与小城镇化建设时，了解到在美国不少大型企业或企业集团总部，不是设在大城市，而是建在小城镇里。他们是减少大城市压力，缩小城镇差别的必然和需要。

二十世纪初到五十年代，美国的“大城市病”症状日益突出——城市人口过快增加，各类工厂林立，基础设施建设压力过大，交通拥堵加剧，环境污染越来越严重。

深受其害的美国，自二十世纪六十年代开始，利用该国的汽车快速迅猛发展时机，进行大力推进小城镇化建设。市政府对城市建设与小城镇建设做了统筹布局与规划。在这个背景下，很多大型企业或企业集团也顺应这种历史潮流，搬迁和投资到了小城镇。

因汽车工业迅猛发展，交通网十分发达，到小城镇交通更加方便，加上信息化时代的到来，足不出户坐在办公室里办公，即可“运筹电脑之前，决胜万里之遥。”总部设在小城镇，自然环境优美，空气新鲜，人文环境也好，又不影响公司的经营管理和效益。

美国将大公司设在小城镇，是双向选择的结果。大企业或大公司集团搬至小城镇，既缓解了大城市交通等各方面的压力，又带动了小城镇建设，以及消费、服务、教育等相关产业的发展，同时还缩小了城乡差别，是多赢之法。

在美国，如“股神”巴菲持的投资帝国总部设在内布拉斯加州奥马哈，这里只是个内陆小城；美孚石油总部设在得克萨斯州欧文市；微软公司总部设在华盛顿州雷德蒙德市；沃尔玛总部设在只有 2.8 万人的阿肯色州小城本顿维尔。该公司就是在一个小城镇走向全美、发展到全世界的。

而我们中国，目前的北京、上海、深圳、武汉等特大城市，已不堪重负，很多大企业还在向城里挤，另一方面我国小城市或小镇建设又没有资金或缺少项目，城乡差距越拉越大，贫富悬殊越来越大。美国六十年代开始转移和重视小城镇化建设，距今已有50多年了，这也就是我们目前最少落后于美国的时间。这也是我国各级政府的政策和战略指导方向，以及企业的观念问题。

我们应该向美国学习，将大城市的部分企业或集团总部，分散到周围小城镇里去，既减少大城市各项压力，又促进了城镇化的迅速发展；既缩小了城乡差别，又很快地提高城市化率；既加快了地方经济发展，又带来了社会稳定。这是考察后我的认识或思想收获。

2. 对美国运用BOT投资方式及做法有所了解。BOT是英文BUILD-OPERATE-TRANSFER的缩写，中文的意思为：建设－经营－转让。它的含义是：一个建设项目，承建者或发起者（非国有部门）通过契约从委托人（通常为政府）手中获得特许权。成为特许权所有者之后，着手从事这个项目的投资、建设、经营，并在政府特许期内，拥有该项目设施的使用权和项目经营权。特许期满后，将项目设施全部移交给委托人。在特许权期间，承建者或发起者通过对项目的良好经营，得到收益，用于收回投融资成本，并获得合理利润。在美国，BOT项目特许期，一般为10年至35年。

3. 对美国在基础设施建设中采用PROJECT FINANCE（项目融资）方式的考察。项目融资作为一种新型的国际筹资方式，在美国应用得比较广泛和成熟。项目融资是指以建设项目的名义在境外筹措资金，并以项目自身的预期的收入资金流量、自身的资产与权益来承担债务还款责任的融资方式，也是“无追索”或“有跟追索”的融资方式。主要实用于开发设施、高等级公路、城市供水等基础设施项目，以及其他建设规模大并具有长期稳定预期收入的项目。该融资方式在实践中关键要把握项目风险的识别、评价、分配、融资方案设计、项目担保、信贷保障等环节。

采用PROJECTFINANCE（项目融资），它是一种新型的国际融资方式。在市州这级没有权力，审批权集中在省和中央，襄樊市如自来水公司、襄樊外环线高速公路等项目，我们报经省、国家审批后，分别在境外触资成功。BOT投资方式，我们考察回国后，率先在湖北尤其是襄樊市得到广泛应用，现在全国都在普遍采用，而且取得了较好效果。这是在美国考察后取得的成果。

二、所见及感想

华盛顿市区的街道上绿树成荫，公共建筑物前是如茵草坪，每个住宅周围花卉错落、绿草环绕，主要的交叉路口都设有街心花园，星罗棋布的大小公园分布在全市的各个场（厂）所，市郊则是大片茂密的森林。华盛顿市已形成了一个完整的绿化系统。在城市中心建有大型广场，上面铺设了宽广的草坪，景象万千的音乐喷泉、绚丽的花坛，景色极为幽美，这是广大游人最好的游玩、休闲的休憩地。在广场四周栽有山楂、蔷薇、红玫瑰、山月桂、白花修女兰、卡特莱兰等珍贵花木，一年四季五彩缤纷、香味飘逸。秀丽的潮汐湖波光闪闪，像一颗明珠镶嵌在翠绿色的地毯上，沿湖栽有许多樱桃树，每年春风拂面的时候，遍地是盛开怒放游的樱花，蔚然壮丽美观。“绿色是生命的象征”，在市内到处可以看到成群结队的鸟儿在任意飞翔、栖息，美好环境的形成，是数代人辛勤劳动的结果，也反映了美国政府对城市绿化建设的高度重视。美国政府规定：“在长期的城市建设和发展规定中，要严格地保证绿地系统不受侵占”。据了解华盛顿现有绿化面积达 3800 公顷，占整个城市面积的 28%，平均每个居民占有绿化面积达 47 平方米，在全世界各大城中属名列前茅。

我在这里仅列举了华盛顿一例，事实上，由于美国政府的重视，全国各大城市都像华盛顿绿化一样好。我们考察团在美游住半个月，鞋子没有一点灰尘。感受最大的是风景亮丽，各地都是大片绿油油的草地，让人觉得很舒服。到处很安静，路上行人很少，很自由，公共场合看到的人都很文明，讲礼貌，卫生习惯大家都能自觉遵守。

美国人素质很高，这可在生活中随处可见的一些细节中得到体现。在美期间，所到之处都没有发现插队问题，在登机、上车、买快餐、超市付款、菜场收银等处，人们都自觉排队，并且每个人都和前面的人保持一定的距离。在美国，不论是在飞机上、还是公共场所或是酒店，美国人说话都是轻声慢语、彬彬有礼的。相反，如果有高声喧哗、呼喊声、吵闹声的一定是那里有中国人。

美国的交通很发达，靠近市区随处可见双向六车道、八车道的高速公路，很少有堵车发生。美国人开车都很遵守规则，前后保持适当距离，很少见超车现象。由于交通违规、拥堵很少发生，交警现场执勤的现象在美国大街上就很少见。行人过马路时会自觉遵守交通规则；车行至没有信号灯的十字路口时，即使没有摄像头和交警，司机也会自觉停下，四处观望确定安全后再继续行车。在洛杉矶我们过马路时，在离马路约还有3米多的距离，司机提前停车在斑马线外，接着其他两个车道的车也都停了下来，司机们都打开了车窗，用手示意让我们先过，这种文明礼让使我们记忆深刻。这些都已成了美国人的基本素质。而中国式过马路，司机按着喇叭直冲而过不让人，行人也不示弱，是红灯也抢着过，过不去时就站在马路中间等机会冲过去，还有的人是大摇大摆地在斑马线上慢悠悠地走着。美国城市道路都很宽，车也特别多，当时中国车辆还没大发展，到美国看到街道上密密麻麻的全是车，与我们同方向行走的车，晚上看到尾灯十里长街一彩虹，是一道亮丽的风景线，感到很新奇。

在纽约，我们目睹了飞机协助抓犯人的精彩一幕：在纽约市中心一个高架桥上堵车很多，约有1公里之长，我们乘坐的旅游车刚好停在十字路口。先看到一架直升飞机在天空盘旋，紧接着桥下右侧公路上有两辆警车追逐一辆白色轿车。在美国旅游是旅行社统一安排的，每到一个城市或景点，都是上站交下站，各负责一段，导游兼司机是一个人。在堵车时，导游下去侦探了一番回来说，桥上桥下堵车是交警封路，公安局在追捕一名犯罪嫌疑人。空中直升机是监控嫌疑人车辆走向的，同时引导和指挥地面警车追捕。这就是当时美国的发达之处。

美国除纽约、洛杉矶外各大城市，高层楼房并不多，和中国香港、上海、北京、深圳等城市相比，要逊色很多。美国的城乡差别不是很大，城郊、乡村早就是洋房别墅式的建筑群。在洛杉矶我们到了给我们开旅游中巴车的华人王师傅家，他距市区12公里地，在乡村建了栋别墅，约有300多平方米，地面两层，地下一层。地下室有储藏室和两个车库，一辆是中巴专门接待旅游客人的，另一辆是轿车为全家游玩及生活用车。三层全铺地毯，电器、家具都是名牌，绝大部分是中国制造。他是从上海到美国的，到2000年他在洛杉矶已住了16年。与他相距80多米的一栋别墅，就是洛杉矶市政府的一个公务员所住。

学校的文明，在美国小学附近的路口，总是可以看到老师带着学生过马路的现象。在晴天的早晨，学校还会举行升国旗仪式，仪式上会请学生代表朗读、带头合唱等。天气不好的时候，学校则开广播晨会。

美国文化是开放性并丰富多彩的。夏威夷的草裙舞，男性只系一条腰带，女性不着上装。旧金山的燕尾舞，女性上身用网状纱巾盖着，腰间围着羽毛衣。更有甚之，洛杉矶的欢乐舞即裸舞。从约有600多平方米大厅中间搭建一个丁字形舞台，舞女轮番分别从两头向中间出场，再转向长条形的舞台，她们一丝不挂的舞动着。舞女们从晚上8时演出到深夜4点。这种文化和性开放适合美国的文化和国情。如果在中国，不知有多少人在男女关系上犯罪，甚至带来严重的社会问题。这里面有复杂的，比如法制、教育、社会发展和物质基础的问题，还有全民素质和文明程度的因素。所以，对西方文化要去其糟粕，取其精华，选择适合中国国情的传统文化，并发扬光大。

此次美国考察，可以说“不枉此行，终生难忘”。

我20多年前考察的美国，当时中国与美国相比要差40年至50年的距离，各方面都很落后。现在的中国，仅仅过去了20年，今非昔比，经济体量、国家实力、国防军事仅次于美国，位居全世界第二；基础设施建设、高铁技术及里程、高速公路长度、计算机运算、量子卫星等都超过美国，为世界第一。但还有很多方面，如科技水平、整体经济实力、文明程度、人口素质等还有很大差距。希望我们奋勇直追，今后发展得越来越好。

欧洲之行

欧洲之行，也是我第二次出国考察。2006年5月10日，经省政府批准，省发改委组团。这次考察的邀请、接待单位是法国经济文化交流中心、意大利意中信息协会、瑞典康德卫公司。出访任务，是城市设施建设和文化旅游项目考察。考察团成员：省发改委副主任黄国安（任考察团团长），省财政厅王学功处长（任考察团副团长）、襄樊市发改委副主任赵业清（任考察团秘书长）、省发改委投资处熊江涛副处长（任生活委员）以及省信息中心蔡国沛副主任、宜昌市发改委投资科姜玉芳科长、恩施州发改委投资科李秀萍科长，一行7人。5月16日从北京机场出发，至5月

28 日共 13 天。这次出访，黄主任、王处长两个都 59 岁，将要退休了。黄主任点名要我陪同，主要是襄樊投资工作我做得很不错，他很高兴愿意带我随行。这次出访是考察与旅游相结合，出访活动全部委托旅行社安排，出国前在武汉进行了 3 个小时培训“旅游欧洲注意事项”。

出境：公务组团携带本人各种证件和对方邀请函，通过绿色通道出入境，如携带摄像机、笔记本电脑、镜头可拆卸的照相机等贵重物品走红色通道；个人携带货币出境限额为美元 2000 元，人民币 6000 元；到一个国家之后，每人的护照、飞机票或车船票集中一个人管理，防止丢失，否则全队人员都无法活动或回国，在登机（乘车船）办理手续时发给大家，入境另一个国家后再集中收回统一管理。

购物：我们考察北欧七国是欧洲共同体国家体制，当消费者携带购买商品离开欧洲共同体任意一个国家时，可获得 15%至 19%的增值税退款。所以尽量在同一商店选购多种物品，在办理退税手续时，累计金额越大，获得增值税退款百分比越高，越划算。

根据欧盟规定，任何人不能穿戴假冒的欧洲名牌进入欧洲境内，一经发现，违者将处于重罚。

还有行礼、餐饮、着装、气温、时差、货币、住宿、安全、交通、药物、国际电话等各方面应准备和注意的事项都讲到了。

旅行社负责接送交通站点、各种购票（飞机、车船、景点等）、安排食宿、旅游点、购物等。跟旅行社旅游，要紧跟节奏不掉队。大家总结了一套规律：下车尿尿、景点拍照、宾馆睡觉、购物掏票、上车催叫。坐旅行社车，是一个景点接着一个景点不停地跑，而且每个景点之间距离较远，到了景点后赶紧上厕所；每个景点都有时间限制，要求几点钟集合上车要到下一站，所以在景点要抓紧拍照，以留下美好的记忆；经过一天快节奏的劳累，回到宾馆有气无力的，只好睡觉；在景点购物是旅行社的潜规则，游客购物旅行社有提存收入，不少旅行社就发生过旅行团不进购物点购物就不带游客的矛盾和纠纷，游客要购物品或纪念品才上车；每一项活动或每一个景点游览结束，导游或司机就催促叫喊游客快快上车，急赶下一个景点。

我们考察路线：北京 – 意大利（含梵蒂冈）– 法国 – 冰岛 – 丹麦 – 瑞

典一芬兰一北京，一共走了 7 个国家。

意大利

意大利首都为罗马，是意大利的政治、经济、文化和交通中心，也是古罗马和世界灿烂文化的发祥地，已有 2500 余年历史，是拥有摩天大楼的现代化花园城市。它曾是“世界帝国首都”，一座创造过辉煌文明的古城，是世界著名的历史文化名城，古罗马帝国的发祥地，因建城历史悠久而被昵称为“永恒之城”。城市位于意大利半岛中西部，台伯河下游平原地的七座小山丘上，市中心面积有 1200 多平方千米。是意大利占地面积最广、人口最多的城市，也是世界最著名的游览地之一。

罗马是全世界天主教会的中心，有 700 多座教堂与修道院，7 所天主教大学，市内的梵蒂冈是天主教教皇和教廷的驻地。罗马与佛罗伦萨同为意大利文艺复兴中心，现今仍保存有相当丰富的文艺复兴与巴洛克风貌。

罗马的传说。母狼哺婴著名的“母狼乳婴”故事记载了有关创建罗马古城的传说。公元前 7、8 世纪，罗马国王努米托雷被其胞弟阿姆利奥篡位驱逐，其子被杀死，女儿西尔维娅与战神马尔斯结合，生下孪生兄弟罗慕洛和雷莫。阿姆利奥把这两个孪生婴儿抛入台伯河。落水婴儿幸遇一只母狼用奶汁哺喂成活，后被一猎人养育成人。后来，两兄弟长大后杀死了阿姆利奥，并迎回外祖父努米托雷，重登王位。努米托雷把台伯河畔的 7 座山丘赠给他们建新都。后罗慕洛私定城界，杀死了雷莫，并以自己名字命名新城为罗马。这一天是公元前 753 年 4 月 21 日，后定为罗马建城日，并将“母狼乳婴”图案定为罗马市徽。

世界八大名胜之一的古罗马露天竞技场，也称斗兽场，建于公元 1 世纪。这座椭圆形的建筑物占地约 2 万平方米，周长 527 米，是古罗马帝国的象征。宽阔的帝国大道两旁建有元老院、神殿、贞女祠和一些有名的庙宇，如万神庙等。

古罗马竞技场，公元 80 年建成的雄伟的竞技场堪称公共建筑的楷模。在这里可以见到古罗马建筑最基本结构和最伟大的成就之一：拱券结构。一系列的拱、券和恰当安排的椭圆形建筑构件使整座建筑极为坚固。当时的建筑就是依靠这种高水平的结构古罗马竞技场形式，使内部空间得以释放。竞技场设计了宽敞的阶梯和走廊，并设计了八十个拱门，在每一个拱门的入口处都标有数字，方便让观众很快地找到自己的座位，可以让五万人于十分钟内进入剧场内坐定。这样的设计即使在今天也算是很进步的。竞技场的功能性设计也非常合理，角斗士从何处出入，在哪里休息，猛兽关在哪里，死伤者从何处抬出，都有清晰的分布。

这片露天竞技场遗址的北面，是记载塞维鲁皇帝远征帕提亚功绩的凯旋门，南面是记载提图斯皇帝东征耶路撒冷战绩的提图斯凯旋门。帝国大道东边的图拉真广场，是古罗马城的商业中心。

梵蒂冈

梵蒂冈城国（意大利语：Stato della Citt à del Vaticano），简称梵蒂冈或梵蒂冈城，是一个独立的主权国家，由于四面都与意大利接壤，故称“国中国”。同时也是全世界天主教的中心——以教宗为首的教廷的所在地。梵蒂冈是位于意大利首都罗马西北角高地的一个内陆城邦国家（国中国），为天主教最高权力机构圣座所在地，也是教宗驻地所在。简而言之，梵蒂冈城，是梵蒂冈的首都，亦即国家，故曰“城国”。作为世界六分之一人口的信仰中心，梵蒂冈也是全球领土面积最小、人口最少的国家之一。其前身为教宗国，自从 1929 年起以《拉特兰条约》确定为主权国家，接受圣座的直接统治，实施政教合一的政治体制。

由于圣座的行政机构——罗马教廷大部分机关均座落于梵蒂冈城内，故人们在使用“梵蒂冈”一词时，可能指梵蒂冈城国、“梵蒂冈”地区、圣座或教宗的居所，主要看其使用的场合而定。虽然梵蒂冈并未制定任何有关官方语言的法律，但以意大利语最为常用。虽然梵蒂冈在地理上是一个小国，但因天主教在全球信仰人口众多，使其在政治和文化等领域拥有和美国、中国、俄罗斯一样重要的影响力。

圣彼得大教堂，又译为梵蒂冈圣伯铎大殿，是罗马基督教的中心教堂，教堂最初是由君士坦丁大帝在圣彼得墓地上修建的，于公元 326 年落成。圣彼得大教堂是欧洲天主教徒的朝圣地与梵蒂冈罗马教皇的教廷，是全世界第一大教堂。16 世纪教皇朱利奥二世决定重建圣彼得教堂，并于 1506 年破土动工。在长达 120 年的重建过程中，直到 1626 年 11 月 18 日才正式宣告落成。

法国

法兰西共和国简称法国，是一个本土位于西欧的总统共和制国家，海外领土包括南美洲和南太平洋的一些地区。该国为欧洲国土面积第三大、西欧面积最大的国家。本土地势东南高西北低，大致呈六边形，三面临水，南临地中海，西濒大西洋，西北隔英吉利海峡与英国相望，科西嘉岛是法国最大的岛屿。

法国从中世纪末期开始成为欧洲大国之一，国力于十九世纪－二十世纪时达到巅峰，建立了当时世界第二大殖民帝国，亦为二十世纪人口最稠密的国家。在漫长的历史中，该国培养了不少对人类发展影响深远的著名文学家和思想家，此外还具有全球第四多的世界遗产。

法国是一个高度发达的资本主义国家。欧洲四大经济体之一，其国民拥有较高的生活水平和良好的社会保障制度，是欧盟和北约创始会员国、申根公约和八国集团成员国和欧洲大陆主要的政治实体之一。法国首都在巴黎。

爱丽舍宫，是法国巴黎古建筑，法国总统官邸以及巴黎重要建筑之一。“爱丽舍”一词源于希腊语，意为“乐土、福地”。1718 年，戴佛尔伯爵亨利在巴黎市中心盖了这座宫殿，取名“戴佛尔宫”，最初为戴佛尔伯爵的私人宅第。1804 年拿破仑称帝，法兰西第一帝国取代法兰西第一共和国，其妹夫缪拉元帅于 1805 年得到这座公馆，大肆装修，取名为“爱丽舍宫”。

爱丽舍宫与美国的白宫、英国的白金汉宫以及俄罗斯的克里姆林宫同样闻名遐迩。它是法兰西共和国的总统府，也是法国最高权力的象征。爱丽舍宫位于巴黎香榭丽舍大街的东端，建筑面积 1.1 万平方米，地处热闹的市中心。主楼是一座两层高的欧洲古典式石建筑，典雅庄重，主楼左右对称的两翼是两座平台，中间是一个宽敞的矩形庭院。宫内共有 369 间大小不等的厅室。宫殿后部是一座 2 万多平方米的幽静、秀丽的大花园。爱丽舍宫内部金碧辉煌，每间客厅的面壁都用镀金钿木装饰，墙上悬挂着著名油画或精致挂毯，四周陈设着十七世纪、十八世纪的镀金雕刻家具，厅内陈列着珍贵艺术品以及金光闪烁的座钟和大吊灯，宛如一座博物馆。

爱丽舍宫原为一位伯爵（戴佛尔）的私人住宅，所以当时称为戴佛尔公馆。后来历经沧桑，几易其主，但长期均为达官贵人所享用。路易十五和路易十六都先后入住过，并将爱丽舍宫此处改名为波旁大厦。1815 年拿破仑一世滑铁卢战役大败之后曾在此签降书逊位。拿破仑三世于 1848 年当选总统后也曾迁至此处，他称帝后此处即成为皇家殿堂。法兰西第三共和国于 1873 年颁布法令，正式指定爱丽舍宫为法国总统府。此后百余年，历届法兰西共和国的总统几乎都在此工作和生活。从 1989 年开始，在每年 9 月份的法国古堡节，爱丽舍宫便向公众开放参观。

爱丽舍宫里总统府二楼是总统办公室和生活区，底层各客厅用作会议厅、会客厅或宴会厅，厅内陈设仍保持古时的模样，迎宾厅在主楼，中央是宫殿入口，总统在这里迎接各国贵宾。法国国家元首有时在节日厅东园举行盛宴欢请外国贵宾。新的国家元首当选后，在节日厅举行就职仪式。每年接受外交使团的新年祝贺也在这里。

爱丽舍宫还是法国总统秘密军事指挥部。法国拥有全世界第三大核武装力量。而在爱丽舍宫的奢华水晶灯和金色的雕花门后面，是法国核导弹的发射指挥中枢。经由爱丽舍宫的一个秘密通道就可走到命名为丘比特的地下室。该房间系由夹层钢板特制，四周则是厚达 3 米的混凝土墙。室内装置了 3 个荧光幕，另有一部摄影机对准着总统的办公室，使得总统和塔尼空军战略部队基地可以随时保持联络。总统和基地指挥官的通讯是采用密码的，另有电子式签名，以证明身份无讹。假使形势不利，总统只需按一下按钮，这个位居世界前列的核大国家，便会把核导弹发射出去。

中法友谊的发展。

中法建交。戴高乐将军于 1959 年 1 月再入主爱丽舍宫后，1963 年 10 月，戴高乐将军授权法国前总理富尔携带他的亲笔信前来中国，代表他同中国领导人商谈两国关系。1964 年 1 月 27 日，中、法两国政府发表联合公报决定建立外交关系。中法建交标志着中国加强同西欧国家关系的一个重大突破。

法国是第一个同新中国建交的西方大国，它打破了美国长期以来孤立中国的政策，是对美国的一个沉重打击。中法建交，是二十世纪六十年代新中国外交工作的一个巨大胜利，是全球外交格局走向多极化的伟大开端，它让美国封锁、扼杀新中国的政策彻底破了产。正如匈牙利著名政论家萨波伊斯特万所说的那样："法国不管美国的公开威胁和抗议而承认人民中国，给了美国一记响亮的耳光。"

中法友谊见证：爱丽舍车

1992 年 5 月 18 日，中国东风汽车公司与法国雪铁龙公司合资成立了神龙汽车有限公司。雪铁龙，源自法国的汽车品牌，一个近百年如一日坚持科技创新的汽车界元勋。如果要用一个词形容这一伟大的品牌——唯有传奇。

"东风雪铁龙"汽车，是中国最大汽车公司之一的东风汽车公司与法国 PSA 集团在中国的大型合资轿车。经过三十多年的建设，已陆续建成了襄樊、十堰、武汉、广州等主要生产基地，在册员工 10.6 万人，在中国的累计销量已达到 80 万台。东风雪铁龙爱丽舍遍布全国各主要城市，经销网点达到 335 家。

基本品牌"东风雪铁龙爱丽舍"。爱丽舍是法国雪铁龙汽车公司推出的一款家用轿车，自 2002 年诞生以来，爱丽舍在中国屡创传奇佳绩，以"可靠品质、使用经济性和安全性"赢得了六十多万家庭的信赖与肯定。经过长时间的品质见证和口碑积累，爱丽舍车已化身为中国车坛的"常青树"，全球同级最新平台制造的首款车型全新爱丽舍在北京国家会议中心上市，全新爱丽舍将以崭新的姿态延续着爱丽舍的辉煌，东风雪铁龙将老款车型更名为"经典爱丽舍"，以彰显其经久荣耀。

法语中"爱丽舍"是"天国乐园"的意思。法国的"心脏"爱丽舍宫，从 1873 年第三共和国至今一直是法国的总统府，而今在中国爱丽舍作为车名，处处洋溢着法兰西浪漫时尚气息。

"东风雪铁龙爱丽舍"轿车将法国风情与中国时尚完美结合起来，就是中法友谊最好最有力的见证。

浪漫之都——巴黎

不夜之城，恋人的天堂，格调与时尚之都，活力，摩登和个性化大都市。巴黎有许多闻名世界的历史遗迹，又有许多宏伟瑰丽的现代化建筑，使它具有古代文化交融、别具一格的风貌。协和广场、凡尔赛宫、埃菲尔铁塔、凯旋门、巴黎圣母院等名胜为世人所耳熟能详。

协和广场建于 1757 年。1763 年取名“路易十五广场”，广场中心曾塑有路易十五骑像。大革命时期被称为“革命广场”，1795 年改称“协和广场”。后经建筑师希托弗主持整修了 4 年，于 1840 年最后定型。广场呈八角形，中央骄傲地矗立着那座有三千三百年历史的埃及方尖碑，那是由埃及总督赠送给查理五世的。方尖碑高二十三米，重二百三十吨，塔身是由整块的粉红色花岗岩雕出来的，上面刻满了埃及象形文字，主要内容是赞颂埃及法老拉美西斯二世的丰功伟绩。方尖碑的底座基石上记载着将之运到这里和竖立起来的艰难过程。

广场的四周有八座雕像，它象征着法国的八大城市。协和广场是巴黎人民英勇斗争的历史见证。人们站在广场上，仿佛看到这里燃烧着革命的熊熊大火。1793 年法国资产阶级革命时期，愤怒的巴黎人民捣毁了路易十五的铜像，在广场上搭起了断头台，废除了死刑等级，巴黎人民把路易十六送上了断头台。

而今，这里还有花圃、喷泉和阅兵台，成了巴黎市民休息、游览的地方。生活在繁忙、喧嚣市区的人们，利用星期六和星期日到广场散步。

艺术殿堂——凡尔赛宫

我们来到凡尔赛宫已经是下午四点多钟了。西斜的太阳照在金碧辉煌的建筑物上，耀眼的很。我们边走边听导游的介绍。

凡尔赛宫位于法国巴黎西南郊外伊夫林省省会凡尔赛镇，是巴黎著名的宫殿之一，也是世界五大宫殿之一（北京故宫、法国凡尔赛宫、英国白金汉宫、美国白宫、俄罗斯克里姆林宫）。它是人类艺术宝库中一颗灿烂的明珠。1979 年被列为《世界文化遗产名录》。

凡尔赛宫宫殿为古典主义风格的建筑，立面为标准的古典主义三段式处理，建筑左右对称，造型轮廓整齐、庄重雄伟，被称为是理性美的代表。其内部装潢则以巴洛克风格为主，少数厅堂为洛可可风格。

正宫前面是一座风格独特的“法兰西式”的大花园，园内树木花草别具匠心，使人看后顿觉美不胜收。而建筑群周边园林亦是世界著名。它与中国古典的皇家园林有着截然不同的风格。它完全是人工雕琢的，极其讲究对称和几何图形化。站在正宫前极目远眺，玉带似的人工河上波光粼粼，帆影点点，两侧大树参天，郁郁葱葱，绿荫中女神雕塑亭亭而立。近处是两地碧波，沿池的铜雕塑丰姿多态，美不胜收。

凡尔赛宫宏伟、壮观，它的内部陈设和装潢富于艺术魅力。五百多间大殿小厅处处金碧辉煌，豪华非凡。内部装饰，以雕刻、巨幅油画及挂毯为主，配有 17 世纪、18 世纪造型超绝、工艺精湛的家具。宫内还陈放着来自世界各地的珍贵艺术品，其中有远涉重洋的中国古代瓷器。由皇家大画家、装潢家勒勃兰和大建筑师孟沙尔合作建造的镜廊是凡尔赛宫内的一大名胜。长廊的一面是 17 扇朝花园开的巨大的拱形窗门，另一面镶嵌着与拱形窗对称的 17 面镜子，这些镜子由 400 多块镜片组成。镜廊拱形天花板上是勒勃兰的巨幅油画，挥洒淋漓，气势恢弘，展现出一幅幅风起云涌的历史画面。

漫步在镜廊内，碧绿的天空、静谧的园景映照在镜墙上，满目苍翠，仿佛置身在芳草如茵、佳木葱茏的园林中。宫殿建筑气势磅礴，布局严密、协调。宫殿外壁上端，林立着大理石人物雕像，造型优美，栩栩如生。

凡尔赛宫始终是法国封建统治历史时期的一座华丽的纪念碑。从内容上讲不仅是法兰西宫廷，而且是国家的行政中心，也是当时法国社会政治观点、生活方式的具体体现。它是欧洲自古罗马帝国以来，第一次表现出能够集中如此巨大的人力、物力、财力的专制政体力量。当时，路易十四为了建造它，共动用了三万余名工人和建筑师、工程师、技师，除了要解决建造大规模建筑群所产生的复杂技术问题外，还要解决引水、道路等各方面的问题。从艺术上讲，凡尔赛宫宏伟壮丽的外观和严格规划的园林设计是法国封建专制统治鼎盛时期文化上的古典主义思想所产生的结果。几百年来欧洲皇家园林几乎都遵循了它的设计思想。

凡尔赛宫的建筑风格引起俄国、奥地利等国君主的羡慕仿效。彼得一世在圣彼得堡郊外修建的夏宫、玛丽亚・特蕾西亚在维也纳修建的美泉宫、腓特烈二世和腓特烈·威廉二世在波茨坦修建的无忧宫、以及巴伐利亚国王路德维希二世修建的海伦希姆湖宫，都仿照了凡尔赛宫的宫殿和花园。

凡尔赛宫的重大历史记载：1870 年普法战争间，凡尔赛宫被普鲁士军队占领。第二年普鲁士国王威廉一世在镜厅内加冕成为德意志帝国皇帝。同年，梯也尔政府盘踞在凡尔赛宫，策划了镇压巴黎公社的血腥计划。1783 年，美国独立战争后，英美在此签订了《巴黎和约》。1919 年 6 月 28 日，在镜廊里法国及英美等国同德国签订了《凡尔赛和约》，第一次世界大战宣告结束。

法国总统和总理常在凡尔赛宫举办外事活动，如召开国际会议，签署国际条约等。

文化圣地——红磨坊

听说“红磨坊”这个名字，是到了法国巴黎后，还是省信息中心蔡国沛副主任介绍的。第一次听说它，激起了我莫大的兴趣，急切地想快点见到它。

可导游却是慢条斯理地解说，“巴黎有两个著名的歌舞表演厅，一个是位于市中心香榭丽舍大道的丽都，一个是位于城北蒙马特高地脚下白色广场附近的红磨坊。如果说丽都具有美国百老汇风格，那么，屋顶上装着长长的、闪烁着红光大叶轮为红磨坊，则是较为地道的法国式歌舞厅。”他的话更让人有点急不可待了。

在一个太阳慢慢西坠下去的黄昏，我们渴望地来到了红磨坊。

红磨坊，在蒙马特高地脚下。无论是过去和现在，蒙马特一直是巴黎最多姿多彩的地区。它原来叫“蒙马提鲁”，是“受难者之山”之意，十九世纪时成了艺术家心中的圣地。

红磨坊的历史可以追溯到十九世纪下半叶。那时候，来自世界各地的流浪艺术家，在蒙马特高地作画卖艺，使那一带充满艺术气氛，成为巴黎最别致的城区之一。

由于艺术活动丰富，蒙马特高地街区那弯弯曲曲的卵石坡路的两侧，小咖啡馆、小酒吧生意兴隆。后来，这些小咖啡馆、小酒店来了一些舞女，她们穿着镶有复杂花边的长裙，伴着狂热的音乐节奏，扭动着臀部，把大腿抬得高高的，伸向挂着吊灯的天顶。当时英国人称这种舞蹈为“康康舞”，认为它很低俗，不雅观，禁止在英国演出。

但是，康康舞在蒙马特高地很受欢迎。每年狂欢节，舞者走上街头大跳特跳，人们从城市四面八方赶来观看。社会学者在分析康康舞盛行的原因时指出，普法战争后，法国经济萎靡不振。人们厌倦了民族主义者的大话空话。法国人感到苦闷、彷徨。然而，忧郁不是高卢人的特点，他们很快就学会用玩世不恭来取代苦闷，这就促使一种放纵的风气在巴黎弥漫。

康康舞源自法国诺曼底，节拍疾，步伐快，高高跳起，重重跌下，很不易跳，有时女郎故意撩起多边多摺的裙子来，却不易给人遐想，这正是康康舞成功之处。

康康舞姑娘们被称作“多乐丝女郎”。要成为多乐丝女郎，必须有优良的古典芭蕾舞底子，女子身高必须在 1.75 米以上，身材优美，她们不能随意增加或减少体重，而且禁止剪发或染发，必须定期接受舞蹈训练，保持最佳的舞蹈姿态。

我们在入口处排队，等了很长时间才进入一间高大、嘈杂、类似车站候车室的大厅里。看见四壁辉煌、色彩斑斓，表现的是各国风情的油画：有西班牙摩尔风情，有游牧族的小茅屋，还有荷兰的旖旎风光……在环绕舞台的游廊内，人们三五成群的围坐在一起，觥筹交错，开怀嬉笑着。

人们坐定，在揭幕开演时，一个头儿矮小、留着小胡子、打扮成小丑模样的司仪向众人郑重地宣布：“生命多么美好，现在请大家观赏康康舞！”这句开场白已成为现在巴黎的名句。

主持人讲话后，24 个康康舞女郎出场。她们上身裸露，披挂着华丽的羽毛服饰或金属片，演员们受过芭蕾舞训练，年龄在 16 岁至 25 岁之间，容貌姣好，笑容灿烂，腿部修长，鼻子俏皮，胸部丰满，性感诱人……场上是现代文明的观众，怀着发现巴黎的心情来看演出，演员把演出作为一种光明正大的演出事业，不像百年前的舞女，为取悦某些客人而强作欢颜。

进红磨坊是不少女孩的梦想，因为红磨坊的经历，就像“阿里巴巴”里“芝麻开门”的神奇密语，令生活出现奇迹。许多在红磨坊跳过舞的女孩，后来成功地进入影视界。

红磨坊历史上，出现过多位有名的艺人，如古吕、珍妮 . 阿弗里尔。

其中最有名的要数古吕，她身材丰满，风姿绰约绿色的缎子拖裙系在臀后，每次走过蒙马特街区，都引起一阵骚动，整整几十年间，她成为红磨坊的代称。除了舞女，红磨坊还有一些很出名的男艺人，如伊韦特·吉尔贝，以说笑出名，糅合着诙谐和优雅的说笑风格使他成为法国“名嘴”。

据说在第二次世界大战德军占领期间，国难家愁当头，但舞女不知亡国恨，红磨坊仍然歌舞升平。战后，因为这段不光彩的历史，红磨坊受到严厉批评。

印象派大师奥古斯特·雷诺阿的名作《红磨坊》使这个歌舞厅享誉世界。还有两部电影以红磨坊为主题，一部是法国导演雷诺·阿的《法国康康舞》，另一部是巴兹·鲁赫可·基德曼主演，影片讲述1900年前后发生在红磨坊的一段凄美的爱情故事。此片在法国公映后，曾引起人们对红磨坊历史和现状的回顾和关注。

巴黎这个浪漫之都，可谓包罗万象。不难发现，其实在法国人眼里，红磨坊同样是一个艺术圣地，那些为艺术而活着但又被逐出官方承认的艺术殿堂的人们，终于在这里找到了自己的位置。当然，这里的艺术多指非主流艺术，但非主流艺术自由生长着，很可能有一天变成了主流艺术。

两个小时的演出很快结束了，我们怀着亢奋与激情，走出红磨坊。紫光闪烁的门面和紅光勾勒的风车，给人们留下无尽的快乐回忆。广场上人流如织，车水马龙，人声喧闹。

人生就是选择，或彼或此，我们无时不在选择。正因为有不同的选择，所以才会有千差万别的结局，才会有千姿百态的人生。漫步人生旅途，不在乎其目的地，而是在意路过的风景。

塞纳河畔看“洋景”

塞纳河，是法国河流里程很短，但极负盛名的一条河。从西向北流过巴黎市区，水流曲折宛转，穿过巴黎盆地，经鲁昂，最后在勒阿弗尔港附近进入英吉利海峡。

巴黎的塞纳河沿岸，景色秀美，优雅别致，构成一幅美丽的自然画卷。可以想象出，我们第一次到西方欧洲，到法国巴黎，第一次见到塞纳河，那心情是多么的兴奋！回想过去八国联军欺凌中国的耻辱，看看现在我们祖国的强盛早已跻身于世界民族之林，我们是以宾客自尊来到法国考察，同时也看看“洋景”。

历史从小渔村开始。巴黎在两千年前只是塞纳河上的一个小渔村，就像我国三十多年前的深圳。后来逐渐扩大，到3世纪开始出现巴黎这个名字，得名2000多年前曾居于此地的高卢族的巴黎部落。

古老的塞纳河孕育了不可胜数的名胜古迹，当游客沿着市中心香榭丽舍大街和塞纳河岸乘车游览市容时，能够亲眼看到一座座12世纪到二十世纪的各种辉煌建筑，看到过去不同时代和风格的街区，看到巴黎几百年来发展变化的轨迹。1991年，巴黎塞纳河畔作为文化遗产列入了“世界遗产名录”。

白天游览塞纳河，四周风景如画，岸上的座座建筑色彩分明，爱丽舍宫、埃菲尔铁塔、卢浮宫、奥赛博物馆、巴黎圣母院、凯旋门等名胜一个个掠过，各具特色的桥梁也一座座迎面扑来，使人目不暇接。

夜游塞纳河则别有一番情趣。岸上灯光闪烁、熠熠如画，河中风清水澄、优雅宁静。两岸的名胜被灯光勾画出清晰的轮廓。市区内有155座纪念场所夜间有灯光照明，其中许多都集中在塞纳河两岸。特别是游艇上都装备有强聚光灯，一束束白光放射出去，把两旁景物照得通明，不但建筑物的外形清晰可见，连上面的装饰与雕塑在游人的目光中都不会漏过。

巴黎塞纳河畔两岸，富于浪漫色彩的建筑群。从西端的西勒桥起，在斯德岛上有巴黎圣母院和巴黎裁判所附属监狱。向西右岸临河的是规模宏大的卢浮宫。向西河左岸是雄伟的奥尔赛博物馆，现在主要收藏近代绘画及其他艺术品。沿河再向西不远的是波旁家族宫殿，这座建筑现在是国民议会所在地。从这里过桥到右岸是协和广场。沿河向前，紧接着是大宫和小宫。由此过桥到左岸，可以看到较小的美国教堂。前方河对岸是金碧辉煌的大型建筑现代艺术博物馆。再向前是两座对称建筑夏约宫。从这里向对岸看，是雄伟高大的埃菲尔铁塔。在左岸稍远的地方，从西向东还有联合国科教文卫组织总部的三叉型楼房，它附近还有掌破仑纪念馆等。再向东有卢森堡宫。在右岸东是巴士底广场，有著名的巴士底狱。前方在离香榭丽舍大街不远的地方，有一座不大的宫殿，是总统府爱丽舍宫。右岸最远的是高大壮观的凯旋门。漫步塞纳河畔，走在风景多姿的巴黎，感受到了法国的美丽风情。

优美动人的钢结构建筑——埃菲尔铁塔

埃菲尔铁塔矗立在法国巴黎的战神广场，是世界著名建筑，巴黎城市地标之一，也是巴黎最高建筑物，总高 324 米，由 1 万多个部件铆接而成。埃菲尔铁塔于 1889 年建成，得名于设计它的著名建筑师、结构工程师古斯塔夫·埃菲尔。铁塔设计新颖独特，是世界建筑史上的技术杰作。

埃菲尔铁塔是为庆祝法国大革命 100 周年和迎接巴黎世界博览会而建造。在埃菲尔铁塔建成之前，人类建筑物高度没有超过 200 米的，而埃菲尔铁塔一举超过了 300 米，是近代建筑史上的重大成就，也是世界建筑史的里程碑。这座塔的建成，显示了钢结构的巨大建筑能力，也是建筑结构科学和施工技术发展的产物，它打破了几千年来石结构建筑造成的传统建筑观念的束缚，促成了现代建筑的诞生。它屹立在塞纳河畔，是全体法国人民的骄傲，也是世界的骄傲。

我们来到埃菲尔铁塔塔下时，才感到它的雄伟高大。我们乘电梯到 175 米处，俯瞰市容，全巴黎尽收眼底。我不禁诗兴涌上脑门：“巴黎景览尽，满城游乐兴，上天欲揽月，攀登到顶层”。从内心里佩服建造师的天才设计。据说，建塔之初，曾有不少人反对造这个钢铁怪塔，上街游行。但是法国政府最终还是选中了这个方案。

法国历史的见证——巴黎圣母院

巴黎圣母院初建于 1163 年，1345 年完工，历时 182 年，耗时近两个世纪。圣母院的法文原意是“我们的女士”，这位女士指的是耶稣的母亲圣母玛丽亚。18 世纪末的法国大革命时期，由于战火教堂遭到破坏，大部分财宝都被掠夺，处处可见被移位的雕刻品和砍了头的塑像，唯一的大钟幸免没有被熔毁，此时圣母院已千疮百孔。之后教堂改为理性圣殿，后来又变成藏酒仓库，直到 1804 年拿破仑执政时再度整修。

巴黎圣母院是一座哥特式风格基督教教堂，是古老巴黎的象征。它矗立在塞纳河畔，位于整个巴黎城的中心。它的地位、历史价值无与伦比，是历史上最为辉煌的建筑之一。该教堂祭坛、回廊、门窗等处的雕刻和绘画艺术，以及堂内所藏的 13 世纪 –17 世纪的大量艺术珍品而闻名于世。虽然是一幢宗教建筑，但它闪烁着法国人民的智慧，反映了人们对美好生活的追求与向往。

巴黎圣母院是法国第一座哥特式建筑的旷世杰作。它的建造全部采用石材，其特点是高耸挺拔，辉煌壮丽，整个建筑庄严和谐。雨果比喻它为“石头的交响乐”。站在塞纳河畔，远眺高高矗立的圣母院，巨大的门四周布满了雕像，一层接着一层，石像越往里层越小。所有的柱子都挺拔修长，与上部尖尖的拱券连成一气。中庭又窄又高又长。从外面仰望教堂，那高峻的形体加上顶部耸立的钟塔和尖塔，使人感到一种向蓝天升腾的雄姿。巴黎圣母院的主立面是世界上哥特式建筑中最美妙、最和谐的，后世的许多基督教堂都模仿了它的样子。

巴黎圣母院平面呈横翼较短的十字形，坐东朝西，正面风格独特，结构严谨，看上去十分雄伟庄严。巴黎圣母院建筑的正面是竖长方形，上下三层，中层中心是一个圆形光环式大玫瑰窗，镶嵌彩色花玻璃，象征天国。一层和二层之间有一列 28 个浅像龛，排列着犹太和以色列 28 个国王的雕像。在回廊，墙壁和门窗布满圣经故事雕刻和绘画。几百年来，巴黎圣母院一直是法国宗教和政治生活的重要场所。它的著名不仅因雨果的小说《巴黎圣母院》，也因为它是巴黎最大、最古老同时也是最出色的天主教堂。

走进这座教堂里，四处可见虔诚的信徒双手交叉合拢抵住下巴，闭眼凝神虔诚的祈祷，更突显巴黎圣母院的庄重肃穆。如今的圣母院兼具宗教、艺术和旅游价值于一体，是游客到巴黎后的必游之处，登上巴黎圣母院顶端可眺望整个巴黎，欣赏绝美的塞纳河景致。走近巴黎圣母院，可见雕有基督教经典之作——《圣经》的三个桃状大门圣母门、审判入口大门和圣安娜门依次排列，雕刻栩栩如生。圣母院共三层，顶层风景极佳。矗立在塞纳河畔，巴黎圣母院是对古老巴黎历史的承载。

站在教堂前，浮想联翩：“屹立风雨八百年，圣母犹把圣夫恋，更夫修女寻不见，唯有将军在此眠。”历史成就了圣母院，文学赞誉了圣母院，雨果把巴黎圣母院推向了更加辉煌的巅峰。历史和文学在我眼前交替融合：我看见了圣母玛丽亚，看见了更夫卡西莫多，修女爱斯梅拉达在向我们走来，克洛德之类被人们所唾弃……

享誉世界的“万宝之宫”——卢浮宫

卢浮宫位于法国巴黎市中心的塞纳河北岸，位居世界四大历史博物馆之首。已成为世界著名的艺术殿堂，最大的艺术宝库之一，是举世瞩目的万宝之宫。

卢浮宫始建于1204年，原是法国的王宫，此后经过9位君主不断扩建，历时300余年，形成一座呈U字形的宏伟辉煌的宫殿建筑群。居住过50位法国国王和王后，是法国文艺复兴时期最珍贵的建筑物之一，以收藏丰富的古典绘画和雕刻而闻名于世。

卢浮宫藏有被誉为世界三宝的《维纳斯》雕像、《蒙娜丽莎》油画和《胜利女神》石雕，拥有的艺术收藏达40万件以上。共分希腊、罗马、埃及艺术馆、东方艺术馆、绘画馆、雕刻馆和装饰艺术馆6个部分，其中最著名的是镇宫三宝"爱神维纳斯""胜利女神尼卡"和"蒙娜丽莎"。更有大量希腊、罗马、埃及及东方的古董，有从中世纪到现代的雕塑作品，还有数量惊人的王室珍玩以及绘画精品。还有法国、意大利的远古遗物等，陈列面积5.5万平方米。卢浮宫正门入口处的透明金字塔建筑是华人建筑师贝聿铭的杰作。

在卢浮宫里，我终于见到了《蒙娜丽莎》。这幅世界著名油画，我真是朝思暮想啊，今天终于一睹其真容！还有维纳斯雕像和《胜利女神》石雕像，都是卢浮宫的镇馆之宝。我敢说，这里的名师油画、雕塑在全世界都是一流的。卢浮宫"藏宝世界为珍稀，名师油画数第一。"我用照像机不停的连拍。

赫赫战功的见证——法国凯旋门

凯旋门位于塞纳河右岸香榭丽舍大街戴高乐广场的中央。1805年12月2日，拿破仑率领的法国军队在奥斯特利茨战役中击败了俄奥联军，法国的国威达到史无前例的顶峰。为了炫耀国力，并庆祝战争的胜利，迎接日后凯旋的法军将士，拿破仑于1806年下令开始建造凯旋门，形状模仿罗马现存的古凯旋门，略有简化，但规模扩大。整个门体全用石材建造。凯旋门朝向香榭丽舍大街的一面是正面，在凯旋门两面门墩的墙面上，有4组以战争为题材的大型浮雕："出征""胜利""和平"和"抵抗"；画幅中心是自由女神，右手握剑挥动，左臂上扬高呼，号召人们起来战斗。这一组浮雕是法国浪漫主义雕刻家吕德的代表作。巴黎12条大街都以凯旋门为中心，向四周放射，气势磅礴，为欧洲大城市的设计典范。

凯旋门的四周都有门，门内刻有跟随拿破仑远征的386名将军和96场胜战的名字，门上刻有1792年至1815年间的法国战事史。凯旋门的拱门上可以乘电梯或登石梯上去，上去后第一站有一个小型的历史博物馆，里面陈列着有关凯旋门的各种历史文物以及拿破仑生平事迹的图片和法国的各种勋章、奖章。另外，还有两间配有法语解说的电影放映室，专门放映一些反映巴黎历史变迁的资料片。再往上走，就到了凯旋门的顶部平台，从这里可以鸟瞰巴黎名胜。

凯旋门前纪念活动。每天晚上，这里都会点起不灭的火焰；每逢节日，就有一面10多米长的法国国旗从拱门顶端直垂下来，在无名烈士墓上空招展飘扬；每逢重大节日盛典，一个身穿拿破仑时代盔甲的战士，手持劈刀，守卫在《出征》雕像前，鼓舞法国人民为自由、平等、博爱而战斗；每年的7月14日，法国举国欢庆国庆节时，凯旋门也是游行队伍的出发点，法国总统都要从凯旋门下通过；而每当法国总统卸职的最后一天也要来此，向无名烈士墓献上一束鲜花。

在凯旋门下，我们拍照留念，流连忘返；在香榭丽舍大街上，我们购物买衣或纪念品，这里有世界著名的梦特娇T恤衫、豹式衬衣；为了给老婆买件衣服，或是给亲朋好友买一个纪念品，我就跑好几条街、很多商店……真是满载而归。

这次在法国考察中，借机来到巴黎塞纳河畔，乡情依依，风采依然。塞纳河，我还会再来的！

冰岛

冰岛是欧洲西北部的岛国。近北极圈，介于大西洋和北冰洋的格陵兰海之间。西隔丹麦海峡与北美洲的格陵兰岛相望；东南端距苏格兰805千米。领土绝大部分位于同名岛屿上，总面积10.3万平方千米。人口约32.2万（2013年），绝大多数为冰岛人。首都雷克雅未克，官方语言为冰岛语。1971年12月8日与中国建交。

冰岛领土位于大西洋中脊之上，岩浆活动活跃，全国活火山多达30座，是世界上最活跃的火山地区之一。全境四分之三土地是高原，沿海有狭小平原。最高峰华纳达尔斯火山海拔 2119 米。由于冰川和火山大范围地并存，因此被称为“冰与火之国”。秋冬季常有极光出现。地热和水力资源丰富。

雷克雅未克是冰岛首都，西面临海，北面和东面被高山环绕，拥有许多温泉和喷气孔，“雷克雅未克”冰岛语意为“冒烟的城市”。由于这里地热资源丰富，冰岛人早在 1928 年就在雷克雅未克建起了地热供热系统。地热为城市的工业提供了能源，在这里看不到其他城市常见的烟囱。雷克雅未克天空蔚蓝，市容整洁，每当朝阳初生或夕阳西下，两面的山峰便出现娇艳的紫色，海水变成深蓝，使人如置身画中。状似水晶球的珍珠楼，是首都热水供应公司建造的半球形建筑物，楼内有展览厅、温泉模型、餐厅等。

雷克雅未克，是冰岛第一大城市。位于冰岛西南端的法克萨湾离北极圈很近，它是世界最北边的首都，同时也是世界上纬度最高的首都，有十万人口，临近还有一个五万人口的卫星镇，是冰岛全国人口最多的城市。道路发达，环境极为整洁。因为人口少，所以在公路上奔驰的公共汽车往往是司机一个人在过“车瘾”。同时这是一座现代化的城市，是冰岛政治、文化、教育和贸易中心。

雷克雅未克入冬以后，山巅覆盖着白纱似的积雪，分外壮观。加上城市的房屋多涂成红红绿绿的色彩，更为整个城市增添了几分美丽，人如置身画中。

受海洋的影响，雷克雅未克的气候比较温和。这里的 7 月份平均温度为 11 摄氏度，1 月份为 -1 摄氏度。由于地热资源非常丰富，地区温泉很多，市内铺设了热水管道，为市民提供热水和暖气，热水到用户家中还能达到 90 摄氏度的温度，因此整个城市很少使用煤。因空气清新、无煤烟困扰，由此该市得到一个美称——“无烟城市”。

雷克雅未克市内建筑布局匀称，没有摩天大楼，住房小巧玲珑且其红红绿绿的颜色，在太阳的照射下，五彩斑斓，色彩纷呈。主要建筑如议会大厅、政府大楼等均沿市中心风景秀丽的特约宁湖而建。夏天，碧蓝的湖水中，成群的野鸭游来游去；冬季，孩子们在冰冻的湖面上滑冰嬉戏，别有情趣。

雷克雅未克大教堂，位于雷克雅未克市中心的山丘上，是该市的地标性建筑，20 公里以外就能看见，教堂前的西格松雕像是为纪念冰岛独立之父莱夫·埃里克松而建。该教堂设计新颖，为管风琴结构。主厅高 30 多米，可容纳 1200 人。主塔高 72 米，可乘坐电梯上顶楼俯瞰首都全貌。教堂内部雪白，装饰简洁。

疗养胜地冰岛蓝湖地热温泉，位于冰岛西南部，是冰岛最大的旅游景点之一。蓝湖所在地是地球上地下岩浆活动最为频繁的区域之一，这种活动加热了蓝湖，使得水体蒸腾。地面附近的熔岩流加热的水蒸气用于推动涡轮机发电，经过了涡轮机的蒸汽变成热水，经过换热器又为市政热水供暖系统提供热量，可谓一举多得。

泡在温热的水里，用白色的二氧化碳泥在身上揉搓，会将那旅途劳顿一扫而光。蓝湖虽然是露天的，但因是温泉，一年四季都可接待来访者。许多人泡在浅蓝色温泉中成为冰岛最典型的名片。蓝湖是世界著名的露天温泉，冬天，四周一片冰天雪地，即使在雪花飘飞的天气，湖面依旧热气弥漫，如烟似雾。融入其中，感觉仿佛沉浸在迷蒙世界里。

蓝湖洗浴和游泳水温平均在 40 摄氏度左右，水体有丰富矿物质，如硅和硫。在蓝湖泡温泉，水里的矿物质对皮肤病有特殊疗效，像牛皮癣这样的疑难病症也有很好的疗效。在泡温泉时，可潜水下挖白色的温泉泥涂在脸及身体上，因为矽具有纯天然护肤之功效，起到美容美肤的作用，它既可美颜又能健体，因此由其衍生出来的美容品在北欧国家销路非常好。

蓝湖中的水是由火山含水层中的淡水和海水汇合而成，导致附近的水流变成了蓝色且具有牛奶般丝滑的质感，人们逐渐发现在这种水里沐浴居然对皮肤很好，消息便慢慢传开了。随着周边居民都来这里泡温泉，1987 年时这里被改造成了一个温泉池，起名为“蓝湖”并注册了治疗皮肤癣的专利。从实用角度讲蓝湖可能是世界上最有用的温泉，集发电、治皮肤病和景观于一身，这使得蓝湖在冰岛大大小小的温泉中成为与众不同的那一个。冰岛蓝湖地热温泉也是世界上顶级的疗养胜地。由于它离凯夫拉维克国际机场不远，只有 10 分钟的车程，很多游客利用转机的几个小时空闲，专程坐车到蓝湖。还有许多去冰岛旅游或公干（出差）的人也都会上蓝湖走一遭。

丹麦

丹麦全国人口约 530 万，70%住在都市。最大城市分别是哥本哈根、奥尔胡斯、欧登塞和奥尔堡。

哥本哈根，丹麦首都哥本哈根是北欧名城，位于波罗的海和北海之间的欧尔松海峡西岸。与瑞典第三大城市马尔默隔海相望，地势平坦，风景秀丽。“哥本哈根”在丹麦意思是“商人的港口”，它最初是个渔村。1167 年奥斯基勒大主教阿布萨隆在此修建了第一座城堡。1443 年被定为首都。

美人鱼，是一座世界闻名的铜像，她位于哥本哈根市中心东北部的长堤公园。远望这个人身鱼尾的美人鱼，她坐在一块巨大的花岗石上，恬静娴雅，悠闲自得；走近这座铜像，看到的却是一位神情忧郁、冥思苦想的少女。美人鱼铜像从 1913 年在长堤公园落成至今，吸引了无数的游客。一句流行广告语：不看美人鱼，不算到过哥本哈根的。

美人鱼的故事传说：海王的小女儿爱上了人间的王子，为了能与王子相爱并结为终身伴侣，她离开了自己的家庭和亲人，叫出了自己优美动人的声音，每天忍受着无尽的痛苦。可是王子最终未能和她结婚，因为国王为王子选择了邻国的公主作为妻子。在王子成亲的第二天，随着太阳升起来，美人鱼变成了泡沫，最后乘云升天而去……铜像的神态表现了美人鱼思念着她眷恋的王子，也思念着她的亲人。她凝视着陆地上的人类，希望成为他们中的一员。但终未如愿以偿，因而由衷地感到忧伤和痛苦。美人鱼铜像已成为哥本哈根的标志。

吉菲昂喷泉，位于哥本哈根市中心东北部。它由吉菲昂尔女神和四头牛及套犁等一组铜塑组成。吉菲昂尔女神左手拱犁，右手执鞭，驾驭着四头铜牛拼力耕犁，四头铜牛躬身抵角、奋力拉犁，形态各异、栩栩如生。铜牛的鼻孔喷溅，凝成薄雾，犁后喷泉汹涌，形同垂瀑，台基周围随着道路的坡度，用花岗石随坡延伸围成一泓水池，所以泉水汇集池内。水池内两边各有一条铜铸巨蟒盘缠，左右两股喷泉，直注铜牛。整个结构气势磅礴，景色蔚为壮观。

吉菲昂是北欧神话中的一位女神，相传古代瑞典有个叫戈尔弗的国王，答应吉菲昂女神可以从瑞典国土上挖出一块土地，但限时一昼夜，挖多少算多少。于是吉菲昂女神就把她的四个儿子化为四头牛，用犁从瑞典国土上挖了一大块土地，并把它移到海上，从此，瑞典的国土上留下了一个维纳恩湖，而挖出来的土地就是现在哥本哈根所在的西兰岛。从地图上看，西兰岛的海岸线和维纳恩湖的形状确实十分相似。这就是传说中西兰岛的来历。神话中的吉菲昂女神一生未婚，但她却同大力神生下了四个儿子。

安徒生的一生。丹麦十九世纪童话作家。他孤独、忧郁，他的故事充满了悲剧。他作品的女主人公或是含恨离世，或是与情人分手。他是一个酗酒的鞋匠的卑微的儿子。他 14 岁离开故乡奥登塞前往哥本哈根时一无所有。他在哥本哈根唱歌，为有钱人做剪纸，靠这个赚钱养活自己。他的大半生都在旅行。尽管旅行的艰辛有时会让他害怕，但对探险的向往使他一次次离开家。他从一个城市跑到另一个城市，在欧洲各地周游、奔波。他最初想当一名演员，没有成功，后来就当作家，写诗，写小说，写剧本，写童话。他的爱情生活也是个悲剧：17 岁的他爱上了翻译家的女儿，但是对方家人连续去世，女孩整日郁郁寡欢，最后所乘坐的轮船在大西洋里烧毁，安徒生悲痛欲绝，写诗悼念。20 岁他爱上了一位名叫里波格 · 福格特的女孩，可惜她已与化学家的儿子秘密订婚，直到 1875 年安徒生去世，他挂在脖子上的小皮袋子里仍然装有一封里波格的信。25 岁他旅行到裘兰特，爱上了一个富家姑娘。谁知，薄情的富家女孩看不上当时贫穷的安徒生，安徒生又一次落到了痛苦的深渊。29 岁他在维罗纳认识了叶琳娜 · 瑰乔莉，这个热爱文学的姑娘爱上了他。但此时他的心中只有童话，他只能告诉叶琳娜：“我的爱情在童话里。”从此一生再没见过叶琳娜，但他终生怀念着她。35 岁的安徒生在瑞典邂逅了著名歌剧女演员詹妮 · 林德，这也是他的最后一位爱人。安徒生的童话《夜莺》据说就是写给林德的，因为她当时被称作“瑞典的夜莺”。4 年后，林德切断了与安徒生的关系。1875 年，70 岁的他孤独地死去，根本没有“从此过着幸福的生活”。他从鞋匠儿子这样一只“丑小鸭”最终变成了受人尊敬的作家“白天鹅”。不过，这只”白天鹅”是那么悲怆，那么令人神伤。

市政厅建筑物旁边面对着趣伏里公园的角落，坐着一位穿西装长袍和戴着高帽的男士塑像，他就是大名鼎鼎、名字与丹麦分不开的童话作家安徒生了。安徒生于1805年出生在丹麦奥斯丹，一生写过《美人鱼》《卖火柴的女孩》《丑小鸭》等150篇不朽童话故事，为世界上千万儿童编织了美丽的童年。这尊以铜打造、约3米高的安徒生塑像，坐落在人潮熙攘的大街旁，每天都有不少游客经过他身边，认识他的会抬起头瞻仰大师的面容，或者把手按在他的膝盖头拍照留念。

挪威

挪威，意为“通往北方之路”，北欧五国之一，三面环海，北临北极海，西通大西洋，南滨北海，领土与瑞典、芬兰、俄罗斯接壤。首都为奥斯陆。总面积38.5万平方千米。挪威领土南北狭长，海岸线漫长曲折，沿海岛屿很多，被称为“万岛之国”。境内山峦遍布，冰河与海水侵蚀出千万个曲折深邃的峡湾，构成挪威最傲人的特殊景观。挪威是发达的工业化国家，石油工业是国民经济的重要支柱，挪威也是西欧最大的产油国和世界第三大的石油出口国。

奥斯陆维格兰雕塑公园，又被称为福洛格纳，位于奥斯陆的西北部。园内繁花绿茵，小溪淙淙，到处都矗立着造型优美、婀娜多姿的雕塑。公园内有192座裸体雕塑，所有的雕塑中共有650个人物雕像，所有雕像都是由铜、铁或花岗岩石制成的，是维格兰耗费20多年精心制成的结晶。

公园内虽然雕像比比皆是，但是多而不乱，错落有致。园里有一条长达850米的中轴线，正门、石桥、喷泉、圆台阶、生死柱都位于轴线上，主要雕像、浮雕分布其间。石桥两侧各有29座彼此对称的铜雕。喷泉四角，各有5幅树丛雕，四壁为浮雕，中央是托盘群雕。圆台阶周围是匀称的36座花岗岩石雕，中央高耸着生死柱。全部雕像，形成几幅美丽的几何图案，匀称和谐，浑然一体。公园里所有雕像的中心思想，集中突出一个主题——人的生与死。如喷泉四壁的浮雕，从婴儿出世开始，经过童年、少年、青年、壮年、老年，直到死亡，反映人生的全过程。人们有的沉迷，有的警醒，有的挣扎，有的绝望，组成了一个陡峭上升的旋律，令人惊叹不止。

瑞典

瑞典，是一个位于斯堪的纳维亚半岛的国家，北欧五国之一，首都为斯德哥尔摩。它西邻挪威，东北与芬兰接壤，西南濒临斯卡格拉克海峡和卡特加特海峡，东边为波罗的海。瑞典与丹麦、德国、波兰、俄罗斯、立陶宛、拉脱维亚和爱沙尼亚隔海相望，是北欧最大的国家。

公元1100年前后，瑞典开始形成国家。自1611年至1718年期间，曾晋身欧洲列强之一，在两次世界大战中都宣布中立，是一个永久中立国。由于气候寒冷，农业比重较小。工业发达而且种类繁多，瑞典拥有自己的航空业、核工业、汽车制造业、先进的军事工业，以及全球领先的电讯业和医药研究能力。在软件开发、微电子、远程通讯和光子领域，瑞典也居世界领先地位。瑞典是欧洲最大的铁矿砂出口国。按人口比例计算，瑞典是世界上拥有跨国公司最多的国家。

瑞典是一个高度发达的资本主义国家，被视为具有社会自由主义倾向以及极力追求平等，设立许多社会福利制度，且在联合国开发计划署的人类发展指数中通常名列前茅。拥有15处世界文化遗产。瑞典风景名胜主要有诺贝尔纪念馆和瑞典王宫。

斯德哥尔摩，是瑞典首都和第一大城市，瑞典国家政府、国会以及皇室的官方宫殿的所在地。风景秀丽，是著名的旅游胜地。斯德哥尔摩城市名称直译过来为木头岛，建于13世纪，1436年起斯德哥尔摩就已经成为瑞典的政治、文化、经济和交通中心。市区分布在14座岛屿和一个半岛上，70余座桥梁将这些岛屿联为一体，因此享有“北方威尼斯”的美誉。由于免受战争的破坏而保存良好，现在共有100多座博物馆和名胜，包括历史、民族、自然、美术等各个方面。斯德哥尔摩也是一个高科技的城市，拥有众多大学，工业发达。斯德哥尔摩也是瑞典的金融中心，瑞典主要的银行总部都在这里。

斯德哥尔摩是阿尔弗雷德·诺贝尔的故乡。从1901年开始，每年12月10日诺贝尔逝世纪念日，斯德哥尔摩音乐厅举行隆重仪式，瑞典国王亲自给获诺贝尔奖者授奖，并在市政厅举行晚宴。

芬兰

芬兰共和国，地势北高南低。有“千湖之国”之称。全国1/3的土地在北极圈内。芬兰最早的居民为拉普人，故芬兰又称拉普兰，以后芬兰人迁入，建立了芬兰大公国。芬兰是一个高度发达的资本主义国家，也是一个高度工业化、自由化的市场经济体，国民享有极高标准的生活品质，芬兰政府公务员清廉高效，并且在社会形成广泛共识。监督世界各国腐败行为的非政府组织“透明国际”公布2012年全球清廉指数报告，在176个国家和地区中，芬兰名列第一，为最清廉国家。

赫尔辛基，是芬兰首都、第一大城市、第一大港口，芬兰的经济、政治、文化、旅游、贸易、交通和航运中心，连续多年被评为“全世界最宜居的城市”之一，世界著名的国际大都市。

赫尔辛基毗邻波罗的海，是一座古典美与现代文明融为一体的都市，又是一座都市建筑与自然风光巧妙结合在一起的花园城。市内建筑多用浅色花岗岩建成，有“北方洁白城市”之称。

在赫尔辛基的海港市场上，有一尊名叫“波罗的海的女儿”的铜像，是赫尔辛基的象征。

赫尔辛基曾被选为2000年欧洲9个文化城市之一。赫尔辛基是芬兰最大的工业中心，不仅是机器制造工业和造船工业的中心，也是印刷工业和服装工业的中心。市内湖泊星罗棋布，遍布于街间巷尾，既有芬兰过去的辉煌传统，又讲究现代生活的品位。整个城市新旧混合得体，处处流露着大都会的魅力与北欧式的优雅，城内富有特色的建筑和博物馆数不胜数。简约主义风格配合各种活泼独到的创意，融合成各种别致的家具、时装、玻璃及陶瓷器具，令全球刮目相看，争相奉为经典。

这次到北欧旅游也出了不少洋相。

喝牛奶不知按哪个按钮。第一天从北京出发到意大利的罗马，飞行11个小时。在飞机上，吃完饭后我想给黄主任倒杯牛奶喝，看到各类容器都写的外文，如茶水、白开水、柠檬汁、苹果汁、咖啡、豆浆、牛奶等，不知按哪个按钮出牛奶。找到空姐语言无法沟通，我与熊处长两人讲了很多话，她们还是摇头表示听不懂。我只好用肢体语言表达，即用双手按到胸脯两侧做挤奶动作，在头上做两个牛角样子，又用杯子指着按哪个容器按钮，她们恍然大悟，啊……啊，把我手的杯子接过去，帮助倒了杯热气腾腾的鲜牛奶递给我们，并哈哈大笑，比画着表示歉意。

找不到安徒生铜像，我们小学读书时就读过《卖火柴的小女孩》，安徒生的名字在我们幼小的心灵就深深地扎了根。考察团一到丹麦大家都想见见世界上最著名的“童话作家”安徒生的雕塑铜像。导游用车把我们送到丹麦哥本哈根市政厅，说车不准进里面去，用手指了前方就是安徒生铜像。可我们前后左右走了几个街口就是找不着，这时我手语问了一个30来岁的年轻人，他不知道安徒生铜像在哪里，还是没听懂我表达的意思，摇摆头就走了。我想了想，就用手形象的比画：头上戴着帽子，人坐在登子上，手杵一根棍子，嘴里说着不标准的中国普通话“安徒生、安徒生”。一个60来岁的男性老人，指着对面那个墙头边上，也做了个坐着的动作，说“安徒生、安徒生”。我双手伸出大母指表示棒、好、谢谢之意！我们过一条马路来到市政厅旁墙边，迎着大街的角落里，到了我们崇敬的童话作家安徒生铜像前，瞻仰大师面容，互相拍照留念。

温泉从哪里进池子？在冰岛，我们到蓝湖地热温泉泡澡，导游领我们进到大厅后，他在外边等着。我们到大厅先换鞋子在进男宾室，进男宾室后服务员给一个装衣服的柜子，然后将手牌号带钥匙给我们，是让我们把衣服等行李放进柜子锁起来。我们全身衣服脱完了，不知从哪里出门到温泉池。冰岛是零下二十几度，跟我们一起来的人衣服换得快在前面已走了，只剩下我和黄主任，冻得身体发抖，嘴打哆嗦手发僵，从男宾室出门后，右则通往大厅登记吧台人很多是我们从那里进来的，我们赤裸身子从那里过去是不可能的。只有左侧一个门我们出去，结果走到一个空场子里，那里没有温泉游泳池，我们俩赶快跑回男宾室问服务员。因为没有带翻译服务员也听不懂我们的话。我又急中生智，对一个老外比画：我先做个蹬下从水里猛起来双手抹脸的动作，再做个双臂外划游泳的样子，接着抬脚走着步子，最后比画一个门框，示意从哪里出门到温泉池。服务员看明白了，笑着领我们从换衣室出门向左走到底，然后再左拐一个角落里坐电梯下到地下室出门到温泉池。我们吃了大亏，又冻又尴尬，心中怒火发给谁呢！温池里的温度很高，我们泡的时间长，同时用劲的游划，使满身多出点汗抵消先前的受冻以防感冒。

回到宾馆后吃饭的时候，黄主任端着酒杯对我说：“今天是赵主任使用肢体语言和服务员交流对话，我才比较快的进入温水池，差点冻出毛病来了。这次出访我们没带翻译，是赵主任发明的肢体语言帮助我们解决了很多问题，来，我敬你一杯酒表示感谢！”

第二十六章　外经贸易工作贡献大

1999 年 3 月，市政府根据国务院和省政府体制改革需要，同时为与省发展计划委员会对口，在襄樊市计划委员会的基础上，成立襄樊市发展计划委员会（以下简称市计委），内设机构增加了对外经济贸易计划科，简称外经科。随后市政府成立市利用外资贷款项目办公室，与市计委外经科合署办公。主要职能：

提出全市利用外资和向境外投资战略方针政策及利用外资的总规模和投向；负责编制全市外汇收支、银行外汇信贷、技术引进年度和中长期计划并负责督促检查；编制借用世界银行及其他国际金融组织贷款、国外政府贷款，国际商业贷款，以及吸收外商直接投资、境外投资计划，汇总提出各类利用外资备选项目；承担全市利用外资和全口径外债的总量控制、结构优化及监测和分析；负责组织安排全市利用外资、境外投资、技术引进项目的审核和申报；监督全市利用国外贷款重点项目建设和资金的使用；审查上报争取市投资项目的设备进口减免税确认书；编制全市重要农产品、工业产品和原材料进出口计划和创汇计划，以及关系国计民生的大宗、重点商品，如组织实施粮食、棉花、植物油等重要商品进出口计划。

对外经济体制改革。根据国务院规定，1989 年开始对外经济贸易体制改革。主要从四个方面进行：第一，在轻工、工艺、服装三个行业进行扩大外汇留成，自负盈亏。外汇收入的 70% 留给相关外贸公司，30% 上交给中央。在留成的 70% 中，省、市政府各留 6.5%，出口生产企业留 12%，最后留给省外贸公司 45%，用于“以进补出。”第二，退还各道环节的产品税、增值税、营业税。国务院规定：实行收购制的企业，各道税退给外贸经营企业；实行代理制企业，各道税退给生产企业。襄樊市出口企业与省外贸出口公司的关系是收购制，所以各道环节税退给省外贸公司。第三，实行外贸出口企业承包经营责任制。第四，改革出口经营计划体制。一类，大宗的资源性出口商品，实行指令性出口计划，由指定的国家外贸公司统一经营，有石油、煤炭、大米、玉米、两纱两布等40种。二类，在国际市场上比较敏感的商品有60种，实行指令性出口计划，由经过批准有出口经营权的外贸企业分散经营。三类，其他出口商品，只对出口创汇总额和大类商品，实行指导性出口计划，由经过批准有出口经营权的各类外贸企业和出口生产企业，按规定的经营范围放开经营。

我从1999年至2004年，分管对外经济计划工作5年时间，较大的贡献有以下两个方面。

第一个方面为襄樊市招商引资和利用外资所做的工作。

1. 探索外经工作，给领导当好参谋。

2000年4月，针对我国加入WTO在即，我组织外经科人员对我市吸引外商直接投资的现状进行调研，我撰写了《中国加入世贸后对襄樊市经济的影响与对策》的调查报告，得到市政府罗辉市长的高度评价。随即，市政府向市直各部门下发了《关于做好入世后对襄樊市经济的影响分析与对策工作的通知》。其通知主要内容就是取用我的调查报告。

2000年6月，我又组织外经科编制了《襄樊市“十五”对外经济发展计划》。并纳入《襄樊市“十五”国民经济与社会发展计划》，在“十五”期间得到实施。

2000年8月，我和外经科刘熙科长撰写了《襄樊市利用外资现状分析与对策思考》论文，发表于湖北日报。

2001年3月，我和外经科嘉庭友副科长撰写了《借用外国贷款工作现状调查报告》。报省计委外经处，并收录到省计委外经论文集。

2. 做实外经工作，为襄樊经济服务。

（1）加快项目审批，多引进利用外资。2000年，全市由计委批准外商个人投资项目16个，总投资7788万美元，合同利用外资5356万美元，比上年增长47%。同年外商投资项目实际到位资金2624万美元，占全市（含外经委、经委等部门批的外资项目）的60.9%，比上年增长62%。在借用外国政府贷款方面：一是对已签约项目，积极与国家、省计委衔接，落实年度利用外资计划，三年（1999年至2002年）全市实际完成借用国外贷款 2832 万美元，有力支持了全市经济建设和社会发展。二是抓机遇，千方百计跟踪国家贷款信息，积极申报借用国外中长期优惠贷款项目。三年来，累计争取国家、省计委批准立项项目 37 个，争取国外中长期贷款 12705 万美元，折合人民币 10.5 亿元。如：保康寺坪电站，该项目利用日本政府贷款，折合人民币 1.3 亿元。襄樊城市防洪工程（疏浚、护坡 30 公里），总投资 1.2 亿元，其中利用日本协力基金贷款折合人民币 6600 万元。南漳峡口水利水电枢纽工程，总投资 2.3 亿元人民币，其中利用世行贷款折合人民币 1.33 亿元。襄樊飞环印务有限公司扩建及引进彩印设备，总投资 1.1 亿元人民币，其中利用意大利政府混合贷款折合人民币 6650 万元。鱼梁洲污水处理二期，总投资 1.65 亿元人民币，其中利用波兰政府贷款折合人民币 9720 万元。另外还利用美国政府贴息贷款建设了市卫校教学楼和市中医院门诊大楼等。这些利用外资项目都是我组织召开的《利用外资方案评审会》，并签发文件上报省计委。争取国外贷款是我市改革开放以来的最高纪录。计委利用外资工作得到市政府分管外经工作的胡向斌副市长高度评价和表扬。

（2）探索外资新方式，提高利用外资水平。汉江长虹大桥收费特许经营权转让，1998 年经国家计委批准转让给新加坡一家公司，转让期 15 年，因亚洲金融风暴，其资金不能及时到位。后来经多轮谈判又与香港中基公司达成协议给襄樊市 3.818 亿元人民币。在四年时间，先后五次到省（计委）、四次赴京（国家计委）汇报做工作，2002 年，国家计委同意将长虹大桥收费特许经营权转让变更为香港中基公司。襄樊市政府将这笔资金用于沿江大道等城市基础设施建设。2003 年 10 月，我又向省、国家计委汇报，将谷城白水峪电站经营权进行了转让。这是利用外资的一种新尝试，也为我市利用外资开辟了新思路和新途径。

（3）引导外资投向，用好用足优惠政策，2002 年，为外商投资企业办理进口设备免税 526 万美元，比上年增长 41%。2003 年，进口设备免税总额 1523 万美元，比上年增长 189.5%。其中：为外商来中国投资的企业办理进口设备减免税 90 万美元；为中外合作投资的企业办理进口设备及各类物资免税 833 万美元；为国内独资企业金洋公司办理进口设备免税 680 万美元。

谷城金洋公司，经省计委批准，以金洋公司为基础建立了谷城循环经济产业园；经国家计委支持，以金洋公司为支点，建成了国家级谷城“城市矿产”示范基地。

2003 年，金洋公司改制后，大踏步地走上循环经济之路，需要从德国进口先进设备，我积极地给予了大力支持，带上专题报告到省计委外经处找刘鸣处长汇报，批准进口设备并办理了 680 万美元的设备免税手续。使金洋公司不仅节省了人民币 4700 多万元的投资，而且得到外国的先进设备和技术。此后，依靠德国先进设备和科技进步，走上了绿色发展道路。中国第一条无污染再生铅生产线在金洋公司诞生，“三废”循环利用在这里实现，“资源、产品、废物、再生资源”良性循环，使金洋公司得到生机和蓬勃发展。

2004 年，和我在一起工作 30 多年的同事，市计委分管循环经济工作的副主任汪爱国同志，先后多次到省、国家计委汇报，共争取 7000 多万元（人民币）资金支持金洋公司。同时金洋公司先后投入了 10 多亿元，建成了现在的循环经济产业园。该公司利用可回收的废旧电池提炼铜、铝、白银，创造了循环经济的产业链，现已成为全国循环经济先进企业中的标杆企业和亚洲最大的再生铅冶炼基地。

3. 做好短缺物资进口，利用配额支持企业。

进口羊毛，支持纺织企业。襄樊作为我国中部地区的工农业大城市，是湖北省委、省政府确定的省域副中心城市。历史上，从二十世纪六十年代末襄樊棉纺织印染厂建成后，随着湖北化纤厂、3542、3543 等三线军工纺织企业纷纷落户，襄樊很快形成了涵盖纺纱、织布、印染、化纤、服装等门类齐全的纺织工业体系。到二十世纪九十年代初，襄樊纺织工业达到鼎盛，成为襄樊市第一大支柱产业，产值达 20 多亿元，居全省第二，利润名列全省第一。

人民路原是襄樊市纺织工业区一根穿梭的彩虹线，从长虹路口由东向西五一棉纺厂、襄樊棉纺织印染厂、襄樊织布厂、服装厂、际华三五四二、解放军三五四三纺织厂……一连串闪光的名字，从七十年代金梭银线串起来的棉布棉纱和服装工业生产区，到八十年代以后成为全省乃至全国的大型纺织工业生产基地和棉纺品出口基地。襄阳人的火红记忆：

襄樊棉纺织印染厂（简称襄棉），是襄阳人曾经的自豪和骄傲。因为它是襄阳轻纺城的龙头老大，襄阳市纺织工业区的标志性符号。

自二十世纪九十年代中期开始，国字号的纺织企业陷入“行业性”亏损，积压已久的深层次矛盾开始爆发，襄棉亦陷入低谷。2003 年 3 月，襄棉出售生产经营性资产成功改制，彻底实现了“国有资产”和“国有身份”的双退出。成立了襄阳新襄棉纺织有限公司，成为襄阳市较大的民营企业之一。

改制后企业得到快速发展，生产主要原料——棉花、羊毛从数量、质量上都有较高要求。这时，襄棉提出了羊毛进口的需要。

绵羊毛。人们日常用量最大的毛衫、呢绒、毛毡等主要是绵羊身上密生着的绵羊毛。在纺织工业中，由于绵羊毛用量最大，所以“羊毛”便成了绵羊毛的简称。

世界上绵羊毛产量较多、质量好的国家是澳大利亚、独联体、新西兰、阿根廷。羊毛的支数和级数是评定羊毛等级和品质的依据，支数越高，品质越好，级数越高，品质越差。

绵羊毛中一直为人们所倾慕的“澳毛”，属于美利奴种绵羊，产于澳大利亚，因而得名。其毛纤维细而长，是绵毛羊中最优质的品种。

羊驼毛。羊驼毛（ALPACA），又称“驼羊毛”，纤维长达 20 厘米 –40 厘米，有白、褐、灰、黑等颜色，因 90% 产于秘鲁，又称为“秘鲁羊毛”。它有两个品种，一种是纤维卷曲，具有银色光泽，另一种是纤维平直，卷曲少，具有近似马海毛的光泽，常与其他纤维混纺，作为制作高档服装的优质材料。目前市场上的驼羊毛，大多是东欧的产品。

为了满足襄樊大棉纺厂发展需要的羊毛，我带领外经科副科长嘉庭友（后提为外经科科长，现任市建委副主任）四年间多次到省计委汇报，共争取羊毛进口配额约 1900 吨。棉纺厂每年拿省计委下达的羊毛进口配额计划，到外贸进出口公司办理羊毛进口手续。四年中分别进口了澳大利亚的“澳毛”、欧洲等国的绵羊毛、秘鲁的驼羊毛等。羊毛进口不仅满足了毛纺织原料的数量需要，同时毛纺、织布的质量得到很大的提高，更重要的是促进和增加了厂里经济效益。

新襄棉改制当年就扭转了国企连续 8 年的亏损：2004 年公司生产经营

再创佳绩，实现工业总产值3.8亿元；2005年，公司实现新的跨越：工业总产值达到4.2亿元，同比增长10.52%，实现销售收入4.1亿元，同比增长17.14%，实缴税金1700万元，同比增长16.6%，连续两年被评为市区纳税突出贡献企业。（据襄阳汉江传媒网王建琳提供的消息）。

进口棕榈油帮助襄樊飞征化工有限公司解困。襄樊飞征化工有限公司（下面简称飞征公司），前身为谷城县振兴化工厂，1999年6月由国营改制为民营，个人买断自主经营。原谷城县振兴化工厂是石花镇一家重点骨干企业，曾经辉煌过、风光过，为当地经济发展做出了一定贡献。但由于管理不善、包袱过重等种种因素，企业被迫停产两年多，加上改制后，产品无销路，原材料无着落，人心涣散、市场丢失，导致资不抵债400多万元，企业举步维艰，处于濒临倒闭的边缘。

飞征公司改制当时一无资金，二无主要原材料——棕榈油。公司总经理黄秀珍（女）采取三步走的策略：第一步筹备资金，她首先向亲戚朋友借钱，接着发动股东、公司职工，以及通过他们的关系人，进行高息集资，加上个人出钱共筹得3 0多万元，她又凭借自己的亲戚朋友关系，急忙赶往十堰拆借资金100万元。第二步研发产品，她请原客户、厂的技术人员、华中科大教授一起研发出新产品。第三步进口原料。

飞征公司生产的主要产品是硬脂酸，国内的硬脂酸生产基本上是以进口棕榈油为原料经过催化加氢后，再进行高压水解，脂肪酸脱氢，然后进行减压蒸馏而制的。原料质量决定产品质量，产品质量是企业的生命力，产品质量高销售得好，就有高效益。

黄秀珍总经理下决心跑棕榈油进口。

1998年时全球的棕榈油产量不足2000万吨，截至2004年，全球的棕榈油产量不足3000万吨。而马来西亚、印度尼西亚和尼日利亚，这三个主产国家的总产量占世界棕榈油总产量的88%。

飞征公司总经理黄秀珍，从其他化工厂得到信息，生产硬脂酸的主要原料棕榈油，要从马来西亚、印度尼西亚进口，一是质量好，二是价格低，能降低很多成本增加利润，但进口必须有省以上计委批文才能办理进口。

2000年春节过后，为了节省开支她单枪匹马一个人到武昌，住在火车站附近潮湿的地下室里，每天上班时间赶到省计委。第一天在办公室门卫登记时要求其出示当地计委介绍信她没有，问她到哪个处室找谁她不知道，因她刚当老总，还是第一次找省政府部门办事。一连两天都被挡在门外而进不了办公楼。第三天乘门卫不注意急速跟上班的人一起遛进省计委办公楼，进去后在1楼经问询才知道办理进口配额计划到外经处。

黄总到了六楼外经处，答复是你们化工产品产量太小，产值不多，效益不大，不符合进口棕榈油要求。她不死心地天天在那里守着、缠着、求着，坚持每天按时上班，一到办公室就帮忙打扫卫生，拖走道、抹桌子、打开水，她也没钱请客送礼，只有在处里几间办公室里看报、串门、倒茶水，从科长到分管副处长，再到正处长不停地汇报厂里的生产需要，哭着请求解决她的困难和200多人吃饭的问题。功夫不负有心人，到了第4天，刘鸣处长笑着对她说：黄总同志，我理解你的心情同情你的难处，也佩服你的敬业精神，按政策规定又不能办，这样吧！按程序你应该先找襄樊市计委，由他们向省里写报告。你回市计委找赵主任汇报，让他来省里后我们再商量能否解决。

就这样，黄总从武汉回来后就找到了我的办公室，向我汇报她到省计委要棕榈油过程、刘鸣处长讲的活以及厂里急需棕榈油的理由。我说，棕榈油进口主要是给国家和省、市大中型国营企业的，目前给县级以下乡镇企业是没有的，如果确是急需还要经省转报国家计委汇报特批才行。你按程序，以厂里名义写报告，把需要理由、产品销售、效益、解决特困、发展前景等情况写充分一些，由谷城县计委向市计委写专题报告，然后我到省计委汇报争取国家计委支持。

刘处长见我带外经科嘉庭友科长专题汇报，他又带我们到省计委分管外经工作的张主任办公室，我们汇报完后，并恳请省计委领导给予支持。

三年中，我每年多次带领科长到省、国家计委汇报、做工作，争取棕榈油进口配额计划。2000年获得国家、省计委的支持，取得襄樊市第一家600吨棕榈油进口配额计划，仅此一笔，为飞征公司节约成本支出210万元。2001年又争取到棕榈油国家进口配额1200吨计划，为公司节约成本支出450万元，并且将飞征公司定为国家、省计委重点扶持的民营企业。2002年国家计委又给该公司棕榈油国家进口配额计划1500吨。

在黄秀珍的带领下，终于使停产两年多的企业迅速的恢复了生产，一举解决了制约企业多年的无资金、原料（棕榈油）短缺的难关，拯救企业于危亡之中，当年实现产值 810 万元，摆脱亏损，盈利 118.8 万元，偿还原欠银行贷款利息 107 万元。经过几年的努力拼搏，至 2012 年，先后成立了三个新公司，资产、产值双过亿元。

黄秀珍成为襄樊市知名女企业家，先后获得襄樊市“三八红旗手”、市“巾帼英雄”“市优秀人大代表”等多项荣誉。

黄总在她多次“关于企业发展历史”“个人先进事迹”报告会和私下交谈时，讲的一段话：“我从出差住地下室，吃快餐面、白开水泡馍，到坐豪华轿车、‘住洋楼’；从内欠工资、外欠货款，到资产过亿元；从 1 个 100 多万元的小厂，裂变成 4 个过千万元的大厂；从过去只养活 200 个职工，到现在领工资的达千人；产值、利税大幅增长，公司得到天翻地覆地变化。企业有今天，我个人有今天，这一切一切，除我和企业全体职工努力拼搏外，要感谢各级计委的支持，尤其是襄樊市计委赵业清主任。是他在我最艰难起步时，帮我奔跑三年进口棕榈油计划，他不仅保障了企业进口的原材料供应，还给企业降低了大量成本，积累了很多资金来快速发展企业。不只是这些，这仅是物质上的，更主要的是精神的支持，赵主任给了我自信和勇气，这是我和企业发展的动力和无价之宝。”

4. 建立招商项目库，争取更多外资项目。

2001 年，我在全省率先建立利用外资项目库，该库建立后还要经常地、不断地充实更新，实行动态管理。在项目库中筛选出具有近期招商成熟条件的项目，编制成全市最具权威的《襄樊市招商引资项目手册》及《襄樊市投资指南》。市政府要求市直各部门都要招商，并以市政府名义下达了招商或利用外资任务，年底组成以市政府副秘书长、纪委监察局常委、经贸委副主任、外经贸局副局长、计委由我参加的招商和利用外资考核专班，对照各部门任务完成结果进行考核和奖惩。因此当时襄樊市在全社会形成了招商和利用外资的热潮。市直有招商任务的单位都到市计委寻求帮助，主要是要《襄樊市招商引资项目手册》及《襄樊市投资指南》，所以我们为全市招商引资工作打下了良好的坚实基础，提供了便利条件。

2003 年，市计委带着《襄樊市招商引资项目手册》及《襄樊市投资指南》。积极参加由市政府组织的第三届中国。厦门对外投资贸易洽谈会，在会上引进外商投资项目 3 个，合同利用外资 4516 万美元。

从 2001 年市政府实行利用外资考核起，至 2003 年三年来，市计委累计实际审批外商投资项目 41 个，项目总投资 9525 万美元，合同外资 7239 万美元，实际到位 5760 万美元。市政府招商和利用外资考核专班，每年考核市计委都超过了市政府下达的利用外资目标任务。2003 年，我被市政府评为招商引资“先进个人”。

第二方面为计委自身建设做出较大贡献。

2000 年至 2002 年，为计委机关建设出力献策做出很大贡献。1999 年，方常安任计委主任，行政职务我是副主任摆在第二的位子上。当时我住的宿舍楼还是 15 年前任科长时分的“福利房”，后改为房改房交了钱房产证还在办理之中。同时，冯泽学从南漳县常务副县长调市计委任副主任，他是临时租房住，还有 13 人是从外单位调进计委或从大学分配到计委工作的，他们没有住房都临时住在计委办公楼的六楼，其走廊上到处放的炉灶、锅碗，不仅很脏而且进办公楼就有剩饭剩菜等难闻的油烟气味。这时，我和冯主任沟通好后，我们分别向方主任反映情况，要求计委新建一个住宅院。方主任说，我愿意搞建设给大家办好事，操心不要紧，作为我担任一把手是应该，就是原主任离任时账上没有钱而且外面还欠账 30 多万元，建一个家属院最少也需要 1200 多万,一句话就是没钱怎么办？我说，你上一任的一把手工作上不求进取、生活上不关心同志，工作没资金、生活没福利，科里没有钱、委里没经费。那时委里发工资时常找人借。实际上，计委应该是最有权、最有钱的单位，社会上广泛称之为“二政府”。为企业争取的大项目，大部分都在几百万、过千万、上亿元的无偿资金，企业愿意从自身盈利中给几万或一二十万元，操作好钱来的并不难，同时通过业务主任或科室与省计委对口处室请求支持，也能争取不少资金回来。今年开始筹资金，明年开始征地办手续，后年建成入住。三年时间里，我支持交委里资金 300 万元，冯主任说他交委里 300 万元，另外还有管业务的 6 个主任，每人下任务 150 万元，加起来共有 1500 万元，建家属院后还有工作和福利资金，关键要充分调动业务主任和各科长的工作和筹钱的积极性。委内只要人心齐、泰山移，筹备资金没问题。方主任有了信心和决心后立即召开党委会，形成了共识、明确了任务、成立了建住宅区专班。

2000 年即第一年，各业务主任交计委资金计 740.3 万元，方主任交 186.2 万元为第一，我交委资金 140 万元为第二名，冯主任交 100 万元为第三名……；第二年，各位业务主任交计委资金 860 万元，我交委里 212 万元为全委第一名，方主任交 160 万元为第二名，钱主任上交 120 万元为第三名……；第三年，各位业务主任交计委资金 410 万元，我上交资金 76 万元，仍为第一名。第三年即 2002 年 8 月，方主任离开计委到企业集团任常务副总，因此各位主任上交资金减半大幅下降。不满三年各位业务主任共交计委资金 2010.3 万元。

利用分管外经、财贸两个科的职能，我共上交计委资金 428 万元，占上交计委资金总额的 21.29%，超个人上交任务的 37.3%。方主任说："计委建住宅院，赵主任筹资第一最多，贡献最大，功不可没。"计委住宅院建好后分房，开始设计时，方主任安排新建住宅建筑面积要大些，主任住房 193 平方米 / 套、科长等人住房面积 175 平方米 / 套，住新房的 1 人或 1 家 1 套，原旧房面积小可 1 人或 1 家住两套，同时考虑建房后，还有新调进人员，在建房时多建十多套以备后用。当时是房改房最后时限，也即是最后一班车。房改房面积每人平均不超过 40 平方米，计划内每平方米 880 元，超面积部分每平方米 1200 元。分房后尚剩 13 套，市纪委要求不准留余房，要一次性房改结束，计委内部干部职工没分完的住宅，有二种办法解决：一种是将多余住宅交房管局进入市场交易，卖房的钱直接进入财局国库；第二种办法按照市纪委、房管局、房地产评估咨询机构确定的市场价格，在计委内部出售，收入接受市纪委、市财局监督管理，若计委确属工作需要开支另写报告批准后使用。按照纪委等部门的评估价 1440 元 / 平方米，在计委内部人员售卖。计委每家每户住房面积大，当时买的房价格还比较低，现在都得到很大的增值，按现在市场价值计算，90% 的户增值赚钱就达 100 多万元。

雁过留声，人过留名，一个人不仅看你在位时干了什么？关键是看你退位后给别人留了什么。现在发改委老同志在一起相聚，提到过去还再说方常安任计委主任期间，是计委最辉煌时期。谈到房子大家还感激万分地说："我们住的房屋就是方主任和赵主任那一届领导给我们大家办的好事，'吃水不忘挖井人'，这是我们永远记得的。"

我和方常安主任彼此之间，有一种心灵的感应，是一种心照不宣的感悟。他的举手投足，一颦一笑，一言一行，哪怕是一个眼神、一个动作、一个背影、一个回眸，我都会心领神会，不需要彼此的解释，不需要多言，不需要废话，不需要张扬，都会心心相印的。那是一种最默契、最惬意、最畅快、最美好的意境。

第二十七章　财贸计划工作惠人民

一

1999年至2004年，我也同时分管计委财经贸易（也称内贸经济）科五年。财经贸易是指财政、银行、工商、税务、粮食、商业、饮食（国内贸易）的总称，简称为财贸系统。它是经委（工交）、农委（农业）、城建（城市建设）、计委（政府综合部门）并列的几大战线（系统）之一。计委财经贸易科（简称财贸科）的工作，简单地说就是负责财贸系统的各项计划的编制、上报、审批、下达。

财贸科计划工作主要职能：研究财政货币政策，并对财政货币政策执行情况进行动态分析并提出政策建议；编制各种债券和股票的发行计划，并负责企业债券发行的审核和上报；研究提出价格总水平的调控目标、参与重要价格的制定；负责重要市场项目、现代物流重大项目的审批，培育和完善市场体系；编制下达重要农产品、农业生产资料、救灾化肥的收购、储备计划；参与金融市场（包括社会集资）的规范化、法制化管理。

在我分管期间主要抓了以下工作：

1. 规范市场审批，实行严格管理。1999年11月中旬，针对市区过去市场建设中，一些单位、集体和个人由于受既得利益的驱动，不按市场建设程序办事，政出多门，管理混乱、重复建设、盲目投资，形成了一些“空壳”“半空壳”市场，造成了资源严重的浪费现象。我组织计委财贸科靳巍科长、市工商局王局长等有关人员，对市区市场建设情况进行了一次全面调查分析，对存在的问题进行深入剖析，并提出了解决问题的措施与建议，形成了《舞活市场龙头，振兴襄樊经济》的调查报告。在报告中提出市场建设要："理顺关系，规范审批，严格管理。"得到市委、市政府领导的高度重视。市委孙楚寅书记批示："该报告很好，也很及时，规范市场建设很有必要，请市政府认真抓紧研究加强管理。"常务副市长赵成霖为此在计委召开了有关部门专题会议，形成了加强市区市场建设管理的会议纪要。赵市长讲话强调：一是必须按照基本建设程序批建，凡是市计委没批文立项的，各部门严格把关，不得开口子建设，谁不按基本建设程序办事，就追谁的责任。二是各部门要实行严格管理，同抓共管，多管齐下，切实负起各部门责任，杜绝政出多门、管理混乱现象和违规行为。此后襄樊市城区市场建设走上按程序审批、规范化管理有序的、健康的快速发展轨道。当年 10 月，省计委召开全省财贸计划工作会议上，我们将襄樊市市场建设与管理相结合，统一程序、规范行为的做法在会上做了典型发言。省计委分管财贸计划工作的黄国安副主任，在会上充分肯定了襄樊市加强市场建设与管理的经验和做法，要求各地市向襄樊市计委学习，把市场审批、建设与管理工作做好，这对国家施行"市场经济"后计委职能的发挥和地位提升都是很重要的。

2000 年 5 月，我带领财贸科靳巍、习富理两位科长，对全市市场建设情况进行了进一步跟踪调研，向市政府提交了《完善市场体系，加强市场建设管理》的报告，被市政府以襄政发［2000］2 号文件批转市直各部门执行。

2000年8月，组织财贸科编制了《襄樊市发展第三产业"十五"规划》《襄樊市"十五"市场体系建设规划》。

2001 年，我与办公室主任李勇合作撰写的《加强农产品产地市场建设》论文，发表在中国经济导报上。同年我与财贸科副科长习富理合作撰写的《市区市场建设与发展刍议》论文，于 4 月 28 日发表在湖北经济报上。

2. 制定管理办法，统一型煤供应。鉴于当时市场民用型煤（蜂窝煤）供应量及管理现状情况，按照市政府罗辉市长指示："民用型煤市场供应及管理都很乱，请计委研究提出解决办法报市政府"。1999 年 5 月，由我牵头组织市物资局、市城管局、市燃气生活供应公司、市燃料公司成立专班，对市区民用炉灶燃用煤炭现状进行了调查分析，向市政府提出了在市场经济条件下，如何发挥国有企业主渠道作用、加强民用型煤管理。拟出《发展民用型煤供应及控制污染管理办法》，并以市政府名誉下达文件，统一了市燃料公司供型煤主渠道，从而保证市场上民用型煤的供应，使市区型煤生产及煤炭燃烧污染得到有效控制，也规范了型煤市场的有序管理。

3. 确保双方利益，做好资格认定。按照省计委文件要求，认真做好市棉纺企业棉花收购加工资格认定工作。从 2000 年底至 2001 年 9 月份，会同经委、工商、供销、纺织、技术监督等部门，对申报的 11 家企业逐个研究，严格按条件向省计委申报，省计委认定批准我市（含县市）8 家棉纺织企业棉花收购加工资格。使棉纺企业用棉在供应、质量、数量上都能得到保证；同时使棉农销售棉花的渠道畅通，也保障了农民和棉纺企业的既得利益。

4. 发展汽车产业，批建国际汽贸城。2001 年 3 月，我带领财贸科同志到天津、郑州、十堰等地区，考察学习他们发展汽车及零部件贸易市场的先进经验，结合分析襄樊市区位、交通、产业资源等优势，撰写了《抢抓新机遇，加快发展汽车及零部件交易大市场建设》的调查报告，引起了市政府赵成霖常务副市长的重视，批示："这个报告很及时，请计委牵头，组织规划、土地、经委、汽车产业开发区等单位拿出方案并加快速度早日建成"。随后与汽车产业开发区李耀春书记共同商定建设"襄樊汽车贸易城"事宜。2001 年 8 月 1 日，我在襄阳大酒店召开了襄樊汽车贸易城项目评审（论证）会。由于市政府的重视和支持，于 2003 年在云湾建成了鄂西北最大的天润国际汽贸城。

天润国际汽贸城，由湖北天润投资有限公司投资兴建，总占地面积约 63.7 公顷，其中商工区用地约 48.1 公顷，总投资 3.2 亿元，总建筑面积 30 余万平方米。是以汽车、汽配为主题的大型汽车及零部件交易市场群，形成了以春园北路为轴线，以云湾为中心的新商圈。天润国际汽贸城的建成改变了襄樊汽车、汽配销售、物流低端发展、零乱分散的面貌和格局，打造了襄樊汽车魅力城市的形象，也促进了襄樊汽车产业向更高层次的发展。

天润国际汽贸市场内除展销全国各种汽车品牌外，在其轴心区域内还聚集了北京现代、东风雪铁龙、一汽大众、上海别克、法国雷诺、宝马等数十家4S店，及哈飞、吉利、威汉、长安、京泰汽配、金马车箱厂等数十家大型汽车经销商、配件生产商。其超强辐射力和市场价值10亿元的强大市场航母集群优势得到显现。天润国际汽贸城，现已成为鄂西北区域性最大的汽车汽配市场。

5. 提档增效益，建特色农贸大市场。在我分管财贸计划工作期间，先后建设了市兽医饲料大市场、襄樊物资旧汽车交易大市场、炮铺街新世界大市场、鄂西北人才交流大市场、襄樊土特产批发零售大市场、新华大市场等九大市场。

特别是建成了三个较大的具有辐射性、带动性、区域性特色农贸大市场。4年中我先后8次赴省计委财经贸易处，汇报襄樊市建设特色农贸市场的情况。经省计委批准立项，总共争取省财政无偿补助资金260万元。

建设农贸市场，以提高小城镇建设品位档次，繁荣商贸流通，壮大区域经济实力为目标。它有利于调整农业产业结构及优化农村经济；有利于小城镇的建设与发展；有利于提升农村人的综合素质及保障农村食材安全。

襄州黄集镇边贸市场。黄集镇1998年被湖北省政府命名为“省重点边贸口子镇”。黄集是襄阳的北大门。镇农贸大市场始建于1983年，原来主要销售蔬菜、瓜果、水产品、禽蛋、肉类及其制品、粮油及其制品、豆制品、熟食、调味品、土特产等各类农产品和食品的零售经营。2000年后，我们为突出抓好湖北·襄樊“北大门”边贸特色市场建设，先后三次到省计委争取投资110万元。增加了新的更具特色的内容：花卉苗木，襄阳农首红薯加工厂的“农首”牌粉条、丰庆源粮油集团的“丰庆源长英”牌优质面粉、湖北文东集团的“和氏璧”牌有机大米、香菇、玉米糁、黄牛肉、肉鸭等，

“蒿子成林、土匪成群、兔子咬人”这是对黄集边贸镇过去的写照，真实地反映了新中国成立前黄集的荒凉程度。

而今，黄集镇面貌日新月异，边贸市场交易火爆。黄集镇功能完善，省际边贸活跃。黄集镇历来是鄂西北、豫西南农村土特产品购销中心和物资贸易集散地。现已形成可容纳万人上市的边贸批发大市场，日成交额100多万元。

市政府命名黄集镇为“绿色蔬菜之乡”“肉鸭养殖之乡”“面塑艺术之乡”等美誉。黄集镇产业齐全，环境优美，鱼肥鸭壮，是湖北的新兴现代化卫星城镇。

黄牛（肉牛）养殖是黄集的特色产业。随着人民生活水平的提高，对牛肉的需求量越来越大，肉牛养殖有着巨大的市场潜力，黄集镇利用本地农业丰富的秸秆资源优势，大力发展黄牛养殖，形成了龙头养牛特色产业。

为镇边贸市场配套，镇政府流转 35 亩土地建黄（肉）牛基地。2002 年，市计委向省计委汇报，省将黄集镇纳入省黄（肉）牛养殖基地，又支持 30 万元的扶持资金。在省、市计委给予支持后，镇政府加农户加公司，三者先后投资 2000 多万元，已经形成存栏育肥黄牛 1000 头的规模。黄牛肉或鲜活黄牛，主要销往或批发到湖北、河南、广西、香港等地。

新建的黄集镇农贸大市场内，摊位整洁有序，内部功能分区鲜明，“蔬菜类”“水果类”“禽蛋类”“水产类”“肉食类（以黄牛肉为主）”等公共信息标志牌放在显眼的位置，市场内公共卫生、消防安全、供水供电、给排水、排污等基础设施建设一应俱全，各类宣传栏、公告栏、指示牌等公共设施全部统一制作，整齐划一。

黄集，这座位于鄂豫交界的湖北省重点边贸口子镇，载着历史的厚重和梦想，载着现代的潇洒和思索，迈着矫健的步伐走向未来。今天改革开放的春风鼓荡着这片神奇的土地，正用豪情和壮志抒写一部跨世纪的寓言，展现一个“商贸重镇”的动人姿影，正用自己的勤劳和智慧，打造黄集的品牌，塑造了黄集的壮丽，边贸口子镇市场的建设为黄集创业史上，浓墨重彩大写了辉煌的一页。

黄集镇边贸市场的繁荣，为河南、湖北双方边贸行成了鲜明的对比和差距。为湖北或襄樊增添了光彩。这里，有镇委镇政府的重视与努力；更要感谢省计委的大力支持。我感到由衷的高兴，因为它有我的一份成绩。

宜城流水镇农贸市场。位于宜城市汉江的东部，该市场 2000 年开始扩建，至 2002 年，省计委先后三次投资 60 万元。市场除经销当地农产品及蔬菜外，其特色商品有“宜城米”、宜城板鸭、宜城富硒无铅松花蛋等，尤以“流水”牌西瓜最为特色。

宜城板鸭，采用古田螺、鱼虾、稻谷为主饲料的当年成鸭，以独特的配料将3斤—4斤重的成鸭进行育肥、宰杀、精制，造型、晒干及寒霜侵蚀、真空保鲜技术等二十几道工序加工而成，产品外表呈白色、淡黄色。腹腔内壁干燥、肌肉切面紧密呈玫瑰红色，咸淡适宜。暗香可口、其状如扇、外形美观、携带方便。鸭肉丰满细腻、肥而不腻、皮薄鲜香，具有高蛋白、低脂肪之功能，吃法多样，饮酒佐餐之佳肴、馈赠亲友之上品。畅销海内外。

宜城富硒无铅松花蛋，以天然硒为原料，含硒量高，富含硒、锌、铁、锶、锂、钙、碘、铁等16种人体必需的微量元素。无毒副作用。该松花蛋色泽晶莹、清香可口、咸味适宜，松花点缀、回味绵长。有充分的保健补益和祛病效能。无铅松花蛋是以优良的东平湖麻鸭禽蛋为原料，以传统加工工艺与现代食品加工规程兼容的独特工艺生产的。曾荣获1997年山东省科技进步奖、1995年第二届农业博览会“铜牌”奖和国家轻工业部颁发的优质产品证书、1998年首届中国食品博览会“银牌”奖等，是闻名全国的出口食品之一。产品畅销北京、上海、广州、西安、武汉、青岛等10多个大中城市。

宜城市流水镇西瓜，为地理标志证明商标。是湖北省内的最大的西瓜生产基地，也是全国闻名的西瓜基地之一，在全国深有影响。有全国西瓜第一乡之美誉。因流水西瓜外形好、口感好，质量优，先后被省西甜瓜协会授予“优质西瓜”称号，流水镇被授予“湖北西瓜第一镇”的荣誉称号，生产以流水镇为主，普及到板桥镇、讴乐乡、南云办事处等乡镇达110万亩。“流水”牌西瓜商标被评为湖北省著名商标，多次入选全国农博会，进京参展并获金奖。优良的品质和优质的服务，使流水西瓜畅销广东、广西、浙江、安徽、湖南、河南、四川、重庆、江西、河北、陕西、湖北等12省百余个大中城市。

谷城石花集贸综合大市场

石花镇，隶属湖北谷城县，距县政府驻地16公里。地处鄂西北山区，扼守豫、川、陕、重庆4省市交通要道。北上可达陕西、河南，西进可抵重庆、四川，向东便是富饶的江汉平原。

石花镇先后荣获中国“全国明星乡镇”“全国小城镇建设示范镇”“湖

北省楚天明星乡镇”、2010年度湖北省“百强乡镇”等荣誉。

石花镇的工业、农业、便利的交通、绝佳的地理位置，为集贸大市场奠定了发展基础和前景。尤其是石花镇的农业，紧紧围绕建设生态农业、观光农业、体验农业这个核心，以绿色发展引领农业农村发展方向，倾力打造五大特色农业经济带。茶文化产业旅游经济带；农耕文化旅游产业经济带；农业休闲观光旅游产业经济带；特色农产品加工产业经济带；城郊周边旅游产业经济带。农业已经实现产业化，以现代农业模式，带动农民发展新兴农业。全镇已发展苗木花卉、蔬菜、茶叶、水果、种植、养殖、农业、土特产（花椒、核桃、木耳、银杏）等八大类绿色产业。这些农业资源和土特产，为集贸综合大市场提供了丰富的交易和批发资源。

石花镇集贸综合大市场，位于石花镇石溪社区境内，占地面积20000平方米，是石花镇及鄂西北蔬菜、小商品、日用品、土特产、牲畜品等商品的集散地和销售中心。

始建于1984年，当时集贸市场仅占地2000多平方米，物资交流仅处在本镇内。随着市场的日益完善和经济的发展，石花镇把中心集贸市场与西河集贸市场进行整合，将原有混杂市场变成综合性与专业性功能明确、区域分明的大型市场。

石花集贸大市场，2001年在省、市计委大力支持下开始扩建，至2004年，三年共投资90万元资金，无偿地支持建成了具有全省特色的集贸综合大市场。

集贸大市场里的谷城特色商品：

【石花空心奎面】石花空心奎面名称的由来：清乾隆年间石花街林家开面铺谋生，且乐善好施。天上奎星神仙见林家忠实勤恳，厚道有德，决意帮他发家度人。于是，下凡化作“叫花子”来到林家，林家见他又脏又饿很是同情，忙擀了一碗面条给他充饥。“叫花子”吃罢了面条说：“面条好吃，要是空心就更好了，人要忠心，面要空心。”林家后来越想越有道理，就开始琢磨做空心面。白天屡做不成，忽有一夜竟鬼使神差般地将当天发的“面季子”做成了空心面。

石花空心奎面是著名的汉族特色面食。谷城当地创造和传承的饮食文化中的一个独特现象。其工艺特点：精益求精，每根空心，细如发丝，养颜健身。石花空心奎面做工十分考究。在用料上，面粉为精选的红皮小麦良种，种于背北朝南的黄土岗地，单收单打，淘净晒干，经石磨磨出的二道精粉。制作工艺严谨，30 斤面拉成一丝，总长约 150 华里，细圆柔韧，晾干为空心，白脆清香，煮不糊汤，丝丝清晰，落口滑嫩，爽口爽心。2008 年，石花空心奎面成功申报成为湖北省非物质文化遗产，并通过 QS 质量体系认证。

目前石花的空心奎面，细如发丝中间空心的绝技仍然是全国仅有的。销售一直很好，精装 80 元一斤还供不应求、时常断货。主要用于老年人养生、重病或手术后病人康复期间的饮食。

【谷城名茶】玉皇剑牌系列茶——“薤山叠翠”，是国家质量监督检验总局发布的公告宣布：谷城“薤山叠翠”通过质检总局组织的专家审查，批准“薤山叠翠”为地理标志保护产品。是襄阳市茶叶企业唯一一家获得此标志的保护产品。“薤山叠翠”是鄂西北秦巴山脉——谷西南山区高寒地带的高山茶、有机茶，生长在秦巴山余脉——大薤山海拔 800 米—1000 米间的富硒带上。

【朝贡御米】在明永乐年间，明成祖朱棣游茨河承恩寺时，当地百姓以此地盛产的稻米蒸饭，供皇上食用。此米蒸成饭后，观之精色纯正，如珍珠一般，沁人心脾，品之甜口润心。皇上食用后将茨河大米谕封为“朝贡御米”。承恩贡米以优质稻基地生产的绿色食品优质稻为原料，以谷城县茨河镇农业技术推广服务中心为依托，采用现代化加工手段而成，承恩贡米富含众多营养素，观之精色纯正，淳香扑鼻，品之甜润可口，米粒整齐，大而饱满，晶莹透亮，生嚼味香，腹白细小，含胶质多，有丰富的淀粉与植物蛋白质，可补充消耗的体力及维持身体正常体温。

【谷城银杏】

银杏是中国特有而丰富的经济植物资源。利用银杏果叶的有效化学成分和特殊医药保健作用加工生产保健食品、药物和化妆品，正引起国内外研究、开发、生产单位的重视，各国众多企业竞相研制生产以银杏为原料的天然绿色产品，替代对人体健康有较大副作用的合成化学品，从而为中国的银杏资源的开发利用开辟了无比广阔的前景，迅速提高了银杏的利用价值及其对经济、社会和生态的影响，为社会创造了就业和财富，为人类带来了健康和长寿。谷城银杏资源丰富，开发利用前景广阔。以柏果树办事处山区村种植1万亩银杏树，形成了一个很大银杏生产基地。其银杏产品基本上在镇集贸大市场销售及批发。现已行成基地、生产、加工、运输、销售、批发银杏产业链。

【野生花椒】石花镇就有悠久种植花椒的历史。当地岗地面积广阔，农民因地制宜栽种花椒，以倒座、新店等区域为主的野生花椒面积达1万亩。

花椒是一种食品调料，用来制作菜肴的调味剂，也用于调配番木瓜、芒果、橙子等食用香精；又是一味有较高价值的中药。《本草纲目》云："椒，纯阳之物，其味辛而麻，其气温以热。入肺散寒，治咳嗽；入脾除湿，治风寒湿痹，水肿泻痢；入右肾补火，治阳衰溲数，足弱久痢诸症"。

从这些记载可知，花椒味辛、性热，归脾、胃经；有芳香健胃，温中散寒，除湿止痛，杀虫解毒，止痒解腥之功效。目前，在中医临床研究及应用中用于脘腹冷痛，呕吐泄泻，虫积腹痛，蛔虫症；外用治湿疹瘙痒等证。现代研究显示花椒主要有挥发油、生物碱等多种化学成分，对心血管系统、消化系统、免疫机能都有重要的作用，还有镇痛、麻醉、抑菌、抗肿瘤等药理活性。

野生花椒加工成花椒油，是我们生活比较常吃的调味料，主要突出麻性和香味，可以用在各种热菜、凉拌菜、面食、米线、火锅中。味道特别香，颜色透明的红色，又麻又辣，油味厚重，芳香浓郁、醇麻爽口，是正宗的"石花花椒油"。

花椒油除了能给我们带来美味之外，还有药效作用，主治急性湿疹，用于解毒，润肤，清洁消毒疮面。花椒油还可以养胃，像有些女性身体内有湿气，这时候就可以吃一些花椒油，祛湿即可。据李时珍《本草纲目》记载：花椒油坚齿、乌发、明目，久服，好颜色，耐老、增寿、健神。

石花野生花椒油富含蛋白质、脂肪、糖类、膳食纤维、钙、磷、铁及芳香油等成分，远销湖北、湖南、河南、上海、广州、香港等地。

【耕牛交易】石花耕牛交易市场，过去叫牛行。目前是鄂西北最大最具有特色的耕牛交易场所。它既为农民提供了耕地动力，也提高了养殖耕牛农民的积极性，更为农民致富创造了一条新路。

它是石花集贸综合大市场设在市场外的，用于农户耕牛交易的分市场。这些耕牛主要来自十堰市、河口市、丹江市、南漳县、保康县、谷城县。交易的主要是1岁至4岁的年轻力壮的耕牛。为农民耕地提供交易的耕牛，在冬春季是交易旺节，冬天买牛回去补食壮肥，为春耕作准备，春季买耕牛纯属应急之用。卖牛者是养的牛较多，卖牛挣钱后准备第二年的肥料、种子等。买牛的基本上都是山区、丘陵、坡徒岗地、不能机耕小块田地的农民。这些无法实行机械化的地方，还是牛耕火种比较落后的农作方式。也有的是用不起农机，自己养牛自耕自种，从节约农耕成本考虑。

耕牛市场，买卖耕牛时有的是双方谈价成交，但这种情况成交的很少。绝大部分是请市场管理的中介（过去称为牛经纪）人员，他们有畜牧部门颁发的资格证书，对买卖双方负责，有丰富经验，懂得耕牛年龄岁数、康健病弱、价格评估，实行公平公正交易原则。耕牛交易市场，在全省乃至全国都很少见，而在石花却保留并发展了一个较大的而独具特色的“耕牛交易市场”。

谷城蔬菜和餐食，价格普遍较高，大部分与襄阳持平，有的比襄阳还贵。究其原因：一是地处鄂西北山区，扼守豫、川、陕、重庆4省市交通要道，同时具有铁路（高铁）、高速公路、国道从石花穿过，地理位置重要，交通便捷；二是石花或谷城产有很多地方特色的产品；三是建有集贸综合市场这个大平台，可为全国提供其需要的特色商品。利用这个大市场源源不断的，将蔬菜及特色产品运往全国各地。购买力强、交易量大，货物减少或供不应求时价格自然增长，这是市场价值规律作用。从另一个角度说明，在石花建集贸综合大市场之必要。它对外既是鄂西北及陕西商洛、河南南阳、湖北十堰等地的农畜特蔬果产品集散地，对内又是鄂西北农贸批发交易大市场；它不仅使农民或菜农或农产品加工企业获得了很大效益，同时也给大众提供了满足口福的食材，还为地方经济带来了促进和发展。

二

扩建粮食库，惠民促发展。

国家利用国债大规模建设粮库，始于二十世纪九十年代，是新中国成立以来在粮食流通领域中最大的政府投入，是空前的、也是绝后的。

二十世纪末，粮食流通领域迎来了新一轮基本建设的良机。为了摆脱经济危机的影响，中央决定发放国债投放到国内基本建设项目，以大规模的政府主导投资拉动经济的增长。在国债投放的建设项目中，粮库建设赫然在目。主要原因，一是1998年朱镕基政府提出新一轮粮食流通体制改革的总体方案和目标，其中的精髓是建立中央储备粮和地方储备粮两级调控体系。二是改革开放大大释放了农村生产力的潜力，粮食的产量和价格同步增长。但1997年起，由于供需关系急剧变化，粮食产量继续丰收，而粮价急转直下。为了保护农民的利益，国家以保护价收购了大量余粮，各地粮库沟满壕平。以黑龙江为例，全省粮食库存几近千亿，而全省粮库完好固定仓容不过几十亿斤，大量粮食露天存放，损失惨重。形势所迫，1998年国家计委正式以中央直属粮库建设名义，开始了大规模利用国债建设粮库的投资。国家共分三批建设约1000亿斤仓容的中央储备粮库，其中1998年开始启动建设500多亿斤仓容。

国债建库从开始就建立了强有力的组织领导制度，各省、区、直辖市都成立了省级建库工作领导小组，全面负责制定、协调建库工作中的政策和措施，解决工作中出现的矛盾和问题；并由省级主管领导与中央直属粮库建设工作领导小组签订责任状。各地市内推，都与上一级政府签订责任状。在国家层面实际上是朱镕基直接领导国家粮库的扩建工作。国家粮库扩建工程项目机制，在领导层面名誉上是领导小组，实际上是各级政府（常务副省、市、县长任组长），具体领导或操作名誉上是粮建办，实际上是各级计委分管财贸计划工作的领导。有扩库建设项目的各级计委责任重大。国家规定，粮建办主任对本级粮库建设实行终身负责制。朱镕基总理在会上脱稿口头讲过：哪个地方粮库建设，要是出了问题，如：质量、腐败、挪用资金、库容不够、有严重安全隐患等，你粮建办主任跑到联合国也要把你抓回来。

国家启动粮库扩建是1998年，真正开始实施到地市一级晚近一年时间。1999年，襄樊市成立国家粮食仓储设施建设协调领导小组，市委常委、政府常务副市长赵成霖任领导小组组长，市计委副主任赵业清任领导小组副组长，市国土局、规划局、粮食局、公安局等部门为成员。领导小组下设办公室，与市计委财贸科合署办公，赵业清兼任粮建办公室主任，龚锡强（粮局副局长）、靳巍（计委财贸科长）任办公室副主任。襄樊市粮建机构成立了，领导职务任命了，实际责任担子却落到办公室主任——我的头上了。

襄樊市既是一个工业强市，同时也是一个农业大市，在全国具有影响力，在全省经济社会发展中有显著的地位，在国家的棋局上具有重要的战略意义。

二十世纪八十年代中期，含有随州市在内的大襄樊，粮食总产突破 80 亿斤，襄樊被国务院定为全国十二个重点商品粮生产基地之一，襄樊上升为国家粮食生产的战略要地。1998 年全市粮食亩产过双千，成为全省唯一一个实现吨粮田的市。2008 年（随州市划走后）全市粮食总产仍然再次突破 80 亿斤大关。

我想，农民生产这么多粮食，若卖不出去而烂掉，造成严重损失后，农民没有效益，就会挫伤襄樊 300 多万名农民种粮的积极性。粮安天下，兴国之基，世代如此；另一方面，政府如果没有足够的粮食供应市场，社会就不稳定，就会给襄樊经济、社会带来严重危害和后果。

在我任襄樊市粮建办主任和计委分管财贸计划期间，国家扩建粮库两批（次）。第一批为全国扩建规模 500 亿厅，1999 年，襄樊市合计扩建了三个粮库，3 亿斤库容，争取投资 7404 万元。其中：襄城粮库仓容 1 亿斤、投资规模 2403 万元，宜城雷河粮库仓容 1 亿斤、投资规模 2350 万元，枣阳粮库仓容 1 亿斤、投资规模 2287 万元。

在第一批粮库建设中，襄樊市襄城、宜城两个粮库在全省同批建设项目中，属于第一、二名的建设速度，评为优质工程质量，位居全省前列。

2000 年 7 月，省政府在省计委培训楼召开 1999 年度粮库扩建总结表彰会上，省粮库扩建工作领导小组副组长、粮建办公室主任、省计委副主任黄国安总结时说："我们有的地市在争项目时，胸脯都拍红了，表态说保证质量、按时完成任务，决不拖全省后腿，现在该市形象进度才完成 80%。襄樊市的襄城粮库在全省批复最晚，竣工最早、质量最好，被省评为优质工程"。在省政府召开的全省第一批国家粮库扩建总结表彰会上，赵成霖市长代表襄樊市政府作了（由我撰写的）《协调配合 精心组织 全力以赴支持国家粮库建设》先讲集体事迹介绍。会上的先进集体事迹材料，会后省政府铅印成书发到各地市。省政府以鄂政发［2000］39 号文，下发了《省政府关于表彰全省中央直属储备粮库建设先进集体和先进个人的通报》，授予“襄樊市粮建办为先进集体单位”。

建设粮库，以粮惠农，就是抓住了彻底改善农民生活的民心工程。襄阳是农业大市，为了维护国家的粮食安全，保障粮食的有效供给，促进农民种粮积极性，提高粮农经济效益，我作为这项工作的主要责任人，一定要不辞劳苦，不惧风险，为粮库建设贡献力量。所以我下定决心、千方百计、在国家第二批粮库扩建中，为襄樊争取更多项目和资金来扩大库容建设。

8 月，在第二批国家粮库扩建前夕，我找省计委财贸处处长、粮建办副主任张道洋汇报工作时，以省粮建办工作太忙是否需要增加人员为由，提议将我市计委财贸科长靳巍抽到省里帮忙一段时间，张处长很高兴的同意，并表示感谢我对他的工作支持。就是这样我把襄樊人安排到省粮建办黄国安主任和张道洋处长身边工作。

9 月，有一天晚上 9 时靳巍电话告诉我信息，国家第二批扩建粮库全国会议在北京召开，黄主任明天上午 8 时从北京回武汉。我当天晚上 11 点让司机开车赶往省城。那时没有高速公路，没有动车，更没高铁，只有国道，当时走到孝感时正碰上修路，约有 30 多公里路面难行，路间走了 9 个多小时没有吃东西，早上没来得及吃早餐，就直奔黄主任办公室。到中午吃饭时已经是 17 个小时以后的事了。我从黄主任那里了解到国家第二批粮库建设必备的硬性要求和条件。

我中午请了黄主任、张处长吃饭后，2 点钟从武汉往襄樊赶　在路途用手机向赵市长做了汇报。赵市长当即指示：“明天上午我委托陈万波副秘书长和你，代表我及市政府，召开市粮库扩建领导小组成员单位及各县市计委主任或粮建办主任会议，对照国家第二批粮库扩建的条件要求，提前做好粮库建设前期准备工作。”

第二批粮库扩建国家计委要求：交通便捷，必须有铁路专用线到库或靠近火车站且在 1 公里范围内；绝对安全，扩建库周围没有易燃气体、加油站（油库）、爆炸物、污染物、高压线（变电站）；有空闲地，其周围没有障碍物，扩建有场地，或征地不涉及军事、国防设施、居民区搬迁等。

在上午粮库建设前期准备工作会议后，下午我就带着市粮食局副局长、粮建办副主任龚锡强、计委财贸科副科长刁富礼，首先到铁路沿线的襄城粮库、宜城雷河粮库、谷城黄坑粮库、襄阳黄集粮库、襄城余家湖等粮库进行现场踏看。考查时现场指出问题，襄城粮库新征土地中三户居民尽快搬迁，宜城雷河粮库西边有一个加油站要拆除或搬迁，襄州粮库扩库上面的高压电线要移走，谷城黄坑粮库对原破旧仓库及其他杂物间全部拆除，余家湖粮库旁有军用油库，不够条件放弃申报。我要求各粮库整形出1亿斤新库的场地，把围墙全砌好。同时要求各粮库把原库原样录下来，再将整形新场地的过程全录制下来。用音像资料和我们扩建粮库决心，来向省领导汇报，争取省的理解和支持。

10月初，省政府召开全省第二批粮库扩建会议，要求各地市按照国家扩库精神和硬性条件，在一个星期内，将够条件的粮库扩建项目报省粮建办或省计委财贸处。由省进行筛选将具备条件的粮库入围，各地对省入围的项目做前期工作，然后再按程序报省计委审批。

我是早得信息、早下决心、早（开会）作部署、早作准备（把场地都整好了）。提前一天到省，将上报文件、音像资料（搬迁、整地、砌围墙等）、襄樊市政府支持承诺、土地规划部门手续正在办理之中证明，居民和加油站搬迁移建协议等，向黄国安主任、张道洋处长做了详细汇报。我重点汇报了三点：第一点，襄阳是全省乃至全国的产粮大市，此意是扩库的必要性；第二点，按照国家规定硬件我们符合条件（有文字报告和录像资料）；第三点，襄樊市政府高度重视和支持（提前召开前期工作会议，拨付经费等）；第四点，我市报的四个扩建粮库，场地现已基本整理好并砌了围墙；第五点，第一批粮库扩建襄樊市是省先进单位，第二批扩建请省政府、计委、粮建办相信，我们会搞得更好，再拿全省第一。从汇报的要点看：第一点指的是建库必要性，从第二点至第五点是我市这几个库扩建的可行性。

我汇报后，第三天黄主任、张处长一起来到襄樊几个需要扩建的粮库进行实地踏看。

黄主任说："赵主任呀！我佩服你的魄力和胆量，省里还没开会布置，你就敢动手搬的搬，拆的拆哟！还把建库的场地基本平整好了。当然还是市政府支持的力度大呀！看来万事俱备，只欠东风，就是欠我的审批文件了。好，我支持襄樊"。

省计委将我市襄城粮库、宜城雷河粮库、襄州黄集粮库列进了入围计划。谷城作为待定，理由是粮食产量较少。虽然本县产粮相对较少，而谷城周围的保康县、河口市、丹江口市、郧县等很大范围内没有一个国库或较大的粮库，将谷城粮库扩建后辐射范围的人口、粮食产量、能收购的粮源和粮库将增加收购车辆，深入到周边县市购粮的措施等具有说服力的资料，写成专题请示报告，向省计委再一次汇报。最后得到省计委认可。

国家粮食储备库，第二批全国扩建规模200亿斤，襄樊市扩建了襄城、宜城、襄州、谷城各1亿斤的仓容，共争取国家无偿资金（国债是国家发行的债务，贴本息来建设国库，）8520万元。在国家第一批、二批两次扩建粮库中，襄阳市共扩建5个粮库，库容7亿斤（其中襄城、宜城粮库各扩建两次、各2亿斤库容，枣阳、襄州、谷城各1亿斤库容），共争取国债资金15560万元。

第二批粮库扩建，襄樊粮库建设投资和仓容，作为地市一级在湖北全省占第一位，在全国所占比例都是最高的。

全省第二批粮库扩建的中期，即2001年的11月，省政府在襄樊南湖宾馆召开了全省第二批粮库扩建现场会。会议期间，常务副省长、省粮库扩建领导小组组长邓道坤，带领参会的各市、州常务副市、州长、粮建办主任、省直有关部门领导等，到襄城扩建粮库现场进行了参观。这次会议的主要目的是进行经验交流和督促全省扩库建设进度和质量。在会上由市政府常务副市长赵成霖代表襄樊市政府做了发言。邓道坤副省长在会上总结时说：我们把全省会议放到襄樊来开，到襄城粮库看现场，请赵市长介绍经验，就是要各地市学习襄樊。襄樊在第一批粮库扩建工作中，粮库建设质量和速度在全省获得第一。第二批我们与会代表都到现场看了，襄城粮库已基本完工正在清场，谷城、襄州、宜城粮库正在封顶，10月底全部竣工，又是全省第一。襄樊经验是什么，就是政府领导高度重视和全力支持，粮建办主任得力，各部门配合协同作战。如粮建办主任出面，市公安局牵头，各执法职能部门联合组成“严打专班”，清理沙石路霸，严厉打击强买强卖等违法犯罪行为，始终保持高压态势，使粮库扩建高速顺利进行……我希望各地市政府领导，向襄樊学习，提高质量加快速度，按照国家粮建办统一要求，在春节前湖北省第二批扩建的粮库，全部进入竣工验收。

襄樊推荐粮库建设先进个人时，赵市长意见我作为襄樊粮库建设“先进个人”报省。我建议襄城粮库主任鲍荆州代表襄樊当“先进个人”，因为去年第一批是襄樊市粮建办获得了省粮库扩建“先进单位”奖，我上台领奖已获得了荣誉。再者，襄城粮库的鲍主任也很辛苦，具体操作这项工程，夜以继日地工作，他又年轻后面路很长，应多鼓励年轻人，让他们以后再进步。我认为工作是大家做的，奖励不能都由我得，荣誉应该分享。

2002 年 2 月，常委副省长邓道坤主持召开全省第二批粮库扩建总结表彰会。参加会议的有省“四大家”和省政府有关部门领导，各地市常务副市长、计委、粮食局、粮建办领导以及有扩建任务的粮库主任。会上省粮建办主任、省计委副主任黄国安讲的有一段话：2000 年在全国粮库扩建规模 200 个亿中，湖北分得 12 亿，在各省市中是最多的。襄樊扩建 4 亿斤，占全省的 33.3%，比例是最高的。除开襄樊是产粮大市外，还有重要原因：一是市政府重视和大力支持，及时发指示和召开协调会，征地上的搬迁、高压线移动、加油站拆建等都是当地政府出钱；二是粮库办主任有能力，责任心强，赵主任 50 多岁了，带领粮建办的同志，三伏盛夏高温天在各粮库巡检督办，深夜还到襄城粮库施工现场排忧解难；三是前期工作扎实，在上报筛选入围项目时，就在办理征地、规划手续、腾地围墙都已搞好，全部达到国家计委建库要求。所以襄樊扩库多，速度快，质量好，襄樊市粮建办这次又被省政府评为“先进单位”是名副其实的。襄樊市计委、粮建办获得省粮建办 20 万元的集体奖金。

省总结会结束后，赵市长说：“市粮建办为我市政府在省政府、省计委、省粮建办争得了荣誉，为襄樊争取了很多项目和资金，工作很出色，感谢你们！辛苦了！我从市财政拨款 5 万元给市粮建办，以资奖励。”

襄城粮库扩建。市政府下文成立“襄城国家粮食储备库扩建办公室”，归市粮食储备库扩建工作领导小组领导，赵业清（作者）兼任办公室主任，龚锡强（粮食局副局长）、鲍荆州（襄城粮库主任）任副主任。我既是襄阳市粮库扩建办公室主任，又是襄城国家粮食储备库扩建办公室主任，担负着双重领导责任。对县市粮库建设只是进行指导协调性的工作，而襄城粮库是市直属粮库，我必须直接负责和亲自领导。

第一批襄城粮库扩建为1亿斤规模，在建设过程中，遇到棘手的问题。在墙基础挖好后，进沙、石、砖等建筑材料时，沙石霸出现了。他们安排9个60多岁的老奶奶堵在进工地的大门，使装运沙石、水泥的工程车不能进入工地；运沙石的空车在路上被拦截（劫）到他们的沙石场，逼着要买他们的沙石。经监理检验他们的沙石料（被强迫拉回来的一车黄沙），质量差价格高不符合建粮库要求。监理是国家计委招标的单位，据说朱镕基的爱人劳安是该监理公司的总经理，负责国家粮食储备库项目扩建工程的监理。襄城粮库建设，所有的建筑材料入库和进工地现场前，必须严格检查化验，质量合格检查人员签字后才能使用。施工质量每2小时检查一次并签字备案。凡是材料不合要求的一律禁止使用，办理手续退回去。对于质量不合格的地方坚决返工，扣发责任人的工资和赔偿造成的损失。监理检验沙不合格，在我拒绝使用他们的沙石后，先后接到两个威胁电话："如果你不使用我们的沙石可以，那你不是瞎眼睛就是断胳膊断腿，你选择吧！"

我带着省政府"关于粮库建设严厉打击沙石路霸违法行为的通知"文件，或监理沙石检验单，分别找了市公安局伍华钢、刘友国两位局长。伍华钢是市公安局常务副局长，他负责局里的110指挥中心项目建设。该项目是他找我批的，总投资8000万元，后来初步设计时调整总投资为11000多万元，超概算3000多万元，市财政不拨款工程停工了。他们又找到我下达了调整概算计划，而且我又分3年，每年在下达年度基本建设计划时，给110指挥中心单列投资计划1000万元，使中心按时建成交付使用。刘友国在市公安局主管公安系统的项目建设，我在计委分管公检法司战线项目审批，几年间我们支持市公安系统的项目的确不少：看守所6个、拘留所2个、戒毒所1个，共9个项目的扩建或新建，总计无偿投资达5900多万元。所以，我与市公安局领导关系都很好。在打击沙石路霸的犯罪行为上，他们很快给予了大力支持。

市公安局根据省政府文件精神和我的要求，成立了有刘友国副局长负总责的“襄樊市粮库建设严厉打击犯罪行为的专班”。他们立即组织力量调查取证，很快拘留了影响襄城粮库建设的强买强卖沙石的两个沙石场的负责人。随即由公安局、市粮建办牵头组织市水利局、市河道管理处、市城管局、市管产资源管理局等执法部门，对市域汉江段在江滩里挖掘沙石单位或个体，进行全面清理整顿，对没有办理采（沙）矿许可证、运沙上街不规范（不遮盖沿路散撒沙石）、阻塞河道影响防洪、有强买强卖、滥采乱挖等违法行为的，分别由各执法部门给予处罚；有违法构成犯罪的由公安部门依法处理。这次对沙石路霸的清理，取缔了 6 个采沙点或单位；给予罚款处罚 5 个单位或个人；强买强卖并利用黑社会伤害他人或影响国家重点项目建设的，逮捕法办 2 人。通过清理严厉打击沙石路霸的违法行为，不仅是对国家粮库建设，而且对其他重点项目建设也是个支持，更主要的是净化了襄樊市投资环境，吸引更多的投资者来襄樊投资。

襄城粮库第二批新扩建又是 1 亿斤库容，需要新征土地。在原仓库向外扩征地的过程中遇到了麻烦。在新征的土地上涉及 3 户居民要搬迁，有 2 户经做工作后，征地补偿费、房屋拆迁费等，采取一次性资金补偿到位，随后其土地及房屋全部腾出来。而另一户成为钉子户，无理要求增加征地补偿和房屋拆迁费。在粮库审批文件、仓库设计、招投标程序、征地手续全都办完，开工建设时钉子户仍然不腾房。我采取砌围墙，把新征地与原粮库形成一个整体单位，把这个钉子户框进粮库院内，进门要进门证，并把他孤立起来，他就采取了过激行动，推倒围墙进出，这样就逼他就范。粮库报警，公安局以“破坏国家重点工程建设和国家粮库建设，并搅乱社会正常秩序构成犯罪”，对他进行依法追究给予了拘捕。同时我安排施工队把推土机、挖掘机开到钉子户家门口，限期半天如不腾房，下午 1 点开始强行推墙拆房。钉子户家里人看到架势，在 1 点前把东西全部搬完腾出了房屋。

襄城粮库建设，从前期准备（如征地、办理规划手续、进行环评、编制可研报告），到项目报批、组织评估、初步设计、招标投标、施工安全、工程进度、质量保证、竣工验收等各个环节，有的是我亲自办理；有的是我直接参与或组织协调，全部由我负责，我是襄城粮库建设第一责任人。在襄城粮库建设过程中，是昼夜不停地施工，三班四上，倒班轮换。我是常到工地查看，时刻放在心上，掌握具体情况，工地上有事及时指导或召开协调会解决。这是新中国成立以来，全国各地第一次由计委从头到尾亲自领导全面负责，交钥匙工程的建设项目。

襄城粮库竣工验收是全省示范的样板。项目竣工后，我及时安排单项验收。主要有：土地、规划、环评、设计、消防、安全、建筑质量、财务决算、竣工验收报告、项目建设总结等。对每个单项验收都有验收过程、结论、验收人签字，最后汇总成册（书）。2001 年 11 月初，我们将襄城粮库第二批扩建单项验收结果报省计委、粮建办，请求省进行综合验收。经省审查后认为，襄樊粮建办对襄城粮库扩建项目各个单项验收很全面，工作做得十分细致，程序到位。同时襄城粮库在全省率先竣工，建筑质量又是优质工程。省里决定，对襄城粮库进行综合验收时，同时召开全省第二批粮库建设综合验收现场示范会，将作为各地市的样板。

2001 年 4 月 27 日下午，省计委、省粮建办在襄樊市验收现场会正式召开。我们在襄城粮库大会议室，从前往后摆了五行（排）桌子。每行三张，首先由 1 人介绍情况，会议代表可坐下来认真翻阅资料和咨询。第一行为：验收指南，指导验收程序、方法、内容、次序等；第二行：土地、规划、环评、设计单项验收资料及结论；第三行：消防、安全、建筑质量、财务决算单项资料及验收结论；第四行：监理竣工验收报告、项目建设总结、单项验收资料汇编（一本书）；第五行：总验收结论、签字（省计委、粮建办文件及省有关验收部门领导签字）。省这次验收，实际上是事前都已组织人验收好了，这次只是现场学习观摩，其目的要求各地粮建办和粮库主任，回去后照本宣科，跟襄樊一样去做。

省计委、粮建办对襄城粮库综合验收结论：襄城粮库单项验收资料齐全，经核实单项验收结论准确，验收程序、内容符合国家计委计粮办〔1999〕2245 号和计综合〔2000〕2354 号文件规定，襄城粮库扩建工程，经综合验收合格，可按照国家有关规定交付使用。

襄城粮库，于 2004 年 8 月经国家发改委等五部门批准上收为“中央储备粮襄樊直属库”，是中储粮湖北分公司设在鄂西北的中心库，负责襄樊、十堰、荆门等市的中央储备粮、最低收购价粮和临时存储粮的收购和管理工作。

经过几年发展，襄城粮库已成为集粮储藏（为中央储备粮食）、加工转化、物流贸易、订单农业等为一体的综合型储备粮管理企业。目前储粮库容量 4.5 亿斤。至 2008 年，襄樊直属库共收购粮油 108 亿斤，促进农民增加收入近 10 亿元。襄樊直属库已建设成区域性政策性粮油管理中心和鄂西北最大的粮油集散地。

2010 年，当重阳节为最后一块稻田脱下盛装，当金秋十月最后一颗玉米进仓，拚将热血荐轩辕，为国担纲广种粮的襄樊人民，粮食总产突破百亿大关，成为长江流域九省百市中唯一一个产粮过百亿斤的大市。襄樊大粮仓，五分荆楚占其一。襄樊粮食过百亿，受到国务院的特别嘉奖，省政府给襄樊奖励 1000 万元。一百亿斤粮食，提升了襄樊人民的壮志豪情，使 300 万农民扬眉吐气。襄樊农民粮食销售有出路，效益有保障，生产粮食积极性更加高涨。

粮食安全是社会稳定的重要支撑。仅 2010 年，襄樊直属库本着“宁亏企业不亏农民”的观念，投入收购资金近 12 亿元，积极入市收购襄樊市小麦 14 亿斤。方便了农民售粮，促进了农民增收，维护了农民利益、保证了粮食市场稳定。

从襄城一个粮库看，对襄樊农民带来这么大的效益和好处，证明了襄樊大力的、千方百计地争取国家多扩库、多投资的必要性和重要性，我相信，襄樊市扩建的粮库，将为襄樊经济和社会发展以及襄樊的农民会做出更大的贡献。

财贸计划工作服务对象主要是面对基层，大部分还是农民，我又为老百姓大众办了这些好事实事，真高兴。

第二十八章　招投标综合管理获殊荣

《中华人民共和国招标投标法》是为了规范招标投标活动，保护国家利益、社会公共利益和招标投标活动当事人的合法权益，提高经济效益，保证项目质量制定的招标投标领域基本法律。是国家计委起草的，1999 年 8 月 30 日第九届全国人民代表大会常务委员会第十一次会议通过，自 2000 年 1 月 1 日起施行。

襄樊市招投标法正式实施的开始，是各行业各部门自行监管并组织招投标活动。

2001 年 11 月，省招投标管理局刘鸣局长，他是省计委投资处处长调到省成套设备管理局任副局长，他去后在该局的基础上组建省招投标管理局。形成了两个牌子一个班子。省招投标管理局，作为省计委二级局，归口省计委领导，省计委授权省招投标管理局，代替省计委行使招投标的综合管理职能。日常具体工作与省计委投资处相衔接。这时刘鸣局长开始抓各市州综合招投标机构的建立。他首站来到襄樊市计委，对招投标法进行了详细宣传、认真指导，并对建立机构和如何开展工提出了要求。

随后市计委党委研究，因要与省计委投资处对口，由我分管市招投标工作。这时我开始认真学习招投标法，研究思考怎样尽快把襄樊市的综合招投标工作抓出成效。

在 2002 年 10 月份，市纪委监察局执法监督室的潘主任，到计委就如何从源头治腐，搞好襄樊市招投标工作进行调查研究，并征求和听取计委的意见。

我先给潘主任指出，国家招投标法颁布两年来，各行业各部门各自分散地开展招投标工作存在的主要问题：

1. 招投标期限过长。有的项目建设单位反映，一个项目从申请招标到拿到中标通知书需七八个月之上，招标过程、时间太长，程序过于复杂，容易延误工程建设期。

2. 招投标违法现象严重。一是有的投标人暗地结成利益同盟，串通投标，如果其中某一投标人中标后，与其他同盟者利益共享，形成围标串标陪标。二是不具备招标项目资质要求或者根本没有相应资质的投标单位，挂靠有资质单位并以其名义投标，或从其他单位租借资质证书参与投标，还有的投标人借多个资质投标。挂靠和假借高资质单位投标现象带来的是“高资质”投标“低资质”施工的后果。三是投标单位中标后将工程违法转包、分包给其他单位施工，从中坐收管理费，使接受转包、分包的施工单位因不具备相应资质而影响工期和工程质量，逃避了行政监管部门的监管。同时有的行业监管部门、投标人、招标人、代理机构、评标专家等，存在程度不同的腐败现象或不良行为。

3. 恶意低价中标。有的行业推行“最低价中标”进行评标定标，有的投标人为了中标压低成本，恶意低价中标。导致在招投标过程中，对标的额下浮率过大，最高达到 20% 或 30% 以上，常常出现整体废标、流标的情况。工程造价的大幅下浮，严重压缩中标单位的合理利润空间后，很难保证工程按质完工。这种不计成本的恶意低价中标会导致行业间形成恶性竞争、工程偷工减料、拖延工期、变更工程量、招标单位与中标单位推诿扯皮等现象发生。造成投标与项目实施的相互脱节，施工变更、工期延误、或停工追加资金，难以得到有效的监督。如市中心医院门诊楼就属于这种情况，投标人开工两个多月后突然停工，要求业主中心医院增加 25% 的投资额，其理由是该工程中标价格过低，无法把工程按质量完成。市纪委、市计委领导，包括我在内召开多次协调会都无法解决。最后采取废标处理，但中标单位不同意又进入法律诉讼，前后又耽误半年之久。给业主单位造成重大损失，给社会带来严重后果。为此，由市纪委常委、监察局副局长周汉文带队，有我参加的一行 7 人，到天津、江苏、深圳进行考察，回市后在我主持下制定出《襄阳市建设工程合理最低价评标办法》。

4. 监管工作不力。目前，是各行业多部门监督管理，他们考虑部门自身利益和个人利益多，缺乏监管力度。多注重招投标程序的合法性监管，而对成为招投标市场通病的围标、串标行为没有强有力的整治手段，执法查纠力度较为薄弱。对评标结束以后，评标结果是否合理，尤其是在招标过程监管不力。

接着提出了我的建议。我认为,《中华人民共和国招标投标法实施条例》规定：国务院发展计划部门（计委）指导和协调全国招标投标工作，对国家重大建设项目的工程招标投标活动实施监督检查。国务院工业和信息化、住房城乡建设、交通运输、铁道、水利、商务等部门，按照规定的职责分工对本行业有关招标投标活动实施监督。县级以上地方人民政府发展计划部门指导和协调本行政区域的招标投标工作。

根据国务院文件，指导协调各地市招投标工作，是各地市计委的一项义不容辞的职能和责任。

要想从源头治理腐败，搞好襄樊市招投标工作，就得将各行业各部门的招投标工作进行整合，施行综合管理，采取两个集中：集中交易场所，建立一个统一的招投标交易中心平台；集中共管监督体系，即由纪委监察局牵头，组织招投标综合管理部门（计委）、行业主管部门、招投标交易中心建立一个联合共同管理体系。同时抓好建章立制，实行几个统一。即：统一监管体系、统一资格预审、统一管理代理机构、统一建评标专家库、统一信息发布、统计记录不良行为等。这样，将市域所有招投标活动，在一个场地从入门到出门，进行全方位、全过程监管，使整个招投标活动在阳光下操作，规范地运行，就可避免或减少腐败和不良行为，以达到从源头治腐的效果和目的。

计委的招投标综合管理工作，得到市纪委监察局的全力支持。市委副书记、纪委书记曲颖是个女同志，有能力，有魄力，是个女能人、女强人。我跟她有个共同特点，事业性强，责任心强，总想轰轰烈烈地干一番事业，自己分内的工作要干就干出成绩、干出一流来。所以襄樊市的招投标工作，如何从源头治腐，加强招投标综合管理，创造性地开展工作，闯出一条新路，走在全省前头，是市纪委监察局、市计划委员会，也是我和曲书记的共同目标和责任。在综合招投标工作上，纪委监察局与计委是互相配合、互相支持、“互相利用”的关系。所为“利用”，就是纪委管的工作面太宽，改革开放后出现腐败案子太多，他们人力、精力顾不过来，就采取分重点的领域、部门、行业组成系统的专班。如综合招投标管理就是“利用”计委的力量进行综合管理，从源头开始防腐治腐。而计委对全市各行业、各部门的招投标进行综合管理，难度很大，基本上无法统一起来，这样就需要“利用”或借助纪委监察部门及曲书记的权力来支持和推动。

制定《襄樊市招投标综合管理暂行办法》。2003 年 8 月 15 下午，市长付明珠在市政府三楼会议主持会议，这是市政府第 5 次讨论《襄樊市招投标综合管理暂行办法》，由于部门利益驱使，在我主持下编写稿拟出后，先后修改了 5 次才通过出台。招投标综合管理的特点是集中在一个平台上阳光操作，建立统一的监管体系，对行业分散的招投标权利从根本上限制和约束，行业部门领导、分管市长都考虑自身利益所以都不同意，在市政府召开的会议上，找各种理由进行极力反对。这次会议上，市纪委常委、监察局副局长张忠刚发言非常严肃地指出：我们不能只考虑自己部门的权和利，要站在党的利益上、人民的利益上、站在源头治腐的高度上来看待《襄樊市招投标综合管理暂行办法》。这个办法就是体现统一平台，集中建管，防腐治腐，你们哪个部门领导在会上签字表态，保证你管的行业或部门自行管理招投标不出现腐败行为。我建议，《襄樊市招投标综合管理暂行办法》，同意的现场签字，少数服从多数，不同意的纪委监察部门下去再查其原因另行研究。结果各部门领导都很快签字同意，主持会议的付市长宣布《襄樊市招投标综合管理暂行办法》与会各部门领导都签字同意，现予以通过。2003 年 8 月 19 日，市政府以襄政发［2003］23 号文下发了《襄樊市招投标综合管理暂行办法》。该办法共有 6 章 40 条，是规范全市整个招投标工作的重要法规依据。

经市政府同意，市编委 2003 年 12 月，以襄机编［2003］43 号下发了《关于成立襄樊市综合招投标交易服务中心》通知。文件明确了编制和职能，市综合招投标交易服务中心由市招投标综合管理办公室管理。同时指出市直（含开发区）所有建设工程交易、土地交易、产权交易、药品采购、政府采购等招投标活动，一律进入综合招投标交易服务中心。市发改委、建委、交通局、水利局、园林局、财政局、卫生局、国土资源局、国资委等 9 个部门的相关招投标工作的科室全部进入中心。各行业行政管理部门过去建立的单项交易场所一律取消，依法履行的相关职能在综合招投标交易服务中心（简称招投标中心）统一监管下开展交易活动。

襄樊市反腐败抓源头工作领导小组，2004 年 8 月以襄源领发［2004］3 号，下发了关于调整市综合招投标工作领导小组成员的通知：经研究决定对市综合招投标工作领导小组成员进行调整，调整后的人员名单如下：

组长：欧阳万坤　市委常委、市政府常务副市长

副组长：周汉文　市纪委常委、市监察局副局长；赵业清　市发展计划委员会副主任

成员：市财局、建委、交通、水利、卫生局等各部门领导（略）。

市综合招投标工作领导小组下设办公室，办公室设在市计委，与招投标综合管理办公室合署办公，承担领导小组日常工作。赵业清同志兼任领导小组办公室主任。翟亚平（市纪委执法监察室主任）、李勇（市发展计划委员会办公室主任）任副主任。

市综合招投标工作领导小组办公室成立了，它是一个机构代表两个方面的工作。一个方面，它是市综合招投标工作领导小组下设办公室，在领导小组领导下开展日常工作；对综合招投标服务中心制定操作程序及全面监管制度；协助纪委监察部门查处案件。另一方面，它是市计委的招投标综合管理办公室，代表市计委行使招投标综合管理职能。国家规定其职能：会同有关部门拟定招投标方面的政策、地方配套规章，提出必须招标范围，指定必须招标项目的招投标公告发布的媒介，并对其实施监督，协调处理各有关部门在招投标活动中的争议和矛盾；对重大招标项目专项稽查，负责全市重点项目招投标过程监督管理；受理全市有关方面对招投标违法行为的投诉，协助纪委监察局查处违反《招投标法》有关规定的行为；负责对各行业各县市的招投标活动进行规范和协调。

2005 年，经市编委同意，将市招投标综合管理办公室纳入行政编制，确定为副县级单位，归口市计委领导。李勇任办公室主任，我作为计委领导分管招投标工作。

襄樊市招投标综合管理办公室成立后，在市纪委监察局大力支持和配合下，襄樊市招投标综合管理工作迅速地开展起来。在全市进行了“七个统一”的综合管理工作。

1. 统一监管体系，实行综合管理

整合招投标机构，建立集中的监管体系。全市建立了纪检监察、综合招投标管理部门（计委）、行业主管部门、招投标中心集中统一的监管体系。对进入市综合招投标交易服务中心（简称综合招投标中心）的建设工程、政府采购、产权拍卖、土地招拍挂等各行业的招投标，从招标公告发布到投标、开标、评标、定标及中标后合同管理等全过程监督管理。

制定地方配套规章。从 2003 年至 2007 年，我分管的五年期间，共制定了招投标法地方配套管理办法等规章 7 部：《襄樊市招投标综合管理暂行办法》《评标专家和评标专家库管理暂行办法》《襄樊市招投标资格预审办法》《襄樊市建设工程合理最低价评标办法》《招标公告和公示信息发布管理办法》《襄樊市招标投标不良行为管理暂行办法》《襄樊市招标投标信用综合评价暂行办法》等。

市综合招投标中心也制定了《中心工作人员岗位职责制》《招标公告发布登记制度》《招标工作文档建立制度》《中心工作程序及规则》《招投标监控管理制度》《配合案件查处制度》《中心考核制度》《廉政建设制度》等一系列管理制度，以加强自身管理，保护招投标当事人的合法权益。另外还将招投标法律法规、地方配套规章、中心管理制度、运行程序等上墙公布，同时在大厅屏幕上滚动播放。

在纪委的支持和各部门积极配合下，市招投标综合管理办公室制定和实行“七统一”，来规范招投标工作，进行全方位监督管理，确保招投标工作顺利开展。

在中心建立统一监管体系后，采取三项措施不断查处案件。

一是在日常监管中，中心协助市纪委监察局对全市招投标违规违法的案件进行认真调查、取证及处理。同时还协同招投标综合管理办公室或行业主管部门的人员，对全市招投标工作定期或不定期地进行检查，依法查处违法违规行为，净化招投标市场。据统计，仅 2005 年共接到招投标投诉 40 件，全部办结。对投诉查处的违法违纪行为，本着“客观公正，实事求是，维护招投标人权益和市场秩序”原则，做到件件有调查，件件有结论，件件有回音。因此，保证了襄樊市招投标市场长期稳定、健康发展。

二是聘请市人大代表、政协委员为行风监督员，监督招投标管理与执法情况，保证依法交易健康有序运行。

三是建立举报投诉制度，受理群众的检举控告，对不认真履行职责的部门和单位，提交市纪委监察部门，追究其主要领导和当事人的责任。触犯法律的，移交司法机关依法处理。

2. 统一招投标平台，源头治理腐败

中心始终以“公开、公平、公正”为准绳，以推进市场化、规范化、法制化运作为重点，以实现招投标“阳光交易”为目标，建立起统一、开放、竞争、有序的招投标市场，认真履行工作职责，严格招投标程序，规范招投标活动，不断提高服务监管水平，使襄樊综合招投标工作实现质和量的飞跃。

（1）建成统一的平台，对全市招投标工作进行管理和监督。2004 年底，建成有 3200 平方米的市综合招投标中心平台，其中：18 间办公室（9 个行业部门设立窗口及中心办公室）、2 个开标大厅、一个公示（兼休息）大厅、两个评标室、一个监控室、一个监察室、一个受理投诉查处室、一个档案室等，配备了计算机网络控制、查询和自动化办公系统，设置了电子大屏幕信息发布系统、触摸电脑信息查询系统和视频音频实时监控系统，基本实现了招投标信息化。

把招投标中心建成为“一站式”办公服务平台，市综合招投标中心启用了以“集约办事流程，明确岗位职责，规范监管标准，提升服务形象”为主要目的，统一了办事程序、规则、时限和工作标准，构建起“集中服务、阳光操作、有效制约、规范有序”的高效率监管和服务模式。目标是将襄樊综合招投标中心，建成全省一流的服务、监管兼备的平台。

除搞好本中心工作外，还大力推进各县市建设综合性招投标统一平台。集中时间到各县市进行协调、督办、指导，确保了各县市综合招投标中心平台的建立。

（2）各部门的“招投标工作全纳入”综合招投标中心实行统一管理，在阳光下操作。建设工程等 9 个部门管理的招投标交易场所全部撤销，其交易全部转移到市综合招投标服务中心的统一平台上。把投标申请、资格预审、组建评委、发标、答疑、开标、评标、定标等所有招投标活动，及其各个环节必须全部进入到市综合招投标中心规范运行，接受全过程监督管理。

（3）将“区域性全范围”的招投标，统一进入市综合招投标中心。它是指襄樊市区范围内，含各城区（襄城、樊城、襄州区、东津区政府，鱼梁州、高新开发区管委会）范围内的所有招投标工作。综合招投标中心建立后，停止各城区、各部门、各行业招标投标交易场所的运作，全市所有建设工程（包括房屋建筑、城市基础设施、市政设施、园林绿化、交通、水利等）、政府采购、土地招拍挂、产权交易、药品采购、勘察、设计、监理等招标投标交易活动全部进入市综合招投标中心。以便于集中统一管理和监督。

2005 年以来，襄樊市委、市政府按照省委、省政府提出的“一个城市一个中心”的原则，先后下发《市委办公室、市政府办公室关于加强市综合招投标交易服务中心建设的通和》（襄办文［2005］42 号）和《中共襄樊市委、襄樊市人民政府进一步加强高新技术产业开发区建设和发展意见》（襄发［2006］3 号）文件，明确指出：强化综合招投标交易服务中心统一管理。要坚持一个服务平台，多种交易职能，统一服务管理原则。各进驻单位要服从市综合招投标服务中心的统一管理，同时履行好各自职责，提供高效，优质服务。该文再次强调将市直（含开发区）所有招投标活动和交易一律进入市综合招投标中心，实行市场化运作。但从文件下发后，市高新技术产业开发区招投标仍在自己独立运行。为落实省、市两级党委、政府决定，2006 年 5 月 20 日，我先以市综合招投标领导小组办公室名义下达《关于进一步统一襄樊市招投标交易市场的通知》，直接点名要求高新区从文件下发之日起，不得再在该区开展招投标交易活动，若再不执行将依法追究有关责任人的责任。并将文件在襄樊日报、政府网站登载，在电视上反复播放，形成强大攻势和压力。接着，我分别找市委、政府、市纪委、监察部门领导汇报，高新区不进入市综合招投标中心，是对省、市两级党委、政府决定不执行以及对源头治腐的危害性，最后在市委、政府主要领导支持下，由市纪委领导出面，明确指出：高新区若再拒不执行上级决定，将对其主要领导按照违纪和抵制源头治腐工作追究责任。在高压下，高新区撤销了自己的招投标交易中心，将区招投标交易移交到市综合招投标中心。

（4）平台上全面体现公正公平原则。市综合招投标中心构建的招投标平台上，按照“公开、公平、公正”的招投标原则，择优选择施工队伍。

公开择优选择投标单位，从源头上把好入围关。确定潜在投标人的入围资格，历来是困扰建设单位的一大难题，也是容易滋生腐败的一个重要环节。市综合招投标中心推行的IC卡报名、智能化资格预审、电脑抽选入围系统，从技术上化解了建设单位面临的方方面面“人情关系”的压力，既有利于把好投标单位入围关，也起到了保护建设管理人员的积极作用。现在各报名单位必须凭自身资质、信誉和实力获得入围资格，那些想靠“打招呼”入围承接工程的单位只能自动止步。

公平公正确定中标单位，从环节上把好评选关。采用电脑系统抽选评标专家，语音系统自动通知，综合招投标管理单位、纪检人员、行业监管人员、业主代表现场监督。评标室采用封闭通道和电子门禁系统管理，非指定人员无法进入室内，保证了评标过程的保密性，最大限度地减少了人为因素的干扰。评标过程中，在业主休息室内设有监控设施，纪检监察人员、中心监督员和业主可通过视频视听对评标现场进行场外监督，既避免了评标专家现场的不规范行为，又体现了“公平、公正”原则。

下一步还将实现前后台管理网络无缝衔接，“一站式”办公、信用监管、专家抽取、指纹识别、计算机辅助评标、合同履约管理等系统有机衔接，形成闭合监管体系。在此基础上，我们逐步推进网上受理、网上审查、网上决定、网上告知，为建立“四大一全”即“大交易、大平台、大监管、大服务”和“信息齐全”的招标投标监管和合同履约监管模式奠定了基础。

建立综合招投标中心的主要目的就是形成一个招标投标的有形市场，便于招投标综合管理机构，对全市招标投标行为进行监督和管理。其基本原则是一个中心，多项功能，集中管理，形成统一、开放、有序的交易市场。

（5）升级软硬件，提高综合服务功能。新购笔记本电脑、投影仪，极大改善二次评标速度慢和投影不清的问题；新增先进照相、摄像设备，对每次开标进行拍摄，如对开标大厅、评委室、专家抽取等招投标的重要环节，采购先进滚动摄像和录像电子监控系统，进行全过程监控。并为有需要的单位提供开标和评标录像光盘刻录服务，同时为市纪委监察部门和计委招投标综合管理办公室提供远程监控；在中心评标室新装电子呼叫系统，让评委能在第一时间通知到中心管理人员；制定专门对外公示栏，把每天的开标信息第一时间多渠道地传给参加招投标人员；在大厅摆设书架，中心订了大量的报纸和有关招投标书籍杂志，免费提供给参加招投标的人阅读；同时还提供水、茶、水杯、茶几、座位等休息间及其服务。

（6）加强对中心入住的窗口人员的管理，建立相对完善的考核机制。市直各行业进综合招投标中心设立窗口的人员，业务受本单位领导，但接受中心的监督和管理。把他们的综合招标投标工作情况，列入综合招投标中心年度目标，进行工作考核。在中心受理招投标业务，实行“一站式”服务，严禁“双轨运行”；窗口工作人员要遵守中心的学习、作息、考勤、考核、卫生、设施管理等各项制度，共同为中心招投标活动搞好服务；在中心的各项招投标活动必须按照中心程序规范运作；中心根据窗口工作人员的实际表现定时向窗口单位反馈意见，客观公正的对其进行年度考核，并作为其单位对本人的年度工作考核是否称职或评优的主要依据。

（7）利用综合招投标平台，在专家库和代理机构管理、发布信息、资格预审、评标过程、工作程序等方面，从每个环节把好入口关出口关，环环紧扣，源头治腐。

3. 统一资格预审，严格市场准入

招投标进行资格预审，是从源头防止围标、串标和排他性招标的腐败现象发生，使招标真正实现公开、公正、公平的原则。

资格预审是严格市场准入、择优选择施工单位的重要环节，也是招投标工作中最容易形成围标串标、产生腐败的环节。因此，自 2004 年底，我市就开始了各种尝试。我们率先在宜城、枣阳二市试行了由监察、招投标综合管理办、行业管理部门、业主单位等组成的资格审查委员会，对入围施工队伍（或投标人）进行资格审查。通过加强事前防范和程序督办，由资格审查委员会实行会审制和投票制共同对入围人的资格进行评审确定，分散了招投标人或代理人或部门领导在预审时“一言堂”的权力，防止和减少了围标串标及腐败行为的发生，取得了很好的效果，我们在理论和实践上积累了宝贵经验。再者，由计委（我）牵头，组织市有关部门，先后到天津、山东、福建、深圳等外省市进行考察学习，结合本市实际和我们的试点经验，经充分酝酿协商，以市政府名义出台了《襄樊市招投标资格预审办法》。其重点明确了“一个坚定、二个全部、三个统一、四个必须”。

一个坚定：就是坚定地执法决心不动摇。要依照《国家招标投标法》《襄樊市招投标资格预审办法》，严把招投标第一关，即招投标资格入围预审关，真正做到从源头治腐，搞好襄樊市招投标综合监督管理工作。

二个全部：（1）适用范围全部覆盖。规定襄樊市范围内的投标人、招投标代理单位、综合招投标评委库专家、确定政府投资项目业主、产权拍卖交易人以及土地招拍挂投资人（统一简称招标人，下同）等各种类型，全部进入市综合招投标中心。（2）资格预审过程全部纳入。即：将资格预审报名、申请人文件送达、审查委员会评审等全过程，纳入市综合招投标中心规范运作。

三个统一：（1）统一审查方法。按照《襄樊市招投标资格预审办法》进行资格预审。（2）统一运用标准文件格式。招投标人必须采用市综合招投标中心统一印制的《资格预审文件》标准文本，来进行编制《资格预审文件》和《资格预审申请文件》。（3）统一操作规程。从资格预审的公告发布、文件编制、发售、申请人编写申请文件、组织审查委员会评审，都制定了规范严谨的操作程序，确保资格预审工作有序、高效运行。

四个必须：（1）必须建立严格资格预审公告制。要求招标人或委托的代理机构按照《襄樊市招标资格预审文件》规定格式编制资格预审公告，在经中心审查登记后，并在襄樊市政府网站上予以发布，最短不得少于5个工作日。（2）必须建立严格的资格预审文件备案制。在资格预审文件发出之前，必须把资格预审文件提交给中心备案。（3）必须实行严格的审查委员会评审制。资格预审评审由招标人会同有关监管部门，从市综合评标专家库中随机抽取专家，依法组建审查委员会进行评审。（4）必须接受严格的监督管理。规定进入中心的资格预审，必须在监察部门、招投标综合管理办、行业监管部门的共同监督和管理。《襄樊市招投标资格预审办法》的实施，打破了襄樊市招投标资格预审长期以行业为单位分散的管理体系，改变了资格预审由各行业自定标准、自己操作的工作程序，使襄樊市招投标资格预审工作，形成了“四个统一”，即：统一的操作平台、统一的审查标准、统一的操作程序、统一的监管体系，确保资格预审公开、公平、公正、有序地进行，防止和减少围标串标行为的发生，保证了招标投标资格预审全过程的公开透明。从制度上解决监管工作的公正廉洁，它是从源头治腐的一项重要措施。

4. 统一管理代理机构，减少违法行为

招投标综合管理办公室牵头，会同有关部门，建立不同专业类别的《招投标代理机构预选库》。招标人确定招标代理机构，必须从市综合招投标中心，统一建立的招投标代理机构预选库中选用。招投标代理机制初次进入中心，必须进行严格审查其具备的资格等条件，合格的按程序进入《招投标代理机构预选库》后，方能正式开展业务。中介机构在中心从事代理业务时，必须遵守中心管理制度，服从中心监管。

综合招投标中心对招投标代理机构资格实行市场准入和清出制度，加强对招投标代理机构及其从业人员的动态监管，对招投标代理机构挂靠出让资格（资质）、泄密、弄虚作假、串通招投标人和参与、干预、贿赂招标人、影响专家评委正常评标活动的将依法给予严肃处理。对违规违法、存在不良行为的招投标代理机构，情节严重者要停止其 1 年 –2 年的参与招标代理业务，情节特别严重的按照有关规定取消招标代理资格，并予以清除市综合招投标中心。

招投标代理机构在中心建立信誉档案进行信誉记录，对单位及其从业人员的不良行为通过信息平台向全社会公布。经常采取“扶优一批，惩劣一批，清除一批”，不断提高招投标代理机构人员的素质和执法意识。

对从事招投标代理专职人员进行定期考核，实行持证上岗制度。未取得综合招投标中心颁发的上岗证，不得在中心从事招投标代理业务。招投标代理机构及其代理人员的考核，由行业主管部门和综合招投标中心共同进行。考核结果在市政府网站和中心进行公布，并与该招投标代理机构资格年检、升级挂钩。

任何单位和个人不得违反规定，限制具备代理服务资格条件的招投标代理机构进入中心代理业务。同时还要培育招投标中介机构，使其实现政企分离，规范运行。2004 年，市直招投标中介机构由 2003 年的 4 家增为

9家。让已取得资质的招投标中介机构进入中心开展业务工作，取消了各部门只用自己管理的或关系好的招投标代理机构的做法。使之形成相互间的公开、公平竞争，为招投标市场的阳光操作创造条件。

5.统一设立专家库，公正合理评标

在招标活动中，建立统一的综合评标专家库，并对其进行使用和管理，是规范招标质量的一个重要环节，是保障公开、公平、公正的必备措施，对提升我市招标市场的诚信度和深入贯彻落实《中华人民共和国招标投标法》和《襄樊市招投标综合管理（暂行）办法》，都具有不可估量的推进作用，同时，也是从源头治腐的重要举措。

市委办公室、市政府办公室《关于加强市综合招投标交易服务中心建设》的通知明确指出：由市综合招投标工作领导小组办公室，组建跨行业、跨部门、能满足各种工程类别评标需要的综合评标专家评委库。市区所有建设工程招投标活动评标专家均需从综合评标专家评委库中随机抽取，以确保评标专家客观公正评标。

建立统一的襄樊市综合评标专家评委库，是将市域各行业专家评委库，分别纳入市、县（市）综合招投标交易服务中心，进行审核整合建成市县两级各自统一的综合专家库，由市、县级综合招投标中心实行统一管理，随机抽取，资源共享。整合补充调整后，襄樊市综合专家库内设房屋建筑、市政工程、交通、水利、园林、绿化、装饰装潢、药品采购、政府采购、产权交易、土地招拍挂等涵盖14个类别，达到890人，能基本满足全市评标要求。综合招投标专家评委库建立后，同时停止和废除各行业部门原自建的专家评委库。

综合评标专家库建库之初除各行业整合入库的评委外，日常还要不断扩充、完善、调整评委专家，新进的专家评委采取行业推荐、社会公开招聘由个人申请的方式组建。中心和有关监管部门对申请人或被推荐人进行评审，接受申请或者推荐人在政府网站进行公示，公示期到时间后，对于有异议和投诉的，不予入库；对无投诉的专家系统会自动录入到专家库中，中心向符合规定条件的申请人或被推荐人颁发评标专家证书。

对入库专家坚持高标准，严要求。一是严把质量关。按照评标专家的标准，对各行业原有的评标专家进行一次审核整合，优胜劣汰，确保质

标综合管理办公室及行业主管部门投诉、举报。

除上述招标公告的发布外，还建立了规范的招投标信息公示制。全市所有的招标投标信息发布，统一指定市政府网站为全市招投标公告的新闻媒介，以政府网站为平台，实现网上发布信息、网上公布中标结果、网上公布违法和不良行为、网上公示各类资格预选人、网上提供政策咨询、网上受理投诉等。

如中标信息的发布，中标人确定后，招标单位或招标代理机构负责在一个工作日内将中标的相关信息，如开标时间、地点、中标人、中标额等，除在中心平台上公布外，及时提供给市政府网站上网发布，以便接受社会监督。

建立快速投诉举报平台，接受社会监督和投诉举报，同时，面向社会公布投诉举报电话和信箱，由中心监管部配合市纪委监察局、计委招投标综合管理办公室和行业监管部门调查处理举报投诉。

7. 统一记录不良行为，公布查处结果

由发改委综合招投标办公室起草，市政府襄政办发［2005］16号，转发了市发改委《关于建设工程不良行为记录和公示办法》。该《办法》规定：本办法所称不良行为，指中标的单位在工程建设过程中违反国家和省颁布的法律、法规、党纪、政纪以及违反规章、规范、规程的不良行为。本《办法》，列为工程建设不良行为记录界定为8类，共112款。

根据不良行为的情节和性质，除对单位（企业）或个人依法追究法律责任、党纪政纪处分、各行业主管部门降低资质资格等级或吊销资质资格证书外，在中心招投标进行预审时，凡是有不良行为记录的，一律不得入围参加投标，情节较严重的三年内不得参与招投标活动。

对评标人、投标人、招标代理机构、工程造价咨询单位等，因有不良行为的，不得参加和入围招投标活动。

公示内容，是指上述行为经市行业行政主管部门或其他监督管理机构查实处理，或纪检、监察、检察院、法院，以及综合招投标管理办公室查实处理、定性结案所形成的不良行为记录。

工程不良行为记录和公示制度，采取逐级公示办法。记入信用档案的不良行为，由不良行为发生地和单位（企业）工商局注册所在地，行政主管部门与综合招投标办，将其不良行为的情节、性质、危害程度和处理结果在襄樊市政府网站、综合招投标中心及各行业主管部门网上公示。公示时间为 6 至 24 个月。

在开展记录不良行为，公布查处结果的同时，还要进一步调动社会力量参与招标投标信用体系建设，增强招投标活动参与人的诚信意识，形成业内履约践诺、诚实守信的良好氛围。建立招标投标领域守信激励和失信惩戒机制，是贯彻落实《襄樊市招标投标信用综合评价暂行办法》的重要举措。建立招标投标信用信息采集、信用综合评价和评价结果应用的工作机制，将招标投标信用综合评价的结果，作为其实施资格审查、评标、定标、合同签订和履行的依据。进行记录不良行为、公布查处结果、信用综合评价，能使参加招投标活动人员的素质和信用度得到很大提高，净化招投标市场。

襄樊市招投标综合管理工作得到省委的充分肯定，并称之为“襄樊经验”在全省范围广泛推广。

2005 年 5 月 11 日至 5 月 12 日，全省综合招投标服务中心建设经验交流会在襄樊市召开。省委副书记、省纪委书记黄远志，省委常委、常务副省长周坚卫出席会议并作了重要讲话。省政府、省纪委、监察厅、省直有关部门领导，各市（州）、直管市常务市（州、区）长、监察局局长、以及计委、综合招投标办主任参加了会议。襄樊市各县（市）区、开发区常务副县（市、区）长，市直有关部门领导列席了会议。襄樊市发改委作了《从源头治腐做好综合招投标管理工作》的专题汇报。

黄远志书记在会上讲话强调：全省各地要认真学习襄樊市的工作经验，在“三真”上下功夫，推动全省综合招投标中心工作平衡发展。

第一，要真学，首先，学风要正。要克服两种情绪，一是克服盲目自满情绪，要看到他人长处，在找自己差距上下功夫，否则学不到真经；再者，成效要好。要通过襄樊会议的经验交流、现场观摩和领导讲话，学人之长，不断深化，将会议效果体现在进一步推动全省综合招投标中心工作上新的台阶，达到推进工作深入发展，共同提高工作水平的目的。

第二，要真抓。要坚持把综合招投标中心建设好、监管好。一定要做到领导落实、专班落实、工作落实、监管落实，不能开一次会就动一下，那样的工作是做给领导看的，是花架子。要努力把综合招投标中心工作融入五个方面：即融入经济建设、政治建设、社会建设之中；融入综合招投标管理中心去；融入转变职能、转变作风之中；融入反腐倡廉工作之中；融入工作岗位、各个环节之中，确保取得实实在在的成效。如襄樊市综合招投标服务中心，就有几个鲜明的特点，第一个特点是领导带班，是领导亲自到中心去上班，在那里解决问题。第二个特点是整体进中心，是搞招投标工作的人员及其全部工作都进中心，而不是留部分人员在原机关将部分工作带回单位办理，在中心应付一下，实际审批办理都还在局里，双轨运行。襄樊市这样才叫真抓实干。

第三，要真干。领导要真干。对于综合招投标中心建设和管理，各级党委要重视，政府要主抓，要加强领导，要真干，干出成效。襄樊市建立一个综合招投标中心，有利于资源整合，降低行政成本，便于集中管理。中央提出的四句话要求，特别是中心怎么跟主管部门脱钩，没有综合招投标中心是做不到的，襄樊市由发改委牵头，把九个部门组合在一起，自身就是一种“伟大的创意”，需要组织，需要有开拓精神。医药招投标、政府采购、产权交易、城镇建设、工程招投标都在中心运作，这是我们多年来想解决没有解决好的问题，襄樊做到了。下一步要进一步研究全省怎么保证规范运行，防止暗箱操作，加强管理的问题。

襄樊市招投标工作经验，概括起来：“建立统一综合招投标中心，实行综合监督管理”。具体讲，他突出的特点是：全市城区只建立一个综合招投标中心，把各个行业部门所有的与招投标有关的工作和人员及其职能，全部进入这一个中心，组建一个综合管理体系，实现“七个统一”，进行全过程的综合监督管理。

2000 年《中华人民共和国招标投标法实施条例》中，第四条 国务院发展改革部门指导和协调全国招标投标工作，对国家重大建设项目的工程招标投标活动实施监督检查。国务院工业和信息化、住房城乡建设、交通运输、铁道、水利、商务等部门，按照规定的职责分工对有关招标投标活动实施监督。

县级以上地方人民政府发展改革部门指导和协调本行政区域的招标投标工作。县级以上地方人民政府有关部门按照规定的职责分工，对招标投标活动实施监督，依法查处招标投标活动中的违法行为。

这个条例明确指出，国家发改委及国务院其他部门“按照规定的职责分工对有关招标投标活动实施监督。”“地方人民政府有关部门按照规定的职责分工，对招标投标活动实施监督。”这里没有规定集中统一交易场地，也没有讲综合监管，而规定的是各行业各部门自行单独实施监管。地方经过几年的实践证明，各行业部门分散监管，弊端太多，有的监管不严，有的重部门利益轻管理等。我在前面讲的存在四个方面的问题，不仅没有解决，而且越来越多，腐败越来越严重。引起了省领导的高度重视，要从源头治腐，就得加强招投标综合管理，建立集中统一的监管体制，就需要修改原来不适应的法规和制定责任追究制的办法来严控重管招投标工作。

2007 年 2 月 27 日，湖北省纪委以鄂纪发［2007］8 号文件，印发了《关于违反招标投标法律法规行为的纪律责任追究暂行规定》(以下简称《规定》)。这个《规定》就是全省在襄樊市召开现场会后，肯定和采用了襄樊建立综合招投标中心和综合管理的经验，不仅在全省进行推广，还要追究责任，保证其实施。《规定》的第四条：招标人对国家和省投资达到规模标准的水利、交通、能源、城乡建设、教育等建设项目以及省级政府采购、产权交易、土地经营权招标拍卖挂牌出让、医疗器械和药品采购等项目，不按规定进入“省综合招投标中心”进行招投标的，追究其直接负责的主管人员和其他直接负责人员的责任。

省纪委文件中指出：“不按规定进入‘综合招投标中心’进行招投标的，追究其直接负责的主管人员责任……”这里的“综合招投标中心”就是襄樊市的首创，襄樊经验得到省委、省纪委的肯定和推广。

2007 年 7 月 8 日，湖北省政府令第 306 号《湖北省招标投标管理办法》(以下简称《办法》)已经省人民政府常务会议审议通过。

省里 2007 年这个招标投标管理办法与 2000 年颁布的招标投标管理办法，有较大的改变，相比较不同处在于，1. 第四条　省人民政府成立的由发展改革委等行政主管部门组成的省招标投标工作管理委员会，这个招标投标“工作管理委员会”，相当于襄樊市的招投标的“综合管理办公室”，它是指各个行业部门共同管理招投标，这一点跟襄樊是一样。2.“县以上人民政府的招投标管理办公室，负责本行政区域内招投标活动的‘综合监督管理’”。这个规定明确指出是“综合监督管理”，这一点完全与襄樊一样，即名称提法、职能也一样。3. 第五条 本办法规定必须进行招标的项目，必须按分级的原则进入综合招投标中心招投标。禁止任何形式的场外交易。这一条更加明确地指出“必须进入综合招投标中心招投标”，它完完全全跟襄樊一样，是襄樊原话的使用。

省纪委、省政府 2005 年 5 月，在襄樊市召开全省经验交流现场会，在会上省领导强调要各市州学习、推广襄樊经验，时隔两年，省纪委在《规定》里、省政府在《办法》中，都吸纳和采用了襄樊市的“建立统一综合招投标中心，实行综合监督管理”的经验。

“襄樊经验”，是在市政府李德炳市长、市纪委曲颖书记领导下、市纪委常委、监察局副局长周汉文、张忠刚的大力支持下，及招投标中心李勇主任等同志共同努力下得来的。以我为主并直接领导招投标综合管理办公室和综合招投标中心的工作，得到了省委、省纪委、省政府高度肯定和赞誉，取得了极大的殊荣，感到非常值得自豪，因为它是我人生工作中一个重要的闪光点。

第二十九章　投资工作创辉煌

一

我国真正意义上的投资计划工作，或称投资计划体制，是从1998年国务院批准国家计委《深化投资体制改革方案》开始的。

在此之前，全国是计划经济体制时代，国家当时实行的是人、财、物平衡，国家的财政收入首先保证人头吃饭，第二位的是搞好物资生产，主要生产的是满足人们需要的生活资料和部分急需的扩大再生产的生产资料，第三是满足国防建设需要，第四位才是基本建设投资，即国家的投资体现在基本建设项目的载体上。在地方计委内设机构中，有物资分配计划科、工业农业计划科、内外贸易计划科、文教卫计划科、劳动工资计划科等。这些业务科的计划都是和社会各个行业对口的业务相联系，主要是对其生产的产品和各种指标进行计划分配。基本建设科是对工业、农业、商业、交通运输、城市建设、文教卫等各行业系统所有的基本建设项目投资计划统一审批下达。因当时财政用于建设扩大再生产的资金不多，批的基建项目也较少。

随着国家经济体制改革的深入和市场经济的实行，在1998年深化投资体制改革后，计委各业务科职能全部进行调整。原来各业务科不再下达产品生产计划或分配指标，有的科室没有职能了，有的科仅是宏观调控、搞搞调研，基本上是无事可干。正值这时国家提出以消费、出口、投资三驾马车拉动经济，随后经济得到迅速发展。国家注重投资发展经济，投向基本建设的资金多了，如何加强投资管理是新时期的重要任务。计委党委审时度势，及时撤销了基建科，成立了投资计划科。计委各业务科职能进行了重大调整，业务科与其对应的行业部门进行投资计划审批与管理。如，农业科管对口整个农业系统含农业局、林业局、水利局、畜牧局、农机局、气象局等各部门的基本建设即项目投资计划的审批或上报。其他科类推。投资科除管好党政机关、城市建设、公检法司、环境保护系统投资项目审批外，还兼有计委各业务科的投资项目综合，上报或下达全市年度投资计划；综合分析全市投资情况；制定地方投资配套管理办法；规范投资工作行为和程序；全市投资项目初步设计审查等。

本章仅对国家投资体制改革和我分管的投资工作回顾。

在 30 年的改革历程中，投资体制的改革一直伴随着经济体制的改革不断向前推进，大体上可以分为三个阶段。

第一阶段，高度统一的投资管理体制（1949 年 –1978 年）。

这一时期，在高度统一的计划经济体制下，实行的只能是高度集中统一的投资管理体制。1958 年，中央和中央各部门由集中统一管理为主转变为以地方管理为主。1961 年，中央实行收权措施，重新恢复集中统一的投资管理体制，一直到改革开放之前。可以讲，这一时期大到国防军工的原子弹制造、小到购买穿线之针，都需高度统一的计划，各种票据如粮票、油票、煤票、肉票、布票等应运而生。由于人口多、收入少、国力弱、物资缺，当时实行高度统一的投资管理体制是必须的。

第二阶段：不断探索改革阶段（1978 年 –2004 年）。

以党的十一届三中全会的召开为标志，拉开了中国改革开放的序幕，投资体制从一开始便成为我国经济体制改革的重要内容。在改革开放后的近 25 年中，投资体制改革不断深化。实行的改革主要有：

（1）简化了投资项目审批程序，扩大了地方政府的投资决策权

2001 年，原国家计委下发了《关于取消部分行政审批事项的通知》，不再审批不需要中央政府平衡资金、国家产业政策鼓励发展的项目，按照谁投资、谁决策的原则，地方政府投资的项目由地方计划部门审批。

（2）积极推进了投融资体制改革

从 1980 年开始实行的“分灶吃饭”的财政包干体制，地方财政预算内统筹基本建设投资和机动财力等预算外收入成为地方政府扩大基本建设投入的重要资金来源。也就是从这时开始，预算外收入开始用于投资建

设，并纳入基本建设程序管理。

1981年，国家财政预算内基建拨款实行“拨改贷”，“实行基本建设贷款制度”。

1988年，成立了6个国家投资公司，经营性投资项目由投资公司安排、管理。

1994年，国家投资公司撤销，组建国家开发银行，由国家开发银行负责发放政策性投资贷款。

第三阶段：深化投资体制改革（2004年至今）。

2004年，《国务院关于投资体制改革的决定》出台。《决定》是适应我国社会主义市场经济发展而制定的重要法规，也是改革开放以来投资领域最全面、最系统的改革方案，为我国投资领域今后一个时期的改革和发展指明了方向。

一、深化投资体制改革原因

（一）政府投资范围过宽，基层公共投资不足。（二）中央政府与地方政府的投资责权不明、事权划分不清，严重影响了政府投资管理的科学性和管理效率。（三）政府投资决策的科学化、民主化水平需要进一步提高。（四）建设实施管理不严，专业化水平不高。超概算、超标准，是普遍现象；资金挪用常有发生；“豆腐渣”工程令人担心等。（五）投资责任追究制度有待建立。（六）政府投资的法律、法规不完善。政府投资的法规特别是中央政府一级，几乎是空白。

二、深化改革指导思想和主要目标

深化投资体制改革的核心指导思想：“在国家宏观调控下充分发挥市场配置资源的基础性作用，确立企业在投资活动中的主体地位，规范政府投资行为，保护投资者合法权益，营造有利于各类投资主体公平、有序竞争的市场环境，促进生产要素的合理流动和有效配制，优化投资结构，提高投资效益，推动经济协调发展和社会全面进步。”

投资体制改革主要目标：改革政府对企业投资的管理制度，按照“谁投资、谁决策、谁收益、谁承担风险”的原则，落实企业投资自主权；提高投资决策的科学化、民主化水平，建立投资决策责任追究制度；进一步拓宽项目融资渠道，发展多种融资方式；健全投资宏观调控体系，完善调控手段；加快投资领域立法进程；加强投资监管，维护规范的投资和建设市场秩序。通过深化改革，最终建立起市场引导投资、企业自主决策、银行独立审贷、融资方式多样、中介服务规范、宏观调控有效的新型投资体制。

三、深化投资改革主要内容

（一）合理界定政府投资范围

政府投资主要用于关系国家安全和市场不能有效配置资源的经济和社会领域，包括加强公益性和公共基础设施建设，保护和完善生态环境，促进欠发达地区经济和社会发展，推进科技进步和高新技术产业化。中央政府投资除本级政权等建设外，主要安排跨地区、跨流域以及对经济和社会发展全局有重大影响的项目。

（二）确立企业投资主体地位

把政府对投资项目的管理办法划分为审批制、核准制和备案制三类。即：政府投资建设的项目，由政府进行审批；对不使用政府投资建设的项目，一律不再实行审批制，区别不同情况实行核准制和备案制；对外商投资项目一律执行核准制。这种划分确立了企业的投资主体地位，明确了政府和企业的投资范围，使各类投资主体能够根据市场的需要自主进行投资决策，有助于改变长期以来投资领域“政企不分”的现象。

（三）规范了政府投资行为

在改进政府投资项目决策机制方面，要求政府投资项目一般都要经过符合资质要求的咨询中介机构的评估论证；对特别重大的项目要实行专家评议制度；将逐步实行政府投资项目公示制度，广泛听取各方面的意见和建议，等等。

在规范政府投资的资金管理方面，政府要根据资金来源、项目性质和调控需要，分别采取直接投资、资本金注入、投资补助、转贷和贷款贴息等方式。针对不同的资金类型和资金运用方式，确定相应的管理办法，逐步实现政府资金管理的科学化、制度化和规范化。

在政府投资项目的审批程序方面，合理划分中央和政府部门、地方政府的审批权限，发挥中央和地方的积极性。对于政府投资项目也简化审批程序：对采用直接投资和资本金注入方式的，从投资决策角度只审批项目建议书和可行性研究报告；对采用投资补助、转贷和贷款贴息方式的，只审批资金申请报告。审批程序的简化，有利于经济和社会事业的发展。

（四）加强对投资活动的监督管理

建立和完善对各类投资者进行监管的体系。

对政府投资，为防止决策失误和腐败事件的发生，建立政府投资的“问责制”，对不遵守法律法规给国家财产造成重大损失的，要依法追究有关责任人的行政和法律责任。同时要通过完善政府投资制衡机制，进一步加强对政府投资项目的审计监督，完善重大项目稽查制度。

（五）明确政府投资项目审批分制进行

政府投资项目原来是高度统一的投资管理体制，现在对于企业不使用政府投资建设的项目，一律不再实行审批制，区别不同情况实行核准制和备案制，也就是说深化投资体制改革后，政府对投资项目审批按照审批制、核准制、备案制三种类型进行。对企业投资项目一律不再审批，分别实行核准制或备案制，是此次投资体制改革的最大亮点。是投资体制改革重要里程碑。

二

从2003年至2008年，我分管投资工作期间，主要抓的工作：

（一）制定地方规章，规范项目审批程序

一是制定房地产开发程序，进行规范管理。襄樊市房地产开发市场曾一度管理混乱，“一栋二栋不成片、不成块的随意建”，完全处于一种无序开发状态。一些开发商规避程序，逃避监督和管理，出现了很多损害群众利益的问题，为积极探索市场经济下加强和完善投资管理新途径，2003年4月初，计委（我）联合市房管局、建设局、国土局、规划局，邀请部分房地产企业老总参加，召开房地产开发座谈会，共同研究如何加强房地产开发与管理。在此基础上发改委与上述几个管理部门，联合下发了《襄樊市房地产开发建设管理与审批程序》。文件明确开发商应向发改部门提交项目申请报告，具体程序是：项目单位分别向城乡规划、国土资源和环境保护部门申请办理规划选址、用地预审和环评审批手续。完成相关手续后，开发商向发改部门报送项目申请核准报告，并附规划选址、用地预审和环评审批文件。开发商依据发改委项目核准批复文件和招投标方式核准通知，再向城乡规划部门申请规划许可手续，向国土资源部门申请办理正式征地手续。若是重大项目或小区建筑规模在6万平方米以上，涉及人身安全、生态环境有重大影响的项目，要委托有资质的咨询机构进行评估，实行专家评议制度。同时，我还安排计委投资科起草，并以市政府襄政发［2003］48号文件下发了《关于加快城镇住房新体制建设促进住宅与房地产业发展的通知》。对开发规模进行了规定：禁止零星、不成片、三万平方米以下的地块进行房地产开发。最低建筑面积在3万平方米以上成片地块上开发，否则各部门不予办理核准各项手续，违规开发建设者将依法追究责任。通过这一系列的措施，有力地促进了房地产业的健康、有序发展。也为计委在新的历史时期加强和完善房地产的投资管理与审批程序探索了一条新的路子。这项工作得到省计委投资处刘晓鸣处长的高度赞扬。

二是制定《襄樊市政府投资管理（暂行）办法》。所称政府投资项目，是指使用本级财政预算资金、纳入财政预算管理的专项建设资金、政府融资的资金、国际金融组织及外国政府贷款和按规定使用的其他政府性资金投资的项目，以及政府采用BT、BOT等方式运作的建设项目。

过去对政府投资的项目，管理混乱，没有程序，没有纳入基本建设管理和审批。都是各部门需要搞建设时才向财局或政府写报告，由分管财政的副市长签字同意后，财局拨款到项目单位。项目单位又不走基建程序或公开招标，这样既浪费资金，又没质量保证。如汉江大道投资约1个亿，建起后不到1年，道路坑坑洼洼，路面一片片的粉碎物状，成为豆腐渣工程，市民意见大，影响也很大，社会反应强烈。

为加强政府投资项目管理，规范政府投资行为，正确履行国家赋予各部门的职能，健全科学、民主决策机制，提高政府投资效益，依据《国务院关于投资体制改革的决定》《湖北省政府关于贯彻国务院关于投资体制改革的决定的意见》文件精神，2005年4月，我安排市发改委投资科，起草《襄樊市政府投资管理（暂行）办法》（送审稿）。经我修改后报市政府法制办审查，法制办靳主任再一次进行修改规范，签批：拟请市直有关职能部门汇签报市政府常务会议审定。

在汇签过程中，其他各职能部门主要领导都签字同意，仅建委、财局没有签字。地方政府投资用于搞项目建设资金有限，地方政府是土地财政，土地卖的多，搞建设的资金就多一些，而市政府投资的项目建设资金约80%又集中在城市基础设施建设上。建委管城建项目审批、监理、招投标、设计、施工、竣工验收等一条龙全方位、全过程管理，就是领导人、教练员、裁判员、运动员都是自己担任和负责，他们已形成了一个庞大的利益群体。财政收入，除正常财务支出，如工资福利、办公经费、灾情补助、市长备用金和其他公益性支出外，结余资金中政府拿出一定的比例来用项目建设。按国务院对各部门的职能分工，政府投资项目由发改委按基本建设程序审批。这样，就等于从一个人身上挖了一大块肉给了别人，心痛死了。所以建委、财局不同意《襄樊市政府投资管理（暂行）办法》颁布实施。建委和财局也知道项目审批权或职能，从中央到地方都在发改委，关键是权力和利益驱使自己不能释手。而作为发改委，国务院、省政府都赋予了发改委政府投资项目审批和管理的职能，若不予履职，政府和纪委、监察部门又要按中央、省、襄樊市政府投资项目问责制追究单位和个人责任。

《湖北省政府核准投资项目管理办法》中指出：省政府投资主管部门是指省发展和改革委员会；市州政府投资主管部门是指市、州、直管市发展和改革委员会。《湖北省预算内固定资产投资计划管理暂行办法》第二条："省发展改革委作为省政府投资主管部门，负责省预算内固定资产投资计划的编制、项目审批、计划下达、组织实施、协调监督等综合管理工作。各市、州、直管市、和扩权县（市）发展改革部门依照职能和权限对申请省预算内固定资产投资计划的项目履行基本建设程序。"；第四条："所有省预算内直接投资项目，均应报省发展改革委审批，其中特别重大项目由省发展改革委核报省政府批准。按照规定权限和程序批准的项目，省发展改革委在编制年度计划时统筹安排省预算内投资。"

因市建委和市财局没有签字同意，《襄樊市政府投资管理（暂行）办法》不能及时进入市政府常务会议讨论或颁布实施，一直拖到2008年初，市政府才以2号令下发了《襄樊市政府投资管理（暂行）办法》。从此，市政府投资项目纳入了基本建设管理程序，走上了法治轨道。

2008 年 6 月，李新华市长在市政府会议室开会时跟我讲："赵主任，南湖宾馆 1 号楼重新装修，他们写报告找我汇报要钱，我跟他们说：'你们报告说多少钱我就给多少，那不行，要按市政府投资管理办法程序审批，由发改委组织专家论证，发改委下文批多少我给多少，'你们把它当成政府投资项目的样板来批。"南湖宾馆带着报告找我，我说你们装修要 6600 万元的依据是什么？为什么要重新装修，装修的必要性和可行性是什么？我又给他们讲审批程序。后来在我主持的专家评审会上，减少了部分不需要装修的内容；用国产优质材料代替进口材料；由豪华装修改为优质装修；从投资 6600 万元调整为 3500 万元，节约资金 3100 万元。在一次南湖宾馆开会时，李市长见到我说：赵主任你批的 1 号楼装修的很好，质地优良、大气辉煌，并且还为政府节省 3000 多万元资金，这证明了政府投资项目纳入市政府投资管理办法按基本建设程序审批是对的。

《襄樊市政府投资管理（暂行）办法》下发后，我们及时推进政府投资体制改革，加大政府投资项目管理力度。重点加强项目审批管理、项目资金管理、项目建设管理、项目监督管理、项目责任追究等五个关键环节的监督与管理，保证政府投资项目决策科学、运行规范。加大政府投资项目问责力度，坚决查处项目立项、招投标、建设、竣工验收等环节出现的严重违规违纪问题，纠正和制止政府投资项目建设过程中腐败现象的发生，全力保障政府投资项目实现最大经济效益。

三是制定《襄樊市政府投资项目问责制（暂行）》。

2005 年 10 月，根据《国务院关于投资体制改革的决定》《国家公务员暂行条例》《中国共产党纪律处分条例》和市委办、政府办《2005 年全市反腐败抓源头工作意见》，结合我市实际，市发改委投资科代拟了《襄樊市政府投资项目问责制度（暂行）》。

就是在建委和财局对制定《襄樊市政府投资管理（暂行）办法》不同意的情况下，我又施行第二种办法，采取连环计。即利用制定襄樊市政府投资项目问责制度，倒逼市建委、财局同意《襄樊市政府投资管理（暂行）办法》。

研究制定政府投资责任制和责任追究制，是为进一步完善和规范我市政府投资项目决策和管理，增强各级、各部门、各相关单位的责任意识，正确履行职责，防止政府投资项目决策失误和腐败事件的发生，提出了要建立政府投资的“问责制”，对不遵守法律法规给国家财产造成重大损失的，要依法追究有关责任人的行政和法律责任。同时完善政府投资制衡机制和建立政府投资项目的社会监督机制，它是鼓励公众和新闻媒体对政府投资项目进行监督的一项措施，以对政府投资进行多方面、多层次、全过程的监督。

《襄樊市政府投资项目问责制度（暂行）》，市发改委党委讨论通过后，报经市纪委副书记、监察局局长张金良签批同意，于2006年市政府颁布实施。

《问责制度》第四条：政府投资项目一律由市发展改革委审批，未经审批的政府投资项目不得纳入年度国民经济和社会发展计划，不得列入本级财政预算。第六条：本制度所说政府投资项目问责，是指市人民政府及所属职能部门、参与政府投资项目建设的相关单位不履行或者不正确履行法定职责，依照本制度对其追究责任的行为。

制定问责制度具有重要作用。地方政府投资项目涉及公众利益和国计民生，因此建立相应的问责机制尤为重要，它可以通过事后追究责任，达到事前控制的效果，从而避免政府投资项目在决策审批和执行建设过程中出现重大失误。

（二）深入调查研究，为领导决策当参谋

调查研究是成事之基、谋事之道。2003年8月，我集中了20多天时间，到市有重大项目的主管部门和谷城县、枣阳、河口市、樊城区、高新技术区，对固定资产投资情况进行调研，写出了《襄樊市上半年固定资产投资分析》和《襄樊市2003年固定资产完成情况预测和2004年投资计划安排意见》等文章，从不同角度对我市投资现状进行了客观分析，阐明了要切实采取措施，确保作为“火车头”的固定资产对GDP的拉动作用，

提议2004年作为项目建设年。付明珠市长表示赞同，他说：“这个点子很好，能调动各部门力量来建设项目、管理项目，以项目为载体和抓手带动襄樊经济更快发展。”随即投资科拟稿《关于2004年在全市开展项目建设年活动的通知》，以市政府名义发文全市。市政府成立项目建设年领导小组，市长付明珠任组长，发改委主任郑忠华任副组长，下设项目

建设年办公室（与发改委投资科合署办公），赵业清（作者）担任办公室主任。

市政府文件要求：一是大力招商引资，各部门都要招商引资一个企业或项目；二是向省和国家多争项目多争资金，要求比上年增长20%；三是已开工项目加快进度在年底竣工投产，确需跨年度的由项目建设年办公室审核认可；四是各行业、部门制定支持项目建设年的计划与措施，交由项目建设年办公室监督执行；五是项目建设年办公室，对项目单位、市直各部门、各县市及时进行协调、督办、通报，制定考核办法，年底进行业绩考核，实行奖惩。

项目年活动得到市委书记阮成发的高度重视和支持。他发指示要求市委、人大、政府、政协“四大家”领导包保重点项目，并且每个季度末在市委常委扩大会上，“四大家”领导一个一个地汇报自己包保的重点项目建设完成情况。包，是指领导包的这个项目在建设年中存在的问题给予全部解决。保，是指所包的项目要保证按质、按时完成。市项目年建设办公室，将包保重点项目的领导列表排序，市委书记为第一号，市长为二号，以下依次类推。项目年办公室将“四大家”领导包保重点项目作为附表一，把市直各部门一把手包保重点项目作为附表二，以项目建设年领导小组文件下发全市。项目年办公室经常将“四大家”领导和各县市区及市直各包保项目的领导，检查、支持项目，以及各重点项目建设进度、经验、存在的问题，用简报发下去，或抄报市委、市政府及包保项目的领导。有的项目对问题解决不及时的，由市委督办室和项目年办公室联合发通报限期整改。

项目建设年活动中，除围绕上述市政府五点要求开展工作外，我还抓了两项工作。

我主持召开了建行、工行、交行、中行、农行五大银行项目推介对接会，把发改委已审批的项目，这些项目有的是自筹了部分资金，有的是国家支持补助了部分资金，但都有资金缺口需银行给予贷款支持。同时，将发改委投资项目库给每个银行一本，从中可筛选具备银行贷款条件的项目。2004年，即项目建设年11月底，几家银行为新项目发放9.3亿元贷款，有力支持配合了项目年建设，有力促进了地方经济的发展。

帮助重点项目解决困难。发问卷调查，了解重点项目急需要政府出面解决项目建设过程中的难题。然后，有的放矢的到重点项目单位召开协调会议，将涉及需要解决问题的部门分管领导，集中到项目单位现场研究限期解决。项目建设年办公室对限期不能解决问题的领导和单位，先发通报督办，仍没解决的由有关部门，如组织部、监察部门、公安、检察院、城管进行介入，对其进行约谈、戒免、追责和依法处理。中油环保集团新建危险废物处理厂，它是焚烧工艺需使用很多天然气，厂子就快建成完工了，但还没有天然气管道进入厂区。现场办公后，天润天然气公司在半个月内，将气送到了车间，该项目按时投入生产。还有的重点项目的水、路、电、沙石霸，还有部分项目缺资金等问题都迎刃而解。

项目建设年，汇聚了多部门的力量，取得了很好的效果。2004 年，仅发改委投资科共向国家争取城建和公检法项目 31 个，总投资 12.87 亿元，申请无偿资金 3.78 亿元。比 2003 年增长 29%，超额完成任务 9%。全年发改委审批项目 386 个，比上年增长 41%；新开工项目 322 个，比上年增长 46%，其中过亿项目 97 个，同期增长 62%；同时还有很多项目提前竣工投产发挥效益。

通过项目建设年，各部门和项目单位的项目建设与管理水平有了很大的提高，招商引资项目意识增强；职能部门支持项目建设和重要性有了深刻认识；争取国家资金的积极性更加高涨；项目建设进度大大提速。项目建设年活动取得了巨大成功。

（三）对政府投资项目，进行稽查管理

2000 年，国务院办公厅国办发〔2000〕54 号转发了国家发展计划委员会《国家重大建设项目稽查办法》，对重大建设项目实行稽查制度。

稽查对象：1. 使用国有资金投资或者国家融资，对国民经济和社会发展有重大影响的建设项目；2. 列入省和市固定资产投资计划的重点、大中型建设项目。

稽查内容：重大建设项目的建设程序、招标投标、工程质量、工程进度、建设管理、建设环境、资金使用、概算控制等情况。

为了确保在建项目顺利进行，加强国家投资项目管理，我和投资科的同志深入重点工程项目现场调查了解情况，帮助项目业主解决工程建设中存在的问题。

2003 年，对国家投资项目进行调研和分析，我撰写了“加强稽查，促进重点项目建设”文章，报市研究室，并给予了转发。

对某市污水处理项目进行稽查。某市污水处理项目总投资 1.1 亿元，其中争取国家国债资金 8000 多万元，其他为地方政府利用土地作为配套资金。国债资金，是国家为了拉动经济，发行国债贴本贴息无偿地用于环保、基础设施、民生、安全等方面的项目投资。项目资金只能用于可研报告批复的内容，否则视为违规。

我分管的市稽查办的同志，在调查中发现该项目有违规行为，我就带领市发改委投资科、稽查办的同志，并请市财局基建科赵晟科长，前往某市污水处理公司进行检查，发现政府办某某兼任市污水处理建设项目指挥长，其用国债资金还征地欠款 50 万元，个人用条子报销贪污国债资金 5 万元。我在该市与常务副市长反馈了我们稽查情况及处置意见。该市常务副市长与我共同召集了污水处理指挥部、污水处理公司人员会议。我和市财局赵晟科长都讲了话。我严肃指出：1. 用污水处理项目国债资金偿还土地征地费用；2. 个人报销条子贪污或侵占项目的国债资金。这两项是严重违规违法行为，在三天内资金全部归还到位。3. 指挥部是临时协调机构，只是对污水项目建设时期的工作给予协调、支持、帮助解决难题，而不具备法人主体地位，污水公司是企业一级法人，他是执法主体具有执法资格，并承担项目建设和公司的一切法律责任、权利、义务，从今天起指挥部将财务权、人事管理权、工作分配权等全部移交污水处理公司。4. 对上述违规违法行为请某市有关部门给予核查依法予以追究，如该市不予查办，我将向襄樊市纪委提供情况来查实追究。某市常务副市长强调指出：按照赵主任讲的，1. 做到两个准时到位，一是两笔国债资金按时回归到位；二是污水处理厂的项目建设及管理所有权力全部移交到位，撤销指挥部，污水处理厂在项目建设中，有什么困难由我直接协调解决；2. 对于违法行为马上提请某市有关部门核实后将依法追究。

经该市纪委介入调查，对市政府办某主任给予开除党籍、公职处分，并移送司法机关。该市法院依法进行了判刑，给予了应有的惩处。

稽查某供水公司三水厂国债项目时，发现其违规招标。县分管城建的副县长不按国家规定进行公开招标，而是邀请自己关系好的施工队中标。经人投诉后，我带市稽查办、招标办的负责同志，和约请市纪委常委、监察局常务副局长周汉文亲自到某县调查，我们与县委李书记进行了沟通，随后县委免去了当事人的副县长职务，调离到其他地方工作，等等。

事后，我们将以上招标舞弊、挪用、贪污国债项目资金的案例，以襄樊市发改委和稽查办名义分别下发通报至市直有关部门、各县（市、区）发改委及重点项目单位及其主管部门，同时抄报市委、政府办，纪委、监察局、组织部等部门，请职能部门加强对国家投资和重点项目的管理，这些做法对项目单位起到了很好的警示作用。

（四）围绕目标，抓好投资工作

投资作为拉动经济增长的“三驾马车”（投资、消费、出口）之一，据统计数据显示，2004 年，投资、消费、出口分别拉动襄樊市经济增长 6.6%、5.1%、0.1%，自 2002 年至 2006 年，投资对 GDP 的贡献率始终保持在 60%左右。投资是拉动经济增长的主导力量，是“火车头”。投资涵盖经济、社会发展的方方面面，对国民经济的持续快速发展具有决定性作用。我市国民经济之所以能够始终保持较快的增长速度，成为世界经济的“一枝独秀”，与投资对经济增长的贡献率保持在 60%左右密不可分。所以要围绕目标抓好投资工作。

1. 围绕市政府制定的工作责任目标，加快投资项目建设。2004 年，市政府下达发改委全市全社会固定资产投资完成 96 亿元，为确保这一目标实现，一是督促续建项目尽快竣工交付使用，形成投资效益；二是加快项目审批速度，提高办事效率，使项目早投资早开工；三是大力开展招商引资活动，为投资方提供优质服务，多增加外商投资；四是加大跑省进京力度，争取国家省里更多项目投资；五是制定优惠和奖励政策，鼓励私人投资办企业及公益事业。2004 年全市全社会固定资产投资完成 101.9 亿元，超额完成了市政府下达目标任务的 6.15%，比 2003 年增长 10.3%，其中国有投资完成 79.7 亿元，增长 15.3%，城乡集体完成 11.4 亿元，增长 28.3%，城乡私人完成 10.8 亿元，增长 22.8%。

2. 狠抓在建国债项目建设的检查和监督，实现在建国债项目年底全部建成的目标。根据国家发改委、省发改委有关精神，我把在建国债项目作为重点工作来抓。及时召开全市国债项目建设会议，如2004年5月，联合市财政局、审计局、市监察局组成专班，由我和市监察局周汉文分别牵头各带一组，我到县市，周局长到市直，分别对全市48个在建国债项目进行了一次全面检查，向市政府提交了《关于在建国债项目检查存在问题整改意见的报告》。市政府常务副市长赵成霖召开会议，专门听取我的汇报后，要求项目建设单位和各主管部门，对存在的问题限期整改到位，并提出整改措施和计划，以便市督察室进行检查和督办。我市与省政府签订2004年目标责任状的48个国债项目，在年底前按照省的要求全部建成。

（五）创新投资工作，率先建立项目库

建立《项目储备库》是襄樊市首创。2003年中央、省经济工作会清楚地传达了一个信息：宏观经济政策将继续坚持积极的财政政策和稳健的货币政策，以确保政策的稳定性、连续性。其政策的核心是继续加大项目投资建设。搞项目工作要做到“四个一批”：正在建设一批、申请审批一批、滚动储备一批、做好前期一批。经济要发展，项目应先行，项目是经济发展的载体和切入点。兵马未动，粮草先行。筹备项目，就是这一年或这一批项目上报省以后，提前准备下次或以后待上报的项目。在储备的项目中选出符合国家近期投资的项目，提前办好各项报批的资料和手续。凡是想争取国家的投资，必须是前期审批程序全部到位的项目。在上报省和国家时，只是上报该项目的资金申请计划。国家计委有时要求下面各地报项目，往往要求时间很短，有时就在半个月或二十多天时间，要求附带有土地、规划、环评、自筹资金落实证明、可研报告审批等各种资料，这些审批资料备齐最快也在半年以上，因此我们就得提前搞好项目储备。搞好项目储备，除为争取国家资金外，还可为招商引资使用。事前准备好粮草，不打无准备之仗。

在计委内部，投资科是委内的业务方面的综合科。我向一把手郑忠华主任建议：“全委各业务科室都要建立起本科所对口各部门的投资项目储备库，然后由投资科汇总整理成全襄樊市投资项目储备库。这样，我们做项目前期工作要方便及时的多，会争取更多的国家投资。”郑主任特别高兴地说：“这是一个好办法，高参！高参！”后又得到赵成霖市长的充分肯定。用了半年时间，建成了2003年《襄樊市投资项目综合储备库》（下面简称项目库）。项目库，是全市经济发展的“氧气库”，是项目滚动实施的“蓄水池”。我们根据国家产业政策和投资方向，结合襄樊市情和发展需要，在广泛调查研究、咨询评估、反复论证基础上建立的项目库。我本着突出一条主线：调整和优化产业结构。兼顾两个效益：经济效益与社会效益，注重选择具有本地优势和特色的项目、具有良好市场前景和巨大开发潜力的项目，具有高科技含量、高附加值、有可观投资回报的项目。显示三个特征：项目的科学性、规范性、前瞻性。

本次建库共分 16 大类、储备 218 个项目。其中：农业项目 28 个，农产品加工项目 22 个，基础设施项目 17 个，交通、能源项目 25 个，房地产项目 8 个，机电工业项目 19 个，汽车零部件项目 8 个，高新技术项目 17 个，建材工业项目 3 个，纺织工业项目 8 个，化学工业项目 19 个，轻工业项目 6 个，医药工业项目 4 个，环保项目 6 个，旅游项目 19 个，社会发展项目 9 个。按投资额度分类，1000 万元以下 52 个，1000 万至 3000 万元共计 47 个，3000 万元以上至 1 亿元共计 81 个，1 亿元以上共计 38 个，总投资额 111.37 亿元。项目库中的每个项目，都编写成项目简介，其内容根据各自的特点有所不同，基本内容有：项目建设必要性及条件；项目建设主要内容；项目建设规模及效益分析；项目总投资计划及资金筹措；项目前期工作准备及实施机构；项目投资建设合作方式；项目联系人及电话等。

项目库建成后拿到省计委汇报，分管投资的王玉祥主任，欣喜若狂地连声说，好！好！我们省发改委马上也把省项目库建起来。随后在省发改委要求下，推而广之，省级及各市（州）相应都建立起了《投资项目库》。

2007 年，全世界经济出现危机，中国也受到严重冲击，经济不断下滑，这时国家又采取果断措施，计划 2008 年国家筹集 4 万亿资金投入到项目建设，遏止全国经济下滑趋势，以拉动经济实现稳步增长。我迅速作出反应，在 2008 年春节期间投资科不休息，加班编制出了 2008 年至 2012 年“五年项目库”。项目库按行业分为 6 大类：先进制造业；现代服务业（含物流、信息业）；基础设施；生态环境；农林水利；社会发展。按年度分：2008 年投资千万以上项目 354 个，总投资 722 亿元；2009 年至 2010 年过千万项目 110 个，总投资 682 亿元；2011 年至 2012 年过千万项目 41

个，总投358亿元。“五年项目库”计505个项目，总投资1762亿元。建项目库目的，一是从省和国家层面来说，知道基层投资需求，即了解投向、重点和额度的需要；二是从地方或基层来说，早做计划、早做前期工作，想多争取项目和国家投资，更快的促进本地经济和社会发展。

2008年，市发改委奋力克服罕见的雨雪冰冻灾害和国际金融危机的严重影响，以项目作为强大推动力，实现了决战决胜，超额的完成全年投资计划。截至年底，全市110个亿元以上被省考核的重点项目完成投资额179.7亿元，同比增长29%，占年计划166亿元的108.3%，超额完成8.3个百分点，在全省增幅占第一位，获省政府25万元的奖金。这就是我及早编制重点项目库取得的收获，付出和回报总是成正比例的，你投入的越多取得的成绩也就越大。

（六）加强窗口管理，树立计委形象

行政服务中心是行政机构体制改革的产物，过去各个单位办理行政审批事项都要到政府各个部门，手续繁杂、程序很多，需要的时间太长，为了提高工作效率、创造良好的投资环境，市政府采取措施，将有审批权的政府行政部门集中到一个地方，在同一栋楼里办公，成立一个管理机构叫行政服务中心。各部门派人代表本单位把审批事项和审批权带上，进驻该中心设办公室，即称为本单位在行政服务中心的审批窗口。2003年底，行政服务中心计委窗口成立后，与投资科合署办公，都由我分管。党委当时研究只是将投资备案这部分职能交窗口，与投资科搞好对接，同时也要与各业务科相互衔接。行政服务中心要求，各单位窗口在中心内受理一次性办结，不得将受理事项拿回单位汇签或签批的双轨制式审批。在审批签字程序上，我采取在窗口受理审查具备审批条件后，由窗口负责人将该项目审批报备表从电脑上发给我，在一天内我网上签批回复，若我有事不能及时在网上批复的受权窗口先办理我后补签。正式开展工作后，我及时组织投资科，收集、整理有关计委行政审批的法律、法规文件10多份，打印各类审批程序资料万余份给窗口，制定计委窗口业务办理程序，理顺窗口与计委各科室业务关系。2003年工作开展以后，每年窗口受理并办结各种审批业务210至430多件，未发生一件双轨运行及投诉事项，以热情、高效、优质的办事作风和效率赢得了中心的领导和社会的赞许。2004年，市发改委窗口被行政服务中心评为“优秀单位”。

（七）项目咨询评估，为审批决策提供依据

咨询公司的成立，是我带领尹荣保、王丕凡两位同志一起到外地考察，向市政府和编委写的报告。1992 年，襄樊市政府以襄政办函［1992］118 号文，批准成立《襄樊市工程咨询公司》，为市计委直属事业单位。公司成立开始党委分工由我分管，间隔五年时间后的 2003 年，我又分管咨询公司。

公司主要职责：承担全市固定资产投资建设项目前期工作的报告编制、咨询评估业务。同时也是为市政府、市计委提供智力型服务的综合性咨询参谋机构。从事业务有规划、招投标、企业管理、项目程序咨询，编制项目建议书、可行性研究报告、项目申请报告、资金申请报告、项目评估论证等。

国家要求政府投资项目，都要经过具有咨询资质的中介机构进行评估论证。

项目评估是咨询机构在计委对项目投资审批决策前，基于项目的可行性报告或申请报告，按照一定的程序，采取科学的方法，对项目的市场、技术、财务、经济，以及环境和社会的影响等方面进行进一步的分析论证和再评价，权衡各种方案的利弊和潜在风险，判断项目是否值得投资，做出明确的评估结论，并对项目建设方案等进行优化，从而为决策者进行科学决策或为政府审批或核准项目提供科学依据。

国家发改委印发的《工程咨询行业管理办法》指出：工程咨询是遵循独立、公正、科学的原则，综合运用多学科知识、工程实践经验、现代科学和管理方法，在经济社会发展、境内外投资建设项目决策与实施活动中，为投资者和政府部门提供阶段性或全过程咨询和管理的智力服务。

国家计委颁布的《工程咨询单位持证执业管理暂行办法》规定，甲级工程咨询单位按资格证书规定的专业和咨询服务范围，承担全国范围内的经济建设规划或专题咨询，以及大中型基本建设或技术改造项目的工程咨询业务。乙级工程咨询单位按资格证书规定的专业和咨询服务范围，承担所在地区内规划和专题咨询，以及中小型项目的工程咨询业务。丙级工程咨询单位按资格证书规定的专业和咨询服务范围，承担所在地区内的小型项目的工程咨询业务。其规定基本上是分别由国家省、地（市）、县（市）审批的项目，对应为甲级、乙级、丙级工程咨询单位。

襄樊市工程咨询公司为乙级资质，它承担了襄樊市域需要乙级资质咨询项目或编制报告的70%或80%的工作量。

2004年，襄樊市咨询公司被省计委评为“质量、诚信、服务满意率三优”单位。

对所批的项目进行评估，基本上都要到实地勘察、广泛听取专家意见、认真论证、严格把关。在2003年至2006年我分管咨询公司期间，共评估各类项目792个，总投资466亿元。对不符合国家产业政策、不能落实资金、不按国家规定编制投资规模和超面积的“三不一超”项目，严格按照国家政策要求和投资标准提出调整修改建议。在三年的廉租房、经济适用房、棚户区改造项目评估中，共调减投资9700多万元，调减超标面积7万多平方米，为国家节省了大量资金，很好地完成了上级发改委交办的任务和业主单位委托的工作。与此同时，咨询公司共为业主或项目单位编制项目建议书、可研报告、申请报告737个，总投资441亿元。除此之外，咨询公司按照国家规定收费，每年还为发改委创造收入100多万元。2007年咨询公司与发改委脱钩，转制为民营企业，业务仍接受市发改委监管。

襄樊市工程咨询公司自成立以来，在襄樊市投资项目评估中，做了大量卓有成效的工作，在为领导决策减少和避免失误及经济损失，对加强政府宏观调控，为计委决策提供可靠依据等方面，都发挥了极其重要的作用。

三

在投资科的职能中，长年日常主要的工作，就是审批项目、争取资金。各业务科审批其对口的行业或部门的项目，如工业科、农业科分别审批和上报工业系统和农业（含农业、林业、水利、畜牧业、气象、农垦、农机等）系统的项目。具体到投资科，主要审批城市建设系统、公检法系统、环保系统及党政群机关自身建设等项目的审批和上报。经济发展靠投资拉动，投资靠项目支持，项目靠资金实施。因此，跑项目、争资金是计委工作的重中之重。在新的经济体制下，国家对项目、资金的平衡和分配原则发生了根本性地变化，这就需要我们跟上形势、解放思想、转变观念，抢到机遇，抓住信息，采取既坚持原则，又灵活多变的务实方式，才能为我市的经济建设争取更多的建设项目，争得更多的资金。

我分管投资科 6 年（2003 年至 2008 年）所批项目（不包括我分管的其他科，和其他主任所分管科批的项目）。加强了跑省进京的频率，常年下武汉，上北京，为争项目和资金每月均出差到省在 2 次以上，每年有三到四次到北京。与省和国家发改委领导汇报、沟通和联系，跑多了自然也增强了感情。虔诚感动上帝，付出终有回报，在争取国家无偿投资项目方面取得了丰硕成果。

在我分管投资工作期间，所批的项目和争取国家无偿投资项目总共 320 多个，总投资额 127 亿元，其中争取国家无偿投资 29.1 亿元。这些项目个数、投资额、争取资金都是大概数，还可能有遗漏没有计算进来的项目。

城市建设系统，审批 166 个项目，投资 117.58 亿元，其中国家无偿资金 26.65 亿元。1. 城市污水、垃圾处理项目：市洪山头垃圾处理二期、市观音阁、鱼梁州一期二期、襄城片区、襄城经济开发区及县市污水、垃圾处理厂 19 个，计投资 9.6 亿元，其中争取国家无偿资金 6.3 亿元。2. 襄樊市市县城区供水排水项目：计 53 个项目，投资 11.88 亿元，其中争取国家无偿资金 7.05 亿元。主要是襄樊市新建五水厂、改扩建三水厂、一水厂更新设备及管网；市城区余家湖片区、隆中片区、伊集片区、樊城片区、襄州区供水管网更新改造和扩建，樊城区地下排水工程、襄城区地下排水管网，乡镇水厂及供水管网建设（含国家补助）项目。3. 城区棚户区改造、廉租房、经济适用房建设 77 个项目，投资 22.4 亿元，其中争取国家无偿投资 11.2 万元。4. 市域河流及基础设施建设：市域汉江治理及防洪工程、市 351 人防工程、小清河治理、襄樊市内环线（含汉江三桥、五桥、唐白河大桥等）、襄樊市沿江大道、鱼梁洲至襄城庞公汉江大桥、长虹路、汽车产业开发区城市道路、宜城雷雁大道、宜城市政基础设施（打捆）项目、南漳卧龙大道、谷城南河二桥及环城路、谷城经开区大道等 17 个项目，投资 73.7 亿元，其中争取国家无偿投资 2.1 亿元。

公检法系统，审批 89 个项目，投资 4.726 亿元，争取国家无偿资金 1.765 亿元。其中有：襄樊市新建公安局 110 指挥中心、二看守所整体搬迁、市戒毒所、市拘留所和县市公安局看守所、派出所改扩建；市检察院新建办公楼、县（市）检察院新建技侦房；市法院搬迁新建及县（市）法院新建办公用房及基层法庭建设等。

基层政权建设项目，主要指没有办公室的村及重点村，村支两委办公室、医疗室、党员活动室等的建设，共 48 个投资 0.13 亿元，全部为国家无偿投资。

环保类项目：市医疗废物处置、市危险废物处置、县市乡镇生活垃圾填埋场和襄樊市城市垃圾发电、宜城桔梗发电项目等。计 21 个项目，投资 4.15 亿元，其中争取国家无偿投资 0.55 亿元。

在审批的项目中，最小的项目是建村支部办公室 20 万元，最大的是城建项目——襄樊市内环线建设。

襄樊市内环线项目审批投资 51 亿元，实际完成投资 70 余亿元，属于市政府投资。

2008 年 6 月 1 日，我在市南湖宾馆一号楼会议室，主持召开了《襄樊市内环线工程可行性研究报告》评审会。参加评审会市领导：市委书记、市人大主任唐良智，市政府市长李新华，市人大常务副主任高全明，市政协主席杨祥义，市政府副市长兼内环线建设指挥部指挥长王代全。市直单位：市发改委、交通局、建委、土地、规划、财政局等 36 个部门主要领导，以及襄城、樊城、襄州区政府区长参加了会议。特邀评审专家：中国市政工程西北研究设计院总工程师、教授级高工朱安静；武汉综合交通规划设计研究院院长、教授级高工何继斌；武汉市政工程设计院副总工、教授级高工黄佑清；武汉理工大学教授、博士生导师张谢东；北京中迪信造价咨询公司注册造价师、高级会计师陈文生；北京中迪信造价咨询公司注册造价师、高级工程师常时志；湖北省中交第二工路勘察设计院桥梁室主任、教授级高工南军强，以及襄樊市内有关部门高工级专家，共 13 人组成了“内环线专家评审组”。评审的可研报告经修改后，于同年 6 月底以襄发改投资［2008］347 号文下达了《襄樊市内环线工程可行性研究报告的批复》。

2008 年 11 月 22 日至 23 日，我在南湖宾馆一号楼会议室主持召开了《襄樊市内环线初步设计》审查会。参加审查会有：襄樊市政府市长李新华、副市长兼内环线指挥部指挥长王代全、市政府副秘书长魏明亮，市直有关部门领导或专家共 26 人。特邀专家：武汉中咨桥隧公司总工程师、教授级高工罗嗣碧，武汉市政工程设计院总工、教授级高工黄佑清，武汉综合交通规划设计院院长、教授级高工何继斌，湖北大桥局总工程师、教授级高工朱旭初，长江大桥指挥部总工、教授级高工裴炳志，以及襄樊市有关高工，共 11 人参加审查会。发改委有王忠运主任、投资科长胡晓华，我主持会议。审查会开始前 20 分钟我和胡晓华到会场，发现会议桌上摆放会议卡不对，把计委王忠运主任和我的会议卡摆在右手最后两座，而指挥部几位副指挥长（市建委、市交通局等部门兼任的）放在正中间，副指挥长、建委主任名牌边放置讲话筒，看架子是建委在以指挥部名义，代表发改委主持会议。我发现后将会议卡全部重新摆放，主持会议的我坐正中间，我的左侧分别坐的是市长李新华、副市长王代全，我的右手坐市发改委主任王忠运，我们四人主座位面前都摆放有线话筒，然后主位的两边分别坐建委、交通、规划、国土等各部门领导人。会议主持人对面排是专家座位，中间专家组长面前放话筒，专家个人采用无线话筒移动式发言。各部门科长和工作人员不放座位卡，坐长方形中央会议桌主持人背后第二排。

我重新摆放座位卡后，指挥部办公室主任看到后找我说不能这样放，两个市长和指挥部领导参加会议，会议是以指挥部组织为主，要突出政府和指挥部。我说，你认真看看学学最近国务院国办发［2007 年］64 号文件，项目审批、组织专家评审权是各级发改部门，同时国家早有规定审批项目实行项目审批责任追究制。你们指挥部是市政府为内环线建设成立的临时性协调机构，不是政府的职能部门，也不是企业法人，没有执法主体，任务完成后机构撤销，你们主持评审能承担责任吗？你们以指挥部名义组织评审，实际上想树建委、交通局（这两个部门主要领导任指挥部副指挥长）的权威，指挥部谁组织今天审查会，谁就批复内环线这个项目初步设计，谁就承担全部责任。发改委我们就不参加今天的审查会了，将再上报或要求发改委批复内环线初步设计，我们将重新组织审查会，因为这是国家规定的基本建设审批程序，我们不能违背，这是中央赋予发改委项目审批的权力和责任。

指挥部办公室主任将情况汇报给他的顶头上司建委主任和王代全市长，王市长说：赵主任说的是对的，项目审批是发改委的职能和权力，我和李市长及各部门都是参加会的，初步设计技术上的问题主要听专家们的意见修改后，由发改委下文批复。发改委负责审查会议的组织和主持，指挥部负责会务接待和生活安排。

我主持会议，进行了八项议程。会议开始介绍召开初步设计审查会的目的、意义、任务、责任，请发改委王忠运主任致欢迎词，请王市长作重要讲话，请特邀专家提出审查意见（个人意见和综合意见，全部行成文字，并分别签名），请市直参会的领导、专家发言等。在初步设计按照审查会上专家提出意见修改后，于2009年2月17日，市发改委以襄发改投资［2009］34号，批复了《襄樊市内环线初步设计》。

襄樊市内环线建设是我市历史上地方政府投资最大的项目，是城市建设发展史上的一次壮举，是建设省域副中心城市的重大举措，对于拓展城市发展空间，提升城市形象，完善城市交通体系，改善中心市区交通状况，优化投资环境，加快我市经济社会发展等都具有重大的战略意义。

近几年来，虽然城市外围的高速公路不断增多，但市区内的道路交通状况却不尽如人意。当与襄阳同等规模的城市已经在修二环时，襄阳市区连一条环线也没有，市区的交通状况较差。

交通是城市发展的先导工程，既是经济工程、发展工程，也是民生工程、民心工程。市政府准备以内环线建设来促进和加快中心城区基础设施建设的力度。

内环线的建设充分考虑了道路交通的需要，兼顾优化产业布局的要求，营造开敞亮丽的现代化道路景观。将内环线和中环线建设成为融城市交通主干道和快速通道于一体的市区交通环线，把外环线建设成为连接全国高速公路网的绕城高速公路，形成“内中外成环、各城区贯通”的环线交通网新骨架。

内环线起自316国道航空学校东侧，向南跨汉丹铁路、航空路、唐白河到东津，西跨汉江（五桥）、焦柳铁路、207国道，沿环山路至檀溪营盘，向西北跨檀溪路，再次跨汉江（三桥），过人民路，沿云锦路北上至卞家营接邓城大道（316国道），向东至航空学校，形成闭合环，全长约50多公里。

内环线于2008年3月启动建设，设计时速每小时60公里–80公里，全线按不小于双向六车道设计，局部路段双向八车道，两侧设置非机动车道、人行道。其中，新建道路29公里，改造加宽原有道路13.6公里，新建特大型桥梁3座、铁路跨线桥两座、立交桥1座，改扩建桥梁1座。

卧龙大桥、东津大桥、唐白河大桥和胜利街立交桥是襄阳中心城区内环线的重要控制性工程。卧龙大桥是我市已建成的首座斜拉桥，东津大桥、唐白河大桥是连接襄城与东津、襄州与东津的重要通道，胜利街立交桥是我市中心城区第一座地上立交桥梁通道。这些大桥的建成通车，标志着我市内环线基本贯通、形成闭合，在襄城、樊城、襄州与东津之间形成了一条快速通道，内环线通车后，中心城区面积将扩宽至175平方千米。

卧龙大桥南起襄城营盘，北至月亮湾公园，主线全长4.58公里，是襄樊市首座斜拉桥。卧龙大桥桥面宽31.5米，双向六车道，车速为每小时60公里。卧龙大桥主跨长达310米。斜拉索南北主塔高度分别为122.5米和120.3米，主桥有208根斜拉索，最长斜拉索长172米。斜拉索呈扇形布置与4个塔冠一起，组合成“羽扇”的景观造型。

卧龙大桥是襄阳内环线重要组成部分，是内环线闭合环主要过江通道，分散城区的现有交通重心，扼守“南城北市”，连接襄城区万山、樊城区西部、高新区高新片、东风公司襄阳基地等该市现有经济板块。卧龙大桥通车后，市民可通过檀溪路立交桥和月亮湾互通桥来上下桥，缓解长虹路方向的交通压力。

东津大桥也称汉江五桥，是坐承式拱桥，襄城到东津的直接通道。东接襄州东津上营，西接襄城庞公。全长2969.4米，设计宽度36.5米，双向6车道，另设非机动车道和人行道。桥梁两侧增加辅道在鱼梁洲小岛落地，与鱼梁洲规划道路相衔接。

从桥梁结构上看，汉江五桥分东岸引桥、跨左航道（靠东津新区）桥、鱼梁洲上引桥、跨右航道（靠襄城）桥、西岸引桥五种桥梁类型。东津大桥是内环线闭合环的主要过江通道，对建构城市交通骨架、缓解城区过江压力，具有重要作用。

唐白河大桥位于襄阳内环线东段，南起襄州区张湾镇石牌村，北至洪山头村，全长1000米，桥面双向六车道。为了保障汉江航运通畅，大桥桥孔设计最宽度达到120米，能够保证千吨级轮船的顺利通过。该桥不仅是集城市交通主干道和快速通道于一体的市区交通环线的一部分，也为襄州区至东津新区的主要连通桥梁之一。

2011年内环线建成通车，极大地改善城市交通，拉开城市建设骨架，拓展城市发展空间，使我市形成一线环绕，樊城、张湾、东津、襄城4城贯通的新格局，必将促进城市经济跨越式发展，同时也为我市承接东部产业的转移打造了一个良好的发展平台。

内环通车，为襄阳带来的不仅是交通的便捷，更是对城市扩张的深远影响，由于城区之间通行时间的缩短，它不仅改善了城市交通、改变了居民的生活，也改变着经济的流通和城市的格局，彻底打破了“一江两岸”的城市格局，真正形成“一心四城”的城市新版图。

我在分管投资工作的6年中，是我人生中权力最大最集中的时期。表现为批的项目多，争取的资金多，取得的成绩大。当然，有痛苦和心酸，也有喜悦和荣耀。

在国家层面，人们常把国家计委（后改名为发改委）称为“第二国务院。”在地方、党政机关和社会上，对过去的计委或现在的发改委普遍称为“二政府”。意思是管的面宽，权力大。管的面宽，是指“东南西北中、工农军民学”都涉及。有的形容“上管天（航空飞机制造等）、下管地（国土及矿产资源管理与开发）、中间管空气（气象勘测、大气污染环境治理）等各类项目的审批。

在计划经济时期，工农等各业各类产品生产及其物资材料分配都由计委下达计划；生产出来的产品，又下达商品流转计划，进入消费环节，即进行第二次分配。我刚参加工作不久，1973年有位老红军去世，经批准土葬写报告到计委，物资科开物资计划调拨单，给了0.5立方米木材。在那个时期所有人、财、物都是按计划进行分配，包括在地方驻军的生活用煤、基本建设项目审批及其钢材、木材、水泥等建筑材料都由计委审批下达计划。

进入市场经济后，地方发改委职能发生重大改变，日常工作的具体职能，从人才物的分配转变为项目审批、争取省和国家的资金。

项目审批主要分三大类：一类是企业或公司自己出钱的项目只到发改委备案；第二类是属于国家控制性、影响民生和安全、带有危害性的环保等项目属于核准类项目；第三类是政府（财政）投资的项目属于审批型的。这种类型又有两种情况，一种是地方财政投资的项目，由同级发改委审批；第二种情况是要向省和国家争取投资的项目，按照限额权限分别由市和省及国家发改委按照程序先审批项目，然后再分别逐级上报资金申请报告。

投资科管的项目，基本上是我说了算。按照审批类型和额度权限分工，属于襄樊市审批的项目由我签批，由省、国家审批需上报的项目，以及争取省、国家资金申请上报，报哪个项目、争取资金额度都由我确定。在项目审批中，我的权力的确很大，可以说我想给谁就给谁。在项目投资工作中，我真可谓志得意满，风光无限。

我们国家是高度集中的财税体制，税种偏多，税率偏高，国家集聚资金较多。国家高度集中财力在一定时期是对的，它要大力发展国防使国家强起来，再者，攻坚扶贫防止两级分化，还要拿出很大部分资金支持地方欠发展地区的经济平衡发展。省一级有一定资金搞建设，地市一级除大城市和经济发展快的外，大多数城市只能发工资和满足正常工作运转，基本上没有用于建设的资金，县（市）乡镇一级财政是入不敷出，有的连工资都发不了。地市县基本上属于土地财政，靠卖地维持，没有钱来发展经济和搞项目建设。地方各级政府、党委都想尽快发展本地经济，一是有成绩，二是能升官，三是也想为地方办点实事。地方没有钱只好使用全力争取国家投资项目或资金，大家都来挤过这一个“独木桥”。

审批项目本身就是一种权力，但谁能为地方经济和社会发展的项目争取到更多资金，就体现了其权力大、能力大、贡献大，谁就受欢迎和尊重，谁的声望就高、名声就大。

省和国家发改委在批项目或审批补助资金计划时，要求条件很多，其最重要的一点是你前期工作做到位了没有。前期工作主要指：国土局土地预审，规划部门选址，环保部门环评报告，发改委的可研报告或申请报告批复文件等各项手续全部审批完结。地方政府或企业配套资金银行的到位证明。

办理这些审批事项，是要有几个前提的。1. 符合国家投资或补助资金的政策；2. 要提前得到信息；3. 是否有资金做前期工作；4. 配套资金能否到位或是否有配套资金。

信息是要知道国家对哪类项目有投资。有的项目是国家全额投资，如：基层政权建设的村支部、基层法庭、医疗废物处置等；有的项目国家只给补助，企业或当地政府要配套 40% 或 60% 的资金，如：经济适用房、污水、供水、法院、检察院、看守所基本建设等项目。

如果你不知道哪些是国家要投资的项目，你划了几十万至一百或二百万元做了环评、可研报告、规划选址等前期工作后，国家对这类项目不投资，可能钱就白花了，甚至前功尽弃。所以很多企业或政府都要通过发改委，把国家要投资的项目信息搞准。如果明知道国家要投资的项目，有的企业和地方政府拿不出来钱做前期工作，或没有配套资金，各级发改委也不会批项目，更不会向上级发改委写申请资金的报告。

国家发改委要求报项目时都很紧急，一般要求半月或一个月内，把项目审批和资金申请报告等一系列资料全部呈报上去。一个项目前期工作全部做到位需半年多或近一年的时间，如果政府重视县（市）长牵头，给人给钱，成立专班做前期工作也得三个月以上。国家发改委的意思，企业或地方政府不能投机仅靠国家钱来发展地方经济，要发挥企业、地方政府、中央三个方面积极性。在短时间内能报符合条件的项目，说明你这个项目很有必要性，也具有可行性，前期准备充分，自己的确急需要建设这个项目，只是有了机会需国家拉一把补助一点资金，而不是为了“钓鱼”或套取国家资金，这样的项目国家发改委才给予支持。

若没有信息提前有的放矢地做前期工作，在国家要求时间内报批项目是不可能的。当你知道近期国家要启动哪些投资项目，就抓紧做好前期工作，及时上报项目，审批成功率就很高。

我在审批或上报争取国家投资项目时，先将知道的信息，透露给我想批的县（市），不搞各县轮流批项目。国家投资项目没有明确规定该给谁和不该给准，只是讲根据可行性、必要性和前期工作到位情况，以及符合国家政策，而且土地、规划、环评都已通过，全部具备了审批条件。只要是符合国家规定的政策和前期工作条件，项目、资金批给谁都是对的。一句话，谁够条件我就批谁和上报。报项目时其他企业或县市自知前期工作没做到位，不具备上报审批条件，也没话可说，就只好放弃不报项目了。

当然，在我想批这个县的项目，还要另外考虑几个因素：一是对我原批的项目进行后评估，如原批项目有的质量差、速度慢、效益低、配套资金不到位等有不良记录的，我原则上不给该县（市）区项目，或过一段时间改正错误恢复名誉后再给项目；二是原来透过信息给的项目，但前期工作长时间做不到位又影响了其他县报项目的；三是企业或县（市）区做前期工作不积极，不想拿前期工作经费，更不想冒点风险的县市；四是等靠上级安排，工作上也不主动和上级搞好关系，只想上级先表态国家肯定有资金投入，再做报批所需要的前期工作及资料。像有这四种类型之一表现的，基本上我就不给他们项目。如果国家平均下达各县市都有的小项目，我还是不卡都给他们。有的县（市）区争项目积极性高、前期工作做的到位，如：谷城县、枣阳市，都是县市政府领导重视，先拨付垫支前期工作经费，县市发改局抓前期工作扎实，我批他们项目就多，争取国家投资也多。县政府拨的前期工作费，在该项目建设完工后退还到发改委（代政府管理）账户，周转用于下一个前期工作项目。

有的发改委领导全面采取平衡审批，今年把项目给这个县，明年给那个市，每个县市轮流给项目，他分管的一块工作，县市也不很积极找他。只等国家、省发改委给他多少项目，他就平均或平衡地分给各县（市）区。他曾对别人发感慨地说，怎么到我这里汇报工作要项目的人那么少，看看赵主任他办公室基本上天天人都是满的。我到县市（区）检查工作或吃饭，县市委书记或县长没有陪过我，分管县市长有时还说有事没时间来陪我，而赵主任、方主任、钱主任，他们一到县市，除分管的常务副县市长外，听说县委书记、县长轮流陪，有时还是一起陪他们。我到县市也问过这是怎么回事？县的领导说：某领导是轮流给项目，没轮到你找他没有用，轮到你了你不找他，他也给你批项目。上面给多少他转多少，找他也没多的。他没什么信息提前告诉我们，我们单独找省里他又不准许。再者也不带项目单位和县市发改委的人，到省里去争项目争资金，所以他到县市后领导只是礼节上陪一下。这种领导是：他不操心不着急，不争项目不进取，轻松快乐顾自己，是一种不负责任的做法。

我到谷城考察供水项目，看三水厂选址，了解供水规模和投资规模、管网走向等情况，谷城县委书记李传寨陪我，从县宾馆出发，第一辆警车开道，第二辆是我的车，第三辆是李书记车，后面分别是常务副县长陈治和、发改委主任郭德全、建设局局长海光明、供水公司总经理任明斌等领导的车紧随其后，共有9部车，像一个车队，威风凛烈地驶向现场。下车后我感到很不自在，对李书记说，“我不能有这个待遇哟，这是国家领导、省委书记享受的，我经受不起呀！当然，要感谢书记的盛情喽！”“你为谷城做出了巨大贡献，这又给我们送项目送投资来了，我们也是略表谢意。”这是李书记的回敬语言。这种情况，在其他县市虽没有警车开路，但“长龙”车队、人群簇拥是经常的事。我心里的确很舒服，很高兴，感到这是县市领导对我的尊重，也感到我人生的荣耀。更感到各县市为多争项目资金的期待，以及我身上承担的批项目争资金的压力和责任。对于地位、成绩、荣誉，我认为它不是炫耀的资本，那是一种鼓励，鼓励鞭策你在工作上更要继续攀登。

在发改委各科室中，我分管的投资科是最大的、最忙的科，一般的科一个科长加一个办事员，投资科是4个人有正副科长和2个办事人员。投资科负责全委业务综合，即上报或下达襄樊市的投资年度计划；向市政府写出襄樊市年度经济运行情况分析报告；向市人大每年做的《上年度国民经济计划执行情况和下一年度国民经济计划安排意见的报告》的起草；审批项目和争取省和国家投资；滚动补充调整全市投资项目库；对各科室已批可研报告的项目进行初步设计审查和批复等。每周休息日和年节假日，我和投资科的同志休息的很少，大部分用于加班工作。我的工作专用小车里专装一套出差行李，我配有专职司机，出差说走就走，我有多次带着科长晚上10点以后，甚至在凌晨1点奔向省里，以便赶在上午上班之前到省发改委领导办公室汇报工作。

2007年底至2008年初，是襄樊市40年来一遇的特大雪灾，地下供水管网90%以上被冻爆裂。腊月二十二，我带胡晓华科长及受灾严重的谷城、保康发改局领导、市供水公司张华总经理，到省发改委汇报灾情，要求省和国家给予紧急救灾补助。当时我请求省发改委转报告或邀请省处长与我们一起到北京汇报，省发改委王玉祥主任非常同情与支持，腊月二十三他亲自带我们坐飞机到国家发改委汇报，省里带有报告，我们带有图文共有的灾情录像片和解说，有蒋省长、市委书记和市长到现场查看灾情影像资料。我们在北京过的小年。腊月二十四国家发改委投资司周德华司长、王悦献处长听了汇报。周司长说：你们回去后，抓紧摸清和落实具体单位的灾情，供水设备和管网损坏的长度、直径、面积、所需经费等，在春节后正月初三报省，加上其他受灾严重的地市，汇总后正月初六报国家发改委投资司。

腊月二十五，我们又急促地陪省发改委王主任回武汉，当天连夜赶回襄樊。

腊月二十六，向各县市（区）发出“关于申报供水管网严重雪灾项目需要补助经费的通知”。要求腊二十九（即 2008 年 2 月 5 日）前，将本地供水管网雪灾项目报市发改委投资科。从腊月二十六至春节后的正月初三期间，除腊月三十中午团年饭、除夕之夜陪父母及家人过年外，其他时间包括晚上，投资科全力以赴地投入到紧张的工作之中。春节上班后，我又带科长和雪灾严重的单位先后到省和国家发改委跟踪汇报。国家发改委很快在 2 月底下达襄樊应急抢修资金 1200 万元，3 月初又下达了供水管网严重雪灾补助资金 3100 万元。雪灾补助资金共计 4300 万元。市直和各县市及乡镇很快修复供水管网，保证了居民生活用水需要。

工作人员吴洋母亲到我办公室，找我谈话要求调整他儿子的工作，理由是吴洋他太忙了，太辛苦，每天没日没夜的忙工作，身体都搞坏了，抵抗力很差经常感冒，很多时候都是在夜里 12 点到 1 点才回家，还没节没假的，30 岁了还没谈女朋友，就是因为没有时间接触和相处女孩子，有时还陪客喝酒喝的呕吐，请求赵主任给他调整个较闲的工作，或不让他加班行吗！我说：吴洋是我叫他从投资公司到投资科的，来的时候什么业务都不懂，是我和胡科长手把手教的，亲自培养起来的，现在业务很熟了，县市和委里很多人都称他“小专家”。再一个，投资科整体都忙，胡科长比他还要忙，而且压力还大，他除跟吴洋一样加班工作外，每年还要写近 20

万字的各种材料和报告。我是近60岁的老人了，不管平时的节假日还是春节加班，不论是白天还是夜间1点至2点，我都陪着他们在干。关于陪客喝酒，我比他们陪客和喝的酒还多，包括胡科长都喝醉了很多次，我现在全身已出现很多毛病，如腰椎间盘突出、前列腺发炎、慢性中耳炎加耳鸣耳聋、胆囊炎加胆结石等。我把喝酒当成搞好工作的一种方法和策略，没有苦哪有甜，没有奉献那来的成绩，没有拼搏哪来的进步，没有付出哪来的回报。她说："你说这么多，再能干再有成绩有啥用，身体是第一位的，身体坏了什么都没有用了"。说完她气冲冲地走了。我把情况向一把手通报了，王忠运主任说，你跟吴洋谈话，愿意就继续留在投资科，就跟原来一样努力工作，若不愿吃苦，想调换工作，发改委含二级单位都不要，调出发改委战线到其他系统或自己另找单位。吴洋说，我妈找委领导我不知道，她从单方面心疼孩子是不对的，我愿意在投资科扎实地、刻苦地工作，服从领导安排。吴洋现已成为发改委业务骨干中坚力量，很有发展前途。

从上述工作可以看出，在全委各科长中胡晓华是最繁忙的科长。2008年夏季的一天，党委会推荐一名提拔为副县级进委领导班子的人选，我说："胡晓华是一个有能力、有责任心、有吃苦精神的科长；是一个低调不善于吹嘘、不善于推销自己的科长；襄樊市投资完成额在省连续三年获得一等奖，所取得的巨大成就中，有胡晓华一份功不可没的成绩，他任投资科长是我得力助手；他是德能勤绩突出的优秀科长，应该优先提拔。"后来被提拔为襄樊市发改委党组成员、总经济师。

在全委我为襄樊市争项目、争资金是最多的。所以，我不论是到县市（区），还是到项目单位都非常受尊重和欢迎。我退休后，市建委魏建国副书记请我吃饭，席间有一个王姓老总说："赵主任我站起来给你敬杯酒，感谢你对我工作的支持，可能你忘记我了，我原是飞机场的副总，扩建飞机场时利用外资我找你批项目，请你吃饭跳舞都不干，你很快就签字发了批文。我从你身上看到，在市直各政府部门中，计委不搞吃、喝、卡、拿、要，服务态度好，工作效率高。来，感谢你！干一杯！"还有一次，我初中同学叶立勤，他是市地税局襄城分局局长位上退休的，有一天中午他请我和襄城检察院权建力检察长吃饭，席间权检说："我原在谷城检察院工作时，县委、县政府领导经常说到你，在很多人的心目中，一提到赵业清主任的名字，大家都感到如雷贯耳，肃然起敬，我是仰视看你呀！”我说：“因为我是谷城人，可能是为老家多批了一点项目，多争取了国家无偿投资吧！我要感谢谷城父母官和老乡没忘记我！”

项目审批后还不一定能拿到国家投资，还要做很多跟踪和攻关工作。要带着项目单位及县市发改局，有必要时还要请县或市政府领导一起到省赴京汇报，有的大项目又是县市重点项目，分管的常务副县市长，也主动请我到省和国家发改委汇报。去汇报工作时还要请分管该项目的领导吃饭。请他们出来吃饭也不是件容易的事，他们的工作面宽，涉及全省或全国四面八方，都有求于他们，请的人太多了，有时一晚上他们要应付四至五家吃请。这是特别关系好的给你面子才出来“吃跑饭”的，有时被请的领导，他就建议请他的人安排到同一家酒店，开饭时间错开，方便他每个饭桌走到。请客的人心想只要你给面子到一下，也感到满足，认为自己这个项目批的可能性很大，就可放心地回去了。

请吃饭，为了办事，喝酒成了难事。在饭桌上为了表达诚意，有时客人喝一杯自己喝两杯。我曾遇到领导是北方人，他说谷城霸王醉才是真正好酒（酒精度 73.4 度），有的酒喝到嘴里很淡，好像没酒味，赵主任我用这大杯子（3.3 两 / 杯）跟你干一杯，碰杯后两人一饮而尽。这杯一喝，下一杯一视同仁，我又陪其他两位领导分二次各喝一大杯，再加上与同桌的其他人喝的酒就是 1 斤多了。

曾几何时，全国上下形成一股强大的吃喝风。为了争取多批项目，我以拼身体为代价，常常喝的呕吐和胃出血。在分管投资工作的 6 年中，我为襄樊市争取的 100 多亿元资金，可以说是“胃出血的贡献”。

我在市计委分管的科室较多，与省计委、国家计委对口的处室、司局也多，有我们到上级请客的，也有上级领导到襄樊来我们陪客的，还有县市、市直部门、企事业单位搞项目时请我的，在那个大吃大喝的年代，天天喝酒我们受得了吗？

有时一天喝 5 次酒，早餐陪来客吃牛杂面，喝黄酒。这是襄阳之特色，闻名海内外。中午、晚上是正餐，菜要丰盛，拿来好酒畅饮闹喝一番以表热情。

不知不觉地喝酒当成了我的一项重要工作了。到省、国家争项目、争资金要请客喝酒，在饭桌上似乎喝酒闹的越热情，酒喝得越多越尽兴。有时喝酒超量过多后，在宾馆里半夜出酒，吐完食物还要吐，吐出苦水见胆汁，有时从胃里吐出血水，头痛眼花如针扎。醉酒难受时对天发誓："永远不再喝酒了，坚决控制好自己，要对自己、对身体、对家人负责任，再喝酒上帝将惩罚我，不得好死。"可一到酒桌上，只要当时胃不痛，酒杯一端就把誓言忘到九霄云外了，自己宽慰自己，这个项目要想办法批回去，喝酒就是工作。就这样，用大杯一杯一杯的干，斗酒下肚，喝倒了随行人员再把我搀扶到宾馆房间。

2001 年春，多次陪客喝酒 1 斤半以上超量过多，结果得了前列腺炎。医生说，每人的体质、基因、爱好、生活习惯不同，得的病也不尽相同，病是从个人身体薄弱环节出问题得来的，你是长期陪客超量喝酒，引起前列腺充血导致前列腺发炎。后来因长期陪客超量喝酒，又引起中耳炎，最后导致中度耳鸣耳聋。

社会上总结说得好："喝坏了党风喝坏了胃，喝的头晕不能睡，喝的老婆背靠背，喝醉醒来又后悔。"

直到党的十八大之后，习近平担任总书记，全国铁腕反腐，"八项规定精神"出台并严格执行后，才把吃喝风彻底刹住。

搞项目有喜悦也有苦楚，除陪酒痛苦外，还有一种是说不清的酸味。2003 年，襄樊市人大、政协很多人反映，汉江上游某市企业污水直排到汉江里，我们下游市民吃的是他们排的污水，给我们生活、身体都造成了极大的影响和伤害。随后襄樊市政府责成老河口市政府，在 2 年内建成污水处理厂杜绝污水排入汉江，在污水处理厂没建成之前，各企业必须自己先处理后达标排放，由襄樊市环保局依法监督执行。

老河口市污水处理公司成立后，该公司总经理付连军邀请我一起到深圳考察污水处置工艺及投资情况。有一个潜规则，谁邀请发改委人员出差，谁负责承担或报销差旅费及生活费。公司给我买的是上铺硬卧票，在车厢走道上吃的是付总和张伟给我泡的"康师傅红烧牛肉面"加花生米再加榨菜，到深圳后住的是三人间的小旅店。吃饭都是在小餐馆或大排档，点菜很节约，偶尔喝点小瓶装的枝江大曲或从襄樊带去的石花三品。在深圳共 5 天，没有进过商场，没有看过景点，只是到海边一个较大的沙滩处免费看了一次海潮。深圳污水处理公司介绍了污水处置工艺及投资、建设、处置等情况，又参观了深圳污水处理厂污水处置全过程。我们分别与香港大福世融投资公司，深圳银建、脑库投资公司，洽谈商议对老河口污水处理厂进行投资或贷款事宜，最后都没达成协议。

在深圳返回时，付总找他朋友私人借 1 万元回到襄樊。又是上铺加"统一"快餐面。付总说："赵主任这一路确实委屈你了，我知道你这么大的领导，不管走到那里都是前呼后拥的、吃香喝辣的还怕照顾不好你，别的县市都是常务副县市长陪你，我是一个科级干部能请动你，你已是 50 多岁的人了，还为我们奔波确实过意不去，我非常感动又非常感谢，为了我们项目你劳累辛苦还没吃好、休息好。说实话，这个项目市政府没拨一分钱，是我私人垫钱请你到深圳的。"

这一行我虽没明显地表露出不快，但从内心里讲确实不高兴。心想："老河口市领导不重视不支持，这个项目我将不帮助他们，也不给他们争取国家投资，让他们市政府自筹资金自行建设，该市不能按时建成运行，将由襄樊市人大对他们追责。"而我又回想起，过去在农村没有参加工作时：

脸朝黄土背朝天，全身泥土汗水淹，
挂壁修路打钢扦，三线建设磨血肩；
党的培养记心田，幸福生活知苦寒，
当了领导心莫变，要为企业解忧难。

老河口市污水处理厂，采用三级循环化学处理工艺。在沙滩上建厂，清沙工程量大，地下混凝土结构，钢材用得多，投资达 1.1 亿元。从 2003 年该项目启动，至 2006 年建成投入运营，我 8 次带领付总到省和国家发改委争取资金，在 4 年中我每年都争取到了国家发改委的支持，共争取国家投资近 9000 万元，除老河口市政府只是给土地作为投资外，基本上都是我争取的国家投资。该厂的投入运行后，下游的襄樊不再吃老河口排放的污水了。我很欣慰，为老河口、襄樊城区人民吃上干净卫生的饮用水而干了一件大好事。

我在计委工作40年，一辈子没“挪过窝”，时间长，分管过的业务科室多，接触省和国家计委领导和同志们多，熟人多，批的项目多，争取投资多。省发改委分管投资的王玉祥副主任，在我57岁时，2007年底他到襄樊来检查巡视工作，当时市委书记唐良志、市长李新华，在南湖宾馆陪他吃饭时，王主任说：“听说襄樊有个规定，领导任职到了57周岁要退下来，市发改委赵业清主任在省发改委、国家发改委熟悉的领导很多，在国家发改委那里跑项目，有时我们省里还请他出面帮做工作，如果他提前退下来，将对省尤其对襄樊批项目确实影响或损失很大。”后来，全襄樊市仅有我，在接近60岁时才退到二线，在多干的二年多时间里，我又为襄樊争取到了6亿多元的无偿资金。为襄樊经济发展做出了最后的贡献。

我退休后的2010年春，发改委王忠运主任（后任襄阳市副市长）在召开发改委党委会时说：“赵主任分管投资，在退休之前连续三年，每年襄樊完成投资总额在全省占第一，连续三年每年都荣获省政府发文通报表彰，并发给25万——一等奖的奖金。对他或对襄樊市来说，这不仅仅是个奖金问题，而是得到省政府、省计委、市政府领导充分肯定的，是个政治荣誉问题。赵主任是近60岁的老领导，快退休了还那么有责任心、那么敬业，拼命地为襄樊争项目、争资金，还做出了那么大的成绩和贡献。我们现在一班人怎么办？分管主任怎么办？我们绝不能在前一任领导退下来了，工作也跟着垮下来吧！我们怎么对市委、市政府领导交待？我们的压力很大，希望大家共同努力，分管主任更有责任，一定要保住襄樊投资总额完成居全省第一的位置。”

当我70岁的今天写投资工作，回忆签批的项目和争取的资金，它不是枯燥的数字，它是成绩，它证明的是为襄樊经济发展做出的贡献，它也是我搞投资工作拼搏的艰辛与成功的喜悦。写道这里，让我难以自禁，眼泪不由自主地溢满了我的眼眶……

第三十章　人生路上知感恩

“天道酬勤，凡事感恩。滴水之恩，当涌泉相报”。孟夫子的一句名言道出了中国古圣先贤对感恩应取的态度，也体现了哲人的世界观和崇高的思想境界。

我是1971年初夏，离开石花镇巩湾村参加工作到襄阳地区（后改为襄樊市）的。在我的人生路上，除感恩父母的养育之外，我还要感恩老家的乡亲之情、感谢贵人相助之恩。

感恩家乡，为父老乡亲们干实事。

1970年至八十年代初，正值全国农业学大寨高潮，上级要求以大寨为榜样，学习大寨人的吃苦精神，使粮食产量翻一番，实现吨粮田，即一亩田产粮食要达2000斤。1976年3月的一天，当时村书记鲁正友到襄阳地区计委找我，请我帮忙买化肥。他说，“上级要求亩田产吨粮，没有化肥是不行的，我也找到巩湾村在县里工作的领导，他们说这是计划分配物资，找你帮得上忙”。我热情地接待他们，立即跟宜城鄂西化工厂邱厂长联系。当时襄阳地区各县都没建化肥厂，国家计委在鄂西北这一片只布局了这一个大型化工厂。该厂生产是DNT，以生产炸药为主，只生产小量化肥。邱厂长很给面子，说想办法调剂解决四吨。让我给他写个信，由去的人带上。鲁书记中午在我家吃了饭，带上大队会计下午赶到鄂西化工厂办了手续，第二天化肥拉回生队。从此以后逐年增加，多年都给大队解决化肥。

提起化肥，还有一段小故事。2016年，我本姓弟弟赵业涛60岁生日宴，中午坐席时，突然一个近70岁的老人，大声喊：你是赵主任吧，我是平川大队的罗荣海，你是我的大恩人呀！八十年代初的时候，是你每年帮我们大队解决很多化肥，使我们村农业获得大丰收，积累了一些资金，用来发展大队集体经济，以后逐步发展壮大成四个大企业，我那时是大队书记分别兼四个企业的老总。后来国家要求全部进行改制成民营，我儿子买断经营权，现在也有上千万的资产。说这些，归根结底还是你的支持，打下了好的基础呀。没有你过去的支持，就没有今天的结果，也没有我们现在家庭的四大企业，所以我要感恩于你。我是高血压中风、血管搭桥放有支架不能喝酒的，过去农村穷，又不讲送礼，我每次到襄阳都没拿过东西给你，找你办事还管我们吃饭，今天偶遇有了机会很难得，像“月母子”见了旧情人我宁伤身不伤感情，我今天要舍命陪领导来用酒表达对你的感谢。那天中午罗书记激动、诚意，我也很受感动。给他们村里办了一点事，40 多年过去了，还记得感恩。他真的喝醉了，不停地、反复地说感恩！感恩！谢谢！谢谢！说明人一生一世，在位时还是要多做好事，行善积德，别人还是知恩图报的，古人言：“雁过留声，人过留名”。看你在位时做了些什么，退休后给别人留了些什么……

帮助村里解决资金。2005 年，村书记卢光幼到市发改委我的办公室，请求帮助支持部分资金，用于村办集体经济资金缺口。当年我帮本委冯主任家乡板桥镇解决镇供水管网资金 36 万元，我请冯主任给我家乡巩湾村解决水田改造资金 10 万元。2006 年，乡镇派出所危房改造和扩建，石花是全国重点镇，人口多，是鄂豫川陕交通要道，社会治安情况复杂，每年犯案人多，我利用这个机会，将石花派出所纳入改扩建计划。我与县公安局杨政委和派出所姚所长商量，请他们用系统内自有资金支持巩湾村 5 万，他们满口同意，保证给予落实。2007 年，给谷城石花水厂扩建时，请该水厂从其经营收入中给巩湾村支持资金 5 万元。三年共支持巩湾村资金 20 万元。除此之外，还帮巩湾村解决农用薄膜、手扶拖拉机、柴油、汽油等农用机械和物资。

为巩湾村修路。巩湾村的路，在我从小的记忆中，路面宽约有 1 米左右，宽的地方有 1.5 米，窄的地方只有 80 厘米，连板车都不能通行。山径崎岖曲折，夹峙在水稻、麦地、沟渠之间，高低起伏，若隐若现，有如一条回环曲折的飘带。随路旁有一条歪歪扭扭的小渠，它忽而东，忽而西，这条可怜的细线水渠向前伸展。它是洪水冲击的山中水沟，在下大雨时起泄洪排涝作用，在夏季又为水稻灌溉而用。我曾有过一次，走路一不小心掉进深沟里就是一身泥水爬起来。

我小时候约 12 岁至 16 岁时，发育较晚，在这个时期个头不算高，约有一米四、一米五，经常挑菜和柴禾上街去卖。那柴禾挑起来两头比我高，把两梱柴禾尖扎在一起，形成人字形，再把钎担插进两捆柴禾中间，然后用绳子捆绑紧。挑担走路时只见小路曲曲弯弯地伸向远方，好像一条长蛇在爬行，但却始终只看得见蛇身而看不到蛇头，眼前只能望出去不到十米的距离，道路基本上绕着田埂在田间小道，从东到西或是又从西到东串来串去，时而视线被路边的稻禾或苞谷或芝麻杆等农作物挡住了，等转过弯去，刚觉豁然开朗，没走几步视线就又被挡住了，隐而复见，断而再连。双肩换着挑，走上 100 多米或 200 米时，用打杵把扁担支撑起来，稍息会儿换个肩接着挑。有时挑重达 150 多斤，两个肩磨出血泡就放下担子多休息会儿，肩上垫个湿毛巾再走，那时卖的钱主要用于购买学习用品和在校生活补助费用。虽然很苦很累，但是走在坎坷曲折的山间小路上，呼吸着浮动的清新空气，闻到那稻花的芳香，观赏着碧绿的花草树木，聆听这林间百鸟的婉转吟唱，也是一种无上的享受。当时我想这要是把路修宽取直该有多好啊！

参加工作后，1979 年春节前夕，我们带着一岁三个多月的儿子赵伟，回老家过年。正月初二，我们到石花镇苍台街爱人的三姨家拜年，吃完晚饭回家。姨爹给我们找了一辆自行车，让我骑车爱人抱儿子坐车回家，我说，我们那里自行车就不通呀，全是弯弯曲曲的田埂路，还是我抱着儿子回家吧。我酒喝得有点多，抱着赵伟踉踉跄跄走在山间小道上。在浓浓的夜幕里，农家散户都点着昏暗的灯，从稻田水波里映出的那辐射着的黄黄的散光 . 反映出一片朦胧的烟霭，透过这烟霭，在暗暗水波里，又抖成缕缕的明漪。遥远地看着灯火像黄澄澄的眼睛似的，在山谷里和山腰上的小屋内荧荧发光。在这夜景中，我紧紧抱着赵伟，常常摔跤爬起来接着走，有幸孩子没摔倒。每次摔跤时我都不停地叫醒赵伟：“赵伟，赵伟，不要怕啊！不要怕！爸爸抱伟伟快到家。”我边走边在想，嘴里虽没说出来，但我心里一直抱怨，村干部真无能，为什么不修条公路呢？哪怕是个稍直点、宽点能走自行车和板车的路也行呀！后来才知道，那时村里都没有发展村集体经济，根本就没有钱修路。

到了九十年代初，巩湾大队与平川大队协商，从平川小学那个山垭翻过来修约有 1.5 米宽的通板车的路到我老家以上区域。这时我当了计委领导，每年春节前夕，或腊月二十四过小年，或腊月二十七、腊月二十八带着节日礼物，回家孝敬感恩父母。我的小车从老（河口）白（浪）公路走到平川小学，停在操场上，然后把物资卸下来，放在提前通知三弟准备好的板车上，拉着板车回老家。当时我带的年货还比较丰富，由于平时忙以工作没时间看望老人，积累到年终春节一起多带点东西回去，也好让老人高兴高兴。带的有鸡、鱼、猪肉、牛羊肉、香磨油、木耳、香菇、山药、烟酒等都是吃货。这些年货基本上都是在过年前夕别人送的，有的是县市发改局送给单位，然后分给个人的，也有的县市不给公家，而私下直接送给个人的；有我和爱人给别人帮忙办了事的，如招生、安排工作等，他们来感恩送的；有我当年批项目给资金支持的单位来感谢的；还有我与爱人双方晚辈们提前拜年送礼的。在当时大环境中，各单位、各地方都是这样的，没有严格禁止请客送礼，或是简单讲讲不准请客送礼，但从来没有认真处理过。而我还是很谨慎的，因公务送钱或消费卡的是行贿受贿违法行为，我坚决不收。我一直在告诫提醒自己：

农村出来真不易，为民办事要牢记。
人生路上知感恩，工作拼搏创业绩。
当了领导正自己，时刻提醒要警惕。
遵守法纪不收礼，免受处罚坐监狱。

曾记得有一年春节前连续下雪，冰雪天，但年下无日了，腊月二十九，我还是把小车停在平川学校里，用板车拉着年货在泥泞的路面上艰难前行。由于地面打滑，板车在不停地摆动，在一个斜坡路段，我三弟突然脚下一滑，身子重重地摔在地上，沉重的板车脱离了控制，向坡下滑去……儿子赵伟 12 岁，穿着小雨靴在冰雪与泥泞的路上滑着走，不断地摔倒爬起，到家时他成了小泥人。在路上遇到上坡我就帮着推车，虽是寒冷天气拉着板车在泥土路上走着，却是满头大汗地到家。这时我暗下决心，一定想办法帮助村里修一条路，为家乡解决路难行的问题。

1996年3月初，我请谷城县计委郭主任帮忙，让他与县交通局联系支持解决我老家巩湾村行路难的问题。我说，我已请市计委农业科带项目给村里解决了10万元，可能镇里留用3万元，村里用于修路7万元，由村书记先组织村民修一条路基形状出来，然后你请县交通局派技术员指导和铺上石子，硬化路面，修出一条能够跑拖拉机、农用车、小汽车的路出来就行了。很快，在年底石子路修通了，我在春节前将车开回了家门口。村书记杨国荣听说我开车回家，就迅速赶到了，拉着我的手激动地说："我代表全村老百姓来感谢赵主任帮助我们把巩湾村的路修通了，它不仅解决了村民行路难的问题，更主要的是村内外的物资进出方便了，它可是能促进村级经济快速发展和老百姓致富呀，有句俗话说：'要想富先修路'。路是你帮忙修通的，给巩湾村做出了巨大贡献啊！有了你支持村里的这个例子，晚点我说服从我们村出去到县里工作的领导，把我们村里电也给通了。"我说："我是第一个从这村里出去到了大城市，并且现在当了领导，要报答家乡养育之恩，要感谢书记们对我家多年的关照呀！我帮家乡干点实事是应该的。再过几年我找到机会，再扩宽修成水泥路。"杨书记安排村文书送来鸡子、鱼、猪肉、酒等，还拿一桶20斤的芝麻油让我带到襄樊吃。中午有村支部杨书记、副书记童辉整，在我家高兴地畅饮一番，交流畅谈了很多内容。

在1998年石子路刚修通的那一年，春节前夕在老家吃晚饭后回襄樊，我坐在车里走在山村路上，看到远处盏盏散射的灯像黑暗中闪光的珍珠，闪烁着蜿蜒而去，心中便涌起无尽的联想：想到老家还没通电的时候，家里桌子上残灯如豆，蜡泪慢慢积攒成沉重的大滴，就像我的眼泪似地慢慢流淌下来，那时我想到了孤独年迈的父母；想到我为家乡修的这条路完成了我感恩的心愿；想到这条象征着我人生走向成功的路；想到这条路将是巩湾村发展之路、是村民们走上富裕之路……

想着，想着，走进了襄樊市，城市之夜，万家灯火，如繁星，如钻石，辉煌夺目。大街两侧明亮的华灯，像早春初露的朵朵蓓蕾，一条条街道像变成了皓光闪耀的银河。我才感觉到农村与城市差别的确是太大了啊！

2003年，国家实行村村通公路工程，简称"村村通"。是国家为构建和谐社会，支持新农村建设而采取的一项重大举措，是一项民心工程。又称“五年千亿元”工程，该工程是指中国力争在5年时间实现所有村庄通沥青路或水泥路，以打破农村经济发展的交通瓶颈，解决9亿农民的出行难题。该工程以国家和省出资为主，地方财政（市与县）配套部分资金，

机会来了。村村通公路分工是各级发改部门审批项目，交通部门负责道路设计、施工，财政部门负责资金拨款、监督管理。谷城县发改局赵明波局长到我办公室汇报县污水处理、垃圾处理项目时，我与他商量，请他利用国家村村通公路这个政策或机遇，与县交通局协调，把我老家巩湾村公路铺上一层水泥，无非是村通公路先走一步而已，当然资金也要请县里给予支持。赵局长满口答应没问题，由他协调解决。赵局长回到县里把情况向时任县长李传寨作了汇报，李县长说，“可以，赵主任对我们谷城支持很大，要把他老家公路修好，我先给交通局长打个电话，这件事就由你协调抓落实，有什么问题再找我。”没过多久，县交通局就安排人施工了，不到一个月时间，8公里的水泥路修通了。巩湾村是全县村村通中的第一条村通水泥路。

2004年春节前夕，我们按惯例回老家看望父母，新任村书记卢光幼，又是很快跑到我家表示感谢我对村修水泥路之情。他说：“巩湾村的路从泥巴小道到石子路，再到宽敞的水泥路都是赵主任一手策划帮助修通的，我们村支两委有个想法，为了表达你对村修路的贡献，这条公路取名为‘业清路’。”我说：“这万万不可以，中国以人姓或名字冠名的只有英雄，如（张）自忠路等，连领袖人物冠名的都不准。你们用我名字冠路名，是叫大家知道我在以权谋私，为老家修路；是让别人来查我和支持修路领导呀！！”他们这时才恍然大悟，书记说：“啊！这是把好事办成了坏事，害了领导。这样不行，那我们只有努力发展村里经济，把家乡建设好，做出成绩，来感谢你们再外面工作的领导对村里的支持。”“好”，我们俩握手异口同声地说。

我为感恩家乡帮助村里修了一条水泥路，办了一件家乡人民念念不忘的实事，也算还了我一个心愿，死而无憾了。

兴建石花镇供水厂。利用潭口水库的水，在下游2公里处的石花镇兴建供水厂。这座现代化的供水厂，是我一手亲自支持建起来的。

记得我小时候在石花镇苍台街读初中上谷二中时，石花镇没有自来水，那时河两岸居民挑河水吃，各个单位是打地下井取水，有的企业是砌水塔用泵抽上去替代自来水。

大多数居民到河沟底挑水，一上一下就是大半里路。下河沟挑水时空桶下去人还轻点，挑着水回来时却是每一步都要费力地向上，步步登的都是石头，把人累的嘴张多大，真是挑了这担不再想挑下一担。不管是刮风下雨，还是下雪上凌，居民们都要到河沟里挑水，一年四季，一月到头，天天如此。“这哪是在吃水呀？吃水如吃油，挑水家家愁！”那时居民们吃水的艰难，深深地镌刻在我的脑海中。

2004 年春节前夕，我回老家看望父母，石花镇委韩晓林书记知道后，接我到镇宾馆吃中饭，席间我提到：国家近两年对乡镇供水厂有投资补助，我是石花镇的人，在家乡父母乡亲们的培养下，走出去参加工作的，我想感恩石花，为石花镇建供水厂，我可以从国家发改委争取资金给予支持。韩书纪说，石花镇自来水是修了潭口水库以后，利用潭口水库自然落差压力，建水塔加泵压直接向石花镇供水。潭口水库管理处归口县水利局管理。目前供应自来水规模太小，远远不能满足镇的居民需要，一是范围小，二是水压低，有的三楼、四楼水就供上不去。

后来我打电话给谷城发改局，与我对口分管投资工作的赵明波局长，把我想帮助建石花供水厂的想法告诉了他，让他与谷城水利局把石花供水情况给市发改委作个介绍。随后赵明波与县水利局副局长兼潭口水库管理处主任叶福基，专程到我办公室，汇报要建石花镇供水厂可行性和必要性，强调急需要建水厂以适应石花镇经济与社会发展及彻底解决居民饮用水的需要。当时石花镇有 10 万余人，由于没有资金，简易供水厂只能供给不到 3 万人的水量。大部分企业和居民还是从河里或打地下井抽水饮用。

2005 年初谷城水利局开始做石花镇供水项目前期工作，同年 7 月我批复该项目可研报告，完成了项目审批手续。2006 年和 2007 年，两年我多次带领赵、叶两局长到省发改委、国家发改委汇报，共争取国家投资 2570 万元，县水利局投 1000 万元，共计总投资 3570 万元，新建了石花镇供水厂。投资主要用于征地、购置设备、建沉淀池、循环池、净化池、管道铺设等项目建设。新铺设扩大管网 10 万多米，日供水能力由原来 1 万吨，扩大到6万吨。供水用户由原来270户，扩展到居民18000户、企事业单位120多家，供水管道遍布石花镇20个社区（村），基本解决了12万人的饮用水和工业生产、城镇用水问题。原来一遇到长期下雨和山洪暴发时居民吃的是混浊水，新通水的居民们吃上了“自来水”，从此再也不用挑水，水桶彻底“下岗”了。建厂后彻底改变了水质，现完全达到国家一级饮用水标准。居民们高兴地吃上安全、环保、清洁、卫生的“自来水”，这也是我对石花父老乡亲们做出的应做的一件大好事。

感恩贵人，改变我人生命运。

俗话说，出门遇贵人。“贵人”，就是对自己帮助特别大的人。在我一生一路上走来的征途中，有两位贵人是我今生今世不能忘怀的。他们是在我的人生路上最关键的时刻，给予了至关重要的关照——从而改变了我的命运。

我的第一位贵人是邵功成。他是石花区卧伏人民公社团委书记。1970年，谷城县委、革命委员会决定修通盛（盛坑公社）万（赵湾公社的万里山）公路。民工是从刚修完襄渝铁路的民兵师整建制转过来的。谷城县委和县武装部领导决定，成立盛万公路指挥部，谷城县革委会副主任、县武装部副部长李昭普兼任指挥长；从卧伏营挑选身强力壮的年轻人，年龄在18岁至35岁之间，组建县独立战备十连，归县指挥部和民兵师直接领导。

修盛万公路是为了开发赵湾乡万里山的煤矿。煤炭是不可再生的能源，当时在谷城县乃至襄阳地区都很稀有。地方领导发现煤炭像发现黄金一样欣喜若狂。煤炭是生产化肥、发电等工农业主要燃料、是发展地方经济的引擎或动力。盛万公路有一段是从“金钱洞”悬崖峭壁中间掏出一段“挂壁公路”。县指挥部把打通“金钱洞”的艰巨任务交给了战备十连。邵功成是卧伏公社团委书记任战备十连指导员，郑明义任连长，我当时任尖刀排排长。

邵功成家住勤劳大队，当地称中七里冲，我的老家在上七里冲，叫安乐大队，还有个邻居叫勤俭大队。这是文化大革命中起的队名，其上级政府叫卧伏人民公社，所有农村干活的通称“社员”。1980年，把区政府改为乡或镇政府，把生产大队改为村，把农民称为村民。1983年后将勤俭、勤劳、安乐三个大队合并，改回原来的巩湾村。

邵功成从小在生产队干活扎实，能吃苦，家庭出身贫农，政治条件好，属根红苗正一类的人。家庭较贫寒，没有读到书，只是个私塾，相当小学毕业。因个人嘴勤、腿勤、手勤，办事利索、脑子聪明反应快，两个大眼睛明亮有神，卧伏公社党委书记童玉召在勤劳大队驻队时看中了他，将16岁的邵功成要到公社他身边当通讯员、电话员、广播员，后来担任了公社团委书记、党委副书记。

我现回忆，邵功成对我最初的培养是四步曲：

第一，让我入党。有一天连长郑明义找我说："邵指导员让我给你谈话，问问你对党有啥认识，想要求入党吗？"我说："还没有考虑，现在还不够入党条件。"他说："你可以先写申请，向党组织靠拢创造条件呀。"我入党申请书递上去第三天，邵指导员找我谈话："写了入党申请心中就有了目标，有了方向，以后就要严格要求自己，处处起到模范带头作用，争取早日入党。"正是因为有了方向、有了精神支柱，我才能在悬崖峭壁的"金钱洞"打通这条挂壁公路的战斗中，首先带领两人，腰系安全带，悬空在峭壁山间打响第一炮。在战斗中有一种一不怕苦，二不死，早已把生命置之度外敢于牺牲的精神。过了一个多月后，我就在火线上加入了中国共产党，成了一名光荣的中共正式党员（那时没有预备期）。

第二，提拔职务。在我入党后，接着被提拔为连副指导员。这主要是锻炼我协调、指挥能力，要求我多学习，多做事，多联系，才能服众。

第三，送出培训。在金钱洞修通后，连队转战到漆树娅继续修路，而邵功成叫我送到襄阳军分区进行军事训练。训练射击、投（手）弹、打炮、端枪、正步、跑步、撤卸枪、擦装枪等，主要目的是给我补课学习军事、思想、技术、军纪，以掌握基本军事技术和提高身体及军事素质，让我以后更好地带领连队。

第四，搭建平台。在军分区训练结束回到连队，接受新的任务，到县武装部建办公楼。从连队抽调38个素质高、表现好、身体壮的战士组建一个新的排，排长是周碧清。邵指导员安排我带领这个排去完成任务。邵指导员意图是，让我去独立工作磨炼自己，可以成熟的快一些；利用这个平台能充分发挥自己聪明智慧和特长，做出成绩；同时能直接和县领导接触，可能有利于以后的发展。可见邵功成对我的培养是用心良苦。

邵功成既是我的领导又是我的朋友，可以说亦师亦友。他不仅给了我培养、关照，更重要的是我从他身上受到了熏陶，他的言传身教使我学到了如何做人、干事、学习、吃苦、拼搏、关爱……

邵功成是在我到武装部建办公楼施工大约一个月之时，调任谷城县县委委员兼白河区人民武装部部长。

他经常鼓励我努力工作，要干出一番事业来。他是我人生路上的第一个领导、师长和朋友。

我参加工作后，带着工作到谷城县就到白河区他的住地去看望他，他用自行车带我到白河堤上，然后边走边聊天，有时用他的54手枪打打鸟，真是悠哉！悠哉！他的身影、他的容貌、他的教诲历历在目。那个时代不兴请客送礼，所以我连一条烟、一斤酒都没有送过他，一顿饭也没请他吃过。我们在一起只是谈心，谈些互相鼓励、互相支持的话。现在回想起来感到很愧疚，确实对不起他。

邵功成培养我的四部曲，就像现在跳舞一样，让我跳了一首“快四”，快四步舞曲一结束我就参加了工作。我能从农村参加工作，其基础是邵功成打好的，是他精心培养的。如果没有他的培养，给我打好基础，在襄阳地委招干时，我不具备条件，现在可能还是“老农民”一个。有了他的关照，才有了我的今天。

刚到50岁的邵功成，正值年富力强，因患肺癌，就英年早逝。可惜他走得太早，还有许多心愿未竟，前途远大，就这样赍志而殁，真是天不假年，天夺其魄。时隔28年之际，谨以此文作为我对他的深切怀念，以示感恩之心。

我人生中的第二位贵人，是谢政委，他的名字叫谢忠满。

1968年我从初中毕业回乡干农活，感觉特累，但却整不来现钱。当时，我们山里男青年除了当兵可能升个军官，其他都没有任何出路。我二弟已当小兵在部队，我因刻苦读书眼睛视力降低，可能验不上，自己放弃了参军。天天过着“面朝黄土背朝天，背着日头过大山”的岁月，我想到自己唯一的出路是学个木匠。我看到我本家的亲大伯、姑老表他们都是木匠，天天给人家做木活，又是吃鸡蛋又是吃肉，还整现钱或得物资。有一天我把想法跟我父亲说：“叔，在生产队干活累死个人的，还整不到现钱，我跟大伯说好了，他愿带我为徒，我跟他学木工手艺，将来当个木匠。”

父亲顿了顿，说：“你有文化，木工活学起来也快。古话说，家有良田万亩，不如薄艺在手。”父亲赞同，我用我积攒的零花钱，购买了做木工的家业（我老家把做木活的工具叫做“家业”），诸如斧子、刨子、凿子、尺子、小锯子、墨线盒等二三十种工具，除大解锯、锛以外我都基本准备齐全了。我与大伯事前讲好了，他要带我为徒弟，叫我跟他学手艺，并且不收学徒费，毫无保留地把手艺全部传给我。

正当我准备跟大伯到青山大队干木活时，生产队长童玉清到我们家，通知我出工修襄渝铁路，明天带被褥等行李到大队部集合统一出发。

襄渝铁路修完后，转战修盛万公路打通了金钱洞路段，接着我到县武装部接受新的任务。

1971 年 3 月，我 20 岁刚出头，带一个排 38 人到县武装部建新办公大楼。武装部领导我们的，一个是管施工现场的丰参谋，另一个是管我们生活、思想政治、军事教育的张参谋。

我在武装部办公楼施工现场，经常看到一位年龄约 50 岁出头的老人，身穿绿军装，领上佩着红领章，鲜艳的国徽嵌着大檐军帽正中央，走路挺胸膛，英俊多雄壮！说起话来温和又慈祥。手提公文包经常从工地路过。他就是武装部参谋们叫他的谢政委。

有一天下午 6 时，突然传出声音：“赵副指导员”，我立即丢下手里的砖头，平身站起来，朝着叫我的声音那个方向，立正，敬礼：“我是战备十连副指导员赵业清，请首长指示。”“不要紧张，来，我问问情况。”谢政委说。

我跟谢政委到了后院武装部老办公楼他的办公室。他问我：“家里有些什么人？农村生产怎么样？听说你也参加了修襄渝铁路、盛万公路？”过了一个星期，谢政委又让我到他办公室去了一次，他问我：“修盛万公路你们的任务很艰巨吧，战备十连战士们精神状态怎么样？你带队建办公楼还有什么困难没有”等等。后来我猜想：这是谢政委在考察我吧！是在看思路和语言表达能力吧！

武装部的办公楼共建 5 层，第 4 层建完了，1971 年 7 月 6 日，武装部张参谋和县委组织部丁部长分别跟我谈话后，我办完了组织、户口、粮油关系等手续，就这样我从此离开农村，走上了工作岗位。

2003年春的一天晚上，睡在床上我突然想到："我现在有了工作，出了成果，又走上领导岗位。我的这一切是怎么来的呢？是谁让我参加的工作，才有了今天呢？"想到这里，我有了一种久违的感觉。长久以来，我一直带着一颗负重之心前行，只追求当下的一个又一个的工作成就，却忘记了对往日贵人的感恩。那一夜我失眠了，想到了很多……

过去，在毛泽东时代，受毛泽东思想和社会主义思想的教育，不兴送礼，也不请吃喝，人们的自觉性都很高，没有这方面的法律限定、也没有什么腐败。同志之间相互帮助，领导作风正派，给你办再大的好事，也不用感谢。你只要努力工作，做出成绩，给培养你的人撑面子，争了光，就是最好的感谢。现在，年龄也老大不小了，应该对培养我的人尽感恩之心了。

草感地恩，方得其郁葱；花感雨恩，方得其艳丽；己感彼恩，方得其成功！感恩，我一定要找到让我参加工作的贵人。

我车上带了两瓶五粮液酒和一桶20斤香磨芝麻油，带着工作到了谷城。在工作之余我专程到武装部，找30年前领导我们建办公楼的张参谋和丰参谋。武装部的同志说，他们俩都是外地人，早已转业不知去向，现在无法联系。我突然想起了参加工作之前，张参谋给我谈话时说："我们推荐你到地区工作。"这句话说明是武装部领导推荐的。同时回忆起县委组织部丁学伟部长那时找我谈话，说："谢书记推荐、县委决定你调到地区去工作。"我想县委谢书记可能跟武装部谢政委是一个人。我问武装部的同志们说，谢政委也早调到老河口市武装部了。

2004年，我又到了老河口市，请发改局李富安局长带我到市武装部，我把车上酒和油带上到了谢政委的家。我介绍了自己，说明来意，谢政委二老高兴地给我们让坐、倒茶。

我说，1971年春夏之交，我带领战备十连一个排，在谷城县武装部建新办公楼，那时你很关心我，是你把我送到襄阳地区参加工作的，我是专门来感谢你的。他想了想说，"我记得，当时地委为培养革命事业接班人，选拔年轻干部，给谷城2名指标，条件是：在基层担任过领导、初中以上文化程度、是共产党员、思想品质好、有培养前途的青年人，年龄在18

至25岁之间。你在武装部我经过观察，干得很不错，思想、品质都很好，有魄力、有组织协调能力，我认为你有培养前途，符合地委要求的调干条件，所以我就推荐县委决定你到地区工作。”我们之间交流了很多，李富安局长也向谢政委介绍了我的情况，说我也当大官了，现在是襄樊市发改委正县级副主任。谢政委高兴地说：“好，你进步了，事业成功了我们就高兴，说明我那时没看错人，给地区输送接班人选对了。”中午我要请他们二老到宾馆吃饭，他婉谢了，说八十多了出门不便。离别时我说：“过段时间我再来看老首长，您多保重身体，祝您二老健康长寿！”

2006年，我又拿两斤茅台酒，一桶20斤芝麻油去看他。老人时年已83岁高龄了，鬓发斑白，思维清晰，但身体却有了些明显的衰老。在我写恩人谢政委查找资料时，谷城人物名录中记载：“谢忠满，生于1924年1月，湖北丹江口市人。1952年任竹山县沧浪区武装部长，1955年5月任枣阳县武装部长，1968年5月至1974年6月，任谷城县人武部政委、中共谷城县委副书记。1974年6月，调任光化县（后改为老河口市）人武部政委、县委常委。”

文革中，地方各级在成立政权机构时，党政主要领导都由部队首长兼任，政权机构领导人员是部队军人、地方老干部、造反派三结合组成。地方政权机构叫革命委员会（简称革委会）。当时是文革时期实行军管，地方党委、政府主要领导或重要部门都是部队首长兼任。所以我在建武装部办公楼时，谢忠满是武装部政委，又任谷城县委副书记。

谢政委让我参加工作，他或别人都没跟我讲过是他的安排，而是我后来为感谢让我参加工作的恩人，到处了解和查证确认的，所以我对谢政委不仅是一个感恩的事，而是在我的工作中以他为楷模，学到了他的客观公正、不图名利、不拘一格用人才的大公无私的精神。

我，一个山旮旯的青年离开农村，到城里工作并成为国家干部，这对我来说在武装部时期，遇到了谢政委真是我一生中“过了这个村就没有那个店”的转折点。当年倘若没有谢政委的关照，我即使再聪明，我的命运也不会得到改变，那今天我也许就是一个农村的“木匠”了。

岁月无情，光阴似箭，转眼之间又过了两年，听说老政委、老书记、我的恩人谢忠满老人驾鹤西去了。可是他给我的工作、金饭碗，似水流年却永远不会冲刷走我的记忆，那份最温暖的感动和对谢老人格魅力的敬仰、眼里突然莫名地涌起一股热泪和对于往事的深刻怀念，那是我对于一位已故老人深切的思念之情。

人生路上知感恩。感恩是一种处世哲学，是一种生活态度，是一种优秀品质，是一种道德情操。

永怀感恩之心，常表感激之情，人生就会充实而快乐。感恩父母的养育，感恩老家乡亲之情、感恩贵人相助、感恩大自然的恩赐，感恩衣之温暖，感恩苦难逆境，感恩自己的对手，正是他们的存在才铸就了自己成就。

生命是相互依存的。我们生活在这个世界上，处处享受着来自各方面的“恩赐”。人自有生命的那刻起，便沉浸在恩惠的海洋里。一日为师，终身为父；心存感恩，知足惜福，人与人、人与自然、人与社会才会变得如此的和谐和亲切，我们自身也会因此变得愉快而又健康。

感恩是生活中的大智慧，也是一种歌唱生活的方式，它来自对生活的爱和希望。一个懂得感恩的人，才能有助于事业的成功。

感恩是一份美好的感情，是一种健康的心态，是一种良知，是一种动力。人有了感恩之情，生命就会得到滋润，并时时闪烁着纯净的光芒。

感恩是道德的体现，是自我发展的动力源泉，拥有一颗感恩的心，是我们的安身立命之本。

感恩不仅是一种情感，更是一种行为表现，是以“寸草心”报“三春晖”的赤子之举。感恩有时只需要一句问候，一束鲜花，一个拥抱，甚至一句话，就能传递亲情，表达心意。

吃水不忘挖井人，前人栽树后人乘凉，滴水之恩当涌泉相报。知恩图报，善莫大焉。借得大江千斛水，研为翰墨颂恩人。

今日怀着一种虔诚敬仰之情，让我在此文中用我的笔墨，表示我对谢政委的那份思念缅怀之情吧！

第三篇

退休新岗　再续辉煌

记述我在发改委退休之后继续发挥余热，在新的工作岗位上创造新的辉煌和成就，使我增加了阅历，延伸了工作使命，体现了新的人生价值。

第三十一章　再上“新岗”开宾馆

青丝容颜已无，白发染上脑首！
儿子已有成就，孙辈吃穿不愁。
回首人生之路，一腔热血东流。
有人还没退休，就被上帝接走。
到龄刚刚退休，就躺医院很久。
我在机关退休，已经平安着陆。
年龄六十出头，又转企业战斗。

八一宾馆大门口：

赵总好！客人好！首长好！

这是八一宾馆餐厅门口伫立两排，身着军服、英姿飒爽、立正挺胸、双手交叉置以下腹，上身前倾，微微点头的迎宾（“女兵”）服务员，欢迎各位客人莅临的场面。

八一宾馆隶属于襄阳军分区，2008 年 8 月，军分区实行房屋出租转让经营权，谷城县某局邵局长个人投资 88 万元，获得大股东经营控股权，有线广电公司出资 50 万元为公款股份。

我于 2009 年 3 月，离正式退休时间还有 9 个月，退出领导职位进入二线。当时，一把手把刚从科长提拔当领导的王益民和我一起谈话，王忠运主任（后来提拔为副市长）说：“益民刚提拔起来，领导工作还不熟悉，你要扶上马，还要送一程，退二线不退岗，帮益民把把关，最少半年，也算我请你帮帮忙吧！”我表态同意支持他们两人的工作。

在 4 月初谷城县邵局长找我，请求说：“我现在在职不能经商，又加上在谷城离襄阳市区近百公里路程，兼顾管理宾馆是鞭长莫及。我原聘请了一个经理，经营了8个月账面现已亏损近30万元，再加上欠军分区房租款、购物外欠款，亏损共达36万元之多，你在襄阳市工作时间长，又是老领导，客源多，我想请你担任八一宾馆老总。”当年6月初，我向王忠运主任辞别，到了八一宾馆接手担任老总。

八一宾馆分娱乐（歌厅、足浴、按摩）、住宿、餐饮三个板块。

足浴按摩，当时国家没有禁止令或管理不严，因此洗浴、按摩、唱歌跳舞都以开招待费发票报销，可以公款消费，所以客人很多，收益可观。

后来，公安系统经费紧张，地方财政拨款资金不足，形成没钱办案的局面，社会上广泛传说市公安局计划采取罚款收入三个一千万，即：路上违法罚款收入一千万，桌上逮赌博罚款收入一千万，床上抓嫖娼收入一千万。那时抓嫖娼是公安局的一股旋风，每天晚上除了值夜班的外，其他公安人员很大一部分夜间都到酒店、宾馆、歌舞厅、桑拿室、洗浴室、按摩室等地蹲守或查房。有一个夏天的晚上我与朋友聚餐，其中有一位是我熟悉的公安警察，他说他少喝点酒，夜间还要查房抓嫖娼。一是完成罚款任务，二是个人还有不菲的收入，现在不抓紧，晚点政策一变，就整不到钱了，过了这个村就没有那个店。

曾有一段时间，天天听到“黄色”新闻，前天某某在火车站宾馆嫖娼被抓，昨天某某在溪苑酒店嫖娼被抓。有一次我和靳巍科长陪省计委财贸处张处长，在银都宾馆住宿，夜间2点敲我和靳巍住的房间，公安局说是查户口，一看我们两个都是男的，他们说没事便到下一个房间，搞得很紧张，影响整个宾馆客人睡觉。

如有一个政府机关办了一个酒店兼歌舞厅，公安派出所晚上去抓人“审讯”。在夏天的一个晚上我和科长陪省处长吃饭后，就在那唱一会儿歌再回酒店休息，待的约有半小时的时间，派出所把歌厅跳舞的女的（有的是酒店服务员，有的是外面去的小姐，有的是自带舞伴）抓到吃饭的房间里“审讯”。逼服务员说出跟谁有不正当关系：如摸身、睡觉、卖淫等，若不交待你和某某在一起有“不正当关系”，公安局就把你们关起来，还罚款5000元，谁说了跟谁有“不正当关系”后不罚款还就可以走人。有的服务员没见过这种场面，吓得全身发抖说不出来话。酒店服务员和外面人接触少，只知道吃饭的是某单位人叫“张科长”“李主任”“黄局长”

等，把认识的都说上。第二天派出所人员按照“名单”，到某单位“张科长”、“黄局长”或“李主任”办公室说：据有人揭发你在某地方和某女有不正常关系……你交罚款5000元，我可帮你保密，若你不认可、不交罚款，我将此情况向你单位主要领导通报或向市纪委反映，交由他们处理。有的怕把事情搞大了，影响前途把钱交了当作“消灾”。连万山派出所、余家湖派出所所长和警察夜间跑到自己辖区以外的地方来抓嫖娼。他们的罚款很少部分交单位进账，大部分装进自己腰包，因为没有哪个知道他抓了多少人、罚了多少款，无从考证。

再有，某个单位领导干部爱人去世一年多时间，刚接触年轻女性谈恋爱，夏天夜间12时在汉江堤上散步，公安人员把他们俩带到派出所，进行分别“审讯”要各自承认有嫖娼或卖淫行为，并要求各交5000元罚款走人，否则通报本单位来领人。直到第二天上班时间，通知其单位了解确实有谈恋爱之事才放人，此事在襄樊传遍大街小巷，搞得人心惶惶，产生了很大的负面震动和影响。

还有一个港商在襄樊考察，准备投资1亿多元的电子产品项目，公安警察看到很晚时间一男和一女在护城河走路，又是分别将他们“审讯”，要求交罚款了事。第二天港商找到市委书记孙楚寅投诉，反映襄樊投资环境太恶劣，并且不在襄樊投资了。

孙书记派人去调查核实，接着在襄阳影剧院召开市直县级以上领导干部大会。在会上孙书记先讲了公安无理、无据地对港商进行“审讯”处罚情况，接着大发脾气说：“市委、市政府想办法营造襄樊投资环境，创造条件大力招商引资，目的是加快发展襄樊经济，而有的单位或个人，为了部门和个人利益，破坏襄樊投资环境、影响襄樊经济建设。”孙书记宣布市委决定：对无故无证据查处港商的两个公安人员，向港商作出深刻检讨。从现在起就地免职，派他们到某电子厂去搞招商引资工作，将功补过，什么时侯招商引资后再回单位。以后公安局除对有投诉和举报或证据确凿的嫖娼人员查处外，乱查处、乱罚款一律停止。

公安人员也曾跑到八一宾馆洗浴室和按摩室去抓“嫖娼”，去后宾馆娱乐部经理挡住不准查，理由是这是部队管辖，你们拿军分区首长指令可以，否则不准查，你们要强行检查对抗军队后果自负。他们说，明天与军分区沟通后再来查你们。第二天娱乐部经理找到军分区后勤部王部长反映了情况，王部长跟司令员汇报后与市公安局联系，提出军分区所管的营地、经营场所等，属军事所在地是禁区，地方任何单位无权搜查。如果有异常情况可告诉军分区，由军分区自查自纠，其他人无权干涉。所以八一宾馆经营没有受到干扰。

而我对八一宾馆各部要求必须依法经营，虽然公安不查我们，但我们自己也要严格管理，不得有违法行为。一旦发现有卖淫、嫖娼等违法行为，军分区和我这个老总对违法行为也要依法严肃查处。我们的所有经营活动，要为军分区、八一宾馆争光，不能做任何不光彩的事。

社会上卖淫嫖娼确实存在而且不少，主要有公安人员参与或充当保护伞，否则你那个场所开不下去的。公安应该打击卖淫嫖娼违法行为，但他们不能利用这个执法手段谋取单位和个人利益。老百姓说，毛主席在五十年代初，一夜之间彻底消灭了卖淫嫖娼行为，现在是一夜回到了解放前，腐败、卖淫、嫖娼到处都是，相信习主席跟打老虎拍苍蝇一样，把卖淫、嫖娼恶习一起根除掉，把共产党执政的光辉形象再树立起来。

在八一宾馆的三个板块经营中，娱乐这一块采取承包方式，年交宾馆18万元，具体经营由承包人自负盈亏，但必须依法经营，接受总经理监管，有违法、违约行为，总经理随时收回经营权，并处违约金或罚款2万元。

客房部与餐饮部实行统一与分散管理相结合，实行目标责任制管理方式。

统，是指统一管理。

统一管理财务，列支与报销审签，奖惩资金兑现，成本核算，收签单钱等外欠款、结算。统一人事权，招进解聘、提拔调用、工资确定与调整、奖励处罚。

统一制度管理，用各种制度规范职工行为，如奖惩、考勤、目标责任、安全等制度实行全范围、全过程管理。

统一军衣军服，每人各3套冬春夏外军装，只用作上班工作装，下班不准在社会上穿戴。

统一进行培训。业务培训：请专业学校培训客房及餐饮业务，提高业务和管理水平。如被子铺垫、枕头摆样、洗漱具放置；食材雕花、餐具列形、酒器配置、人体站姿、面部表情、语言表达，从礼节礼貌、实际操作一项一项具体培训，通过培训达到提高专业技能和业务水平的目的。思想培训：爱岗敬业、团结互助、无私奉献，提高职工思想素质，确保思想统一，劲往一处使；军训：请军分区战士进行军纪军风培训，以军人思想教育提高自己，用军人纪律来约束自己，增强体质、提高思想觉悟。

统一物资采购，客房部所有日用品、洗涤剂，餐饮部所有食材、餐具、易耗品、饮用品、礼品赠送均由采购部统一采购、分发。由领班、主管、大堂经理、业务部经理层层签字、负责把关。

统一部署工作，每周一召开各部长和主管以上的管理人员会议，在会上各部汇报上周工作和下周安排，就部门工作中存在的问题，大家一起讨论，畅所欲言群策群力。按照总经理工作总结和下周工作部署，做到事事落实到人，件件有反馈，要求部门经理抓好本部本周工作。

分，是客房部与餐饮部各为基本单元分别进行细化管理，根据自己的工作性质和特点搞好服务。

在三个板块中，娱乐部是转让出租形式，对其进行违法违规监管，严格履行协议，按时结账，总经理很少管理只需5%的精力。客房部与餐饮部“统”的部分我直接负责。客房部利润占宾馆总利润近46%，而消耗的精力只有25%，较易管理。而餐饮部我要花70%的精力，收入却只占47%，投入精力多，效益不很高。

我到任后采取了以下强力措施：

一、创造环境，特色服务。时刻注意给客人提供一个清洁、安静、舒适、温馨的饮食和休息环境。环境是影响宾馆经营成功的重要因素，它主要指餐厅内部的环境。如餐厅的装潢装修。餐厅原有大气金碧辉煌之感，我去后在宽大的墙上又进行了文墨诗画装饰，有典雅别致之风韵。服务人员穿戴军衣军帽，军人形象整齐划一，身高1.62米以上，端庄大方、英姿飒爽、气质非凡、胜似仙女。八一宾馆服务员身着军装、娇体挺拔、容颜靓丽，也是一道独特的风景，顾客们都有种赏心悦目温馨舒适的感觉，得到了顾客的青睐。

二、精细管理，留住顾客心。餐饮业作为一种服务性的行业，服务就是餐厅的生命线。现代社会，人们对消费水平的要求越来越高，不仅仅对各种美味佳肴越来越讲究，而且对餐厅的综合服务也提出了更新更高的要求。如：态度微笑，语言甜美，音频适度，上菜快捷，色香俱全，味道鲜美，品牌独特。我们以客人做上帝为宗旨，不与客人发生任何矛盾和纠纷，可以使顾客得到期望的服务，期望服务对顾客来说，意味着超值和难忘的服务。我要求服务人员要为顾客提供精细贴心的服务，来留住顾客的心。客房部对长期包房客户的管理，是宾馆经济的重要来源，为达到长包房客人的满意，对现有的长包房及时了解客户的作息时间和生活上的要求，提供个性化服务。定期征询客户意见，为他们定时做卫生，代办邮件收发、衣物洗涤，关心他们的休闲娱乐等。

三、开展宣传，创立自己的特色。宣传是把餐厅产品推向市场的重要环节，目的让顾客深信餐厅的产品就是他们所需要的，并促使他们购买和消费。“酒好不怕巷子深”，餐厅要想经营成功，就必须做好宣传，推介自己的特色菜肴。除保持自己的特色菜外，还要经常推陈出新，创造出自己特色性或差异化服务，适应各类客人需要的口味，才能立于不败之地。

特色性或差异化服务，关键在于提供与竞争对手不同的差异化产品或服务。主要包括有形产品差异化、无形服务差异化两种。一是有形产品差异化。这一层面包含顾客在服务消费过程中接触或使用的环境和具体物品，如餐厅风格、内部装饰（墙上进行文墨诗画装饰，有典雅别致之风韵）、环境氛围、餐饮设施、员工形象、统一军服、食物的色香味等，透过这些，顾客可以初步了解餐馆的品牌形象。二是无形服务差异化。主要体现在独特风味、服务模式和主题文化及服务活动中。三是营销策略差异化。是指采取有别于其他经营者的营销手段。差异化的营销策略要借助整合营销，围绕某一差异点推进营销创新。如果一成不变，最终只会失去消费者市场。唯有自己的特色或差异化服务，才能保持自身的魅力，吸引顾客的眼球，从而取得最大效益和成功。

四、听取反馈，满足顾客需要。反馈是指顾客对餐厅的评价。我每天都要轮流抽查一二桌，征求客人对菜品质量、服务态度的意见和改进建议。这直接影响着餐厅的盈利情况。因为顾客的评价直接影响着客源的数量。如果顾客对你的餐厅评价高于其他餐厅，这样你就在市场中树立了很好的形象，餐厅自然顾客盈门。否则就会门可罗雀。管理者可以通过直接交谈的方式获得反馈信息，了解顾客对餐厅产品、服务与价格的综合评价。只有这样才能提档升级，满足客人的需要，增加新客源。

五、适当调价，增强竞争力。酒店管理，在价格调整中，不同客源的调整幅度可以不一样，对一贯忠诚于酒店的协议公司客户提价要稳妥，要与他们沟通，尽量在协议客户能够承受的幅度内进行提价；调整价格可以从网上进行了解，同类酒店的调价情况，酒店从长远的眼光来综合考虑客户承受能力和酒店自身利益，不能只做一锤子买卖。与客户建立良好的信誉是发展未来客源的基础，绝不可因节假日游人增多而“水涨船高”、肆意涨价。要设定动态的价格，它是销售最直接的管理杠杆，是酒店赢利增减的主要手段。在竞争激烈的市场态势下，酒店对价格管理要由单一静态价格发展为多重价格，成为有市场竞争力的优化价格。动态价格包括协议公司散客优惠价、旅游团队房价、会议团队房价、长住客房价、门前散客浮动价等。在制定动态价格时，最有参考价值的是同一地区同档级酒店的分类房价。我们引进了收益管理理论，应用收益管理的模式，采用大量客户数据进行微观分析和比较实行定量管理。

六、多项并举，确保客源量。

一是锁定新客源。酒店管理，旅游客虽然是流动的客人，有一些往往是第一次来酒店入住，作为营销人员要想方设法将这些客人锁定，一方面通过酒店充分准备、提供优质服务，给客人留下一个好的印象；另一方面通过大堂经理拜访客人、房间内放置节日问候信、赠送小礼物、放置贵宾卡信息等来实现客人以后回头的可能性。例如，“五一”和“国庆”两个长假期间，在客房、餐厅放置，或马路边散发致宾客节日问候信和贵宾卡申请表，仅 2010 年共计发放贵宾卡 500 多张，就有 130 多张贵宾卡回头使用，也就是说通过这个方法，酒店锁定了 130 多位回头客。

二是提高质量倍增回头客。管理保证经营，经营促进管理，要实现这一效果，必须注意几点。首先，提高服务质量，强化服务意识，对客人服务要做到：“热情，主动，礼貌，耐心，周到”，使客人有宾至如归的感觉。对员工的教育我多采用刚柔相济说教方式，提高自身亲和力，拉近与员工之间的距离，充分调动员工积极性，使员工与经理形成同心合力。再者，要保证菜品质量，端出来的菜肴，芳香四溢、扑鼻沁人，具有可食性。第三，菜的品种要多花样性，种类和花样是客人的看点，具有赏心悦目，繁花似锦的感觉，也能增加客人的好感。菜品质量和品种类型正是酒店发展和成败的关键。

三是拜访老客户，目的是巩固关系和留住客源。对长期的老顾客，我采取对其家庭人员在酒店吃饭，有时免个单，有时打下折。建立微信平台，平时多交流与沟通，问问需要吃什么，派人把需要的菜肴送上门；“端午节”“中秋节”送礼品；春节前夕送一张500元至2000元（根据其在宾馆消费额确定）的感谢卡同时也是拜年的慰问卡。与老客户建立感情成为长期朋友关系，这样就能把老客源稳固到70%左右就很不错了，这是我亲身的实践。我在计委机关工作尤其是担任领导时间长，特别是计委涉及面宽而广，市直党政各部门、部分企事业单位领导基本上都熟悉，隔一段时间酒店吃饭人员少了，我就打一遍电话，马上酒店就高朋满座、热闹非凡。这就是与老朋友、老客户巩固保护关系的回馈。

七、卫生检查，树立好形象。加大客房和餐厅卫生质量的督导力度，实行逐级负责制，务必保证每间客房和餐厅包厢保持最佳卫生状态：员工对所清洁的房间负责；楼层主管、领班对所辖楼层房间的卫生质量及物品配备情况逐一严格检查；客房部和餐饮部经理分别对自己当班的每位员工清扫的房间全面的督导与巡查；对计件工清扫的房间同样的逐一、逐级严格检查，坚决杜绝因卫生质量问题而引起客人投诉，影响酒店声誉。对“跑冒滴漏盗”等现象防患于未然。定期投放鼠药、蟑螂药等，及时防治害虫对客房的危害，及时观察，消毒，防止传染病的传播。卫生质量是宾馆的面貌形象，各部门的任何一个环节都不可以出现半点马虎，做到“员工自查、班长检查、经理抽查”。员工自查，包括卫生和设施设备的保养，做好检查记录，经理每天至少抽查房间并检查记录。凡是不合格的月底按照奖惩制度扣发工资。

八、控制物耗、开源节流。强化员工节约意识，在严格监控水、电等能源浪费的同时，实行物资消耗控制。客房根据其楼层开房数量核对其物耗情况，领班督导服务员每日盘点，客房仓管员每周盘点，月底客房部统一全面盘点。一旦损失、追查到底。对较大的损失一经查处在追究当值员工责任的同时，对其所辖楼层领班或部的经理将追究其连带责任。

控制损耗增收节支，本着节约就是创利润的思想，杜绝浪费现象，在小物品发放上实行领班区域负责制，各部领班早晨统一领管，剩余物品晚上收回做记录，做到收发明确，账目清晰。

餐厅，严管餐具破损，由客人损坏的及时报单到前台结账处，买单时加款赔偿；属于服务员损坏的按原价从工资中扣除。对炊事员无辜浪费食材的加倍罚款。

为节省电量，客房和餐厅空调夏天和冬天都调到适宜温度，空调、电视等电器做到人走电停，发现无客人电器照转的，给予当岗者罚款处理。空调遥控器和电视遥控器的电池用门锁换下来的旧电池继续使用，走廊灯早晚专人负责开关，饮水机客人退房后由查房人员关闭，从而也提高了员工的节能意识。

九、订立目标，实行考核管理。也可称为目标管里，目标管理是以目标为导向，以人为中心，以成果为标准，使组织和个人取得最佳业绩的现代管理方法。目标管理的应用非常广泛，我们将它作为一种计划和控制的手段，也可以把它当成一种激励员工或评估绩效的工具。它是一种基本的管理技能，通过分组目标与个人目标的方法，将许多关键的管理活动结合起来，实现全面、有效的管理。

实行责任制管理采用订立目标的方式来实现。目标分为定性和定量两类，定性是用文字表述在一定时期内所要达到的目的和任务。

定量管理的目标，是制定、实现、管理、考核、奖惩（兑现）用数据量化而实行责任制管理全过程。

八一宾馆主要责任目标：

经营目标：计划营业总收入全年完成 800 万元 [其中：娱乐部（承包式）上交纯收入 18 万元，客房部年营业收入为 272 万元，餐厅部收入 510 万元]。

经营成本：（酒店的所有开支）全年成本控制在 533 万元（其中：客房部年成本为 55% 折合人民币为 150 万元；餐饮部年成本为 75% 折合人民币为 383 万元）。计划净利润全年完成 267 万元（其中：娱乐部 18 万元，客房部 122 万元，餐饮部 127 万元）。收入以净利润采用分段计算进行奖惩。

管理目标：工作计划落实率，综合卫生质量达标率，食品安全质量控制合格率，入职员工培训率，员工流动率，顾客满意度，员工仪容仪表合格率，员工服务品质率，年度应收账款余额占比率，逾期应收账款回收率等10项。这些目标内容分别采取比例的方式转换为百分制方法进行考核。

安全目标考核与奖惩：设立安全责任风险金，部门经理年初交500元风险抵押金，部门全年无责任事故或达标的，年终退还风险金并另行奖励500元作为安全奖；年度管理考核指标有一项不达标扣除效益年薪1000元，以此类推。年度内每发生一次重大食品安全事故，或重大内部安全管理事故，将视为本年度安全管理不达标。发生重大安全责任事故和重大食品安全质量事故，除不退风险抵押金500元外，还要根据责任大小，赔偿事故损失，同时对经理及相关责任人另扣发当年效益年薪20%–100%。

经营管理目标考核兑现方法（安全目标考核与奖惩单独进行，不在此列）。

目标值权重：经营目标为净利润，目标值考核权重为60%；管理目标共10项，目标值考核权重为40%。

薪资与目标考核：

薪资标准为每人原年工资的60%作为基本年薪分月发给个人，40%留作标准效益年薪，在年终目标考核后以奖惩兑现。考核办法：总经理对客房部、餐饮部实行年度百分制考核，以经营目标（净利润）为基准进行考核。经营目标净利润完成70%以下时，取消年度考核，不享受效益年薪；净利润完成70%至100%，应发效益年薪 = 标准效益年薪 × 年度考核得分率；利润完成100%以上，应发效益年薪 = 标准效益年薪 + 超额利润奖励 × 年度考核得分率（超额净利润20%以内的30%奖给部里全体人员，其中的20%作为部经理个人的超额利润奖励。超额利润在20%至35%之间的部分按40%奖给部里全体人员，其中25%奖给部经理个人。超额利润在35%以上的部分按50%奖给部里全体人员，其中35%奖给部经理个人）。

年度目标考核总得分 = 经营利润目标考核得分 ×60% + 管理目标考核得分 ×40%。责任目标确定后，总经理下达到各部里，并分别与客房部、餐饮部经理签订目标责任书。各部经理又与班组或大堂经理签订目标责任书。层层分解，落实到人。做到各层经理有责任，人人肩上有任务，大家同心协力，向共同目标努力。

我在八一宾馆的经营中，虽然只有一年时间，但有一个重要体会，就是酒店管理要九（久）忌：

1.忌管理随意性。酒店管理依赖于制度，酒店的各项工作程序、标准、要求乃至各级人员的职责、任务、目标、言谈举止等都被严格地规范于制度之中。不要因人而改变和松动制度的执行，也不能想怎么办就怎么做，切忌朝令夕改。

2. 忌越级管理。越级管理很容易造成下属的无所适从以及管理秩序的混乱，上一级管理人员应该鼓励下级管理人员忠于职守，但切记不能权责独揽，不放手的去事事亲手做、亲自过向，事必躬亲。毕竟酒店实行的是层级管理，每个级别的管理人员都有自己明确的职责要求，所以每一级都应该对其所属的下级进行监管指导，最大限度的发挥大家的智慧和积极性。实行严管教育，让每一个员工都应该对其上司负责。做到人人操心当主任，个个负责干服务，心往一处想，劲向一处使，从上到下各负其责才能把酒店经营好。

3. 忌管理不拘小节。酒店的服务功能几乎涉及社会的各个方面，因此素有“小社会”之称。复杂的服务功能要求酒店的管理工作应做到于细微之处一丝不苟。细节较量，从服务开始。就应该从细节出发，切实满足顾客的需求。

服务是经营者永恒的话题，用优质的服务满足客户需求是经营者最主要的目标之一。随着人们对消费要求的不断提高，餐饮业要想获得顾客青睐，就必须从细节开始。

服务本身就是餐馆、酒店的“产品”，如果你所附带的产品能让顾客满意，那么你就成功了一半。细节服务是以人为本，尊重并满足顾客的最基本需求。如果酒店某个细节出了问题，就会偏离服务的中心。例如一道味道很美的菜肴，上面点缀着青菜叶，但是菜叶中有黄叶或者小洞，这时菜的美感就会陡然下降。一个随处乱丢的烟头会使酒店化为灰烬，一个错误的定位会失去一个市场，成功源于细节的积累，所谓“千里之堤，毁于蚁穴”就是这个道理。

4. 忌决策盲目性。管理者在决策前一定要做好调查分析，否则，信息不准很容易造成决策失误。如选择厨师长、看准供货商、投资及酒店装修风格、确定菜系、招聘用人等决策时都要进行考查，多听取意见，认真研究论证，深思熟虑再作决策。

5. 忌经营管理墨守成规。酒店运行程序有其自身的规律，但其经营、销售、推广必须灵活而富有新意。要打破常规，通过经常开展形式各异且富有吸引力的营销活动，还要有思路开阔、工作开拓、创新品牌，要有自己特色的经营理念，给宾客创造一种新颖、温馨的消费环境，从而实现酒店最佳的经营效益。

6. 忌短期管理行为。一切工作、计划、决策等都必须着眼于酒店的长远利益，遵循可持续性，如经营时间、装修材质、电器使用期、菜系确定、管理培训、人才选聘、工资调薪等，都要从长期着想和战略上考虑。这样才能维护酒店永久的生命力和市场竞争力。

7. 忌不当竞争。酒店经营竞争越来越激烈，在竞争中要在自身硬件水平、服务质量上得到提升，在菜品上要有自己特色品牌，才能使自己在激烈竞争中立于不败之地。那些游走于道德与法律底线的企业最终只会自行毁灭。酒店经营应严格执行国家政策、行业法规。不要恶意攻击、伤害、造谣、污蔑、陷害、诽谤其他酒店，不当竞争既伤别人又害自己。

8. 忌客源单一性。酒店的客源必须在服务项目设定和特色策划方面考虑更多的针对性，这样才能吸引全方位、多层次的消费者，才能在千变万化的市场竞争中以不变应万变，始终保持旺盛的生命力和最佳的经济效益。菜品要有多档次以适应多层次的客源，要有辣味的还要会做没有辣味的；要有南方人吃的还要有北方人喜欢吃的；要有中老年人喜欢吃的还要有小孩爱吃的；有高层次消费的还要有低层次消费的；还要能做菜单上没有但是客人点了的菜肴，切忌避免单一菜品和单一性客源。

9. 忌缺乏团队精神。酒店管理者应该根据企业内部员工特点因势利导，增强企业的凝聚力，树立良好的团队精神，激发全体员工敬业、乐业精神，使全体员工围绕酒店经营决策、管理与效益目标这个主旋律而履行职责。着眼于酒店内部管理，员工是关键，企业管理者要以身作则，以规范的制度去管理，还要关心爱护员工，留住员工的心。酒店员工与中层管理人员，中层与高层管理人员，要形成一个团队，拧成一股绳，不能各吹各的号，各唱各的调，要领导员工上下一心，各个层次不能有分心和杂音，整个酒店要形成核力与合力，成为一个共同体，这样，经营才能顺利开展，把酒店效益最大化。

当然，我在酒店经营中也遇到了不少尴尬事和劳心的事。

尴尬事中，街上的混混在酒店吃饱喝足后，找事闹事不付款。有一次，三个20多岁的小伙子，在吃完饭之后再点一个菜，在菜里做手脚——放头发，然后大做文章，说有的已经将头发吃进胃里去了将会严重伤害身体，还可能得胃癌，要酒店付赔偿金或精神损失费。经过协商最后吃哑巴亏免单，他们达到目的走人。还有的流氓地痞，离店的时候突然动手对漂亮的女服务员进行调戏。服务员哭诉找大堂经理时，“流氓”早已跑得很远，追上他们说理，没有足够证据他们也死不承认，还说你是对他的诬陷，扬言要找几个人把酒店给砸了。为了加强管理，我们将厨房、大型包厢和走廊都装上监控镜头。

长得好的优秀人才留不住。开业当时赵局长从谷城、保康山村里，招来一批18岁至22岁之间，身高162厘米以上，身材高挑、长得漂亮的女服务员，经过培训、军装一穿，在城里生活两个月后，由黑皮肤变得白里透红、婀娜多姿，再学会画点淡妆，也感觉像演员似的。

因酒店在中档偏上层次，所以去的客人有时层次还比较高。市直各部门领导之间相互请客，各县市党政领导到襄阳来后的请客，省里厅局级领导来襄樊市有的部门也安排在那里请餐，还有企业老总们来市区办事请领导也有安排到八一宾馆的，军分区系统定点在八一宾馆，最大的是省军区将军级的副司令员级。

有的客人在那里吃饭，时间长的对有的漂亮女服务员有了好感，晚上就邀请她们跳舞，跳着抱着就有了感情，有的被企业招聘，有的成为客人妻子，有的成为女朋友……就这样一个个被吃饭的客人“钓”走了。宾馆里一批批地招，培训成为骨干后又一个个的被“选美”走了，酒店里花了精力找人、花了钱培训，再不断地增加成本，确实有一定的损失。但也有好处，他们到那里吃饭，也巩固了客源增加了效益。

黑社会找上门要保护费。原襄樊市曾有一段时间杀人大案较长时间破不了，黑社会猖獗，小偷满街都是，全国出名的“襄樊小偷城”。省公安厅将余新民派到襄樊市任公安局长。在省公安厅大力支持下，掀起强大攻势，全市公安统一调度，集中破案，严打黑社会，全民抓小偷。大街小巷贴标语，“谁抓到小偷有奖，逮住小偷打死不偿命”。很快襄樊治安好起来，居民们赞不绝口，余新民也被公安部上调提拔。

在严打之前，开餐馆也要交保护费。你要是不交保护费，这个酒店女服务员遭强奸，他安排人来吃完饭不付钱还砸桌子和锅灶，还有把大堂经理腿打断的，经常骚扰，影响正常经营。黑社会头头都有各自的地域管辖范畴，过去襄城片是张某某，在他原始资金积累多了就干实业去了，后来襄城片黑老大是一个叫陈俞的，我请靳科长把他邀到酒店来吃饭，跟他讲这是部队酒店，原叫“八一军招”意指军分区招待所，现为八一宾馆，很多首长战士，还有市级领导经常在这里就餐，一旦出现什么问题，都承受不了严重后果，也请你理解和支持。他说：“赵大哥，你请我来就明白了意思，我看到靳大哥和你的面子，这个酒店从今以后襄城片不会有我的人来干扰和收取任何费用，若有混混和黑道人来这里找事闹事的，给我打电话，马上派人赶到宾馆‘收拾’他们，这里有我来保护你们，请放心了！”。确实后来平安无事了。

餐饮业卫生问题大。按照国家规定，军队餐饮业面向社会营业的，要接受地方食品安全部门监督管理。我接手后，市食品卫生安全监督局第一次到八一宾馆检查餐具卫生，抽查的餐具全部不合格，要求整改，并要交罚款 5000 元。我电话找到市卫生局局长，说八一宾馆我现在当老总，请他与检查带队的黄科长打招呼，这次给予关照，以后我注意餐具及饮食等方面的卫生。局长电话与黄科长讲了，他很给面子，没有罚款，而且隔段时间抽查时，到了后我们服务员先给每个人泡杯茶，喝茶休息会儿再检查，后厨迅速把重洗消毒后的餐具，摆上餐桌上，而且检查人员只到这个桌子上做化验检查，全过程录像，检查结果全部合格，然后请他们一起吃饭都欢声笑语皆大欢喜。

通过“罚款事件”后，我有意观察后厨洗餐具情况，发现他们把收来的餐具放在同一个大盆子，先用清水刷一道，用一个搅拌有洗洁精的大盆子涮一遍，然后又放到大盆子简单的清洗一次。我找厨师长理论说：这么多餐具在同一个大盆子里用水过一道，餐具上的洗洁精怎么也洗不干净呀！为什么不用水龙头流水冲洗干净呢？还残留着很多的洗洁精都被客人吃下去了。他说：我在襄阳几个大型酒店当过厨师长，现在我和很多大宾馆厨师长都很熟悉，他们基本上都是这样搞的，这是酒店里诟病或通病。洗餐具用流动水把洗洁精冲洗干净得要多少水呀！消毒柜都是迎接检查时才开着的，天天消毒一年需要多少电啦！老板压厨师长降成本，我们怎么办？厨师长这样做，老板们也是睁只眼闭只眼默认的。这样，我们后厨成本降下来了，老板的净利润也多了。这是我知道的真实情况，希望大家尽可能的少在外面吃饭，以保护自己身体健康。

炊事员扔鲜肉。在这里说一个真实的事，在党政机关大力发展第三产业时，计委有一个科当时也办起了一个叫“美食家”的酒店，科长经常深入厨房检查，有一天科长拿着一个大丝勺，在潲水桶里一捞，发现一条约 2 斤重的新鲜鲤鱼。经查实有一个炊事员因菜没做好烧糊了，客人反映给领导，后来得了严肃批评，并罚了款。他为了报复酒店，是有意而为之。我到八一宾馆后，就专门安排大堂经理抽查后厨，也遇到将鲜牛肉扔进潲水桶里的，还发现炊事员把油倒在地漏里冲走的，等等。所以我就严防严查偷盗损耗食材的内鬼。

还有更难的劳心的事。我的本意是退休后身体没大毛病，原来在岗时风风火火、热热闹闹，退下来后突然冷冷清清，形成大起大落的反差，想再做点事充实自己，人不长期活动“冷冻”起来，会使人痴呆，严重时会损坏身心健康。我同时考虑到，人生从 60 岁退休后至 90 岁甚至 100 岁，后半生还有 30%或 40%的时间，路漫漫还很长很远，还可干上一番事业，走上人生的“第二春”。利用身体还健康之时，把人生工作的“链条”再延伸，我就这样才踏上了经营酒店之路。

在酒店经营中，第一件劳心的事，并不是如何把酒店经营好，赚取更多利润，也不是为愁客源、学管理、怕出事而操心，这些都属于正常工作，是自愿干的，是充实也是锻炼，做出成绩也是乐趣。而陪领导、朋友喝酒，却成为我很劳心的事。市直各部门、各县市领导，还有企业老总们，到八一宾馆请客吃饭，他们把我当朋友，冲着我而来。经常有的领导或老总对服务员说，快叫你们老总或赵主任或老赵请来跟我们喝酒，关系特别好的，有的说的还直接：“你们赵总酒量大，快请他来帮我陪客”。

有时中午或晚上一餐，就有七八桌甚至十来桌都是我熟悉的领导，去后恭维的话说完了我就开始敬酒，有时不放酒杯、不吃一口菜打一圈，告别了这桌接着到下桌，连续喝下斤把酒。有时，遇到一些重要客人，如特别好的朋友加领导、市委和政府现职领导或是原来的老领导、军分区司令员或政委们来了，他们让我坐下来陪他们，同时又帮助陪他们的客，这桌陪完了又接着到其他桌上敬酒，这样还得罪了不少领导和朋友，事后只好打电活做解释。长期下去我的胃就在酒精里泡着，得了胃病和重度酒精肝。使我筋疲力尽，全身无力，天天像得了大病似的，这是我最劳心事之一。

劳心事之二是陪领导打牌。襄阳市有一段时间限制公款消费，不准打牌赌博，不仅罚款，还要曝光追究责任。八一宾馆一说就是军分区开的，那里公安局、纪委都不去查，是个“避风港”。很多领导晚上在那里吃完饭后，就打麻将“卡五星”。有不少领导让我在那陪他们打，他们打的还比较大，打麻将中还不好意思赢他们，主要是他们在这吃饭照顾生意，所以我只能输不能赢。打牌时不逮他们，就是对方放炮我赢了也不要，全靠自摸来赢牌。有时火气好一晚上输过三百五百的，有时火背一晚输掉二三千元。全年要输二万元左右，还不能用宾馆公款，只能自己掏腰包，输掉全年一半的工资。输钱是一个方面，更主要的是做小人求别人，既伤体又劳神很不开心，使我的性格受到压抑和扭曲，所以我不愿意再干下去。

正在这时，王春山董事长找到我，请我到他的中油环保集团公司去。他说，中油环保集团现在正是大发展大扩张的时期，急切需要像我这样搞项目的专家帮助他。我内心在想，真是“瞌睡来了遇到枕头”，我正想抽身而退，所以我很快就同意了。

从 2009 年 6 月至 2010 年 5 月初，我经营酒店整整 1 年时间，完成纯利润 285.72 万元，比原计划的 267 万元，超额完成 7%。我在发改委一个单位工作了 40 年没有换个地方，八一宾馆是我人生继续工作的第二站，虽然很辛苦，遇到一些尴尬事、劳心事，但是在人生征途中进一步得到了锻炼，更多地了解了社会的复杂性。同时我个人也获得了不少收获，不仅为酒店创造了很多利润，也充实了自己，丰富了我人生经历和经验，又为我的人生路上书写了一笔成功之作，还为下一站树立了更多和坚定的信心。

第三十二章　中油环保帮工作

一

中油环保集团总裁王春山请我帮他做管理工作，使得我们之间不仅得到了互相了解，而且还成为很好的朋友，这要从我支持他兴建的第一个企业说起。

湖北中油环保集团股份有限公司是一家集医疗废物处理、工业废物处置、污水治理、环保设备制造、资源再生利用和其他高科技投资于一体的环保高科技企业集团。集团拥有一批以教授、博士、博导为顾问，以高级工程师、经济师、设计师、注册师以及化验师为主体的高素质专家队伍，并获得环保工程技术领域里多项高科技知识产权、专利权。具备医疗废物、工业废物焚烧处理厂的设计、工程建设和运营管理的丰富经验。中油环保集团，是国家“高新技术”和“湖北一站式环保综合服务提供商”中的领军企业。

中油环保集团起步源于医疗废物处置项目，医疗废物处置又源于“非典”。

2002 年到 2003 年这一段时间里，中国经历了新中国成立以来最为严重的一次传染病疫情，那就是“非典”，全称非典型性肺炎（也称为 SARS）。“非典”自 2002 年 11 月在我国内地出现病例并开始大范围流行，大致可以分为两个阶段：2002 年 11 月至 2003 年 3 月，疫情主要发生在粤港两地；2003 年 3 月以后，疫情迅速向全国扩散。非典当时在全球大规模暴发，是一场严重的危机，一共有 30 多个国家被卷进这场疫潮中。根据世界卫生组织的统计，日内瓦时间 2002 年 11 月 1 日至 2003 年 6 月 9 日下午2时，已经导致全球累计临床报告病例8421例，其中中国内地5328例，占63%；全球死亡病例784例，其中中国内地340例，占44%。一时间，得了“非典”就靠近了死亡，人人自危，生怕“非典”临身。

当时卫生部集中卫生医疗专家剖析产生“非典”原因，研究治疗“非典”疫苗。有的说该病毒包括三个群，第一、二群主要为哺乳动物冠状病毒，第三群主要包括禽类冠状病毒。有人说是蝙蝠传播的病毒。还有人说传染源是果子狸，吃野味的人吃了果子狸引发的病毒。很多医学者认为“非典”病毒是流感病毒变异而来。也有人说是医疗单位（医院）的医疗垃圾即医疗废物，没有经过处理，流向社会传染导致“非典”的发生。到目前为止，也没找到产生“非典”的真正原因。非典型性肺炎是指还没找到确切的病源，尚不明确病原体的肺炎。目前特指在中国2003年流行的非典型性肺炎。

2003年，国家发改委、环保总局，为配合“非典”战役，同时搞好环境保护，向国务院上报了《全国危险废物和医疗废物处置设施建设规划》，国务院2003年国函［2003］128号批复同意。

2004年4月，王春山得到国家在地市级建医疗废物处置设施信息后，立即找到我，恳求建医疗废物处置项目。

在两个月前，香港新宇环保公司在先已和我联系过要在襄樊市投资建医废处置厂，我并告诉了她申报审批程序及要提供的资料。

当年6月，市建委下属市固体废物处置公司，向市发改委递交报告，当时分管城建的陈鼎益副市长签字：“同意市固废公司建设医疗废物处置项目”。

2004年9月，省政府常务副省长带队，由各地市州行政一把手和发改委主任参加组成全省招商团，到香港进行招商活动。在此期间香港新宇环保公司与襄樊市政府签订了兴建《襄樊医疗废物处置项目意向性协议书》。此后，该公司没有动静，项目建议书、可研报告、规划选址等前期工作都没开始进行。

2005年8月，国家发改委要求：“各地医疗废物处置项目没有批复或未开工建设的，一律走招投标程序选择业主或法人”。

我立即请省成套设备招投标局做标书，在网上发布信息实行公开报名、公开买标书，并公开招投标。

在网上发布公开招标信息，同时通知原到发改委提出申请的单位。后来只有襄樊中油环保有限公司一家购买标书。根据招投标法规定，公开招投标必须有3个以上单位参加竞标才有效，所以此次招标为流标。

市固废公司因自身没有配套资金，医废项目国家以国债方式，贴本息无偿投资60%，剩余部分由企业或地方政府出资，而固废公司写报告要求财政拨款，市政府不同意给钱。另外该公司与德国峪普公司谈过，峪普公司要求全额投资，独资经营，没有达成协议，因而该公司不参与投标属自动弃权。

香港新宇公司向湖北省政府投诉，说他们不参与投标，原因是他们与襄樊市政府签订有协议，早已确定将该项目交由给他们做，现在实行招标属于违约，要求襄樊市不走招投标程序，直接由香港公司建医废处置厂。

省招商局副局长拿着省政府批转的“投诉书”，参加由市政府负责招商工作的周副市长主持的协调会议，在会上我作了发言：1. 香港新宇公司说我们违反协议不成立，因该协议是意向性的而不是正式协议或合同，它不具备实质性法律效力，同时按照协议在襄樊注册公司，并在襄樊市银行存入项目资金等，香港公司都没有按时做到，他们违约在先；2. 香港公司从2004年3月，至现在2005年10月，已超过1年半之久，市发改委没见该公司来一个人衔接工作，没见一个字的文字报告，任何前期工作没做，我们一直等着你们到现在，可就是不见人也不见文，要是“非典”再次发生，医废项目不能建成投入使用，国家追究责任，香港公司能承担责任吗？当然肯定追究的是地方政府和发改委的责任；3. 国家发改委有制定政策的权力，而且具有法定效力，其规定医废项目没有批复或开工的，实行招投标选择项目法人，我们作为地方政府或部门，只有执行的义务没有更改的权力，也请香港公司理解地方政府，和执行国家发改委的规定；4. 按照国家发改委要求，我们在网上进行公开招投标，香港公司不报名、不购买标书，不参加襄樊医废项目投标，就是自动放弃权利。随后参会的规划、环保、土地、建委、卫生等各部门领导发言，表示同意、支持我的意见。就这样香港公司很不高兴但又无可奈何，只好默默地离开会场。

王春山邀请我到他拟建医废处置项目看厂址，该地方原是高新区一家化工厂破产后的废场地。场地宽阔，约50余亩土地，进厂大门右边为陈旧大车间。王春山介绍说，他将右边这一块约有20亩面积的土地，征用后建设医废处置项目。我说："你把整个院子50多亩地全部征下来，把老车间利用起来，改建成危险废物处置厂，左边与右边车间对称用一块地建医废处置项目，剩余部分作为将来发展空间用地。现在每亩地征费用只有5万元，听说国家马上要搞级差地租，土地要大涨价，你把整个院子征用后，明年或后年就大增值，再利用它作资产抵押贷款，发展第二个医废或危废处置厂，用滚雪球的办法搞原始积累，然后再扩大建设。"他听了我的建议，第三年由原来5万/亩，涨到11.5万/亩，仅土地资产翻番，净增值赚了300多万元。后来滚动扩张发展，将危废、医废、污水处理、环保设备制造发展成几大产业链，建成了大型环保企业集团公司。

我开始并不了解王春山，我在市物资局代理局长主持工作时李小平任副局长，我们之间关系很好，在换届时他调到高新技术开发区任副主任，他领着王春山到我办公室汇报要求建医废项目时才认识的。后来我听说，王春山原是中石油管道管理局搞工程的技术人员，辞职下海经营石油，后来经商搞过买卖，办过茶馆，开过酒店等都没成功，而且还到处欠债。

王代全接任陈鼎益副市长分管城建，同时也分管环保工作，危废、医废处置行业管理归口环保局。王市长召开医废项目建设协调会，请项目审批的有关部门参加，他的意图是要各部门支持固废公司建医废处置厂，请各部门参会领导发言给予支持。我说，付明珠市长随省政府招商团到香港，市政府与香港新宇环保公司已签订了医废项目协议，由香港公司建设；尚立学副市长在市卫生局的报告上，签批："同意由卫生医修站建设医废处置项目"；陈鼎益市长签的是由市固废公司建医废处置厂。现在有正副三个市长签字，三个单位争建医废处置项目，市发改委该批给谁呢？参会的领导惊人的一致把目光同时聚焦到王市长身上。

王市长感到也很难拍板，只好说："请发改委赵主任牵头带队，由国土、规划、环保、卫生、建委参加组成考察组，到宜昌、荆州和武汉进行实地考察，然后拿出具体意见报市政府确定"。

考察时发现宜昌、武汉都是民营投资建厂经营的，改变了我原来只能国企建医废厂的想法。

2006年4月，考察组在向市政府提交的考察报告中，没有明确让哪个单位建医废项目，而提出的是不论国企还是民营，谁先注册医废处置公司、资金到位进入公司账户、编制出可研报告就先批谁。一把手李德炳市长在考察报告上首先签字："同意考察组意见"。

王春山是个很精明的人，他捕捉到了商机，国家要投资支持建设医废处置厂，医疗垃圾处置是国家转让特许经营权，一个地级市只准建一个厂，这个项目给了谁，全地域的医疗废物（资源）只能他一家处置，成为垄断行业。一是资源有保证，二是独家经营，他与有关部门和医院搞好关系，利润上升空间大。这次考察，他与考察组形影不离，紧跟后面"了解动象，观察行情"。我暗示他，我是支持你的，考察组意见和李市长批示对你很有利，要抓紧时间做好前期工作，尽快具备审批条件，把资料报到我那里去。他很快注册了"襄樊万清源环保有限公司"，到处找朋友借款落实了资金，编出了可研报告，一并报到市发改委。

我将襄樊医废处置项目公开招标流标情况向省做了专题汇报，省征得国家发改委同意，以当地政府确认项目法人的办法建设医废处置项目。随即我带上市发改委《关于确认医废处置项目法人请示》和市政府批复代拟稿，在南湖宾馆找到刘晓鸣常务副市长汇报，他并在我们代政府拟稿的文件处理签上签发了文件，市政府以襄政函［2007］64号文，下发"关于同意确认襄樊万清源环保有限公司为襄樊市医疗废物处置中心项目法人的批复"。

我带上襄樊万清源环保有限公司申报材料、市政府法人确认书、市发改委关于襄樊市医废处置可研报告批复的请示向省发改委汇报，省发改委以鄂发改投资［2007］582号批复了可研报告。当年省转发国家发改委下达该项目中央预算内无偿投资694万元。

2008年襄樊万清源环保有限公司将该项目建成投产，并盈利600多万元，开始滚雪球，年年建新厂，2009年春成立襄樊中油环保有限公司（后更名为湖北优艺环保科技有限公司），在同一个院里、同一块土地上建成第二个厂，即危险废物处置厂。2010年组建湖北中油环保集团，王春山任集团公司董事长、总裁。

二

2010年6月，在王总请求下我正式到了中油环保集团。对外称为总裁顾问。集团公司在武汉办公，为了我的生活方便在襄阳成立集团公司开发部由我分管，主要工作搞项目开发、编制可研报告、项目申报指导，总之围绕项目开展工作，这是我的老本行，得心应手。

开发部有5个人，有搞设计的、工艺的、技术的总工程师，他们对政府公文、政策、经济法规等不熟悉，如涉及申报项目的项目建议书、可研报告、环评报告、申请报告、各专业类型的规划等方面的文字报告编写不熟悉。集团公司在报批项目时，需要编写哪种类型的报告，我都先列好篇章、结构、标题给他们，指导他们写出初稿、一稿等，然后我再修改、整理、补充、定稿。

2010年5月至2012年7月，在集团公司期间我主要做了三项工作：编制各类报告和规划；做好项目报批的前期工作；指导和培训申报项目的程序、资料收集。

第一项工作，编制各类报告和规划。

我自己或合作或指导他人编写的各类大型文字报告15个，达39万多字，主要有：襄阳市（原为襄樊市，2010年国务院批准更名为襄阳市）循环经济产业园可研报告、襄阳市塑料回收再生利用可研报告、襄阳市废弃电子电器处理再生利用可研报告、襄阳市生态农业观光旅游园可研报告、保康歇马生态农业旅游园可研报告、十堰市危废处置项目申请报告、十堰再生资源工业园可研报告、乐阳医废处置项目申请报告、辽宁抚顺危废处置项目可研报告、西藏循环经济产业园可研报告、保康农业生态资源加工开发可研报告、宜城再生资源环保产业园可研报告、拉萨环保产业园投资计划书、襄阳市环保产业园发展规划、襄阳市环保服务业规划。同时进行项目前期工作还编写上报政府一般性公文含报告、申请、请示及企业合同等160多个，达24万多字。

第二项工作，做好项目报批的前期工作。

在做项目申报前期工作中，第一个项目是十堰工业废物处置项目的选址。第二个项目是乐阳医废项目（即乐阳方向固废处置公司）搬迁。乐阳方向固废处置公司（属中油环保集团旗下子公司），为了做好项目前期工作，加快乐阳公司医废项目搬迁速度，2011 年 11 月，集团公司下文成立乐阳项目搬迁办公室，我任办公室主任，直接对王总负责。

乐阳方向固废处置公司（以下简称方向公司），经岳阳市人民政府批准立项，建立的医疗废物处置的专业机构。公司原处城乡接合部，由于城市的快速发展，现处在城市主城区。市委、市政府决定乐阳市创建国家环保模范城市，国家环保部对危废医废处置是必检现场，不达标就创建不了国家环保模范城市。鉴于公司周边现在住有集中居民区的实际情况，2010 年 8 月和 10 月，市政府韩副市长两次主持召开专题会议，要求乐阳方向公司另行选址搬迁，并于 2012 年 7 月底之前完成重建。公司原生产厂地无条件关停。乐阳市政府 2011 年第 50 次常务会议决定正式启动该公司的搬迁工作。市委、市政府乐发［2012］1 号文件，将医废搬迁重建列入全市重点工程和重点保障项目。市政府［2012］69 次常务会议，明确了各部门职责和完成任务时间。

我们到经济技术开发区管委会（简称经开区）规划局办理规划选址时，第一次区规划局他们说都很忙过二天再去，第二次去后要发改委批文，我与他们讲，医废处置是属核准项目，发改委批文不是规划的前置条件而是后置，是规划选址、土地预审、环平在先出来，是发改委核准批复的依据。发改委核准后，项目单位拿发改委核准批复文件，到你们规划部门再办理《规划建设许可证》《规划用地许可证》，所以规划选址在前发改委核准在后。国务院办公厅《关于加强和规范新开工项目管理的通知》国办发〔2007〕64 号文件讲得很清楚，各审批部门都要统一按国务院文件执行。规划局长看着我问，你说的不像乐阳话是哪里人？我说，我是湖北襄阳人，是市发改委副主任，搞项目工作 40 年，退休后集团公司请我到乐阳专门搞医废项目前期工作的。她看我懂得项目审批，又熟悉国务院文件，没话可说了，又把我们推到经开区分管领导那里。她说让管委会领导签字同意后，区规划局才能办理，最好让管委会领导组织经开区各项目审批部门开个会，这样各部门才会办也办的快一些。

我们又写报告到经开区找领导，某领导说这个项目要找三荷乡政府，听听他们意见，主要是村民们同意不同意。我到三荷乡找书记，他们不接待，不听汇报，站在办公室走廊只说一句话，乡这一级当不了家，要管委会主要领导批示或下文件，我们再做村民工作。在经开区走第一轮（从管委会到各部门，又到乡政府，再到村支部）互相推诿，我分析发现主要问题是经开区不同意建这个项目，原因：是市政府决定前没征求区的意见或没与主要领导打招呼，在市政府下文件后，市级领导又没跟经开区主要领导沟通或做工作，区领导层有意见。

我到市环保局找一把手吴局长汇报，请市领导出面与经开区领导做下工作，争取他们顺过气，让下一步工作都可开展。环保局是医险处置企业的主管部门，这次乐阳创建国家环保模范城市，市政府分给环保局任务、责任、包保工作，就有医废搬迁项目。所以环保局主要领导很积极主动支持我们工作。他约我一起找韩市长汇报，韩市长当场与管委会书记打电话进行了沟通，环保局长又上门找管委会张副书记做工作，最后管委会领导开会形成共识，表示支持医废项目在该区三荷乡建设。

我带上报告到经开区某主任办公室进行第二轮汇报，从经开区逐级推到村支部书记，要村民签字认可。三荷乡联合村书记很支持医废项目落户该村。并选派各组村民代表，方向公司分三批租用大客车到襄阳医废工厂参观考察，去的村民代表都签字表示同意。我们带上公司报告、村民代表签字表一并分别找区规划局、环保局、国土局、发改局，他们有个共同意见要管委会开个会，或发个文件，表示同意和支持医废项目到三荷乡联合村。我们又到经开区某主任办公室进行第三轮汇报，某主任看到这次信封鼓得有点大，接待热情说话态度也发生了变化，表示欢迎和大力支持医废项目到经开区建设。

经开区某主任召开管委会各有关部门会议，大讲市创建国家环保模范城市重要性，医废项目是创模的重点内容，是市委、市政府的决定，项目安排到我们的三荷乡，是对经开区的信任和支持，我们经开区各部门和三荷乡要拥护市委、市政府决定，要大力支持医废项目建设，各部门和三荷乡主要领导为第一责任人，限时三个月内、简化程序办完审批手读。

后来我们找市直和经开区各部门办理审批时，有些单位仍然脸难看、事难办，找理由、设障碍、给阻力。在乐阳办事金钱开道，腐败盛行。办一个审批事项需要送三次到四次礼。如经开区某主任，第一次见面送礼我还怕别人看到不好，把信封放到办公桌屉子里，他也不看，也不拒绝，也没有客气话，不办事说推辞话。第二次送礼，他照收不办事，给了解释，态度有缓和。第三次送礼他看到我们送的礼信封满满的，一次比一次多，我仍然要将礼包往抽屉里放，他说没事就放桌子上面，收贿公开化，真是胆大包天。他这次态度大变，热情泡茶，请上座，听完我们汇报后表示要大力支持我们，等等。其他部门领导收礼态度、办事都类似一样。

方向公司征地的联合村刘支书向我张口要 40 万元，允许在该村建项目并且负责做好群众工作。他说："我们乐阳是一座腐败城、腐败市，大官是大贪我是小官是小贪，都贪我不贪还不行呢，消费这么高怎么过日子。我过的没有别的村支书好，说我没本事"。有一民营企业老板，同时也是方向公司股东之一的列江涛说："我们乐阳招商引资以后，是外商搞成内伤、内伤搞成残废、残废搞成死人，只要你进来就任意他宰割了。"乐阳方向公司总经理王光全说："乐阳很多企业只要找政府部门批项目或办事，有权的就经常找你请吃请喝、泡澡洗脚、跳舞唱歌、游景玩乐，真是厚颜无耻极了。"

我在乐阳搞医废项目前期工作 8 个多月，所有的项目申报手续，都是我亲手办完。从下面数字可以看出我及公司所做的具体工作。

1. 向省、市、区、乡各级政府及其有关部门写各类公文（含汇报、请示、报告、报表等）11 万多字。2. 请中介机构编制材料（选址意见书、环评、可研报告、申请报告、初步设计等）；与有关单位签订的协议、合同，总共编写文字达 82 万多字。3. 工作中接触审批和中介服务等单位 61 个。4. 公司盖出去公章约 400 余枚。5. 提供各种资料 250 多件。6. 支付项目前期费用 270 多万元。以上统计可能不全面（有遗漏）的概算数。

从列出的这些数字，可以看出搞项目前期工作的人员和企业是多么艰辛和不易。

第三项工作，指导培训申报项目的程序、资料收集。

由于集团公司扩张过快，各类人才尤其是搞项目的专业人才奇缺。项目是企业载体，人才是项目建设和企业管理的保证。王总让我先后三次在全集团高管和项目管理人员培训班上讲话，进行项目申报程序、资料准备（收集）、前期工作培训。

我的这次培训稿或内容，在全省乃至全国都是没有的，可以说是独一无二的。2008 年，国家发改委投资司罗国山司长来襄阳检查工作，晚上在南湖宾馆我跟他聊天时，他说："像你这样在发改委一个部门连续工作近 40 年，又是正县级领导，据我了解在全国约有 6 个人"。我在机关退休后，又到企业搞项目前期具体工作，从政府部门领导，到企业成为搞项目的普通工作人员，这个身份、地位、经历的转变，几乎没有人有我这个阅历和体会。同时我创造性地把计委、国土、规划、环保、建委、房管、林业、消防、安全、气象、地质、人防、质检等项目审批各部门的审批事项、审批程序，所需提供的资料整合在一起，图文并茂，给大家讲清楚如何申报项目和做好项目报批的前期工作，而且还介绍了企业怎样与政府部门打交道的方法或经验，谁做得到呢？我能做到，而且我取得了很好的效果。下面是我在中油环保集团高层管理及项目工作人员培训会上的第三次讲话稿。

掌握项目申报程序和方法
加快集团公司建设和发展

赵业清在中油环保集团第三次培训会上讲话

（2013年4月29日）

各位老总、经理，大家好：

今天是我在中油环保集团高层管理及项目工作人员培训会上的第三次讲话。上次是去年6月1日，在培训会上就如何做项目前期工作做了发言。这次讲的是掌握项目申报程序和方法，主要内容是项目审批程序、部门审批项目事项、申报项目需要提供的资料、与政府部门打交道的基本方法。

按以下五个部分讲：（讲话稿约3.6万字，因篇幅太长，下面只列标题及摘要或说明）。

第一部分　投资项目策划和前期准备（策划筹备阶段）

一、投资项目策划；

二、拟建项目前期准备。

第二部分　各部门审批程序及提供材料（立项审批阶段）

国务院关于投资体制改革决定中规定，投资管理划分为三个层次（或类型）：一是对政府投资的项目采用审批制；二是对不使用政府投资，在国家和省规定的核准目录以内的企业投资项目采用核准制；三是对不使用政府投资，核准目录以外，属于国家鼓励类产业，符合行业准入标准的项目，采用备案制。

各审批部门根据业主单位项目建设投资的内容和性质，按照审批制、核准制、备案制，选择其一种类型进行审批。

审批部门主要有计委、国土局、规划局、环保局、林业局，一是根据项目类型，按照项目事项、项目程序进行审批；二是对编写各类报告的内容、咨询评估提出要求；三是明确项目单位提供项目的图文资料。

各部门审批事项及审批文件（或证件）。

发展改革委：1.审批类项目审批《可研报告》（或《项目建议书》）、招投标方式和组织形式、《初步设计》《竣工验收报告》，下达批复文件；

2. 核准类项目只核准《项目申请报告》，下发核准文件；3. 备案类项目，填备案表发放《项目备案证》。

附： 审批类项目审批流程图（只举例这一个审批流程图，发改委的核准、备案和其他部门的审批流程图——略）

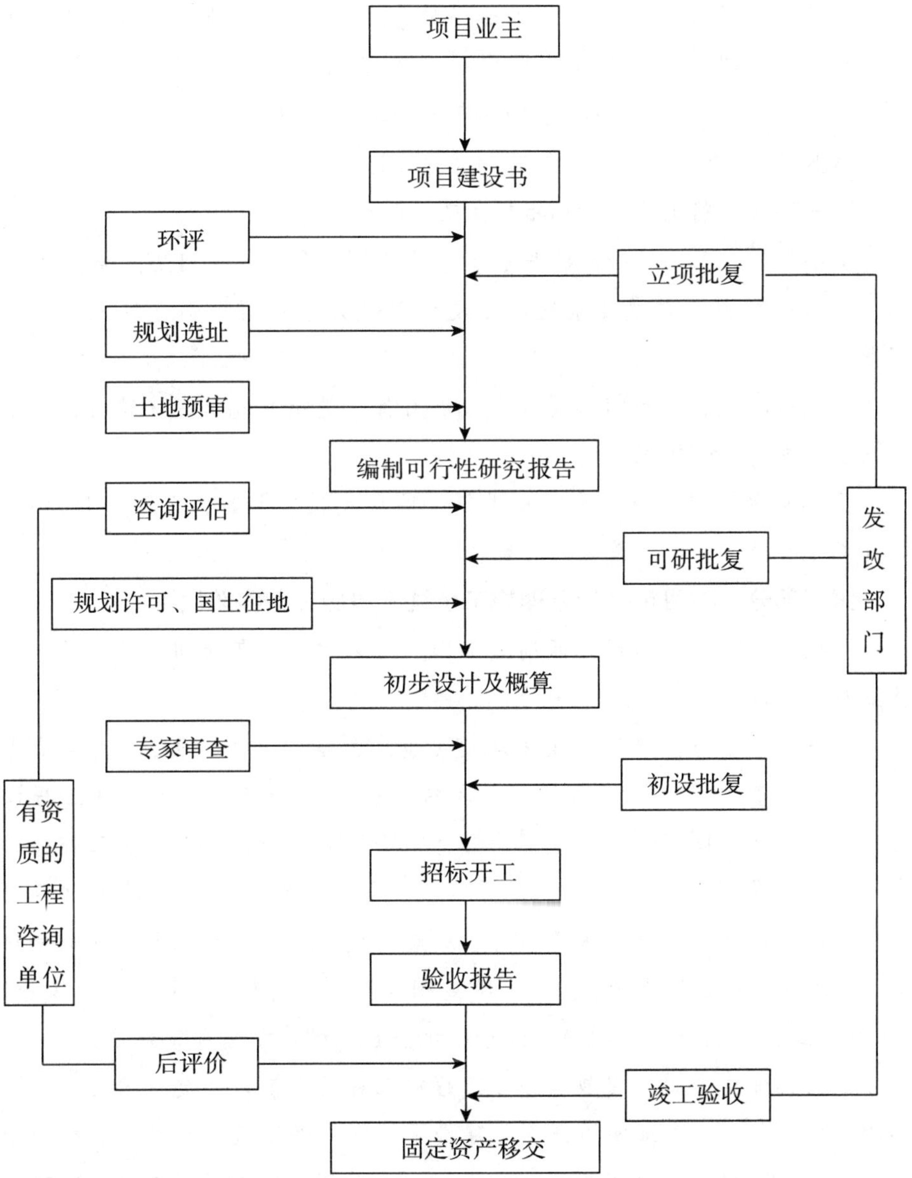

国土资源局：1.建设用地预审，发文通知；2.征地审批，颁发《国有土地使用证》。

规划局：1.建设项目选址意见书，发《建设项目选址意见书》文本；2.审批并颁发《建设用地规划许可证》；3. 审批并颁发《建设工程规划许可证》。

环保局：建设项目环境影响评价审批。与项目审批制、核准制、备案制相对应审批。（1）审批环境影响报告书；（2）审批环境影响报告表，（1）、（2）项都以文件下达；（3）填环境影响登记表。

林业局；（有占用林地时）进行《林地许可》批复。

第三部分　各部门之间审批相互关系

主要是指各部门审批时的先后顺序或相互关系。解决相互推诿问题。

一、备案项目发改委前置。是发改委先办理备案证后，其他部门再审批；

二、核准项目进行核准时，发改委后置。是指其他部门先审批，提供依据后发改委再行核准；

三、属审批类项目的审批：批复《项目建议书》时，发改委为前置，批复《可研报告》时发改委为后置。

第四部分　项目审批后办理施工手续（叫施工备案阶段）

在项目立项审批阶段（即前期工作）结束后，就要转向办理项目施工备案有关手续。

建设单位在办理施工备案手续前（也是为备案提供的资料），需要进行设计、审查、备案、登记的有关单位有：1.消防支队进行消防工程设计备案。2.建委图审部门对施工图设计审查。3.人防部门对人防工程设计审查。4.气象局进行防雷装置设计审核。5.建委对发展新型墙体材料登记。6.建委对施工招投标报建核准。7.建委进行发展散装水泥专项资金登记。8.房管局对白蚁预防备案。9.建委安全监督部门对安全设计方案审查。10.质检部门进行建筑工程质量注册登记。11.建委办理施工备案手续。

建委办理施工手续发放《建设工程施工许可证》时，要求项目单位提供的“资料”：1.土地使用证。2.建设用地规划许可证。3.建设工程规划许可证。4.建设工程施工报建登记表。5.施工招投标中标通知书。6.建设工程施工合同。7.施工图设计审查合格书。8.质量监督注册登记表。9.城建档案报送责任书。10.安全监督申请登记表。11.施工单位合同备案单。12.监理单位合同备案单。13.建设资金落实证明。14.劳动工资保证金。15.白蚁预防施工合同。16.散装水泥使用登记手续。17.新型墙体材料登记手续。18.劳务分包备案证。19.临时排水许可证。20.建筑垃圾处置许可证。21.城市绿地建设许可证。22.建设项目环境影响评价登记表。23.工程现场踏勘情况登记表。24.安全监督手续。25.消防设计审核意见书。26.检测合同及备案手续。27.地质部门提交地质详勘报告。28.工程设计单位提交项目初步设计和施工图设计。

以上涉及项目审批部门16个，其中：立项前审批部门5个，立项后办理审查、备案手续的部门11个。

在这里只举例在建委办理施工许可证时，这一个备案事项就需要提供28项资料，那么16个审批部门，有多少个审批事项，又需要提供多少资料呢？还不算在办理项目审批过程中遇到的一系列难题，想想看企业报批一个项目是多么难呀！

第五部分　与政府部门打交道的基本方法

2011年11月至2012年7期间，我在岳阳市跑项目前期报批工作中，与政府部门打交道的体会或在实践中的具体做法向大家做个简要介绍。这些仅供大家参考，因省与省或同省各市县区之间，一个地方部门与部门之间、一个部门各科室之间，人与人之间的权力、性格、人品、需求、能力、风气等差异非常大，因各人的位置、权力、需求、思欲不同，所使用的方法是不完全相同的。不能照搬照套，要结合具体情况灵活使用。下面只将标题列出（内容省略）：

1.摸清审批有权人（看谁当家）。2.关系网寻“钥匙”（找与批项目关系好的人）。3.投其所好施以计（对批项目的人多吹捧让其高兴和看其爱好及需要什么）。4.做到五勤高效力（即：腿勤、手勤、脑勤、眼勤、嘴勤）。5.收集电话跟踪紧（掌握批项目亲密人的电话并保持联系）。5.材料互置找依据（项目审批单位互相推诿，要求他们按国务院办公厅〔2007〕64号文件办理）。7.请吃饭交感情。8.送礼品谈事情。9.说笑话活气氛。10.脸难看忍耐心。11.签协议谈利益。12.搞暗示互领会（暗示给对方个人回扣，使双方得利）。13. 巧接待要让利（如打牌不要赢）。14. 三十六计美人计。

如讲美人计，不是用女人来三陪，是年轻貌美点、语言伶俐点、柔媚潇洒点、敬酒主动点、说话幽默点，开朗大方点的女同志陪客敬酒攻关，让领导心动而过目不忘，让他对你这个人和这个单位印象深刻，以后再找他办事就方便和容易得多，达到事半功倍的效果。很多行政部门和企业领导都注重接待公关，同时他们也喜欢美女。

以上讲的企业在搞项目申报审批过程中，与政府部门打交道的基本方法，是在当时社会腐败盛行、大吃大喝背景下，企业为了生存和发展，为了尽快把项目批回来，为了得到政府和部门的支持，不得已而为之的一些做法或方法。

党的十八大后，习主席铁腕反腐，出台八项规定，使党风、社会风气得到根本好转，过去很多不良现象现已成为历史。

我在中油环保集团期间，指导的嘉涛、王小军、尹忠武等人，现已能独立编写如可研类大型报告和制定综合性规划；培养的张明忠、韩向东、崔克礼等同志都能完整地做好项目前期工作，他们不仅懂得项目审批程序、编写公文，而且还学会了搞好项目前期工作及其公关。我为中油环保集团培养了一批大笔杆子和规划人才，同时也培养了一批搞项目的内行或专家。

我编写的投资计划书、可研报告、申请报告、各类型产业园大型规划成为他们的蓝本；我的培训讲话稿成为集团公司项目申报与管理工作的指南。王总裁说：“赵主任为中油环保集团留下了永久性的、无价的、宝贵的精神财富。”也就是说我对中油环保集团贡献了一大笔无形资产。

第三十三章　临难受命到优艺

2013 年 11 月 6 日晚 10 时，王春山总裁电话联系我，让我马上到集团公司（刚从武汉迁到襄阳）会议室去一下，有重要事和我商量。我去后，他们正在召开董事会，王总说："请你来是想让你担任优艺公司总经理，优艺公司是环保集团公司最大的公司，去年一年经营效益很差，已经到了严重亏损状态。我在集团公司摊子也很大，常在外省外地跑，优艺公司我顾不过来，现在需要强有力的领导来管理，我想请你给我分忧，帮我挑点重担，你去后把优艺公司管理成集团下属各公司的样板公司。董事会人员都在这里，想征求你的意见，是否可行，有什么想法？"我说："我是 60 多岁的人了，又出山挑重担，不是怕搞不好，而是怕身体受不了。但是，老朋友请我出山，是对我的信任和期望，我出于对王总的关心，就为你分忧吧！我只搞一年。"

11 月中旬集团公司下文，我任湖北优艺环保科技有限公司（以下简称优艺公司）总经理，11 月 25 日，王总带我到优艺公司，召开全体职工大会宣布我的任职。

2007 年成立中油环保有限公司（后更名为湖北优艺公司），与万清源公司在同一个院里，同一块土地上，建成的第二个厂，即危险废物处置厂。湖北优艺公司与处置医废的万清源公司，是同一个领导班子，即一个班子两块牌子，对外是两个公司，对内是危废和医废两个生产线或叫车间。医疗废弃物（资源）来源于襄樊市各个医疗机构，它只能在本地有资质的单位进行处置，不准流向或运输到其他地市处置。所以资源相对固定和稳定，管理也较容易些。工业企业全省各地都有，其产生的废物（资源）可在全省范围流动，就形成了激烈竞争的态势，各个危险处置企业相互争夺危废资源。

经过调查了解到，去年的优艺公司的确管理混乱，一团乱麻：人心涣散，开会到不齐，副总和部长指挥下属不灵，安排工作不听；职工工资不能按时发放，没有奖金和福利；车间工人停工、罢工、闹事时有发生；全年新进危险废物入库 2300 吨，只占处置能力 4500 吨的 51%，全年只签产废企业合同 74 个，危废资源枯竭，远不能满足处置的需要。原总经理准备离职，签的合同有时危废每吨只有 1300 元，厂里处置综合成本在 1600 元 / 吨以上，企业每处置 1 吨亏损 300 元，而我去后签的合同最低价也在 2650 元 / 吨以上，平均价在 3460 元 / 吨，按最低价计算每吨净利润多 1050 元。公司有废机油收集处置的资质不用，有的业务副总将联系客户的废机油私下转给其他公司，进行转卖而赚大钱，个人从中分成得利，仅此一项公司年损失 100 多万元。有的业务人员，将谈好的业务又私下介绍给其他处置企业，从中拿回扣或业务中介费。还有的车间主任或工人将可利用的油、金属、废电器等偷运出去卖钱装进个人腰包等。

危险废物，主要是指工业废弃物，如：防腐剂废物，废有机溶剂，废矿物油，油水、烃水混合物或乳化液，多氯（溴）联苯类废物，染涂料废物，有机树脂类废物，爆炸性废物，感光材料废物，含金属羰基化合物的废物，含有铍、铬、铜、锌、砷、硒、镉、铅、镍、钡……废物及有色金属冶炼废物，无机氟化物废物，有机无机氰化物废物，废酸碱，废催化剂等 50 大类。这些废物，如果没有严格按环保标准要求安全处置，对土地、水资源会造成严重的污染。其中，真正的危险废物特指有害废物，具有易燃性、腐蚀性、反应性、传染性、毒性、放射性等特性，产生于各种有危险废物的生产企业。从危险废物的特性看，它对人体健康和环境保护潜伏着巨大危害，如，引起或助长死亡率增高；或使严重疾病的发病率增高；或在管理不当时会给人类健康或环境造成重大急性或潜在危害等。

我到任后刚好碰到两个工人偷盗，他们将废物中的铝合金扇、网、窗、框拆成条，打成五捆。一个在公司院墙内往外传，一个在墙外接，被夜间门卫巡逻发现。我抓住机会当作典型进行严处重罚，“杀鸡给猴看”，杀一儆百，以戒后人。我提出两个处理意见，一个是将他们辞退；第二个是主谋罚款 1500 元，另一个罚款 1000 元，同时当事人还要写出深刻检讨，并承诺如再重犯类似错误，或有其他违规行为，再给予三倍的罚款，或直接开除出厂。把两个方案与当事人谈，只能选其一，要不然就按开除处理，还扣发当月工资。他们不愿离开公司，在优艺工资比其他地方高，换个地方就要从头开始，在这里工作稳定而且离家近，再一个干的时间长，对企业、工人之间有感情。他们同意第二个方案。我令综合部，将当事人检讨、公司发文“关于某某人偷盗行为处理通知”贴在食堂墙上专栏里，同时发到各班组进行大讨论，要求广大干部职工从中吸取教训，防微杜渐。

随后我在全公司进行大力地全面整改，同时完善规章制度，开展思想教育，充分提高干部职工的积极性。更重要一点，也是当务之急狠抓产废客户即资源。

我在优艺公司，年度经营管理，都体现在环保集团公司年终工作总结会上的发言稿中：

湖北优艺公司 2014 年工作总结

“马去雄风在，羊来福气生”。时光飞逝正如白驹过隙。2014 年，在集团公司的正确领导和全体员工的共同努力下，按照年初确立的各项经济技术指标，我们采取强力措施，对内强化队伍建设，对外积极开拓市场，狠抓安全生产管理，落实科学绩效责任，取得了显著成绩。为了集团各公司相互交流经验，在集团公司年度总结会上，现将优艺公司 2014 年的工作总结如下：

2014 年，是优艺公司艰苦奋斗的一年，是顽强拼搏的一年，优艺公司圆满地完成了集团总公司下达的目标任务，同时以安全为重点、以管理为着力点、以利润为突破点，主要抓好了十项工作。

一、指标：完成超历史的一年

收入指标：2014 年，总收入 2979.28 万元，比 2013 年的 1628.96 万元，增加 1350.32 万元，增长 82.9%；实现净利润 1527 万元，比集团公司总经理与优艺公司我签订责任目标 960 万元，增长 567 万元，增幅 59.1%。净利润比 2013 年的 564 万元增长 963 万元，增幅为 1.71 倍。

经营指标：2014 年，医废处置量（新进医废量，因不能储存，随进即处置，其与处置量相同）1965 吨，比 2013 年的 1136 吨，增长 73%；危废新进 6523 吨、处置 6202 吨，分别比 2013 年新进 2419 吨、处置 3512 吨，分别增长 170%、76.6%。

到 2014 年底，我经手签订产有危险的企业合同 283 个，比 2013 年 74 个增长 282%，危废（资源）总量达 2.2 万吨，比 2013 年增长 10.05 倍，为优艺公司 2015 年危废扩建 2 万吨的处置规模，提供了资源保证。

从以上各项指标对比可以看出：总收入、净利润、新进危废量、处置危废量、各项增幅，以及危废合同签订的个数及资源量等，各项指标均比 2013 年大幅或成倍增长，同时也是创历史的一年。

二、安全：实现“四无”目标

生产经营安全是一个企业的立足之本，也是公司领导班子每天都在强调的重中之重。在我的思想上摆到“高于一切、先于一切、重于一切、影响一切”的位置，在实际工作中，把“安全第一、预防为主”的方针落到实处，确保实现安全管理工作的总体目标和公司的长治久安。年初围绕生产经营安全，公司制定了全年“四无”目标，即无重大人身伤亡事故；无重大火灾事故；无重大设备事故；无经营安全事故。公司采取强有力措施严控各个环节：一是签合同明确警示，签合同时要求产废单位提供生化成分、物理形态，特别是易燃、高污染废物加以警示和说明；二是清运全程监管，在产废单位危废上车时分类装车，运输途中全面监控，下车时减少碰撞，防止火花引燃。三是危废进行分类堆放，坚持昼夜巡查，危废品入库堆放后，对易燃物首先及时焚烧，对库存危废夜间每小时巡视一次。四是每天必查，每天早晨一上班分管安全副总全厂查看一遍，发规安全隐患马上整改，另外每周五和节假日前后，由我带领副总、各部门负责人进行全方位的安全专项检查。对发现的问题进行公布，限期整改。针对生产中的各种不安全因素，设备的安全隐患、异常等情况进行通报，对现场操作人员的劳保用品的穿戴、有无危险源进行检查，并对违规人员进行安全教育，做到让隐患消除在萌芽状态，很好地促进了安全生产。五是制定安全责任管理制度。把安全责任落实到人，把制度固定化，实施严格责任追究。六是加强了安全设施建设，如制作各种护栏、运转设备防护罩，维护确保机动车车况良好等。

2014 年，由于优艺公司制定的安全制度全面、管理严格规范，经市安全监督管理局严格审查后颁发了国家“三级安全标准化企业”证书。这是对优艺公司 2014 年安全生产的最高、最好的肯定。

三、环保：确保达标排放

近年来，国家环保部要求越来越严格，为了确保污染物达标排放，公司对废水总排水口闸阀进行了整改，对雨污分离沟、雨水总闸阀进行了改进，使雨污分离效果更好。同时公司对烟气在线监测装置进行了更新。新的烟气在线装置安装完毕，公司排放污染物更加符合环保要求。再者配合襄阳市环境监测站定期对公司的烟气、水质进行的监测，指标已全部达标。周围老百姓今年没有一次关于污水、烟气污染排放的投诉。

四、业务：大力开拓市场

2013 年，优艺公司丢失了大量产废企业客户，全年只签订了 74 个合同，据初步了解，2014 年全省新增处置能力在 8 万吨以上，预测湖北危废市场竞争将会更加激烈，优艺公司危废处置资源将严重不足。所以我们高度重视、充分准备、知己知彼，采取了“开拓市场”的战略，同时注重新情况、解决新问题、探索新形势、研究新方法，使危废入库量和合同签订危险（资源）量双双上了一个大的台阶。

1. 尽快恢复老客户。我们根据每个地区市场特点，采取不同策略恢复老客户，对已丢失的客户利用各种渠道，打通过去签合同的关系人或关系网来恢复客户；优艺公司多次拜访各地区环保局和产废企业，大力宣传我公司服务态度及服务质量。在我们不懈的努力下，各地区环保局、老客户对我们增加了信赖和认可度。如十堰、武汉的老客户，去年都与华新公司等单位签订合同，有的到期后转向我们，有的合同没到期就转给我们。2014 年，仅十堰、武汉两地恢复的客户就有 45 家。这是我公司宣传到位、工作到位、服务到位换回来的成果。

2. 中介机构合作拓展领域。2014 年先后发展了武汉角石公司、荆门王军、宜城石总及水环境公司等 4 家中介机构配合优艺公司拓展领地。这 4 家 2014 年共进危废 1212 吨，占入库总量 21%。他们是襄阳公司业务的必要拓展和补充。

3. 加大公关占领市场。一是与领导和主管人员搞好关系。主要是对环保部门分管领导和企业主管人员等长久保持联系，我和业务副总、部长，各自建立了环保部门领导、产废企业主管、危废中介机构、处置危废单位四个微信群。经常请他们吃个便饭，喝个小酒，送个红包，打打麻将，微信问候等。环保部门关系好了，主动将本地产废企业推荐给我们。产废企业主管人员关系好了，不仅和优艺公司续签合同，还能适当提高价格。危废中介机构关系好了，可帮我们多拉些客户（产废企业）。

2014年一年时间，我开车带领副总经理总行程4.2万公里，分赴各地市及相关产废企业公关，得到了他们的大力支持。如十堰、武汉、荆门、黄石、鄂州、宜昌、随州、荆州、仙桃、宜城、襄城、谷城等环保局都直接给我们介绍客户。二是将业务人员进行分工、包片负责，摸清各地产废企业及产废量，然后逐一攻关。我还制定了业务提成办法，将业务人员与危废入库量、签订合同产废量，实行提成分配奖励挂钩，极大地提高了业务人员的积极性，年底有的业务员提成奖达到6万多元，超过本人的年工资收入。2014年，优艺公司采取跟环保领导利益挂钩，企业主管返利，与中介机构合作，全力维护老客户、大力发展新企业，来夺回领地、挤压空间、抢占资源、开拓市场。全年共签合同283家，比2013年增长282%，合同产废量达到2.2万吨。其中老客户续签合同45家、新开发客户238家。新开发客户产废量（资源）比2013年增长10.05倍。

五、生产：努力提高产量降低消耗

1. 扩大产能。生产装置老化、处置能力低，一直是制约优艺公司生产的一个重要因素，面对这一难题我们精心组织生产。一方面合理搭配物料，根据物料的不同性质，随时调整物料及燃烧带位置，有效地避免了粘窑结皮现象。另一方面努力缩短检修时间，尽快修好设备，恢复生产。在检修中，不论寒暑，车间主任、班长带头，在窑内打结皮、砌窑砖、补窑内浇注料。夏天，员工们冒着80多度的高温，在窑内检修，鞋子烧坏了，手烫起了泡，大家从无怨言，全年在回转窑窑头整体大修中，全部是襄阳公司自己购料加工修理，为公司节约了大量资金，也大大提高了回转窑的运转率。全年回转窑运行率达96.1%，设备正常运转率列环保集团各公司第一，为提高产量、降低损耗、增加效益打下了坚实的基础。为了增加处置量，从9月份开始启用蒸煮设备处置医废，焚烧设备专门处置危废，形成两条生产线。2014年共处置危废、医废7067吨，同比增长47%。是历年以来处置量最高的一年。

2. 废物利用。我们在扩大产量的同时进行废物减少消耗，在修旧利废工作方面，车间利用十堰车架厂、荆州钢管厂等单位需要处置的废碱作为碱水的补充，全年共利用 229.3 吨，节约资金 22.9 万元，另外修理破损医废桶、利用废机油、用旧钢板制作上料推车节约资金 4.14 万元；以上共节约资金 27.04 万元。2014 年直接材料费 15. 12 万元，平均单耗 23.74 元 / 吨，2013 年平均单耗 33.78 元 / 吨，平均单耗下降 42%。正是这种艰苦奋斗的精神和厉行节约的作风，促进了 2014 年利润超额完成。

3. 降低成本。2013 年前，两年多时间共集累危废处置后的粉灰（废渣）2000 多吨，加上当年新增加的粉灰（废渣）共计达 3000 多吨。一是做灰砖处理。我将车间主任和华成，提拔为副总经理兼车间主任，他的积极性得到很大提高，干劲也得到充分发挥，不论三夏伏天，还是节假日，或是晚上加班，组织车间全体人员，并且自己以身作则，每班亲自挂帅，不要补助，不要加班费用，只是每人发一包康师傅快餐面为夜餐饭。做了 600 吨粉灰砖并送往咸宁国家填埋场。二是合法填埋处理。我们把经过蒸煮处置后的医疗垃圾打包成捆，和医废焚烧后的粉灰，找熟人通过城管部门，联系垃圾处理场填埋处理 2000 多吨。两项合计降低成本、增加净增利润 150 多万元。

六、管理：全方位提升素质和水平

2014 年襄阳公司着重抓了目标管理、绩效考核和精细化管理。年初将目标计划进行细化，层层分解，建立绩效考核机制，加强营销队伍管理，调动积极性。结合实际情况，相继出台了《岗位职责管理制度》《业务员绩效考核管理办法》《业务提成办法》《五联单管理办法》《门卫管理制度》《年终考核制度》《危废经营“三化”管理规范》等一系列实用合理的管理制度。公司先后对违规、违章、违纪人员处罚 8 批次 12 人。各项制定实施后职工的凝聚力和责任心得到了很大的提高。原来公司在管理方面存在的一些问题，如门卫管理松弛、人心涣散、五联单管理不规范等，都得到了很好的解决。新制度的实施及时地制止了厂区物品丢失以及货物私自出厂事件；《业务提成办法》调动了业务人员的工作积极性。2014 年新签合同同比增加 209 家，平均每月增加 17 家以上。《绩效考核管理办法》规范了工作人员的日常行为，对不规范的行为进行了约束，对优化工作氛围起到了积极的推动作用。《五联单管理办法》制定后，改变了以前五联单无专人负责的状况，责任到人、收回限时，使五联单再无丢失或填写不完整、联单与入库票据不符等现象的发生；《危废经营“三化”管理规范》于2014年12月出台，是对业务即从签订合同至废渣填埋五大环节全过程管理的行为规范，它的实施将使企业管理水平提高到一个更高的层次。

七、建设：打造高素质人才队伍

把优艺公司建设成中油环保集团的“黄埔军校”，这不仅是一句口号，这是优艺公司作为集团人才培养基地成功的实践。2014年优艺公司为集团和其他兄弟公司提供了包括经办、业务、财务、综合、车间等多岗位，以及生产管理、焚烧、工艺、焊接、清运、储存、消防、设备保养与维修多种类型技术性的培训，共培养输送到集团和各分公司各类人才32名，他们被分配到各自岗位后都出色地完成工作任务；同时优艺公司又借调到其他公司帮助工作16人次，为各兄弟公司解决了管理和生产技术上的难题。

在内部员工培训上也有一定的成绩，2014年优艺公司自身员工在襄阳培训的有危险品货运司机、押运员、装卸管理员、行车工、叉车工等19人；2014年优艺公司送出去或参加省环保厅举办的《危险废物规范化管理培训》讲座及物联网等多项培训达23人次，且全部通过结业考试或拿到结业证书。

在专利建设方面，公司一年中成功申请并获得了《带耐高温铆固体的回转窑》和《可循环利用废碱液处理回转窑烟气的装置》两项专利技术，这更加证明优艺公司具有高素质的技术人才并取得了高科技成果。

八、迎检：树立良好中油形象

优艺公司高度重视各项迎检工作，树立企业形象。2014年迎接省市环保部门检查、兄弟单位参观、处置单位考察等检查接待工作任务繁重。合计迎接检查11批56人次，共接待参观人员12批88人次。其中大型检查就有5次：

3月，迎接环保部华南督查组检查，考核86分，达到良好水平，突破了近几年华南督查组检查的最佳成绩；

6月，省环保厅年审，由于我们及时完成了《2014年排污申报表》《2013年危险废物环境管理报告》《2013年危废年报》《危废管理计划》的填报、每季度及时把公司经营台账报省厅，并把规范化管理资料汇编成册，得到了省固废中心领导的表扬，年审公司得了 89 分，在全省列第一名，取得历年的最好成绩。

7 月，迎接市安监局的安全全面检查。优艺公司为使安全生产更有保障，并使企业更上一个层次，在市安全监督管理局的检查和考核中，我们乘势而上，申报了“安全生产标准化三级企业”。一是满足了优艺公司成立危废运输车队的必备条件；二是现代化企业发展的必然要求；三是使公司自身强化了安全意识。为争创安全生产标准化三级企业，公司对安全工作进行了全面的规范管理。我们建立了安全生产规程和管理责任追究制，完善安全生产机构，补充各种安全制度，配合市安监局编制了《湖北省企业安全生产标准化评审报告》。对公司生产现场按照三级安全标准化要求进行了自查自改。新增了安全标识、设备防护装置，进一步提高了职工安全意识。市安监局于 8 月正式颁发了《安全生产标准化三级企业证书》。为企业形象的提升又增添了一个光环。

8 月，迎接省环保厅、省卫计委医废危废专项检查，优艺公司按照检查的文件要求，制订了迎检工作计划和方案，编制了危废医废各项流程、清运、储存、焚烧、填埋规范准则和管理制度等。在省检查后给予了高度评价。省卫计委徐玲处长评价是：“襄阳在全省做得是很好的，标识标牌醒目，医废处置规范。”省环保厅固废中心王云生主任评价是：“襄阳危废、医废处置对全省各地提供了很多好的经验，希望优艺公司在全省成为一个标杆。”同时还说，“我知道襄阳今年搞得不错，安排黄冈市的环保局和产废企业到优艺公司来现场学习取经。”

9 月，迎接创建全国卫生城市的国家级专家小组的创卫检查。为做好创卫工作，我们成立了领导专班、制订了创卫工作方案、明确了责任，并把要求下发到个人。经过全员努力，办公区、厂区、生活区及车间内干净整洁，打药消毒每天进行，车间更进行了设备刷漆、危废医废归类等一系列工作。同时所有制度上墙、将迎检创卫资料编制成书。全市创卫中医废检查分值为 12 分，在襄阳市的全国创卫检查工作圆满结束，我们公司没丢 1 分，为市政府“创建全国卫生城市”争得了荣誉，得到了市创卫办和卫计委的充分肯定。

九、财务：降低成本利润最大化

优艺公司作为准上市企业，要接受风投、券商以及审计等层层严格审查，在这种情况下，对账务处理及财务管理提出了更高的要求。2014 年，优艺公司按照集团公司财务部管理要求，在企业会计制度、财务政策和财务管理制度等各方面的管理和实施中，做好会计核算，进行财务监督，实现了财务信息收集、处理和传递的及时性、准确性。

在降低成本方面严格执行预算管理。对照年初集团下发的预算表，严格控制费用支出，认真做好各项预算与实际发生费用进行对比检查，看有无超支预算情况，不断查找问题总结经验，研究后期控制重点。

2014 年预算执行，集团公司下达招待费、业务佣金、直接材料、废渣处置、物料消耗、修理费、实验检验费、管理及固定修理费，共计 8 项预算支出 465.5 万元，实际开支（支出）210.63 万元，8 个预算项目全部下降，没有一项超支，总共下降 121%，节约了开支或增加利润 254.87 万元。

加强销售管控工作和对仓库日常业务的审核监督。严格按照公司制度和合同规定开具处置发票；加强处置款的催收工作，不及时回款的单位业务员多次沟通催款；发票开具及时登记账本，做好备查工作。对账、物不一致的，及时查找原因并予以更正；完善公司内部财务管理制度，充分发挥财务的核算与监督职能，提高了资金的运行质量。2014 年，襄阳公司实现净利润率比 2013 年增长 13.96%。财务的监控管理实现了成本降低、利润最大化之目的。

十、法典：规范“三化”管理

“三化”管理，即“管理规范化、操作标准化、检视常态化”。

“管理规范化”就是从企业生产经营系统的整体出发，对各环节输入的各项生产要素、转换过程、产出等制订制度、规程、指标等标准（规范）。

“操作标准化”就是对在作业系统调查分析的基础上，将现行作业方法的每一操作程序和每一动作进行分解，以科学技术、规章制度和实践经验为依据，以安全、质量效益为目标，对作业过程进行优化，从而形成一套完整的、系统的作业程序。

“检视常态化”，就是对规范管理、标准操作进行经常性、长期性巡回检视，它是现代化企业的优化管理方法。常态化管理是企业追求完美和实现卓越的有效措施，是管理过程日常工作的标准要求。“常”就是经常，是建立有效的常态化运行机制；“态”是指人的态度和素质要求，就是树立崇高的职业理想、正确人生观和价值观，以此来控制自己的职业行为；“化”是目标管理具体化、责任明确化、程序清晰化、制度规范化，用其监控一系列全过程管理活动的行为规范。

“三化”管理具体简单地讲，就是对危废的经营活动从签订合同、清运、储存、处置、填埋进行全过程的规范经营与管理。针对危废经营的每一个过程制定工作流程、操作规程，管理制度，并经常进行检视监督。

2014 年，我组织指导袁霖、冷红刚编写《危废经营“三化”管理规范》，我先拟出结构框架、章节、提纲，由优艺公司副总袁霖写第一稿，总经理助理冷红刚修改为第二稿，我三修后定稿。2014 年 12 月 8 日，集团公司发文旗下各公司正式实施。

《危废经营“三化”管理规范》，共分七章，三十七节。

第一章　综合管理篇

1. 优艺公司组织架构：2. 优艺公司职能分配表；3. 安全生产责任制；4. 档案管理规定；5. 考核管理规定；6. 车辆管理规定；7. 物资采购管理规定；8. 迎检方案管理；9. 五联单管理规定；10. 仓库安全管理规定；11. 劳保用品配置表。

第二章　生产运营管理篇

1. 危废管理；2. 医废管理。

第三章　设备管理篇

1. 设备管理规定；2. 设备安全操作规程；3. 回转窑操作规程；4. 高温蒸煮操作规程；5. 污水处理设备操作规程。

第四章　岗位操作管理篇

1. 清运工操作规程；2. 焚烧工操作规程；3. 叉车工操作规程；4. 焊工操作规程；5. 电工安全操作规程；6. 起重工安全操作规程；7.QHSE 办操作规程。

第五章　现场管理篇

1. 安全生产管理规定；2. 焚烧处置安全管理规定；3. 现场安全文明生

一个人的责任心如何，决定着他在工作中的态度，决定着其工作的好坏和成败。如果一个人没有责任心，即使他有再大的能耐，也不一定能做出好的成绩来。有了责任心，才会认真地思考，勤奋地工作，细致踏实，实事求是；才会按时、按质、按量完成任务，圆满解决问题；才能主动处理好分内与分外的相关工作，从事业出发，以工作为重，有人监督无人监督都能主动承担责任而不推卸责任。责任心出勇气、出智慧、出力量。有了责任心，再危险的工作也能减少风险。没有责任心，再安全的岗位也会出现事故。责任心强，再大的困难也可以克服。责任心差，很小的问题也可能酿成大祸。明确地认识到了自己的责任与义务，就要认真履行自己的职责，发挥自己的能力，克服困难完成任务。

乐阳项目，我白天跑部门汇报做前期工作，时常深夜 1 点还在加班写材料编报告。乐阳方向公司总经理王光全是外地人，跟我住一起租房办公，他说："赵主任，你是个工作狂，在别人的公司里你还不分昼夜拼命工作，你没退休之前在原单位，和你在一起工作的一定会感到很累，肯定有很多人不愿意和你共事。"

由于白夜工作的劳累，特别是写材料长时间坐着，将我的腰椎病搞复发了，我卧床痛苦难忍还与他人谈招投标、平整土地、项目施工合同，指挥他人跑项目，编写开工仪式方案。乐阳市长召开新建医废项目开工仪式筹备会，我打进口止痛（封闭）针参加会议，并汇报了开工仪式整个方案。回到住宅就刺骨的疼痛（药力消退）卧倒床上，不能行走，无法吃饭，王总 2012 年 7 月 11 日，派车把我接回襄阳中心医院住院治疗。

优艺公司累计 3 年的危废、医废灰渣达 3000 多吨，我找正规填埋场进行处理。分三次进行，每次都是夜间 12 时，车队从厂出发拉到百公里外的填埋场。夜间走主要原因：一是载重 8 吨至 20 多吨的大车，司机靠超吨位赚钱，夜间行车避免罚款。二是夜间 2 点至 3 点进场填埋，避免居民误解或过度反应。在废渣填埋好后，再用铲车、推土机把面上和周围盖好土，封闭压实。全部完成都到深夜 4 点多钟以后。每次都是我亲自陪同在现场处理，检查完好了才离开休息，回到襄阳的家 6 点左右，就是一夜没睡觉。当时我已是 65 岁的老人了，完全是一种强烈的责任心和事业心在支撑着做事。

综上所述，我在优艺公司之所以搞得这么好，具备了到优艺公司担任总经理搞好企业经营管理的素质和基础；虚心学习、刻苦钻研、善于总结很快熟悉和掌握了管理方法和技术；有一颗为朋友帮忙和干一番事业的好心态；自己能以身作则和职工打成一片，同甘共苦，并充分调动了广大干群的积极性和创造性；有高度的责任心和担当，敢于负责并有一个不求私利只讲奉献的精神。所以优艺公司取得了很大成就，也续写了我人生的辉煌。

2014 年 10 月初，我向王总提出不在中油环保集团继续干事的想法。理由：1. 中央组织部下文要求退休领导干部不能在企业任职，否则将其工资关系转到企业或者追究责任。2. 办企业安全风险太大，稍有疏忽出现大事故就要承担重大责任和受法律制裁，我在机关辉煌了一辈子，不能在中油毁之一旦，有损我的形象；3. 我在优艺公司干出了大超历史的成就，要见好就收，使我的人生更加圆满；4. 孙子马上要上小学，尽点义务，也该享受天伦之乐了。王总问，你打算什么时间走，我说春节前夕或集团公司年终总结后离开。

2015 年 2 月 11 日，农历腊月二十三恰巧这一天是我农历生日，春节前夕，集团公司在两天总结会后，晚上举行春节文娱联欢团拜会，在结束前夕专门安排了一个议程，欢送我从中油环保集团退休。议程简单只有二项：一、颁发奖金，发纪念品；二、王总讲话。王总讲了使我非常感动和难忘的一段话：

“赵主任帮助我工作 5 年多时间，即将要离开中油环保集团。谈集团公司历史沿革，我们是从医废项目建立公司起步的，不论是起步，还是发展到今天成为大型集团企业，都有赵主任的大力支持。他已是 65 岁的老人了，还有那么高的责任心、敬业心和无私奉献的精神。我们要向他学习；他编写的可研报告、综合规划是我们公司的范本；制定的《危废经营“三化”管理规范》，成为集团公司管理的“法典”；在优艺公司创造的成绩成为各公司的标杆；他总结的企业细化管理经验值得我们借鉴和推广；做项目前期工作方法是我们公司的法宝。赵主任是我的好朋友，他虽然在中油环保集团正式退休了，但他给我们留下了很多无价之宝和精神财富，我们要传承下去。”我也作了表态：“我与王总在工作中成为好朋友，也

我的任职记录

一、单位任职

1997 年 4 月 22 日，中国共产党襄樊市委员会襄发干［1997］81 号，关于曹振义等同志职务任免的通知，市委决定：曹振义同志兼任市计划委员会纪委书记；赵业清同志任市计划委员会副主任（正县级，试用期一年），免去其市计划委员会工会主任职务；李万友同志任市计划委员会工会主任、党委委员……

这个文件对我来说有两层意思：第一层是免去了我从 1990 年 8 月 31 日，市委襄发干［1990］113 号文，任命的市计划委员会工会主任、党委委员（副县级）职务；第二层是本文将我任命为市计划委员会副主任、党委委员，职务提拔为正县级。

1998 年 4 月，市委襄发干［1998］92 号文《关于赵业清同志任职的通知》，市委同意：赵业清同志任市计划委员会副主任。此文为试用期一年到期转正的任命文件。

我在计委干了一辈子没有调换过单位，所以任的职务从此文后没有大的变化，要说变化只是开始进计委（后改为发改委）领导班子时，我的年龄最小（当时 40 岁），在我退二线前（2009 年，59 岁）委领导班子成员中，年龄我为老大；再者变化就是我进委班子时顺序排在倒数第二，后来逐步进位，退休前行政职务排到顺数前面第二的位置上。在换届和大的机构改革时，各单位领导班子职务市委都重新下文任命，而我的职务始终都是正县级副主任，因此各个时期市委对我的职务任命文件，下面不再一一列出。

二、兼任职务

兼任职务，是指市委任命计委或发改委（机构改革后更名）基本领导职务以外，市委和市政府按照国家、省里要求，以及市级地方的中心或重点工作需要，成立的临时机构，由发改委或有关部门领导兼任的职务，其工作具有阶段性。它是一种兼职工作，是国家及省市政府赋予发改委业务职能以外的工作。本文列出的兼任职务仅指我现存有文件依据的部分。

1991 年 10 月 4 日，中共襄樊市委组织部襄组发［1991］73 号，关于成立市委驻襄阳县农村社教工作队临时党委的通知。赵业清同志任市委驻襄阳县农村社教工作队临时党委书记；刘明淦同志任副书记；安明书、付中义同志任党委委员。临时党委共 6 人组成。

1998 年 1 月 26 日，襄樊市政府办公室襄政办发［1998］5 号，关于调整老旧汽车报废更新领导小组成员的通知。组长：陈万波 市政府副秘书长；副组长：赵业清 市计委副主任、闻永全 市物资局副局长；成员：各有关部门领导（略，下同）。领导小组共 14 人组成。

1999 年 7 月 15 日，襄樊市政府办公室襄政办发［1999］82 号，关于成立市清理整顿小炼油厂和原油成品油流通秩序工作领导小组的通知。组长：赵成霖 市常务副市长；副组长：陈万波 市政府副秘书长；成员：赵业清 市计委副主任（其他部门领导略）。领导小组共 18 人组成。

2000 年 6 月 11 日，襄樊市政府办公室襄政办发［2000］62 号，关于调整市国家粮食仓储设施建设协调领导小组成员的通知。组长：赵成霖 常务副市长；副组长：陈万波 市政府副秘书长、赵业清 市计委副主任；成员：龚锡强 市粮食局副局长（其他部门领导略）。领导小组共计 8 人组成。

2001 年 3 月 14 日，襄樊市政府襄政发［2001］15 号，关于成立长虹大桥收费权转让协调工作领导小组的通知。组长：罗辉 市政府市长；副组长：胡向斌 市政府副市长；成员：赵业清（其他部门领导略）。领导小组共 12 人组成。

2001 年 3 月 20 日，襄樊市政府办公室襄政办发［2001］17 号，关于成立市粮食清仓查库工作领导小组的通知。组长：赵成霖 常务副市长；副组长：马升云 市政府秘书长、赵业清 市计委副主任、杨光礼 市粮食局局

荣誉证（件）书

说明：1. 有时表彰没有发“荣誉证书”而是用的文件通报形式，如：省人民政府鄂政发［2000］39号，关于表彰中央粮食储备库建设先进集体的通报中，襄樊市粮建办被评为“省先进集体”等（不一一列举）。2. 有的颁发有证书，由于没有注意保存，或时间长久又经多次搬家，资料和证书已经丢失。现将尚存的或是重点的荣誉证书（或聘书）列入本书中。

荣誉证书：1989年我编写的《襄樊市国土资源综合评价报告》荣获省一等奖。

资格证书：1992年，湖北省人事厅颁发《资格证书》，任职资格：高级经济师。

荣奖證書

市委驻牛首镇牛首村社教工作组在社会主义思想教育工作中成绩突出，被评为模范工作组，特发此状，以资鼓励。

中共襄樊市委社教领导小组办公室

一九九二年五月

荣誉证书：1992 年牛首村社教工作，被市委评为模范工作组。

荣譽證書

赵世清 同志在荣获湖北省计委一九九四年度科技进步三等奖的课题研究中做出贡献，特颁发证书，以资表彰。

获奖成果名称：襄樊市国土总体规划

编号：

湖北省计划委员会

一九九五年九月

荣誉证书：1994 年度荣获湖北省科技进步三等奖。
获奖成果名称：《襄樊市国土总体规划》。

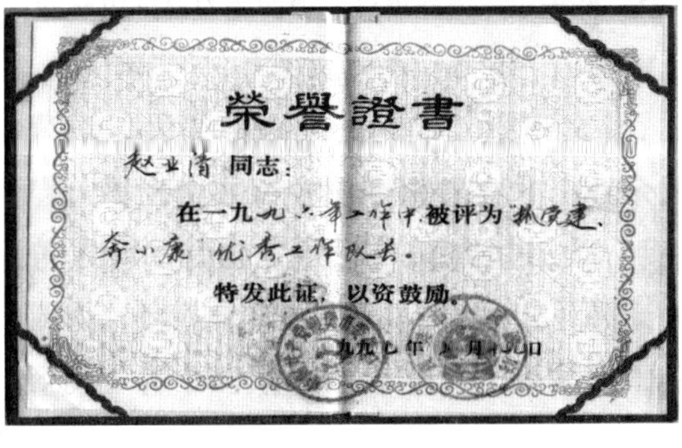
荣譽證書

赵世清 同志：

在一九九六年工作中被评为"抓党建奔小康"优秀工作队长。

特发此证，以资鼓励。

一九九七年 月 日

荣誉证书：1996 年工作中，被市委、市政府评为"抓党建、奔小康"优秀工作队长。

为鉴，可以知兴替”。在我一生的社会实践中，有成功、有辉煌、也有教训，有欢乐也有痛苦和辛酸。“以史为鉴”，旨在让子孙们学习历史、了解家史，取其精华，去其糟粕，在这个万花筒似的社会里，多一份清醒，多一点理性，更好地把握自己。

我是个普通平凡的人，而一生经历年轮轨迹却不是很顺风顺水平凡的。

人这一生，是吃五谷杂粮和喝五味汤完成的。酸、甜、苦、辣、辛，真正合口味的只有“甜”，而更多则是酸、苦、辛、辣，它是每个在世人的必有“体验”。因此，人一生在世没有必要去恶斗或报怨谁。

人这一生，怎么活，什么最重要？生和死固然重要，但生与死之间的经历更重要。这个过程并不是追求物质的占有和享受，而是不断地去追求人生价值。这个过程得到的地位、成绩、荣誉，我认为它不是炫耀的资本，那是一种鼓励，鼓励你在工作上不断地攀登。

回首平生无大憾，我没因虚度年华而懊悔，没有辜负共产党、我的父母、培养我的领导、家乡故土的哺育和培养，可以说“不愧人生”。

唯一使我内疚的、晚年内心尚得不到安宁的，是生我养我的父母，只顾全身心地投入事业和工作，而冷落了他们，在父母二老去世时没有在身边送终，恰巧我都在武汉省计委汇报工作，我没有做到“忠孝”两全。

年随时驰，岁与日去，“人生百年，书传万代。”我曾对单位上的同志说过：“一个人在自己人生路上，不论你在位时干了些什么？关键是你退位了给后人留点什么？倘若留下钱财，古人说富不过三代——再多的钱也被耗尽；倘若做官——百年后人们健忘；唯有书籍才是永在的。”因此，我写下此书，冀留在于世。

人生本是一笔财富，但很多人不懂它，不去珍惜它。一位著名文学家说过：“人生就像一本书。傻瓜们走马观花似的翻阅它，聪明人用心阅读它，因为他知道这本书只能读一次。”从这个意义上讲，我将自己的人生之路给后人作个交待，这也就是我要写回忆录的真实用意。主要目的是让后人了解我的父辈家族发展史、个人奋斗历程。再者，我在计委（发改委）工作 40 年，也算是一辈子。大部分科室干过或分管过，把我在计委干过或分管过的工作及其各时期职能写出来，也让未来的同仁们，能够